早稲田大学学術叢書 27

島村抱月の
文藝批評と美学理論

岩佐壯四郎
Soshiro Iwasa

早稲田大学出版部

Literary Criticism and Aesthetic Theory of Shimamura Hogetsu

IWASA Soshiro is professor of modern Japanese literature at Kanto Gakuin University, Yokohama, as well as gives lectures at Waseda University, Tokyo.

First published in 2013 by
Waseda University Press Co., Ltd.
1-1-7 Nishiwaseda
Shinjuku-ku, Tokyo 169-0051
www.waseda-up.co.jp

ISBN 978-4-657-13704-3

Printed in Japan

タイトルページ写真
『抱月全集』第 4 巻（国立国会図書館蔵）より

目次

第二部　『新美辭學』の構想

序章

第一節　基本的意図

本書では、自然主義文学及び近代劇を中心にした、一八九〇年代から一九一〇年代にかけての抱月島村滝太郎（一八七一―一九一八）の営みのうち、美学理論と言語表現理論及び自然主義文芸批評の関わりについて検討する。

抱月の文学者としての歩みは、一八九四年、東京専門学校の卒業（得業）論文「覺の性質を概論して美覺の要状に及ぶ」[1]（一八九四・六・一一提出）をもとに纏めた「審美的意識の性質を論ず」（「早稲田文学」一八九四・九―一二）[2]を発表してから開始されるが、その関心は、単に、哲学の一部門としての美学理論の解明にのみ向けられていたというわけではなかった。それは、卒業にあたって、後藤寅之助（宙外　一八六六―一九三八）らと編んだ『同窓記念録』[3]で、「願くは学者として哲学特に美学の研窮を全くし、著述家として評論的日本文学史の大成を期し、以て真理の顕揚に幾分の力を効すを得む」という抱負を述べているところからも明らかだろう。抱月がこの文章を書いた頃には、まだ「美学」も、「評論的日本文学史」も日本ではその「研窮」の緒についたばかりだったが[4]、「哲学と文学の交叉点に立ちたい」と考えていたと後年回想してもいるように[5]、抱月を促していたのは、文学・芸術の営みを、美学理論によって裏づけたいという志向だったといっていい。文学・芸術を原理的に根拠付け、説明すること、またそれを通して、文学・芸術を批評していくところにこそ自然主義文学運動や近代劇運動をはじめ、多岐にわたる彼の活動の根幹に一貫する問題意識があったといえる。

いうまでもなく、この「美学の研窮」の選択には、大塚（小屋）保治（一八六八―一九三一）や大西祝（一八六一―一九〇〇）によって本格的な受容に鍬を入れられ始めた「美学」（aesthetics）という未踏の領域の解明への関心が与っていたが、また『小説神髄』（一八八五・九―八六・四、松月堂）によって進むべき方向を示しながらも、必ずしも原理的に裏づけることができず、二葉亭四迷（一八六四―一九〇九）[6]森鷗外（一八六二―一九二二）[7]等からの批判を受けなければならなかった坪内逍遙（一八五九―一九三五）の試みを継承するという課題も大きく関わっていた。「同情」（共感）という「情」のメカニズムに注目しながら、美という、論理的に認識することも、意志によって判断することもできず、ただ「感得」することしかできない現象を原理的に解明し、文学という言語表現の領域に限定することなく、広く芸術の全般を批判する理論を構築すること、そこに卒業論文のテーマに美学を選び、「覺の性質を概論して美覺の要状に及ぶ」を書いて文学的営みを開始した抱月の基本のモティーフをみることができるのである。

修正を施したうえで「審美的意識の性質を論ず」として発表されたこの論に示された論理は、「現象即実在論」の枠組みに制約されていたとはいえ、後年の自然主義文学運動の時期に至るまで、様々の論理を取り込んで変容を重ねながらも基本的に抱月の批評活動を支える原理として機能することになる。にもかかわらず、土方定一（一九〇四―八〇）[8]、山本正男（一九一二―二〇〇七）[9]等によってその意義が指摘され、近年でも金田民夫[10]、神林恒道[11]など、主として美学史の観点からの言及があるとはいえ[12]、その論理構造については、これまで本格的な解明が試みられてきたとはいえなかったこの論について、本書では抱月の美学理論の形成に大きく関与した大西祝の、当時最新の心理学的美学も組み込んだ美学に関する批評的言説や、西欧美学の精緻で浩翰な理解のもとに展開された小屋（大塚）保治の東京専門学校における講義の、抱月自身による講義ノート[13]をはじめ、ボサンケ（Boanquet, Bernard 1848–1923）の『美学史』[14]など、彼の拠った美学理論を、できる限り典拠に遡って参照し、没理想論争をはじめとする同時代の文学・思想や批評をめぐる状況、伝統的な修辞理論及び自然主義文学理論との連関も視界に収めて、考察の俎上にあげることとした。

「審美的意識の性質を論ず」に提示された美学理論は、思想を言語（「辞」）に定着させる統合の原理として「情」の機能を強調、日本語の言語表現における「情の一貫」という「理法」、即ち日本語の言語表現における美的現象の解明をめざした『新美辭學』（一九〇二・五、早稲田大学出版部）において、一つの実りをあげた。五十嵐力（一八七四―一九四七）の『新文章講話』（一九〇九・一〇、早稲田大学出版部）にも感化を与え、日本語の言語表現の特質の解明にも寄与することになる、この彼の生涯における「唯一の完成的著述」[15]に展開される言語表現理論については、すでに、萱谷廣美[16]、速水博司[17]、原子朗[18]、マッシミリアノ・トマシ（Tomasi, Massimiliano 1965–）[19]等による論及があるが、いずれも在来的な修辞学史の枠組みのなかで言及されて来たといわなければならず、これまたその内在的論理を含めた、本格的な解明の対象とされてきたとはいい難い。

本書では、これら先行する評価を踏まえつつ、抱月が吸収した日本及び中国やヨーロッパにおける修辞学の理論と方法、言文一致の確立や標準語の制定を指標とする一九〇〇年前後の言語表現をめぐる言説状況等も組み込みながら、美学の一領域として位置づけることを通して、言語表現の技術と見做されてきた在来の「修辞学」の解体的構築を図り、言語表現理論をめぐる理論として再編成する意図のもとに構想されたこの著述について、抱月の美学理論との連関を中心に考察を試みた。

一九〇二年、この著述を「置き土産[20]」に抱月は、日露戦後の一九〇五年まで足かけ四年間に渉ってイギリス・ドイツに留学、ヨーロッパ文化を生み出した風土の空気を肌で呼吸することになる。抱月が留学した一九世紀末から二〇世紀初頭にかけては、カント（Kant, Immanuel 1724–1804）以来の観念的理想主義に代わって目的論的観念論（「生の哲学」）が台頭するという思想史における場面の転換に対応して、観念論（「純理哲学」）的構成から経験的・実証的方法へ、抽象理想説から具象理想説へ、「上からの美学」から「下から」のそれへ、と美学研究も場面を転じ、芸術学が提唱されるというパラダイム転換の時期でもあった。当然のことながらこのパラダイム・シフトは抱月の美学理論の展開にも少なからず影響を及ぼしている。西欧留学体験については、拙著『抱月のベル・エポック』（一九九八・五、大修館書店[21]）でも論及したので、本書では直接の検討の対象とはしなかったが、この転換が彼の美学理論及び批評活動に及ぼした影響についても、できる限り考察のなかに組み入れ、同時代の西欧文化の基本的動向との世界的連関性のなかにその理論を位置づけることを心懸けた。なお、留学以前の文芸批評活動については、既に発表した拙稿[22]における言及に委ね、美学理論の形成・展開と直接関わるもの以外は、考察の対象から除外することとした。

ヨーロッパ留学から帰国した抱月は、一九〇六年一月、「囚はれたる文藝」を巻頭に掲げて再刊した「早稲田文学」を拠点に活動を開始、自然主義文学運動に積極的に関わっていくことになる。この時期の抱月の活動については、現在まで、「文藝上の自然主義」（一九〇八・一、「早稲田文学」）をはじめとする所謂自然主義文学理論を中心に、本間久雄（一八八六—一九八一[23]）、仲賢禮（一九一一—一九四三[24]）稲垣達郎（一九〇一—八六[25]）、川副国基（一九〇九—七九[26]）、吉田精一（一九〇八—八四[27]）、田中保隆（一九一一—二〇〇〇[28]）、北住敏夫（一九一二—八八[29]）、和田謹吾[30]（一九二二—九四）、相馬庸郎[31]、谷沢永一（一九二九—二〇一一[32]）、佐渡谷重信[33]などの論考がある。本書がこれらに多くを負っているのはいうまでもない。しかし、これら先行の論考は、自然主義文学運動の展開過程における、同時代の批評的言説との差異を指摘することに比重をおき、その批評を根拠づける彼独自の美学理論や、同時代の西欧の思想的動向との連関については、必ずしも十分にその思考の中に組み入れてきたというわけではない。

この時期における抱月の言説は、「囚はれたる文藝」や「文藝上の自然主義」が示す通り、そこに、「評論的日本文学史の大成を期す」べく、近代文化（ヨーロッパ文化）の展開の文脈のなかに日本文学の位置を測り、「自然主義の価値」（一九〇八・五、「早稲田文学」）が示すように、それを美学理論によって根拠づけるという一貫した意図を認めることができるとはいえ、また、当然のことながら自然主義文学運動の展開に規定されているとはいえ、世紀転換期の西欧における、文学・思想をめぐる言説のパラダイム・シフトに対応する美学理論の変容を微妙に反映してもいる。この思考の転換の齎したインパクトが、改めて「美学」の、というより文学・芸術の存在理由そのものに対する思考の転換を促していくことになるのは、「美學と生の興味」（一九〇七・九―一〇、「早稲田文学」）が端的に示しているところだ。この転換は、「移感」（感情移入理論）説を導入しながら、「審美的意識の性質を論ず」に始まる「同情」（共感）理論を発展させて独自の「観照」理論として確立していくことになる。

本書では、「審美的意識の性質を論ず」に提示された論理に基本的に依拠しつつも、観念的理想主義（絶対的観念論）から目的論的観念論への転換という世紀転換期の西欧における、文学・思想をめぐる言説のパラダイム・シフトに対応した美学理論の変容について、高山樗牛（一八七一―一九〇二）や綱島梁川（一八七三―一九〇七）の営みも視界に収めながら、ニーチェ（Nietzsche, Friedrich Wilhelm 1844–1900）を経て「生の哲学」に至るこの根底的転換の軌道を敷いたロッツェ（Lotze, Rudolph Hermann 1817–81）にまで溯って考察、日本での受容の位相にも言及することとした。また、「美學と生の興味」のみならず「藝術と実生活の界に横はる一線」（一九〇八・九、「早稲田文学」）「懐疑と告白」等に示される文学・芸術の存在理由の探求については、彼の依拠したトルストイ（Tolstoi, Lev 1828–1910）の芸術論やF・C・シラー（Schiller, Ferdinand Canning Scott 1864–1937）経由のプラグマティズム受容の位相に、感情移入については、リップス（Lipps, Theodor 1851–1914）理解の特質にまで視界を拡げながら検討することとした。

知られるように、抱月はやがて、美学理論の体系化を放棄し、文芸批評から退場して近代劇運動に関わっていくことになるが、以上の作業を通して、『小説神髄』の問題提起に対するひとつの回答を導き出すことを直接のモティーフに展開された彼の批評活動と、それを理論的に支えるべく、「情」の超越的機能に注目しながら企てられた美学理論の体系化の試みがめざしたものを明らかにすること、また後に私小説を生み出していくことになる日本自然主義の独特の性格のみならず、日本自然主義や近代劇を基本的に支えている思考方法や感性について、逍遙の問題提起を受けて自然主義文学運動の展開と対応しながら形成されることになる近代日本における文学観念の特質にも光をあてること、そこに本書の基本の課題がある。

第二節　構　成

以上の課題のもとに、本書では、「審美的意識の性質を論ず」から「懐疑と告白」に至る抱月の活動について第一部「『審美的意識の性質を論ず』の論理構造」、第二部「『新美辭學』の構想」、第三部「美学的文芸批評の展開」の三部に大別して論述することとした。構成の詳細は以下の通りである。

序　章

第一部　「審美的意識の性質を論ず」の論理構造

第一章　基本的立場

第一節　構成　　第二節　意識──その一　「現象即実在論」　　第三節　意識──その二　意識の性質

第四節　「知情意」──主意主義

第二章　「審美的意識」の概念

第三節　概要

第一部「審美的意識の性質を論ず」の論理構造

第一章　基本的立場では、第一節　構成　第二節　意識――その一「現象即実在論」　第三節　意識――その二　意識の性質　第四節「知情意」――主意主義　の各節に分節化することを通して、この論における抱月の基本的立脚地が、「心《マインド》と物《マター》の関係」に関して、両者を「一体の両面」とみる「現象即実在論」にあること、この観点から「意識の性質」を説き、「知情意」によって構成される「意識」において、とりわけ「情」によって「絶対の理想」を把握する作用であるところに「審美的意識」の特質があるとし、その性質を解明しようとするところにこの論の基本のモティーフがあることを明らかにした。

「現象即実在論」は、後述するように近代日本における「経験批判論」として、ドイツ観念論を本格的に受容するうえで大きな役割を担ったとされるが[35]、もともとはスピノザ（Spinoza, Baruch de 1632–77）に由来する「一体両面観」（parallelism）を基盤に組み立てられたこの認識の枠組みのなかで、この論では、大西祝経由のカント理解に沿って、「意識」は「心の義を儼に釈したもの」、「心界の相」を構成する「知情意」を「意識」化する主体は「平等我」、「感覚」において捉える（反応する）に過ぎないそれは「差別我」としてそれぞれ定義、「差別我」の活動は「平等我」によって「意識」化されることを通して、「差別即平等」「円融即実在」の「絶対の理想」（Idea）に到り着くことができるとされるのである。

カントにとって、自然が絶対的な理念に従って「合目的性」(purposiveness)をもって整然と運行するものであった(『判断力批判』)ように、抱月もまた「天地」(自然)は「絶対の理想」のもとに「自主円満の姿をなす」ものとしていた。「物自体」(thing in itself)の存在を前提としつつも、「理性」による「理想」(Idea)の把握を可能としたカント同様、「真絶対」(「物自体」)という、「所謂心行所滅」の「言語道断」なもの、即ち「語り得ないもの」の存在を認めながらも、「合目的性」のもとに「天地」の運行を根底において支え、統括するものとしての「絶対の理想」を仮定[36]、すべてが「合目的性」の理念に一致する世界、つまりは「平等我」と「差別我」の「調和」した審級と見做すこうした認識には、「没理想論争」(一八九一―一八九二)が反映してもいたが、また「理想」を、「善若しくはあらねばならぬてふ心識」として明確に「統整的理念[37]」と規定する観点には「草木の類とは異なりて心識を具へ自覚を有する生物[38]」たる人間が「活物としての目的を自ら予想し得る迄に心識の発達したる時期が是れ理想てふ者の生まれ出たる時期」即ち「良心の発生したる時期[39]」と進化論的な解釈を加えながらカント及びドイツ観念論を理解[40]した大西祝の感化も見落とすことはできない。しかし、『良心起源論』をはじめとして大西が課題としたのが、理論理性が解明した自然の合法則性を前提とした、実践理性による行為における自由という倫理的主題の探求であったのに対し、この論がめざしたのが「審美的意識」という、一八九〇年代の日本では、大西や大塚が鍬を入れたばかりの、「心界」の殆ど未踏の領域の「性質」の論理的説明にあったのは標題も示す通りだ。

この課題の探求は、当然ながら「情」の説明から始められた。「美」は、「知」によって論理的に認識することも、ましてや「意」によっても決定することのできない「心界の現象」だからだ。**第二章「審美的意識」の概念**では、第一節 情 第二節 同情 第三節 「審美の意識」 第四節 「悲哀の快感」 の各節に分けながら、抱月における「審美的意識」の概念の成立の位相を捉えることを試みた。

抱月によれば、「情」もまた、「差別我」の審級における「情」と、「平等我」におけるそれとに二分される。抱月はここで、サリー（Sully, James 1842–1923）やベイン（Bain, Alexander 1818–1903）など、当時の心理学の理解の水準に従って「情」を分析的に検討、外界との接触によって惹起された、それ自体外界からの刺戟への反応の結果生じた意識であるに過ぎない「情」は、反省的に「意識」化されなければならず、「差別我」の「自性活動」と「外来の活動」が「調和」した審級においてこそ「審美の快楽」が得られるとする。この場合、「同情」は更に、「真同情」（「同悲の情」）と「準同情」（「憐憫の情」）に差別化されるが、「審美の快楽」を与えることができるのは、前者を措いてはない。「差別我」の活動を「知識」によって「概念」化し、反省的に「意識」化するのが「準同情」、即ち道徳的同情であるのに対し、前者においてはそうした概念操作なしに、「絶対の理想」を「具体的」「直覚的」に「意識」化（「感得」）し、「我他の別を忘れ」ることができるからである。[41]

「我と他とが融通無碍」に「同情」する審級においてこそ美が実現するとする、この観点の成立にあたって抱月は、「同情」（「共感」sympathy）という感情の作用によってこそ、人間は「他者の苦悩」を感得し、盲目的な「意志」に支配された生の汚れを祓うことができるとするショーペンハウアー（Schopenhauer, Arthur 1788–1860）の「同情」概念から多くの示唆を得た。しかし、「同情」（＝「共感」「共苦」）という同一性体験を道徳の基盤としつつも、ショーペンハウアーがこれを最終的には生への意志の否定の契機と見做した点には反対する。[42]「意志の否定」を最終の目的とする以上、それは倫理のめざす「当為」にはなんら関わることはないからである。ショーペンハウアーにとって倫理上の切実な主題であった「同情」は、かくて抱月にとっては「美意識」の問題にと置き換えられるが、ショーペンハウアーにとって倫理的に問題とされた「意志の否定」という主題を「審美上」の問題として捉え直そうとする観点は、「審美的意識の性質を論ず」では、芸術の意義について論じたところにも見出すことができる。『意志と表象としての世界』の説くところでは、「物自体」としての「意志」（Will）という、不可解で盲目的な衝動に支配されている人間にとって、

「生」は苦悩であり、その最終的な解決はあらゆる「意志の否定」にあるが、芸術こそは、そのような「生の牢獄」(a prison-house of life)[43]に閉じ込められた人間に、つかのまではあれ安らぎと慰めを与えるものにほかならなかった。大西によれば、「芸術」(美)においてこそ人間は「常住普遍のイデエ」を感得することができ、「煩悩とその煩悩に根ざせる苦痛」から救われるというのがその芸術論の大要だが[44]、抱月はショーペンハウアーが倫理上の問題とした「意志の否定」という主題を、美的「観照」の場面に限定、人生の苦痛をむしろ自明の前提として、芸術の価値を強調するのである。ショーペンハウアーにおける解放と救済という主題、即ち自由をめぐる倫理上の主題と「審美」上の問題を峻別し、いわばその論理を転倒して芸術の人生における意義を強調するこうした姿勢が[45]、以後も貫かれることになるのは、その後の彼の営みが証しているところだ。「悲哀」が「快感」を与える理由もまた「実際界」(実生活)における倫理上の問題と、「審美上」のそれを峻別するこうした観点から説明される。「審美の快楽」は、対象に内在する「絶対の理想」、抱月の参照したウォレス(Wallace,William 1843–97)の言葉を借りれば、対象の「内部の意義」(inner signification)「永遠の価値」(permanent value)つまりは「美的理想」(aesthetic idea)を「具体的」「直覚的」に感得するときに齎されるものであり、そこに喚起される「同情」は、実生活において生起する問題を「知識」によって「概念」化して反省的に「意識」化するときに生じる道徳的同情(「準同情」)とは、あくまでも区別されなければならないのである。[46]

ところで、「審美的意識の性質を論ず」はまた、「美的理想」なる概念をめぐって、坪内逍遙と森鷗外の間に戦わされた「没理想論争」を学生として関心を以って見守った抱月が、この論争に彼なりの決着をつけるべく構想された論考でもあった。[47] **第三章　「美的理想」**では第一節　統整的理念としての「理想」　第二節　「没理想論争」の総括　第三節　ハルトマン理論の摂取　の各節を通して、この論と「没理想論争」との関係について考察、ハルトマン(Hartmann, Eduard von 1842–1906)の理論の摂取の位相についても跡付けることを試みた。この論が、「理想」という「其の義今に干て懵然たる」観のある語について、「其の形式に於て衆差別に普遍なると共に、其の内容に於て特殊の相を含み、以つて能く差別を平等に帰趨」させる「形式」であると定義し、「遍通を生命」とし「衆差別の普遍性」を示すことはできても、「衆差別を平等に即せしむ」ことには関与しない「概念」と明確に区別しているのは「没理想論争」の総括としてのこの論の性格を示している。「個別現象の遅ればせな総括[48]」として、対象を抽象的・論証的に把握する学問の対象であるに過ぎない「概念」に対して、「理想」は「経験的認識における多様なもの一般に体系的統一を与えるための統整的原理」(regulative principal) として「理念」を措定したカントを踏まえて「形式」＝統整的理念として定義されることになるのである。ここで、「形式」は、「個物の個物として活動する極致、即ち諸活動の形式」として「衆差別」それ自体、即ち「個物」にも見いだせるものとしてハルトマンの「個想」に類比されるが、それはまたこの論が、没理想論争において鷗外が依拠したハルトマンの具象理想説の咀嚼の上に構想されたことを示してもいる[49]。もと、もと、「審美的意識の性質を論ず」の構想にあたって抱月が多くを負ったボサンケの『美学史』もいう通り、バウムガルテン (Baumgarten, Alexander 1714–62) やカント流の抽象理想説から、ヘーゲル (Hegel, Friedrich 1770–1831) 以後、具象理想説にと大きく転回しつつあった美学の探求において、ハルトマンの果した役割はすくなくなかった[50]。抱月もまた、具象理想説に立脚し、仮象理論の上にその立論の根拠を置いたという意味においてはハルトマンと基本的に立場を異にしていたわけではない。しかし、抱月にとってハルトマンの理論が、あくまで自己の理論のなかに組み入れられるべきものに過ぎず、その逆ではなかったことは、大塚保治と符節を合わせて、「仮」と「実」を厳密に区別するハルトマンに異を唱え、「審美の意識」を「彼我の別」を超えた「主客同情」の審級に位置づけたところや、やはりハルトマンが、「美の反面」として「醜」を想定、「美」の場合と同じく「階級」に序列化することを図ったのに反対、ボサンケと共に、自然の探究の結果として美を捉える観点を提示しているところなどに明白である[51]。こうして、基本的にハルトマンの仮象理論に同意しながらも、抱月はそれを批判的に摂取して独自の美学理論の構築を目論むが、**第四章　仮象理論の検討**では、第一節　実と仮　第二節　現象と実在　第三節　形と想　第四節　自然美と芸術美　という風に分節しながら、ハルトマンにとどまらず、シラー（Schiller, Friedrich von 1759–1805）に遡行して仮象説を検討、「現象と実在」「形と想」の関係についても説明しつつ、「自然美と芸術美」の差異等、美意識の対象の客観的構造の解明まで視界に収めて試みられる抱月の理論の展開過程を追尋した。仮象理論を、その創始者たるシラーにまで立ち返って考察した抱月は、仮象説を「実際上現象と実在とは同一不二」と見做すものと要約、「審美上に現象と実在とを分つの要なきや明也」と断じているが、美的現象においては、「現象と実在」は「混在」しており、それゆえ「現象」は同時に「主観の状態」でもあるとし[52]、それゆえ「現象」が美的であり得るには、感性（感覚）の感受する「自然」と「理性」（意志）の要求する「自由」という、対立する二項を「調和」させるべく「主体」の関与（「審美的修養」）が不可欠とするシラーの主張は、抱月に大きな示唆を与えた筈である。抱月の基本のモティーフもまた、美の「観照」と創造における主体の関与にどのような説明を与えるべきかというところにあったからである。

美的現象においては、「実際上現象と実在とは同一不二」とする観点から出発した抱月は更に、ここでもやはり大塚保治の導きにも助けられて「形」と「想」を、在来的な意味での「形」と「想」としてでなく、「形」を「凡て観美の瞬間に知覚に上がるもの」の総体として、また「想」については、「直観」の対象、「寧ろ情に近きもの」として改めて定義する。「形」と「想」は、大塚も講義で説いたように不可分であり、「想」は「形」即ち「具体的形象」（concrete form）として示された、「概念ノ尽クス能ハザル」「如何ニ想像シテモ心ニ想像シテ有リ有リト見ルコトハデキヌ思想[53]」であり、抱月が「寧ろ情に近きもの」としたのもそれに関わっている。それは「理性理念」によっては捉えることができず、具体的な形を通してしか呈示するほかないような、「存在の根源」をまざまざと示現する、「情感的理念」ともいうべき[54]「深奥ナル想[55]」なのである。

「自然美」と「芸術美」の対比において、「形五十想五十」からなる「自然美」が美の理想形として仮定されるのも、基本的には、互いに分離することのできないこうした「形」と「想」の性格と、主体の関与の問題に関わる。抱月は、

「自然は芸術の如く見ゆるが故に美なり、芸術は（吾人之れを芸術と知りながら尚）自然の如く見ゆるがゆえに美なり」というカントの言葉を引いて[56]「形五十想五十」からなる「自然美」を美の理想形（＝理想美）とするが、むろんこの場合、「形五十想五十」なる比率は「固より実際上斯くいふを得ずと雖も此には便利のため数式を用ふ」という言葉が示す通り一つの喩に過ぎないのであって、「自然美」を「芸術美」より優位だとしているわけでは必ずしもなかった。「形五十想五十の調和」によって構成される「自然美」において抱月が仮定したのは、「形」と「想」とが「調和」した美の理想形（＝理想美）にほかならないのである。この仮定は、「形」と「想」の不可分な「現象」が美的であるかどうかを判断する、主体の関与の性質に関わる。周知の通り、カントは美の無私性を強調し、美の享受と創造において、「意」の「発越」を抑制するべきことを説いたが、それは「意」が「一たび躍起すれば、知を役して概念に推理に、縦横奔逸、復同情の境に到るの期」なからしむるからにほかならない。しかし、「観照」が、「想」（＝情感的理念）を「意」によって「形」のなかに主体的に直観する行為であるのはシラーの説く通りであり、また、「芸術美」が「『自然』ニ付帯セル多少ノ塵埃ヲ『想』火ニ焼キ尽シ」たときにこそ実現する「點《トランス》化《ズブスタンチアン》」[57]の産物であってみれば、いずれにせよ、自然を「醇化《アイデアライズ》」して「理想と事柄」「想と形」の均衡を「調和」させ、「以て想を著くする」という主体の側の働きかけは不可欠といわなければならないのだ。[58]

以上のように、「形五十想五十の調和」からなる「自然美」を理念的に仮定した抱月は、「ミメーシス」を単なる対象の「模倣」としてしか理解することができず、「醇化」という「意」の作用に想到することもない「写実派」と、「概念」を「理想」と混同し、究極には「美術を記号に近からしむる」ほかない類の「理想派」を共に斥け、両者を止揚した彼方に「審美の至處」を思い描くことになる。**第五章「写実」と「理想」**では第一節　写実的と理想的——その一「写実」　第二節　写実的と理想的——その二「理想」　第三節　写実的と理想的——その三「調和」　第一項「虚実皮膜」論　第二項「想実論」　第四節「写実」と「理想」の「調和」　第五節「観察」と「写生」の季節への各節を設定、抱月が、「審美的意識」の究極においてめざすべき「審美の至處」として具体的にどのような表象の在り方を想定していたかを考察した。ここでは、「写実」や「理想」を標榜する当代の文学・芸術の営みを視界に収めながらも共に斥けた抱月は、「没理想論争」や「想実論争」の問題提起も踏まえつつ、『難波土産』（一七三八、浪華本屋吉右衛門・伊丹屋茂兵衛）冒頭に収められた近松門左衛門（一六五三―一七二四）の芸術論（所謂「虚実皮膜論」[59]）、中国・明代の画家・董文敏（董其昌、Don Qichang 1555–1636＊ 文敏は謚号）の画論「画禅室随筆」を援き、所謂「写実」と「理想」を統合し、一つの具体的な「形」として表象するところに「審美の至處」を求めている。[60]「虚実皮膜の間」「八面玲瓏之巧」という言葉が示すように、ここで「審美の至處」は必ずしも具体性を伴って呈示されているというわけではない。だが、この論が担った意義はすくなくない。終熄したとはいえ「没理想論争」や「想実論争」の提起した課題は未解決のまま放置され、「写実派」と「理想派」のそれぞれを代表する尾崎紅葉（一八六七―一九〇三）、幸田露伴（一八六七―一九四七）が君臨する一八九〇年代前半という時代の限界を超えるべく差し出されたという意味においてだけでなく、美学という、我が国では未踏の領域に鍬を入れ、「審美の意識」の原理的説明を踏まえたうえで、文学・芸術における表象を批評する基盤を作ったという点において、大きな意義をもっていたといえるのである。実際に、表面的には「紅露逍鷗時代」は全盛を極めていたものの、文学・芸術をめぐる関心は「写生」にと中心を変換しつつあり、批評もまた、「理論」にその根拠を求める方向に転じつつあった。

　みてきたように「審美的意識の性質を論ず」は、美という「心界の現象」を、原理的に説明することに挑んだ論だった。「美的現象」のなかに「理想」を「直覚」できるのは「情」によるという基本的認識のもとに、大西祝や大塚保治の導きを得て、カント、ショーペンハウアー、シラー、ハルトマン、ラスキン（Ruskin, John 1819–1900）などによる探求の成果が検討され、「理想」をはじめ、「実」と「仮」、「現象」と「実在」、「形」と「想」、「自然美」と「芸術美」等の概念も改めて定義し直された。「現象即実在論」の枠組みの制約下にあったとはいえ、立論を裏づける西欧哲学に対する理解の正確さと、論理の展開の精緻さは、当時の水準をはるかに抜くもの、というより、それが大西祝と大塚保治という当時の最も卓越した哲学者の導きによってこそ実りをみせ、彼等の西欧哲学（美学）受容の産物でもあったという側面からいえば、近代における西欧哲学・美学受容の一つの達成点を示すものであったといっていいのである。[61]

とはいえ、この論が、後に大塚が「美学の性質及其研究法」（一九〇一・六、「哲学雑誌」＊講演筆記）で反省的に言及する、「審美的意識の説明」を認識論一般の問題に解消したり、「美術上の製作或いは賞玩の次第を解釈するに宇宙の本体を持つて来る」類の、ハルトマン美学が典型的に示すような抽象的説明[62]にとどまっていたこともまた事実といわなければならない。それは、「審美的意識」という、美的現象の主観の側の原理的・演繹的説明ではあっても、美の理想を集約して表象すべき具体的な「形」に即した分析・説明というわけではなかった。だがむろん、抱月は、具体的な事実（「形」）を「観察」「実験」し、そこに見いだされた法則性から帰納して理論を樹ち立てるという課題に無自覚であったわけではない。この自覚のうえに、言語表現における美的現象を、「美的理想」の集約的具体的表現である「辞」（＝「形」）に即して考察することを通して解明することをめざした『新美辭學』が構想されることになるのである。

第六章「審美的意識の性質を論ず」から『新美辭學』へでは、第一節　主観的・客観的アプローチ　で、「審美的批評」を、「美術の客観的性質に本ける」ものと「主観的性質に本ける」ものに二分、両者を統合する「審美的批評の標準」の確立を要求した大塚保治の言説（「審美的批評の標準」一八九五・八、「六合雑誌」）にみられる、「審美的意識」の解明は、「理想」の外在的・具象的表象としての対象と必ず一致していなければならないとする主張を前提に、主観的考察と客観的構成の分析の両面からする美的現象の解明の必要を強調した抱月の「審美的研究の一法」（一八九六・五、「早稲田文学」一〇号）を検討したうえで、すでに「探偵小説」（一八九四・八、「早稲田文学」六九号）「『新奇』の快感と美の快感との関係」（一八九四・九、「早稲田文学」七一号）「『伊達競阿國劇場』を観て所謂夢幻劇を論ず」（一八九六・五、「早稲田文学」一〇号）等で深めてきた、「心理上より、美の我れに与ふる影響、若しくは美を感ずる刹那の状態」（「審美的研究の一法」）、即ち、心理学の知識をもとに美意識の性質を解明、美意識を経験論的・心理学的に探求する試み（第二節　主観的アプローチ）に加えて「外界に着して我れに美感を与へし事物の構成」（同上）の解明に取り組んでいく過程の考察（第三節　客観的アプローチ）を試みた。

「變化の統一と想の化現」（一八九五・七、「早稲田文学」九一号）「音楽美の価値」（一八九五・二、「早稲田文学」八二号）などで、「審美的意識」の対象たる「事物の構成」の側から美の説明を企てた抱月は、更に「修辭瑣言」（一八九五・一〇、「早稲田文学」九七号）等では具体的に対象を言語に絞り、「美を感ずる心、又は美なる物を直接の事実とし材料とせず、前人等が美を観て楽むの際、之れを形容し云々といへる美的用語につきて、其の美を研究」する「言語上の研究法」（「審美的研究の一法」）への関心を深めていく（第四節　『新美辭學』へ）ことになるのである。

第二部　『新美辭學』の構想

「審美的意識の性質を論ず」によって開始された美学研究において抱月が確認したのは、美的現象は、主観の側からは単なる唯理的な説明にとどまらず、心理学による経験的事実の積み重ねの上に考察を深められるべきであり、最終的には対象となる「事物の構成」の客観的解明によって裏づけられなければならないという方向であり、言語を対象とする場合には、その美は、具体的構成を通して「主観」「客観」の両面から検討の俎上にされるべきであるという認識である。言語美の解明をめざすこの学問研究の一領域を抱月は「新美辞学」と名づけたが、その理由は、「美辞学」＝修辞学（Rhetoric）を名乗っているとはいえ、もともと「説得」の術として古代ギリシアに起源し、言語表現の技術として発展してきた「レトリック」とは異なり、明白に美学の一部門として位置づけ、言語表現における美を解き明かす科学の一領域として把握し直そうとしたからにほかならない。それがめざすのは、言語表現の技術として発展してきた修辞学の、「論理学」「心理学」「言語学」（「語法学」）などの諸領域の研究の蓄積を接合した言語表現の理論としての再編成、いわばその解体的構築なのである。

この問題意識のもとに構想された『新美辭學』は第一編「緒論」、第二編「修辞論」、第三編「美論」の三編から構成されるが、本書では全体を七章に章立てし、言語表現を「辞」に分節して、従来の修辞研究や、心理学、言語学(「語法学」)などの経験科学の成果を組み入れながら日本語の表現を詳細に分析、「純理哲学」的な考察を加えて一つの「科学」としての位置づけを図ったこの論の形成過程を辿り、その孕んでいた問題点と豊かな可能性を抽出することに努めた。

第一章 『新美辭學』の検討では、刊行の経緯、構成、及び美辞学の名称について言及(第一節—第三節)、次いで**第二章 美辞学とはなにか**では、「思想」・「言語」の性質をそれぞれ明らかにして「思想」と「言語」の関係を説き、一般的な両者の関係と「美辞学」における「辞」と「想」の差異を確認(第一節 「辞」と「想」)したうえで、この論で展開される「内容と外形」「文章と『情』」「辞の美」についての考察に及んだ(第二節 「辞の美」)。更に、第三節では、「学問と技術」の相違にも言及して、在来の修辞学や言語学とは異なり、「美辞学」が、言語表現における美の「理法」の解明をめざす「科学」として最終的に位置づけられることになる過程を考察した。

ここで注目されるのは、一つの纏まった思想の言語表現としての「辞」を、「意識上の現象を結体せるがまゝに具現したるものとして解釈」するための分節単位として定義、「思想」を「言語」に定着させる統合の原理として「情」の機能を強調しているところであろう。抱月によれば、「言語」が「思想」を伝達できるのは、「言語」と「思想」が「貼合」し、不可分のものとして具体的に実現された「辞」においてである。もともと「言語」にはそれ自体「表情」があり、「思想」を生成し、伝達する機能を持つが、それが一つの纏まった「思想の表出機」(The vehicle of thought)として伝達機能を果たすことが可能となるには、「思想」は、「辞」という「形」での言語的具象化を待たなければならないのである。このように、「言語」と「思想」を統合し、「辞」を形成する過程で、統合の原理としての機能を担うのが「情」にほかならない。それは、「漠然として散漫に近き状態」にある「想」を「一層結体せる状態」に進め、「之れを言語に定着」するべく、表現主体の「心界に於ける物象の発育」に対応して「結体」させるためには「欠くべからざる条件」といえる。「辞」は、「情の一貫」という「理法」を統合の不可欠の条件として生成されることになるのだ。

抱月のこうした「辞」の捉え方は、言語的に表現された「一団の思想」を、品詞・活用・時制・人称等の「成分」に分解し、論理的な判断を下す「語法学」とは異なり、「情」という主体の意識（「審美的意識」）に即して言語表現における美を捉える観点と方法を呈示したという意味で独創的だったといえる。音声及び文字に「情」を表出する機能があることをはじめ、抱月が問題としたのは言語表現における「心理」という主観性の側面であり、それを通した言語現象の解明という、のちに現象学の言語理論が自覚的に追求することになる課題だが、ここには、以後の日本における言語理論の展開という文脈に即していえば、「言語の本質を心的過程」とみる観点から日本語の構造の究明を試み、客体を介した主体の経験として言語を把握することを通して、「科学的」な「構成主義」の語法学に異議を申し立てた時枝誠記（一九〇〇―六七）の営み[63]を想起させる魅力的な観点をみることができる。

「美辞学」が、「美文作法」の類の、「修辞」のための「技術」ではなく、「言語」の美を理論的に解明する学問でなければならない次第は以上にみたところだが、それは古代ギリシア以来の「修辞学」の歴史が要請するものでもあった。**第三章　科学的「美辞学」の系譜**では、東西の「修辞学」の歴史を辿った「第一編、第三章　美辞学の変遷」について検討、この論が、「修辞」についての先行研究の卓越した理解のもとに構想されたものでもあることを指摘した。「西洋美辞学」について、抱月はベイン[64]、D・J・ヒル（Hill, David Jane 1850–1932）[65]等、当時の修辞学研究の通説に従って、古代ギリシア、ローマ、中世、近世と「西洋美辞学」の変遷過程を四期に分けて、その展開過程を、「説得」の技術として発生しながらも、次第に「術」と分離し、言語それ自体の美を探究する「学」として自立していく過程として跡づけているが、こうした西欧修辞学の史的把握はそのまま、『新美辭學』のモティーフと直結してもいた。抱月によれば、近代の「レトリック」は、その対象を「純粋なる文学の方面」に限定した「カムベル」（Campbell, George 1724

–92)[66]や、「美学批評的」な観点から言語理論の構築を意企した「ブレイア」(Blair, Hugh 1718–1800)[67]に始まる。彼らによって鍬を入れられた新しい修辞理論の探求の成果はリチャーズ(Richards, Ivor Armstrong 1893–1979)、ケネス・バーク(Burke, Kenneth Duva 1897–1993)等の批評・言語理論に手渡されることになるが[68]、抱月にとっても「美辞学」は、トドロフ(Todorov, Tzvetan 1939–)もいうような「各人が他者と同じ権利をもち、自己自身の内に美と価値の基準をもつと主張する時代[69]」における「レトリック」の「科学」的探求として構想されるのである。

第二節では、主として中国文学における修辞研究の歴史が『詩經』(紀元前九―六)の最初の注釈である『毛詩』(紀元一世紀頃)にまで起源を遡行して記述される東洋美辞学探究の道筋を辿った。論理的構成において西欧修辞学に及ばないものの、修辞学の対象を「文学的方面」におき、取材の対象となる材料も豊富であるというのが、『滄浪詩話』(一六世紀頃)『讀書作文譜』(一八七〇頃)などの修辞書を博捜して得た抱月の結論である。後述するように、第二編第二章ではここで取り上げた修辞書から用例を多く引用しているが、「美辞学」が日本語の文章を直接の対象としている以上、その重要な構成要素たる中国文学(漢詩文)における修辞の検討は不可欠の課題であったといえよう。また、日本の修辞の伝統については、「歌謡」「俳話」の類や漢学者の批評に散見するものを取上げるにとどまっているが、『文鏡秘府論』(八〇九―八二〇頃)に始まる、日本修辞学の研究は、『新美辭學』の後編ともいうべき五十嵐力の『新文章講話』に引き継がれることになる。

第一編に示された視点と方法は、第二編「修辞論」では「詞藻」(figure)「文体」(style)の両面からする、日本語の言語表現の解明にも貫かれるが、**第四章　修辞論**では、文章において「素材」(想)に「技巧」を加えて「醇化」する作用としての「修辞過程」を「科学的」に解明することを企てた第二章「詞藻」論を中心に、抱月の修辞理論を検討した。

抱月はここで文を、「想を善く具現」するべく「技巧」を加えた文(「修飾文」)と「思想に妥当」することをめざす文(「平叙文」)に二分、美辞学が対象とするのは、前者における「技巧」(「修辞現象」)の解明にあるという前提のもとに、「技巧」の産物たる「詞藻」を「言語」(外形)に関わる「語彩」と「思想」(内容)に関わる「想彩」の両面から分析することを提案している。本章ではこうした論理の展開過程を分析(第一節「修辞論」の構成 第二節 詞藻論)、「修辞現象」の解明にあたって「修辞的現象の最低標準、若しくは零位なる状態」を仮定して「技巧」(修辞現象)を分析しようとする観点には、標準的な統語法(syntax)という規範を設定し、そこからの「逸脱」(deviation)あるいは「偏差」として「修辞」を捉えた西欧修辞学の成果が取り入れられていること、「語彩」「想彩」なる概念の設定は、「修辞現象」を、語の形態のみならず、伝達する思想の変容にも関わる問題として把握し、そこに「情」の積極的な関与を強調しようとした点で独創性を孕んでいること等を指摘した。また「語彩」の構成要素として「音調」を挙げ、「律格」、即ち「音数上の律格」としての「音数律」に規定されている点に日本語の「音調」の特色を求めたところには、この論考に当時の水準を抜く新しさがあることを確認(「第二節 第四、第五、第六項」)した。大西祝の歌論から示唆を得たこの認識は、「新體詩の形に就いて」(一八九五・一一—一二、「早稲田文学」)等、高山樗牛との論争をはじめとする一連の「新体詩」論にも活かされ、理論の上から、近代詩の確立に貢献していくことになるのである。

また、第三節では、「想念」の「増殖」「変形」「排列」「態度」について考察、それぞれ譬喩法、化成法、布置法、表出法として括りながら「想彩」の具体的形態を詳細に分析した「第二編、第一章、第六節 想彩各論・積極的想彩」を検討、「情の一貫」をめざす「想念の思想的発展」(「想彩」)の原理は「詞藻」の分類にも適用されていることを確認した。

用例を主として文語文に限っているという限界はあるものの、ここに提出された修辞的言語表現の多様な類型化による文飾=「詞藻」の分析的考察は表意文字と表音文字を混淆した表記体系としての日本語の言語表現の特質に根ざしたレトリック探求の産物として、今日も顧みられるべき問題提起を内包していること、またそれが在来的な言語表現の拘束から言語表現を解放することをめざした日本自然主義の言語表現における試みを準備する営みともなっていたこと等が、本章が抽出した主要な問題点である。

第五章　文体論では、「詞藻」を統括する段階に「文体」を措定、「詞藻」の「文体」による統合の在り方に「修辞的現象」の具体的様態を探った「文体論」を取り上げた。「修辞的現象」を最終的に決定する規範が「情」にある以上、「文体」もまた「同情」を喚起することをめざす「修辞」の枠組みのなかに位置づけられるのはいうまでもないが、「文体」は更に「主観的文体」と「客観的文体」に区別され、「主観的」「客観的」の両面から考察される（第一節　主観的文体　第二節　客観的文体）。ここで注目されるのは、「標準的文体」からの「逸脱」として「主観的文体」を定義し、それが表現主体の「風格」に帰属するものとした点であろう。「美と価値の基準」が「自己」＝個人に帰属し、文体が個人の責任において決定される（トドロフ）時代における「文体」を「修辞」の問題として把握する観点がここには内包されているからである。しかし、『新美辭學』が構想・刊行された時期において、「標準的文体」とはそもそも何を指していたか。第三節では、公用文はじめ新聞・雑誌に「普通文」として用いられていた漢文直訳体に加えて和文体・欧文体が錯綜し、「標準語」の制定や「言文一致」をめぐる議論が沸騰し、「標準的文体」確立の要求も激しさを増した一九〇〇年前後＝世紀転換期の文体をめぐる言説状況について、「標準語」の制定と「言文一致」の確立過程で大西祝の担った役割[70]にも言及しながら、文体が個人の美意識と価値観に従って選択され、その権能において統合されなければならない時代における抱月の文体論の意義を明らかにすることを意図した。

「文体」を、「詞藻」からなる「修辞的現象」を統括する形式であり、「修辞的現象」を最終的に決定する規範を「情」に求める『新美辭學』に展開される修辞理論は、それが当時の「普通文」、即ち文語体によって書かれ、用例も多く古典に取材していたとはいえ、「言」においても「文」においても、基本的に「内容の自由自然の発露」をめざす文体の確立を要求する時代の文体意識の変容も視界に収めるものでもあった。そのことは、客観的な事実の正確な記録をめざす文章や、徹底して論理によって「説得」することを目的とする論理的文章を平叙文として規定し「修辞」の面において「無記」な文章を「修辞の零位」として措定したところにもあらわである。

しかし「情」を「修辞」の最終の規範とする『新美辭學』の観点からいえば、「消極たり無記たる」文章に、却って「修辞上の価値」を認める場合もある。「修辞」を最終において統合するのは「情」にあるとするその観点からすると、「内容の自由自然の発露」という表現の要求が、「無技巧」という、在来的な「修辞」が無効とするような、「修辞上」の「無記」の場所に最終的に帰結する場合もあるのだ。この観点からいえば、後の自然主義文学運動において、「内容の自由自然の発露」をめざす新文体創出の要求が「排技巧」というスローガンに集約されることになるのも当然であったといえる。

『新美辭學』は、標準語という、「言」を基本の骨格とし、個人の責任において文体を決定するべく編成された修辞体系そのものを直接の検討対象としていたわけではない。しかしこの作業は、書く営みが、口語(俗語)を基本として、「自己」を「唯一の基礎」として開始される時代における修辞学＝表現理論の課題を見据えたものでもあった。やがてそれは、「修辞」(「詞藻」)を最終的に統御すべき「人称」を問題系として新しく浮上させ、「余」「吾輩」「僕」「私」というような一人称を「修辞」の課題として意識化させることにもなる筈である。[71]

第三編で抱月は、第一編、第二編における視点の提示とその具体的資料による検証を受けて、「美辞学」を美学によって、改めて原理的に裏づける構想を明らかにしている。

第六章　美論では、修辞学の現状を美学の見地から批判、美辞学と美学の関係を明確にしながら基本的視点と方法を提示した第一章「美論の計画」以下、「情の活動と快楽」、「快楽」と「美」及び「道徳」、「美」と「道徳」等の関係を解明しつつ、「美論」について包括的に検討することをめざした。

「美論」第二章では、「審美的意識の性質を論ず」の「純理哲学」的偏向を脱して、心理学研究の蓄積に立って、「情」による美の「感得」のメカニズムを解明すべきことが力説されるが、ここでは「情」を「感覚・想念」と「情緒」に区別して「情緒」の活動に着目するなど「情」の能動的・主体的機能を強調していること(第二節「情」の機制と快楽)、

「美」と「快楽」の関係については、「快楽」の本質を「性の満足」にみる功利主義の立場に同意していること等を注目すべき点として挙げた（第三節　美・主観・快楽）。「醇化」の過程における「情」という「独立せる活動」の主体的関与を重視するのみならず、「快楽」（＝「性の満足」）を人間の自然的欲望の実現として肯定する観点をここにはみることができるのである。しかし、より注目するべきは、抱月が飲酒の場合がそうであるように、「美」は「快楽」を必要条件とするものの、「快楽」が「美」の「必至条件」たり得るわけではないとし、「快楽をのみ唯一の目的となして之れを追窮」するものとした功利主義の立場にも疑問を表明して、「自己実現説」を標榜して功利主義批判を展開したグリーン（Green, Thomas Hill 1836–82）の理論[72]に拠りながら、進化論的人間観のもとに、人生に究極の目的なしとして進歩と合理性を謳いあげる功利主義の楽天性を批判した綱島梁川や高山樗牛の批評的言説と平仄を合わせている（第四節　美の快楽と道徳）ところといえる。梁川と樗牛が共に開始したのは、美の人生における意味を問い直し、「快楽」を「道徳」との関係において洗い直す作業である。その言説に聴き取ることができるのは、「適者生存の原理」を錦の御旗に「国家の生存」を絶対化し、その利害のもとに「人生本然の要求」を従属させることに奉仕する在来的な「道徳」と、結局はそれを合理化する機能しか果たすことのできない、「快楽を以て吾人の行為の唯一の正等の理由と見做す倫理説」（樗牛「美的生活を論ず」一九〇一・八、「太陽」）を拒否し、美と倫理の「標準」の再編成を要求する声だが、抱月もまた、このような倫理意識と美意識のパラダイム変更の要求に対応、「快楽」と「美」を単純に同致する観点は否定したうえで、美という「絶対的快楽」の審級に「理想の世界」があるという観点を提示することになるのだ。こうして、「美」の齎す「絶対の快楽」にこそ「道徳」（「相対界」）を超越する契機を見いだした抱月は、ショーペンハウアーの芸術論に拠って人生における芸術の意義を説き、美の原理的理解を前提に、「現実の世界を仮に絶対の世界」にと化す具体的道筋を「科学的」に模索することになる。だがそれは、単なる構想の提示にとどまってしまった（第五節、第六節）。抱月が目論んだのは、美の与える快楽を拡充する過程を、「現実界」を貫く「現実的発展」の「理法」に従って

「素材」を処理していく表象の方法としての在来的な「写実」に対し、「情の一貫」によって「思想の結体」をめざす表象の方法として「情化」なる概念を仮定し、その具体的な表象過程を示すことだったが、これは理論的な裏づけのない構想に終わってしまうことになるのである。

『新美辭學』は、みてきた通り、とりわけ第一編、第二編にみられるように在来的な修辞学の枠組みを超えて日本語の言語表現を経験心理学の知識を活用しながら分析、言語表現を美学理論の原理のもとに考察しようとした試みとして類をみないものだった。しかし第三編は、そこに「道徳」と調和しうるような美の在り方に対する真剣な思考のあとを窺うことができるものの、論理の飛躍も多く、完成度、説得力が著しく欠けているのは否定できない。多様な角度から検討を重ねた論考というよりは、洋行を目前に、忽卒のうちに纏められた構想の提示にとどまってしまっているのである。

「美論」が未完に終わった理由としては、むろん当時の抱月の力量もさることながら、洋行を控えて十分に思考をつみあげる余裕のないままに纏めたという事情も大きかったが、また、そこには美の規範が大きく変容し、基準が各人に委ねられるようになった時代における「美学」から「芸術学」への転換という事態も関わっていた。

第七章　美学理論の転回——美学から芸術学へでは、バウムガルテン、カント流の抽象理想説からヘーゲル、ハルトマンの具象理想説に至る西欧美学の美学研究の歴史を振り返りながら、一九世紀後半のヨーロッパ美学の動向を紹介し今後の美学の進むべき方向を展望した大塚保治の「美學の性質及其研究法」を中心に二〇世紀初頭のヨーロッパの美学理論のめまぐるしい転換に一瞥を加え、世紀転換期の美学や言語理論の動向との同時代的連関性のもとに抱月美学の位置を測ることとした。

「審美的意識の性質を論ず」が発表された一八九六年に渡欧、一九〇〇年に帰朝して新設された帝国大学美学講座の教授に就任したばかりの大塚は、この講演では美学研究における心理学的・社会学的探求の必要を強調、両者を統合して「美術」（芸術）という現象を客観的に捉える芸術学という学問領域が樹立されるべきであるという構想を示している。大塚もいうように、この頃ヨーロッパの美学は大きな転換期に差しかかっていた。観念論（「純理哲学」）的構成から経験的・実証的方法へ、抽象理想説から具象理想説へ、フェヒナー（Fechner, Gustav Teodor 1801–87）の主張にみられる「上からの美学」から「下から」のそれへ、と美学研究が局面を転じ、美学に代わって芸術学が提唱されるというパラダイム転換の場面に向かいつつあったのである。『新美辭學』が、こうした動きに対応して構想されたものでもあったこと、また抱月の視界には、ボサンケも指摘する、ラスキンにみられる、従来の美の規範からすればマイナーとされていたターナー（Turner, Joseph 1775–1851）やプレ・ラファエライト美術への評価や、ウィリアム・モリス（Morris, William1834–96）の「周辺芸術」（Lesser-Art）への注目など、日本では白樺派を中心に一つのムーヴメントとして一九〇〇年代後半から一九一〇年代にかけて展開されることになる美的現象をめぐるパラダイムの変換の動きも射程に収めて構想されていたこと等が、本章が光を当てた抱月美学の意義の主要な点である。

世紀転換期ヨーロッパにおける美学理論の転換との同時代的連関性のもとに、「情」という意識の能動的・主体的機能に注目して独自の美学理論を構築しようという問題意識は、一九〇二年から一九〇五年にかけての、あしかけ四年間にわたるイギリス・ドイツでの留学経験を経て、帰国後の営みのなかでも基本的に貫かれるが、また、自然主義文学運動への関わりを通して、変容を強いられることにもなった。

第三部　美学的文芸批評の展開においては、自ら積極的に推進していった自然主義文学運動の展開のなかで、ロッツェにその起源を遡行することのできる「生の哲学」をはじめ、リップスの「感情移入理論」、トルストイの『芸術論』、プラグマティズムなどとの邂逅を経験しながら、美学理論がどのように変容していったか、観照理論がどのように成立していったか等について論じた。

所謂「生の哲学」の思想は、抱月が帰国後の、つまりは日露戦争後から大正期にかけての、文学・思想をめぐる言説状況を考える場合に、無視してはならないものといえるだろうが、本書はその影響を「美學と生の興味」に探ることから始めた（**第一章　美学理論の変容――その一　「生の哲学」**）。

「生」の「理想」の探求は「体験」という根源的所与に拘泥するところに開始されるべきだとする「美學と生の興味」の主張に影を落としているのは、あらゆる認識の基礎を「生」という「根本事実」に求める「生の哲学」の思考である。むろん、この時期には、ディルタイ（Dilthey, Wilhelm 1833–1911）もベルクソン（Bergson, Henri 1859–1941）も日本に紹介されていたわけではないが、ここではベルクソンの先駆者とされるギュイヨー（Guyau, Jean Marie 1854–88）にも言及して「美學と生の興味」を検討（第一節　「美學と生の興味」）、抱月における「生の哲学」の思考の痕跡を、世界の目的が「当為」の根拠となるのではなく、世界の目的は、「当為」によって新しく見いだされるとして、所謂「目的論的観念論」（teleological idealism）を唱え[73]カント以来の観念論的理想主義の思考の枠組みからの乗り越えを目論んだロッツェにまで遡って跡づけた（第二節　「価値」の客観化――ロッツェ）。また、ロッツェによって開始され、ニーチェ、新カント学派哲学、プラグマティズムなどの思想形成を促した根本的な思考の転回について、その思想史上の意義及び近代日本の思想史的コンテクストにおける受容の位相を、西田幾多郎（一八七〇―一九四三）・清澤満之（一八六三―一九〇三）・綱島梁川らにまで視界を広げながら論じ、抱月に及ぼした生の哲学の思考の影響を計測することも本章の主題の一つである（第三節　「生の哲学」）。

「美學と生の興味」に看て取ることのできる「生の哲学」の思考は、当然のことながら抱月の美学理論にも変容を及ぼすことになるが、それと共に、この時期の彼の美学理論を考えていく場合に見過ごしてならないのは、リップスに代表される「移感」（＝empathy　感情移入）理論の影響であろう。「情」という意識の能動的・主体的機能に注目しながら展開された抱月の美学理論に、そもそも感情移入理論が影を落としていたのはいうまでもないが、**第二章　美学理論の変容――その二　感情移入理論**が意図したのは、『サンタヤーナ／マーシャル／リップス美學綱要』（一九一一、早稲田大学出版部）に示される「純粋観照」の概念を中心に、感情移入理論受容の過程を解明することである。

リップスが光をあてたのは、「自己」が現実の制約を脱して、「全現実界を超絶せる絶対世界」たる「美的実在性」の世界を経験する過程、即ち「純粋観照」の成立過程だが、それが美の「観照」（享受・創造）を通して、「生」の意義を創出（拡充）する過程でもあることを説く点において、生の哲学の主張と対応していたこと、その意味において、抱月の「観照論」の形成に多くの示唆を与えたこと等が本章で指摘した主要な点である。また本章では、美的価値と人格的価値を等置するリップスの観点を独自に発展させて阿部次郎（一八八三―一九五九）が唱導した「人格主義」にも言及した。[74]

「第一部」「第二部」に示された美学理論は、「早稲田文学」を拠点に展開される文芸批評にも貫かれるが、**第三章**では**美学的文芸批評の展開——その一**として「囚はれたる文藝」を取り上げた。

この論で抱月が目論んだのは、古典古代から現在に至る文学・芸術の興亡の様相を「知」「情」の対立・相克の過程として浮かび上がらせ、その文脈のなかに近代日本の文学・芸術を位置づけることである。ダンテ（Dante, Alighieri 1265–1321）との「対話」という趣向のうちに、古典古代から一九世紀末の現在に至る文学・芸術歴史を叙述した（第一節「知」と「情」の対立）この論で抱月は、ラファエル前派、ウォッツ（Watts, George Frederick 1817–1904）、ターナー（Turner, Joseph 1775–1851）、ベックリン（Böcklin, Arnold 1827–1901）等の絵画や、「マーテルランク」（Maeterlinck, Maurice 1862–1949）、イプセン（Ibsen, Henrik 1828–1906）などの作品に顕著な神秘的・標象主義的傾向を例に引きながら、現在の西欧の文学・芸術が「感情の反抗、知識の憎悪を表すべき機運」（第二節　標象主義的傾向）に向かいつつあることを指摘、今後の日本の文学・芸術は、実証的合理主義的に世界を把握する自然主義的認識の制約から脱して、「情趣的」「宗教的」「東洋的」方向をめざすべきであるという展望を提示している（第三節「情趣的」「宗教的」「東洋的」）。ここで「情趣的」とは、「標象主義」「神秘主義」がそうであるように「感情を生命」として「知識」（理性）の制約からの解放をめざす傾向を、また、「宗教的」とは「人生最後の命運に回顧するの情を刺戟」し、超越的な世界を啓示する文学の在り方を指すが、客観的な事実の羅列ではなく、留学中に自身も講筵に列したヴェルフリン（Wölfflin, Heinrich 1864–1945）経由のブルックハルト（Bruckhardt, Jakob 1818–97）ディルタイらの方法に倣って、「知」と「情」という二項対立を設定、西欧の文学・芸術の変遷を精神史・文化史的に分析、問題史的に西欧文化史を叙述、現代の「文芸」＝文学・芸術が、実証的合理的な世界認識と人間理解の枠組みを超える方向を志向しているとみる観点には、西欧文明を、それを生み出した社会の空気を呼吸することを通して理解したいというモティーフのもとに敢行、今日モダニズムとして一括されるスタイルが生まれつつある雰囲気を肌で感じた留学の体験が活かされてもいた。

西欧文化の展開の文脈のなかに世紀転換期の日本の文学・芸術を位置づけた「囚はれたる文藝」が示したのは、日本の文芸が「情趣的」「宗教的」に加えて「東洋的」な特色を発揮するべきであるという展望だったが、この認識は**第四章　美学的文芸批評の展開――その二　自然主義文学運動への加担**がその経過を説いた通り、文芸協会の結成と、それを拠点にした文化運動の推進の企てとして、実践されることになる（第一節　自然主義文学運動と文芸協会）。

日露戦争を経て、日本の文化が直面しているのは、「我が精神的文明の廻転期」であり、「精神界に於ける一種の革命運動は必至不可避」（「教育と精神的革新」一九〇六・六・一一、「東京日日新聞」）だという認識[75]のもとに文学・思想・演劇・音楽・美術の各領域から大衆芸能に及ぶ「一大文化運動」の展開が企てられることになるのだ。

しかし、「囚はれたる文藝」発表まもない一九〇六年三月、島崎藤村（一八七二―一九四三）が刊行した『破戒』に接して「欧羅巴に於ける近世自然派の問題的作品に伝はつた生命は、此の作に依て始めて我が創作界に対等の発現を得た」という評価を下し（「『破戒』を評す」一九〇六・五、「早稲田文学」）で改めて自然主義に目を向け始めた抱月は、翌年、田山花袋（一八七二―一九三〇）が「蒲団」（一九〇七・九「新小説」）を発表するに及んで、この作品に「肉の人、赤裸々の人間の大膽なる懺悔」を読み取り、「僕は自然主義賛成だ」（「『蒲団』を評す」一九〇七・一〇、「早稲田文学」）として積極的に自然主義文学運動を推進する立場を明確にすることになる（第二節『破戒』評と「蒲団」評）。

『破戒』と「蒲団」に対する評が共有しているのは、そこに、人間的自由への渇望と表現、即ち、旧来の道徳観念と美意識に代わる、新しい美と倫理の在り方への真剣な模索を読み取ろうとする観点である。そこに一貫するのは「情趣的」「宗教的」という指標が示すような、倫理と美、主題と表現をめぐる「囚はれたる文藝」が提示したパラダイム変更の要求であり、その意味では、自然主義文学運動は、文芸協会を中心にした「一大文化運動」がめざしたものとなんら変わることはなかった。そして、であってみれば、ここに提示された観点が、**第五章　美学的文芸批評の展開——その三　自然主義文学の理論化**で考察したように自然主義を「プレゼント・テンス」（「『蒲団』を評す」）として認識し、ヨーロッパ文学で展開された自然主義をモデルに日本の自然主義の特殊性を浮かびあがらせようとした「文藝上の自然主義」及び「自然主義の価値」にも貫かれたのは当然だったともいえる。

もともと日本では、自然主義はゾライズムを標榜した小杉天外（一八六五―一九五二）等の試みを指していたが、「文藝上の自然主義」を抱月は、ロマンチシズム、写実主義、との差異化を図りながら自然主義の定義を明確にしたうえで、国木田独歩（一八七一―一九〇八）、藤村らにみられる「輓近」の自然主義を「後期自然主義」として前者（「前期自然主義」）と区別するところから説き始めている。自然主義はロマンチシズムを通過していなければならないというヨーッパでの定義に照らして、「明治三十四五年頃のいはゆるニーチェ熱、美的生活熱の勃興」という「我が国相応のスツルーム、ウント、ドラング、若しくはロマンチシズム」を経過したかどうかに両者を区別する指標があるとするのである。次いでヘーゲル、ビーアス（Beers, Henry Augustin 1847–1926）、ブリュンティエール（Brunetiere, Ferdinand 1849–1906）などを参照して、ヨーロッパの自然主義を「構成論」「描写の方法態度」の両面から検討した抱月は、自然主義をゾラ（Zola, Emile 1840–1902）にみられるような「純客観的」な方法に徹しようとする「本来的自然主義」と、対象に「主観挿入（説明）的」に関わろうとするフローベール（Flaubert, Gustave 1821–80）、モーパッサン（Maupassant,

Henri Rene Albert Guy de 1850–93）等の「印象派的自然主義」に分類している。後者に、より積極的な「方法態度」を認めるというのが（「第一節」）抱月の基本的立場だが、続く「自然主義の価値」では、自己の美学理論を踏まえてその「価値」を明らかにすることが試みられる（第二節）ことになる。

ここでは、正宗白鳥（一八七八―一九六二）の「何処へ」（一九〇八・一―四、「早稲田文学」）や真山青果（一八七八―一九四八）「家鴨飼」（一九〇八・四、「新潮」）など新しい世代の作品が、尾崎紅葉「多情多恨」（一八九六・二―一二、「讀賣新聞」）「金色夜叉」（一八九七・一―一九〇二・五、＊断続掲載「讀賣新聞」）と対比して、「内容」「外形」の両面から考察されるが、新しい自然主義と在来的なそれは、「情緒的」と「情趣的」という概念を指標に差異化される。「審美的同情」の位相で「真」を追求するというのは、新・旧両派が共有する目的だが、「外形」のうえからいえば、後者が「客体」との一致によって「情緒的事象」の生成をめざす「美的情緒」（Aesthetic emotion）の表出にとどまっているのに対し、前者はそれを超えて自覚的に「統合」（「観照」）した「美的情趣」（Aesthetic mood）の具現化をめざすところに差異が求められるのである。

自然主義の目的とする「真」＝客観的真実性の追求という「内容」上の課題と文芸がめざす「美」の関係もまた、「情緒的」と「情趣的」という指標を踏まえて説明される。

ゾラ（Zola, Emile 1840–1902）、イプセン等は「社会問題」「宗教問題」を取上げ、「道徳的又は実際的」意義と関わる客観的真実の追求を試みた。しかしそれは彼等の作品が、芸術的に優れていることと同義ではない。「美」とは「道徳」を超越した「絶対的快楽」にほかならないからである。[76]とはいえ、むろん美は快楽と等置されるわけではない。「美的快楽」は、単なる感覚的快楽ではなく、反省的に自覚された感覚的快楽でなければならないという『新美辭學』における認識に照らしても、「美的快楽」という芸術の価値と「道徳的又は実際的意義」とは不可分なのだ。自然主義の場合も事情は同様で、自然主義のめざす「真」という「価値」も「道徳的又は実際的意義」と関わっている。自然主義が、在来の文芸に対して優位であるのは、「社会問題」「宗教問題」を扱いながらも、それに対して「情緒的」に向き合っている――「我」の反応を描いている――に過ぎない後者に対して、前者が、「情趣的」である点に求められる。要するに、「情緒的事象」としの現実に反省的自覚的に対するという点で自然主義は、単に現実と「情緒的」に向き合うに過ぎない在来の文芸（「写実主義」「前期自然主義」）と画されるというのが抱月の立場であり、またそこにこそ、その「価値」もあるのだ。白鳥・青果らの作品が、「人生の意義」を「大膽に暴露」し、「真実な全人生と触面せしめる」感銘を与えるのに対し、技巧を凝らした紅葉のそれが「套窩に陥つて単なる空想の遊戯」になってしまったかにみえるのも、そのゆえにほかならない。またそこに、「排技巧」「排遊戯」が主張される根拠もあった。

「自然主義の価値」は、「我等が憧憬の本体を今一度現実に返せ、現実の生に返せ。自然主義は此の叫びとも聞かれる」という言葉と共に結ばれるが、抱月が「自然主義」において認めた「価値」とは、つまりは現実認識をめぐる思考の徹底にあった。ここで「憧憬の本体」とは、樗牛や梁川が強調した人生の「第一義」にほかならないが、「第一義」は、「憧憬」にとどまるのではなく、「現実」に照らして徹底して検証されなければならない。いわば、自然主義を単に「現実」の「科学的」認識の方法と見做すのではなく、「現実」の科学的分析が、「第一義」に到達するためには不可避とするのが、抱月の認識なのである。

だがこの場合、「現実」とは自己という主体の「生」をめぐるそれ、つまりは自己の実生活を措いてはあり得ない。自己の実生活において「芸術」とはなにか。というより、そもそも「実生活」とはなんであり、「芸術」とはなにか。

第六章　美学的文芸批評の展開――その四　芸術と実生活

では「藝術と実生活の界に横はる一線」が改めて俎上にしたこの問題を、そこに影を落としたトルストイの『芸術論』にまで遡行しながら考察の対象とした。

「藝術と実生活の界に横はる一線」では、若い日の正宗白鳥も抄訳[77]した『文學批評の諸流及諸材料[78]』などを参照して、芸術の存在理由をめぐる諸説を検討した抱月は、「功利の為の芸術（Art for Utility's sake）」以外は「無用の閑事業」とするスペンサー（Spencer, Herbert 1820–1903）流の功利主義はもとより、「芸術の為の芸術（Art for Art's sake）」を唱える芸術至上主義や「自己の為の芸術（Art for Selve's sake）」の立場を共に却け、その存在理由を「生の拡充」に求める「生の為の芸術（Art for Life's sake）」の立場を打ち出している。

ここで注目されるのは、「実生活」における自己と「芸術」における自己を区別するという「審美的意識の性質を論ず」以来の「観照」論を踏まえながらも、そこに、「生の哲学」と、「移感」理論が色濃く影を落としているところであろう。自己の利害に拘束される実生活は「観照」においてこそ、「局部我より脱して全我の生の意義すなはち価値」に到達することができる。だがその「観照」は、「全現実界を超絶せる絶対界」をめざす営み、即ち、「同情」（「移感」empathy）によって「美的実在性」を経験する営為として貫徹されなければならないというのがここでの抱月の主張である。岩野泡鳴（一八七二―一九二〇）の代表する「自己の為の芸術」の立場が否定されるのもこの観点からにほかならない。芸術を創作・享受する衝動が、人間にとって根源的な衝動であり、それ故芸術が「生の拡充」を求める営みであるのは泡鳴もいう通りだが、「観照即実行」というスローガンにあらわなように、泡鳴は異なった原理に従って営まれる「観照」という超越的世界と「実生活」を直結し、その結果「単に自己の満足」にとどまり「生の味はいの妙境を保留し表現したいといふ域」に達してはいないとするわけである（「第一節」）。

ところで、「芸術」と「実生活」の境界に「横はる一線」とは、結局は「観照」（「同情」）という超越的世界と実生活を隔てるそれにほかならず、芸術とは、「生の味はいの妙境」という超越的審級を通して生の意義を確認する営みにほかならないとするこの認識の形成に当たって、生の哲学や感情移入理論と共に、芸術を人生に不可欠のものと断定したトルストイの『芸術論』が影を及ぼしていることも見落してはならない。

知られるようにトルストイ『芸術論』の主張の根幹は、「芸術」を、「単なる快楽」ではなく「同一感情で人々を結び付けて、人と人との間の一致」を図るという意味で「人生並びに個人及び人類の幸福への進歩に必要欠くべからざるもの[79]」と規定、人々を結び付ける「同一感情」を支えるのは、「全社会に共通した宗教観念」（＝キリスト教）にあるとするところにあった。トルストイによれば、ボードレール（Baudelaire, Charles 1821–67）、ヴェルレーヌ（Verlaine, Paul Marrie 1844–96）、ヴァーグナー（Wagner, Wilherm Richard 1813–83）などの現代芸術が頽廃し「倦怠感」しか齎さないのは、それらが、共同の感情を喚起する「宗教観念[80]」を喪失したからにほかならない。「教会基督教の信仰」を失った「基督教国民の上流階級」の芸術が芸術の名を専有した結果、こうした「擬芸術[81]」が生み出されることになったのだ。

抱月が『芸術論』に提示される以上のようなトルストイの芸術観に同意したのは、「文芸が感染的に人と人を結合するは善事ならずや」という「囚はれたる文藝」の一節からも明瞭である。もっとも、「芸術の伝へる感情の価値を決めるもの」をキリスト教に限定した点については、やはり「囚はれたる文藝」で「トルストイは基督教に囚はれたるにあらざるか」と疑問を呈しているのは、「移感」論を基盤にした美学の構築をめざし、後には民衆芸術論を提唱、芸術座を結成して実践活動に乗り出していくことにもなる彼の立場からすれば当然であったともいえる。芸術が人生のために存在すること、また、善や美を判断する感受性の源泉は、人を同一の感情で結び付ける感情にこそあるという『芸術論』におけるトルストイの主張は、こうして「実生活」と「芸術」をめぐる抱月の思考にも大きな示唆を与えることになる（「第二節」）。

芸術が人生のために存在すること、またその目的が人生の「観照」に限定されることはいまや明白である。だが、それではその人生とはなにか。トルストイからも啓示されて抱月が選んだのは「芸術と実生活」を区別し、芸術の目的を人生の「観照」に限定する観点だが、同時にそれは彼の主体的立場を改めて明確にすることの必要を自覚させることにもなった。「序に代へて人生観上の自然主義を論ず」が、この自覚のもとに書かれることになるのである。

第七章　美学的文芸批評の展開――その五　人生観上の自然主義では、一九〇九年六月、「最近両三年」にわたる芸術論、自然主義論の総括として刊行した『近代文藝之研究』に序文として掲げたこの論及び続編として書かれた「懐疑と告白」について、「プラグマティズム」との関わりも含めて検討した。

ここで抱月は、過去に自身が積んできた学問や実生活の経験を回顧、「アルメル・トール」の嘆きに擬えながら、それが人生観として信奉すべきなんらの像を結ぶことはなかったとして、その自己をあるがままに「懺悔」すべきことを説いている。

抱月はいう。これまで自分が実生活において拠るべき規範としてきたのは、いわゆる「普通道徳」だが、それは人生観というよりは、実生活を営む上での「一の方便」に過ぎない。また、もし、人生観を、「実行的人生」を「総指揮」するべき「理想」であるとするなら、自分が共感するのは梁川や樗牛と同様「自己実現」の立場だが、これとても人生観と呼ぶことはできない。真剣に生きられたわけでもなく、所詮は「知識」に過ぎないからだ。とすれば、自分は「何等の徹底した人生観」を持っていない。今の自分にできることは、「空虚な廃屋」での、「継ぎはぎの一時凌ぎ」とでも形容するほかないような「自家の現状」を、ありのままに表白――「懺悔」することしかない。

要するに、「あらゆる既存の人生観」が「我が知識の前に其の信仰価を失」った「自家の現状」を直視し、それを「真摯に告白」すべきことを説くところにこの論の趣旨があったといっていい（「第一節」）が、抱月のこの主張に対して、最も本質的な批判を加えたのは安倍能成（一八八三―一九六六）である。「『近代文藝之研究』を読む」（「ホトトギス」一九〇九・八）で安倍は、抱月の仕事を自然主義論の中で、最も包括的で、また最も整ったものとして評価しつつも、この論については、抱月の「現実」への関わり方が不徹底だとしている。「第一義」に到達するには自己が主体的に「現実」と関わること、即ち自己の「経験」を通して「其の時代の人心に最も切実な問題」と関わることが不可欠だが、抱月は主体的な「現実」との「密接なる交渉」という契機を欠落したまま、「懺悔」を説いているに過ぎないというのが、その批判の眼目である（「第二節」）。抱月はここで、自己の「実行生活」の経験に照らして、儒教的道徳観と、それと癒合しながら「普通道徳」を形成する功利主義的道徳観を批判するのみならず、その限界の認識のうえに構想された「自家実現」の思想をも生きることのできない「自家の現状」を告白した。その意味では、抱月がここで試みたのは、いわば一種のイデオロギー批判であり、その限りで的を外れていたというわけではない。だが、既存の人生観を、「信仰価」を失った「知識」(イデオロギー)と見做しながらも、「自然主義の文芸を要求する」その認識の根拠はなにか。安倍の批判は、この点に関わっていたといっていい。あまりに自明のことながら、「人生観」とは自己による世界の選択と構成の仕方、即ち現実との関わり方そのものの謂いであり、それを欠落して「疑惑」も「懺悔」もあり得ない筈だからである。

安倍の批判は、「現実」との「密接なる交渉」を固有の経験として透徹することを抜きにして「懺悔」を説く抱月の、「懺悔」する主体の現実への関わり方の不明瞭さを改めて照らし出すことになったが、この問いに答えるべく、「懐疑と告白」(一九〇九・九、「早稲田文学」)が書かれることになる。

主体が「現実」と、つまりは「私」が世界とどのように関わるのかという安倍の問いはそのまま、自然主義を「要求」する自己の人生観そのもの、主体としての「私」を、書くことに駆り立てる根本のモティーフに向き合うことを突きつけたが、抱月はこの問いに「プラグマティズム」との差異を明らかにすることを通して応じながら、信じることができるのは「懐疑」することのみであり、「此の紛然たる心内の光景をありのままに告白」することだとして、基本的には前論と同じ立場を確認する(第三節)。

ここで「プラグマティズム」との差異を明確にする必要があったのは、白松南山(杉森孝次郎一八八一―一九六三)もいうように[82]F・C・シラーの『ヒューマニズム』[83]を経由して紹介されたこの思想が、人生の「経験」から出発、既存の思想に対する「懐疑」の徹底を通して「真理」(「第一義」)に到達しようとする点において自然主義と問題意識を共有し、安倍もまたその影響圏下にあったからである。やはりシラーを参照しつつ、桑木厳翼(一八七四―一九四六)や朝永三十郎（一八七一―一九五一）[84]もいう通り、プラグマティズムが与えたインパクトは、すべてを「理智」によって説明するアリストテレス（Aristotelēs 384B.C.–322B.C.）以来の「主知主義」「理性主義」に「実行」を対置し、認識への新しい回路を示したところにあった。プラグマティズムによれば、真理は「行為に有用」な「実際的知識」として個人や社会に「有用」な「実行」の「経験」を通して「生き残つ」てきたものであり、この観点からすれば、「主知主義」「理性主義」は「経験」を抜いて空疎な議論に耽る「愉快なメフェストフェーレス」に過ぎない。「世界は詰り経験[85]に過ぎないとみるこの観点からいえば、世界は「自分自身の経験」を「窮極」の基礎として「自ら造り出」すべき対象であり、真理もまた「価値」の一形態に過ぎないのだ。

「吾々が自由に構成すべき混沌」「構成されるもの[86]」として世界を捉えるという、基本的には、「価値」が「当為」を導き出すのではなく、「価値」を決定するのは主体の「当為」にこそあるとする、ロッツェの敷いた「価値」認識の転換の軌道のうえに設定されたこの観点に抱月が同意したのは、「自家実現」の思想に共感した彼であってみれば当然ともいえる。

しかし、抱月はそれを最終的に「解決」を約束する「実生活を統括すべき思想」として選ぶことには同意しない。「プラグマティズム」に同意するのは、その「懐疑的方面」においてのみで、「解決哲学」として奉ずることができないのは、「第一義」（「真理」）が、そもそも「語る能はざるもの」であることに関わっている（第四節）。

第八章　自然主義「観照」理論の成立では、この「語る能はざるもの」（「第一義」）を語ろうとする「文芸」（文学・芸術）の営みにおける「懐疑」の機能、及び「文芸」の意義について、抱月の言説に照らしながら辿り、その「観照」理論について考察することを試みた。

「第一義」即ち「人生の根本に横はつて居る、知れないもの」（「知り得ないもの」＝「語りえないもの」「言語道断なもの」）について、それが「知り得ないもの」であることを自覚しながら「知らうとする」のは「パラドックス」というほかはない。しかし抱月は、「人間の第一義生活若しくは精神生活の中枢」は「それが掴み得られると得られない」に関わらず、「第一義の優勝道」に至りたいという根源の欲求を「何うにか心の中で取り扱ふ所」にこそあるとする。「第一義」が「語る能はざるもの」「解決」することのできないものである以上、「懐疑」もまた「何時でも終点を意味するものではない」。信じ得るのは「懐疑」することのみであり、「充実した我れ」は「たゞ此の紛然たる心内の光景をありのまゝに告白する」ところにこそ確認できるとするのだ（第一節）。

こうして、「語る能はざるもの」であることを自覚しながら語ろうとする「パラドックス」にこそ、「第一義」への回路があるとした抱月は、哲学、宗教、文芸というわれわれの「精神生活の中枢」に関わる営みのうち、この「パラドックス」に向き合うことができるのは「文芸」のみだという見解を提出している。ここにみることができるのは、いうまでもなく、芸術においてこそわれわれは法則化や分析によることなく、「情」の作用によって直接に「第一義」を感得できるという「審美的意識の性質を論ず」に始まる認識だが、同時に、そこには、現実との交渉という自己の経験を欠いたまま「第一義」を説き、「懐疑」という「解決以前の心内の実光景」には瞑目したまま「解決」を求める哲学・宗教の現状に同意することのできない「自家の現状」が率直に表明されてもいた。

抱月が同意したのは、「世界」を「懐疑」の視線のうちに晒しながら「吾々が新しく造り出していくもの、真理も実在も構成されるもの」[87]として捉え直す立場である。プラグマティズムが鮮明に打ち出したこの立場からすれば、「第一義」は「実行生活」即ち「現実との交渉」のなかで「吾々の欲望、目的、感情の如きものに依つて始めて存在し得るもの」[88]にほかならない。その意味では、抱月もまた、ロッツェに淵源してプラグマティズムやグリーン等のイギリス理想主義、新カント派に分流、後には現象学を生み出すに至る「生の哲学」の潮流に棹差していたといっていい。抱月にとって人生の「第一義」は外部に存在するのではなく、「現実との密接なる交渉」を介して、主体的に選び取られるべきものなのだ。しかし、「経験」の必要を強調しながらも、実生活上の経験に裏打ちされることなく「組織や結論」

として「解決」を提示するにとどまっているとすれば、プラグマティズムもまた単なる「知識」（イデオロギー）に過ぎない。プラグマティズムがそうであるように、現状の哲学・宗教が、「経験」を欠落したまま「解決」（「第一義」）を説く単なる「知識」に過ぎないものである以上、「第一義」への渇望を充足させるのは、現実を「在りの儘」に捉え「経験」として「観照」する「文芸」の営み以外にはないというのが、抱月のひとまずの結論なのである（第二節）。

ところで、「第一義」は、「語りえないもの」を語ろうとする背理に挑む「文芸」の営みにおいてこそ啓示されるという、この求道的性格を濃厚に漂わせた文芸観は、文芸における「観照」の意義を改めて照らし出すことにもなった。『近代文藝之研究』に一月ほど先立って発表された「観照即人生の為也」（一九〇九・五、「早稲田文学」）で抱月は「人生の第一義を観照させるもの」こそ「まことの意味において人生のための芸術」としている。この論及び「序に代へて人生観上の自然主義を論ず」「懐疑と告白」などでは、「観照」（Contemplation）は、対象に内在する「美的理念」（aesthetic idea）「深奥ナ想」（「情感的理念」）を「感得」する主体的行為[89]として捉えるという、美学理論及び批評的言説を一貫する原理的説明から一歩踏み出した、より主体的意味を付与されることになる。「美的観照」とは、「人生の第一義」の「観照」にほかならず、「美的理想」もまた、自己によって主体的に選び取られるものとされることになるのである。

もともと「美的観照」が開示するのは現実界の利害を超越した世界であり、その意味では現実の「美的否定」にほかならないが、この、現実界とは異なる秩序に属する世界においてはじめてわれわれは「美的実在」を「経験」することができるという意味では、現実の「美的な積極的な肯定」でもある。[90]「美的観照」が「人生の第一義」の「観照」であるとは、こうした「観照」という行為を通して、生との、即ち新しい関係を創出[91]していくことの謂いにほかならない。世界が自己によって構成されるべきものであり、選び取られるべきものとすれば、「美的理想」もまた自己の生におけるその意義が見いだされなければならないのであり、「観照」はそのような超越の機能を担った主体の営みとして新しく捉え直されることになるのだ（第三節）。

「懐疑と告白」で抱月が辿り着いたのは、人生の「第一義」は現実と関わる自己の経験を不断に懐疑に晒す「文芸」の営みのうちにこそ求められるという認識である。

改めていうまでもなく、この論以降、抱月は自然主義文学運動に積極的に関わることはない。それだけでなく、本格的に美学の理論化に取り組むこともない。その情熱は、近代劇の演出という表現行為に注がれることになるが、**終章**では、本書で論じた内容について総括的に要約し、その意義にも触れた。

「審美的意識の性質を論ず」や『新美辭學』などに展開される美学理論の「系統」化の試行を貫くのは、「知」によって認識することも、「意」によって判断することもできず、ただ「情」によって「感得」するしかない「美」という「心界の現象」を、「情」の機制を中心に解明しようという問題意識である。美が主体と客体の「同情」において成立するとし、そのメカニズムの論理的説明を試みた「審美的意識の性質を論ず」に始まり、『新美辭學』では言語表現における美の探究という場に焦点を絞り、実験心理学の成果も組み込んで、美の「感得」における「情」の能動的側面を具体的事実に即して明るみにだすことをめざして進められたこの課題の探求が、自然主義文学運動の場面における批評的言説においても一貫していたのは「生」における「情」の超越的契機を強調した「美學と生の興味」が示しているところでもある。「語り得ない」ものを語ろうとする背理に挑む「文芸」においてこそわれわれは人生の「第一義」を「感得」することができるという、抱月の到達した認識は「情」の機制とその「理法」の解明を軸とした美学的探求が辿り着いた一つの結論でもあったといえる。

一方、こうした美学的言説の展開過程は、一九世紀後半から二十世紀初頭にかけての美的現象をめぐる言説のパラダイムの転換、というより、より根本的には、ロッツェに始まり、ニーチェを経て「生の哲学」に至る、世界認識の転回に対応してもいた。この認識の転換は、美の「理想」は、「経験」を通して自己によって選び取られるものであるとして「観照」の超越的意義を強調する、抱月の到達した美学探求のひとまずの結論にも影を落している。

終章では、批評的言説と対応する抱月の美学理論を一貫する以上のような特質に改めて光をあてた。もとより、抱月の試行が、ここに要約されるものにとどまらない豊かな可能性を孕んでいたのは本書が説いた通りである。だが、ここでは、以上の特質をはじめとして、その試行が、『小説神髄』に出発する芸術の存在理由をめぐる問題提起への一つの回答でもあったこと、また、やがて「私小説」を生み出していくことになる日本自然主義の性格にも深く影を及ぼしていること、美学理論の体系化を放棄し、文芸批評から退場して、近代劇運動に関わっていくことになるその後の彼の「実行生活」をも準備するものであったこと等を指摘して、本書をひとまずの総括とした。

1　署名は島郁滝太郎。この論文には、二一名の得業生の中で甲等（第一位）の評価が与えられた。早稲田大学図書館所蔵。
2　九月二五日発行の七二号から、一二月二五日発行の七八号まで、七二、七三、七五、七七、七八の各号に五回にわたって掲載された。
3　後藤稜次郎（後藤宙外遺族）所蔵。この書については、岩町功『評伝島村抱月』（上・下）（二〇〇九・六、石見文化研究所）参照。
4　美学に関していえば、一八八一年にフェノロサ（Fenollosa, Ernest Francisco 1853–1908）の担当によって美学講座が開設されていた文科大学に加え、一八九一年からは東京美術学校で、また翌九二年からは慶応義塾でそれぞれ鷗外が「審美学」を講義、東京専門学校でも、やはり一八九一年から大西祝が、九三年からは大塚（小屋）保治が美学を講じるなど、講壇で美学の本格的な講義が開始された時期だった。国文学の領域では、一八九〇年に、芳賀矢一・立花銑三郎『国文學讀本』（上田万年閲、四月、冨山房）三上参次・高津鍬三郎『日本文學史』（一〇―一一、金港堂）が出版、落合直文・萩野由之・小中村義象共編による『日本文學全書』も刊行され始め（四月、博文館）ている。抱月が東京専門学校で学んだ一八九〇年代初頭は、「美学」と「日本文学史」が、新しい学問の分野として出現し始めた時期だったといえる。
5　「再興した頃の早稲田文學」（一九一八・七、「早稲田文学」）
6　「小説總論」（一八八六・四、「中央学術雑誌」二六号）
7　鷗外の、逍遥の文学理論への批判については、岩佐壮四郎「没理想論争と島村抱月」（「KGU比較文化論集」一号、二〇〇八・二）、及び本書第一部第三章第二節参照。

8 土方定一「島村抱月と明治美學史」（一九三四・六、「早稲田文学」、のち『近代日本文学評論史』一九七三・一一、法政大学出版局）

9 山本正男『東西芸術精神の伝統と交流』（一九六五・五、理想社）

10 金田民夫『日本近代美学序説』（一九九〇・三、法律文化社）

11 神林恒道『近代日本「美学」の誕生』（二〇〇六・三、講談社）

12 これらのほか、抱月に関連する日本の近代美学の論考としては濱下昌宏『近代日本美学史序説』（二〇〇七・五、晃洋書房）、権藤愛順「明治期における感情移入美学の受容と展開――『新自然主義』から象徴主義まで」（二〇一一・三、「日本研究」四三号）、吉本弥生「伊藤尚と阿部次郎の感情移入説――リップス受容をめぐって」（二〇一一・三、「日本研究」四三号）などがある。

13 小屋保治述、島村滝太郎筆録「美學講義ノート」（全三巻）（一八九三・九―一八九四・三、早稲田大学図書館蔵）。なお、このノートは、第一巻（明治廿六年九月十一日起　仝十一月廿日結）、第二巻（明治廿六年十一月廿四日起　仝十二月十八日結）、第三巻（明治廿七年一月十九日起）から成り、第一、二巻には抱月書屋蔵、第三巻には島村生と記されている。

14 *A history of aesthetics*, 1892.

15 川副国基『島村抱月――人及び文学者として』（一九五三・四、早稲田大学出版部）一〇七頁。

16 『「修辞及華文」の研究』（一九七八・八、教育出版センター）

17 『近代日本修辞学史――西洋修辞学の導入から挫折まで』（一九八八・九、有朋堂）

18 『近代修辞学の史的研究』（一九九四・一一、早稲田大学出版部）

19 *Rhetoric in Modern Japan: Western influences on the development of narrative and oratorical style*, 2004.

20 川副、前掲『島村抱月――人及び文学者として』一〇七頁。

21 抱月のヨーロッパ体験については、このほか、「ウエスト・エンドの抱月」（一九九一・三、「比較文学年誌」二七号）「抱月伯林観劇録――島村抱月のベルリン観劇体験（一九〇四―〇五）をめぐって」（一九九七・三、「比較文学年誌」三三号）などの拙稿を参照されたい。

22 「島村抱月初期文芸批評の展開」（一九七五・六、「国文学研究」五六集）「島村抱月初期の詩論」（一九七五・三、「学苑」四三五号）「島村抱月の小説」（一九七六・一〇、「日本近代文学」）「自然主義前夜の抱月」（一九八二・一〇、「国文学研究」七八集）など。
23　『自然主義及び其以後』（一九五七・五、東京堂）
24　仲賢禮「島村抱月研究ノートからの覚書」（一九三四・三、『季刊明治文学』第二輯）。仲賢禮は最も早い時期に、文学史の観点から抱月に言及した批評家。仲にはこのほか、東大大学院の卒業論文をもとにした「評論家としての島村抱月」（一九三四・一一、『季刊明治文学』第四輯）、「島村抱月とリアリズムの道――又はリアリズムの私論」（一九三四・三、「リーフレット明治文学」第一巻三号）、「逍遥と抱月」（一九三五・五、「リーフレット明治文学」〈第二巻一二号〉）、「啄木と抱月」（一九三四・五、『明治文学研究』第一巻五号）、「島村抱月論」（＊木崎龍のペンネームで発表　一九三九・夏「満州浪漫」〈第二輯〉）などがある。なお、仲賢禮の文学的な足跡については、周海林「仲賢禮論――『明治文学』研究者から偽『満州国』官吏への足跡」」（杉野要吉編集『「昭和」文学史における「満州」の問題　第三』一九九六・八、早稲田大学教育学部杉野要吉研究室）参照。
25　『近代文学評論大系2』「解説」（一九七二・六、角川書店）、『稲垣達郎学芸文集Ⅱ』（一九八二・四、筑摩書房）
26　川副、前掲『島村抱月――人及び文学者として』『近代評論集Ⅰ』「解説」（一九七二・九、角川書店、「日本近代文学大系五七巻」）
27　『自然主義の研究』（一九五五・一一〈上巻〉、五八・一〈下巻〉、東京堂）、『近代文芸評論史　明治編』（一九七五・二、至文堂）『吉田精一　著作集』（第七巻）（一九八一・四、桜楓社）
28　『二葉亭・漱石と自然主義』（二〇〇三・一、翰林書房）『近代評論集Ⅱ』「解説」（一九七二・一　角川書店、「日本近代文学大系五八巻」）
29　『近代日本の文芸理論』（一九六五・一二、塙書房）
30　『増補自然主義文学』（一九七八・一、文泉堂出版）、『近代文学評論大系3』「解題」（一九七二・二、角川書店）
31　『日本自然主義論』（一九七〇・一、八木書店）、『日本自然主義再考』（一九八一・一二、八木書店）
32　『近代評論の構造』（一九九五・七、和泉書院）
33　『抱月島村瀧太郎論』（一九八〇・一〇、明治書院）
34　これらに加えて、近年では日比嘉高『〈自己表象〉の文学史――自分を書く小説の登場』（二〇〇八・一一、翰林書房）、永井聖剛『自然主義のレトリック』（二〇〇八・二、双文社）等による検討がある。

35 船山信一『明治哲学史研究』（一九五九・一〇、ミネルヴァ書房）一七一―二四一頁、及び本書第一部第一章第二節参照。
36 本書第一部第一章第三節参照。
37 カント『実践理性批判（中）』（篠田英雄訳、一九六一・一〇、岩波文庫）三三〇頁他。
38 大西祝『良心起源論』（一九〇四・五、警醒者書店刊、『大西博士全集』〈第五巻〉）一三六頁。
39 同上、一三八頁。
40 本書第一部第一章第四節参照。
41 本書第一部第一章第四節参照。
42 本書第一部第一章第四節参照。
43 Wallace, William, *Life of Arthur Schopenhauer*, 1890, p.130.
44 「ショーペンハウエル」一八九三・一〇、須磨での講演、『論文及歌集』（一九〇四・一二、前掲『大西博士全集』〈第七巻〉）一五六―一五七頁。
45 本書第一部第二章第三節参照。
46 Cf.Wallace, *ibid.*, pp.129–131.
47 抱月と没理想論争の関係については、早く、川副国基が「逍鷗二家と島村抱月」（一九四九・一二、前掲「文学」、のち『島村抱月――人及び文学者として』所収）で抱月のノート「呑土天地」（早稲田大学図書館所蔵）を参照しながらこの論争の抱月に与えた影響を検討している。（『島村抱月――人及び文学者として』六二―七〇頁。）
48 ゲオルグ・ジンメル、吉村博次訳『ショーペンハウアーとニーチェ』（二〇〇一・六、白水社）三九頁。
49 本書第一部第三章第三節参照。
50 本書第一部第三章第三節参照。
51 本書第一部第三章第三節参照。
52 *The philosophical and aesthetic letters and essays of Schiller*, tr. by. J. Weiss,1845, p151.
53 前掲「美學講義ノート」（第一巻）二〇三―二〇七頁。
54 渡邊二郎『芸術の哲学』（一九九八・七、ちくま学芸文庫）四一七頁。
55 前掲「美學講義ノート」（第一巻）一三一頁。

56　カント『判断力批判（上）』（篠田英雄訳、一九六四・一、岩波文庫）二五四―二五五頁参照。
57　鷗外「『文学ト自然』ヲ読ム」（一八八九・五、「國民之友」、『鷗外全集』〈三八巻〉一九七五・六、岩波書店）四六三頁。
58　本書第一部第四章第四節参照。
59　本書第一部第五章第三節第一項参照。
60　本書第一部第五章第三節第二項参照。
61　一九三四年に発表した「島村抱月と明治美学史」（一九三四・六、「早稲田文学」、のち『近代日本文学評論史』所収）で土方定一は、「島村抱月が、心理学的美学の制限を超えたところに絶えず美学の中心点を置いたとはいえ、その基礎に科学的・心理学的美学を持ち、大西祝の伝統を護った、明治美学史の上の意義は認められなければならない」という評価（『近代日本文学評論史』三二頁）を下している。
62　本書第一部第六章参照。
63　『國語學原論――言語過程説の成立とその展開』（一九四一・一二、岩波書店、『国語学原論（上）』二〇〇七・三、岩波文庫）五五―七四頁。
64　*English composition and rhetoric*, 1866.
65　*The science of rhetoric*, 1877.
66　*Philosophy of rhetoric*, 1776.
67　*Lectures on rhetoric and belles lettere*, 1797.
68　Fogarty ,Daniel, *Roots for a new rhetoric*, 1959, p.31.
69　ツヴェタン・トドロフ『象徴の理論』（及川馥・一之瀬正興訳、一九八七・二、法政大学出版局）九五頁。
70　「言」か「文」かという二項対立状況のなかで、大西の提示したのは、「標準語」という「言」を制定したうえで、「言」に文を従属させるという方向（「文学上の新事業」一八九五・三、「太陽」）である。この場合「標準語」として制定された「言」とは、実は「文」の規範に従った、いわば「文章体」化された「談話体」にほかならない。大西の目論んだのは、表面的には「言」に「文」を従わせるという方向だが、内実は「文」の枠組みに「言」を従属させるという戦略であり、抱月が基本的にめざしたのもこの方向である。本書第二部第五章第三節第二項参照。
71　本書第二部第五章第三節第六項参照。

72 その大要は、A・C・ブラッドリー編『倫理学序説』（*Prolegomena to ethics*, 1883）に収録されている。

73 本書第三部第一章第二節参照。

74 本書第二部第二章参照。

75 岩佐、「島村抱月の自然主義評論（二）――明治三十九年～明治四十年」（一九八九・二、関東学院女子短期大学「短大論叢」八〇・八一集）参照。

76 本書第二部第六章第四節第三項参照。

77 正宗忠夫抄訳『文學批評論』（一九〇三・九、早稲田大学出版部　＊東京専門学校講義録）

78 Gayley, Charls Mills and Scott, Fred Newton, *An introduction to the methods and materials of literary criticisms the bases in aesthetics and poetics*, 1899.

79 『トルストイ論文集（一）　藝術論・沙翁論』（一九一六・三、早稲田大学出版部）九五頁。

80 同上書、一二九頁。

81 同上書、一一五頁。

82 本書第三部第七章第三節参照。

83 *Humanism, philosophical essays*, 1903.

84 桑木厳翼「『プラグマティズム』に就て」（一九〇五年一二月一八日哲学会講演、一九〇六・一―二、「哲学雑誌」二二七―二二八号）、朝永三十郎「懐疑思潮に付て」（一九〇七・六、「教育学術界」）など。本書第三部第七章第三節参照。

85 桑木、前掲論考、「哲学雑誌」二二八号。

86 清水幾太郎（一九〇七―一九八八）「フェルディナンド・シラー」（『実用主義』〈廿世紀思想　第二巻〉一九三八・六、河出書房）一七〇頁。

87 清水　前掲書、一七〇頁。

88 清水、前掲書、一六六頁。

89 本書第一部第四章第四節参照。

90 本書第三部第二章参照。

91 本書第三部第八章第三節参照。

第一部

「審美的意識の性質を論ず」の論理構造

抱月島村滝太郎の「審美的意識の性質を論ず」は、一八九四（明治二七）年九月から「早稲田文学」に掲載された。抱月はこの年七月、東京専門学校文学科を得業、「早稲田文学」記者、東京専門学校講義録講師として生計をたてる傍ら、卒業の翌月、「早稲田文学」に「探偵小説」を発表したのを皮切りに「『新奇』の快感と美の快感との関係」などの署名入りの評論によって批評活動を開始し始めていたが、東京専門学校の卒業論文「覺の性質を概論して美覺の要状に及ぶ」を基に公けにされたこの論文は、のちに自然主義文学運動を推進していくことになる彼の批評を支える「理論」の基本的な立脚地を示すものだった。以下、その論理構造について検討を加えることとする。

第一章

基本的立場

第一節　構　成

「審美的意識の性質を論ず」の冒頭で、抱月は「審美的意識《エセチカル・コンスシアスネス》」（＝aesthetical consciousness）について、「審美の意識とは、花を愛で月に浮かるる心の状態也」とし、次のように論の構成を説明している。[1]

客観なる花月に美ありやと問ふ、もとより然なりと答ふべし。はた主観なる我が心に美ありやと問ふ、然なりと答へざるを得ず。（中略）今本論の期する所は、そが主観の面に立ちて、審美的意識の成る次第を研究するにあり。思ふに、審美の意識は結局我他の同情を本とす。同情の性質を知らんとせばまづ、情の由りて来たる處を審かにし、そが知と意とに對する地位を明めざるべからず。知情意を總括するもの之を意識となす。乃ち問題を掲げていはく、第一、意識の性質は如何、第二、審美的意識の要素は如何と。而して更に之れを下の如く細分す。

第一　意識の性質

一　心と物との関係

二　意　識

三　知、情、意

第二　審美的意識の要素

一　情

二　同　情

三　審美の意識

四　理　想

五　実と仮と　実在と現象と　形と想と　自然美と芸術美と　写実的と理想的と（「審美的意識の性質を論ず」第一章第一節、以下、一―一のように略記する）

第二節　意識――その一　「現象即実在論」

即ち、全体を二章に分け、第一章「意識の性質」では、「心《マインド》と物《マター》との関係」における自身の認識論的な立場を明確にしたうえで「意識」を定義、それが「知情意」から構成されるものとし、第二章では「情」の「知と意」との関係を説いて「同情」に及び、「理想」を具現した対象に対する「同情」という「要素」にこそ「審美の意識」の「要訣」があることを強調、次いで「実と仮」「実在と現象」と「形と想」「自然美と芸術美」「写実的と理想的」というような二項対立を設定しながらその「性質」を明らかにしようというところに、この論文における抱月の構想があったといっていい。

第一章で、「意識の性質」を「心《マインド》と物《マター》との関係」から説き起こした抱月は、両者を「全く別なる両元となすもの」とする唯物論、唯心論を共に斥け、自身の立場がそれらの欠陥を克服すべく「物と心を捏合して一体となし」、「一体の両面」とみなす「一体両面」の観点に拠っていることを鮮明にする。

もともと、「一体両面」説は、井上円了（一八五八—一九一九）が『哲學一夕話』（一八八六—八七）[2]で唱えたものである。「圓了先生」とその弟子四人との対話の形式で展開されるこの論の第一篇『物心両界ノ関係ヲ論ズ』で円了は「世界の本体が現象であること、そして現象が主観を離れては存在し得ない」とする唯心論者「了水」と、唯物論者として「感覚の客観性」に拘泥せざるを得ない「圓山」との対話を通して、唯心論と唯物論、「主観」（「心」）と「客観」（「物」）の対立[3]を浮き彫りにするが、この両者に対して、「物ヨリ心ヲ見レバ心ハ物ニアラザルヲ知ルベク、心ヨリ物ヲ見レバ物ハ心ニアラザルヲ知ルベク自他彼我ノ其間ニ生ズルニ至ルモ其体元ト一物ニシテ初メヨリ差別アルニアラズ」とする[4]という観点を提示していた。『哲學一夕話』は、ディアレクティークのスタイルをとって、唯物論、唯心論の論理上の欠陥を明らかにしながら、「二者其体同一ナリ」という結論[5]に到達するその論理の展開過程に、カントからドイツ観念論に至る西欧近代哲学の流れをかなり正確に摂取した痕跡を窺うことができるとはいえ、第二篇について大西祝が「唯物論と唯心論と有神論と不可知論とを合したる化合論」であり、「円了の体」なるものとは結局は「スピノーザの所謂本體（サブスタンス）に彷彿たるものにあらずや」と揶揄[6]したのをはじめ、その後も、鳥井博郎（一九一一—一九五三）[7]、三枝博音（一八九二—一九六三）[8]、船山信一（一九〇七—一九九四）[9]などから批判されざるをえないような論理の粗雑さを内包していた。しかし、船山信一も、抱月と同世代で、抱月が卒業したのと同じ年の七月に東京帝国大学哲学科選科を了えた西田幾多郎の後年の回想[10]を引きながら述べるように、この書が「近代日本の哲学的思索の方向を決定」

するほどの「歴史的意義」[11]を帯びていたことは、確認しておいていいことだろう。その影響は、こうしたこの論の構想からも看て取ることができる筈である。抱月がこの論を書いた明治二七年――一八九〇年代前半という時点では、「主観」と「客観」、知と対象、精神と自然、現象と実在が一致すべきものであるという「一体両面説」は、「純正哲学」[12]の前提として共有されていたものでもあったのである。

井上円了の哲学的言説は、後に、井上哲次郎（一八五五―一九四四）、清澤満之、三宅雪嶺（一八六〇―一九四六）らのそれと共に明治観念論＝「神秘的観念論」[13]「現象即実在論」[14]として括られることになる。「現象即実在論」が、ヘーゲルのいう「絶対精神」を体現した理想的な国家が明治国家によってこそ実現されると強弁した井上哲次郎の「教育ト宗教ノ衝突」（一八九三・二―三、「教育時論」、のち、一九九三・四、敬業社刊）を契機とする「教育と宗教の衝突」論争（一八九一―九三）を経て、「折衷的でかつ露骨な反啓蒙主義的・国家至上主義的性格」[15]を強め、明治天皇制国家を理念的に支えるイデオロギー装置として機能する側面を持っていたことは、否定できない。

抱月もまた、この「現象即実在論」の枠組みのなかで思索を開始した。その思考は、この枠組みの制約から必ずしも自由ではありえなかったといえる。しかし、一方では「現象即実在論」が、近代日本における「経験批判論」[16]として、「ドイツ哲学を軌道」にのせるうえで[17]一定の役割を担ったことも、見落とすべきではない。例えば、ヘーゲルの「本体及びその現象」を説いて「所謂本体とは云何なるものなりやと云に、吾人の見聞覚知に現する所のものは、皆悉く現象なく、吾人は到底本体其物を認知する能はざるなり、故に本体は不可知なり吾人は唯現象を知るべきのみと云ふ、然り而して本体ありと雖も其もの知る可からずば其有無何ぞ弁するを得ん、知るべからざるものありと云ふは、矛盾と云はざるを得ず、而して現象は吾人之を知り得べく、本体は其有無知るべからずとせば、吾人は先本体ありと云ふ断定を廃せざる可からず。既に本体を廃せば現象も亦廃せざるべからず、何となれば本体とは現象に対して云ひ現象とは本体に対して云ひたるものなればなり」[18]という風に、明白に「現象即実在」論の立場をとることを宣言する清澤満之にしても、「純正哲学ハ規律ヲ本トシ意匠ヲ重ンゼズ」[19]として、学的認識から「すべての神学的な目的論、すなわち宗教的な摂理とか、非宗教的な形式をとる自然神学的な『意図・目的』」などの「超越的性格をもつ目的論」を「意匠」として除去、「可能的対象〈アプリオリなカテゴリー〉と経験的対象」を峻別、「前者の後者への『適用』（結合）において現実的な認識が可能になること」を「承認」するなど、「カントの『純粋理性批判』の先験的（超越論的）カテゴリー論を肯定」[20]するところから、哲学的思索を始めている。後述するように、大西祝から学んだとはいえ、抱月のカント及び、ドイツ観念論哲学の理解には不十分なところがあったように思われる。とはいえ、当時のドイツ哲学が、例えばカントにしても、その哲学体系を対象とした最初の学術論文が発表されたのが一八九二年のことであり、[21]それ以前には「西洋哲学紹介の一項目として登場するに過ぎない」[22]のが講壇における受容の実態であってみれば、その理解の水準は、西欧的思考、さしあたって抱月が差しかかっていた場面に関していえば、カントに起源するドイツ観念論という精密に組み立てられた機械を思わせる異質の思考に向きあっていた当時の日本の「純正哲学」の言説のそれに照らして測るほかはないだろう。

第三節　意識――その二　意識の性質

第一章を「心と物の関係」を説くことから始めた抱月は、次いで「意識」について「心の義を儼に釈」したものであると定義、その内実を、「知、情、意」という「心界の相」の構成要素の相互の関係から考察することを試みる。いうまでもなくここに透しみることができるのは、「純粋理性」「実践理性」「判断力」の各側面から「理性」を批判したカント哲学のシステムであるが、「知、情、意」が実体として措定されるべきものではなく、「意識」という作用を経てはじめて捉えることができるものだとして、「意識」の作用についての考察から始めているのは、そのカント理解が必ずしも表面的なものではなかったことを示す。

知、情、意は意識を離れて存せずと雖も、知、情、意、其の儘を意識といふは未だし、また、知性、情性、意性と知、情、意とは別なり。知性、情性、意性の各者に意識の光被したるを名づけて、知、情、意といふ、則ち可なるに近し。少し思いを潜めて省るときは、知の知たり、情の情たるを得る所以の精髄の、知、情以外に存するを悟るべし。知性、情性は脳的活動の性質にして之を意識するものあるに及びて始めて知となり、情となる。（一—三）

ドイツ語の能力が十分であったとはいえない当時の抱月が、カントの原典をどれだけ正確に理解することができたかは、疑わしい。[23] マックス・ミューラー（Muller, Max 1826–1900）による『純粋理性批判』の英訳[24]は、当然抱月も参照しただろうが、その精密な解釈に関しては、師である大西祝の導きに与るところがすくなくなかった筈である。倫理研究に関して、カント的認識論の立場からする大西の「心理学」的方法に対する次のような批判などは、抱月に示唆を与えたに違いない。

成程比較心理学や小児心理学や精神物理学などにてなす客観的の観察又試験は吾人の心理を攷究するに取りて随分有益のことには相違なけれども其客観的の事実は五官に触るゝ物質の連動に外ならざればそれに心理上の意味を付するものは自観して以て知得する我心識の経験より外に之なかるべし。（大西祝「倫理攷究ノ方法并目的」一八九一・二「哲学雑誌」四九号、『大西博士全集』〈第五巻〉一九〇四・五、警醒社書店、二三五—二三六頁。）

大西の力説するような「意識」（意識化）の作用の重要性についてはまた、論中でもしばしば言及するサリー及び「ヲーレス」などの、心理学者の感覚についての解説書[25]や、カント哲学の入門書[26]も、抱月の理解を大いに助けたかと思われる。後者のなかでウォレスは「意識」について、われわれが認識する場合に、印象や感覚によって受けとめられたものを思考の対象とすることができるのは「意識」(consciousness) もしくは「内官」(inner sense) という判断能力によってだけであり、この能力が思考の基礎をなし、悟性 (understanding) と理性 (reasoning) に区別されること[27]、感覚は知ることとの必須の与件であり出発点に過ぎず、知ることのできるのは「意識」を通したものだけであること[28]等を説いているが、右記の引用にみられるような「意識」の作用についての抱月の見解には、ウォレス経由のカント理解の跡を窺うことができる筈である。

なお、ここで抱月が用いた「意識」という術語は、卒業論文「覺の性質を概論して美覺の要状に及ぶ」において用いた「覚」という術語を改めたものだが、この時点では「意識」という語は、大西も、「倫理攷究ノ方法并目的」で「倫理的意識」(ethical consciousness) に「倫理的心識」という訳語をあてていたことが示すように、まだ consciousness という概念を示す語として確立していたわけではない。[29]ただ、抱月のこの論を追認するように翌年、小屋保治が書いた「審美的批評の標準」[30]では「観美的意識」という語が用いられ、抱月と共に大西から学んだ綱島梁川[31]はもとより、波多野精一（一八七七―一九五〇）[32]や朝永三十郎[33]などを経てほぼ一〇年後には一般的に用いられるようになってくるという[34]その後の過程をみれば、この論の書かれた一八九〇年代前半から後半にかけてが、また哲学用語の統一がなされる過渡期でもあったことはここで付け加えておいてもいいことだろう。

さて、抱月によれば、ただ「感覚」として受けとめられたものに過ぎない「知性、情性、意性」は、「意識」の作用によってはじめて「知、情、意」となることができるが、この場合、「感覚」によって対象を捉える主体の働きは「差別我」、「意識」化する働きは「平等我」として区別される。[35]ややわかりにくい規定だが、いうまでもなくこれはカントの言葉でいえば、「感性」と「理性」の区別にあたる。[36]

> 差別我は差別を主とし、平等我は平等を主とす。一は自愛に就き、他は博愛に就く。前者は物の面なり。後者は心の主なり。一は欲を追ひ、他は理を示す。しかも実は両我に別あることなく、調和して完全なる我を成す。念々発作みな両我に通ず。ただ自から自己を観ること能はざるが故に、観るの趣を両面に分てるのみ。平等我は意識を以て差別我を照らし、差別我は活動を以て平等我に応ず。此の際の関係は至妙なり。カントが人間の性を両分するや、理性を善とし、感性《ジンリヒカイト》を悪とす。善悪の別は酷にすぎたれど、其の性質略差別我と平等我に似たり。（一―二）

むろん、カントがここで抱月がいうように、単純に「人間の性を両分」していたわけでないのはいうまでもない。ウォレスの解説書でも、理性は、「物自体」(things in themselves) と理性 (reason) の対立を前提に、認識し、知識を得る働きである理論理性 (pure reason＝悟性　understanding) と、意志し、行為を命じるための実践理性 (practical reason) に厳密に区別され、感性 (aesthetics) もまた、「感覚」(sense) や「趣味」(taste) との微妙な差異のうちに提示されていた筈だ。抱月はまた、「感性がなければ対象は我々に与えられない」とはいえ、「感性的直観の対象を思惟する能力は悟性」であり、「悟性がなければいかなる対象も思惟されないだろう」[38]とし「内容のない思惟［直観のない概念］は空虚だし、また概念のない直観は盲目である」[37]とする、ウォレスも引用するカントの有名な言葉をパラフレーズするかのように、「平等我の意識なければ、差別我の活動あるも盲のみ」ともいっているが、カントは、「快・不快・欲望、傾向のような経験に起源をもつものの概念」[39]、すなわち「『感性』に源をもつもの」[40]を、自分の法則に従って行為しようとする理性（実践理性）にとって「克服さるべき障碍」[41]として「排除」した[42]とはいえ、それを「悪」と断じたわけではない。だが、こうした定義の厳密さは抱月にあっては無視される。主体の構成は「差別我」と「平等我」という単純な二分法によって把握されることになるのだ。こうした単純化が、論理の展開を一方では明快にすると共に、また説得力を弱めていることは疑えない。とはいえ、抱月が「実践理性」の意味するところをよく理解していたことは、それ自体「無意識」である「差別我の活動」を「意識」化させ、「真偽、美醜、善悪の判断」を与えるところに「平等我」の「理想」があるとして、「理想」について説いた次の一節などからも明白である。

絶対、何をか理想とする。吾人得て知るべからず。豈啻に絶対のみならんや。人獣草木より、下りて一塵の微に迄《いた》るまで、何の目的ありて種々の生を斯の世に寄するか、遂に知り難し、此の一闕人間の思量を容《ゆる》さゝるもの、天地の間此々として是れ。吾人の知る所は事物の外形に止まる。カントの所謂現象の世界外には一毫の知識をも有せざるなり。さはれ、既に形式のみにでも知るを得ば、類推して仮に絶対の理想を立て、之によりて意識の状態を説明する、無益の業にあらざるべし。（中略）絶対は絶対なるを以て其が目的となす。而して絶対とは唯一にして自主円満の姿をなすの謂なり。すなはち知る、絶対の理想は、吾人の知る限りに於ては、自主的存在にあることを。（一―二）

カントにとって自然が、絶対的な理念に従って「合目的性」をもって整然と運行するものであった（『判断力批判』）ように、抱月にあっても、「絶対の理想」のもとに、「天地」（自然）は「自主円満の姿をなす」ものとされる。「物自体」の存在を前提として認めながらも「『理性』の思弁的使用を駆使し」「一切の存在の根底にあってそれを支え」「総括し統一」する「体系的統一者」[43]の存在を措定したカントに従って、ここで抱月もまた、「真絶対」が「所謂心行所滅」の、「言語道断」なもの、すなわち「語りえないもの」[44]であることを肯いつつ、後述する通り[45]、没理想論争の総括を踏まえて、「統整的理念」[46]として「絶対の理想」を仮定するのだ。カントが、理論理性によって解明されるべき自然の合法則性と、実践理性が究極にめざすべき行為における自由が一致し、すべてが「『合目的性』の理念のもとに捉えられる世界」[47]を夢みたように、抱月がめざすべきだとするのも「平等我」と「差別我」が「調和」した世界なのである。また、このように「理想」(理念)を捉える観点は、大西祝[48]を経由して得たものであろう。むろん、この時点で抱月は大西が大学院提出論文として書いた『良心起源論』[49]を読んではいないとはいえ、大西はそこで、「理想」を「善若しくはあらねばならぬてふ心識」[50]とし、「草木の類とは異りて心識を具へ自覚を有する生物」[51]である人間が、「活物としての目的を自ら予想する」ところにおいて、「我本来の目的を予想し得る迄に心誠の発達したる時期が是れ理想てふ者の生まれ出でたる時期」[52]であり、同時に「良心の発生したる時期」としてその役割を強調していたからである。

第四節　「知情意」——主意主義

さて、「平等我」は、いわば、認識する働きである理論理性と、実践理性(意志)を包含した概念といえるが、ここにみられるように「意志」を重視する超越論的な観点は、「知、情、意」を取り上げた続く一節では、更に明確に看取することができる。ここでも明瞭に看て取ることができるのは、大西の影響である。『良心起源論』で大西も引用する「ホエフヂング」(=ヘフディング Höffding, Herald 1843–1941)[53]の見解を援用しながら、「知情意」のうち、われわれの活動を支配するのは「意」であるとするのだ。

本具の我性活動と、外来の異性活動と、触着して活動形を描出す。此の時、平等我は我性を意識して意となし、所産の活動形を意識して知となす。情は両活動の塩梅に基づく。(一—三)

「知《コグニション》」（及び「情」）は、「感覚、知覚、想念、概念」などの段階に区別されるが、それが所詮は「脳的活動の所動面、即ち知性的活動の意識に入りたるを謂ふ」のに過ぎないのに対し、「外来活動と相合ふや、我に合すべきものなるときは、之を一層明確なる意識、例へば味感、触感の如きに致して自家に統一せん」とするのは、ひとえに「意」の働きにほかならないとするのである。ここでも、先にもみたような、一種の単純化が行われていることは否定できない。ただ「意志」を認識より優位におくこうした抱月の観点が、カントを批判的に継承するところから出発したフィヒテ（Fichte, Johann Gottlieb 1762–1814）、シェリング（Schelling, Friedrich 1775–1854）、ショーペンハウアーらによって発展させられてひとつの潮流となり、ヴント（Wundt, Wilhelm Max 1832–1920）に始まる心理学の方法にも影響を及ぼす一方で、プラグマティズムを産み出すことになる主意主義（voluntarism）[54]的認識論に棹さしていたのは明白である。大西の生涯に一貫するのは、「人類は一種の生物なり」としつつも、「然れども草木の類とは異りて心識を具へ自覚を有する生物[55]」であり、「唯だ自然の為すが儘ならずして」「自ら我運命を作る[56]」ことができる存在であるとする情熱である。抱月が大西から学んだのは、そうしたロマン的ともいうべき情熱に支えられたカントのテクストの主意主義的な読み方でもあった。われわれの認識や感情を究極に支配し、方向を与えるのは「意」にほかならないという観点には、大西流のカントの主意主義的な解釈及び大西を通したドイツ観念論が影を及ぼしていることを見落としてはならないだろう。

だが、抱月は、カントに倣って「絶対の理想」を仮定、「平等我」によって「善導」される世界を希求し、意志の力を強調しながらも、一方では「人間何の為に蠢々の生を保つか」と自問し、「唯知る所は、生を保たんと欲するが故に生を保つといふに過ぎず」という人間観を吐露してもいる。そこに聴き分けることができるのは、「ここに二つの物がある、それは――我々がその物を思念すること長くかつしばしばなるにつれて、常にいや増す新たな感嘆と畏敬の念とをもって我々の心を余すところなく充足する、すなわち、私の上なる星をちりばめた空と私のうちなる道徳的法則である。私は、この二物を暗黒のなかに閉されたものとして、あるいは超越的なもののうちに隠されたものとして、私の視界のそとに求め、もしくはただ単に推測することを要しない。私は、現にこれを目のあたりに見、この二物のいずれをも、私の実在の意識にそのままにじかに連結することができるのである」[57]という、『実践理性批判』の有名な「結び」の一節が喚起するような理性への信頼の高鳴りというよりは、むしろ、これまた大西というフィルターを通して知った[58]ショーペンハウアー風の人間＝世界認識の声の「陰気な[59]」響きであるといってさえいいかもしれない。

1 「覺の性質を概論して美覺の要狀に及ぶ」の目次は以下の通り。
前篇、覚概論
第一、物心の関係
第二、覚の性質
第三、知情意
第四、余論
後篇、美覚の要状
第一、情
第二、同情
第三、審美心識
第四、理想
第五、仮と実、現象と実在、形と想、自然美と芸術美、写実的と理想的
2 第一篇『物心両界ノ関係ヲ論ズ』（一八八六・七、東京哲学書院）、第二篇『神ノ本躰ヲ論ズ』（一八八六・一一、東京哲学書院）、第三篇『真理ノ性質ヲ論ズ』（一八八七・四、東京哲学書院）がそれぞれ独立に刊行。本書では、『明治文学全集』第八〇巻『明治哲学思想集』（一九七四・六、筑摩書房。以下、『明治哲学思想集』と表記）所収のものを参照した。以下の引用の頁も同書による。
3 一八七〇年代から八〇年代にかけての日本の唯心論と唯物論の対立については、船山信一『明治哲学史研究』（一九五

九・一〇、ミネルヴァ書房）を参照（一七二―二四一頁）。

4　『明治哲学思想集』四七頁。

5　すでに、西周（一八二九―一八九七）は「生性発蘊」（一八七三・一、起稿）のなかで、「酒兒林《セルリング》」（シェリング）と共に「俾歇兒《ヘイゲル》」（ヘーゲル）について、「彼我同一、此我レナル者ト、此我ニ非ザル者ト、地ヲ易フレバ一ナル者ニシテ、譬へバ破砕セル一玻瓈鏡ニ臨ムガ如ク、吾レノ照像、幾千万トナルヲ知ラズト雖ドモ、此我ナル者ニ外ナラズト説ケリ」とし、「天地万物ヲ全体トシ、此全体ヲ神也トスル」「万有皆神学《バンティズム》」（汎神論 pantheism）であると位置づけている（『西周哲学著作集』一九三三・一〇、岩波書店、二七頁）。

6　「『哲學一夕話』第二篇を讀む」（一八八七・七、「六合雑誌」七九号）。本文の引用は、『大西博士全集』第七巻（一九〇四・一二、警醒社書店）九〇―九二頁。

7　『明治思想史』（一九三五・九、三笠書房）

8　『近代日本哲学史』（一九三五・八、ナウカ社）

9　船山、前掲『明治哲学史研究』

10　高坂正顕（一九〇〇―一九五六）は『西田幾多郎先生の生涯と思想』（一九四七・一二、弘文堂書房、のち、『高坂正顕著作集八』〈一九六五・一〇、理想社・収録〉）のなかで、「先生にどのような哲学書を読まれたのですかと伺ったら、『井上円了の『哲学一夕話』というものがある。君達は無論知らないだろうが、それを読んで感銘をうけたことがある。』と答えられたことがあった」と証言している（一九頁）。

11　船山は前掲書（一〇二頁）で、「たとえその影響の範囲の広さにおいては比較にならないにしても」としながらも、その「歴史的意義」は西田の「『善の研究』に比せられるであろう」としている。

12　井上円了は前掲書で、「純正哲学」を「無形の心性ニ属スル学問」である「哲学」のうち「心理学論理学倫理学」と区別して次のよう定義している。「純正哲学ハ哲学中ノ純理ノ学問ニシテ真理ノ原則諸学ノ基礎ヲ論究スル学問ト謂フベシ。之ヲ論究スルニ当リ心ノ実体何者ナルヤ物ノ実体何者ナルヤ物心ノ本源物心ノ関係如何ナルモノナルヤ等ノ問題起コル故ニ之ヲ解釈シテ其ノ説明ヲ与フルハ純正哲学ノ目的トスル所ナリ」（前掲書、四三頁）。
また、清澤満之も「純正哲學」（初出は、『哲學館講義録』一八八八、本書では、『明治哲学思想集』所収のものを参照した）の「緒論」（六七頁）で「純正哲学」の対象を「内外貫通ノ原理ヲ考究」する「実在論」、「外界顕象ノ原理ヲ考究」する

「宇宙論」、「内界顕象ノ原理ヲ考究」する「心霊論」という三領域に限定している。

13 鳥井、前掲書一二〇頁。

14 「現象即実在論」について井上は identittsrealismus（「現象即実在論」）もしくは einheitcher Realismus（「円融実在論」）という術語を用いている（「現象即実在論（の要領）」〈＊未完〉、一八九七・五—六「哲学雑誌」第一三巻一二三、一二四号。なお、この語については一二三号三七七—三七九頁で定義されている）。またその包括的な位置づけとしては、船山信一「明治哲学における現象即実在論の発展」（船山、前掲書、七七—一二六頁）参照。

15 宮川透『近代日本の哲学　増補版』（一九六二・六、勁草書房）七二頁。

16 三枝博音『日本の唯物論者』（一九五六・六、英宝社。引用は『三枝博音著作集』第四巻一九七二・九、中央公論社）三九三頁。

17 宮川、前掲書、七二頁。

18 『思想開発環』（二〇〇二・一二、岩波書店、『清沢満之全集』〈第三巻〉）二六一—二六二頁。

19 清沢、前掲「純正哲學」（『明治哲学思想家集』）六六頁。

20 今村仁司（一九四二—二〇〇七）『清沢満之と哲学』（二〇〇四・三、岩波書店）三八—三九頁。

21 中島力造（一八五八—一九一八）「カント氏批評哲學」（一八九二・一、「哲学雑誌」第五巻二九号）。なお中島はイギリスの新カント派経由でカント哲学を学んだ。オックスフォードを中心とするT・H・グリーンらのイディアリズムは、大西祝にも影響を与えるだけでなく、後にはイギリスに留学した抱月も、その牙城であるマンチェスター・カレッジで学ぶことになる。世紀転換期における日本のカント受容の位相は、イギリス観念論を無視して考えることはできない。

22 武村泰男「日本におけるカント」（〈叢書ドイツ観念論との対話〉第六巻『ドイツ観念論と日本近代』、一九九四・五、ミネルヴァ書房、一〇〇—一〇一頁）

23 抱月はイギリスで本格的にドイツ語を学んでいる。岩佐、『抱月のベル・エポック——明治文学者と新世紀ヨーロッパ』（一九九八・五、大修館書店）参照。

24 *Critique of Pure Reason*, translated into English by Max Muller, 1881.

25 Sully, James, *The Human Mind : a text-book of psychology*, 1892.

26 Wallace, William, *Kant*, 1882.

27 Wallace, *op.cit.*, pp.124–125.

28 Wallace, *ibid.*, pp.160–161.

29 もっとも、すでに西は、フィヒテの「観念学」について、「意識」という語を用いながら、次のように説明していた。
《「非垤《ヒフテ》ノ観念学ハ意識（英「コンシウスニッス」、仏「コン子サンス」、日「ベウゥットサイン」、蘭「ベゥットヘイト」、爰ニ意識ト訳ス、我ガ感覚作用、心裏ニ起ル時我之ヲ知ルト知ル者、之ヲ独知ト指スハ体ナリ、意識ト指スハ用ナリ、）ヲ以テ之此我レナル者トシ、感覚ヲ以テ此我ニ非ザル者トス。譬ヘバ今、糖蜜ヲ喫シ、甘キハ感覚ニシテ我ニ非ザル者ナレバ、其実体ハ、素ヨリ知ル可ラズト雖ドモ、之ヲ嘗テ甘シトスル意識ハ、此我レナル者ニシテ其存在疑フ可ラズ、而シテ此意識ニ現ハルヽ理即チ観念ハ、即チ神ニシテ人皆同ウスル所ナリト説ケリ」》（西、前掲書二六頁）。

30 一八九五・八、「六合雑誌」。

31 「美的意識と宗教的意識」（一八九七・四、「早稲田文学」）

32 「カント倫理學説史の大要」（一八九八・四―七、「哲学雑誌」一三四―一三五号）

33 「哲學史攷究の旨趣と研究法とに就て」（一九〇三・一〇、「哲学雑誌」二〇〇号）

34 桑木厳翼「法則と規範――真と善」（一九〇五・一〇、「丁酉倫理会倫理講演集」三八号）など。

35 従って「差別我そのものは無意識」である。（一―二）

36 「差別我」「平等我」から構成される「我」について、抱月は次のように図示している。（一―二）

我の全図

能識界（心的）　所識界（物的）

平等我（理性）　知……………知性　情……………情性　意……………意性　差別我（感性）

なお、前記卒業論文では以下の通り。

我の全図

能識界（心的）　所識界（物的）

知覚…………知性
情覚…………情性　　差別我（感性）
意覚…………意性
平等我（理性）

37 『純粋理性批判（上）』（篠田英雄訳、一九六一・八、岩波文庫）一二四頁。
38 Wallace の前掲書（一六五頁）には、In Kant's words, perception without conceptions are blind. という一節がある。
39 前掲『純粋理性批判（上）』、八二頁。
40 高峰一愚（一九〇六―二〇〇五）『カント講義』（一九八一・四、論叢社）一六一頁。
41 カント、前掲書、八二頁。
42 高峰、前掲書、一六一頁。
43 高峰、前掲書、一五五―一五六頁。
44 今村仁司『清沢満之の思想』（二〇〇三・五、人文書院）一三三頁、なお、清澤における「語りえないもの」の探求については、前掲の今村『清沢満之と哲学』に詳述（四一一―四三六頁）されている。
45 本書第一部第三章第二節、第三節参照。
46 カント『実践理性批判（中）』（篠田英雄訳、一九六一・一〇、岩波文庫）三三〇頁。
47 高峰、前掲書、二七九頁。
48 大西祝の批評の意義に論及した近年の論考としては、林正子「明治期日本の評論における〈批評〉の成立―明治期〈批評〉論の展開と大西祝『批評論』の意義」（『文化的近代を問う』二〇〇四・一一、文理閣）などがある。
49 大西祝『大西博士全集』〈第五巻〉一―一八六頁。
50 大西、『全集』（第五巻）一三三頁。
51 大西、『全集』（第五巻）一三六頁。
52 大西、『全集』（第五巻）一三八頁。
53 「ホエフヂング」については、大西が「良心起源論」で「良心の生起するは、理想と実際との区別によりて特に形つくられたる感覚の生ずる瞬間にあり」という「エーティック」誌掲載の論文の一節を引用（131頁）している。また、ここで抱月が「知」の活動について、そこに「感覚」「知覚」「想念」「概念」などの段階があるのは「知性の直現、復原、及び此等の連絡錯綜」した結果であり「連絡の次第は脳活動の本然に循ふの意にして聯念律《ロウ、オブ、アッソシエーション》といふ。進みて、何故にしか連念せざるべからざるかは尋ぬべからず。只ホエフヂングと共に、連念の趣は導火一点の下に爆発する火薬の如しといひて満足すべきのみ」としているのは、前記サリーの書の注記（第二巻八頁）における、Höffding refers all apparent differences among pains, e.g.,"burning,""cutting,""piercing,"etc., to the underling presentative element or sensation,（*Outlines of Psycology*, p.224.）を踏まえているものと思われる。

54　桑木厳翼は、後述（本書第三部第七章第三節）するF・C・シラーの著書『ヒューマニズム』（*Humanism, philosophical essays*, 1909.）に拠りながらプラグマティズムを紹介した「『プラグマテイズム』に就いて」（一九〇六・一—二、「哲学雑誌」二二七—二二八号）において、プラグマティズムという新しい思想が、「シヨペンハウエル、フイヒテは勿論、ヘーゲルに至る「『主意説』（ヴヲランタリズム）に基礎をおいている」とし、主意主義についても説明を加えている（『明治哲学思想集』二二三頁）。この論は、反論を書いた田中王堂（「桑木博士『プラグマティズムに就て』を読む」、一九〇六・六「哲学雑誌」）との間に論争を惹起することになるが、プラグマティズムだけでなく、はじめて主意主義やヒューマニズムを思想史の文脈上に位置づけた論文として注目される。

55　大西、『全集』（第五巻）一三六頁。

56　大西、『全集』（第五巻）一三七頁。

57　カント『実践理性批判』（波多野精一・宮本和吉・篠田英雄訳、一九七九・一二、岩波文庫）三一七頁。

58　前述したように大西は抱月がこの論を発表する前年の一八九三年に、ショーペンハウアーについて講演、講演を纏めた『シヨーペンハウエル』（『全集』〈第七巻〉所収）を刊行している。

59　テリー・イーグルトン（Eagleton, Terry 1943–）『美のイデオロギー』（*The Ideology of the Aesthetic*, 1990. 鈴木聡・藤巻明・新井潤美・後藤和彦訳、一九九六・六、紀伊国屋書店）二二一頁。

第二章

「審美的意識」の概念

第一節　情

「審美的意識の性質」についての検討を、抱月は「意識」一般について捉えることから始めた。「差別即平等」の「一体両面説」の立場から「意識」を規定、カント哲学でいえば感性と理性にあたる概念を、もともとは仏教に由来する「差別我」「平等我」という独自の概念にいいかえながら、それ自体「意性」によって支配される「差別我」の活動は「平等我」によって「意識」化されなければならないというところに、その基本的立場があったのはみてきたところである。

第二章は、「情」についての考察から開始されるが、ここでも、「情」は、「差別我」と「平等我」の関係において把握される。

情の意識は外界と我との調和と衝突とに応じて生ず。我性の暢発するは快なり。そが渋滞するは、不快なり。又情は両面を有して差別我と平等我の過渡をなす。（二―一）

対象のもたらす快不快から生じる意識である「情」もまた、抱月によれば、「差別我」の満足及び不満のもたらす「差別の情」と「平等我」の快不快に由来する「平等の情」に二分される。この場合、「差別の情」とは、単に「意」（欲望）の赴くままに、快楽を追求し、他を「征服」し、「排除」しようとする「差別我」の満足によって生じる。例えば、「競争の勝敗」のもたらす「快」の感情の如きは、単に感覚的快楽をもたらすだけの「官の快楽」と共に、「差別我」を満足させる「差別の情」といえる。それだけでなく「知識」の満足に伴う快楽さえも、それが「既に之れを獲得せんの欲望ありて、而して其の欲望の達したること其の事が快しといはば」他者を自己の「意」のもとに「征服」して満足を得ようとする「差別我」の「自性活動」から生じる感情であるかぎり「差別の情」に属するものといわねばならない。

ここで抱月が、「情」を外界との接触から生じる意識であり、そこに生じる快、不快という感情が人間の行動を動機づけるものであるとしているのは、一八九〇年代の日本でも広く受け入れられていた功利主義思想の言説に従ったものであろう。だが抱月は、大西祝が「天然は吾人を苦楽てふ二個の君主に置けり」[1]という言葉を冒頭に掲げて、人生の主要目的を幸福にありと主張したベンサム（Bentham, Jeremy 1748–1832）や、それを継承したスペンサー流の功利主義に対して反論したように[2]、ホッブズ（Hobbes, Thomas 1588–1679）やベンサム、スペンサーらの言説が等しく肯定し、近代市民社会の発展を理念的に保証する基盤ともなった、自己の快楽を追求しようという意志（欲望）は、「他を併呑する」ことを欲望する「差別我」の快楽をしかもたらさないものとして否定するのである。それは、「差別我」を満足させる「情」でしかない以上、道徳上、審美上の快楽をもたらすものとはいえないのだ。

これに対し、道徳上、審美上の快楽は、「平等我」が、「差別我と他と各自その地位を保ちたるまに調諧するを見て満足」するところに生じる。それは、「差別我」の活動が反省的に「意識」化されたとき、すなわち「差別我の活動が、意識に入りて、平等我の之れに批判を試みたる」過程においてこそ生じる「情」（「平等の情」）なのだ。このように論じた抱月は、「審美の快楽」を、こうした「平等の情」のうち、「差別我の自性活動と外来の活動と相調和して、別あれども別なき真同情の境」においてこそ生じる感情を指すものにほかならないとする。「同情」という位相においてこそ「平等我」の満足が得られるとするわけだが、それでは、道徳上の同情と審美上のそれはどこで区別されるのか、「真同情」と「同情」はどのように差異化されるのか。また、「同情」という感情はどのようにして生じ、実現されるのか。次節ではこうした問題が焦点化される。

第二節　同　情

「同情」は、抱月によれば、「同悲の情」（真同情）と「憐愍の情」（準同情）とに分けられる。他人の不幸を見たとき、「他を憫《あは》れと見る」のが「準同情」または「反応的同情」であり、「自ら其の地に立ちたる心地して、悲を同じくする」のが「真同情」である。

真同情にありては、我と他と、主と客と同體して一となれども、準同情にありては依然として我他の分を没せず。一は知覚の上に根するが故に之れを具體的、直覚的といふべく（知覚の解釈はサレーに拠る）、他は概念の上に根するが故に、抽象的、知識的といふべし。（二―二）

「差別の情」と「平等の情」の区別でいえば、「準同情」が「概念」「知識」に制約されており、それゆえ「差別我」をしか満足させないのに対し、後者は「我他の別」を超越するゆえに「平等の情」であるということになるが、ここで、当然抱月も参看した筈の『ブリタニカ百科事典』[3]の「美学」[4]の項目の執筆者であったサリーの解釈に拠りながら「準同情」と「真同情」を区別しているのは、カントが、認識による知的理解や道徳的な決断と区別される「美的判断」の究極の根拠を、「美的判断力」を含む「目的論的判断力」に求めたのに倣って、倫理意識と美意識の差異を強調しようとしたからである。単なる感覚や知識のもたらす快楽と異なって、審美上の快楽は、カントや、後述するショーペンハウアーが説くように、私的な利害や関心を超えたものであるのみならず、概念化された倫理的な判断さえ超越して、対象を「具體的」に「直覚」したときにもたらされるものなのだ。

「真同情」と「準同情」のこうした二分化は、『判断力批判』の要諦を当時の水準の限りでかなり正確に踏まえているとはいえ、「差別」「平等」の二分法がそうであったと同様に、強引で杜撰な単純化といわなければならない。美が純粋に理性（判断力）によって直観されるべきものとするカントの「主観説」「形式説」[5]は、一方では、美的観照における主体と客体の同一化を説いたシェリングをはじめとする後継者達によってその限界を指摘されることになるし、他方ではイギリスを中心として起こった「実験派」の心理学的美学の検証の対象とされるのは、サリーが簡明且つ的確に辿ってみせているところでもある。[6]

ただ、「審美的意識」を、「同情」という感情を軸に探求しようとする視座の設定からは、当時としては卓越した抱月の美学への理解と関心の深さを窺うことができるだろう。アリストテレスがカタルシス(catharsis)の理論のなかで、「恐怖」（fear）と共にギリシア悲劇のもたらす美的快楽の重要な要素とした「憐憫」（pity）[7]にまで起源を遡ることのできるこの感情の美学史における意義については、抱月も参照したボザンケの「美学史」も指摘してはいた。ボザンケはそこで、アリストテレスの『詩学』[8]に啓示されて「憐憫」という感情に着目したレッシング[9]（Lessing, Theodor 1873

−1933）や、経験論の立場から「同情」（sympathy）を倫理意識や美意識の基礎に据えたヒューム（Hume, David 1711−1776）[10]などにも言及しながら美学史を跡づけている。また、大西祝が「良心」という倫理意識の解明にあたって、伝統的な「仁愛」「惻隠」等の語義や用法も検討しながら、「同情」「同感」という言葉の指示する「利他的性情」（=「社会的性情」）の作用にも注目していたことは『良心起原論』が証してもいる。[11]とはいえ、「共苦=同情」という「意志の直接的な情動」を一つの手懸かりに独自の哲学体系を構築した[12]ショーペンハウアーにしても、彼から示唆を受けて『無意識の哲学』[13]を著し、やはり独自の「厭世思想」を展開して、一八九〇年代——明治二〇年代後半から三〇年代——にかけての日本でも、主著に先立って森鷗外が「没理想論争」でその『美学』[14]を自己の立論の根拠としたこととあいまって文学思想上の最新の話題になったエドゥワルト・ハルトマンにしても、その紹介は始まったばかりだったといわなければならないのだ。なおハルトマンの「同情」論についていえば、その『美学』の鷗外による翻訳である「審美論」[15]では、「同情」を「反応情」と「同応情」に分け、「反応情」が、「来れる実の内外の動静に応じて、方識わが起すところ」であるのに対し、「同応情は、来れる実といふ個物（個人）既に其情ありて、われは唯ゞ他と供に、若くは他に継いで、おなじ情を起こしたる」ものとし、両者はともに「実情」だが、後者は「やゝ美しき仮情に近く、自然に反応実情と美仮情の間級をなしたるが如し」としている。[16]また、鷗外は、ハルトマンの美学に拠りながらその要点を簡潔に説いた『審美綱領』[17]では「反応情」に「Reactiohn」、「同応情」に「Sympathy」という語をそれぞれあてているが、[18]抱月の「真同情」と「準同情」の区別には、こうした鷗外経由のハルトマンの概念規定も活かされているとみるべきであろう。

「同情」をこのように「真同情」と「準同情」に区別した抱月は、次いで「外来の活動と我性の活動と相合して描き成せる客看界に我を合體せしめて、その情を同じうするの法如何」について、以下のように説明する。

先にもみたように、「情」は、「我」（=主体）が「外来の活動」と衝突したときに生じる意識であり、「同情」は「我と他」が一体となったときに生じるが、「実際的生活」の場面では、こうした「同情」の境地に入ることは難かしい。「夫の自己の愛するもの、自己に媚ぶるものなれば、そが醜態をも却りて美点と見るといふが如き主観的、能動的の僻見」に、即ち「意性」に、ともすれば「我性」は支配されるからだ。しかし、「我性の活動」は、また一方では「万象を貫ける絶対の理想」に従って営まれてもいる。「我性」も「外来の活動」と同様、「変化を一に統べて揮然たる小宇宙の姿をなせる形式」のうちに活動しているのだ。それゆえ、「同情」は、こうした「我性」が「理想」を意識した時に成立する。この場合、「差別我」の活動を、「知識」によって「概念」化して反省的に「意識」化するのが「準同情」即ち、道徳的同情であるのに対し、そうした概念操作なしに「意識」化することができれば、即ち「理想」(イデー)を「直覚」することができれば、それこそ「真同情」(審美的同情)といえる。「他の知識的性質即ち実用に忠なるべき諸属性に晦まさるゝことなきときは、差別我は必ずや之れに同じて、我他の別を忘るべし」というわけだ。だが、このような「真同情」を実現することは「意」に左右された「実際的生活」のなかでは極めて困難であり、それが実現されるのは、ただ「美術界」においてだけといわなければならない。また、だからこそ「審美的同情」は「真同情」ということができる。

抱月による「同情」の定義、「真同情」と「準同情」の区別、その生成の機制の説明は以上のようなものだが、ここで「真同情」が「美術界」においてこそ実現できるとしているのは、ショーペンハウアーから示唆を受けたものかと思われる。

知られるようにショーペンハウアーは『意志と表象としての世界』[19]で芸術について、それが「苦悩」に囚われ、「意志」に呪縛された存在であるわれわれを解放する役割を果たすものという認識を示していた。『意志と表象としての世界』は、ミヒャエル・ハウスケラー(Hauskeller, Michael Von 1964–)も要約する[20]ように、「認識論もしくは先験的哲学」の立場から「表象としての世界」を論じた第一篇と、「形而上学もしくは自然哲学」の観点から「意志としての世界」

を説いた第二篇、及び芸術と倫理についてそれぞれ独特の見解を披瀝した第三篇及び第四篇から構成されているが、芸術論が展開されるのは、いうまでもなく第三篇においてである。即ち、「世界は私の表象である」として「世界」が主観のうちに構成されたものであるとしたショーペンハウアーは、次いで、その世界の内奥には「物自体」としての「意志」が潜んでいるとし、人間を「その根底において、不条理の盲目的な生きんとする意志の奔流に突き動かされている存在者」であるとみるが[21]、そのように、「盲目の、ひたすら増殖する、無目的の、わが身をずたずたに引き裂く営み[22]」に齷齪する人間にとって最終の救いは、「この意志と手を切ること[23]」にしかありえない。しかし、そうした希望のない人間につかのまであれ慰めと安らぎを与えるのが「芸術」だとするのである。

　ショーペンハウアー哲学におけるこうした芸術の役割については、すでに前述した講演で大西が、意志の支配する「此の苦患の世界」からの「最初歩の解脱」は「美術観に依りて得らる」として次のように紹介してもいた。

　吾人が美術上の作を見て之れを嘆美するは何故ぞや他なし変化流転する物象の中に常住不変のイデエを観ればなり美はしとは此のイデエの手に取り目に見ゆる様に顕はれたるに接したる時の感情を云ふ美なる者に接して清快を覚え霎時諸の邪念を打忘るゝは生滅流転せざるイデエを観ればなりイデエを観るの瞬間は世の無常の事物に繫るゝ欲念を打忘れて浄楽に入れるの時なり美しき物に見取れて恍惚たる瞬間は煩悩とその煩悩に根ざせる苦痛とより救はれたる時なり是れ解脱に入れる瞬間なり美なる物を見て尚ほ一点の欲念を挿み其の物を得るに足る金銭のなきを歎き或は其の物を以て利を計らんとするが如きは未だ真に其の美しさに見取れたる者と謂ふ可らず真に其の美を嘆美する者は其の物を得て我が所有となさんと欲するが如き一点の欲念をさへも懐かざるべし須磨の風光に対して真に之れを嘆美する瞬間は只あゝ美しいかなと云ふ一言を発して恍惚たるの外なかるべし此の如きの瞬間は是れ世の欲念苦痛を脱して一時の救に入れるの時なり然れども這は只一時の救に過ぎず永久の解脱にあら

ざる也。（大西、『全集』〈第七巻〉一五六―一五七頁。）

大西は、美的感情が、人が、自身を拘束する「欲念」を離れ、「常住普遍のイデエ」を観るときに生起する感情であること、芸術に接する瞬間において人は「煩悩とその煩悩に根ざせる苦痛」から救われるとするところにショーペンハウアーの芸術論の要諦をみているが、抱月が基本においてこうした大西のショーペンハウアー理解を踏まえていることは明白であろう。「真同情」は、「万象を貫ける絶対の理想」、即ち大西のいう「常住普遍のイデエ」を「直覚」し、「平等我」「差別我」とが一致して「我他の別を忘れ」た瞬間に訪れる感情なのであり、それゆえ「差別我」に囚われた人間にとって救いなのだ。

抱月のショーペンハウアー理解はまた大西だけでなく、とりわけ、『ブリタニカ百科事典』でカントと共にショーペンハウアーの項目[24]を担当したウォレスの解説書[25]によって深められた。大西の解説は、的確にその骨組みを捉えていたとはいえ、講演という制約もあり、紹介の域にとどまっているが、ウォレスはショーペンハウアーの生涯を辿りながら『意志と表象としての世界』を位置づけるのみならず、芸術を論じた第三篇についても、かなり詳細に要約、解説を加えていたからである。ウォレスはそこで、芸術の一般論（第三十節から第四十一節）を扱った前半と、建築や、詩、演劇、音楽などの芸術の個別のジャンルについて考察した後半に分けられる第三篇の構成に従いながら、科学にできることが物を外部のできごととして観察し、一般化によって抽象し、その結果それを「死せる抽象」(the dead abstruction)と化してしまうことでしかないのに対し、「観照」(contemplation)によって対象の「内部の意義」(inner significance)「永遠の価値」(permanent value)、つまりは「美的理想」(aesthetic idea=Platonic Idea)を捉えるところに芸術の目的がある、というふうにショーペンハウアーの芸術論を辿っているが[26]、なかでも、芸術が、法則や分析によっては到達できない「普遍の完全な再現」(perfect representative of the universal)[27]、つまり「美的理想」を、個物において実現する営みであるとしているところなどは、抱月に示唆を与えたかと思われる。先にもみたように抱月は「真同情」を、対象を「具體的」、「直覚的」に把握することによって得られる「審美上の快楽」であるとしたが、この観点は、芸術作品を、「あらゆる意義」を「一つの形」(singular shape)[28]に集約したもの、即ち「具體」化したものとし、それゆえに、概念化による理解を超えているというショーペンハウアーの定義を踏まえていたかと思われるのである。

ウォレスが整理して解説してみせたショーペンハウアーの芸術論から抱月が得たものはすくなくない。「同情」を「真同情」と「準同情」に分け、「同情」という観点から「審美的意識の性質」を解明しようという試み自体が、上記のようなショーペンハウアーの芸術論を、芸術を創造し、あるいは享受する主体の側から、その機制に迫ろうという企てだったともいえる。また、そもそも「同情」という意識自体が、後述するようにショーペンハウアーが『意志と表象としての世界』の第四篇において展開するその倫理思想の根幹に据えた概念であったことも見落してはならない。

更に、人間や自然の営みを貫く「永遠の意義」(eternal significance)[29]を啓示し、人に「つかのまの安息日の安らぎ」(a brief taste of the Sabbatath repose of the blessed)[30]を与えるところに芸術の役割があるとするショーペンハウアーの芸術観を手懸かりにしたことも、いうまでもない。だが、その芸術観に拠りながらも、抱月が最終的にはその哲学(思想)を肯定していないことも、留意しておくべきことであろう。いうまでもなく、『意志と表象としての世界』の最終の目的はあらゆる「意志」の消滅を説くところにあったからである。ショーペンハウアーは芸術の人生における意義を力説したが、その与える慰めは「意志」に支配され苦痛にみちた生においては、「ただつかのまの夢の賜物」(only vouchsafed as a transient dream)[31]に過ぎないのだ。これに対し、人生の苦痛をむしろ自明の前提とし、いわば、ショーペンハウアーの論理を転倒し芸術の価値を強調するところに抱月の立場があったといっていいかもしれない。

第二章第二節で繰り展げられる抱月の「同情」論は以上のようなものである。ここでも、他の節がそうであるように、論の展開には、単純化がみられる。「平等我」「差別我」の場合の「我」と、もともとフィヒテが『全知識学の基礎』[32]で用いた「自我」に由来する「我性」との差異や同一性が、明確に説明されているとはいえないし、フィヒテやシェリングではその超越論的な側面が肯定的に、ショーペンハウアーにおいては否定的に強調される「意」の両義性についても徹底して考えられているとはいえないのだ。「真同情」＝「審美的」、「準同情」＝「道徳的」という区別も、「善美」の調和において倫理の新しい在り方を模索した大西の『良心起原論』にみられるような徹底した考察を欠いた単純な裁断ということもできる。しかし、論理の展開は必ずしも精緻とはいえず、語義の定義の杜撰さも目立つものの、「同情」という概念を手懸かりに、芸術を観照する意識に迫っていく論理の展開には一貫性があり、説得力もある。「同情」をキー・ワードに明らかにされる「審美的意識」とは、それではどのような特質を持つのか。次節では、「同情」を基軸にした「審美的意識」の解明が課題とされる。

第三節　「審美の意識[33]」

前節でみてきたところによれば、抱月にとって美とは「絶対の理想」によって「主客調和」し、「我と他とが融通無碍」の「同情」の境地においてこそ実現することのできるものだった。主体と客体が「同情」するところに美が成立するとすれば、美が実現するには、客体にも当然、「同情」に値する内実が備わっていることが要求される。「同情の難易はやがて美の大小」なのだ。それでは、「同情の難易」の基準はどこにあるのか。このように論を進めた抱月はそれを「理想の現、不現」に求める。「最も理想の現れたるものは、最も美」であり、「此の花は此の花の存在理想を全くし、彼の人は彼の人の存在理想」を実現するとき、「我れ之れに対すれば、花とも融会すべく、人とも融会すべし」というわけだ。但し、後者の場合、即ち「他人の不幸に同情する」場合、実生活においては「差別我」を離れて「寂然観照の審美的境地」に安住することは許されない。他者の悲惨や不幸に向き合った場合と、「山水の美」を観照することを同一にみなすことはできないのだ。

いうまでもなく、ここで抱月が直面しているのは、善と美、倫理意識と美意識にどのように差異をみいだすかという問題である。後に自然主義文学運動において、「実生活と芸術」というタイトルのもとに提出されることになるこの難問に対して、抱月が選んだのは、いわばショーペンハウアー風の、次のような解答である。

> 斯くいへばとて、軽々しく断ずるを休めよ。誰か審美を酷薄無情のものとせんや。他者の不幸を見るも、手を挙げ、足を投じて救拯の労に走らざるは、その大慈悲大平等なる所以にして、審美は差別界の慈悲仁恵を超越したる平等無私の世界なり。他の苦むは、やがて我の苦しむ所以、否、我の苦むも、他の苦むも、観じ来れば、共に是れ大宇宙みづからしかするなり。何をか罰し、何をか賞せん。審美の眼には、草木国土、凡て直に窒碍なし。（二—三）

先にもみたように、抱月はショーペンハウアーから、とりわけその芸術論から多くの示唆を得た。既述の如く、ショーペンハウアーによれば、世界は「現象」であり、その内的本質を形成するのは、物自体としての「意志」であった。世界は、私という個体にも内在している「意志」という、不可解で盲目的な衝動に支配されている。個体はいずれは死滅し、自然という不滅の生命に帰していく運命にあり、それゆえ生は無意味であるにもかかわらず、「生の意志」に従って生きようという努力を重ねるが、その「意志」は満たされることはない。それゆえ、生は苦悩である。こうした生にあって、世界の本質——Platonic Ideas を直観のうちに啓示してみせる芸術は慰めである。芸術において人は、「生の牢獄」（prison-house of life）から解放され、[34]「純粋認識主観」（pure will-less subject of knowledge）として「世界の本質の客体化のイデア的理念」（Platonic〔pure〕Ideas）を「観照」することができる。だが、それはつかのまの慰めでしかない。真の慰めは、あらゆる「意志」（Will）を否定し、その消滅した涅槃（Nirvana）の境地に達するところにある、というのがショーペンハウアーの主張だった。その「純客観の説《ピュアオブヂヰクチー》」[35]に従えば、「意は煩悩の本にして差別の根源」であり、「真知識」を得ようとする者は、「必ず意を圧して外境を玲瓏の想《アイデア》として映出」しなければならないのだ。人間は「意志」に囚われているが、より高度の「意志」によって「意志」を否定するところに、人間の自由があるとするその主張が示すのは、「意志の否定」がショーペンハウアーにとってはなによりも倫理上の主題だったということにほかならない。引用の部分からは、そうしたショーペンハウアーの「諦観」の思想と響きあう認識を聴きとることができるだろう。

だが、抱月はショーペンハウアーに全く同意するというわけではない。ショーペンハウアーにおける解放と救済という主題、すなわち自由をめぐる倫理上の主題と、「審美」上の問題を峻別し、ショーペンハウアーにとって倫理的に問題とされた「意志の否定」という主題を美的「観照」の場面に限定し、あくまで「審美」上の問題として捉え直そうというところに、抱月の審美論の主張をみることができるのである。いわば、ショーペンハウアーの論理を転倒し、ショーペンハウアーにとって倫理的に捉えられた問題を「審美」上の問題として前景化していくところに抱月の戦略は明瞭だが、といってそれは、美を倫理の優位におくという、唯美的立場を彼が選んだということを意味するわけではない。

彼の倫理的立場は、以下のようなところにあらわに示される。

ショオペンハウエルは、意を止熄せしめて涅槃に入るを純客看の快楽となせり。即ち苦痛を積極の地に置き、そが根本たる意の磷すると共に、苦痛の銷するをば、名付けて快楽といふなり。吾人は之れを逆に見て、平等我の目的達したるがために実に快楽を感ずとなさんとす。若夫苦楽の何れが天地の本位なるべきかは、此に論ずべき

限りにあらず。只目的を達するを快といひ、之れに反するを苦といふの別に従へるのみ。（二一―二）

「意志の否定」の彼方にこそ快楽、即ち救済と自由があると説いたショーペンハウアーとは逆に、「平等我の目的達したるがために実に快楽を感ず」というのが抱月の立場だが、ここに明瞭に看て取ることができるのは、やはりショーペンハウアーとは逆に、「意志」を肯定し、個人の自我の実現（self-realization）、諸能力の実現（realization of capacity）の価値を強調、自己実現を人間的実践（＝倫理）の根幹に据えたグリーンの自己実現説の影響であろう。すべての行為の原因を「快楽の獲得」と「苦痛の回避」という自然的欲望に還元する功利主義を批判、人を行為にと駆り立てるのは、「個人的善に対する欲望」に根ざす「自己意識的主体の自我満足の念 idea of self satisfaction である」[36]として自然的欲望と区別し、「道徳的善」をめざす人の行為に、それが「理性が生む自我満足の念によって媒介され選択された欲望を実現しようとする意志の表現」であるがゆえに、「自然必然の制約」からの自由と、それに伴う「責任」を求めるグリーンの倫理思想は、大西祝はじめ、彼を介して抱月や綱島梁川らに大きな影響を及ぼした。[37]「平等我の目的」を実現するところに実生活の満足（「快楽」）が得られるという見解は、「道徳的善」を体現することを究極の目標に「自己実現」をめざすことが実生活を律する行動の原理であるべきだとするグリーンの倫理思想を、抱月もまた実生活において拠るべき規範として信奉していたことを指し示しているのである。それはまた、抱月が「審美上の快楽と道徳上」のそれを区別していたことと対応している。更に、自然主義文学運動のなかで、「芸術」と「実生活」の境界に一線を画すことを明確にするその自然主義論は、ここにすでにその輪郭を示しているともいえる。[38]

ショーペンハウアーにとって倫理上の問題として取り上げられた主題を、「審美上」の問題として捉え直すという手法は、「同情」の概念の取り扱いにおいてもみられる。

ショーペンハウアーにとって「同情」は、なによりも倫理の問題だった。生の本質は「苦悩」であるが、われわれは「同情」という感情の作用によって「他者の苦悩」の「現実性と意味」を感得[39]し、盲目的な「意志」に支配された生の汚れを祓うことができると彼は考えた。[40]「純粋な愛（アガペー、カリタス）」はその本性からいって「同情（Mitliden）」であり[41]、「同情」を感じる者には「マーヤーのヴェールは透けて奥が見えてしまっているのであって、『個体化の原理』の錯覚」に惑わされることなく、「森羅万象の中に、したがって苦悩している者の中にさえも、自分を、自分の自我を、自分の意志を認識」するに至るのである。[42]「同情は、意志の個的な自己主張を含まない意志の個的な自己体験」、「ある瞬間に自己の肉体で感じ取った強力な意志の経験を、自己の限界を超えて広げる能力」であり、このとき、人は「意志」の力を失ってはいないにもかかわらず、「自己主張」することなく、自己と他者の区別を解消して「汝はそのすべてなり！Tat《タート》 Twam《トゥム》 Asi《アーシ》」[43]という、「個体性を克服」[44]した、倫理の究極の場所（the climax of ethics）[45]に到達することができるのだ。とはいうものの、ショーペンハウアーにおいては、「同情」＝「共苦」（Mitliden）というこの同一性体験は、それがわれわれの到達しうる最高の道徳的在り方であるとはしても、決してわれわれに救済をもたらすことはない。「苦悩は偶然にときおり現れるだけではなく、むしろ生存の根本体質に属するもの」であり、「この際限のない苦悩の一切が、他人の苦悩と自分の苦悩をもはや区別しない同情者自身に全面的に襲いかかるので、彼は、単独の人間には耐え難いほどの規模で苦悩をこうむる」ことになり、ついには「それを投げ出さざるをえなくなる」[46]からである。「こうして同情は、悪意的に制限されることなく徹底的に実践される正義と人間愛を展開してゆくそれ自身の力学によって、『生への意志の否定の促進剤』になる」のだ。[47]

ショーペンハウアーの如上のような「同情」＝「同苦」理論は抱月にも多くの示唆を与えた筈である。とりわけ、道徳性が、概念の作用に頼ることなく、「直覚」されるべきものだとして、それを理性概念から導き出されるもの、「あらゆる真実の善とあらゆる徳とは抽象的な反省の中から、しかも義務と定言命法の概念を通じて出現してくるもの」としたカントに反対し[48]、「同情」＝「同苦」を「道徳の基盤［ショーペンハウアーの文脈では公正や人間愛への其の衝動[49]」」

に据えたところは、抱月の「同情」論にも影響を及ぼしたかと思われる。「同情」を、対象に対して「具体的、直覚的」に「同情」し、「我と他と、主と客とが同体」となる場合（「同悲の情」＊sympathy）と、概念的に「同情」を覚える場合（「憐憫の情」＊pity）とに序列化し、後者を「差別我」の拘束を脱していないがゆえに「準同情」と呼び、前者を「平等我」の満足をもたらすところから「真同情」とする抱月の定義に照らせば、ショーペンハウアーの「同情」＝「同苦」は、まさに「真同情」だった筈である。

だが、ショーペンハウアーにとって倫理上の切実なテーマであった「同情」は、抱月にあっては美意識の問題にと置き換えられる。その理由は、前述の事情と同様、人は「現象世界に於いては自他の差別を立つれども本体に於いては皆同一の意志」に支配されており、「他人の形を取りて苦しめる者と我に於いて苦しめる者とは同一不二」であるがゆえに「他に同情を表して苦痛を共にする」[50]ことができるとするショーペンハウアーの立論の根拠を、抱月がそもそも認めなかったことによる。ショーペンハウアーにとって「同情の価値は苦悩の緩和にあるのではなく、むしろ苦悩を耐え難いものにまで増大させる」[51]ところにあり、「意志の否定」を最終の目的とするものである以上、それは倫理のめざす「当為」にはなんら寄与するものではないからである。

ショーペンハウアーに対する抱月の批判はこれだけにとどまらず、「主と客と喜悲の情を同じうするの必要なく、平等我が冷かに客看の哀楽を照破すれば足れり」とするその「純客観」説にも向けられる。ここで「純客観」（pure objectivity）とは、先にもみたように「純粋認識主観」（pure will-less subject of knowledge）[52]と相関的対応関係にある「イデー」としての物自体」を指すが、ショーペンハウアーが芸術や哲学の営みをプラトン的な「イデー」を「観照」（contemplate）する行為としてのみ捉えてよしとしたところを抱月は批判する。

されど吾人の見るところを以ってすれば、我れは、意としてこそ現れざれ、情となりて純客観を温め、そをして血あり熱あらしむ。若し知を客観の代表とし、意と情を主観の代表（意を出立点の我とし、情を落着点の我とす）とせば、主観は情の姿をもて客観を迎ふるなり。迎へて而して知情抱合すれば、その間に差別の附すべきなく、以て平等我の理想を円満にすべし。（二―三）

「客観」（＝「知」）が、そもそも主観によって構成され、産出されたものであるにもかかわらず、ショーペンハウアーは「観照」する主体における「情」の主体的役割を無視もしくは抑圧し、「意志の否定」という目的に従属させてしまっているとする抱月の批判は、ショーペンハウアーの「観照」論の限界を衝いたものといえるだろう。[53]ショーペンハウアーは、対象の「イデー」を直観によって看取することは芸術家の、とりわけ「天才」の仕事であり、それを「概念的に再構成」[54]するのが哲学の役割としたが、いずれにせよそこには、「観照」の主体的立場が欠落している。というより、「イデー」の「観照」は、「意志の否定」という主体的立場にのみ限定される。「対境の事相を、枉げず匿さず、静に心に現前せしむるをもて、能事終はれり」とするショーペンハウアーの「純客観」理論からすれば、悲劇の観客が「劇中の人物と同情するが如きは無用の業」（二―三）ということになるのだ。これに対し、芸術の主体的享受（＝「観照」）の場面における「情」の超越的契機を強調するところに、抱月の基本の立脚地があった。抱月は、「主知主義」（カント）でも「主意主義」（フィヒテ）でもなく、いわば「主情主義」の立場から、超越論的美学理論の構築を模索し始めていたといってもいい。

このようにショーペンハウアーを批判したとはいえ、抱月がショーペンハウアーから多くのものを得たことは既述の通りである。美の与える快楽が「同情の快楽」にほかならず、その「深浅」、即ち「同情の深浅」は「主として客観なる理想の現不現」に対応して決定されるという観点も、後述するように基本的にはショーペンハウアーの「イデー」論に拠っている。対象が自然であれ人間であれ、「平等我」の満足は同一だが、そこに「深浅大小」という差異が生じるのは、ショーペンハウアーの説くように「イデー」が、物自体としての意志の「特定の段階における直接的客体性」であることに起因する。個物はこうしたグレードに従属しているからこそ、「非情の草木と同情したるの快は淡として煙の如くなれども有情の人間と同情したるの快は深遠にして余味の忘れ難きもの」を覚えさせることにもなる。「差別我の同情の激甚なるに連れ、反響し来りて之れに投ずる平等我の満足も大」となり得るのだ。

「同情」概念を基軸にした抱月の「審美的意識の性質」の解明が、その批判的検討を含みながらも基本的にショーペンハウアーに拠っているのはみてきた通りだが、抱月は更にヒューム、ハルトマン等を通してその探求を進めていくことになる。

第四節　「悲哀の快感」

「審美的意識」の性質について、主としてショーペンハウアーの「同情」概念に依拠して検討してきた抱月は、次いで「悲哀の快感」という観点から考察を試みる。

「悲哀」、即ち人間的悲惨の与える根源的には不快な情動が、快感に転じるのは何故かという、アリストテレスが悲劇論で取り上げ、レッシングが『ハンブルグ演劇論』[55]で問題にして以来様々に論じられてきた主題については、一八九〇年代の日本でもすでに大西祝が「悲哀の快感（心理並文學上の攷究）」[56]を草して検討の俎上にしてきてはいた。そこで大西は「惻隠の情」（＝「同情」）という「社会的性情」の機能に着目してその「心理並文学上の攷究」の解明を試みていたが、抱月もまた基本的に大西が提起した観点に拠ってヒューム、バルク（バーク、Burke, Edmund 1729–97）、「シルレル」（＝シラー）等の説を検討しながら考察を進めるのである。

抱月はまず、この問題についてのヒュームの所説を取り上げる。ここで抱月は明示してはいないが、抱月が批判の対象としたのは、内容からみて、「悲劇について」[57]である。この論を含むヒュームの文学、道徳についてのエッセイが注解と論文をつけてグリーンによって編集、出版されたのは一八八二年のことだった。[58]

「よくできた悲劇において観客が、悲しみ、恐怖、不安そのほか、それじたいは厭うべき不快なもろもろの情念から受けとるのは、いわくいい難い快感であるように思われる」と書き始められるこの論でヒュームは、不快を免れるために人はスポーツやゲームを楽しむだけでなく悲劇の喚起する情念にさえ耽るとしたデュボス（Dubos, abbe Jean Baptiste 1670–1742）[59]や、喜びも度が過ぎれば苦痛に転じ、逆に激しい苦痛も弱められれば慰めとさえ感じられるという例を引いて、快・不快の感覚は、それらが生じる原因にまで遡行してみればそれほど異なったものではなく、所詮は強弱・程度の違いに過ぎないと指摘、観客はヒーローの受難に心を痛めるものの、実はこれは虚構の出来事であることを思い起こして慰めるというフォントゥネル（Fontenelle, Bernard Le Bovier de 1657–1757）[60]の見解を紹介しながら、悲劇においては、雄弁術がそうであるように、「沈欝な情景」（a melancholy sceane）の喚起する「沈欝な情念の引き起こす不安」(uneasiness of the melancholy passions)も、表現の作用、すなわち芸術の力によっては快感という反対の感情にも転化すると述べている。[61]

こうしたヒュームの説に対し抱月は、ヒュームが、デュボスやフォントゥネル等の説を批判したところに同意しながらも、「悲哀の快感の起るは芸術の力にあり」とするその主張には疑問を提出する。すなわち、まず、「人は凡て心の沈欝を不快となすが故にせめて悲哀の情にても活動せば、これによりて心的活動の快味を覚ゆべし、悲哀の快感とは之れに外ならず」というデュボスの説が悲劇の与える快感を説明する原理となることができないという点でヒュームを肯い、「悲哀の事柄に同情すると共に、内に顧みて、その事実にあらざるを意識すれば、乃快楽を感ず、悲哀の快感はかく生ずべし」というフォントゥネルの説では、「夫の悲壮なる事実譚に伴う快感」は説明できないとしてヒュームの批判に同意するのである（二一—三）。なお、これに関して抱月は「『我と所現の悲惨境と何の繋累もなし、と考ふる』

に由りて悲哀の快感を生ず」としたバークの見解（『崇高と美についての我々の観念の起源の哲学的研究』[62]）に反駁している。抱月が言及しているのは、邦訳『崇高と美の観念の起源』[63]によれば、バークが、われわれは「非常に鋭い苦を感じたり自分の生命の危険が切迫したりしていない限りにおいて、我々は自分で苦を嘗める間にも他人の身の上を感じやることができる」[64]とした数章だが[65]、それを「差別我の安全」「優等」「利得」などに随伴する快楽として斥けているのは、「審美の快楽」と「実際界の快楽」を区別する抱月の立場からすれば当然であろう。

また、フォントゥネルが「心の沈欝」と「悲哀の情」は、いずれも「情」の「活動」としては不快の「範囲」にあり、「必竟同一感情を二様の尺度に準擬」したもの、つまりは強弱の違いに過ぎないとしている点も、「せめて悲哀の情だにも活動せば、無活動の苦に勝るべしとなすときは、其の裏面には始より悲哀ならざるの最も勝れるに若かずとの意を含み、悲哀の度愈々激しければ快感を惹くこと益々強き悲劇の本領と撞着」せざるを得ないとしてヒュームと共に否定する。

しかし、このようにヒュームの意見を認めながらも抱月は、ヒュームが、不快が快感に転化する理由を、「事物を活ける如く描くの才、感深かるべきものを撰り蒐むるの術、事物の結構上に現はれたる判断等、凡て此等の高尚なる才能が、表白の妙、節奏の美と相合」すること、つまりは「悲壮の景物を直視するの技能」に帰している点については反対する。

げに実際なる悲壮の光景は與楽の題目とならざるも、そを劇に演ずるときは能く観者に快楽を與ふること事実なるべし（中略）然れども、芸術によりて悲惨其の者より快楽を生ぜしめ得べしとするは非なり。芸術にては、能く人を純粋の同情に停留せしむれども、実際の場合にては、我れといふ念混じ来て、反応的のものとなり易きがためのみ。所謂悲哀の快感は、悲哀といふ辺より来たらずして、同情といふ辺より来たる。（二一―二）

抱月は、「悲哀」＝悲惨な出来事が快感と化すのは、ひとえに「純粋の同情」、即ち「審美的意識」の根幹をなす「真同情」の作用による筈だが、ヒュームが、このような「同情」の契機を欠落したまま、それが「悲壮の景物を直視するの技能」＝「芸術」によって快感に転化するとしているところを批判するのである。抱月は更に、ヒューム説の真意を「芸術は別に芸術其のものの美によりて我に快楽を與ふるが故に、さてこそ悲哀にも快感の伴ふなれ」とする場合と「芸術の妙力は能く悲哀の元素中より快楽を産出せしむ」とする場合に分けて反駁を試みる。前者の場合であれば、「不快なる事柄を快なる術にて表白」することになり、「通常いはゆる想儼にいふときは意味に外ならずと形の相反するを快感の由来」とすることになってしまう筈だし、「悲惨の事柄は悲惨の音節によりて巧みに陳述せらるが故に快なり」とする後者にしても、前者のように「形想」の齟齬を招くことはないものの、「芸術の妙力」を強調するだけで、不快が快に転化するメカニズムの説明たり得ていないとし、「悲哀」が「快感」に転化する過程における「同情」という契機の重要性を力説するのだ。

（ヒュームが――筆者註）天才、芸術、文章、結構、相寄りて悲哀の快味を感ぜしむといふは善し。されど此等は悲しきものを鹽梅して快きものとなすにあらず。寧ろ此等は我れの執着を和げ、我れを河漢にして以つて悲（同情）に入らしむるなり。而して平等絶対の眼より見れば、悲も悲にあらず、喜も喜にあらず、空間を超するが故に由旬の如きも芥子微に等しく、時間を絶するが故に億劫の長きも刹那に異ならず、美の快楽が悲哀の快感をも含むも遠くこの満足感に由来すといふべし。（二―三）

要するに、抱月が繰り返し批判しているのは、ヒュームの「悲劇について」には、「同情」という観点が欠落しているという点である。抱月の理解に従えば、ここでは悲劇の「観照」における、観客＝知覚主体の関与という条件が無視されているのだ。

もともと、ヒュームがその主著『人性論』[66]で「同情」(Sympathy)という作用を重視したことは抱月も参照したボザンケも指摘していたところだった。[67]というより、ヒュームこそは「共感を自らの哲学の原理としてはじめて論じた」哲学者[68]といっていい。しかし、この論では、抱月もいうように、「悲哀」が「快感」に転化する過程において重要な契機の一つというべき「同情」「同感」についての言及が部分的にしかなされていないのはたしかである。そのため、近年のヒューム研究においても、この論が、一八世紀の批評家の間で流行したアリストテレス的カタルシス論が「浄化」し、排除しようとした「悲しみ」や「恐怖」などの不快の情動をむしろ刺激することを前提としながら、そこから一歩踏みだし、「悲劇における形式=芸術的技巧を情念転化の重要な要因」とみて悲劇を形式面から分析する道を切り開いた点を評価しつつも、『人性論』に示したような「同情」理論は放棄してしまっているという批判も提出されているようである。[69]もっとも、ヒュームがこの論で必ずしも「同情」論を放棄したとはいえず、「悲哀の快感」が生じる過程において観客の情動にも配慮していたことも見逃すべきではないが、[70]「情」の超越的契機に着目しながら、悲哀が快感に転化する過程を説明するヒュームの論の不十分さを衝く抱月の論が、悲劇論の核心に迫る観点を内包していたことはここで確認しておいていいことであろう。

ヒュームの情念転化理論を上述のような「同情」の観点から批判した抱月はまた、ヒュームが「模倣」を悲劇の「一要件」としていることにも批判の鋒先を向ける。ヒュームが「模倣」を悲劇が成立する条件としたのは、それによって「情念の活動」がスムーズになり、「あらゆる感覚を統合した、より強い喜びにと転化」することができるのみならず、「模倣」、つまりは虚構の意識によって、「悲しみを弱めたり縮小させるだけでなく、新しい感情を注ぎこむことによって情念を和らげる」[71]ことができるというような理由からである。これに対し抱月はラスキン[72]を引きながら、「模倣」=虚構の意識は、かえって劇のもたらす「余念なき面白さを離れて、批評家の地」に立ち戻らせてしまうとして否定する。「観劇の極致は、寧ろ模倣の世界に住しながらその模倣たるを忘るる」ところにあるのに対し、模倣の与える快楽は、芸術作品から享受主体が受ける快楽（＝「審美的快楽」）とは異質であり、ラスキンもいうように「啻に人をして其の題目の固有の美を得ざらしむのみならず、また卑近なる題につきての外、真に高大なる事物を模し志すこと能はざらしむ」[73]ものとして、美術を「腐蝕」させることさえあるからである。

今日からみると、抱月のヒューム理解には十分とはいえないところもある。「同情」という享受主体＝悲劇における観客の機能を力説しながらも、ヒュームが想像力の作用を重視していることが抱月の考察の埒外にあったことなどはその一つである。恋人と会えないことが却って恋する者たちの思慕の情を募らせ、イアーゴーの讒言によってこそオセロの不安と嫉妬の情は亢進するというような例を引きながら、ヒュームは表現のエネルギーや模倣（＝虚構）の魅惑と相俟って、われわれの情動を掻き立て、悲劇の快感を高める想像力（the power of imagination）の作用を強調しているが、ジル・ドゥルーズ（Deleuze, Gilles 1925–1995）が評価する[74]こうした想像力の作用については抱月は全く言及することはないのである。[75]とはいえ、繰り返し述べたように、抱月がヒュームの検討を通して、芸術作品の「観照」における「同情」の契機を力説していたことは、改めて振り返っておくべきことであろう。

さて、「同情」の観点からショーペンハウアー、ヒュームを中心に「審美の意識」を検討した抱月は、最後にシラーの「悲哀の快感の説」を取り上げ、悲劇の与える快楽を論じたシラーが、それが究極には「道徳性の満足」に由来するとした点について、やはり「同情」論の立場からシラー説との差異の明確化を試みている。「悲哀の快感」は、「人間に流行する一大原則、道徳上の適宜（モーラル、プロプライエチー）といふことが、種々の障擬と衝突」し、「一方に悲哀の現象を呈すると共に、他方に益々其性を顕著ならしむ」場合に、「悲哀に同情する」と共に人が味わう「道徳性の満足」にこそ生じるとし、道徳が「最後の勝者」となる所以を「説明」するのが悲劇であるとしたシラーに対し、抱月が対置するのは、次のような観点である。

人間苟モ道に背く所あれば則ち自滅す、人間の人間たる妙相は、悲惨の境に接して益々露るべし。而して最も善く此の妙相を描出して我が同情を惹き、以て物と我と会合體するの美を成ずるものは悲劇なり。此に於てか悲哀の裡にもなお観美の快楽あり。（二一―三）

要するに悲劇のもたらす快楽を、「人間の善を説明するが故に快し」とするシラーに対し、「人間の美を成就するが故に快し」とするところに、つまりは道徳的意識の満足のもたらす快楽に帰したシラーに反対し、それを「審美的意識」の側から解明しようとするところに抱月の立場があった。もっとも、シラーの悲劇論を抱月はやや単純化して要約したきらいがある。抱月が取り上げたのは、「悲劇的対象における満足の根拠について」[76]と思われるが、たしかに、そこでシラーは、芸術が目的とするのは自由な快楽を惹起するところにあるとしつつも、その「自由な快楽は全く道徳的条件に基くもの」[77]であり、悲劇も「道徳性の満足」を与える「道徳的合目的性」を備えたものであるべきことを力説してはいた。「道徳的合目的性」は、「それが他の合目的性と衝突を来し、而も優位を占める場合に最も溌溂と認められる」[78]のであって、やはりシラーの「悲壮なる事柄に愉快を感ずるの理由」（「悲劇的対象における満足の根拠について」――筆者註）を引いて大西もいうように「高節清廉の士が堪え難き難苦の中にありながら猶ほ克く其節操を守るの様を観れば一方には固より悲痛酸苦の状あれども然し却てそれあるが為めに又一方には（即ちその難苦悲痛にも猶ほ克く耐え得ると云ふの点に於て）道徳的心誠の満足を発揮せしむ」[79]ことができるのだ。しかし、このように「道徳的合目的性」に力点をおきながらもシラーはまた、それが「自然的合目的性」と齟齬するものであってはならないとし、次いで書かれた「悲劇芸術について」[80]では、この観点を推し進めて、悲劇は観客に「同情」を喚起するものでなければならないが、そのためには悲劇芸術は「同情的情念を特に目覚ますことのできるやうな行為のうちに於て自然を模」[81]すべきものであることを強調している。悲劇は「我々に、苦悩の状態に於ける人間を示し、そして我々の同情を惹き起すことを意図する一聯の事件（完全な行為）の詩的模倣」であり、「人を感動させ、又感動によって人を喜ばせるために或る行為を産出する」ことを目的としている。だがそれは、「自然的合目的性」に反するものであってはならず、「歴史的目的を追求」するような場合においてさえも、悲劇はその目的とする感動を「自然との最高の調和といふ条件の下に於てのみ達成」できるとしているのであって、決して「人間の善を説明」することを自己目的化しているわけではないのである。

むろん、抱月とてそうした単純化が誤解を招きかねないことに無自覚であったわけではない。それは、引用の部分に続けて、「此処に善と云へるは円満の義」即ち「平等我」の満足をもたらすものであると補足、それゆえ究極的にはシラーも悲劇を「天地円満の美を窺わんとす」るものとしていることは認めながらも、「唯彼は主観なる快感の由来を説くに客観美の性質を以てせんとし、吾人は寧ろ之れを主観の面より観ぜんとする」ところに彼我の差異を求めているところに明瞭であろう。もともと、美の成立根拠を「構想力と悟性との自由な戯れ」のうちに求めたカント流の主観主義に触発されて劇作家として出発したシラーは、この論及び「悲劇芸術について」で「愈々独自の芸術論」を編むに至り[82]、「カント自身があくまでも主観的判断機能の形式面に固執したのに対し、まずは客観的な表象内容の解明に向かった[83]といわれる。抱月は、「作品の客観的構成形式の条件の究明[84]」というシラーにおける悲劇論の立論の意図を踏まえたうえで、自説との差異を明確にしたといえるのである。と同時に、シラーのこの論が、『群盗』（Die Räuber, 1781）で彼が描いた人物達の犯罪的性格に対する非難を論破し、青年期の彼の演劇に対する理解を喚起することを直接のモティーフとして書かれたものだった[85]ことも、この論に対する抱月の反応を考える場会に、付け加えておくべきであろう。シラーには、悲劇に「道徳的満足」をのみ求める「俗衆」と、逆に「ただ用ひた手段の合目的性」によってのみ作品の価値を測ろうとする「趣味文化」を共に撃つ必要があった。師の逍遙が『小説神髄』を書いたのは一〇年ほど前に過ぎなかったが、その意味では、シラーが向き合っていたのは、「勧善懲悪」主義的イデオロギーと、洗練された江戸の趣味文化にとりあえずは敵対しなければならなかった逍遥を包囲していた問題でもあった。事情は抱月がこの論を発表した一八九〇年代前半の日本においてもそう進歩していたわけではなく、ここで「道徳的満足」の与える快楽よりも「同情」によるそれ、すなわち「審美的」快楽を重視しているのは、そうした文脈において理解しておく必要もあるだろう。

ところで、みてきたところからすれば、シラーと抱月の差異とは、結局は美の成立根拠を解明する場合における二つの方法上の立場の差異、抱月の用語でいえば「平等我」に快楽をもたらす「天然円満の美」にアプローチするにあたって、客観的方法（「客観美の性質」の対象化）をもってするか、主観的方法、即ち「同情」という「審美的意識」の側からのそれを用いるかの差異に過ぎなかった。むろん、両者は、美的理念（「理想」）においては一致しなければならない。美的理念とは、それではどのように定義されるのか、また、「客観美の性質」と「審美的意識の性質」はどのように関わるのか。次に問題とされなければならないのは、これらの点である。

1 *An Introduction to the Principles of Morals and Legislation*, 1789.（山下重一訳『世界の名著』〈第三八巻〉一九六七、中央公論社所収）
2 大西、『全集』（第五巻）八八―九〇頁。
3 *The Encyclopedia Britanica, a Dictionary of Arts, Sciences,and General Literature.* に「美学」Aesthetics の項目が加わるのは第九版（一八七五―一八八九、第一巻、二一二―二二四頁）以降で、担当はサリー。
4 『ブリタニカ』でサリーは他に Dream, Association of Ideas を担当、これらの項目を纏めて *Aesthetics Dreams Association of Ideas.* として刊行（*Humboldt Library of Sciernce* の一冊。刊行年は未詳だが、東京専門学校の購求年月日は一九〇〇年五月二四日）している。
5 大西、『全集』（第四巻）（『西洋哲学史』〈下〉）五七二―五七八頁。
6 cf: *The Encyclopedia Britanica*, vol.1, pp.221−223.

7 Bosanquet, Bernard, *A history of Aesthetic*, 1892, pp.237–238.
8 *Poetics*,B.C.4
9 *ibid.*, pp.235–239.
10 *ibid.*, pp.178–180.
11 大西、『全集』（第五巻）九三―九四頁。
12 多田光宏「（同情＝共苦）の哲学」（斉藤智志・高橋陽一郎・板橋勇仁編『ショーペンハウアー読本＝Arthur Schopen hauer』二〇〇三・三、法政大学出版局）一三六―一四六頁。
13 Phiosophie des Unbewussten, 1869.
14 *Aesthetik*, 1886–87.
15 鷗外、「審美論」（一八九二・一〇―一八九三・六、「柵草紙」三七・三八・四〇・四一・四五号に断続的に掲載し、中絶。一九七三・七、岩波書店『鷗外全集』〈第二一巻〉所収）
16 鷗外、『全集』（第二一巻）四二頁。
17 鷗外、『審美綱領』（一八九九・六、春陽堂　＊大村西崖と共編、上・下二巻、『鷗外全集』〈第二一巻〉所収）
18 鷗外、『全集』（第二一巻）二三四頁。
19 Schopenhauer, Arthur, Die Welt als Wille und Vorstellung, 1819. 本書では、『ショーペンハウアー』（西尾幹二責任編集「世界の名著、続一〇」一九七五・三、中央公論社）所収の訳を参照した。
20 ミヒャエル・ハウスケラー『生の嘆き――ショーペンハウアー倫理学入門』（Hauskeller Michel, Vom Jammer des Lebens. Einführung in Schopenhauers Ethik.1998. 峠尚武訳、二〇〇四・三、法政大学出版局、一四頁）
21 渡邊二郎『芸術の哲学』（一九九八・六、ちくま学芸文庫）一二九頁。
22 リュディーガー・ザフランスキー（Safranski,Rüdiger 1945–）『ショーペンハウアー――哲学の荒れ狂った時代の一つの伝記』（Schopenhauer und die wilden jahre der philosophie, 1987. 山本尤訳、一九九〇・一、法政大学出版局）三五三頁。
23 ザフランスキー、前掲書、三五三頁。
24 前記第九版（第一一巻）四五〇―四五八頁。
25 Wallace, William, *Life of Arthur Schopenhauer*, 1890.

26 *ibid.*, pp.129–131.

27 *ibid.*, p.129.

28 *ibid.*, 同右。

29 *ibid.*, p.130.

30 *ibid.*, 同右。

31 *Sully, James, Pessimism*, 1891, p.98.

32 Grundlage der gesamten Wissenschafislehre, 1794.

33 卒業論文「覺の性質を概論して美覺の要状に及ぶ」では「審美心識」となっている。本論の（一）でも述べたように、「心識」が大西祝の術語であり、小屋（大塚）保治は後に「観美意識」という語を用いることを考えると、この改訂に小屋のアドバイスが関与していると推測してみることは可能であろう。

34 渡邊二郎『芸術の哲学』（一九九八・六、ちくま学芸文庫）三五四頁。

35 「純《ピュア、》客観《オブヂキクチー》」について抱月は引用の箇所に続けて次のように述べている。

《事物の純客観の（随うて真相と見倣さるべき）知識は、吾人が客観に些も利害の関係を有せず。意全く欠する時にのみ観取し得べし。此の理を知らんとせば、各種の感情が、如何に吾人の知識を妨げて、吾人を誤謬に導くかを思へ。はた、好悪の念が、啻に事物の判断のみならず、その初級たる知覚をすら、変化し着色することの如何に多きかを思へ。（中略）好悪の意強き為に想（即真相）の誤らるゝこと此の如くなると同様に、一切の事相も、常に幾分か意即ち好悪の念と関係を有する限りは、然らざるを得ず。されば事物の真相真意を知るの道は、好悪の念が、利害の関係と共に意識を去り、知のみ自在にその本来の法に循ひて動くにあり。純主観として意の刺撃するなきも猶能く本自のおもふまゝに、十分なる活力を持て客観界を映出するにあり。》

なお、卒業論文のために抱月が作成した英文ノート「*My Library*」（早大図書館蔵）には、引用部分と同趣旨の英文抜き書きがあり、ノートに付された頁数（一二六—一三一頁　＊但し第三巻）から推して抱月が拠ったのが『意志と表象としての世界』の英訳本である *The World as Idea and Will*, tr. From the German by R. B. Halene and J. kemp, 1891.であることが判る。東京専門学校の同書の購求日付は明治二六年一月七日である。

36 野村博「T・H・グリーンの倫理思想」（『T・H・グリーン研究』一九八二・四、御茶の水書房）三二二頁。

37　抱月、樗牛、梁川、西田幾多郎らと、グリーンをはじめとするイギリス観念論の関係については、行安茂『近代日本の思想家とイギリス理想主義』（二〇〇七・一二、北樹出版）を参照。
38　「実生活と藝術の界に横たはる一線」（一九〇八・九、「早稲田文学」）
39　ハウスケラー、前掲書、六一頁。
40　Wallace, William, *Life of Arthur Schopenhauer*, 1890, p.134.
41　ショーペンハウアー『意志と表象としての世界』（西尾幹二責任編集『ショーペンハウアー』「世界の名著続10」一九八〇・八、中央公論社）六五五頁。
42　ショーペンハウアー、前掲書、六五一頁。
43　ザフランスキー、前掲書、三九五頁。
44　多田光宏「〈同情＝共苦〉の哲学」（『ショーペンハウアー読本』二〇〇七・三、法政大学出版局）一四五頁。
45　Wallace, *op.cit.*, p.134.
46　ハウスケラー、前掲書、七〇頁。
47　ハウスケラー、前掲書、七〇頁。
48　ショーペンハウアー、前掲書、六五五頁。
49　ハウスケラー、前掲書、三七頁。
50　大西祝「ショーペンハウエル」（『大西博士全集』〈第七巻〉一九〇四・一二、警醒社書店）一五八―一五九頁。
51　ハウスケラー、前掲書、七二頁。
52　Sully, *op.cit.*, p.97.
53　「覺の性質を概論して美覺の要状に及ぶ」（後編第二章『審美心識』）では次のように述べている。
《知や意や自らは平等我に映ずる影にして殆ど言ふに足らず之が形なる差別の活動は本来一にして発動の面より覚するときは知となる此を以て知も裏面には必ず意の活動を有し絶対的に意を排するときは知従て亡すべしシオペンハウエルに従ふときは全く意を斥けて自滅するか比較的に少量なる意に満足して余喘を保つか二者一を択ばざるべからず純客観といふも必竟意の亡し尽したるにあらずして屏息して比較的小部分の活動をなし居るの謂に外ならざるなり若かず意性の活動を知性に帰趨せしめて差別我の活動のみとなさんには》（七三―七四頁。＊頁数は論者の附したもの。）

54 高橋陽一郎「芸術としての哲学——芸術と学問の狭間で」、前掲『ショーペンハウアー読本』、一九九頁。

55 Hamburgische Dramaturgie, 1767–1768. 本書では、『ハンブルク演劇論（上・下）』（奥住綱男訳、一九七二・五〈上〉、一九七二・七〈下〉、現代思潮社）を参照した。なお、悲劇については第一一号（九二—九八頁）、一九号（一五八—一六四頁）、「同情と恐怖」については第七四号から第七九号（五九一—六三六頁）でそれぞれ論じられている。

56 「國民之友」明二四・三（『大西博士全集』〈第七巻〉）二八九—三一二頁。

ここで、一、「対照」、二、「変換」、三、「興奮」、四、「想念の符合」等の「心理並文学上」の観点からこの問題を説明した大西は、次いで「同情」に言及、以下のように述べる。

《若し只対照変換等の作用に就いて云へばそは啻に悲哀の感情にのみに応用さるゝにあらずして同じほど又同じ意味にて凡て一般の不快の感覚に応用さるゝなり然るに殊に悲哀の感情にのみ就いて云ふは是れ蓋し悲哀の感情と至て緻密なる関係を有して殆どそれと相結んで一個體を為すが如きの観ある一の性情の存するありて而して此性情に悲哀の快感の主大なる因由の存すればなり誠に婦女子が芝居の愁嘆場を見に行きて涙を流して悦ぶ時の心を想像せよこは如何なる性情の作動に基ける乎他の悲哀を見て落涙して憫れがるは是れ惻隠の心より出づるものにあらざる乎是れ他人と共に哀楽する同情同感の性に出づる者にはあらざる乎他人の悲哀を想念してそれが為に一滴の涙をだにも濯ぐ時は我心は恰も或壓束を譬へば堰かれたる水の其堰を取り去られたるの感なくばあらず（中略）此同感又惻隠の心は是れ即ち社会的の性情の満足する所に一種高等なる快感を生じ来るなり彼の他人の悲哀を想うて自らも共に悲哀する所に一種無類の快感の存するは即ち主として此社会的性情の満足に帰因するものにはあらざる乎》（三〇四—三〇五頁）。

57 *Of Tragedy, in Four dissertations*, 1757.

58 *The Philosophical works*, ed. by Thomas Hill Green & Thomas Hodge Gross, 1882.

59 Reflexions critiques sur la poesie et la peinture et la musique, 1719.

60 Entretiens sur la pluralite des mondes, 1686.

61 *ibid.*, pp.258–264.

62 Burke, Edmund, *A Philosophical Enquiry into the origin of our Ideas of the Sublime and Beautiful*, 1757.

63 中野好之訳（一九九九・六、みすず書房）

64 バーク、前掲書、五四頁。

65　バーク、前掲書、四九―五四頁（第一編・十三章「共感」、十四章「他人の難儀に対する共感の効果」、十五章「悲劇の効果について」）。なお、ここでバークは、次のような例を引いている。《ためしに我々の有する最も崇高で感動的な悲劇を上演すべき日を選んで最も優秀な俳優たちを揃え、舞台装置の金に糸目を付けず詩と絵画と音楽の発揮する最大限の努力を統合させえたと仮定しよう。そして諸君が観客を集め彼らの期待感が絶頂に達したちょうどその瞬間に、或る身分の高い国事犯がすぐ隣接の広場で処刑されようとしている、という報知が届いたとする。一瞬にして劇場は空っぽになって、模倣芸術の相対的弱点と本物に寄せる共感の強さの勝利とを証明するであろう。》（五二―五三頁）

66　*A Treatise of Human Nature*, 1739–40.

67　Bosanquet, *op.cit.*, pp.178–180.

68　仲島陽一『共感の思想史』（二〇〇六・一二、創風社）一三二頁。

69　板橋重夫「ヒュームの悲劇論について」（二〇〇〇・三、「イギリス哲学研究」二三号）一九―三一頁。

70　同右。

71　Hume, *op.cit.*, p264.

72　Ruskin, John, *Modern Painters*, 1843–60.

73　ジョン・ラスキン『芸術の真実と教育（近代画家論・原理編）』（内藤史郎訳、二〇〇三・九、法蔵館）なお、抱月が引用しているのは、第一部「一般的なさまざまな原理」第一節「芸術によって伝達できる観念の本質」、第四章の「模倣の観念」について論じた部分（二一―二八頁）である。

74　ジル・ドゥルーズ、アンドレ・クレソン『ヒューム』（Empirisme et subjectivite, 1988. 合田正人訳、二〇〇〇・一、ちくま学芸文庫）七四頁。

75　ただし、抱月の「同情」論が、知覚主体の関与を強調していたことを考慮すれば、ヒュームのいう想像力が、抱月においては「情」という、「審美的意識」の構成要素のなかに含まれるものであったと推察することはできる。

76　Über den Grund des Vergnügens an tragischen Gegenständen, 1792. なお、本書では、菅原太郎訳「悲劇的題材による快楽の原因について」（『シラー選集』第二巻、一九四一・八、冨山房）を参照した。

77　前掲『シラー選集』六四頁。

78　前掲『シラー選集』七〇頁。

79 大西、前掲書（「悲哀の快感」）三一〇―三一一頁。
80 Über die Tragische Kunst, 1792.
81 「悲劇芸術について」（菅原太郎訳）、前掲『シラー選集』九〇頁。
82 新開良三「解題　哲人シラー」（『シラー選集』〈第二巻〉）九頁。
83 内藤克彦『シラーの美的教養思想――その形成と展開の軌跡』（一九九九・三、三修社）九二頁。
84 同右、七九頁。
85 長倉誠一『人間の美的関心考――シラーによるカント批判の帰趨』（二〇〇三・一〇、未知谷）三四頁。

第三章

美的理想

第一節　統整的理念としての「理想」

前章までで検討したように、抱月は「審美的意識」の根幹を「同情」という意識作用においていた。「同情」は「一道至妙の趣旨」、即ち、「差別即平等」「絶対円満」の「理想」が「万法」を貫くところに成立するものであった。[1]抱月はカントに従って、自然を統括するものとして「絶対の理想」を仮定し、個別的存在としての人間を制約する「差別我」が「絶対の理想」(「平等我」)と「調和」したときにこそ「同情」が成立するとしていたのである。しかし、ここでは「方法」を一貫するものとして「絶対の理想」が措定されてはいたとしても、「理想」という言葉の語義そのものについては必ずしも明確に定義されていたわけではなかった。「理想」とは、そもそもなにを意味する語なのか。「最も円満と考へらるもの」を指す場合もあれば「最も普遍の諸属性を有するもの」として用いられることもあり、「其の義今に干て懵然たるを免がれず」といわなければならないが、抱月のみるところでは、紛糾の原因は、もともとショーペンハウアーの標榜した「Platonic Idea」においてそうであるように、「理想」(Idea, Idee) と「概念」(idea, Begriff) が明瞭に区別されていないところに生じている。

ショオペンハウエルは理想を差別以前本具の平等とし、概念を差別以後人間の思量して作りたる虚構とせり、而して其の普遍性の権化とも見るべき模型的のものたるに於ては、二者択ぶ所なきなり。此をもてショオペンハウエルの概念を軽ずるや、之れと共に理想をも甚だ価値なきものとならしめ了す。概念が知識の所産にして理想が万物本具のものたるは、然ることながら、二者の別は主として其の性質にあり。万物等しく各自の理想を現ずるが故に理想は普遍なり平等なりといふときは、既に業に理想といへる実性に対する我が概念を云々するものにして、客観なる理想其の物の実性を説明するにはあらず。譬へば人は凡て二手二足なるが故に二手二足は人間の理想なりといはんが如し。（二一四）

抱月の不満は、ショーペンハウアーが、「理想」を「差別以前本具の平等」、つまりは人間の「知識」を超越したものとしながら、「Platonic Idea」の観念において、必ずしも両者の差異が判然としないところにあった。なるほどショーペンハウアーは、『意志と表象としての世界』第一巻および第三巻で、[2]学問・科学が対象として択ぶことができるのは、「我々にとって身近なものであるか、もしくはしばしば生起する出来事」に過ぎないこと、「概念」が抽象的・論証的であり、理性的思考や学問・科学によって把握することが可能なものであるのに対し、「理想」は学問・科学では把握できず、ただ直観によって到達可能なものであること、学問・科学にできるのは「個別現象の遅ればせな総括」[3]に過ぎないことを繰り返し力説していた。しかし、ショーペンハウアーが、プラトン（Platōn 427B.C.頃–347B.C.）に倣って「模型説」[4]を唱え、美的対象の背後に潜む、「模型」(typlogical Form)[5]を「純粋なイデア」(pure idea)、即ち「理想」と等置し、それを直観することこそ美を認識することだというとき、「理想」(=「模型」)は、「概念」とどれほど相違しているといえるのか。抱月の疑問の焦点はこの点、即ちプラトン的イデアにおける「理想」と「概念」の差異の曖昧さに絞られる。

プラトンにおけるイデア(「理想」)と「概念」の差異が「不明瞭」であることについては、例えばジンメル(Simmel, Georg 1858–1918)も批判しているところだった。真理は「持続的な、客観的に妥当するものでなければならない」から、「束の間の、当てにならない、主観から主観へと交代する事物の感官像のなかにではなく、繰り返し見つけだすことができ、確定した数量のように計算に使うことのできる悟性の諸概念のなかに見いだされる」というソクラテス(Sōkratēs 470B.C.–399B.C.)の発見から出発し、それゆえ、「ある表象の真理」は「表象がその対象と一致」していることだとしたとはいえ、プラトンはイデアを、「個別存在の偶然性を免除され、不変の妥当性をそなえて事物のうえに漂っている、ある非感性的な客観」でなければならないとしていた。イデアは「感覚的に知覚しうる個物」にというよりは、「悟性」によって抽象された「概念」に対応するもの、「事物の単なる知覚を越えている」ものだからである。だが、ジンメルによれば、こうしたプラトン的イデアとは、「概念というものはそもそも真実なものであるのだから、概念はイデアと一致することによってまさに真理のもつ威厳をイデアに得させるようなある対象をもたなくてはならないという要求から」想定されたもの過ぎない。「樹ないしは美のイデアは、プラトンにとっては形而上的実在として発生してくるのだが、それは、イデアの本質の真の認識は一本の樹ないしひとりの美しい人間という感覚的表象のなかにではなくて、樹および美という普遍概念のなかに宿っているからであり、またこのことが可能であるためには、これらの普遍概念に対応してこれらを真理と認定するようなある客観物が、どうしても前提とされなければならないから」にほかならない。「美とは特殊有限の事物の中にPlatonic Ideaの現れたるもの」であるものの、その「発現」(客観化）に諸段階があるとし「箇々の物は常に消滅変すれどもその段階は常住不変」[6]としたショーペンハウアーにあっては、こうした「不明瞭」さは「放置」[7]されたままなのである。

いうまでもなく、抱月が衝いたのもこうしたプラトン的イデアの曖昧さである。例えば、われわれは人間を観察することによって「二手二足」という「普遍性」を抽出し、人間を「二手二足の動物」として括ることはできるが、[8]むろん「二手二足」を人間の「理想」とするわけにはいかない。「二手二足の動物」なる定義は「実性に対する我が概念」を説明することができているとしても、「客観なる理想其の物の実性」を把捉できているわけではない。「ショオペンハウエルのPlatonic Idea」とは、つまりは、対象に「統同弁異の作用を施したる結果、同の点のみ集成して之れに一定の符号を附する」類のものに過ぎないのではないかという批判は、このように「理想」と「概念」の差異が明瞭に示されていないところに起因しているのである。

抱月によれば、「理想」と「概念」は、前者が、「其の形式に於て衆差別に普遍的なると共に、其の内容に於て特殊の相を含み、以つて能く差別を平等に帰趨せしむ」のに対し、後者が「遍通を生命」とし「衆差別の普遍性」を示すことはできても、「衆差別を平等に即せしむ」ことには関与しないところにおいて区別される。ヒュームが形而上学を批判したように、「幾多の写真を重ねて面貌の模型を得るが如きは概念」に過ぎないのだ。というより、感性的な経験（「幾多の写真」）を「概念」化するためには、必ず「衆差別を平等に即せしむ」ことを可能にする「形式」が要求される。抱月の理解するところでは、このように経験を「概括」し、「差別を平等に帰趨」させる形式こそ「理想」にほかならない。

吾人は私かに、哲学の本城の実に形式の一方面にあるべきを思ふ。其れ唯形式なるが故に能く普遍なり、些の内容をも之れに加ふれば乃ち基礎の動揺を免るべからず。是れ科学と哲学との岐る、所以にして、また概念と理想との別ある所以ならんか。斯の如く知識上にては、哲学と科学と劃として相犯すべからずといへども、然れども形式を持するものと、内容を供するものと、実際に於ては、両端遂に調和して天地の美を成ずるを見る。然り、両端の調和といふもの既に形式的説明にして、万物の極致、天地の理想は蓋し之れに外ならざるなり。見るべし、最後の説明を吾人に與ふるものは知識の結論にあらずして本然の信仰なることを。(二―四)

こうした「理想」の理解から明瞭にみることができる通り、抱月はカントの思考に忠実である。抱月はここで、「経験的認識における多様なもの一般に体系的統一を与えるための統整的原理」[9]として「理念」を措定したカントに倣って「理想」を解釈しているのであって、そのことは、「種々なる脳の反復の結果」である「概念」を「脳の全局を支配する本具の形式」たる「理想」と対比し、オーケストラにおける「音色」と「曲調」に擬えているところからも裏づけられる。[10]

しかし、「理想」と「概念」の区別においては、前者が「衆差別を平等に帰趨」させる形式であるということだけでなく、「遍通」を「生命」とする後者に対し、「其の内容に於て特殊の相」を含んでいることも強調されなければならない。「八表の間、微塵といふとも同一這般の事物なきに至りて、天地の理想全し」というべきであり、「寧ろ差別の辺こそ理想の本旨」といってもいいからである。

人間といひ獣類いふが如き類同の性は、縦令之れなしとするも、差別の相だに存ぜば、以て一個の存在たるを失はじ。之れに反して差別の相なきものは自立存在の価値なきなり。所詮理想の実性は、万物をして宇宙の大調和に帰入せしむると、之れをして自家特殊の面目を有たしむると、所謂大平等と大差別と、換言すれば、直観せらるべき平等の形式と、知識に上るべき差別の性質と、両面の調和したる處に存ず。(二―四)

抱月によれば、「理想」は、このように「形式」（「平等」＝「普遍」）と「内容」（「差別」＝「特殊」）が調和したところにこそ見いだすことができるものであった。それは、カントのいう「統整的原理」（Regulative Principal, regulatives Prinzip）として、「衆差別を平等に帰趨」させるために仮定された形式（理念＝理想的概念 Idea）だが、この「形式」は、また美の享受においては、「衆差別」それ自体、即ち「個物」のなかにも Ideal として見いだすことができなければならない。「理想」が「統整的原理」、つまりは「個物の個物として活動する極致、即ち諸活動の形式」として仮定されたものである以上、それは必ず、「個物」のなかに存在しなければならないからだ。

第二節　「没理想論争」の総括

ところで、このように、「理想」を、「個物」の「極致」として「直観」されるべきものとし、「理想の最も善く現じたるもの」（Ideal）とは「一事物の中に含まるゝ諸部分が、差別を著くすると共に益々一致して平等の旨を彰にする」ものの謂にほかならないとする抱月の「理想」の捉え方から看て取ることができるのは、カントもさることながら、ヘーゲル及び、ヘーゲル哲学を土台に具象理想説を唱えたハルトマンの理論摂取の痕跡と、ほかならぬ「理想」なる語の概念をめぐって師の逍遙と森鷗外の間で戦わされた没理想論争の影響であろう。

ヘーゲルについては、抱月はその全体系を咀嚼するにまで至らなかったことは当然だが、その骨格については大西祝及び小屋（大塚）保治から学んでいた。とりわけ小屋からは、その美学の概略について講義を受けていたが、みてきたような「理想」把握が、ヘーゲルの定義に由来することは、抱月の残した「講義ノート」の次の一節から窺うことができる。

ヘーゲルノ美トハ Das Schone ist Sheinen der Idea（The beauty is the apperance of Idea）ナリ而シテ Idea ハ即チ絶対理ニシテ之ガ有限ノ形ニ現ハレ来ルモノヲ美トハ云フナリ美即 Ideal ナリ此ヲ以テ美ハ哲学ニ true ト云フモノトハ自ラ異ナリ真ハ絶対理ヲ抽象的ニ観スルノ謂美ハ之ヲ具象的ニ観スルノ謂ナリ。（「美學講義ノート」〈第一巻〉、一九三―四頁）。

「理想」を、「統整的原理」とする抱月の定義が、「イデア」と「イデアル」を区別するヘーゲル美学[11]のそれを踏まえていることは明瞭だが、美の「理想」が感覚的に知覚しうる個物においてこそ捉えることができるものだとする観点は、抱月がこの論において、カント、ヘーゲルだけでなく、「ハルトマンの所謂個想は之に近し」と抱月自身も認めているように、エドゥアルト・ハルトマンの具象理想説を咀嚼していたことを示す。人間を「二手二足の動物」として共約＝一般（概念）化してしまうことができないように、美的直観の対象は、必ず具体的な個物としてしか存在することができないとし、「シヨオペンハウエルの Platonic Idea」とは、つまりは対象に「統同弁異の作用を施したる結果、同の点のみを集成して之れに一定の符号を附する」類のものではないかという抱月のショーペンハウアー批判は、後述するようにハルトマンの抽象理想説批判にその根拠をおいているのである。

没理想論争において鷗外が「鸔鸃」（「逍遙子の新作十二番中既発四番合評、梅花詞集評及梓神子（讀賣新聞）」、「柵草紙」一八九一・九）[12]、として用いたハルトマン美学は、この論争以来、文芸批評においても、講壇哲学においても、大きな関心事になった。それは、後述するように「審美的意識の性質を論ず」の理論構成にも影を及ぼしている。だが、これまでみてきたような「理想」の捉え方は、ハルトマンから、というよりは、没理想論争の抱月なりの総括から得られたものでもあった。没理想論争は、いうまでもなく「理想」という語の指し示す概念をどのように捉えるかという問題を主要な論点とした論争であったからである。

知られるように没理想論争は、逍遙が一八九〇年一二月、この年四月に春陽堂から刊行開始された「新作十二番」なるシリーズに収められた尾崎紅葉、山田美妙（一八六八―一九一〇）らの作品[13]について、これらを「固有派」「折衷派」「人間派」の三派に分類、小説をめぐる文壇の現状を俯瞰して批評の目的を「其質の相異なれる所以を分析」するところにあるとし（「新作十二番のうち既発四番合評」、「讀賣新聞附録」一八九〇・一二・七―一五）[14]、更に翌年、「名所文界底知らずの湖」（「讀賣新聞」一八九一・一・一、別冊附録）「梅花詩集を讀みて」（「讀賣新聞」一八九一・三・二二―二四）「梓神子」（「讀賣新聞」一八九一・五・一五―六・一七）等でこの観点を推し進め、批評の姿勢として演繹的であることを却け、「没理想」的、帰納的であるべきことを説いたのに対して、鷗外が「逍遙子の新作十二番中既発四番合評、梅花詞集評及梓神子」を書いて、批評における「理想」「標準」の必要と、「談理」（演繹批評）の重要性を唱えたところに端を発するが[15]、「理想」をどのようなものとして捉えるかは、論争の全体を通して、両者の最大の争点の一つだった。

逍遙が「没理想」というタームを用いるのは、「梓神子」の第一〇回からである。だが、当初[16]は、シェークスピア (Shakespeare, William 1564–1616) やゲーテ (Goete, Johann Wolfgang von, 1749–1832) の世界が、「自然」（「造化」）がそうであるように、一定の「理想」で裁断することのできない沼の喩でいい表すしかないような、一定の尺度で測ることができないほどの深さと広さを持っているがゆえに、それに接するにも一定の「理想」に囚われるべきでないというほどの意味で用いられたに過ぎないこの語[17]は、鷗外との論争の過程で次第に明確な定義を要求されるようになっていく。「一語数義」（「逍遙子と烏有先生と」、「柵草紙」一八九二・三）と批判された「没理想」という語のみならず、論争も終盤に差し掛かった時点で書いた「早稲田文学の没却理想」（「柵草紙」一八九二・三）で鷗外も揶揄気味にいうように「不見理想」、「如是理想本来空」「平等理想」という風に、鷗外の追及を受けてめまぐるしく変転する逍遙の用語は、当然のことながら彼の用いる「理想」という語の定義の曖昧さを浮き彫りにすることになったのである。それでは逍遙のいう「理想」とはどのようなものなのか。

「梓神子」に照らしていえば、それはまず、批評主体が抱懐し、批評の「標準」とする「思想」「観念」というほどの意である。[18] また「没理想」という語が、自己の信奉する「観念」「思想」を唯一の「標準」として他を裁断する類の批評の言葉の跋扈する現状に対する風刺の意を孕んでいたことは、「ひつくるめて貴公達の批評は、手前勘の理想を荷ぎまはつての杓子定規、好悪愛憎の沙太。真理でござるの、真理でござるのと、表招牌立派なれど、黒字の上々が平等を知つて差別を知らず。桜を標準にして万木を評判し、童を目安にして千艸の花の美醜を才はぢけた利口らしき弁。さしひき総じめの上がり高は嗜好の二字にとどめたり」（第九回）というような言葉からも明らかであろう。それは「作家が平生の経験、学識等によりて、宇宙の大事を思議し、此の世界の縁起、人間の由来、現世間の何たる、此の世界を統治する勢力、人間の未来の帰宿、生死の理、霊魂、天命、鬼神等に関して覚悟したるところあるを、多少いちじるしくその作の上に現示」（「没理想の由来」、「早稲田文学」一八九二・四）[19] するものすべてを指しているのであり、約めていえば、「個人の人生観・世界観のごときもの」[20] を示すほどの語に過ぎなかったといっていい。

論争は、このような逍遙の「没理想」の主張に対し、鷗外が、「逍遙子の新作十二番中既発四番合評、梅花詞集評及梓神子」で、批評には「理想なかるべけむや」とし「理想とは審美的観念なり。標準とは審美学上に古今の美術品をみて、帰納し得たる経験則《エムピリー》」であると反論したところから開始された。だが、その「理想」は、逍遙のいうような「思想」や「観念」を指すものではなかった。この時点では必ずしも明瞭ではないが、それが、「実《レアル》」の相関的対応物である「想《イデエ》」の義にほかならなかったことは、この論に次いで書かれた「早稲田文学の没理想」（「柵草紙」一八九一・一二）で、「世界はひとり実《レアル》なるのみならず、また想《イデエ》のみち〳〵たるあり。逍遙子は没理性界（意志界《キルレ》）を見て理性界《フエルヌンスト》を見ず。意識界を見て無意識界を見ず。意識生じて主観と客観と纔に分かる、所以をおもはず」とし、「烏有先生既に理性界を観、無意識界を観て、美の理想（Idee）ありといひ、又これに適へる極致（Ideal）ありといへり」としているところに明確に示される。

共に「理想」という語を用いながらも、逍遙と鷗外の両者が異なった内容をそこに盛り込もうとしていたのは、明白だった。逍遙が「理想」の語のもとに「思想」「観念」という意味内容を一括し、「没理想」の姿勢で対象に臨むことを主張したのに対し、鷗外はそれを「審美的観念」に限定しながら論理を展開しようとしたのであって、論争が錯綜紛糾することになる原因の一つはすでにここに胚胎していたといえる。[21]

こうした、「理想」という語の定義の相違に一つの端を発する両者の対立は、基本的には解決されることなく、論争が逍遙の側から一方的に打ち切られてしまったのは、その後の論争の経過が示す通りである。むろん、「我が当初の理想は、幾分か漁史が教へによりて変移したり」（「烏有先生に答ふ其三」、「早稲田文学」一〇号、一八九二・二）と自身もいうように、論義を重ねるなかで逍遙の「理想」に対する理解も深められてはいった。「造化人間に対して作家が極致と思惟するところの観念」としてこれを捉える「雅俗折衷之助が軍配」（「早稲田文学」一四号、一八九二・四）における「理想」把握などは、それを証しているといえるだろう。だが、論争が実りをみせることなく、両者の対立を際だたせることに終始したのには、鷗外にも大きな責任があった。彼の用いた意味での「理想」という語は、ハルトマンの哲学の体系的理解を前提としたものであり、当然ながら彼が逍遙に要求したのも、その厳密な体系的理解にほかならなかったからである。

「没理想」か「理想」か、帰納か演繹か、「記実」か「談理」かという二項対立の図式を引いたのはもともとは逍遙のほうだが、「没理想」の、帰納的、「記実」的態度で対象に臨むべきことを批評主体に求めたとき、逍遙には一八九〇年代初頭――明治二〇年代の「文学」が、『小説神髄』と『一讀三嘆當世書生氣質』（一八八五―八六）の認識と表現の枠組みのなかで確実に「進歩」（進化）し、今や「老成」（「明治廿二年の著作家」、「讀賣新聞」一八九〇・一・一六）の時期に差しかかりつつあるという自覚があった。『女学雑誌』（一八八五）『國民之友』（一八八七）『新小説』（一八八九）『都の花』（一八八八）と総合雑誌や文芸雑誌が続々と創刊され、それらを舞台に、尾崎紅葉、山田美妙、幸田露伴などの作家がデビューし、内田不知庵（一八六八―一九二九）、石橋忍月（一八六五―一九二六）、徳富蘇峰（一八六三―一九五七）などの批評家も出現した。春陽堂が彼らに書下しの機会を提供すべく「新作十二番」なるシリーズを企画したのもこうした流れに棹さしてのことである。彼が『小説神髄』と『書生氣質』を刊行した五年前に較べると、風景は一変したといっていい。「新作十二番のうち既発四番合評」で逍遙は小説の傾向を、それぞれの流派の「優劣」は問わずに三つのグループに分類し、「帰納」批評を提唱したが、それはこうした「文学」をめぐる現状に対する認識と、それに基づく批評家としての主体的判断によって選ばれたものでもあった。その基本のモティーフが、『小説神髄』がそうであったように、制度的思考に「談理」を仕掛け、その変革を迫るというよりは、むしろ現状を認識し、マッピングするところにあったことは、いずれも、いわば一種の「異郷訪問譚」の趣向を借りながら、「文界」の風景を戯文の語りのうちに視界に収めようとした「梓神子」や「名所文界底知らずの湖」が示しているところだ。逍遙は「衆小理想（衆我）の戦場」（「烏有先生に答ふ、其二」、「早稲田文学」一八九二・二）の観を呈する「明治文壇」の現状を「実況」「記述」し、「宛然一種の文学的博物場を開設し幾百の流派をして互ひに相見るべき端緒を得しめん」（「烏有先生に答ふ其一」）ことを望んでいたのであり、「帰納批評」の提唱や「早稲田文学」の創刊は、「未だ他の世界を窺はざるものゝ為には遊意を誘致すべき名所図絵」を、「已にこゝかしこに歴遊して畧山川の地理に通じたるものゝ為には曾遊の名所を想起すべき一種の簡明なる地誌なり地図」（「烏有先生に答ふ、其二」）を提供するという目的を達成するための具体的実践でもあった。その彼方に彼が夢見ていたのが、「和漢洋三文学」が「調和[22]」し、「百花爛漫紅雲蒸すが如き」（「新作十二番のうち既発四番合評」）「常見」（コモンセンス）＝共通感覚のユートピアの実現にあったことはいうまでもない。[23]

　このような、「逍遙の〈派〉という平面的なとらえ方にハルトマンの〈階級〉という発展的とらえ方を対置[24]」し、「談理」を仕掛けた鷗外が期待したのは、いうまでもなく「対話《ヂアロオグ》」（「逍遙子と烏有先生と」）の可能性である。「小説三派の差別」を概括して鷗外の発する「あはれこのけぢめをば倍しくも縦釣るものかな。今の文界に出でゝ、小説の派を分たむとせしもの多しといへども、何人か能くその右に出なむ」（「逍遙子の諸評語」）という評語などは、反語というよりは、舞台を共有し、批評をめぐる諸問題を「対話」的に発展させることのできる可能性を、この批評に見いだしていたことを裏づける言葉といえる。その彼方に鷗外が構想していたのが、「造化の無理性にしてまた有理性なるを思議」（「早稲田文学の没理想」）し、ハルトマンが整然たる体系性のもとに提示してみせたような、「万有と万念とを一に帰せしむべきこと」を可能にすることができる形而上学に裏打ちされた、「実際派」と「理想派」という不毛な二項対立を、一つの「系中」に統合することのできる（「逍遙子と烏有先生と」）美学の「標準」（＝「批評原理」）の確立にあったことはいうまでもない。

しかし、帰納か演繹か、記実か談理か、論理の平面的羅列か立体的体系化か、をめぐって対話し、問題を発展させようという鷗外の目論見が期待外れに終わったのは、そもそも鷗外の夢見た「対話」が、ハルトマン美学の体系的理解の共有を前提としているものである以上、当初から予想された結末であったといえる。「類想《ガッツングスイデエ》」「個想《インヂヰヅアルイデエ》」「小天地想《ミクロコスミスムス》」、「具象理想」と「抽象理想」というような分類は、体系に関する説明抜きに適用されても、何の説得力も持つことはできない筈なのだ。逍遙の「没理想」の問題提起に対し、「標準」をいい、「談理」の必要を説いて応じた鷗外のねらいは「照準をあやまっていない」[25]とはいえ、日本の批評のコードへの変換作業を手抜きしてハルトマン美学を振りかざしたとき、明確になったのは対話の可能性よりもむしろ両者の断絶のほうであったといっていい。逍遙が「類想《ガッツングスイデエ》」「個想《インヂヰヅアアルイデエ》」「小天地想《ミクロコスミスムス》」なる分類を認めず、ハルトマン美学そのものさえも「衆小理想」の一つとして却け、鷗外の土俵に上ろうとしなかったのは当然といわなければならないだろう。鷗外もやがて、いたずらにハルトマンを振りかざすことの空しさに気付くことになる。論争終結後の彼が、ハルトマン美学の紹介に努めて『審美綱領』（一八九九・六、春陽堂）を纏めたのはそれを物語る事実といえるだろう。ここではそれぞれの用語に英訳があてはめられているが、そこには、この美学の体系と用語を共有のものとして活用しようという意図もみることができる筈だ。[26]

もっとも、「理想」という語が誤解を生じた理由についていえば、抱月も「其の義今に干て懵然たるを免がれず」というように、それが厳密な定義を共有することなく、恣意的に、したがって多義的に用いられてきたこと、いわば一定の術語体系《ターミノロジー》が確立していなかったこの時代の過渡期的性格が反映していることも付け加えておくべきであろう。鷗外は「プラトオよりこのかた今の第十九基督世紀に至るまでくさぐさの変化をなした」この語を「第十九基督世紀の形而上論の理想」（「早稲田文學の後没理想」、「柵草子」一八九二・二八）に限定して「Idee」の訳語とし、その実現されたものである「Ideal」の訳語である「極致」と区別しているが、逍遙は『小説神髄』で「理想派」を「実際派」と、また「八犬士」を「曲亭馬琴が理想上の人物《アイデアル》」として「現世の写真」と区別していたとはいえ、その定義は必ずしも明瞭ではなかった。そもそもIdee（Idea）の訳語自体が、逍遙自身が「梅花詩集を読みて」では「極致」なる語をあてているほかにも、「観念」（西周「生成發蘊」一八七三）「観念、理想」（井上哲次郎、有賀長雄『哲學字彙』一八八四）「思想」（井上円了『哲學一夕話』一八八六―八七）「実在」「理法」「理想」（清沢満之「純正哲學」一八八八）「想」「美妙」（フェノロサ「美術眞説」一八八二〈大森惟中筆録訳出〉、大西祝「批評論」一八八八、石橋忍月「想実論」一八九〇）「想髄」（北村透谷〈一八六八―一八九四〉「伽羅枕及び新葉末集」一八九二）「想念」（西村茂樹〈一八二八―一九〇二〉「自識録」一九〇〇）と多様であり、更にIdee、Idea とIdeal の差異についても、『哲學字彙』は「観念的」と「理想的」としているものの、中江兆民（一八四七―一九〇一）が『維氏美學』下（一八八四）の「附録プラトンノ美学」で「イデアール」について「即チプラトンノ所謂極致」として、「完粋純美ノ観」との差異を説き、ベリンスキー（Belinskii, Vissarion Grigorievich 1811―48）経由でヘーゲル美学を摂取した二葉亭四迷が「意」（アイデア）「極美」（アイデアル）と区別して訳しているのなどはむしろ例外といってよかった。論争後になると、高山樗牛が「理想」と「理想体」を区別し（『近世美學』一八九九・九、博文館）、現在では前者を「理念」、後者を「理想」として用いるのが一般的のようだが、逍遙が『小説神髄』のなかで「理想派」を「実際派」と区別したように、リアリズムと対立する芸術理念を指し示すというほどの意味で用いられることはあったとしても、「理想」を鷗外のように厳密な体系に裏づけられた「Idee」の訳語として用いることはむしろ稀だったのが、当時のこの語の通用している実態であったといわなければならないのである。

「審美的意識の性質を論ず」で「理想」について論じた抱月の課題は、没理想論争が明らかにした「理想」の概念を以上のような相違を踏まえながら整理し、それを単なる「思想」「観念」として捉えた逍遥と、「審美的観念」として把握すべきだとした鷗外の理解に共に応え、批評の用語として共有することのできる概念として再定義することだった。「理想」を「衆差別を平等に帰趨」させるための「形式」として捉えるという抱月の定義は、この課題に対する一つの解答であったといっていい。逍遥のいうように、われわれは様々の「理想」(「思想」「観念」)、即ち「衆小理想」に拘束されている。その意味では、モールトン(Moulton, Richard Green 1849–1924)[27]がいうように客観性と普遍妥当性の要求される「科学的」批評にあたっては、一つの「理想」によって対象を裁断すべきではなく、「没理想」の態度で対象に臨み、「帰納」(「記実」)的に対象を捉えることが批評主体には求められる。だが、最終的な価値判断の場面では、「標準」(「理想」)が要求されるのは、鷗外のいう通りである。とすれば、最終的判断を下すための「標準」として必要なのは、「衆小理想」を超えた「理想」といわなければならない。実は、論争の当初はともかく、逍遥が「没理想」という語で示そうとしたのも、このような「標準」たるべき「理想」にほかならない。逍遥はそれを、社会が共有すべき「趣味」の「常見」、共通感覚のごときものとして想定していた[28]。逍遥の用語が、「不見理想」、「如是理想本来空」、「平等理想」とめまぐるしく替わるのも、それが示そうとしたのが、単に「思想」「観念」を指す概念ではないことを証している筈である。だがそれは、鷗外がそうであるような一貫した体系性に裏づけられているわけでもなく、厳密な定義のもとに用いられているわけでもなかった。一方、鷗外とても、その論理を、必ずしも説得力をもって、整然たる体系性のもとに展開するというにはほど遠かったのは先述の通りである。ことあたらしくいいたてるまでもないことだが「烏有先生」の用語の難解さには「その下敷きをなしているハルトマン哲学の性格と、鷗外の哲学的把握の不十分さ」[29]が与っていたことはいうまでもなく、共有すべき術語体系《ターミノロジー》が確立していないという時代的制約に加えて、日本の言説状況へのコード変換への努力を怠ったまま、「理解困難ないし不可能」な言葉を羅列する「まことに独善的」な「烏有先生」の議論の展開の作法も[30]、論議が紛糾し、空転をかさねた理由の一つとして挙げておかなければならないのである。「世界はひとり実《レアル》なるのみならず、また想《イデエ》のみち〳〵たるあり」とみる立場からする「烏有先生」による逍遙批判（「早稲田文學の没理想」）などは、とりわけそのような欠点が露骨に示されているところといえる。「逍遙子は没理性界（意志界《ヰルレ》）を見て理性界《フェルヌンフト》を観ず」という一節などは、これだけをとりだしてみれば、奇怪の言とさえいえるかもしれない。逍遙がこの批判を正しく受けとめるには、それが、「意志」（will）と「理性」（reason）を別のものとしてでなく、同一のものの別の側面として捉え、両者は相互に補完しあって全体を構成しており、一つを分離すれば単なる抽象に過ぎないこと、「実」（real）は「意志」されたイデアであり、「意志」の本体はイデアであるというハルトマン哲学の骨格を踏まえていることを理解しておく必要があっただろう[31]。鷗外は、ハルトマンについて、当時はまだ殆ど知られていなかったヘーゲル以後のドイツ観念論の展開過程を含めて、批評をめぐる日本の言説の文脈に即して紹介・説明しつつ[32]、「美の理想（Idee）」と「これに適へる極致（Ideal）」の機能を厳密に区別することもなく「没理想」の語のもとに「思想」「観念」と共に一括して否定する逍遙の論理の曖昧さを衝くべきであったのであって、混乱を招くことになる責任の一つはなんらの予備的・包括的説明も抜きにハルトマン哲学の用語を、日本の言説状況のなかに強引に持ちこんだ鷗外の側にもあった。繰り返すが[33]、「逍遙子の新作十二番中既発四番合評、梅花詞集評及梓神子」の筆を執ったとき、鷗外に「対話」を発展させようという期待があったことは疑うことができない。しかし、論争の当初から透しみることができるのは、ハルトマンという「靉靆」の性能の優秀さを実験しようとすることにのみ熱中する鷗外の姿でもあるように思われる[34]。

抱月が打ちだそうとしたのは、こうした逍遙、鷗外の論理の欠陥を発展的に克服することのできるような論理を内包した「理想」の概念だった。先述したように、抱月はここでまず、ショーペンハウアーに倣って、「差別以前本具の平等」を体現したものとして、「差別以後人間の思料して作られたる虚構」である「概念」と区別したが、ショーペンハウアーが「其の性質」については両者を区別していない点においては、その不十分さを指摘した。「万物等しく各自の理想を現ずるが故に理想は普遍なり平等なり」というとき、その「理想」が「其の内容に於て特殊の相」を含むものであることに思い及んでいないというこの批判が、没理想論争を踏まえたものでもあることは明らかであろう。逍遙が「衆小理想」として一括せざるを得なかったように、「各自の理想」の「性質」は「到底不可説」なのだ。抱月はかくて「理想」を「差別を平等に帰趨せしむ」ための「形式」として規定するが、「其の形式に於て衆差別に普遍なると共に内容に於て特殊の相を含む」統整的原理として仮定されたこの「理想」の概念が、ハルトマンの「具象理想説」に拠って「審美的観念」という「標準」の必要を要求した鷗外の要求にも応じるべく措定されたことも、これまた明白であろう。抱月にとって、「審美的意識の性質を論ず」において「理想」を定義することは、多義的に用いられ、逍遙と鷗外の対立の一つの要因となりながらも、「其の義今に干て懵然たる」観のあるこの語を定義し直すことでもあるだけでなく、没理想論争に一つの決着をつけることでもあったのである。

第三節　ハルトマン理論の摂取

抱月の「理想」概念の把握が逍遙と鷗外の対立を整理、再構成するという課題を含んでいたことは以上にみてきた通りだが、当然のことながらそこには、彼なりのハルトマン美学の理解も反映していた。「概念」をハルトマンのいう「類想」に近いものとし、「理想」を「個想」に類比しているところなどは、それを示すものといえる。後述するように、抱月はハルトマンの美学を咀嚼、自己の理論のなかに組み込もうとしている。この論が、没理想論争の彼なりの総括の意味を持つものであったことを語る事実の一つといえるだろう。いうまでもなく、没理想論争は、逍遙はじめ、逍遙の周辺の人々や若い世代に、鷗外が「靉靆」として用いたハルトマン美学の体系的理解の必要を痛感させた。東京専門学校で「美学」を担当していた小屋保治は、一八九三年度の講義にカント、ヘーゲル、ショーペンハウアーに次いで、フィヒテ、シェリング等「独乙純理美学者」の一人としてハルトマンを取り上げ、一一月から翌年三月にかけての講義の大半をハルトマン美学の包括的、体系的説明に費やしている[35]し、抱月と同世代の高山林次郎（樗牛）も、ハルトマン美学に取り組むことになる。[36]また、正岡子規（一八六七―一九〇二）が『美の哲学』を手にしていることも、この殆ど日本では知られていない美学者への関心が高まっていたことを語るエピソードの一つといっていい。のみならず、東京帝国大学は「哲学」担当の外人講師としてハルトマンその人の招聘を企て、ハルトマンの推薦でラファエル・ケーベル（Koeber, Raphael 1848–1923）が就任（一八九三、着任）することになるという事実[37]なども没理想論争が与えた余波と無関係とはいえないだろう。「大学はじめ處々の学校で、或は審美学の講義に今までにない重みを置くやうになり、或は始めて審美学の講座を置くことになり、今では専門の審美学者といふ人々さへ出て来たのは、少くもその動因の一つとして己が明治二十二年から二十七年まで、二三の同志の友達と一しよに出した柵草紙の中の、極めて穉い論文に促されたものだといつても過言ではあるまい」（「月草叙」）という鷗外の自負の言が、それなりに説得力を持つ所以である。

　ニーチェが『反時代的考察』（一八七三―七六）そのほかで繰り返しその「哲学的悪ふざけ」を揶揄、嘲笑[38]したのをはじめ、二〇世紀の哲学に大きく寄与することなく、今では「半ば忘れられたような哲学者」[39]とされているものの、一八九〇年代から二〇世紀初頭という世紀転換期の日本の言説状況にとって、ハルトマン哲学は大きな関心事だった。そこに、逍遙・鷗外論争が影を落していたことはあらためていうまでもない。「報知異聞に題す」（「柵草紙」一八九〇・四）で言及、外山正一との議論の応酬において拠り所（「外山正一氏の畫論を駁す」「柵草紙」、一八九〇・五）とし、[40]「しがらみ草紙」にその一部を「審美論」として紹介を試みつつあったとはいえ、鷗外が日本の哲学・批評の言説の文脈に体系的・包括的に移しかえることを欠いて批評の武器として振りかざしたにもかかわらず、というよりむしろそれゆえに、ハルトマンへの関心は高まったともいえる。[41] 鷗外は後に、「その頃十九世紀は鉄道とハルトマンの哲学とを齎したと云つた位、最新の大系統として賛否の声が喧しかつた」(「妄想」、「三田文学」一九一一・三─四)と回想しているが、ヨーロッパはともかく、すくなくとも、世紀転換期の日本におけるこの場面の出現には、鷗外自身がすくなからず関与していたといっていい。

鷗外がハルトマン哲学に関心を持ったのは、ドイツ滞在中に読んだ、シュヴェーグラー(Schwegler, Albert 1819–57)『哲学史要』のほかに、「ヘーゲル左派」として分類されるスウェーデンの哲学者ボレリウス(Borelius, Johan Jakob 1823–1909)の『現代独仏哲学瞥見』[42]がきっかけになったたといわれる。[43] もっとも、鷗外がハルトマンに惹かれたのは、その結論には「頭を掉つた」ものの、その哲学の基調をなす「Disillusion(ヂスイリユジヨン)にはひどく同情した」(「妄想」)とのちに述懐するように、シヨーペンハウアーに連なる非合理主義の主張に共感を抱いたからというわけではなく、むしろ、ダーウィン(Darwin, Charles Robert 1809–1882)流の経験論に根ざした進化論を形而上学の立場から批判、自然のうちに理性の活動を認識するハルトマンの論理に、「自然科学の統一する所なきに惑ひ」(「なかじきり」一九一七・九、「斯論」)を覚えていた彼が、自己の従事する機械的自然科学を乗り超える思考の可能性を認めたところにあったようである。[44]

シュヴェーグラーによれば、ハルトマンが企てたのはショーペンハウアーのペシミズムをヘーゲルの弁証法によって裏づけるところにあったが、[45] 彼が「シヨオペンハウエルの流派」に求めたのは、「Selfish」という牢獄の囚人である人間を、束の間ではあれ「存在することに伴ふ邪悪」(general evil of existence)から解放し、「救済」(Salvation)を与えるところに美の価値を認めるそのペシミズムよりは、むしろ、ヘーゲル流の「第十九基督世紀の形而上論の理想」[46]の展開のほうにあったといっていい。しかしドイツ滞在中は『美の哲学』も『無意識の哲学』も未だ繙読するには至らず、その理論を体系的に理解したという感触を得たのは、帰国後にこれらを読了した一八九一年になってからのことだった。[47] 外山正一や逍遙との論争は、彼が手に入れたばかりのこの理論の切れ味を試すべき絶好の機会でもあったわけである。

もともと、ハルトマンは、ヘーゲルの唱えた具象理想説を体系的に展開した最初の人だった。[48] 鷗外がハルトマン美学に拠ったのも実はそこに、当時としては「最も完備した」「而も創見に富んだ」(「妄想」)論理が体系的に貫徹されていると判断したからにほかならない。ハルトマンの具象理想説の美学史における位置づけについては、小屋保治も「美学」の講義で強調[49]していたが、ヘーゲルによって美学が、抽象理想説から具象理想説に転回して以後、「審美学上に古今の美術品をみて、帰納し得たる経験則《エムピリー》」を一つの「系統」のなかに収めることは、具体的な作品を対象とする批評の場面で「標準」を確立する意味でも緊急に必要とされる課題だった。ハルトマンの『美の哲学』は、そうした課題に応えうる書物だったのであって、鷗外がやがてフォルケルト(Volkelt, Johannes 1848–1930)の論文をもとに「審美新説」を編述した後[50]にもこの書の紹介にこだわり、前述したように『審美綱領』では用語にわざわざ英語による訳語をつけて包括的紹介を試みたのも、また高山樗牛が『近世美學』のなかで多くのページを割いたのも、ここで展開された具象理想論の立場を共有しつつ、「実際派」や「理想派」を包括的に批評しうる原理を確立したいという問題意識を抱いていたからにほかならない。この課題は抱月も共有するものであり、後述するように、ハルトマンを自己の理論のなかに繰り込むことに腐心することになるのである。

とはいえ、抱月にとってハルトマンは、あくまで自己の理論のなかに組み入れられるべきものであって、その逆ではなかったことも留意しておかなければならない。抱月はハルトマンが自然のなかに「醜」(ugliness)が存在するとして、これを体系のなかに組み入れ、分類したところに、ボサンケに拠りながら反対するが、これは、ハルトマン美学を「文学美術の批評に従事するがための立脚点」（「早稲田文学の後没理想」）としつつも、「其の全系統を城郭にしてそこに安坐する積りでもなければ、又其審美学の形而上門を悉く取り出して切売りにする積りでもない」（「月草叙」）と明言していた鷗外と同様、彼がハルトマンを取り入れながらも、独自の理論の構築を目指していたことを示す。抱月はいう。

> ハルトマンは自然界に純粋なる醜の存ずるを許して、造化が美を現ぜんとするときは、美見れ、之を現ぜざらんとするときは醜見れ、先天の理想が美を目的とすると否とによりて美醜の別を生ずと説けど、恐らくは然らざるべし。惟ふに、先天は本来無意識にして、之を一貫するものは理法なるが故に（一旦理法を定着したる上は）決して先天が自由に之を破りて、或いは美を現ぜんとし、或いは美を現ぜざらんとするが如きことあるべからず。且此の必然の理法の目的とする所（勿論無意識的に）寧ろ天地万象を現出するにありて、美不美を現ぜんとするにあらざるは、猶芸術家の目的とする所、作る物にありて、直に美を現ぜんとするにあらざるが如し。（二一―四）

抱月が反論するのは、ハルトマンが、「美の反面」として「醜」を想定、美と同様それを「階級」に序列化して分類したところにあるが、「本来無意識」であり、「理法」に貫かれているべき自然が、「美」や「醜」を意図的に創出することができるとしたハルトマンの論理に対するこの批判には、「自然界に醜の存せざる所以をば『審美学史』の著者ボサンケも之れを論じぬ」というように、ボサンケのハルトマン批判の影響が明瞭である。というより、ここで抱月は『美学史』に展開される「醜」の捉え方についてのハルトマン批判[51]を要約して自分のハルトマン批判に代えたといったほうがいいかもしれない。ボサンケは、「自然は絶対的に論理的」に構成されており、それゆえ「一貫して美である」[52]とみる立場から、自然は美を目的とするがゆえに美であり、そうでない場合には醜であるとするハルトマンを批判[53]、自然においても芸術においても、美はあくまでも目的ではなく、自然の探求の結果なのだとしているのであって、ここにはボサンケと同様の立場からする批判をみることができるのだ。[54]

「抽象理想」から「具象理想」へと、美学が大きく針路を転換した一九世紀後半はまた、「醜の美学」。なぜいけないのか?」という問いかけから始まるローゼンクランツ（Rosenkrans, Karl 1805–1879）の『醜の美学』[55]の出現が示すように、それまで正統的な美学が無視してきた「醜」という領域に目が向けられ始められるようになった時期でもあった。ローゼンクランツのこの書は、没理想論争さなかの一八九一年、石橋忍月と鷗外の間にささやかな論議を惹起するが、[56]ローゼンクランツの問題提起の背景には、都市化・工業化の急速な進展とそれに伴うプロレタリアートの台頭という社会的現実があり、一方では、古典ギリシャを正典《カノン》[57]とする在来的な価値観では測れないような作品が芸術の広汎な場面でその美的な価値の承認を要求し始めつつあるという状況があった。従来の規範では「醜」とされてきたような、「未経験の知覚」[58]の対象が出現し、美の判断の基準の革新を迫るという事態に、芸術家も批評家も遭遇しつつあったのである。

ボサンケの『美学史』を貫いているのも、抽象理想説から具象理想説に至る美的価値判断の流れを跡づけるというモティーフと共に、こうした美意識の変革に美学が直面しているという確信である。ボサンケが、ローゼンクランツを含め、シャスラー（Schasler, Max 1819–1903）やハルトマンなどの「醜」の捉え方の検討に多くのページを費やしているのもそのためだが、その確信の背後には、彼がしばしば引用しているところが示すように、ラスキンの、批評の現場での実践があった。ボサンケはラスキンを引用しながらハルトマンの具象理想論を高く評価、それが具体的な批評の場面でラスキンが試みた批評を美学において裏づけるものとしているが、一方では自然における無意識者の意志の支配を認め、「醜」をその意志の産物とするハルトマンの観点を批判しているのは、それが、ターナーやプレ・ラファエライトの美術の評価に向かったラスキンにとって、大きな桎梏として機能する論理を内包していたからにほかならない。

それ自体が無意識である自然は、意識的にその内在的な論理が追求されなければならない対象であり、もし「醜」として出現する現象があるとすれば、その内在的論理が説明されなければならないとするのが、時代の支配的な美意識からすれば「混乱」「矛盾」として、すなわち「醜」として非難されたターナーやプレ・ラファエライトの作品を擁護、美の標準をめぐるパラダイムの変更を要求したラスキンの基本的な立場だったのだ。

抱月のノートにはラスキンの抜き書きが多く見られ、ラスキンをかなり熱心に読んだことを窺わせるが[59]、ボサンケ＝ラスキンに拠りつつハルトマンを批判した抱月は、「醜」について次のような結論を下す。

> 天地果たして理法の出現にして、理法的動作の諸部能く一に調和する處には美来たり、衝突する處には醜来たるとするも、天地既に絶対に理法的なる限りは、何に因りてか其の裡に醜といふが如き没理法の現象あるを得んや。強ひて醜を求むれば、凡眼にて調和の迹の見極められざる點をのみ引き離したるものといふの外なしと。然り、自然界に醜なるものありとすれば、恐らくは我が観察の方法によりて生ぜしものなるべし。（中略）積極的に醜なるものは、人巧の外決して覆載の間に存ぜず。若し之れありとせば、其は無なるべし。何となれば醜とは理想の亡きもの、而して理想とは自主存在の姿なるが故に、理想を亡みするは直に存在を亡みするに當ればなり。（二―四）

「醜」が存在するとすれば、それは「我が観察の方法」によって生じるものだという結論は、美のなかに「醜」の存在を容認するのではなく、「醜」とされてきたもののなかに美を求めることを要求し[60]、美に対する感覚が拡大されるべきことを強調してきたラスキンの美のパラダイム変換の主張と呼応している。ここで「我が観察の方法」とは「観照」と言い換えてもいいが、「醜」はあくまで論理的に構成されている自然に対する「我が観察の方法」の「混乱」や「矛盾」の表現なのであり、「理想」を捉えていないことの結果として生じる現象なのだ。

自然や芸術を「観照」するうえでも、また、作品を製作する現場でも、「醜」をどのように捉えるかという課題は、一八九〇年代から日本でも、次第に不可避のものとして意識されるようになってきつつあった。

文学・美術の場面でこうしたパラダイム転換の動きが顕在化するのは、高山樗牛『近世美學』、森鷗外『審美綱領』が相次いで刊行されて、ハルトマンの『美の哲学』の論理の概要が、芸術や哲学に関心を持つ人々のなかにかなり広い範囲で浸透することができるようになった九〇年代末(両者共に刊行は一八九九年)頃からのことである。[61]自然や芸術作品から受ける印象と、在来的な美意識のうごきとの乖離から生じる違和感を自覚してその理論的解明の手懸かりを、「実感」と「美感」を区別するハルトマンの美学の説明に求めようとした正岡子規[62]の営みなどは、こうしたパラダイム変換の要求が作品創造と批評の現場でも切実な課題として意識され始めたことを示している筈だ。美の感覚の拡大を求めるこうした動きが、ヨーロッパのみならず、二〇世紀初頭の日本の文学・美術の展開過程でも一つの大きな潮流を形成していくことになるのは改めていうまでもないだろう。だが、日清戦争を一つの指標とする経済社会構成の枠組みの変換と対応したこのパラダイム変換の動きは、まさに日清戦争の直前に逍遙と鷗外の間で戦わされ[63]、戦争のさなかに行われた抱月の論争の総括のなかにすでに胚胎していたといっていいのである。

ハルトマンの「醜」の定義は、抱月を満足させるものではなかった。とはいえ、「差別の辺」にこそ「理想の本旨」があるとし、「個物」のなかに美の極致を見いだすべきだというハルトマンの具象理想説が、「美のなかに醜を認める」のではなく「醜のなかに美を認める」べきだとラスキンもいうような[64]美意識の転換期[65]にあって、批評や作品創造の具体的場面で、作品の内在的論理の分析や創造の方法に具体的な示唆を与えるものであったことは、繰り返し強調しておくべきことであろう。それは、後の田山花袋や島崎藤村など実作者の営みにも、一つの指針を与えることになった筈である。

東京専門学校文学科の第二回得業者の卒業論文題目一覧には、島村滝太郎の「覺の性質を概論して美覺の要状に及ぶ」と共に、後藤寅之助（宙外）の「散文詩の精髄を論じて美妙、紅葉、露伴の三作家に及ぶ」[66]も見いだすことができる。ショーペンハウアーの芸術論や、「類想」「個想」「小天地想」というように具体的指標を設定しつつ構成されるハルトマンの具象理想の美学理論を、「個物」としての作品の分析のなかに適用しようとした批評である。

同じく没理想論争の行く末を関心を以って見届けたとはいえ、逍遙、鷗外の論戦そのものを「意外の悲劇否滑稽戯」と概括、「『人間は如何に生活すべきか』(how to live) てふ問題に付て感得したる理想をば、私情を以て詩文に現はし以て同胞人類を真理と善徳に導く可き使命を有する者、之を文学者の標準」とすべきだと断じた「田家文學とは何ぞや」（一八九二・一一・一五、「國民新聞」）における国木田独歩とは異なった総括の産物をここにはみることができるだろう。論争を契機に鷗外の問題提起を深刻に受けとめた逍遙の側のハルトマン理解は着実に成果をあげつつあったといっていい。

さて、没理想論争を独自に受けとめ、「理想」についての議論に一つの決着をつけた抱月の次の課題は、ハルトマンの理論を更に検討しながら、自然の美だけでなく「芸術」の美に向き合うときの美意識の特質について見極めることである。次節以下では、「実と仮」「現象と実在」「形と想」「自然美と芸術美」という二項対立を設定しながら論じられる抱月の美意識論について検討することとする。

---

1 本書第一部第二章第二節参照。

2 Wallace, William, *Life of Schopenhauer*, 1890, p.118.

3 ゲオルク・ジンメル『ショーペンハウアーとニーチェ』（*Sinmel, Georg, Shopenhauer und Niezsche,ein Vortragegszyklus.* 吉村博次訳、二〇〇一・六、白水社）一三九頁。

4 大西祝「ショーペンハウエル」(『大西博士全集』〈第五巻〉)一五五―一五六頁。
5 Bowen, Francis, *Modern philosophy: from Descartes to Schopenhauer and Hartmann*, 1889, p.422.
6 大西、前掲論文、一五五頁。
7 ジンメル、前掲書、一四二頁。
8 「覺の性質を概論して美覺の要状に及ぶ」では、「理想」と「概念」の差異について《aはaなるがaの理想なり。bの理想を問は、只aを指して是をいふの外なし。abに共通する一理想といふべきものあるを得んや。理想と概念の混ずべからざる所以此にあり》(九七―九八頁)と説明している。
9 前掲『実践理性批判(中)』三三〇頁。
10 「覺の性質を概論して覺の要状に及ぶ」では次のように述べている。《理想とは性別の如何に拘らず之が全体を調整したる形式なり譬之天地は一大音楽場の如し万種の楽器は己が自々琅々錚々の音を発すれどもその曲一なるが為に平等即差別の好調をなす又は天地を活動と看すれば音楽の曲は活動の趣きなり形式なり音色は活動の性質なり而して概念は音色の同、性質の似に基ゐし、理想は曲の一なる所趣の合する所に基ゐす》九三頁。
11 この区別をベリンスキー経由でヘーゲル美学を受容した二葉亭も踏まえ、「意」(アイデア)と「極美」(アイデアル)として区別していたことは、「小説總論」(冷々亭主人、一八八六・四、「中央学術雑誌」)が示している。
12 のち『月草』(一八九六・一二、春陽堂刊)収録に際し「逍遙子の諸評語」と改題。
13 逍遙が取り上げたのは、饗庭篁村(一八八五―一九二二)「勝鬨」(四月)、紅葉「此ぬし」(九月)、美妙「嫁入り支度に教師三昧」(一〇月)、宮崎三昧(一八五九―一九一九)「かつら姫」(一〇月)の四作品である。
14 のち一八九三・六、有斐閣刊『小羊漫言』収録に際し「小説三派」と改題。
15 没理想論争は前哨戦・第一論争・第二論争・第三論争の4段階に分けるのが定説(吉田精一「逍遙・鷗外論争とその立脚点」〈一九五五・五、「明治大正文学研究」〈一六〉〉、山内祥史「逍遙・鷗外の『没理想論争』における文芸理論――その研究序説として、文献について」〈一九六七・六、「日本文芸研究」〉、など)であり、直接には鷗外が逍遙の「シェークスピヤ脚本評註」(「早稲田文学」創刊号、一八九一・一〇)に、シェークスピアの脚本が「没理想」であるがゆえに、それに対する批評態度も「記実的」であるべきことをいい、一一月の第三号発表の「我にあらずして汝にあり」で「談理」を廃し、事実の記録に徹すべきであるとしたことに対し、鷗外が九一年一二月と翌年一月にかけて「柵草紙」の「山房論文」に「其七早稲田文學の没理想――付記其言を取らず」「其九　エミル・ゾラが没理想」を書いたところから始まる論争を指すが、ここでは両者の対立の論点を明確にするため、従来の多くの説がそうであるように「新作十二番のうち既発四番合評」から始まる両者の対立を対象とすることとした。

16　逍遥が「没理想」の姿勢で対象に向きあうべきであることを打ちだすのは、「没理想の由来」で逍遥自身述べるように、もともとは「文界名所底知らずの湖」からである。そこで彼は「造化」（＝「自然」）を広大無辺な、「底知らずの湖」に喩え、シェークスピアの世界を、「小造化」ともいうべき、やはりその深さを測りがたい沼に擬えていた。

17　逍遥自身「没理想の由来」で注釈しているように、「没理想」という概念が、ハドソン（Hudson, Henry Norman 1814–1886）の所謂 disinterestedness（無私不偏）をはじめ、「論争で使用される重要な概念・語彙の多くが」テーヌ（Taine, Hippolyte Adolphe 1828–1893）、ダウデン（Dowden, Edward 1843–913）、モールトン、ポスネット（Posnett, Hutcheson Macaulay 1882–1901）などのシェイクスピア研究家、文学史家の説を集大成したものであることは、上田正行「没理想論争小解」（『金沢大学文学部論集　文学科編』六号、一九八六・二）そのほかが指摘している。

18　これについては、たとえば「梓神子」の「巫の霊に於けるは猶ほ理想詩人の人間に於ける如くならん。理想詩人の人間を描くや自然の人間を写さずして自家が坩堝中の人間を写す。故に君子を描きて偽君子に類し、豪傑を写して無謀の壮漢となることあり。然れども理想家決して非とすべからず。其の理想博うして能く君子を容れ、豪傑を容れ、菩薩を容れ、佛を容れ、儒、釋、耶、老、荘を容れなば、理想即ち自然とならん。」（発端）「兎に角に足下の作のうへに見えたる理想の低きことは、佛家にして足下を悦べるものに問へば、足下の理想はむしろ儒教に基けりといひ、儒家にして足下に酔へるものに問へば、むしろ佛教に基けりといへるにても明かなり」（第三回）というような言葉から窺うことができる。なお、「梓神子」ほかの没理想論争における逍遥の戯文体の批評については亀井志乃「〈美文天皇〉と〈観音〉――坪内逍遥対森鷗外〈没理想論争〉について」（『北海道大学文学部紀要』九四号、一九九八・一〇）に詳細な分析がある。

19　「没理想の由来」では、「我が謂ふ理想とは、作家一個の理想にして、必ずしも当代の理想にあらざることあり。また必ずしも作家が最美最高として崇敬すといふ意味の理想にあらざることあり。何となれば、我が解によるときは、此を穢土と観ずるも一種の理想なれば、世を楽土と観ずるも、一種の理想なり」とも述べている。

20　岡崎義恵（一八九二―一九八二）「鷗外と逍遥の論戦」（『文学』一九四〇・一二、『森鷗外と夏目漱石』〈岡崎義恵著作選集〉一九七三・一一、宝文館所収）一七七―一九六頁。

21　没理想論争における「理想」の語の「変移」については、前記、上田正行「没理想論争小解」参照。
22　『早稲田文學』発行の主意」（一八九一・一〇、「早稲田文学」一号）
23　「紳士社会」の実現をめざして「英国流の改進主義を鼓吹」（河竹繁俊、柳田泉『坪内逍遙』一九三九・五、冨山房、一一二〇頁）して改進党の運動に加わって以来、逍遙が一貫してめざしたのは「趣味」の「傾向」「常見」を定着させるところにあった。
24　竹盛天雄「没理想論争とその余燼」（長谷川泉編『講座日本文学の争点5　近代編』一九六九・四、明治書院所収）七七頁。
25　竹盛、前掲論文、七八頁。
26　もっとも、小堀桂一郎『森鷗外——文業解題（翻訳篇）』（一九八二・二、岩波書店）では、「英語術語の挿入は大村西涯の手になるものであり、かつ彼はこの時必要な英語の検索に當つて辞書を活用したといふよりもむしろ『美の哲学』の英語訳を座右に置き、これを以てその用に充てたのではあるまいか」と推定している。しかし『無意識の哲学』とは異なり、管見に入ったかぎりでは、『美の哲学』（*Philosophie des Schonen*, 1887.）が英訳された形跡をみつけることはできなかった。
27　モールトンと「没理想」の関係については、前記上田正行「没理想論争小解」参照。
28　それは、日本の社会が英国流の紳士社会を一つの模範に「進化」すべきであり、「文学」もそれに関与すべきであるという彼の信念とも対応していた筈である。
29　竹盛、前掲論文、八四頁。
30　神田孝夫「森鷗外とE・V・ハルトマン——『無意識哲学』を中心に」（『島田謹二教授還暦記念論文集比較文學比較文化』一九六〇・七、弘文堂所収）六六七頁。
31　cf. Schwegler, Albert, *A History of Philosophy in epitome*, translated into English by Julius H. Seely, 1884, p.445. なお、後述するように鷗外はハルトマン哲学の摂取に先立ってシュヴェーグラーの『西洋哲学史要』（*Geschichte der Philosophie im Umriss. Ein Leitfanden zur Ubersicht.* 14, 1887.）を熟読、その概要を西欧思想史の文脈に即して把握していた。
32　一八九〇年代初頭には、ドイツ語圏のみならず英語圏でもハルトマン哲学の思想史における意義が広く知られていたことは前註からも窺うことができる。
33　岩佐、「没理想論争と島村抱月」（二〇〇八・七、『KGU比較文化論集』一号）九—一一頁参照。

34　ただ「談理」を仕掛けた鷗外に、経験的帰納的であるべきことを主張しながら、それらを統合すべき原理――「没理想」という概念は、その可能性を合意していた筈である――については措定せず、「没理想」をいいながら「理想」について厳密に定義することもない、その戯文が示すような曖昧な「語り」を「蕩清」すべきだという判断があったことも見落としてはならないだろう。鷗外が、逍遥的語りに、「宋儒理気の説」（「なかじきり」）を想起させる硬質な抽象語の羅列による「語り」を対置したのも、たぶんにそれを意識してのことと思われる。なお、この点に関しては、岩佐、前掲論文、七―八頁参照。

35　前記「美學講義ノート」による。なお、「美學講義ノート」では、第二巻及び第三巻にわたってハルトマンを取り上げている。

36　樗牛は一八九五（明二八）年頃からハルトマン摂取に努め、「現今我邦に於ける審美学に就て」（一八九六・五、「太陽」二巻一一号）「鷗外とハルトマン」（一八九六・八、「太陽」二巻一六号）などを発表している。その成果は、ハルトマン美学の紹介に多くの頁を費した『近世美學』として実ることになる。

37　久保勉「ケーベル先生の生涯」（『ケーベル先生とともに』一九五七・四、岩波書店）ほか参照。

38　但し、小堀桂一郎「ニーチェの光」（『西学東漸の門――森鷗外研究』一九七六・一〇、朝日出版社）によれば、ニーチェのハルトマン批判は「妄想」を書いた当時の鷗外の視界に入ることはなかったようである。

39　小堀、前掲「森鷗外とＥ・Ｖ・ハルトマン」、（吉田精一編『日本近代文学の比較文学的研究』一九七一・四、清水弘文堂書房）一〇二頁。

40　外山正一の美術論及びそれに対する鷗外の批判については、亀井志乃「〈思想画〉としての情景――外山正一『日本絵画の未来』について」（『北海道大学文学部紀要』九三、一九九八・三）参照。

41　小堀、前掲「森鷗外とＥ・Ｖ・ハルトマン」によれば、『美の哲学』（上巻）「美の概念」第一章「美的仮象とその諸要素」の、「七十ページ中、六十ページ分の忠実な翻訳」（一一二頁）とされる。

42　Blicke auf den gegenwätigen Standpunkt der philosophie in Deuschland und Frankreich.

43　神田、前掲論文、五九五―五九八頁。

44　神田孝夫は、鷗外のハルトマンへの関心は「『妄想』に窺い知られるような、いわば人生論的な煩悶、生の意義を探ねたいとの内的な切迫した衝動や問題意識から発するのではなく、むしろ遥かに冷静な、知的好奇心、知識欲から発するもののようである」（前掲論文、五九八頁）とし、小堀桂一郎も『無意識哲学』を読んだ当時の鷗外に、「その厭世哲学に衝撃や深刻な印象を受けた形跡は認められない」（前掲「森鷗外とE・V・ハルトマン」、一一八頁）とみている。

45 Schwegler, *op.cit.*, pp.444–445.

46 小屋「美學講義ノート」（第二巻）七〇―七五頁。（頁数は岩佐が付けたもの。）

47 小堀、前掲「森鷗外とE・V・ハルトマン」一一二頁。

48 ボサンケは、ハルトマンの美学史における意義を次のように位置づけている。

He is the first writer who has distinctly held up to view the difference between abstract and concrete idealism in the history of aesthetic philosophy, and has thus placed the theory of the beautiful on a clear foundation from which I believe it will not be dislodged.（Bosanquet, Bernard, *A History of Aesthetic*, 1892, p.427.）

49 小屋は、当時の英独の美学者の中からシャスラー、ハルトマン、ボサンケの三人を取り上げ、三者が「美トハ何ソヤ」という根底の問題意識において一致しているとしながら、次のように述べている。

「美ノ説ニアリテハハルトマンハ concrete individual ideal ヲ美トナシシヤスレルモ略ボ之レト同様ナリ但シシヤスレル自身ハ idealism ト realism ヲ折衷セリト云フト雖モ其折衷ハ即チハルトマンノ所謂 concrete idealism ニ外ナラサルナリボサンケモ之ト同ジ其ノ美ノ完義ニ曰ク美トハ Characteristic ヲ sense or imagination ニ現ハシタルモノナリト即チ individual concrete ノ義ヲ奉ズルモノナルナリボサンケハ又美学ノ進歩ヲ formal ヨリ content ニ赴クモノトシ其頂点ヲハルトマンニ置キタリ」（「美學講義ノート」第二巻、一二九―一三〇頁。）

50 Volkelt, Johannes, Aesthetisch Zeitfragen, 1895の梗概を編述し、「めさまし草」に発表（一八九八・二～九九・九）、のち春陽堂から刊行（一九〇〇・二）した。

51 Bosanquet, *op.cit.*, pp.428–435.

52 *ibid.*, p.430.

53 *ibid.*, p.431.

54 *ibid.*, p.431.

55 カール・ローゼンクランツ『醜の美学』（Rosenkranz,Karl. Aesthetik des Hasslichen, 1853. 鈴木芳子訳、二〇〇七・二、未知谷）

56　論議は、石橋忍月が一八九一年一月に「醜ハ美なり」を発表（『国会』、二六日）鷗外が「讀醜論」（『国民新聞』、一八九一、三・八、九、一〇日）を書いて批判したところに始まったが、鷗外が忍月のローゼンクランツ理解の不徹底を批判したにとどまり、さしたる進展をみせることなく終わった。

57　ローゼンクランツ前掲書、「解説・あとがき」で訳者は次のように述べている。「十九世紀になると都市化や工業化の波、プロレタリアートの世界史的登場とともに社会問題が発生し、社会問題における醜は芸術の世界にも浸透する。文学作品の中で刑事犯罪を取り扱う傾向が生じ、飢餓と貧困、子供の窃盗、近親相姦、裏切り、ペテン、いかさま賭博、手形偽造といった無思慮や冷酷な打算からなされる犯罪、毒殺をはじめとする、あらゆる形態の残虐な殺害行為が小説や演劇のモチーフとなる。常軌を逸した情念の倒錯や血も凍るような恐怖を扱った通俗犯罪小説、ホラー作品が愛好され、大衆はより強烈な、より刺激的な快感を求めるようになる。（中略）こうして大衆文化の前面に『卑俗なもの』『醜悪なもの』が押し出され、理屈ぬきに美しく善であるものを信じる精神の基盤そのものが揺らぎ、長く保たれてきた真・善・美の統一的価値観が危殆に瀕する。（中略）一八四八年革命の挫折に遭遇したローゼンクランツは、真正の単純な美をもはや表現することが不可能な形而下的道徳的退廃に時代の徴候を見て取った。彼は当時の美学の革新的テーマだった『醜』のフィールドに真正面から取り組み、『美』の対極に『滑稽』を置き、両者の中間に『醜』を相対的存在として位置づけるという画期的見解を打ち出した」三六九頁。

58　Bosanquet, *op.cit.*, p.432.

59　抱月のノート *My Library* には、ラスキン『近代画家論』の抜き書き（第一巻）が多くみられ、その美術論をかなり熱心に摂取したことを窺わせる。

60　*ibid.*, pp.434–435.

61　もっとも、『近世美學』、『審美綱領』はいずれも「醜」についてはかなりの部分を省略している。

62　中島国彦『近代文学にみる感受性』（一九九四・一〇、筑摩書房）二五〇―二六五頁参照。

63　没理想論争も末期になると、「寄せ手東より西にせまる」「『城南評論』城主と逍遙子とのパーレー」「陣頭に馬を立て、敵将軍に物申す」「雅俗折衷之介が軍配」「入道常見が軍評議」「文殊菩薩の剛意見」「小羊子が矢ぶみ」というような「『早稲田文學』が谷（やつ）『自分評論』村の縁起」（一八九二・三、『早稲田文学』）の小見出しが語るように、逍遙の文章に「戦争」の比喩が多用されてくるのは、それがどのような時代的雰囲気のなかで行われた言説の応酬であるかを示している。

64 Bosanquet, *op.cit.*, p.435.

65 没理想論争が終息した同じ一八九二（明二五）年一一月には、ベルリンの美術展にムンクの絵画が出展され、物議を醸している。

66 この論は、のちに後半部を中心に改稿、宙外生の筆名で「美妙、紅葉、露伴の三作家を評す」として抱月の「審美的意識の性質を論ず」と共に「早稲田文学」に発表（一八九四・七―八、六八、六九、七〇号）された。

第四章

仮象理論の検討

第一節　実と仮

これまでみてきたように、「同情」という意識作用に照準をあてて「審美的意識」を検討してきた抱月は、最後に、「芸術美」と「自然美」の差異に着目しながら、美意識の対象の性質を明らかにすることを試みる。主観の面からの考察に代わって、客観的に対象がどのように構成されているかの解明に向かうことになるのである。

「美」は、それが「理想」の現出であるという点においては「自然美」(the beauty of nature)も「芸術美」(the beauty of art)も基本的に異なるところはない。だが、「芸術美」に対応する「審美的意識」の特質を、とりわけ「自然美」と対比しながら明確にしようという抱月の問題設定からは、前節でみてきたような美意識の変容の認識と、それに対応した美学的説明を確立しようという、没理想論争におけるハルトマン摂取の痕跡を看て取ることができる。もともと、

「芸術美」の解明は、シラーが『素朴文学と情感文学』[1]で問題として提出、ヘーゲルが「自然美」と「芸術美」という二項対立を設定して[2]「自然美」と対比しつつその特質の解明に着手して以来、美学が取り組むべき課題だった。それは、既述したような[3]抽象理想説から具象理想説への転換や、やはりシラーが提起、ヘーゲルを経てハルトマンが一応の決着をつけることになる美的仮象説の理論的体系化と対応する問題系の一つとして、抱月としても取り組むべき不可避の課題だった。

抱月はまず、この課題の検討に先立って、「仮と実」の差異を明確にしたうえで、「審美的意識」を検討するときに、対象に「仮実」の区別を設けることを却けている。抱月によれば、「自然美」と「芸術美」の差異は、後者が「自然の存在を役して第二の仮存在を現せしむる」ものであるところに示される。歌舞伎俳優市川團十郎が文覚上人を演じた場合を例にとれば、俳優團十郎は「第一存在」（＝「実」）、彼の扮する文覚上人は「第二存在」（＝「仮」）ということになる[4]。この場合、「第二存在」が「第一存在」を観客に意識させるべきでないのはいうまでもないが、といって「第二存在」である文覚上人を実在の彼と観客に信じさせることが「非審美的」であるのも――画が美術と呼べないのと同様――いうまでもない。「芸術美の客観」は、「仮実」を超えたところに成立するものであり、それゆえ「審美の意識」は「仮実」を区別するという「差別の意識」に左右されることなく、「彼我の別を没し主客同情」するところに生じるものなのである。

「審美的意識」において「仮実」を区別するのは「懸疣附贅の弁」に過ぎないとして却けるこうした観点から明白に窺えるのは、抱月がハルトマンと同様、美的仮象説の立場に拠りながらも、両者を厳密に弁別するハルトマンに必ずしも同意していないことであろう[5]。

美的仮象説について抱月は、前章でもみたような没理想論争における鷗外の諸評論や「審美論」はもとより、大西祝や小屋保治などからその大要を学んでいた[6]。

ヘーゲルについていえば、小屋による東京専門学校での「美学」講義の、自身の筆記によるノートに、「ヘーゲルノ美トハ Das Schone ist das Sheinen der Idee（The beauty is the appearance of idea）ナリ」として美を「仮象」と規定、「Idea ハ即チ絶対理ニシテ之ガ有限ノ形ヲ被リテ現ハレ来タルモノヲ美トハ云フナリ美即 Ideal ナリ此ヲ以テ美ハ哲学ニ true ト云フモノトハ自ラ異ナリ真ハ絶対理ヲ抽象的ニ観スルノ謂美ハ之ヲ具体的ニ観スルノ謂ナリ」と記している[7]ところなどは、彼が具象理想説の前提として美的仮象説を理解していたことを示している。

同じノートには、ハルトマンの美的仮象説について、美は天地一般と同様「想」（Idee）の「化現」したものだが、「実在現象」（Real Phenomena, Real Appearance）から惹き起こされる主観的現象であるため、「実在界」と区別されるのみならず、美の「仮象」（＝美的仮象）としてその範囲が限定されるべきであること、美の認識は「想」を把握することにおいて得られるが、それが無意識的かつ具体的に対象から感じ取られるものであるという意味で、論理的に認識するというよりはむしろ「感得」するべきものであること、「美仮象」は「仮情」（Aesthetische Scheingefüll, Mock Feeling）と「仮我」（Schein Ich, Mock Ego）から構成されていること、「想」は抽象理想派が主張するような「渾然一体」のものではなく「大宇宙想」（Macrocosmic Idea）、「小宇宙想」（Microcosmic Idea）に大別されるが、後者は更に段階的に差別化され、「個物」にも存在すること、美は「想」と「意志」（Will）を支配する「絶対精神の表現」（Manifestation of Absolute Spirit）であること、また、これらは美の「具象（「結晶」）化の階級」（Concretion Stages）に対応していること、「仮情」は最終的に「実情」（「実感」）に転化しうること、「実感」は「logical microcosmiccontent ヲ吾人ノ心ニ apprehend」したとき、すなわち「物我合体」したときに得られるものであること、等々、その理論の概要が整然と誌されている。抱月がハルトマンの仮象理論に基本的に同意していたことは、前節でみたように自らの定義する「理想」をハルトマンの「個想」に類比、「類想」を「概念」に対応するものとしていたところにも示されていたが、このノートはその理解が相当に踏み込んだものであったことを証している。

しかし抱月にとってハルトマンの仮象説は、あくまでも自己の理論のなかに組み込まれるべきものだった。このことは、美的仮象を「外境に応じて心の前に現じたる一種の脱実現象」「主観内に描きだされたる美的現象」とする点でハルトマンに同意しつつも、「ハルトマンは先づ脱実して美象を主観に収め、而して後更に脱我の第一歩となすに當たれど、吾人は脱我以前に脱実の行はるゝを信ずる能はず」と疑問を呈しているところから窺うことができる。抱月はいう。

我れありて対境を実にあらずと意識するは、概念上の仮に入りたるものなり。吾人は寧ろハルトマンの順序を転倒して、脱我するが故に随うて脱実すといはんとす。否、脱実といふ、既に非なるべし、実にも仮にも入らざるを得といはゞ即ち可ならん。さらば如何にしてか脱我する。他なし、我れをして対境に同情せしむるにあるのみ。

（二―五）

ハルトマンが「脱実」及び「脱我」について説いているのは、『美の哲学』の第一部、第一章「美の仮象とその諸要因[8]」（Der ästhetische Schein und seine Ingredienzen）の第1節（Der ästhetische Schein）のc項（Die Ablösungdes Scheins von der Realität）とi項（Das Verschwinden des Subjekts im ästhetischen Schein）においてである。抱月も当然参看した鷗外の「審美論」では、それぞれ「仮象をして実を離れしむること」「主の美仮象中に没すること」と題されるこれらの項でハルトマンは、「脱実」とは「実在現象」（Real Phenomena, Real Appearance）から「実在」（Realität, Reality）を「脱離[9]」（Ablösung, Abstract）させる行為であること、「脱実」は詩や音楽演劇を享受するときには比較的容易だが、「造術」（絵画、彫刻）のそれにおいては困難を伴なうことを説いたうえで「脱我」の必要を次のように述べている。

図は物に対し、形は所含に対し、所観は能観に対す。独り純仮象のみは孤立して、おのれに対するものなきに似たり。美仮象は、これを起す実因よりも、これを産む意識前の主の作用よりも、これを受くる意識後の主の作用（有意識作用）よりも抽き出されたり。かれは客にして実なる物を離れたる上に、観者の主なる実をも、その未意識及既意識の心霊作用をも離れたり。美仮象は既に我を強ひて、おのが浄仮象なることを認めしめ、又我を強ひて、おのが絶対仮象なることを認めしむ。即ち我は美仮象に対して、其の実因を忘るゝと共に、我をも忘れ、我見をも忘る。純ならざる美仮象は、美仮象となすに足らず。我を忘れしめざる美仮象は、純なる美仮象となすに足らず。我は我を忘れて、美仮象の中に沈み、美仮象のなかに滅す。若し我再び覚めて、審美上に反慮し、批評的に思議するときは、我は最早まことに美を享くるものにあらず、我は既に知識を求むる学者の心になり畢んぬ。まことに美を享くるには、我の実利境を離れたるのみにては足らず、我れみづからを離れざるべからず。有意識摂受の主極は、客極と同じく、抽き去られむことを要す。（鷗外「審美論」）

抱月は美仮象は、主客の「実」だけでなく、その「未意識及既意識の心霊作用」をも離れたとき、つまり「其の実因を忘るゝと共に、我をも忘れ、我見をも忘」れたときに成立する「意識内の実性」であるとする右記のようなハルトマンの定義そのもの、即ち、「実在現象」から「実在」（Reality）を、また「仮象」から「我」（Ego）を「脱離」するときに成立するものであることを認めないのではない。しかし、「吾人は寧ろハルトマンの順序を転倒して、脱我するが故に隨うて脱実すといはんとす。否、脱実といふ、既に非なるべし」という一節が示すように、抱月が反対するのは、「脱実」して「脱我」するというハルトマンの要求する「順序」である。というよりも、「脱実」という概念そのものに疑問を呈しているといってもいい。抱月は更に、仮象に主客の二種があるとし山水画を観賞する場合を例に引きながら、描かれた「山高く水流るゝが如き景色を仮」とし「実は平面に丹青の彩を施せるに過ぎずと知る」ような場合を指す「客観仮」と、「画たると真景たるとに論なく、客観的に在るが如く見ゆる山水の形は、主観にあるものにして、客観には唯分子の運動の存ずるのみと知る」場合をいう「主観仮」を区別、「芸術美の特点たる官覚間の矛盾によりて実を脱し、直に此の主観仮即ち仮象に就き得べし」とするハルトマンの説の欠陥を批判している。風景画に接して視覚は風景であると認識するものの、触覚は「平面の紙幅」と判断する場合、観照主体は、「山水と見ゆる景を主観なる影」として捉えるよりも、「むしろ客観なる模倣」と見做すのが一般だからである。対象を「仮象」であると判断することができるのは、「傍らに実物といへる概念を置き、これに照準して過不及の点を発見し、之れに依りて判断を下したる後の事」にほかならず、ハルトマンのいう「官覚の錯誤の力」は、「客観と見えしものを主観に移すよりも、客観なる実と見えしものを客観なる仮に移すに効あるべし」というべきであって、「全局に溢るゝ理想を看取せずして、徒に抽象的なる部分の関係に狗《かかづら》ふもの」といわねばならないとするのだ。

ところで、このようなハルトマンの「脱実」理論の批判には、ハルトマンの「審美心識」論において「epistemologica ニ他ト異ナル所ハ脱実ナリ」として「脱実」に独自の解釈を試みていた小屋保治の見解[10]が作用していただろうことも、見落としてはならない。小屋によれば、「脱実」には「カントガ時空ヲ intuition ノ姿ニ過ギズトスルヤ客観ノ現象以外ニ thing-in-itself ヲ立テテ以テ現象界ヲバ我ノ主看的現象ニ外ナラズ」とする類の「学者的脱実法」と、「我ノ心ニ一ノ撞着ヲ起コセシメ、我ヲ欺カシメ、之レニ由リテ現ニ実ト看シ居ル客観相ヲ仮ト映ラシム」態の「通俗的脱実法」の「二門」がある。前者は「現象外ニ実体ヲ立テ之レニ由リテ現象ヲ我ニ納メントスルモノ」、また後者は「現象ノ虚ノ点ヲ示シテ実ヲ脱セシメ以テ現象ヲ我ニ納メントスルモノ」ということができる。ハルトマンが「審美ノ目的」とする「実ヲ脱シタル主観的現象」即ち美仮象は、後者の場合を指す。しかし抱月と同様、小屋もこの点に疑問を提出、ハルトマンが「脱実」を「審美ノ要件トスルハ無用ナルニ似タリ」とし、むしろ「脱仮」(abstract semblance)を「審美ノ要件」とすることを主張しているのである。

吾人ハ実山水ヲ画ト思フニ及デ美ヲ感スルヨリモ、寧ロ画山水ヲ実ト思フニ及デ美ヲ感スルモノニ似タリ。（中略）好景如画ト云フハ実ヲ脱シタリトノ意ニアラズシテ通常ハ会フコトノ出来ザル美キ景ノミヲ集メタリトノ意ナリ。好画逼真トハ即チ画ノ実ニ近キヲ賞スルモノ換言スレバ仮ヲ脱スルヲ賞スルモノニ外ナラズ。絵画彫刻詩歌ナドニ対シテモ、之ヲ仮ナリ虚ナリト意識シテハ美ハ褪スベク、実ト看テコソ美ナルナレ。（中略）因之観之ハルトマンガ epistemological ニ abstraction from reality ヲ審美ノ要件トスルハ無用ナルニ似タリ。（「美學講義ノート」第三巻、六九―七〇頁）

すぐれた芸術作品に向き合い、「美仮象」が「我を強ひて、おのが浄仮象なることを認めしめ、又我を強ひて、おのが絶対仮象なることを認めし」（「審美論」）めて「同情」させることができるのは、このとき観照主体が「仮実」の区別を超えた境地に立っているからにほかならない。「好景如画」「好画逼真」「気韻生動」「Life-like」というような言葉を借りながら小屋が明らかにしようとしているのは、そもそも芸術を観照する主体にとって、「脱実」した後に「脱我」するというような「順序」を設定すること自体を無意味とみる観点なのである。「脱我」するがゆえに「脱実」するという抱月のハルトマン批判が、「脱実トハ余計ノ注文」とする小屋の仮象論と符節を合わせていることは明瞭であろう。なお、「abstract semblance」を「審美ノ要件」とした小屋は「calm, contemplative ノ形容詞ヲ付シテ真意ヲカギラントス」としてもいる。「仮象論ノ批評ハ以上ノ如クニ結局審美ノ最要 Moment ハ吾人ノ説ニ復リテ Calm, Contemplative ニ intuitive, perceptive ナルニアリ。脱実ト云ヒ脱我ト云フガ如キハ究竟方便ニシテ之ニ由リテ active element ノ発生ヲ防ガントスルモノニ外ナラズ。実ト思ヒ我ト思フトキハ之ヨリ煩悩逢発スルノ恐レアルヨリ先ズ煩悩ノ起源ヲ絶チ脱実脱我シテ以テ Contemplative ノ状態ニ達セントスルモノト知ルベシ」[11]という小屋の見解は、そのまま、のちに抱月の唱える自然主義観照理論の有力な支柱となっていくことになる。

第二節　現象と実在

さて、ハルトマンを中心に仮象理論について論じた抱月は、次いでその淵源がシラー[12]にあるとし、シラーを通して「現象と実在」及び「形と想」の関係の考察に進んでいく。

みてきたように、ハルトマンは「仮象《シャイン》」（美仮象）を「現象《アッピーランス》」と区別した。いうまでもなく、「現象」は「実在」に対応する概念であり、必ずしも「美仮象」のみを指すとはいえないという含意をそこにみることができる。この点において、シラーよりもハルトマンが詳細であり、その説明は条理を尽くしているとしたうえで抱月は、「所謂現象」を、「眼耳の両官が作り出だせる形」であるとしたシラーの「現象」（「美仮象」）論について、シラーの所説の一節を引きながら検討を始める。

現象が審美的なるを得るは、一切の実在に関係することなきに由る、実在に対する欲望の付き纏ふことなく全く実在と隔離して云為し得るに由る。（中略）うち見たる所同じ等《しな》にても、時としては活美人の方畫美人よりも多大の快感を興さしむることあれど、此等の場合は美人の形のみを独立せしめて見たるものにあらず、故に純粋なる審美感とはいふべからず。凡そ絵画にありては、生命は現象に存し、実在は想に宿るを常とす。此をもて絵画に就きて美を観取するは、容易なれど、実物にては、其が現象のみを観ぜんには、始めより現象のみなる絵画に比して幾層の審美的脩養なかるべからずと。（二—五）

抱月が引用しているのは、『人間の美的教育について』の「第二十六書簡[13]」の一節である。シラーはここで、「現象[14]」

と人間の自由の関係について論じ、人間がその人間性を「拡張」[15]し、自由であることができるのは、彼が「実在」(現実性)から隔離し、その制約から解き放たれて、関心を美的「現象」に向けたときにこそあるとし、人間性の「拡張」における美的「現象」(「美仮象」)の意義を強調し、その生成のメカニズムについて説いている。シラーによれば、「現象」とは、視覚と聴覚(「眼と耳」)を中心に感覚によって構成された「知覚図に描き出だされたる事物の全相」にほかならない。しかし、それが、網膜に映し出され、鼓膜に響く単なる感覚的反応としてでなく「事物の全相」として捉えられるには、必ず理性(=意)が関与していなければならない。「物の実在はその物の所産」(The reality of things is the work of things)であるに過ぎないが、「物の現象は人間の所産」(the show of things is the work of man)[16]なのである。

抱月はこのようなシラーの「現象」論を踏まえたうえで、シラーにおいては「審美上に現象と実在とを分かつの要なきや明也」と断ずる。「現象」が、人間の主体的関与によって構成された「知覚図」(shaped Gestalt)であるとすれば、これに対応する「実在」は「客観なる真実體即ち吾人のいはゆる外来活動(=自然—筆者註)」以外のものではない。それゆえ、このような意味における「実在と現象」にはもはや区別をつける必要がなく、「現象」が美的であるかどうかは、主体的関与の性質に関わっているからである。芸術美(「畫美人」)と自然美(「活美人」)を比較した場合、「実物にては、其が現象のみを観ぜんには、始めより現象のみなる絵画に比して幾層の審美的脩養」が必要とされる理由もそこにある。「実際上現象と実在とは同一不二」であるとはいえ、いうまでもなく「実在」(自然)がそのまま美的「現象」であるということはできず、「現象」が美的でありうるには、感性によって感受される「自然」と、理性の要求する「自由」という、対立する二項を「調和」[17]させるための「実在」とは「隔離」して「知覚図」を構成することのできる主体の関与(「審美的修養」)が不可欠なのだ。もっとも、この意味では、シラーもまた、「実在」に対して無関心であるべきことをいい、「実在」から「隔離」して「快苦」という意識のみを基準に美という主観的現象の特質を説いたカントと歩調を合わせていて、その限りではシラーとカントの間には基本的には格別の径庭はないともいえる。それでは、とりわけてシラーが美的「現象」を「実在」と区別しない理由はなにか。抱月はいう。

　されればシルレルの実在を去り、現象に就くといへるを穏当に解して、審美の事実に近からしめんとせば、唯一義あるのみ、即ち所謂実在と現象とを混じて現象と呼び、而して此の現象中劣等の官覚より来たる部分を及ばん限り抑へて薄弱ならしめ、以て意の発動を遏絶すべしとの意とするなり。斯くして知覚図の上に我れの跳梁するを避け得るときは、おのづから同情の美を成ずべし。所詮審美上に現象と実在とを分かつの要なきや明也。(二—五)

抱月の説明は、必ずしも意を尽くしているとはいえない。しかし、おそらくは、『人間の美的教育について』(以下『人間の美的教育をめぐる書簡』と称する)[18]の「第二十五書簡」をかなり思い切って要約しながら抱月が強調しようとしているのは、美という主観的現象の解明において、「実在」を考察の枠外に置いたカントに対し、「実在」との関係を組み入れながら美的「現象」を捉えようとしたシラーの理論の意義である。「第二十五書簡」においてシラーは、感覚的欲求(感性)に従っている限りでは自然の「奴隷」であるしかない人間が、「実在」(自然)を形式として捉えたときにはじめて人間は自然の「立法者」(lawgiver)となることができること[19]、この主体による精神の自由の行使において、論理的科学的認識の場合は「対象」(「実在」)の活動と主体の判断は明瞭に区別できるのに対し、いい換えれば経験と抽象の区別は明確であるのに対し、美的認識の場合には、両者は混在しており、それゆえ、ここでは、思考は感覚と混合し、そのため人は形式を直接に感受し得ると説いていた。美はわれわれ人間にとって、感受の「対象(実在)」(object for us)であるが、それと同時に、「主観の状態」(a condition of our subject)なのであり[20]、このときはじめて、「詩人の理想は、表はるゝに考思《ゲダンケン》を須たず、必ずや心の相《アンシヤウング》となりて図面の如くに浮び出づる」(鷗外「美妙斎主人が韻文論」一八九一・一〇「柵草紙」二五号)ことができるのである。

もともと、カントに発し、シラーを経て、前述のようにハルトマンに至って精緻な理論的説明を加えられることになる美的仮象理論の展開過程においてシラーの果たした役割は、カントの感化のもとに「自然や芸術の美しい対象と、有機的生命へと思いを誘う合目的的な自然物」との統一を思考の主題としながら、それらを「主観的に評価する反省的思考の側に限って考察[21]」し、「芸術美の正しい把握の出発点を据え」たとはいえ、「主客にまたがる真の現実」を捉えたとはいえないカントの欠陥を克服し、客観性を組み込むことによって「理性的なものと感覚的なものを一つに形象化」して把握する方向を示したところにあったとされる。その仮象論は、それに「Psychological」かつ「Epistemological に精確」な説明を加えた[22]ハルトマンほどに精密とはいえない。しかし、フランス革命の熱気のなかでカントを読んだロマン主義者として「熟慮された正確さと精魂かたむけたレトリック[23]」を以て繰り展げられたその仮象理論には、「脱実」「脱我」というような概念を用いて「八釜布論シ立テ[24]」たハルトマンなどの到底及ばない説得力があり、以後、今日に至るまで「長い間影響を及ぼすことになった[25]」ことは改めていうまでもないだろう。「ハルトマンは其の美感、もしくは美的楽受の論に於ては、多少他に比して精透の叙述を試みたりと雖も、其の根柢たる仮象の概念に於ては、一歩もシルレルの圏套を出づる能はざりしに似たり」と高山樗牛もいうように[26]、殆ど「先天観念論の批難を被り易き」カントの美学は、シラーによって、超越論的実在論として確立することになったのである。[27]

第三節　形　と　想

美的現象においては、「所謂実在と現象」は「混在」しており、それゆえ「対象」が同時に「主観の状態」でもある次第は以上から明らかだが、それでは美という主観的現象において、いわゆる「形」と「想」はどのように捉えられるべきなのか。「実在」が即ち「現象」でもあるとすれば、通念として流布している「形」と「想」も改めて規定しなおされなければならない。シラーに依拠して「現象と実在」の関係に一つの決着をつけた抱月が取り組むのはこの課題である。

抱月はまず、「想」の語義について、「理想」の義として捉える場合と、「意味」の義として解する場合とに分けることから考察を始める。すでに指摘したように、抱月は「理想」を「意味全面の形式」と定義していた[28]。それは、「其の形式において衆差別に普遍的なると共に内容に於て特殊の相を含む」統整的原理として、「衆差別を平等に帰趨せしむ」形式にほかならなかったといえる。

一般に、「形」と「想」の関係において「想」は、「両都の盛を賦」した「駢麗の文」に接して、「形想相副へり」と評し、また「善人栄え悪人亡ぶの物語」を「形能く想を現ず」と批評する場合のように、前者が「文を形とし事柄」を「想」とし、後者は「文或は事柄を形」とし、「事柄に寓する因果応報の理」を「想」とするという相違はあるものの、いずれも「想」を「意味」の義に解して用いられる。しかし抱月によれば、これらは、いずれも「吾人の知識にて名け得べきもの、経験を重積し綴合して之れに到達し得べきもの、差別我の活動に其の俤を尋ね得べきもの」に過ぎない。前者の場合、「形」とは「駢麗の文」を、「想」は「両都の盛」という「事柄」(「意味」)を指しているが、実は両者は相俟ってはじめて完全な「知覚図」を構成するものであり、この場合「駢麗の文」は定型ではあっても「形」ということはできない。例えば、「夏草や兵士どもが夢のあと」という句が「悲涼」な感銘を喚起するのは、「其の五七五の文調」が、「事柄即ち意味の悲涼なると相合して、十七字が現に含み又は必然連起すべき若干の観念を知覚図に映出」し、美的「現象」を成立させるからにほかならない。また、後者において、「事柄に寓する因果応報の理」とは「概念」のことにほかならず、それゆえ「審美」の対象の範囲外にあるといわねばならない。「劇を観て全曲の上に因果応報の理籠れりといひ、諸行無常の意宿れりといふが如きは、後より冷に抽象して名けたるもの」であり、「美と観ずる瞬間」に、こうした概念が介入することはできないからである。

これに対して、「審美」の場面における「理想」の「想」とは、「所動的形式的にして事物を之れに觸着せしむるとき僅に差別我に苦楽の情を起こ」さしむる態の、「到底定着したる名」を付けることのできないような、「唯直観し得べもの」であり、「知覚図」によってのみ喚起されるものといえる。それゆえ、「知覚図」が喚起する「想」は、「理」とか「念」というよりは、「寧ろ情に近きもの」といっていい。

審に言へば、審美の意識に上るものは知覚の図にして、知覚の図を組織するものは、錯綜して一貫せる事柄、種々にして活動せる人物に外ならず、縦令其の裡に漠然因果の理を観ずとせんも、其は因果の理としてならず、唯世の中は斯かるものといふが如き懵乎たる念なるべし。否かく言はんだにいかゞ、寧ろ一種の情に近きものなるべし。更に此等に就きて抽象せるものと美とは、由来何程の関係をも有せざるなり。勿論、作者或は因果の理法を円現せんと欲して製作することあるべし。されど其の作の美なるを得るは、因果の理法善く現れたるがゆゑにあらずして、錯綜せる事柄おのづから一団の人間相を現じ、小宇宙の姿をなせるに由る。而して一団をなし小宇宙をなす所以の蔕となり、蔕となるものは不可知ならざるべからず。（中略）尚一例を援きて之れを明さんか、『八犬伝』の全局仮に美なりとせば、其の美なる所以と、因果応報、仁義礼智などいへる一貫の概念とは、何の関する所もなし。美源は此等が組織せる形式にあり。全篇に起伏せる事柄が八犬士を中心として一に融会し、人間の一部の運命を小宇宙的に現ずるにあり。（二—五）

要するに、抱月のいう審美的な「理想」の義での「想」とは、「直観」の対象として「寧ろ情に近きもの」であり、これに対して「形」とは、在来的な意味での「形」と「想」だけでなく、「凡て観美の瞬間に知覚に上るもの」の総体を指しているのである。もっとも、こうした抱月の「形」及び「想」の定義は必ずしも容易に理解しうるものとはいえないだろう。その理由の一つは、審美的な「理想」の義での「想」について、抱月が必ずしも十分に説明を尽くしていたとはいえないところにある。先にみたように、「理想」は統整的原理として仮定された「理念」であり、「衆差別を平等に帰趨せしむ」形式だった。しかし、抱月が基本的に依拠したカントに従えば、ここでいう「想」は、「美的理念」として定義されるべきものといわなければならない。カントは、「理念」を、「概念」を通して理解されるべき認識と「直観」さるべきそれとに二分、前者を「理性理念」(idea of reason)、後者を「美的理念」(aesthetical idea) として厳密に区別していたからである。[29] むろん、抱月も繰り返し両者の区別を説き、前者が「説明」されるべきものであるのに対し、後者が「感得」されるほかないものとしていたことはこれまでみてきたところだ。とはいえ、抱月が「理想」という語で両者を包含して用いていたことも事実といわなければならない。ここで抱月のいう「想」とは、「具体的形象」(concrete form) として示された、「概念ノ尽クス能ハザル」「如何ニ想像シテモ心ニ想像シテ有リ有リト見ルコトハデキヌ思想」[30](=「絶対の理想」) のことにほかならず、厳密には「美的理念」あるいは、「構想力」によって「『概念』化」することのできない「存在の根源を『直観』的に指し示す」ことができるという意味で「情感的理念」[31]と呼ぶべきものなのだ。

「想」をどのようなものとして規定するかということは、先述[32]したように、没理想論争の論点の一つであったが、むろん、こうした「形」「想」の把握が、没理想論争の提出した未完の課題に一つの決着をつけることを意味していたことも改めていうまでもあるまい。

ところで、こうした「理想」=「形式」の捉え方には、これも先述した通りこれを統整的原理とみるカント及びそれを独自に発展させながらシラーが、「形式」と人間の自由をめぐって展開したいわゆる「遊戯衝動」(play impulse) の理論の、抱月なりの摂取の痕跡を窺うことができる。[33]

『人間の美的教育をめぐる書簡』を中心に開陳されるその「遊戯」理論について抱月は前述の *Essay* やボサンケの美

学史からも知識を得てはいたが、また、いうまでもなく小屋の講義においてもその主要な骨格と意義については承知していた。人間の行動の動機は、感性的な欲望のままに行動しようとする「感性（素材）衝動」（sense impulse）と、それを理性によって抑制し、一定の枠組みを与えようとする「形式衝動」（form impulse）に分けることができるが、これらだけでなく「感性衝動」がそのまま「形式衝動」たりうるような第三の動機として「遊戯衝動」（play impulse）を想定することができ、これが「shaped life ノ上ニ実現セラルルトキハ此ニ初メテ美ナル人間生活ガ現スル」ということができること、この間の過程を「美育」（aesthetical culture）といい、「感性理性等人間ノ凡テノ能力ヲ完全ニ発達セシメル」ことにほかならないこと、また当然ながら美術は「遊戯衝動」から生じたものであること等について小屋を通して理解していたことは、「美學講義ノート」[34]が示すところである。とりわけ、美仮象を「遊戯的衝動ノ作リ出ス目的物」とし、「play impulse ノ客看ノ面トモ云フベク之ニ対スルトキハ人間ノ心ガ play ニ入ルナリ」としているところなどは、「遊戯衝動」と美的仮象の関係について、簡潔かつ明快な説明を加えたところといっていいだろう。更に、芸術作品は「遊戯衝動」の産物だが、真に美しい芸術作品においては、人間の全体に働きかけることができるのは、「内容」（「質」stuff）ではなく、「形式」（form）だとし、真の美的自由は「形式」においてのみ期待しうるという『人間の美的教育をめぐる書簡』における「形式」論を踏まえながら「形 form ヲ以テ質 stuff ヲ destroy シ盡ス」ところに「美術ノ Essence」があると断じた[35]小屋のシラー理解が、「形」を「凡て観美の瞬間に知覚に上るもの」の総体とした抱月の「形」「想」論の土台をなしていることは確認しておくべきことであろう。それは「thought ノ対境」にある「質」（「理性理念」という意味での「想」）に対し、「intuition ノ対境」[36]に位置し、「吾人ノ直覚ニテ一目ノ下ニ吾人ノ記憶ニ残リ心目ニ印セラレテ自在ニ想像ニ上セ得ベキ一ノ concrete form」なのである。

「形」「想」の関係をめぐる抱月の考察は以上のようなものである。それが、没理想論争に一つの結末を付けるという課題に応えることでもあったのは先述の通りである。なお、如上のように、「形」を、それが直覚の対象として像を結び、記憶に残るものでなければならないとして把握する抱月は、その形象化のメカニズムを考える場合に無視してはならないものとして「連念」の機能にも言及している。「連念」は、「客観の性質上必然来たるべきもの」と「我れより力めて来たす」ものの二種に大別できるが、審美的「連念」は、「所動的」なものに限定されるべきであり、後者のように「知覚」から「概念」にと転じる態の「知的連念」とは区別されなければならないというのが抱月の見解である。抱月が審美的意識においては恣意的に「意」が「発動」し、「我れの跋扈」することを抑制すべきだとしてきたことはこれまでみてきたところだが、「連念」と形象化の関係においてもこの観点は貫かれる。「連念」と形象は導火線と火薬のような関係にあり、例えば、すぐれた俳諧が「十七字に能く天地の美妙を蔵する」ことができるのは、それが、「必竟注意の変形にして発動的に意を八方に散」ぜしむる「空想」や「妄想」とは異なり、導火線に触れて「全く所動的に無量の妙想を連起」させるからなのだ[37]とし、この観点から「連念」の働きに積極的な契機を見いだすサリーなどの説は批判されるのである。

第四節　自然美と芸術美

「想」と「形」の関係について解明した抱月は、次に「自然美」と「芸術美」の特質について考察する。知られるように、「自然美」と「芸術美」の差異は、すでに数年前に、鷗外と巌本善治（一八六三―一九四二）の間に戦わされたいわゆる「文学と自然」をめぐる論争において論点とされていた問題でもあった[38]。

抱月はカントに倣って、美の享受においても、創造においても「意」を抑制すべきであるという観点を強調してきたが、いうまでもなくそれは、「現象」が美的であるかどうかを判断する、人間の主体的関与の性質に関わっていた[39]。「意」は、「一たび躍起すれば、知を役して概念に推理に、縦横奔逸、復《また》同情の境に到るの期」なからしむるからこそ、カントはこれを主体的に抑制すべきことを強調したのである。しかし、「自然美」と「芸術美」の特質を考える場合には、いうまでもなく、「意」は必ずしも抑制されるべきものではない。「芸術美」とはそもそも「意」の産みだしたものにほかならないからである。問題は、「意」をいかに「制する」かにある。

> 思ふに意を制するに消極積極の二途あるべし、吾人の取らんとするは積極の方法にあり。始より美術品の実にあらざるを示して、第一存在と第二存在との別なることを知らしめ、由りて以て意の発動を防ぐは消極の方法なり。（中略）夫の道徳に於て、煩悩の已み難きを制せんため、強ひて術策を用ひて、心を死灰枯木に比せんとする、はた此のたぐひなり、安ぞ知らん道徳の極致は煩悩心を鎖するにあらずして、却りて之れを他方に転ぜしめ、以て心の欲する所おのづから矩を踰えざるに至らしむるにあるを。審美亦然り、意を抑へ去るの境より一歩して、此の意を対境に合せしめんとするこそその本意なるべけれ。意を対境に合せしめて彼我の別を去り、我れの形式は彼れに光被し、彼れの内容は我れに合体し、主客行動を一にするに及びて観美の能事了はるべし。之を積極の方法といふ。（中略）さらばいかにして美術は積極の方法を取り得るか。如何にして差別我を対境に同ぜしめ得るか。他なし自然を醇化《アイデアライズ》して、理想と事柄と、想と形との権衡を変ぜしめ、以て想を著くするにあり。（二―五）

「意」を抑制しなければならないのは、それが「同情」の境に到ることを妨げるからなのである。しかし、美を享受するには、一方ではこのように「意」の「発動」を制約するだけでなく、他方では進んで対象と一致させるように務めなければならない。美の妙趣は、――カントもいうように[40]――「我の形式」と「彼の内容」を「合体」させるところにあるからである。そのためには自然を「醇化《アイデアライズ》」して、「理想と事柄」「想と形」との均衡を調和させ、「以て想を著くする」ことが求められる。とはいえ「醇化」は、あくまで自然の理想を「発揚」することをこそめざすべきで、自然に固有の理想に「人為」を加えようとするようなものであってはならない。

仮に自然の産物は形五十想五十の調和に成るとせんか（固より実際上斯くいふを得ずと雖も此には便利のため数式を用ふ）人工にありては、想を五十に超えしむることこそなけれ、形に於て本来五十なること能はざるものにありながら想を五十に近からしむるを得ば、美術の効も大なるにあらずや。此の如く形は三四十に及ばずして、想は五十の壘を摩せんとすること、之れ美術の本領なり。（中略）而して其の如何して醇化せらるゝかは天才の事、吾人の得て論述すべからざる所たり。かくして形よりも想を高うし、事柄よりも全局の趣を著くし、活動の性質よりも之れが形式を顕にし（楽器に比していはゞ音色よりも曲調を耳立しめ）以ておのづから彼我相通ぜしむるときは、意動かずして同情の実挙がり、審美の境に入るを得べし。之れを要するに、自然は形想五十五十の配合にして美術はそが三四十と五十に近きものとの配合なり。しかも美術品の観美に容易なるは、形の三四十なるがためにあらずして、想の五十に近きがためなり。形足らずして仮と知るのゆゑにあらず、想多くして同情し易きのゆゑなり。

（二―五）

ここで、「醇化」によってめざすべきものが、「形五十想五十の調和」になる自然の「理想」を「発揚」するところにある、という観点は、当然、「天地」（自然）は「絶対の理想」のもとに「自主円満の姿をなす」とする「審美的意識の性質」の基本的立脚地から導かれるそれにほかならない。先にもみたように、抱月にあって美は、「最も理想の現はれたるもの」だった。美は「絶対の理想」によって「主客調和」し、「我と他とが融通無碍」の「同情」の境地に実現するものであり、「同情の難易はやがて美の大小」にほかならない。ところで「同情の難易」は「理想の現不現」によるがゆえに、究極の美とは最も「同情」に価するもの、即ち「最も理想の現はれたるもの」とされたのである。[41]「此の花は此の花の存在理想を全くし、彼の人は彼の人の存在理想」を実現するときにわれわれは「花とも融会すべく、人とも融会」することのできる「同情」の境地に到達することができるのだ。

とはいえ、このように自然の「理想」の「発揚」をめざすべきだとしたとはいえ、抱月は「自然美」と「芸術美」を対比し、前者を後者より優位におくべきだと考えているわけではない。「形五十想五十の調和」によって構成される「自然美」において抱月が仮定したのが、「形」と「想」とが「調和」した美の理想形（＝理想美）であり、「形五十想五十」なる比率もあくまで喩に過ぎないことは「固より実際上斯くいふを得ずと雖も此には便利のため数式を用ふ」という言葉が示しているところであろう。それどころか、「形五十想五十」なる比率による「調和」を美の理想的な具現化とし、「美術はそが三四十に近きものとの配合」であるとしつつも、「形は三四十に及ばずして、想は五十の壘を摩せん」とするところに「美術の本領」があるとする観点からは、むしろ自然美を否定し、芸術美にこそ、美の本来的な在り方を求めたヘーゲル美学の影響を窺うことができるように思われる。知られるように、ヘーゲルは自然美について「外形」と「内面」の「具体的統一」のうちに想定される理想的な美の在り方に照らして不完全なものとしていた。理想的な美は、「外形」（＝「形」）と「内面」（＝「想」）の「具体的統一」（＝「調和」）において、即ち「魂の働きがそれ自体で内容ゆたかになるとともに、物としての外形がこの内面と浸透しあい、物の形が内面を堂々と呈示[42]」するところに成立するが、自然美の段階では、「内面は、魂の統一力を具体的に内面化するものではなく、あいまいで抽象的なまとまりをなす」に過ぎず、「物としての外形のうちに外面的な統一があたえられるにすぎない[43]」としていたのである。ヘーゲルはこのような「理想」の「醇化」の過程を「象徴的」「古典的」「浪漫的」の三段階にわけて歴史的に説いたが、抱月の「形想」観が、基本的にこうしたヘーゲルの「形想」（＝醇化）理論を踏まえていることは明らかであろう。もっとも、抱月はこれを、ヘーゲルから直接に学んだというわけではない。ここでもまた小屋保治を経由してその骨格を理解したと思われる。というのも、小屋はこの三段階について、それぞれ、（A）「人間ガ ideal（即チ ideal ニ可感体ヲ見タルモノ）ヲ捕捉セントendeavorシタル境」、（B）「之ヲ正ニ捕ヘ得タル境」、（C）「之ヨリ一歩飛ビ越ヘテ一旦捕ヘタル理想美ヲdisolveシタル境」とし、この「三境」について、「形ト想トノ消長ニヨリテ生ズル」として説明を加えていたからである。[44]

小屋によれば、「形想」（「外形」と「内面」）の観点から見た場合、完全な美に到達したといい得るのは（B）の段階においてである。「真ノ美術」は「理体ヲ看シ得タル所ト之ヲ現ハス相応スルモノニシテ想ト形、ideal ト sensual ガ合致」するところにあるが、（B）が「二者何レモ過不及ナキ境」であり「現ハサントスル丈ケノ想ハ十分ニ形ニ現ハレ居リ眼ニ見エ耳ニ聞ユル丈ケガ直チニ其所含ノ想」となり「形ノ外ニ一層深キ想ヲ求ムルトカ形ノミニテ想ハ思フ様ニ発揮サレズトカイフコトナキ」段階であるのに対し、（A）（「自然美」）の段階は「宇宙ノ本体タル絶対理ヲ未ダ十分ニ探リ得ズ従テ想ハ欠乏シ居ルモノ」であり、それゆえ美も「此欠乏ナル抽象的且不完全ナル想ヲ其偎可感的ノMatterノ上ニ現」わしたものといわなければならず、またはこれとは逆に、（C）（「芸術美」）は「理ハ十分ニ解サレ居ルモ十分ニ解サルル丈其深奥ナルコトヲ知リ迚モ吾人ノ感覚的ノ物ノ上ニ現ジ尽」すことのできない態のものだからである。要するに、（B）を理想的な在り方、美が完全な理想を実現した段階とすれば、（A）（C）は共に不完全であり、その差異は前者が「形勝チ」後者が「想勝ツ」というところにあるに過ぎない。しかし観点を変えて、「人間ノspiritノ発達ノ次第」からいえば、いうまでもなく（C）こそ最高の段階に到達したものであり、（B）（A）はこれに及ばないといわなければならない[45]——。

「形五十想五十の調和」からなる自然美を芸術が到達すべき究極の目標とする抱月の「形想」論が、小屋経由とはいえヘーゲル美学を視界に収めたうえで立論されたものであったことは以上からも明白であろう。「人間ノspiritノ発達ノ次第」から芸術美を最高の段階としたヘーゲルに全面的に同意したわけではなかったとはいえ、「形に於て本来五十なること能はざるものにありながら想を五十に近からしむるを得ば、美術の効も大なるにあらずや」とするその「想」

重視の観点からは、みてきたようなヘーゲル美学の理解の痕跡を看取することができる筈なのだ。このように、自然の「醇化」をいい、「想」を重く見る観点はまた、カント美学の「精粋はPurposiveness《パルパシヴネス》の一語」にあると断じ、「美術的作物は見るものをして其の美術品にして自然の産物ならぬことを知らしむるものならざるべからず、されど又其が形式の何処ともなく一の目的《パルパシヴネス》を有するが如く見ゆる辺は、自然の産物に似て、妄に規矩に制せらるゝの迹なく自在ならざるべからず。（中略）自然は芸術の如く見ゆるが故に美なり、芸術は（吾人之れを芸術と知りながら尚）自然の如く見ゆるがゆえに美なり」というカントの言葉[46]を要約しつつ引用しながら、そこに附した解釈からも裏づけられる。

「Purposiveness《パルパシヴネス》」（合目的性）とは、これまでの抱月の文脈からいえば、もともとは自然を究極において宰領する「理想」のことといっていいが、ここでは「其が形式の何処ともなく一の目的（パルパシヴネス）を有するが如く見ゆる辺」と言っているように「形式的（実在的でない）合目的性[47]」のことである。対象を「目的の表象」なしに、「しかも合目的性の形式」なしで「感得」するときに美は感受されるのだということを踏まえたうえで、「自然は芸術と見ゆるが故に美なり」という言葉について抱月は、次のように述べている。

> カントの注釈家ヲーレスの評に循へば、此の語以て自然と美術との関係を明むるに足らずといふ。されど吾人の見る所にては、芸術と自然との関係は此の一語に愁すべきに似たり。何を以てのゆゑぞや、思へらく、自然は芸術と見ゆるの所以をもて美なりとは、其の意下の如し。曰はく、自然美にありては形も想も五十ながら、一切の邪念を鎮めて想を観じ之れに同情する刹那は、想独り著くして形は平準以下に埋没するさま、正に芸術の想多くして形少なきと同趣に帰す。自然の芸術と見ゆるを怪まんやと。次に芸術は芸術と知られながら尚自然と見ゆるに及びて美なりとは其の意下のごとし。曰はく、美術品はもと形を五十ならしむる能はざるも、想のみは殆ど五十に垂んとするに及びてはじめて美なり、芸術豈自然とみゆるがゆゑに善ならずやと、而して之れを芸術と知る

とは、形に拘らざるの謂にして、強ち知るといふに重きを置くの不可なるは論なし。審に言はんに、自然美は形五十、想五十の調和なれども、審美の瞬間は意を着して観ぜざるが故に美の精細なる性質、例へば形覚味覚などより来たる諸性質の如きをば知るを得ず、独り全面の趣のみ著くなり行きて我れのと契合するがゆゑに、到底形四十、想五十のものと化すべし。而して芸術美は始より形四十、想五十なるが故に、観美の場合には、両者ともに同一状態に帰するなり。（二―五）

カントの言葉について、自然美と芸術美の関係について示唆するところがあるとしながらも、殆どなにも明示してはいないとしたウォレス[48]との差異を際だたせながら抱月が強調しようとしているのは、「想」の意義である。先にもみたように、抱月にとって、「想」は、「到底定着したる名」を付けることのできない、「唯直観し得べき」「寧ろ情に近きもの」として、美的享受あるいは創造における「美的理念」あるいは「情感的理念」（sthetishe ideen）[49]と呼ぶことがふさわしいものだった。それは「理性理念」（Vernunftideen）によっては捉えることのできない「存在の根源[50]」をありありと示現するものであり、具体的な「形」によってしか呈示されないような「深奥ナル想」なのである。それゆえ、「観照」とはこの「想」（＝情感的理念）を「形」のなかに直観する行為であり、また作品の創造とは「醇化」によって「形五十、想五十の調和」からなる「自然美」（理想美）をめざすことにほかならないというわけだ。抱月はまた、謝赫（Xie He、生没年不詳）が『古画品録[51]』の「序」で「気韻生動」を「六法」の第一位に置き、シラーが「活ける虚形[52]」、ラッド（Ladd, George Trumbull 1842–1921）が「活如《ライフライク》[53]」といっているのは、いずれも、このこと、即ち「想」を「五十の自然に沖せし」むべきことの重要性を強調していると理解するべきだとする。「気韻生動」については、抱月は後に「氣韻生動」というタイトルの芸術論（一八九五・六、「早稲田文学」）で、やはりシラーやラッドを引用しながらここでの考察を更に進め、芸術の目的は、事物のなかに「生命」を捉えることにあると述べている。[54]理念としての「理想美」

とは、事物の「生命」を示現したものであり、「醇化」とは、「想」によって自然の「生命」を把捉し、それを「形」として表現する営みにほかならないのである。[55]

---

1 前記「*My Library*」にはシラーの *Simple and Sentimental Poetry*（Über naive und sentimentalische Pichtung, 1794–96.）の抜き書きがある。

2 ヘーゲル『ヘーゲル美学講義』（上巻）（長谷川宏訳、一九九五・八、作品社）九七―一八七頁。

3 本書第一部第三章第三節参照。

4 日本演劇矯風会は、一八八九・六・二二、二三日に第三回温習会の演目に依田學海（一八三三―一九〇九）・川尻宝岑（一八四二―一九一〇）合作による『文覺上人勧進帳』（一八八八・一〇、金港堂）を取り上げ、九世市川團十郎の主演で上演したが、写実性と芸術性、西欧的演劇理念と伝統劇の継承をめぐって議論を惹き起こした。

5 鷗外「審美論」では、次のように説明されている。《仮象は即ち吾人の知り得べき限の実とするゆゑ、実との別つひに明ならず。この主義にては審美上に物を見るときと、学問上若しくは実際上に物を観るときと別つことなきなり。（中略）美しき仮象は偽にあらず。意識の中に盛られて実在する以上は、想なる実物なり》。

6 岩佐、前掲「没理想論争と島村抱月」一三一―一五頁。

7 「美學講義ノート」（第一巻）一九四頁。

8 小堀桂一郎、「学藝論　美學」、（『森鷗外――文業解題（翻訳篇）』一九八二・三、岩波書店）三八五―三八六頁。「審美論」と原著の対応関係については同論が詳しく、本書もこれに従った。

9 高山樗牛『近世美學』（一八九九・九、博文館）では「游離」という訳語を用いている（五七九頁）。

10 「美學講義ノート」（第三巻）六一―七五頁。

11 「美學講義ノート」（第三巻）七〇頁。

12 シラーについて抱月は、鷗外の紹介や後述の『獨逸戲曲大意』及び *The Philosophical and Aesthetic Letters and Essays of Schiller*, translated by J. Weiss, 1845. などでその美学の大要を理解していた。

13 *My Library* には「第二六書簡」の抜き書きがある。

14 ここでは、仮象を「現象」とし英訳の訳語としてはshowという語をあてている。

15 内藤克彦『シラーの美的教養思想――その形成と展開の軌跡』（一九九九・三、三修社）二三八頁。

16 引用の部分の全文は以下の通り。The reality of things is the work of things; the show of things is the work of man; and a mind that is entertained with show, is no longer pleased by that which it receives, but by that which it does.（*The Philosophical and Aesthetic Letters and Essays of Schiller*, tr. by J. Weiss, p.155.）

17 岩城見一「シェリングとヘーゲルの芸術哲学」（高山守他編『シェリングとヘーゲル』一九九五・八、晃洋書房、〈「シェリング論集」1〉）一四六頁。

18 Üben die äthetische Erziehumg des Menschen in einener Reine von Brieften, 1795. なお、本書では新関良三訳『シラー選集』（第二巻）（一九四一・八、冨山房）を参照した。

19 Schiller, *ibid.*, p.150.

20 *ibid.*, p.151. 引用は以下の文。On the contrary, in our delight at Beauty no such succession between activity and passivity can be distinguished, and reflection is here so thoroughly blended with feeling, that we think the form is directly perceivable. Beauty then is indeed *object* for us, since reflection is the condition by which we perceive it; but at the same time it is a *condition of our subject*, because feeling is the condition by which we have a conception of it. Then it is form indeed, since we contemplate it, but at the same time it is life,since we feel it. In a word, it is at the same time our condition and our act.

21 ヘーゲル、前掲書、六二頁。

22 「美學講義ノート」（第三巻）五八頁。

23 Bosanquet, *op.cit.*, p.293.

24 「美學講義ノート」（第三巻）五八頁。

25 ハンス＝ゲオルグ・ガダマー（Gadamer, Hans Georg 1900–2002）、『真理と方法』（Wahheit und Method, 1960. 轡田収他訳、一九八六・八、法政大学出版局）一一六―一一七頁。

26 『近世美學』五八二頁。

27 なお、樗牛は、「ハルトマンの用語の科学的精髄と的確とは、素よりシルレルが雄麗なる文人的文章に於て認むべからずと雖も、其の思想の内容に到りては、両者殆ど符契を合すと謂ふも敢て不可なし」として、ハルトマンの仮象説には、「何等創新の意見の顕著なるものを有せず」と断じている（五八三―四頁）。のみならず「恰も独乙美学の系統中にシルレルあることを知らざる為《まね》して、一に新カント派に対して、自説を立て」たハルトマンの「不公平」を非難（五八一頁）、「予は寧ろ従来批評家が是の二氏の間に存する斯かる著名なる類似もしくは一致に就いて、何故に多く言ふ所なかりしかを怪まずむばあらざるなり」という疑問を呈して、暗に鷗外及び、没理想論争を契機とする日本の文壇におけるハルトマンの「神話化」の風潮を批判している。

28 本書第一部第三章第一節及び岩佐、前掲「没理想論争と島村抱月」参照。

29 『判断力批判（上）』（篠田英雄訳、一九六四・一、岩波文庫）三一五―三二一頁。

30 「美學講義ノート」（第一巻）一三一―一三二頁。

31 渡邊二郎『芸術の哲学』（一九九八・六、ちくま学芸文庫）四一九頁。

32 本書第一部第三章第三節及び前記「没理想論争と島村抱月」参照。

33 「遊戯衝動」は、後にも「藝術論講話」（『新文藝百科精講　前編』一九一四・四、新潮社）「美學と生の興味」が示すように、抱月の美学理論のみならず芸術論、人生論の重要なキイ・ワードの一つになっていく。

34 「美學講義ノート」（第一巻）七一―七七頁。

35 Schiller, *op.cit.*, p.136. Herein then consists the art−secret of the master, *that by the form he abolishes the subject*; and the more imposing,assuming, attractive the subject is in itself, the more absolutely that it intrudes its operation, or the more inclined the observer is, to merge himself immediately in the subject,the more triumphant is the art which repels the former,and maintains authority over the latter.

36 「美學講義ノート」（第一巻）八〇頁。

37 抱月はまた「連念」説に関して、サリーが「発動的連念」の積極的価値を論じている（Sully, James, *Outlines of Psycology*, vol. 2, p.224.）ことを批判している。

38 鷗外は「『文學ト自然』ヲ読ム」（一八八九・五、「国民之友」五〇号）で「最大の文学は自然の儘に自然を写し得たるもの也。極美の美術なるものは決して不徳を伴ふことを得ず」とする巌本善治の見解（「文學と自然」一八八九・四、「女学雑誌」）を批判、美は「『自然』ニ付帯セル多少ノ塵埃ヲ『想』火ニテ焚キ尽シ」たときに出現されるものであるとし、芸術創造における「點化」（トランスズブスタンチアチオン）の重要性を説いている。抱月の「醇化」概念は、この鷗外の主張を踏まえたものでもある。

39 本書第一部第二章第二節参照。

40 前掲『判断力批判（上）』二二九頁。

41 本書第一部第二章第二節、第三節参照。

42 ヘーゲル、前掲『ヘーゲル美学講義』一四四頁。

43 ヘーゲル、前掲『ヘーゲル美学講義』一四四頁。

44 「美學講義ノート」（第一巻）二〇二頁。

45 「美學講義ノート」（第一巻）二〇三—二〇七頁。

46 前掲『判断力批判（上）』二五四—二五五頁。

47 前掲『判断力批判（下）』一七頁。

48 cf."Nature was found beautiful,"says Kant, "when it looked at the same time as if it were Art; and Art can only be called beautiful, if we are consciouse that it is Art,and it yet appears to us as if it were Nature".(Wallace, William, *Kant*, 1882. p.195.)

49 渡邊、前掲書、四一五頁。

50 渡邊、前掲書、四一六頁。

51 中国南斉（四七九—五〇二）の画家謝赫（Xie He）の画論。五三二年以降成立。

52 *My Library* の Schiller の項には、「第二十六書簡」を要約した次のような記述がある。

A beautiful woman if living would no doubt please us as much and rather more than an equally beautiful woman seen in painting, but what makes the former please men is not her being an independent appearance, she no longer please the pure aesthetic feeling. In the painting, life must only attract as an appearance, and reality as an idea. But it is certain that to feel in a living object only the pure appearance, requires a greatly higher aesthetic culture than to do without life in the appearance.

53 Ladd, George Trumbull, *Introduction to philosophy*, 1891. p.346. A more careful consideration of these characteristics

of all beautiful objects seems to show that they are such as can be possessed–at least in that form and fulness which is necessary to awaken æsthetical feeling–only by what has life. Indeed, if we were compelled to sum up in a word those characteristics which entitle certain things rather than others to be called beautiful,we should say : It is their "lifelikeness" , their fulness of life.

54 「気韻生動」の概念が日本の近代文学に及ぼした影響については、中島国彦『近代文学にみる感受性』(一九九四・一〇、筑摩書房)の第一セクション、「『気韻生動』の命脈——華山・江漢と近代の文学者たち」に詳しい考察がある。

55 「氣韻生動」では、次のように述べている。

《思ふに真に美にして観るもの丶同感を惹き得べき条件の彼の生命、活動などいふことに要すべき条件と同一なる、ラッド氏の言の如くなるべし。而して斯く事物に生命あるの原理は、シルレルの言へる如く、材料と形式、分と全、変化と統一、自由と必然の両端が円融相即する所にあり。生命はやがて自主存在の精髄にして、自主存在は天地の姿なり。生趣ありといひ、気韻生動といひ、活ける形式といひ、活如といふ、すべて芸術上の作物が小天地想を成せるの謂にして、事物に生命あること丶、小天地相とは別致なし。最も善く生命のあらはれたるものは最も善く小天地想の宿れるものなり》。

第五章

「写実」と「理想」

第一節　写実的と理想的――その一「写実」

以上のように、美の理想的な在り方、即ち「理想美」を「形五十想五十」の調和になる「自然美」にあるとした抱月は、最後にいわゆる「写実派」と「理想派」の差異に言及、「理想美」に到達する方法について論じる。抱月はまず、「写実」について、ラスキンを引用しながら、それが「模倣」とは区別されるべきものであることを明らかにする。抱月の要約するところでは、ラスキンのいう「模倣」とは次のようなものだ。

ラスキンは盛んに模倣を排撃して、実（Perceptive truth）と真（Truth）とを区別し、美術の本旨は真を写すにありて、実を写すにあらずとせり。其のいはゆる真は、幾分か吾人の想といふものに似たれど、道徳の色を帯びたる点に於て相違し、むしろ概念に近き嫌あり。実のかたは稍々吾人のいはゆる形と通ず。すなはち知覚図を組織すべき諸多の事柄をいふ也。而して模倣とは自然の産物に就きてこの実をのみ追求模写するもの換言すれば形あるを知りて想あるを知らざるがラスキンのいはゆる模倣なり。（二―五）

抱月が要約しながら紹介しているように、ラスキンは『近代画家論』の第一巻「原理編」の第一セクション第四章及び第五章で、芸術がめざすべきは「真実」（truth）を捉えることにあるとして、単に外形を写すだけである「模倣」（imitation）を厳しく却けた。[1] ラスキンによれば「模倣」が与えるのは、「手品」がそうであるように「卑少で　つまらぬ驚きの喜び」[2] に過ぎない。それは「主題の固有の美を楽しむことを観客ができないようにするだけでなく、現実に偉大なものを模倣するのが不可能なために、卑少でつまらぬ主題からしかその観念を受容できなくするがゆえに軽蔑すべきものなのだ。「模倣の観念」が「有形の事物」をしか取り扱わないのに対し、「真実の観念」は、「有形の事物だけでなく、情緒・思想・印象というような無形の事物の特質への言表」を含んでいる。それは、「模倣」の観念が作用できるような「知覚的機能」のみならず、「構想的機能」に訴えかけようとするのである。[3]

抱月が同意するのは、ラスキンが、自然のなかに「有形の事物」をしか見ようとせず、それゆえ「形あるを知りて想あるを知らざる」ものとして「模倣の観念」を批判し、「構想的機能」（≒「趣味」）に訴えることを説いた点にある。ただ、その「想」（≒「真実の観念」）が「道徳の色を帯び」ているとし、「むしろ概念に近き嫌い」があるとして斥けているのは、ややラスキンを単純に捉え、一方的に断罪した傾きがあるようにも思われる。たしかに、美が没関心的なものであるという認識をカントと共有していたとはいえ、「真実の観念」が訴えかけるべきとした「構想的機能」においてラスキンが「道徳」を重視したことは事実である。それは、「美の観念から知性の直接の働きを排除したとしても、美は知性に影響しないし、知性と関係がないなどと私が言おうとしているのではないことは銘記されたい」という言葉[4]

からも窺えるところだ。ラスキンにとって、美を享受する喜びとは、「与えられた対象から最大可能な喜び」を得ることだが、美はまた「神が最初に意図したもの」である以上、人間の「知的能力」と絡み合った、「モラルに裏づけられた感情」と不可分なものなのである。「構想的機能」（「趣味」）とは、そのような、「モラルに裏づけられた（人間の――論者注）本性にとって魅力的な有形の源泉から最大可能な喜びを受容する機能」の謂にほかならない。

いうまでもなく、単なる「模倣」を批判したラスキンの念頭にあったのは、古代から「十七世紀や十八世紀初めのフランス古典主義」及びその直後の「ドイツ古典主義」に至る西欧芸術を貫く理念となった「真似・模倣（ミメーシス）」の観念である。アリストテレスに起源し、ヴィンケルマン（Winckelmann, Johann Joachim 1717–68）やゲーテなどの「近代の古典主義的美学」の根本をなす、「芸術」を「自然の模倣」（imitation of nature）と見做す考え[5]を批判、芸術がめざすべきは単なる「模倣」（imitate）ではなく自然に含まれる「真実」を「呈示」（represent）することだとしたラスキンがここで提起したのは、日本の近代文学の文脈でいえば、巌本善治が問題提起し[6]、後に「白樺」派が実践的な課題とし、マルクス主義美学とそれに拠ったプロレタリア文学も課題とすることになる美意識と倫理意識の関係をめぐる問題、倫理意識と相即するような美意識の模索という主題である。むろん、抱月がこの問題提起に無関心であったわけではない。抱月が「審美上の快楽と道徳上」のそれを区別、「道徳的善」をめざす人間の実践に、「自然必然の制約」からの自由と、それに伴う「責任」を要求するグリーンの倫理思想に実生活において拠るべき規範を求めていたことは既述したところだ[7]。

さて、ラスキンを参照枠としながら、単なる「模倣」と「写実」の区別を明確にした抱月は、いわゆる「写実派」に、「形を先にし、形四十とならば想も四十となり、形五十とならば想もまた五十となるを美術の本面目」とするものという定義を下す。だが、「形」、即ちラスキンのいう「実」を写すことを通して「理想美」に到ることができるとするこうした「写実派」の方法論に対しては、抱月は次のように疑問を呈している。

されば写実の本義此の如しとせば美術は到底絵に於ける幨画、劇における活歴劇を其の極致とせざるべからず。仮に非凡の巨腕ありて形想ともに五十を博し得たりとせんも、之を観る者恐らくは欺かれて身の実境に臨める思をなし、悲喜哀楽一々実情を動かし来たるに終らんか。果たして此の如くば、何を好みてか美を芸術に求めんや。去りて自然を楽むの勝れるに如かざるなり。美術の美術たるは想のみ自然と合して、形の之れと違ふものあるに因る。況や凡手の写実の作家が漫りに形のみを模倣して、想を五十に致すを知らざるの弊あるに於てをや。完全なる写実は自然美と擇ぶ所なく、不完全なるものは活気なき写真と一般の結果に到るものとせば、極端なる写実が美術の本旨に遠きや明也。（二―五）

「形」を先にし、「形四十とならば想も四十となり、形五十とならば想もまた五十となる」という「写実派」を背後で支えているのは、抱月が小屋の美学講義を通して学んだところからすれば、芸術を「自然ノ模倣」とするプラトン・アリストテレス以来の、とりわけアリストテレスに始まる「ミメーシス」の理念である。「写実派」の方法を支えているのは、共に芸術を「Nature ノ imitation」としつつも、「Nature ヲ理想界ノ模倣トナスガ故ニ美術ハ影ノ影タルニ止マル」とみたプラトンに対し、「Nature ヲバ理想ノ影トセズ自然《ネツア》即理想ノ住家」[8]であるとして芸術の価値を称揚した、『詩学』におけるアリストテレスに始まる芸術観なのである。しかし、アリストテレスはまた、「芸術ハ自然ヲ模倣スルトモ、単ニ模倣スルニアラズシテ Idealise」して「自然ノ美ヲ一層明カニナスモノナレバ美術ハ都テ自然ヨリモ一層美ナルモノナリ術美ハ高尚ナルモノナリ」[9]としていた。「写実派」が、その究極において到りつくのは、結局は「絵に於ける幨画、劇における活歴劇」の如きもの、鷗外がかつて貼り付けたレッテルを用いれば「極端模写主義」（鷗外、「再び劇を論じて世の評家に答ふ」一八八九・一二、「柵草紙」三号）でしかなく、つまりは自然そのものの表面的再現ではあっても芸術とは呼べないのではないかという抱月の批判は、この点に関わっている。「美術の美術たるは想のみ自然と合して、形の之れと違ふものあるに因る」のであって、「想」による「Idealise」（醇化）が関与していなければならない。「事柄を余さず漏らさず描破」し「形を五十に進むれば、想はおのづから之れと並行」することができるというのは、「文學ト自然」における巌本がそうであるように、「ミメーシス」を単なる「真似・模倣」としてしか考えず、「點化」という「意」の作用に想到することのない、「あまりにも素朴にまた通俗化[10]」した捉え方といわなければならないのだ[11]。

第二節　写実的と理想的——その二「理想」

以上のように「写実派」を批判した抱月は、次いで「理想派」に言及する。抱月はまず、「理想派」を改めて定義し直すことから始める。先にもみたように、抱月は作家の抱懐する「思想」や「人生観」を表明することと、「理想」を探求するという審美上の課題を区別すべきことを説いていた。その「理想」の定義に照らせば、「作家の抱持する所見」は「概念」に過ぎない。一般的通念として流布しているように、作家の「所見」を「理想」とし、それを作品の中に表現することを目指すものを「理想派」と呼ぶとすれば、それは「概念的理想派」とでも名付けるほかはないのである。だがむろん、この意味での「理想」が、審美上の標準とはなりえないのは、いうまでもない。『八犬伝』（一八一四—一八四二）や『パラダイス、ロスト』（*Paradise lost* 1678）は、それぞれ曲亭馬琴（一七六七—一八四八）の「儒教的所見」やミルトン（Milton, John 1608–74）の「清浄教徒的観念」のゆえに、「審美的」でありうるというわけではない。「概念的理想派の作物にして美なるを得たりとせばそは概念の見れたるがゆゑに美なるにあらずして、作者の着意せざりし間に理想の現じたるに由る」のだ。

こうして、これまで論じてきた「審美的」立脚地から「概念と美術と何の関する所」のない所以を確認した抱月は、

「只管理想を主とし、形をば二十三十の低處に下して顧みざる」ような「理想派」が究極に行き着くのは、「美術を記号に近からしむる」ものとする観点でしかないと断ずる（二―五）。「漫りに形のみを模倣して、想を五十に致すを知らざる」一態の「極端なる写実」が「美術をパノラマに帰せし」めたのと同様、「理想派」も究極には「鳥羽絵を畫き超人間の景像を畫く一派の畫家の如き」を目標とせざるを得ないとするのである。

究極において「理想美」の実現をめざすという点においては、むろん、「写実派」と「理想派」の両者にどれほどの径庭があるというわけでもない。「両者は始より相拒的《エキスタルシース》の意義あるものにあらず唯だ実際派の詩人は外（「材」）よりして詩境に進み理想派の詩人は内（「想」）よりしてこれに入る」と鷗外も言った通り（「現代諸家の小説論を読む」一八八九・十一、「柵草紙」）、「想の十分なるも望ましけれど形も十分ならんを要す」とする前者と「想だに数に満たば形はいふに足らず」とする後者の間に差異を見いだすとすれば、「理想美」にアプローチするための方法論上のそれを指摘できるに過ぎない。「形」において、「自然と全く合せざるべからず」とする「写実派」に対し、「理想派」は「自然に遠かるも不可なし」と主張しているだけで「理想の円満を期する」点では前者と異なるところはないのである。

第三節　写実的と理想的――その三　「調和」

第一項　「虚実皮膜」論

「写実的」と「理想的」という二項対立を設定して「理想美」へのアプローチの方法について論じた抱月は、最後に『難波土産』[12]に示される近松門左衛門の芸術論を引用、「理想的」「写実的」という対立を超えた第三の方法を提唱する。

ある人云く、よく〳〵理詰めの実らしき事にあらざれば合点せぬ世の中、むかし語りにある事に当世請取らぬ事多し。さればこそ歌舞伎の役者なども、兎角其所作が実事に似るを上手とす、立役の家老職は本の家老に似せ、大名は大名に似るをもつて第一とす。昔のやうな子供だましのあじやらけたる事はとらず。近松答へて云く、此論尤ものやうなれども、藝といふもの、虚実のいきかたをしらぬ説なり。藝といふものは、実と虚との間にあるもの也。（中略）虚にして虚にあらず、実にして実にあらず、此間に慰があつたものなり。（中略）生身の通りをすぐに写すときは、たとひ楊貴妃なりともあいそのつきるところあるべし。それ故畫そらごと、て其像をゑがくにも、又木にきざむにも、正真の形を似する内に大まかなる所あるが、結句人の愛する種とはなるなり。趣向も此の如く、本の事に似る内に又大まかなる所あるが結句藝になつて人のなぐさみとなる。文句のせりふなども此こ、ろにて見るべき事多しと

流石に近松が幾年の経験によりて得たるこの要訣は、よく写実派、理想派の調和を自得して審美の至處に契合せるものといふべし。その虚実の間といひ、実事に似て大まかなる所といへるは、吾人が芸術美と自然美との関係を論ずる條にて言へりし、形四十想五十の比例に合するの境を指せるなり。即ち実とは形の五十なるべきの謂也、虚実の間とは僅に五十を下りてしかも二十三十の甚しきに至らざるの謂也、もしくば、虚にして虚にあらずとは、形は虚にして想は虚にあらざるの謂なり、実にして実にあらずとは、想は実にして形は実にあらざるの謂なり。（二—五）

抱月が引用したのは、『難波土産』のなかの、今日では「虚実皮膜論」として知られている近松の言説の一節である。「虚実皮膜論」は、『難波土産』冒頭に「発端」として収められた、穂積以貫（一六九二—一七六九）の聞き書きによる、全六項からなる近松の演劇論（人形浄瑠璃論）の第六項目に展開される芸術論である。ここでは、小野於通以来、近松が出現するまでの浄瑠璃の歴史を辿り、近松没後の状況を概述した後、近松の言説が、問答形式で記されているが、第

一から第五までの各項の概要は以下のようなものである。

第一、人形浄瑠璃では、「正根《しやうね》」（「精神《しやうね》」）音曲である「木偶《にんぎやう》」が「情」を表現するのであるから、「情」を表現するための工夫が必要とされる。第二、浄瑠璃は、「情」を表現するための言語上の工夫もそれに対応していなければならない。第三、浄瑠璃の言語表現は、「うつりを専一」とし、写実的でなければならないが、その場合、「よむ人のそれぞれの情によくうつらんこと」を心がけることが肝要である。第四、浄瑠璃は「実事を有りのままにうつす」ことをめざしているがゆえに、「実事になき事」を表現することもある。女性の登場人物の「口上」に「おほく実の女の口上には得いはぬ事」が多いのはそのためであり、「実の女の口より得いはぬ事を打ち出していふ」からこそ「其の実情」を表現できるのだ。そこに「藝」があり、「慰み」がある。第五、浄瑠璃では「憂ひ」を表現することが大切だが、だからといって「あはれ也」という言葉を多様し、「ぶんやぶしのやうに泣くがごとくかたること」によって「憂ひ」を表現するというような方法を自分（近松）は選ばない。「憂ひ」は義理にこそ起因するのであり、その表現にあたっても「含蓄」が重要であり、「あはれ也」といわずに、「ひとりあはれなる」ことを示すのが肝要だからだ。

抱月が引用した「虚実皮膜論」は、以上のような五項目に続く第六項目だが、抱月は、ここで、近松のいう「実」を、自説に引き寄せて「形の五十なるべき」ことの謂いであるとする。しかし、「形の五十なるべき」ことをめざす「写実」が、究極において「活歴劇」や「パノラマ」に至り着くほかないのは先にもみたところだ。抱月の引用では省略されている部分で近松は、王朝時代の女にまつわる一つのエピソードを紹介している。宮廷で出会った男に恋した女は、恋こがれるあまり、男に似せて木像を刻ませた。だが、「其の男に兎の毛ほどもちがはさず」精巧に出来上がった人形を目にした女は、かえって恋が醒めてしまう。人形は、彩色だけでなく、毛の穴から、耳、鼻の穴、口の中の歯の数に至るまで寸分違わず作られていたからだ。近松はこの挿話を例に「生身を直ぐにうつしては、興のさめてほろぎたなく、こはげの立つもの」としているが、あまりに完璧な「模倣」は、「たとひ楊貴妃なりともあいそのつきる」境地に帰結せざるを得ないのである。芸術が目標とするべきは「正真の形」をそのまま「模倣」することではなく、「想」において「実」を捉えること、即ち、「実」は「想」によって「Idealise」(醇化)されなければならないのであり、芸においては、「実事に似て大まかなる所」があるべきだという近松の言はそのことを指しているのだというのが、抱月の解釈である。

ここで「虚実皮膜論」という言葉を抱月が使っていないことも示すように、いわゆる「虚実皮膜論」は、抱月がこの論を書いた当時は、まだ一般に流布した芸術論というわけではなかった。というより、近松の作品が、今日のように「古典」=正典と見做されていたわけではない。没後二百年近く経っていたから、馬琴のように、殆ど同時代作家として意識されることはなかったにせよ、その改作(種々のバージョン)を通して盛んに享受され、しかも劇場でのその享受の意識も、必ずしも現在のわれわれが古典に対する場合のそれと同一であったというわけではなかった。はやく福地櫻痴(一八四一―一九〇六)がシェークスピアに比していたとはいえ[13]、近松が古典=正典として位置づけられる[14]ようになるのは、いわゆる武蔵屋本による活字翻刻による近松戯曲の普及と相俟って[15]、西欧文学に触れた逍遙らの世代が、西欧文学との比較の意識において、自覚的に「読む」ことを開始してからのことだったといっていい。いわば近松は(井原西鶴(一六四二―一六九三)も含めて)、シェークスピア等の西欧文学を窓枠として改めて発見されるのだが、この作業において逍遙の果した役割は大きかった。「早稲田文学」創刊以前から、門下の金子筑水(一八七〇―一九三七)、水谷不倒(一八五八―一九四三)――不倒の場合は、門下というよりは、同世代の同好の友人というべきだろうが――等と近松の作品を読み始めたその成果は、「早稲田文学」の前身ともいうべき「葛の葉」(一八九〇年五月創刊)やそれを引き継いだ「延葛集」などの回覧雑誌から窺うことができるところだ。[16]「葛の葉」には、饗庭篁村講述「近松門左衛門伝筆記」（六号、一八九〇・一〇）が収録されていることが示すように、近松の伝記研究にも鍬を入れ、個々の作品について批評を試みた研究は、「早稲田文学」を発表舞台とした近松研究会に引き継がれ、その集大成としての『近松之研究』（一九〇〇・一一、春陽堂）に実っていくことになるのである。[17]

抱月の近松理解が、近松に新しい光をあてて「読む」というこうした雰囲気のなかで醸成されたのはいうまでもない。『難波土産』冒頭に収められた近松の芸術論、とりわけ「虚実皮膜論」に眼を向けたのは、美学的原理のもとに日本の文学を批評的に捉え直そうという志向からすれば当然の成り行きであったともいえる。というより、『難波土産』自体そうした文脈のなかで改めて発見されたといったほうが正確かもしれない。『難波土産』は、抱月も参照した筈の久松定弘（一八五二―一九一三）『獨逸戯曲大意』（一八八七・一一、久松定弘刊）[18]に付録として収められ、抱月もまたいうまでもなく西欧戯曲の理論と対比するという枠組みのなかでこの論をうけとめた人だった筈だからである。[19]

第二項　「想実論」

『獨逸戯曲大意』が収録した『難波土産』に眼を向けたのは、彼が最初であるというわけではない。逍遙が没理想論争の発端となった文章の一つである「梓神子」で「虚実皮膜」の部分を含んで紹介したのはおそらく『獨逸戯曲大意』に依ったのだろうし、[20]義理論については内田不知庵の『文學一班』（一八九二・三、博文館）も言及していた。[21]しかし、「虚実皮膜」論についていえば、その用語の多くを『獨逸戯曲大意』に依拠して批評活動を展開したことからすれば[22]当然とはいえ、逍遙や不知庵よりはやく、石橋忍月がすでに「想実論」（一八九〇・三・二〇―三〇、「江湖新聞」）で、抱月と同様「想」と「実」の調和という観点からこの論に注目していたことも看過すべきではないだろう。忍月はここで、抱月が引用したのと同じ『難波土産』の一節を引用しながら、次のように述べている。

是れ素と院本と役者扮粧の一班を説きたるものにして、直ちに以つて詩学全体に応用する能はざるは勿論と雖も、熟々近松の本意の在る所を考察する時は、彼は天然に審美学的の眼を有する者なり。人境と詩境の区別を知る者なり。彼は想を僻守する者にもあらず実を僻守する者にも非ず、実に想実調和の要を知る者なり。

「想実論」は、忍月が、いわゆる「写実派」と「理想派」の対立を、「実」と「想」という二項対立において捉え直し、それを乗り超える方向を模索した論だった。[23] もともと、忍月の批評を基本において支えていたのは、「人間が既に経験したるか若くハ経験しつつある生活」である「性情生活《ゼーレンレーベン》」と、「未だ経験せざる生活」即ち「意思生活《ガイストレーベン》」から構成されているという認識の枠組みのもとに「言葉の働きに由つて人間の性情生活と意思生活とが美術的に発揮せられたもの」として「詩」（文学）を捉え、「想実」の調和を基準に対象を「月旦」するという観点である。[24]「文学」は、「性情《ゼーレン》」（「感情」）によって「感得」された対象の「実」（「真景」）を「詞」によって「美術的に」定着する営みだが、それだけでなく、「実」を「意思」によって「考思」し、「造化の美理」という「虚象」を捉える「想」の作用も無視できない。「性情は時として事物の真相を誤る」ことがあり、「一時にして永久なる」ことのできない「性情のみより出たる文字《もんじ》」を「永久ならしめん」ために「判定鑑識」を加えるのが「意思」であり、「想」の役割だからである。だが、「実」に裏打ちされない「想」が、抽象的空想に陥り、「常に真理の範囲外に走る」のも事実といわなければならない。とすれば、「実のみを僻守する」のも「想のみを僻守する」のも共に非といわねばならない。「詩」（文学）において「想実の調和」が図られなければならないのはその故なのである。近松の「虚実皮膜論」は、こうした「想実の調和」に「写実派」と「理想派」の対立を乗り超える方向を模索していた忍月に示唆を与える芸術論だった。文学が、「内に虚象を設けて文字之を実にし、外に真景を採りて又之を虚象に帰する」営みであるとすれば、「写実派」と「理想派」の両者を分かつのは「只想実出入の先後に由るのみ」であるに過ぎない。「写実派」と「理想派」の対立は「虚実皮膜の間」

という究極の目標に至るための方法上のそれであるに過ぎないというのが、近松に導かれて忍月が到達したひとまずの結論なのである。

『聚芳十種』第八巻（一八九二・一、春陽堂）に収める際に「未定稿」という但し書きを加えたところからも窺えるように、「想実論」の論理的な完成度は決して高いとはいえない。「性情の終極は実となり、意思の終極は想となるなり」という定義から出発するものの、観照及び創造の主体に関わる「性情」と「意思」は、「想実」の問題を「描写すべき対象」をめぐるそれに還元する伝統的な虚実論と「無媒介に接合」され、「想実」の概念そのものが「不安定で曖昧」なままであるのはその第一の「弱点」といえる。[25] またここで忍月がいう「実」と「想」の区別が、抱月が大西祝と小屋保治を経由して学んだカント哲学でいえば、「感性」と「理性」、「純粋理性」と「実践理性」のそれ、あるいは経験的事実と超越論的思考の二分法の枠組みと対応しているのは明白だが、対象の「真理」を理論的に認識することをめざす「純粋理性」と、当為の対象を選ぶべき「実践理性」、「直覚」という、「真理」に至るべきもう一つの方法である「判断力」等は厳密に区別されず、混同されているともいえるところなどは、彼が依拠した「リュッカート」（＝リッケルト Rickert, Heinrich 1863–1936）やシュレーゲル（Schlegel, Friedrich von 1772–1829）等の「ドイツ初期ロマン派の言説」[26]が理論的に拠り所としたドイツ観念論理解の不徹底を曝しているところといえるだろう。「人境」と「詩境」という言葉で、経験的世界でいう「想実」と異なる次元におけるそれの所在をいいながらも、両者の差異を明確に論理化して示してはいないこと、「想実」が「調和」されるべきであり、「全編のヂスポジシヲンに想、実配合を工夫」することの必要を説き、具体例を提示してはいるものの、その分析的読みにおいては「混乱」[27]しているところなども、この論が、「個々の作品に対する具体的で厳密な分析・判断の能力を着実に培う努力」を怠ったまま「文学批評上のテーゼの学習と記憶に急」な、彼の批評に一貫する欠陥[28]を露呈した、「未だ必ずしも其精錬刻意の作に非ざる」（鷗外「忍月居士の近湖新聞社に入るを祝して」一八九〇・三・二六、「江湖新聞」）ものであることを示している。

にもかかわらず、「想実論」は、「漫りに巧拙の一単語を以て褒貶を逞ましふ」することに終始した一八九〇年前後――明治二〇年代初頭の批評の在り方を否定、「自識」の「想」を「精神」と規定して「不自識」の「想」たる「自然」と区別した鷗外の「『文学ト自然』ヲ読ム」（『國民之友』一八八九・五）と符節を合わせながら「写実派」と「理想派」という対立の内に描かれていた文学をめぐる言説の配置図を「想」「実」のそれに転換することを試みる、「想実論の季節」[29]が到来したことを示していた。

「想実論」を収録した『聚芳十種』が刊行されてまもなく、尾崎紅葉の「伽羅枕」（一八九〇・七・五―九・二三、「讀賣新聞」）と幸田露伴「辻浄瑠璃」（一八八一・二・一―二六、「國會」）という「明治の想実両大家」の作品を取り上げ、そこに「意匠」のみならず「作家着想の根本」における「理想」の「同致《アイデンティティ》」をみた北村透谷（一八六八―一八九四）の「伽羅枕及び新葉末集」（一八九二・三、「女学雑誌」）のような評価は、「写実派」と「理想派」の対立を単なる方法上の相違でしかないとする忍月の主張と微妙に響き合っていたし、その透谷の、「想界」に拠って「現象世界」に挑み、「高遠なる虚想を以て、真に広闊なる家屋、真に快美なる境地、真に雄大なる事業」を視るところに「意思の自由」があるという信念（「人生に相渉るとは何の謂ぞ」一八九三・二、「文学界」）も、「造化の美理」は「想実の調和」においてこそ実現するとしながらも、「実」に対する「想」の超越論契機を強調するという、ここで忍月の提示した観点の延長線上でこそ確かなものとなった筈である。[30]

抱月もまた、「想実論」が開いた文学をめぐる新しい眺望を共有するところから出発した。忍月が近松の「虚実皮膜」説に導かれて「写実派」と「理想派」の対立を超える方向を模索したように、抱月もまた近松の芸術論に拠って「写実」と「理想」をめぐる対立に一つの結末をつけることを試みたといっていい。というより、忍月が「虚実皮膜論」を手懸かりに指し示した方向を引継ぎながら、それを芸術の享受と創造をめぐる問題提起として捉え直し、原理的説明を試みるところに抱月の課題があったといってもいいかもしれない。「理想」が「衆差別を平等に帰趨」させるための

「形式」（統整的理念）であること、「審美上」において「所謂実在と現象」は混在して仮象として現象するものであり、それゆえ「理想」は、理論的に再構成することができず、ただ直観することによってのみ捉えることができるものであること、「想実」の「想」とは、この直観によってのみ把握することのできる「理想」（美的理念）を指すこと、「理想」（美的理念）は「自然美」によって実現され、したがって「理想美」とは「自然美」の謂にほかならず、芸術は「自然美」を究極の目標とするが、それを把握するためには「醇化」が不可欠であること、「想実調和」とは「醇化」のことであり、「ヂスポジシヲン」はこの意味から捉えられるべきであること等は、忍月の論では曖昧なままに放置されていたといっていいのである。

第四節　「写実」と「理想」の「調和」

「虚実皮膜論」に拠って「写実」と「理想」を「調和」した次元に「審美の至處」があるとした抱月は、最後に董文敏の「虚実」論を引用して次のように論を締め括る。

董文敏の「画禅室随筆」中に画中の虚実を説きて

（上略）虚実者各段中用筆之詳略也、有詳處、必要有略處、実虚互用、疎則不深遂、密則不風韻、但審虚実、以意取之、画自奇矣、

といへる。また実に此の消息に外ならず。疎なれば則ち深遂ならずとは形の少きに過ぎて、想随うて揚らず為に深遂の同情を惹き得ざるの謂なり。密なれば則ち風韻ならずとは形の多きに過ぎて想の著からざるの謂なり。極端的理想派の弊と極端的写実派の弊と、虚実のある所を審にし、意を以て之れを取るは、其れ美術家唯一の務な

るべきか。（二—五）

「画禅室随筆」は、中国、明代後期の画家であり書家でもあった董其昌の書画論[31]で、抱月が引いたのは画について説いた第二巻の、「用筆」の「詳略」について論じた一節である。[32]

もとより、近松の「虚実皮膜論」が、人形浄瑠璃を上演するにあたって現場での心得として説かれた演技論であったように[33]、「画禅室随筆」も本格的な芸術論として書かれたというわけではない。ここに述べられているのも、「虚実融合の次元」において美的価値を定立した漢詩や、「実に対する虚の優位を宣言することで成立した」俳諧に共通する伝統的な虚実論[34]に根ざした作画にあたっての心構えというほどのものに過ぎないともいえる。だが、近松の「虚実皮膜論」と共に、抱月がここから読み取ったのは、「想実」＝「虚実」を統一したものとして捉え、「意」によって「醇化」するという観点である。抱月の引用では上略として省略されている部分[35]で董は、「虚実」を明らかにすることが必要なのは、現在の絵画からは、古人の画にあったような「八面玲瓏之巧」が失われてしまっているからだとしていた。画家が、究極においてめざすべきは「八面玲瓏之巧」、すなわち「心中に何のわだかまりのないような巧みさ[36]」であり、「虚実のある處を審にし」、「意」によって「虚」「実」の「互用」を図らなければならないのはこの究極の「巧みさ」に至るためにほかならない。「虚」と「実」、「想」と「実」は区別されなければならない。しかし、それらは、「意」による両者の「互用」という「醇化」作用を通して、最終的には統合され、「八面玲瓏之巧」、「虚実皮膜の間」という「審美の至處」に至らなければならないのだ。

没理想論争も示していたように、「想実」の統一は、一八九〇年代前半の文学者達に突き付けられた「難問[37]」の一つだった。そもそも近代文学における「虚実」論は、『小説神髄』が「写実派」と「理想派」の二派に分類、両者の区別が「虚実のしからしむる」ところにあるとし、「小説總論」が「模写といへることは実相を仮りて虚相を写しだすといふことなり」と応じたところに始まる。しかし、「虚実」を統合し、具体的にそれを表象する方法については、提示することはできなかった。「小説」の原理から「脚色」の方法「文体」、「叙事法」に至るまで詳細に論じたとはいえ、逍遙は、シェークスピアの「没理想」を念頭に「虚実幽明の相纏綿して離れざる趣」（「小説三派」一八九〇・一二・七、「讀賣新聞」）に至るべきことを説いたにとどまり、二葉亭も「保合」[38]「直接」という言葉でその方向を示唆したにしても、「いかにして『意』を具象化するか」についてはほとんど触れることはなかった。[39]また、「想実論」が「想実の調和」という観点から「コンポジシヲン」を問題にしながら、その追求を放棄したのはみてきたとおりである。

「審美的意識の性質を論ず」において抱月が至り着いたのは、かくして、いわゆる「写実」と「理想」を統合し、――ここでいわゆる、という語を加えたのは、ここでいう「理想」の概念が、在来的に通念として流布していたそれであり、抱月が定義した「美的理念」を指しているわけではないからである――、一つの具体的な「形」として表象するところに「審美の至處」があるという結論だった。先にもみたように、美的理想は「概念」や「知識」の働きによっては捉えることのできないものだった。カント哲学の教えるところによれば、それはただ「具体的」「直覚的」にのみ「感得」することができるものであり、「審美的意識の性質を論ず」において抱月がめざしたのは、その「感得」における「同情」の機制を論理的に説明することである。だが、「審美的意識の性質」は、むろん、美的現象の客観的構造と対応していなければならない。「美的現象」のなかに「理想」を「直覚」することができるのは「情」によってであり、それゆえ「審美的意識」は、対象のなかに合目的性（理想）を論理的に捉えることをめざす「知」（理論理性）や、意志による決断を可能にする「意」（実践理性）と異なった次元に属するとはいえ、「同情」を喚起することのできる美的現象と対応している必要があるのだ。「理想」をはじめ、「実」と「仮」、「現象」と「実在」、「形」と「想」、「自然美」と「芸術美」、「写実的」と「理想的」等の概念を改めて定義し直して美的現象の解明が試みられるのはその故であり、いわゆる「写実」と「理想」が統合され、「調和」して一つの「形」に集約して表現されるところに、「同情」を喚起することのできる美的理想は具体的に表象されるというのが抱月の到達した結論なのである。それは、芸術が究極にめざすべく仮定された美的理念（超越論的理念）として普遍妥当的である以上、中国・明代の画家が「八面玲瓏之巧」という言葉で、また日本・元禄の劇作家が「虚実皮膜の間」として示した「審美の至處」をも説明することのできるものでなければならず、直接的には、一八九〇年前後から「評壇の一中心課題」となった、「実対想の問題」[40]に解決を与えることのできるものでなければならなかった。その意味では、この論は、没理想論争と共に、想実論争にも、一つの結末を着けることをめざしてもいた。

忍月と同様、抱月は「虚実皮膜の間」に「審美の至處」をみた。とはいえその論理が忍月とは比較を絶した精緻さと、整合性をもって展開されているのもみてきた通りである。「想」と「実」、「理想」と「没理想」、「現象」と「実在」、「芸術美」と「自然美」というような、一八九〇年前後に二項対立の問いとして提出された問題系は、ここで統合され、一貫した体系性のなかで説明されることになった。その意味では、この論は、想実論争から没理想論争に至る一連の論議に対する抱月の総括であり、すくなくとも抱月にとっては、「想実論の季節」はここで得た結論と共に終わったといってもいい。

しかし、この結論が、美を享受し、創造する意識の、また美的現象の説明としてはみごとな整合性を得ているとしても、想実論争が提出した問題のすべてに応え得たというわけではむろんない。というより、それを一つの答えに限定してしまったとさえいっていいかもしれない。

抱月が「審美的意識の性質を論ず」を「早稲田文学」に掲載し始めるのは一八九四年の七月からだが、その一月ほど前には、北村透谷が自裁していた。それが「想世界の不羈」を唱えて「実世界」に戦いを挑んだものの一つの行く末を示していたことは改めていうまでもない。また、石橋忍月は前年の秋には、都落ちの先を金沢に求めていた。抱月の内部でのみならず、「想実論の季節」は確実に幕を閉じていたのであり、この論が出現したとき、文学や芸術をめぐる場面は確実に転換していた。

第五節 「観察」と「写生」の季節へ

明朝の高官であると同時にすぐれた画家であり、書家でもあった「画禅室随筆」の著者は、虚飾を排し、「天真」を尚んだ蘇東坡（蘇軾 1036–1101）[41]に私淑して、「天真爛漫」の精神の発揮を書画の創作及び評価の根底に置き[42]、「絵画というものは、もともと物象そのものを師として写すべきもので他人の作品を師」とすべきではなく、「詩は森羅万象を師として作るべきもので、古人の作品を師として作るべきものではない」[43]とした同時代の画家袁中郎（袁宏道 yuan Hongdo 1568–1610）に共鳴して、「天地自然」から直接に学んだ絵画を重んじた[44]といわれる。

「想実の季節」の賑わいに代わって開幕した場面に登場するのは、いうまでもなく、「天地自然」を「観察」（ラスキン）し、「写生」することによって「理想」をみいだそうとする凡庸な芸術志望の青年達である。「審美的意識の性質を論ず」が、そのような新しい場面の到来を告げる論でもあったことも、もはやいうまでもあるまい。

---

1 Ruskin, John, *Modern Painters*, Vol. 1, 1904, pp.19–28.
2 ジョン・ラスキン『芸術の真実と教育（近代画家論・原理編）』（内藤史朗訳、二〇〇三・九、法藏館）二六頁。
3 ラスキン、前掲書、二九頁。
4 ラスキン、前掲書、三六頁。
5 ハンス＝ゲオルグ・ガダマー（Gadamer, Hans Georg 1900—2002）『哲学 芸術 言語――真理と方法に関する小品集』（Gadamer, Hans Georg, Kline Schriften, 1967–1972. 斉藤博他訳、一九七七・一二、未來社）一六六―一八四頁。
6 巌本、前記「文學と自然」。なお、それがそのまま倫理意識でありうることができるような美意識の在り方の模索は、抱月の周辺でいえば、金子筑水の「美の道徳的価値を論じて文學者の責任に及ぶ」（一九九四・六、「早稲田文学」六六号）などにみることができる。
7　本書第一部第二章第二節参照。
8　「美學講義ノート」（第一巻）二〇頁。
9　「美學講義ノート」（第一巻）二〇頁。
10　渡邊、前掲書、七六頁。渡邊はガダマーによる「ミメーシス」解釈を引用しながら、「ミメーシス」が「存在」の「本質」を「色彩や形態、言語や音楽、行動や上演」を通して「具体的かつ構成的」に「呈示」するものであり（七六頁）、こうした「本質呈示」を介して人は、「生と行為と出来事の『世界内存在』の『真実・真相・真理』を認識し、遂には『自己認識』を獲て生きた世界内存在を増幅した形で反復・反芻しながら、生そのものの深みを直視するに至る」（八二頁）のだとしている。
11　「極端なる写実」派が、同時代の文学でいえば具体的にどういうグループを指すか、抱月はここで明示していない。ただ、それが『小説神髄』が提示した「模写」の理論を素朴に信奉する根岸党や硯友社の在り方を想定していたことはたしかであり、その意味では、ここでは間接的に逍遙の写実理論の不徹底が批判されているともいえる。
12　三木貞成著『浄瑠璃文句評註難波土産』（一七三八〈元文三〉、浪華本屋吉右衛門・伊丹屋茂兵衛刊）、五巻五冊から成る浄瑠璃本文の注釈書で、発端の近松からの聞き書きは、穂積以貫の筆になるものとされる。
13　櫻痴「日本文学の不振を嘆ず」（一八七五・四・二六、「東京日日新聞」）には「吾曹は毎に近松を以て英のセーキスピールに比するなり」という言葉をみることができる。
14　ハルオ・シラネ「創造された古典――カノン形成のパラダイムと批評的展望」（ハルオ・シラネ、鈴木登美編『創造された古典――カノン形成・国民国家・日本文学』一九九九・四、新曜社）参照。
15　武蔵屋本については、後藤静夫「武蔵屋本私記――浄瑠璃初期活字本蒐集顛末」（二〇〇三・四、「芸能史研究」一六一）他参照。
16　梅沢宣夫他校訂『未刊・坪内逍遙資料集』（一―五集）（一九九九・一二―二〇〇二・一二、逍遙協会）
17　近年の逍遙及び近代初期における近松研究の成果としては、神山彰『近代演劇の来歴――歌舞伎の一身二生』（二〇〇六・四、森話社）、東晴美「伝統演劇からみる近代――逍遙の近松研究」（「総研大文化科学研究」二号、二〇〇二・秋）「リアリズムと近松門左衛門の虚実皮膜論」(同上、三号、二〇〇四、秋)等があり、本書もこれらを参照した。

18 主としてレッシングの『ハンブルク演劇論』に拠りながらアリストテレスのカタルシス論などにも言及した本格的な西欧演劇の紹介書。松本伸子『明治演劇論史』(一九八〇・一一、演劇出版社)、小櫃万津男『日本新劇理念史——明治の演劇改良運動とその理念』(一九八八・三、白水社)に詳細な紹介・解説がある。

19) 抱月が参看、引用した『難波土産』も、引用の文章から推して『獨逸戯曲大意』に付録として収められたものと同一のものと思われる。なお、抱月は「明治二五、六年度」の饗庭篁村による「近世文學史」の講義を受講、講義ノートも残しており(早稲田大学図書館蔵)、当然、篁村の解釈も参照したと思われる。

20 逍遙は、「虚実皮膜論」を以下のように戯文調の文章のなかに取り込んでいる。

《凡そ美術なるものは実と虚と皮膜の間にあるものなり。虚にして虚ならず、実にして実ならぬ其間にこそ美術の趣味は籠るなれ。吾等此の理をよく守りて、虚実の間をゆきたるゆゑ、賢愚老幼感ぜぬもの無し。若し実ばかりにかたよらば、元禄限りの命なるべかつしを、虚中の実を書きたれば、遠き昔に今もかはらぬ近松の葉の常盤の翠、深翠、とり〴〵に鳥鳴き笑ふ花の春、これを自然の美術の旨、と曉つたでも無し、知らぬでも無し、我も夢見る、人も見る、夢の浮世の戯れながら、不二法門の不説法、理屈をいへば朧気なれど、流石に作に見ゆればこそ、随喜の涙雨と降り、枝ぶり善し、葉ぶり善し、よし〳〵吉野の桜より、花よりこちの近松とほめるが証拠明白なり》(「第七回」)。ただし、『小説神髄』には近松への言及はない。

21 『文學一班』の第五章、「戯曲一名世相詩(ドラマ)」では「近松門左衛門の浄瑠璃」の節で「難波土産」を取り上げているが、ここでは浄瑠璃が「活物」であること、即ち演技を中心とする点で叙事詩や叙情詩と異なることを指摘し、「義理」と「人情」の葛藤からくる「憂」の表現をめざすところに「道義を守るが為に起れる衝突及び破壊」を主題とする「悲壮劇(トラゼディ)」との同一性をみている。

22 みなもとごろう「石橋忍月の評論活動と『獨逸戯曲大意』」(一九六九・三、「言語と文芸」)参照。

23 「想実論」については、十川信介、「石橋忍月——『想実論』をめぐって」(一九六九・五、「国語と国文学」のち、「石橋忍月の位置」として、『明治文学　言葉の位相』二〇〇四・四、岩波書店所収)、越智治雄、「想実論序章」(一九七二・一、「文学」、のち、『近代文学成立期の研究』一九八四・六、岩波書店所収)などを参照。

24 千葉眞郎『石橋忍月研究——評伝と考証』(二〇〇六・二、八木書店)参照。

25 十川、前掲「石橋忍月の位置」、前掲書、八六頁。
26 千葉、前掲書、二二九頁。
27 十川、前掲「石橋忍月の位置」、前掲書、八八―八九頁。
28 谷沢永一「石橋忍月の文学意識」(『近代評論の構造――日本近代文学研叢』一九九五・七、和泉書院)四五頁。
29 越智、前掲「想実論序章」、前掲書、三四六頁。
30 越智、前掲論文、前掲書、三五八頁。
31 神田喜一郎(一八九七―一九八四)「『画禅室随筆』とその著者」(『神田喜一郎全集』〈九巻〉一九八四・一〇、同朋舎出版所収)参照。
32 『新訳 画禅室随筆――中国絵画の世界』(福本雅一他訳、一九八四・六、日貿出版社)一七頁。引用の箇所の注釈は中川憲一が担当している。
33 「難波土産」については、横山正『浄瑠璃操芝居の研究――浄瑠璃における近世的性格を中心として』(一九六三・一二、風間書房)、森修『近松と浄瑠璃』(一九九〇・二、塙書房)を参照。
34 十川、「『実相』と『虚相』」(一九六七・二、「文学」、のち、『二葉亭四迷論』一九七一・一一、筑摩書房所収)一五八―一五九頁。
35 抱月文では「古人画不従一辺生去、今則失此意、故無八面玲瓏之巧、但能分能合、而 法足以発之、是了手時事也、其次須明虚実」という一節が省略されている。
36 前掲『新訳 画禅室随筆――中国絵画の世界』の中川憲一の訳による。なお、当該部分の中川氏による訓読は以下の通り。《古人の画は一辺従り生じ去らず。今則ち此の意を失う。故に八面玲瓏の功無し。但だ能く分ち能く合し、而して法以て之を発するに足る。是れ了手の時の事也。其の次須らく虚実を明らかにすべし。虚実なる者は格段中の筆を用いるの詳略也。詳処有らば、必ず略処有るを要す。実虚互に用う。疎ならば則ち深邃ならず、密なれば則ち風韻ならず。但だ虚実を審にし、意を以て之を取れば、画自ら奇なり》。
37 十川信介「近代文学創始期の理想像」(一九八〇・八、「文学」、のち「ドラマのゆくえ」と改題、『「ドラマ」・「他界」――明治二十年代の文学状況』一九八七・一一、岩波書店所収)引用は同書 一三三頁。
38 「保合」については、関良一(一九一七―一九七八)「有賀長雄『文学論』考」(『逍遙・鷗外――考証と試論』一九七一・三、有精堂所収）二八八―三〇三頁参照。

39 十川、前掲『二葉亭四迷論』一七一頁。

40 磯貝英夫「想実論の展開――忍月・鷗外・透谷」（二八、一九六二・五、「国文学攷」、のち、『森鷗外――明治二十年代を中心に』一九七九・一二、明治書院所収）一一〇頁。

41 抱月もまた、蘇東坡に心酔、その号を「赤壁の賦」から取った。

42 神田喜一郎「董其昌の思想」『神田喜一郎全集』（八巻）（一九八三・一一）二四九―二六五頁参照。

43 神田、前掲「『画禅室随筆』とその著者」、前掲書、五七頁。

44 董は「畫家以古人為師　已自上乘　進此當以天地為師」（『新訳　画禅室随筆』二五頁。訓読は、「画家は古人を以て師と為せば、已に自ら上乗なれど、此より進めて当に天地を以て師と為すべし」）として自然から直接に学ぶべきことを説いた。また、「気韻生動」の規範に「万巻の書を読み、万里の路を行き、胸中に塵濁を脱去すれば」の項を加えることによって、「凡庸な画家に対する救いの道を開いた」（「『新訳　画禅室随筆――中国絵画の世界』補記」、同書一二頁）とされる。

第六章

「審美的意識の性質を論ず」から『新美辭學』へ

第一節　主観的・客観的アプローチ

「審美的意識の性質を論ず」において抱月が試みたのは、そのタイトルも示すように美を主観、すなわち「意識」の側から説明するところにあった。自然の「理想」（合目的性）を、概念化し、説明することを目的とする「知」という意識作用とは異なり、美的理想は、学問がそうであるように概念化することなく、「情」によって「直覚」（「審美的同情」）することによってしか捉えることができないものであること、その対象は「主観的仮象」であり、それゆえ、自然に対する場合は「脱実」を、芸術作品に接する場合には「仮我」を要すること、芸術作品の評価の基準は「理想」の具体的表象に関わるが、「理想」の具現化には主体による「醇化」が必要であること、いわゆる「写実」と「理想」が「調和」されなければならないのも、この「醇化」に関わっていること等がここで抱月が得た認識である。このうち、美は結局、「同情」という意識の作用において成立するという認識は、この論以後、彼の美学、したがって「文学」論の基本的骨格を構成する一つの要素となっていく。そのことは、後の「文學概論」の次のような一節も証している。

> 客観の知的現象が我等の意識内に生起した時、之れに主観の情意が反応作用を呈する状態に凡そ三段若しくは四段の境遇があり得る。例へば路傍に性の知れない異體のものが横はつてゐる。先づ斯やうな知的現象が意識の鏡に映じた時、我等ははつと思つて驚き見つめる。我れの是れに対する態度を定めるため先方の正體を見極めんと注意を一時に之れに集める反応である。而してそれが行倒れであつたと知れると共に、自分に不利の繋類が来たりはすまいかと思へば、すたすたと急いで其の場を去る。又自分に掛り合ひは無いと思へば好奇心で立ち止まつて見る。玆までは第一段の情で、我的と名づけてよい。我れを中心として直下に感ずる情である。而して好奇心で立ち止まるなり、急ぎ行き過ぎるなりしながら、さてつく〴〵其の行倒れの身の上を思ひやると、哀れになる、又何か深い遺恨でもあるものなら善い気味と思はぬとも限らぬ、つまり同感《シムパシー》もしくは反感《アンチパシー》が起こる。（中略）それが第三段になると審美的同情になる。即ち他的とも称すべく、全く、我れを離れて先方と同じ情が我れに起こる。妻子もありながら零落して到頭路傍の行倒れとなつた。当人の心の中は無限の悲哀であらうと普通に察せられる。此の悲哀が傍観してゐる我等の胸に迫る。此の時我れと行倒れの人とは一になつて、一つの情で結合せられて了つてゐる。主客の両観は溶けて意識の一焼点に合體する。我れの情で向ふの物を生かす。向ふからは物が来、我れからは情が往つて、ぴたりと行き違つて一つになる。之れを美意識の本来と名づけてよいのであらう。（「文學概論」一九〇九・一二、隆文館刊、早稲田文学社編『文藝百科全書』所収）

「審美的同情」は更に、「囚はれたる文藝」にも示されるように「情緒的」（Aesthetic emotion）と「情趣的」（Aesthetic mood）なそれに区別され、いずれも対象の「理想」を「感得」する営みとはいえ、単に感覚的な刺激によって喚起されるだけでなく、「観照」によって対象に内在する「美的理念」（「深奥ナル想」、「情感的理念」）を看取したときに成立するとされる[1]が、この認識は、自然主義文学運動においても、また美学の体系化を放棄[2]して関わった近代劇運動においても[3]彼の理論や行動を基本的に支え、その活動を特徴づけると共に制約していくことにもなるのである。

　このように「審美的同情」を基軸に美的現象を主観的側面から明らかにした抱月の次の課題は、「審美的同情」という主観の意識について検討を深めていくと共に、美的現象が具体的にどのように構成されているかという問題を探求すること、これまでの抱月の論の文脈からいえば、「醇化」についての具体的解明に取り組むところにあった。「審美的意識の性質を論ず」の連載完結後まもなく、小屋保治は「審美的批評の標準」を発表、抱月の論には直接言及してはいないものの、この論と同趣旨の意見を披瀝して実質的にこの論を追認しているが、そこで小屋は「審美的批評の標準」を「美術の客観的性質に本ける」ものと「主観的性質に本けるもの」に区分し、両者を統一する「審美的批評の標準」の確立の必要を強調している。小屋は、前者を「内術品」、後者を「外術品」とするが、芸術作品＝「美術品」たる後者において指摘される「美術の性質」は、前者においても「同一の理由を以つて之れを論証」されなければならないからである。芸術作品（「外術品」）を「理想」（「内術品」）の外在的・具体的表象とし、「内術品」が「外術品」として表象される過程に「技術」（「醇化」）が介在しているとみるこの観点からいえば、抱月は、「内術品」を捉える主観の作用を原理的に説明することができてはいるものの、「外術品」そのものの具体的な解明にまで到達していたというわけではなかった。作品が美である理由は、かくして、対象に同情する審美的意識の探求と共に、作品に内在する「醇化」の過程の分析を通しても説明されなければならないのである。

第二節　主観的アプローチ

美的現象を、主観の側から解明していくという問題意識は、彼の最初の評論である「探偵小説」にもみることができる。想実論争や没理想論争が戦わされた一八九〇年代前半はまた、黒岩涙香（一八六二―一九二〇）を中心として探偵小説がブームになった時期でもあった[4]が、この論で抱月は具体的な作品を批評するというよりは「探偵小説」というジャンルについて、美学的立場からの裁断を試みている。

もともと美は、抽象的には「官覚的《センジュアル》」「動力的《ダイナミック》」「有機的《オルガニック》」「精神的《スピリチュアル》」というふうに、また具体的には「材料美（色、声、形）」「無機物美」「植物美」「人間美」と分類され、詩歌小説は「最高の美」である「人間美」を表現することをめざしてきた。この分類に従えば、「探偵小説」がめざしているのも当然「人間美」の範疇に入れることができる。いったいに、「人間美」は、自我が「四囲と衝突」するところに成立するもので、テーマに応じて「策略的（Intriguing）」「嬉笑的（Jolly）」「好笑的（Comic）」「悲哀的（Pathetic）」「悲壮的（Tragic）」「詼諧的（Humorous）」等に分類できるが、「探偵小説」が表現できるのは「策略的な美」という「智力上」の快楽、即ち「（探偵吏犯罪人の如き）作中の人物が計略を設け、狡智を逞しうして、身辺に蝟まり来たる種々の困難（我と四囲との衝突）を機微の間に処断し行く様の面白」さであり、その与える快楽は、本来の「審美的快楽」に求められる「詩的快楽」というよりは、「探索的快楽」とでもいうべき知的な楽しみに過ぎないというのがこの論の趣旨である。「審美的意識の性質を論ず」で示した、「同情」を基準にした「審美的快楽」と「知的快楽」の区別を、ハルトマンの段階説を下敷きにしながら図式として適用してみせたという点で、自説を補完するというほどの意義を持っているほかは、今日からみれば紋切型といってもいい論だが、ここで、「探偵小説」の与える快楽の多くが、「事局の急激なる変化によりて新奇（Novelty）を感ぜしむる」ことからくる「興奮（Excitement）」という感覚によって支えられているとして、「探索的快楽」と共に、「事件の変化を匠《たくみ》て絶えず目先を新ならしむること」を「探偵小説の与楽の要件」に数えあげていることは注目しておくべきところといえる。主体の意識の側からする美の解明を、心理学の知識を取り入れながら深めていくという問題意識をここには窺うことができるからである。

「新奇なること」には「多少の愉快が伴ふ」ことについては、すでに大西祝が「悲哀の快感（心理并文学上の攷究）」で着目、それが「興奮の作用によりて生じ来る一種の快感」であることを指摘していたが、抱月は「『新奇』の快感と美の快感との関係」でこの課題に改めて取り組んでいる。ここで、師の論を踏まえながら、ベイン[5]やサリー[6]などの心理学理論を参照して「新奇の快楽」を検討、それが、人がそれまで経験したことのないもの（Novelty）に出会ったときに起こる「興奮」（Excitement）の与える快楽であり、「驚愕」はそこに含まれること、また、「智力」による概念化の契機になり得ること、「神《こころ》が形と調和して独立円満の存在相を成す」ものという美の定義に照らせば、単なる感覚の刺激から来るもので美的快楽とはいえず、それゆえ「神を外にして形の非常ならん」ことを自己目的化する「夢幻劇」のようなものは芸術作品とはいえないこと、イタリアの絵画に対してエマーソン（Emerson, Ralph Waido 1803–82）が批評した通り[7]、「新奇の快楽」もそれが繰り返されれば、その感銘（「興奮」）は「薄らがざるを得」ないこと、等を指摘した抱月は、結論として、「新奇の快楽」と「観美の快楽」が共有するものとして次のような点を列挙している。

第一、新奇の感は観美に入るの易行門たるを得べし。目馴れたるものに対すれば、実感動き易くして、脱我するに困難なれど、新奇なるときは、珍しさに見惚れて我性動かず、寂然観照の余裕を有す。第二、新奇の小なるもの、即ち変化は、形式美の反面の要件なり。故をもて、観美と新奇とは連続するを得べし。第三、新奇の感も受動的意識なり、観美の感も受動的意識なり。第四、新奇の快楽も観美の快楽も、共に無私なり。我性の満足を本とするものにあらず。（「『新奇』の快感と美の快感との関係」）

文中で「夢幻劇」について、「変化の一方に力を盡くして観者の心目を眩せんとしたる者」としているところも示すように、抱月はこの論を、直接には当時話題になった「夢幻劇」に関する一連の議論[8]に触発されて書いた。改めていうまでもないが、「夢幻劇」とは、逍遙が「我國の史劇其の一」（一八九三・一〇、「早稲田文学」四九号）に始まる史劇論で論じた、近松をはじめ、活歴劇に転向する前の河竹（＊古河）黙阿弥（一八一六―一八九三）に至る伝奇的史劇のことを指している。その命名の所以は、これらの劇は「其の荒唐なる脚色、其の妄誕なる事件、其の不自然なる人物、其の不条理なる結構、其の散漫たる関係若しくは其の変相《メタモルフォーシス》と矛盾《インコンシステンシー》とに富める、其の旨の一致を欠ける、其の事変の意表にいづる、其の事物の誇張せられたる」等の諸点において「悉く皆夢中の幻想」であることによる。逍遙がこうした「夢幻劇」に対して批判的であったのは、『小説神髄』の著者として当然であったことはいうまでもない。彼が指摘した「荒唐無稽」な諸要素の指し示す非写実性は、まさに『神髄』において彼が打倒しようとした当のものだったからだ。彼が基本的に、写実的な史劇の側に組していたのもむろんいうまでもない。しかし、その「荒唐無稽」を指摘したとはいえ、逍遙は必ずしも「夢幻劇」をすべて否定したわけではない。というよりも、「世人の夢幻劇を理とするは夢幻其のものを悦ぶが為にあらで、夢幻の間に横はれる理外の理を悦ぶが為」であり、（「再び夢幻劇を論ず」一八九四・二、「早稲田文学」六〇号）、全体の「結構」が「支離滅裂」であるにも関わらず、「一齣一齣」（プロット）からみれば「背理の裏に至醇潜み、不自然の底に至理寵り、深く人情の骨髄を穿ち人を感動するもの」があるからだとして、これを高く評価してさえいる。

没理想論争をひとまず収束させた逍遙を待っていたのは、もう一つの大きな難問だった。あるいは、自己の理論がそれに応えることに無力であることの自覚だった。単純化を恐れずにいえば、彼が向きあったのは、ここで「夢幻劇」

という言葉で示されたような、「荒唐無稽」「不自然」「妄誕」な脚色結構が創出する魅惑、「理外の理」の齎す「快楽」を、どのように説明するかという課題である。理論のうえでは、むろん彼は「夢幻劇」を容認することはできない。しかし、「夢幻劇」が、その「背理」と「不自然」を通して「観客に深く人情の骨髄を穿ち人を感動」させる芸術であることを否定するのは、なにより、少年時代から歌舞伎に親しんできた彼自身の感受性を裏切ることになる。彼の理論は、歌舞伎の荒唐無稽から受ける悦楽を説明することができない。また、シェークスピアの研究で出会った、例えば全編が「悉く皆夢中の幻想」から成り立つ「テンペスト」(*Tempest* 1611–12)のような作品の魅力を解き明すことはできない——。実は、「没理想」の問題提起は、もともとはこの課題に応えるべく提出されたものでもあったが、近松をはじめとする「伝奇的史劇」を改めて検討することで逍遙が直面したのは、「写実」を重視するという自己の文学理論と、少年時代から親しみ、彼の感受性の形成に大きく作用した歌舞伎や、シェークスピアの幻想的作品の孕む芸術性との乖離の自覚であり、両者に横たわる距離をどのように埋めるかという課題なのである。

一方、『小説神髄』に呼応するように登場した、福地櫻痴の「相馬平氏二代譚(關八州繋馬)」(一八九〇・三—四)「求女塚身替新田(吉野都女楠)」(一八九二・三—四)や依田學海(一八三三—一九〇九)の「文覺上人勧進帳」(一八八八・一〇、金港堂刊、一八八九・六—七、中村座上演)以下の写実的史劇が平板で退屈な舞台をしか実現できていないのは、一連の史劇=「夢幻劇」論争に着手し始めたこの時期には次第に明らかになりつつあった。観客が熱狂するのは、やはり櫻痴や學海に脚本を依頼したとはいえ、「新奇」な趣向を凝らした川上音次(二)郎(一八六四—一九一一)の「壮士芝居」であり、「日清戦争劇」だったのである。いうまでもなく、「夢幻劇」に対する逍遙の評価には、こうした「写実的」史劇の現状に対する不満も含意されていた。いわばこの時期の逍遙は「夢幻劇」に対して定見を示すことができなかったのだが——両者を共に乗り越えることのできるべく新しい史劇を構想することになるのは、その後の彼の営みが示すところだ——、抱月のこの論は、そうした「夢幻劇」の与える快楽について、美学上の判断を下すことを一つのモティーフとしてもいた。

抱月もまた、一八九五年三月、歌舞伎座で上演された、九世市川團十郎(一八三八―一九〇三)、三代目市川九蔵(一八三六―一九一一)の「先代萩」を観劇、「『伊達競阿國劇場』を観て所謂夢幻劇を論ず」(一八九五・三、「早稲田文学」八四号)を発表している。「伊達競阿國劇場」は、團十郎と九蔵の一三年ぶりの顔合わせが話題になったが、演劇改良運動の延長線上に喝采を浴びた川上音二郎の日清戦争劇に次第に退屈し、伝統劇への「渇きを覚えた旧劇党」(竹のや主人〈饗庭篁村〉)に伝統的な歌舞伎の醍醐味を久し振りに味わわせて好評であり、旧歌舞伎復活の兆しを予感させた舞台だったようである。[9] この舞台に接した抱月は、「夢幻劇」に「内外具足したる人間の全相を活現」することを求めることはできないとしつつも、義理人情の葛藤に苦しむ團十郎演じる政岡に「一時一所」とはいえ「感情美」の表現を看て取り、「沙庭上に長袴踏みしだきて」登場する團十郎の勝元の「優長」と、「髯毛を抜きて印影を割らんとする」、九蔵扮する仁木弾正の「(実際あるまじき)細慧」の「対照」に、「一幅の好錦畫」に通じる「形式美」の表現を認めている。近松の「夢幻劇」を評して、「感情美」や「形式美」の表現にこそ夢幻劇の価値があるとし、逍遙と符節を合わせて、「論理をもて現実をもて夢幻劇を律せん」とすれば、その美は却って亡んでしまうだろうと断じた抱月の課題は、「夢幻劇」の齎らす快楽を自己の美学の枠組みのなかで説明することにあったわけで、「『新奇』の快感と美の快感との関係」は、そのような課題に応えることをモティーフに試みられた論でもあったといえる。

と同時に、「探偵小説」と共にこの論では、先に検討したように、心理学の知識をもとに、美意識の構成を解明しようとする観点が打ち出されていることも見落としてはならないだろう。もともと、ヘルベルト(Herbart, Johann Friedrich 1776–1841)に起源し、ベインの連合心理学によって発展する美意識の経験論的・心理学的探求が、近代日本の芸術をめぐる言説の形成に大きな影響を及ぼしたことはよく知られている。[10] 菅谷廣美も詳細に論じたように、『小説神髄』は、ベインの修辞書を取り入れた菊池大麓(一八五七―一九一三)訳『修辭及華文』(一八七九・五、文部省)などを介して[11]

その成果を組み込んでいるし[12]、亀井秀雄は、『修辞及華文』刊行の三年後、つまり逍遙がまだ本科の学生だった時期に東京大学予備門に英語教師として勤めていたコックス（Cox,W.D. 1844–1905）が、やはりベインの修辞書を参考にして刊行した『日本人学生のための英作文及び修辞の原理』[13]を検討しながら、ベインの影響について指摘している[14]。亀井はここで、逍遙が「コックスの授業や著書から英語や英文学の知識を得た可能性はかならずしも大きくはない」としながらも「見方を変えれば、逍遙もコックスもベインの影響下にあり、二人の著書を同時代的な試みと捉えることも可能だろう。ばかりでなく、コックスに学んだ同時代の芸術観や小説観を割り出すことも可能となるはずである[15]」としている。また、大西祝が心理学的方法の必要を力説、自己の理論のなかに積極的に組み込もうとしたことは、「悲哀の快感」や「滑稽の本性」について、「吾れ人の心識中の一想念と他の想念とが相ひ和し相ひ争ふの点によりて快不快の感覚を説明」したヘルベルトの経験心理学や、「対照」「変換」「興奮」等の、「観念符号の作用」をめぐる連合心理学の概念を駆使して原理的な解明を試みた評論[16]が証しているところだ。こうした美の心理学的探求の進展は、一方では美学の抽象理想論から具象理想論への転回や、美をめぐるパラダイム変更の要求[17]と対応するものでもあった。美学は、心理学の成果を借りながら、「探偵小説」がブームになり、「写実」が強調され、合理的思考が浸透してきたにも関わらず、「荒唐無稽」な「夢幻劇」が喝采を浴びるというような現象をも説明できる学問でなければならなかったのである。

第三節　客観的アプローチ

「審美的意識の性質を論ず」で自己の美学の原理的立場を明らかにした抱月の次の課題は、前節でみたような「心理上より、美の我れに与ふる影響、若しくは美を感ずる刹那の状態」について、心理学の知識を借りながら探求を深めていくと共に、「外界に着して我れに美感を与へし事物の構成」（「審美的研究の一法」）を通して、美を説明するところにあった。

とはいえ、「探偵小説」や「夢幻劇」の「娯楽」の主観的・心理的分析においても、その「我れに美感を与へし事物の構成」の解明がなおざりにされていたわけではむろんない。小屋も明快に指摘していたように、美の享受が対象のうちに「理想」を直観する行為であり、芸術作品が「理想」の外在的表現である以上、「美を感ずる刹那の状態」は、対象となる芸術作品の「美術の性質」の説明にあたっても、「同一の理由を以つて之れを論証」されなければならないからである。[18]「探偵小説」や「夢幻劇」が、「事件の変化を匠《たくみ》て絶えず目先を新ならしむる」ことを主要な構成要素としていることの指摘、また「夢幻劇の散漫を補ふに理屈の統一を以てし、美術を定規的ならしめん」とする態のものであるというような写実的史劇批判は、そうした客観的解明の一例とみることができる。

さて、これまでみてきたところによれば、抱月は美の享受を、現象のうちに「平等絶対の理想」（より精密にいえば、現象のうちに「仮象」として「化現」〈the semblave of Idea〉する「理想」）を直観（感得）する行為とし、「理想」（＝Idea、「理念」）については、「衆差別を平等に帰趨させる形式」であるという定義を下していたが、「變化の統一と想の化現」では、改めて「我れに美感を与へし事物の構成」の側から「理想」を検討、ヘーゲル及び、プラトンに淵源し、シャスラーやホガースによって展開された形式説に拠りながら、「理想」（＝Ideal）[19]として実現される「形式」は「変化の統一」[20]（unity in variety）を基本原理としているとする。「差別」と「平等」の区別からいえば、「変化」とは「差別」相（個々の「現象」）の、「統一」とはそこに「直感」されるべき「平等普遍の理」のことにほかならない。「変化の統一」は、「理想」を具体的に「記号」によって表現（形式化）する場合の基本原理であって、音楽において「高低長短の変化ありながら旋律諧和して移るべからざる一曲に帰」せしめ、図案において「直線曲線縦横錯綜しながら尚其のうちに規則正しき所全円揆を一に」し、絵の構図（図取）において「山容水態変化の妙を極めながら一幅はおのづから一幅の中心ありて千山万水之れに朝するの趣」を呈することが可能なのは、いずれもそこに「変化の統一」の原理が作用しているからなのである。「當世書生気質」でも、ヒロイン田の次の容貌を形容する際に用いられていた[21]ところも示すように、ベインの紹介した[22]「変化の統一」の原理は、一八八〇年代後半からしだいに知られ始めていたが、このように、「変化の統一」を音楽や絵画から文学に至る芸術の「形式」を一貫する原理として取りだし、芸術のうち、その包含する内容（意味）に関わることなく、「形式」（理想）が「色」「音」「線」等の「記号」によって表現されたものを「形式美」、意味に関わって「変化の統一」が実現されたものを「内容美」とした抱月は、「音楽美の価値」において、この原理について更に考察を加えている。

すでに抱月は「雅楽に就きて」（一八九四・一〇、「早稲田文学」七四号）で、洋楽と雅楽（伝統的日本音楽）の相違について、「形式の美」と「内容の美」の調和をめざす前者に対し、後者は「形式の美」に厚く、「内容の美」に薄いとしていたが、「音楽美の価値」では、「音楽」を「天地の最上の形式に象れるもの」としたショーペンハウアーを引用、「空間」芸術である絵画・図紋等と「時間」芸術たる音楽や詩歌を「変化の統一」という「形式」の観点から検討、詩歌・絵画等の「内容美」の表現をめざす芸術と、単に「形式美」のみを追及する芸術である音楽の美的な価値を明らかにしようとする。「変化の統一」（「形式美」）の観点からから見た場合、時間芸術である音楽・詩歌は「自在に変化を匠む」ことができるのに対し、絵画・図案は「変化」においては劣るものの「統一」という点においては優れている。しかし、「人間の事業はすべて変化の側より着手し、統一は自然の結果」であるとすれば、「色」や「線」の与える快楽から人間の苦悩のような「心霊的」なものに原因する微妙な情緒に至る「変化」（多様性）を自在に表現できるという意味において、空間芸術は時間芸術には及ばない。また、「内容美」の観点からみても、「植物、動物、人間」等を素材（「内容」）とし、それを記号的に表現する詩歌・絵画は、音楽に及ばない。芸術のめざすのは「理想」の「化現」にあるが、「人間の理想を荷ふに堪ふるものは亦人間以上の存在物」でなければならないがゆえに、「花鳥風月といふが如き定まれる意味既にあるときは」、それに制約されて、人が「心に體する理想美即ち美の形式」を十分に表現し尽くすことができないからである。

「形式」の観点から芸術のジャンルを序列化し、音楽を絵画はもとより、詩歌よりも「理想」の表現においては優れているとするこの見解には、いうまでもなく、ショーペンハウアーの芸術論が影を落している。芸術が、「生の牢獄」に囚われた人間に、束の間の安らぎを与え、「世界の本質」（イデー）を直観のうちに啓示する営みだとするその芸術論が、「同情」を基軸にした抱月の「審美的意識の性質」の解明に多くの示唆を与えたことは先にもみたところだ。[23] 芸術の諸ジャンルのなかでも、ショーペンハウアーはとりわけ音楽に、他と隔絶した地位を与えた。芸術において人は「境界」を超えることができるが、特に音楽においては、他の芸術がそうであるように「イデー」の「影」を通してでなく、「イデー」そのものと交感することができるからだというのがその趣旨である。「境界現象そのものである音楽に捧げた幾章かは、その主著の最も感動的な箇所である」とザフランスキーもいうように、[24] ここには不条理で盲目的な「意志」を否定し、その消滅を説いたショーペンハウアーの哲学の核心が熱く語られている。

とはいえ、芸術論からは示唆を受けながらも、最終的に意志の消滅を説くその哲学には同意しなかったように、抱月はここでも、音楽を芸術の最上位におくショーペンハウアーの説に全面的に従っているわけではない。絵画が、空間的という「埒内」に封じ込められ、「時間的以上なる心霊の変化に応ずる」ことができないのはいうまでもないが、意味を排除し「形式の美」に徹する音楽においては、「定着したる意味なきが故に（中略）聴者の意味を付与」することができ、「意味に誘惑せられて審美の大道を逸する」こともないのはショーペンハウアーのいう通りとはいえ、音楽と異なって詩歌は「人間を主題とするが故に能く上の制限を脱し、如何に微妙なる情緒をも略々表し盡くす」ことができるからだとして、むしろ詩歌を音楽の上位におくのである。詩歌が音楽より優れた芸術であるのは、それが「形式美」と「内容美」を「調和」させ、「微妙なる情緒」を「変化の統一」のなかに盛り込むことができるという意味において、他のジャンルには達成することのできない「高等美」を表現するからにほかならないのだ。だが、「唯々大小高低の音色の組み合はせ方」や「色、線を利用」して「変化の統一」を表現する絵画・音楽と異なり、それ自身が「意味」を付与された言語記号を組み合わせ、「花鳥、風月、人間を藉りて心底の霊調」の表現をめざす詩歌において、その「内容」と「形式」の「調和」は具体的にはどのように図られるのか。抱月の次の課題はその仕組みを明らかにするところにある。「新體詩の形に就いて」をはじめとする一連の新体詩論や、「辞」の「美なる所以」の解明を企てた『新美辭學』は、この課題への一つの解答といえる。

第四節　『新美辭學』へ

「變化の統一と想の化現」や「音楽美の価値」は、「審美的意識」が対象とする「事物の構成」の側から美についての分析を試みた論だったが、これらを発表した抱月は一八九六年、「審美的研究の一法」(五月、「早稲田文学」一〇号)と「和漢の美論を研究すべし」(一二月、同上、二三号)を書いて、美学の方法論について自己の立脚地を明確にしている。「審美的研究の一法」では、方法論の上から在来の美学研究方法を五点に分けて整理、それぞれの問題点を検討しながら、今後の美学が取り組むことになる課題が模索される。抱月はまず第一に、美学の研究には、「主観」「客観」の両面からアプローチする方法があることを指摘する。抱月自身は前者の方法を「審美的意識の性質を論ず」や『新奇の快感と美の快感との関係』で、後者を「音楽美の価値」等で実践したのは既述した通りである。

第二に挙げるのは、「件の事実を援取する範囲」を限定したアプローチで、「歴史的研究」と「比較的研究」がこれにあたる。

第三に取り上げるのは「事実を統理する」論理上のそれで、「帰納的」と「演繹的」に二分されるが、「英国派」が前者に、「独逸派」が後者の傾向を代表しているのはいうまでもない。

第四には、前掲の「主観的研究内の区別」で、「主観的研究」は、厳密には「美を観るの心」と「美を作るの心」とに、即ち美を享受する主体である「観者」と創造する主体である「作者」における審美的意識の解明に区別されるべきであり、それぞれアプローチの方法も異なることを指摘する。

最後に第五には、「美を感ずる心、又は美なる物を直接の事実とし材料とせず、前人等が美を観て楽むの際、之れを形容して云々といへる美的用語につきて、其の美を研究」する「言語上の研究法」があるとし、その必要性を説いている。

これらのうち、「第三」で「偏は即ち病なること云ふまでもなし」として「帰納的」「演繹的」という単純な二分法を肯定していないのは没理想論争の行く末を見届けた抱月としては当然だが、美学が哲学の他の領域と異なる点の一つに「其の一種の直観的事実を離れざる点」を挙げているのは、山路愛山（一八六四―一九一七）の近松論のように、自己の思想的立場から一方的に対象を裁断し（「真と実と」一八九六・二、「早稲田文学」二号）、「始めより卒読せずして言下に嘲り去る」類の批評が横行（「批評の賊」一八九五・二、「早稲田文学」八二号）している現状に対する美学的批評の立場を鮮明にしたものといえる。こうした立場は、「第四」において「作者の心と観者の心との異同の範囲を明」にすることを強調、両者の区別を理解せず、「漫然二者を混淆して、解詩、作詩、論詩の関係をだに明めざるものある」批評の流布する「我が近時の評論」に対する批判と、「作者観者と相并びて、美に交渉」する「評者」（批評家）の立場の明確化にも関わって来る。「評者」は、まず「観者」（読者・観客）として、対象から美を「直感」することから出発する。しかし、彼が「観者」と区別されるのは、彼に「解詩」、即ち「其の観し所を理に訴へて説明」する役割を課せられているところにある。それゆえ「解詩」は「作詩」とは根本において異なる。「評者」に要求されるのは「作者が美象を物に托するに特別の技能を要す」のと同様な、「之を窮理し説明」する「特別の技能」、つまりは「論詩」の能力なのである。批評の機能を「解詩」と「論詩」に求め、それ自体が「作詩」にも匹敵する主観によって対象を再構成

25

する創造的行為であるとするこの観点は、彼の信奉するカント哲学の基本的論理から当然に帰結されるものでもあったが、同時にそこには、「見巧者」による印象批評か、自己の思想的立場から対象を裁断するイデオロギー批評を主流とする「我が近時の評論」界に対する美学的批評の立場からの批判と、美学的批評基準を確立することの必要性の自覚を看て取ることができる。抱月はこの論を書く際に、後述するようにボサンケの『美学史』を参照したが、美意識の機能を「解詩」「作詩」「論詩」に分け、読者・作者・批評家の役割の区別の明確化を強調するとき、抱月の念頭には、ボサンケが高く評価するヴィンケルマンやラスキンの方法、とりわけ『近代画家論』における営みがあったかと思われる。具体的な作品に対する享受主体としての「直感」から出発してその「同情」の所以を説明、それと作者の美意識、及びそれを制約した時代の美意識との交渉において近代絵画を論じた『近代画家論』は、「解詩」・「作詩」の厳密な区別のうえに試みられた「論詩」のみごとな達成でもあったからである。批評の機能として、(1)「事実内の真相」の「説明」、(2)「備不備」を判断する「評価」、(3)「恰好不恰好」の所以を論ずる「指導」の三点を挙げて、とりわけ「評価」の機能を強調した「批評の三面」(一八九五・八、「早稲田文学」九四号)や、「評価」における論理の精密さの必要を説いた「論理と批評」(一八九五・八、同上九四号)など、この時期の批評に関する発言[26]に一貫するのは、「各人各箇の主張」はありながらも、「論断に普遍の理なき」(「批評界の昨今」一八九八・一〇、「早稲田文学」二〇号)言説状況に向けての、こうした立場からする美学的批評基準の確立の要求だったといえる。第五の「言語上の研究法」は、「事物の構成」についての解明を、具体的な言語芸術作品を対象に試みるものだが、同時に、抱月が自己の美学研究の対象を奈辺に求めていたかということも示す。この時期から抱月は、「意味に表裏あること」「可笑味の含むこと」「識の美の寵れること」などを「アイロニー」の条件とした「反語」(一八九五・七、「早稲田文学」九二号)や、「活喩」「擬人法」について検討した「修辞瑣言」などでレトリックについての考察の成果を発表、「美辭學の本領」(一八九七・七、「早稲田文学」三七号)では、「美辞学」の語義を解して、「美」を「情緒的」であると共に「善の目的」に適合すること、「辞」を、「人間のあらゆる理想を述べる」「想」と、「これを言文に限りて標する」こと、「学」を、「理法」を解明、これを「実地に適用するの規則を与へるの術」と定義、「美」「善」「想」「言」「文」「学」「術」という「六條の絲」の縺れ結ばれるところに、美辞学の「真正の立脚地」があるとし、「三四年間以来研究してきた美辞学」の構想を表明するに至るが、ここには、明確に「言語上の研究法」に照準を絞って美学研究を試みていくという志向を窺うことができる筈である。[27]

「和漢の美論を研究すべし」では、「哲理的」「道徳的」「審美的」の「三方面」から美学の変遷を説いた「近時英の一審美史家」の著書を取り上げながら、自身の美学研究の方向を示そうとする。名前は明示されていないが、ここでいう「一審美史家」とは『美学史』の著者であるボサンケを指していると思われる。抱月もいうように、ボサンケは『美学史』で、ギリシア美学に「道徳」(The Moralistic Principle)、「形而上学」(The Metaphisical Principle)「美」(The Aesthetic Principle)という三つの側面から光をあて、そこに展開される、イデアを啓示するものとしての美の価値、「ミメーシス」の与える「美感」と「真実」から受ける「実感」との関係、美の客観的構成原理の究明等をめぐる思考が、「模写」から「表現」へ、抽象理想説から具象理想説へ、「実感」から「美感」をめぐるそれとして近代に至る過程を説いた。[28] 非西欧世界を捨象、古典ギリシアを規範にした点では古今東西の「審美思潮の全貌」を掩うものではないとしても、西欧美学の向き合ってきた問題はほぼ剔出したというのが、この書に対する抱月の評価である。そのうえで抱月は、それぞれ別の原理によっている「模写」と「想」(イデア)の「標現」、「実感」と「美感」を二項対立的に取り上げたり、あるいは逆に対立的に論じないというような点は「不妥」であり「不精当」であるとして、今後の「審美思想史」の研究は、「興味」「価値」「製作」「性質」「所在」の五点を「照尺」とし、タイトルも示すように「和漢の美論」を検討すべきであるとしている。

抱月はまず、従来の西欧美学が問題としてきたいわゆる「実感」と「美感」の区別が、対象に対する知的・道徳的・

美的な「興味」の区別に関わるものであり、当然のことながら、人間の生においてどのような「価値」（意味）を持つのかという問いも惹起すること、それゆえ、美学思想史の研究は、美に関する言説が、これらにどのように答えてきたのかを明らかにするものでなければならないとする。また、美学史は、美学の諸言説が、「摸写」と「標現」（「創作」）、「写実的」と「理想的」の区別というような「製作」、「形式」と「内容」、「抽象」と「具象」等の「性質」にそれぞれ関わる問題についてどのような説明を与えてきたか、更に、美は客観（「外界の事物」）の上にあるのか、主観（「〈『外界の事物』に対する〉我が心」）の上にあるのか、あるいは「主観の上に主客の待遇を絶して」存在するのかという美の「所在」をめぐる問題をどのように解決してきたかも説明できなければならないと述べている。これらの諸点をめぐる美学思想の研究は、当然、「和漢の美論」においても適用されなければならない。例えば、「勧善懲悪」をはじめとする東洋の芸術論や、「東洋画家の写生主義寓意主義」、日本の「歌は調ぶるものなり」とする「歌論」[29]は、西欧美学の問題とした「興味」「価値」の解明や、「製作」における「模写」論から「標現」論への展開、美の「性質」の「形式と内容」の両面からの検討と比較しながら改めて理論づけられなければならないというのがこの論の趣旨である。

要するに、「審美的研究の一法」を踏まえ、美学思想史の研究が明らかにしてきた方法上の問題点を整理したうえで、それに「和漢の美論」はどのように答えてきたか、あるいはこの理論は東洋の芸術論にはどのように適用できるのか、等の問いに応える美学が構築されなければならないというのが趣旨だが、残念ながらここでは問題の所在を提示、具体的な解決の方向を示唆したにとどまっている。しかし、ボサンケの『美学史』が、ウィリアム・モリスの仕事が示すように、日本や中国の芸術の研究が一定の成果を挙げているにもかかわらずそれを排除[30]し、叙述の対象を西欧美学と芸術に限定していた状況のなかでは、ここで列挙した問題はいずれにせよ、日本の近代美学や芸術史が取り組まなければならない課題だった。『新美辭學』は、こうした課題への取り組みの第一歩として企てられた試みでもあった。[31]

1 但し、「情緒的」「情趣的」という区別は、「囚はれたる文藝」などに断片的に示されるのみで、構想にとどまり、体系的に位置づけられるわけではない。

2 美学の研究についての疑問は、後述する（本書第二部第七章）ように、留学から帰国した後の小屋保治も「美學の性質及其研究法」でも述べていた。

3 その演出の基本的方向が、観客の「同化」を求めるものであったところに、興行的な成功と、「通俗的」と批判される理由があったことはいうまでもない。

4 伊藤秀雄『明治の探偵小説』（一九八六・一〇、晶文社）八三―九三頁。

5 Bain, Alexander, *Mental science*, 1879, pp. 229–230.

6 Sully, James, *The Human mind : a text-book of psycology*, 1892. 抱月の参照したのはVol II, pp.84–87.

7 ここでは明示されてはいないが、内容からみて、エマーソンの「随筆集」（*Essays by Ralph Waldo Emerson*, 1841）所収の「芸術」（Art）と思われる。

8 「夢幻劇」に関しては、松本伸子『明治演劇論史』（一九八〇・一一、演劇出版社）が詳しい。

9 松本、前掲書、二五一頁。

10 『修辞及華文』の研究」（一九七八・八、教育出版センター）

11 *English composition and rhetoric*, 1869.

12 菅谷は、『神髄』を、「『ブリタニカ』百科事典」と『ベイン修辞書』との「複合体」（一四頁）としている。

13 Cox, W. D, *The principles of rhetoric and English composition for Japanese students*, 1882.

14 亀井秀雄『「小説」論――「小説神髄」と近代』（一九九九・九、岩波書店）

15 亀井、前掲書、一九頁。

16 前掲「悲哀の快感」や「滑稽の本性」（一八九一・三、「六合雑誌」）

17 本書第一部第三章第三節参照。

18 小屋「審美的批評の標準」

19 ヘーゲル『ヘーゲル美学講義』（長谷川宏訳、一九九五・八―九六・一〇、作品社）、では「理想形」。

20 「美学概論」シャスラー、ホガース参照。

21 「されバ。どこやら愁《うれ》ひ皃《がほ》に。見《み》らるゝ廉《かど》もなきにハあらねど。笑《わら》ふ面《おもて》に愛嬌あるから。結句双方相照して。趣（おもむき）をなす変化《へんか》の妙あり。これらハ所謂《いはゆる》ユニティ〔統一《ひとまとめ》〕と。ウバライヤティ〔変化《いろ〳〵》〕とを併せ得たる。有旨趣的《いうししゅてき》の美皃《びぼう》ぞとハ。とんだ書生風《しょせいふう》の妄評《ぼうひゃう》にて。」（『當世書生気質』第一回）

22 「変化の統一」については、ベイン前掲 *Mental science*, pp. 300–305.（The feeling of UNITY in Diversity）参照。

23 本書第一部第二章第二節及び第二部第六章第三節参照。

24 ザフランスキー、前掲書、三九九頁。

25 「近松の戯曲に現はれたる元禄時代」（一八九五・一一—九六・二、「國民之友」二七一号—二八五号）

26 抱月はこの時期、「批評に就きて」（一八九五・二、「早稲田文学」八〇号）、「批評の賊」（一八九五・二、同上八二号）、「作家と批評家」（一八九五・七、同上九一号）、「批評の批評」（一八九六・四、同上八号）、「小説を読む眼」（一八九五・八・二六、「讀賣新聞」）、「批評家の左眼右眼」（一八九七・七、「新著月刊」）、「批評家の襟度」（一八九七・八、同上）等で批評について言及している。

27 このほか、「詩の六義とは何ぞや」（一八九七、七「太陽」）、「敬愛と崇拝」（一八九七・八、「早稲田文学」四〇号）、「平坦の情味」（一八九八・二「新著月刊」＊無署名）「小説の文躰に就て」（一八九八・五・九、一〇、「讀賣新聞」）、「文壇雑俎」（一八九九・六・一五、九・一八、一〇・九、一九〇〇・三・一九、五・七、八・六、「讀責新聞」）、「譯語の事」（一八九九・五、「太陽」）、「言文一致と敬語」（一九〇〇・二、「中央公論」）、「語法學上の疑」（一九〇一・九・二〇—二六、「讀賣新聞」）、「理想美と節奏」（一九〇一・一、「新小説」）等は、いずれも「美辞学」研究途上の成果だったといえる。

28 『美学史』の「目次」は、以下の通りである。

I. Proposed treatment, and its connection with the definition of Beauty. II. The creation of a poetic world, and its first encounter with reflection. III. The fundamental outlines of Greek theory concerning the beautiful. IV. Sings of progress in Greek theory concerning the beautiful. V. Alexandrian and Greco–Roman culture to the reign of Constantine the Great. VI. Some traces of the continuity of the aesthetic consciousness throughout the middle ages. VII. A comparison of Dante and Shakespeare in respect of some formal characteristics. VIII. The problem of modern aesthetic philosophy. IX. The data of modern aesthetic philosophy. X. Kant–The problem brought to a focus. XI. The first steps of a concrete synthesis–Schiller and Goethe. XII. Objective idealism–Schelling and Hegel. XIII. "Exact" aesthetic in Germany. XIV. The methodical completion of objective idealism. XV. Beginnings of a theoretical reunion of content and expression. Appendix I. Hegel's Abstract of his Aesthetic System. Appendix II. Some Analyses of Musical Expression,by Mr. J. D. Rogers.

29 香川景樹の歌論については、大西祝に「香川景樹翁の歌論（其一、其二）」（一八九二・八、九、「國民之友」一六四、一六五号）があり、抱月も多くの示唆を得ていた。

30 Many readers may complain of the almost total absence of direct reference to Oriental art, whether in the ancient world or in Modern China and Japan. For this omission there were several connected reasons. I was hardly called upon, even if I had been competent for the task, to deal with an aesthetic consciousness which had not, to my knowledge, reached the point of being clarified into speculative theory. It was, moreover necessary to limit my subject in some definite way; and it seemed natural to exclude everything that did not bear on the continuous development of the European art–consciousness. In so far as contact with Oriental art influenced the early Greek,and again the Byzantine development,a reference to it is implied in Hegel's and Morris' treatment of those periods. And finally, this omission is not without a positive ground,though here I really touch on a matter which is beyond my competence. The separation from the life of the progressive races,and the absence of the reflective theory of beauty, must surely have a fundamental connection with the non–architectural character pointed out by Mr. Morris' in the art of China and Japan. Without denying its beauty, therefore, I regarded it as something apart, and not well capable of being brought into the same connected story with the European feeling for the beautiful. A study of such art from a competent hand, in the light of aesthetic theory, would be a welcome aid to modern speculation.（Bosanquet, Bernard, *A history of aesthetic*, 1892, preface xii.）

31 西洋修辞学に加えて日本や中国の修辞学の成果を「総合」した「美辞学」の必要については、すでに高田半峰も「修辞の學を盛んにせざるべからず」（一八八七・一二・六、九、「讀賣新聞」）で力説していた。

第二部

『新美辭學』の構想

第一章

『新美辭學』の検討

第一節　刊行の経緯

『新美辭學』は、一九〇二年五月、東京専門学校出版部から刊行された。[1] 近代日本における「修辞学」の歴史については、速水博司『近代日本修辞学史──西欧修辞学の導入から挫折まで』（一九八八・九、有朋堂）や、原子朗『修辞学の史的研究』（一九九四・二、早稲田大学出版部）、マッシミリアノ・トマシ『近代日本の修辞学』[2]などに詳しいが、[3]もともと、「百學連環」（一八七〇─七二、講義）では「文辞学」、『修辭及華文』では、「華文」（Belles-letteres ベルレス・レットルス）と共に「修辞」という漢語をあてて紹介されていた「レトリック」（Rhetoric「修辞学」）は、高田早苗（一八六〇─一九三八）が、三上参次（一八六五─一九三九）の協力を得て『美辭學』（前篇、一八八九・五、後篇、六、金港堂）を刊行したのをはじめ、一八九〇年代から日本でもその学問的確立を目指す動きが開始された。大和田建樹（一八五七─

一九一〇）『修辭學』（一八九三・一、博文館）、坪内逍遙「美辭論稿」（一八九三・一―九、「早稲田文学」三一―四八号）、武島羽衣（一八七二―一九六七）『修辭学』（一八九八・九、『帝國百科全書』〈第十一篇〉博文館）などがその主要なものである。[4]

抱月が「修辞学」に関心を抱いたのは、在学中の一八九三、四年頃のようだが、[5]一八九五年頃から本格的に開始された美辞学の研究は、前記の論考の他、「凡例」でも「修論の材料は大抵嘗て東京専門学校文科講義録に掲げしものを襲用せり」というように、『東京専門學校講義録』[6]にも活かされるなど着々と進められて一九〇二年の三月に完成、洋行の「置土産」として五月に『新美辭學』として纏められることになったのである。

第二節　構　成

『新美辭學』は、第一編「緒論」、第二編「修辞論」、第三編「美論」の三編から編成、彼の構想する美辞学が整然たる体系性を以って展開されている。その構成は、以下のようなものである。

第一編「緒論」　第一章「美辭學の名称」　第二章「美辭學とは何ぞ」　第一節　美辭學の第一定義　第二節　辭とは何ぞ　第一項　辭の要件　第二項　思想の性質　第三項　言語の性質（甲）　第四項　言語の性質（乙）　第五項　言語の性質（丙）　第六項　言語の性質（丁）　第七項　思想と言語　第八項　美辭學上の辭と想附美辭學の第二定義　第三節　辭の美　第一項　内容と外形　第二項　修辭的現象と美　第三項　文章の情附美辭學の第三定義　第四節　美辭學の科学的地位　第一項　美辭學の効用　第二項　知識の種類　第三項　學問の領域　第四項　學問と技術　第五項　科学の種類附美辭學の第四定義　第三章「美辭學の變遷」　第一節　西洋美辭學

第二節　東洋美辭學
第二編「修辭論」　第一章「修辭論の組織」　第一節　文章と修辭的現象　第二節　修辭的現象の大別　第三節　修辭的現象の統一　第二章「詞藻論」　第一節　語彩　第二節　消極的語彩　第一項　語句の純正　（一）他国語の混入　（二）方言の混入　（三）俚語の混入　（四）科語の混入　（五）古語の混入　（六）濫造語の混入（七）訛語の混入　（八）誤用語の混入　第二項　語句の精確　（一）異辭同義の語句　（二）同辭異義の語句（三）曖昧の語句　第三節　積極的語彩　第一項　語趣　第二項　音調　第三項　語勢的音調　（一）摸声語の利用　（二）音趣の利用　第四項　形式的音調　第五項　口調　（一）句読法　（二）押韻法　（三）畳音法　第六項　律格　（一）平仄法　（二）韻脚法　（三）造句法　第四節　想彩　第五節　消極的想彩　第一項　命題の完備　第二項　叙次の順正　第六節　積極的想彩　第七節　譬喩法　第一項　直喩法　第二項　隠喩法　第三項　提喩法　第四項　換喩法　第五項　諷喩法　第六項　引喩法　第七項　声喩法　第八項　字喩法　第九項　詞喩法　第十項　類喩法　第八節　化成法　第一項　擬人法　第二項　頓呼法　第三項　現在法　第四項　誇張法　第五項　情化法　第九節　布置法　第一項　對偶法　第二項　漸層法　第三項　反覆法　第四項　倒装法　第五項　照應法、轉折法、抑揚法　第十節　表出法　第一項　警句法　第二項　問答法　第三項　設疑法　第四項　咏嘆法　第五項　反語法　第六項　曲言法、詳畧法　第三章「文體論」　第一節　主観的文體　第二節　外形より見たる文體　第一項　簡潔體と蔓衍体　第二項　剛健體と優柔體　第三項　乾燥體と華麗體　第三節　人物著書より見たる文體　第四節　時処より見たる文體　第五節　客観的文體　第六節　思想に基づける文體　第七節　言語に基づける文體
第三編「美論」　第一章「美論の計畫」　第一節　美辭學と美学　第二節　美辭學の結論　第二章「情の活動と快樂」　第一節　心身并行の意義　第二節　一切の智識は感覚的也　第三節　情と快苦　第四節　快苦の性質　第五節　感覚的快苦と想念的快苦　第六節　情の性質　第七節　情緒的快苦　第八節　情の活動は一層快楽的也

第三章「快樂と美」　第一節　美の主観的　第二節　主観と感情　第三節　美の快樂なる所以　第四章「美の哲理的方面」　第一節　快樂の意義　第二節　快樂の矛盾と道徳　第三節　道徳と審美　第四節　絶対的快樂　第五章「美の科學的方面」　第六章「結論」

以上が全体の構成だが、「論理学」「心理学」「言語学」「語法学」等の「基礎となるべき諸方面」の最新の成果を取り入れ、「修辞現象」を学問的に解明、その法則を体系として把握しようとする意図は、この「目次」から看取することができるだろう。とりわけ、第二編「修辞論」で「詞藻」（文彩、rhetorical figure）を二九種類に分類、伝統的な文章から用例を引きながら考察を加えたところなどは、この論が、それまで例をみないような「修辞現象」解明の企てだったことを語っている。[7]

第三節　第一編「緒論」

第一項　美辞学の名称

『新美辭學』第一編「緒論」は、第一章「美辞学の名称」、第二章「美辞学とは何ぞ」、第三章「美辞学の変遷」の三章から構成されている。このうち第一章では、美辞学が「文章の美」を研究対象とすることを宣言している。「美辞」なる語については、中国古典で魏の曹植（Cao Zhi 192–232）の『辯道論』（二世紀頃）に「温顏以誘之、美辞以導之」という語を、また「修辞」については『易經』（紀元前一〇世紀以前成立）、「乾卦、文言の條」に「君子進徳修業、忠信所以進徳也、修辞立其誠、所以居業也」という語を見い出すことができ、高田早苗の『美辭學』、坪内逍遙の「美辭論稿」などの先行の論考はこれらに由っているが、ここでは立論上の「便宜と精確」とを考慮してこの語を用いることにしたというのが、抱月が「美辞学」という名称を選んだ理由である。もともと「美辞学」なる名称は、ギリシア語で水の流れる状態を表すというレオ（ρέω）に起源する「レトリック」（Rhetoric）を意訳したもので、「修辞学」とも訳されてきた。というより、「レトリック」の訳語としては「修辞学」が、『修辭及華文』が刊行されて以来一般的に用いられてきたのは、菅谷廣美が指摘しているところである。[8]「修辞学」でなく「美辞学」という術語を選んだ理由について半峰は「修辞の文字たる、古来東洋に存在したる者にして、『レトリック』なる学問の訳語にあらず。故に、古く修辞通と題したる如き小冊子ありと雖、其の説く所の範囲極めて狭隘にして決して著作談論批評を能くするを教ふる学問と同一の者に非ず。故に、著者は世の誤解を来さんことを恐れ、別に美辞学なる名称を用たり」（「緒言」）としている。抱月の文に照らしていえば、「レトリック」が「著作談論批評を能くするを教ふる学問」である以上、『易經』に由来し、「外向的な修業の手段」というほどの意味を指すに過ぎない[9]「修辞」よりは、より言語運用の技巧的な側面に力点をおいた「美辞」という語がふさわしい[10]というのがその理由であろう。もっとも、「美辞」の名称は、すでに黒岩大（涙香）がクァッケンボス（Quackenbos, George Pain 1826–1881）の『作文と修辞[11]』を訳述・紹介した『雄辯美辭法』（一八八二・三、與論社）で用いていた。タイトルも示すように、黒岩の著書は、「ヨーロッパの伝統的なレトリック理論を導入した日本で最初の書物[12]」とされる尾崎行雄（咢堂 一八五八―一九五四）の『公會演説法』（一八七七・一一、丸屋善七）『續公會演説法』（一八七九・九、丸屋善七）と共に「雄弁術」（Oratory）を紹介することを目的としていた。いうまでもなく、「雄弁術」を学ぶことは、憲法制定と国会開設を視界において言論活動を行う自由民権運動の活動家達にとって緊急の課題だった。矢野文雄（龍渓 一八五〇―一九三一）や馬場辰猪（一八五〇―一八八八）のような民権運動のリーダーが、それぞれ『演説文章組立法』（一八八四・九、丸善）や、「キャンベル[13]、ブレアー[14]、及びホエートレー（Whately, Richard 1787–1863[15]）ら」を参照[16]して『雄辯法』（一八八五・八、朝野新聞社）を書くのも、同じモティーフからである。これらによって弁論の技術を学び、聴衆との対話を通して言説の争闘を沸騰させることになる政治的実践活動だけでなく、やはり、雄弁術のエロキューションを新体詩の朗読法に応用、のちには「口演体の新体詩」を実催してみずから口演した外山正一（一八四八―一九〇〇）の試行[17]と相俟って、「雄弁術」はその「黄金時代[18]」を迎えることになるのだ。西欧の「レトリック」が古代ギリシアの民主制に起源したと同じく、日本近代における「修辞学」も、政治的な実践の必要から、すなわち民主的で公正な制度を要求する声、またそれと交響するように出現した、国民国家の建国にふさわしい「国民国家の叙事詩[19]」創出のかけ声と共に始まることになるのである。ただ、自由民権運動の最前線に立っていた尾崎の著書が、「演説」を行うための技術の説明に大半を割いていたのとは異なり、「クワツゲンブス氏著言語ノ用法ヲ論述セルノ書」の訳述である黒岩の書は、「演説法」だけでなく、「語辞ヲ美ニスルノ法」、即ち文章のレトリックにも多くの頁を費やしていた。[20]『雄辨美辭法』について言及することはないものの、同じくクァッケンボスの著書に依拠し[21]、「レトリック」の訳語として「修辞」ではなく「美辞」をふさわしいとした半峰の判断は、これを「語辞ヲ美ニスルノ法」と理解した黒岩と同様の認識に基づいていたかと思われる。と同時に、憲法制定と国会開設を一つのエポックとして、言説を戦わせるべき場が公開演説から新聞・雑誌にとシフトしていったことも見落としてはならないだろう。それぞれ「讀賣新聞」、「萬朝報」に拠って言論活動を展開、読者との対話を切実な課題とした高田半峰や黒岩涙香にとって、「美辞」は単なる学問的興味の対象などである筈はなかった。

さて、半峰の用いた「美辞学」という名称は逍遙もこれを踏襲、抱月も基本的にこれに倣っているのはみてきた通りだが、これらと区別して「新美辭學」と名付けた理由については次のように述べている。

蓋し美辞学といふ名は未だ全く熟したる者に非ず。随つて世上なほ其の意義を疑ふ者あるべく殊に美学、語法学など称する者との関係に至りては極めて明かならざるものあるべし。是れ必ずしも今日の日本に於てのみ然るに非ず。斯の学が美学、論理学、倫理学等に対する関係は、古来彼の地にありても専門の学者等が屢々論ぜし所、現になほ美辞学研究の途に横はれる一大題案たらずんばあらず。吾人亦後に於いて此の点に言ひ及ぶべしといへども、要するに文章は一面の美術なるが故に、之れが理を論ずるの美辞学は、直ちに一箇の美術論ならざるべからず。而して美術論より帰納し得るものは美学なり。されば本書の計画は、美辞学によりて文章の上にあらはれたる美を研究し、以て之れを美学の系統に納めんとするにあり。（『新美辭學』第一編第一章、以下一・一のように表記する）

「斯の学が美学、論理学、倫理学等に対する関係は、古来彼の地にありても専門の学者等が屢々論ぜし所、現になほ美辞学研究の途に横はれる一大題案たらずんばあらず」とする通りに、当時、学問としての Rhetoric の研究対象は欧米でも必ずしも明確ではなかった。

というより、一九世紀後半を通して、美学、論理学、倫理学、心理学等の研究の諸領域が人文科学としてめざましい発展をとげていくなかで、「説得」の技術として法律家や牧師を志す学生のための必修科目として大学の教育プログラムのなかに位置づけられていた「レトリック」は、次第に他の学問に分化し、あるいは吸収され、独自の領域としての存在理由を失いつつあったといっていい。抱月は引用の文の後にD・J・ヒルの『修辞科学』[22]の一節を引き、「レトリック」が、これを論理学の一部として捉えるホエートリーや、美学の範疇に分類するブレアなど、「美学、語法学など称する者との関係に至りては極めて明かならざる」現状にあることも指摘している。D・J・ヒルは、後述するA・S・ヒル（Hill, Adams Sherman 1855–1910）と共に、明治期における日本語の標準の「科学」的確立（日本語改良運動）をめぐる言説に影響を及ぼした修辞学者の一人だった。[23] こうした流れからいえば、抱月の『新美辭學』は、「文章」が「一面の美術」であることに着目、その法則を解明することをめざしたという意味において、クァッケンボス、キャンベル、ブレア、ホエートリー、ベイン等に拠って、「他人の文章の長短美醜ある所以を看破弁識」するための「科学」

としてのレトリックの確立を標榜した半峰の『美辭學』と関心を共有していたといっていいだろう。半峰の功績は、それまで自由民権運動の実践的必要と相俟って、「雄弁」の技術の側面に力点をおいて受容されてきた「レトリック」を、「美術」として位置づけ、文章の美を解明する学問であることを強調したところにあったのである。

しかし、一方で半峰はまた、「後篇」を「作文法」に費やしているところも示すように、「美辞学」が「談論批評著作を能くするを教ふる学問」であり、「この学を研究せば少くとも其談論批評著作する所に於て紕謬あるを免るべし」という風に、それが「能文」の技術であるという確信を抱いてもいた。半峰の理論には、後述するように、一面ではA・S・ヒルらによって次第に「技術」（スキル）の方向に、他面では言語表現の理論的解明にと解体されていくことになる「技術」と「理論」が、無自覚のままに同居していたといっていい。「美辞学」が、「文章」が「一面の美術」である所以を解明する学問であるという認識は共有しながらも、逍遥が半峰に不満を抱いたのも、半峰の「美辞学」理解のそうした無自覚に関わっていたことは、「文の筌は恒の心なり。作文に他に訣無し」という「美辭論稿」冒頭の一句からも明白であろう。「美辭論稿」を貫くのは「夫の行文・措辞の法は作文の規矩を教ふるよりは、むしろ文を批する時の準的を与ふるものなり。偏に修辞の理によりて、文を作らんと欲するは、本を捨てて末を取り、神を去りて形に就くのひがごとなり」という自覚である。また、「美辞学」が、一方で「技術」を分離し、「下は、国語法、言語学、論理法、論理学に密接し、上は審美学に密接」した学問として純化されるべきであるという認識も、半峰には欠けていた視点だった。ただ、「美辭論稿」の内実がそうした抱負とは裏腹に、「強ち科学的精密を旨」としない「通俗」なものであり、「用語も定義も、或は稍々疎散」なのは彼自身が認める通りであり、不徹底な論考として中絶したことは、改めていうまでもないところだ。[24]

抱月がこれらに不満を抱いていたことは、島村瀧太郎講述『美辭學』[25]からも窺えるが、「新美辞学」という名称には、「効用性」を排除して対象を「文章の美」に限定、「美学の系統に納めんとする」という目的を明示したという点において、『美辭學』や「美辭論稿」の不徹底を批判し、それらとは明確に一線を画すという意味がこめられていた。

1　奥付には、五月二八日印刷、三一日発行とある。翌年八月再版、五二四頁、「序文」で逍遙は次のように述べている。《沈思精研の余に成れる抱月君が新美辞学一篇は我が国に於ては空前の好修辞論たり、彼方の類著に比するも周到なる修辞法に兼ぬるに創新なる美辞哲学を以てしたる、証例の東西雅俗にわたりて富贍なる、その例空し、斯学に志すの士は此の書にすがりて益する所いと多かるべし。本篇印刷の半にして著者は外遊の途に上りぬ、代りて校正の余れるを卒ふるとて端書す》。

2　Tomasi, Massimiliano, *Rhetoric in modern Japan ; Western influences on the development of narrative and oratorical style*, 2004.

3　速水は西洋修辞学の受容から「消化、発展、衰亡、変移」を概観、主要な修辞書について詳細な解説を加えている。また、原は高田早苗『美辭學』から五十嵐力『新文章講話』に至る修辞学の変遷を概説、『新文章講話』に「大きな一つの到達点」を見ている。トマシの著書は、これらの成果を踏まえながら、近代日本の「レトリック」を西欧修辞学の展開のなかに位置付けることを試みた刺激的な労作。

4　このほか、この時期に刊行された修辞学の書物には、以下のようなものがある。中島幹事「教育適用文章組立法　全東京文章専脩会」（一八九一・九、開新堂書店）、冨山房編纂『文章組織法』（一八九二・二）、服部元彦（一八六三―一九三三）『修辭法』（一八九一・二、国語伝習所）。

5　前記「美辭學の本領」参照。

6　抱月は大西祝の後任として一八九八年九月から「美辭學」（一年生）を講じた。現在残された講義録（島村瀧太郎講述『美辭学　完』東京専門学校蔵版、三五〇余頁、「明治三二年十二月製本」、早稲田大学図書館蔵）の「目次」は以下のようなものである。

緒論　第一　美辞学とは何ぞや（1）　第二　美辞学の組織（6）　第三　美辞学の効用（8）　第四　美辞学略史（11）　第一編　詞藻　第一章　総論　第一節　詞藻とは何ぞや（20）　第二節　詞藻の範囲（21）　第三節　詞藻の効果（23）　第四節　詞藻の分類（27）　第二章　類似上の詞藻　第一節　総説（34）　第二節　直喩（45）　第三節　隠

7　He (Hogetsu) discussed a total of twenty-nine figures, the most in any treatise ever written in modern Japan until then. In fact, Takada Sanae had stopped at twenty, Ōwada Takeki at thirteen,and Takeshima Hagoromo at twenty-three, while Shōyō had not discussed them at all. (Tomasi, *op.cit.*, p.85.)

8　菅谷は、「文論學（レトリッキ）」（一八七〇・二、『西洋学校軌範』〈巻下〉）、「文章學」（『百學連環』）、「華文《レトリック》」（一八七二・八・一七、「文部省通達布達番外、外国教師ニテ教授スル中學教則」第四級）、「善論術・能辨」（一八七三・五、「布達61号上等外國語教則」）というような訳語が宛てられ、一八七五年頃になって「東京開成學校學科課程」に至って出現する「修辞」なる訳語は、『修辞及華文』が刊行されて以来一般的に用いられるようになってきたとしている。菅谷、前掲書三五九―六〇頁参照。

9　本田済『新訂朝日古典選　易』（一九六六・二）の解釈による。なお、同書によれば、「君子進徳修業。忠信所以進徳也。

修辞立其誠、所以居業也」は「君子は徳に進み業を修（脩）む。忠信は徳に進む所以なり。辞を脩めその誠を立つるは、業に居る所以なり」と訓読し、「君子は日々道徳に進み、業を修めねばならぬ。忠信（まごころ）は内面的な、進徳の手段である。一言の虚偽もないにして誠意を立てるのが、外向的な修業の手段である」と解される。一六頁。

10　訓読は「温顔を以て之を誘い、美辞を以て之を導く」。陳寿『正史三国志4』（全8巻）（今鷹真・小南一郎訳、一九九三・三、ちくま学芸文庫）では、当該部分を「やさしい顔つきで彼の気持を誘い、巧みな言葉で彼の口をなめらかにする」こと（三二七頁）と訳している。

11　Quackenbos, G. P., *Advanced of composition and rhetoric*, 1855.

12　佐藤信夫『レトリック感覚』（一九九二・六、講談社学術文庫）二七頁。

13　Campbell, George, *The philosophy of rhetoric*, 1776.

14　Blair, Hugh, *Lectures on rhetoric and belles lettres*, 1783.

15　Whately, Richard, *Elements of rhetoric*, 1828.

16　速水、前掲書、四六頁。

17　『新體詩歌集』（一八九五・九、大日本図書）序（「新體詩」）。

18　Tomasi, *op.cit.*, pp.45–64.

19　越智治雄「新体詩抄の詩論」（『近代文学成立期の研究』一九八四・六、岩波書店刊所収、一三八頁）

20　速水、前掲書、四四頁。

21　速水は『美辭學』「前編」はクァッケンボスの著書の第三部第二三章から四六章によっていると推定している。速水、前掲書、六八―六九頁。

22　Hill, David, *The science of rhetoric*, 1877.

23　亀井秀雄は、『修辞の科学』を検討、そこにみられる、異質な言語を「未開」（Barbarism）なものとして排除、「国語」としての言語の「親密性」（Familiarity）を守るという二分法が、「俗言」を親密なる言語として中心化し、言文一致の道筋を作ることに寄与すると共に、日本の言語を「雅俗」を問わず「未開」なものと見做す観点も導入、ローマ字論やかな書き論などの「日本語改良」論を準備する思想的基盤のひとつになったとしている（亀井『「小説」論――「小説神髄」と近代』一九九九・九、岩波書店）一五八―一六一頁。

24　なお、早稲田大学図書館には、「美辞論稿」の中絶の後に筆記した「修辭學」なる一冊が残され、原子朗『修辞学の史的研究』（一九九四・一一、早稲田大学出版部）に翻刻されている。

25　「美辞学の効用」の項では、半峰と逍遙に対して、半峰の『美辭學』を「右に述べたる所を見れば、美辞学を研究して之れより得らるべき利益幾何なるや、自ら明瞭なる可し。即ちこの学は、余輩をして己れの思想を吐露するに巧妙の手段を取らしめ、且つ他人の文章の長短美醜ある所以を看破弁識することを得せしむるものなり」と評価、逍遙の『美辭論稿』については、「（文の筌は恒の心なり。作文に他の訣無し。夫の行文、措辞の法は作文の規矩を教ふるよりはむしろ文を批する時の準的を与ふるものなり。偏に修辞の理によりて文を作らんと欲するは、本を捨てゝ末を取り、神を去りて形に就くのひがことなり。然れども人の文を作るや、其の落筆の前後に於ては多少批判家とならざるを得ず。譬へば、其の古を師とせんとするや、たとひ其の辞を師とせざるも、其の意の如何にして其の辞と相調《かな》へるかを鑑せざるべからず。又彼の点綴を加へずしておのずから工なりといふ神到の文にあらざる限りは、精思細攷の必要あり。すなはち一々点検して気を順にし、機を円にし、脈を貫かしめざるべからず。修辞の法と理とは、此の際に於て須要のものなり。）といへり。あはれ美辞学は、創作及び批評の両面にわたりて、詩文界の全権を握らんとす。ただ忘るべからざるは、文の筌は心にあるの一事なり。然り斯の事さらに美辞学をして、詩文界の一隅に屏居するの已むを得ざるに至らしむ。」としている。

第二章

美辞学とはなにか

第一節　「辞」と「想」

第二章、「美辞学とは何ぞ」では、第一節で「美辞学とは辞の美なる所以を研究する学也」という定義を下した後、第二節で「辞」について、第三節で「美」について基本的な考察を加えている。

このうち、第二節では、この定義（「第一定義」）に従い、「辞の要件」「思想の性質」「言語の性質（甲）」「言語の性質（乙）」「言語の性質（丙）」「言語の性質（丁）」「思想と言語」の七項にわたって美辞学における「辞」と「想」の関係について改めて「定義」（「第二定義」）を試みるという、充実した構成になっている。

抱月によれば、「辞」とは「人間の思想と、其を声音若しくは字記に限り標する」ものである。むろん、「声音」（音声）「字記」（文字）等の言語記号を欠いたまま「思想」を表現する場合もあれば、「思想」を欠いた言語記号というものも想定できないわけではない。「鸚鵡の人語」のような場合は後者にあたるし、身振り言語、絵画音楽記号等が前者に相当するが、基本的には、「辞」は「思想」を「言語」によって表現したものといえる。

第一項　思想の性質

また、この場合の「思想」とは、端的には「人心内の現象」といってもいいが、「思想」の「性質」を明らかにするには「哲学的」（認識論的）「論理的」「心理的」「修辞的」なアプローチの方法があるものの、「知識の根本性質を研究」する「哲学的」アプローチについてはここで論及する必要はないとする抱月は、まず「心理的」「論理的」側面からの解明を試みる。「修辞的」な面からのそれには「心理的」「論理的」アプローチが前提となる筈だからである。

「心理」の側からいえば、「意識的現象」、すなわち、「衝動」(Impulse)「本能」(Instinct)「注意」(Attention) から「感覚」(Sensation)「感情」(Feeling)「情緒」(Emotion)「欲望」(Desire)「意志」(Will)「知覚」(Perception)「想念」(Idea)「概念」(Conception)「思索」(Thoughts)「想像」(Imagination) に至るまで、われわれの「心内に起伏する一切の思念」はすべて「思想」の範囲に収めることができる。

「論理」の面から「思想」を定義するとすれば、つまりは「純粋なる知力作用の上」からこれを考察するという在来的な論理学の立場からみれば、「思想」とは上記の心理的説明にいう「思索」にほかならない。あらゆる「意識的現象」（＝「心理現象」）は「思索」においてこそ統合されるからである。しかし、近年ではこうした旧来の論理学の立場に対して、統合の法則は必ずしも論理によらず、「聯想」によるとする「聯想的心理学派」が台頭してきた。この観点からいえば、「思想」は必ずしも「思索」にのみ限定されるものではなく、「聯想」を含むものでなければならない。

このように論じた抱月は、「思想」の「性質」には、心理上、論理上、「思索」と「聯想」のすべてが包含されているとする。明確な定義を示しているわけではないが、ボサンケ[1]、ラッド[2]、ヴント[3]というような最新の論理学、心理学の説を渉猟して考察したひとまずの結論といえるだろう。

第二項　言語の性質

「思想の性質」に次いで試みられるのは、(甲) 言語の起源 (乙) 音声の性質 (丙) 文字 (丁) 語法、等の諸点からする「言語の性質」についての考察である。ここで注目しておくべきは、言語には「表情」があり、思想表出の機能を有していることを強調しながら論を展開していることであろう。

すなわち、まず第三項 (甲) では、摸声説 (Onomatopoeial theory)、嘆声説 (Interjectional theory)、天賦説、偶然説、等を紹介しながら言語の起源について検討、これらについて、「言語そのものが意義と必然の関係」があるとする必然説と、「言語と意義とたゞ偶然の結合に基く」とみる偶然説に分け、「偶然的なるもの、混入」を認めながらも、必然説に拠りながら、「声音」(音声) そのものに「表情」(＝「意義」) があることが説かれる。その理由は以下のようなものである。

> 思ふに一切の言語が情を表するの音より発達したりとするは非なるべし。また今日其の音が情を表する如く感ぜらるゝのみの理由によりて、直ちに初めより斯くの如くなりきと断ずるも非なるべし。されどなほ吾人は音の表情を主張するに不可なきなり。多くの論者は言語を記号として見る場合と声音として見る場合とを混ずるに似たり。言語には二重の標現あるを得て、記号としての意義と声音としての表情とは必ずしも一致するを須ひざるや論なし。而も一致せざるものあるが事実なると共に、一致するものあるも事実なり。而して声音に表情ある所以を思ふに、第一、起源についていふも、今日にては其の声音と情と何の関係なきが如くなるものすら、初めは之れに言外の情の籠りしものあるを得べし。(中略) 約言すれば言者は自家の情を表せんとして発したる叫声も、再

伝三伝するに及びては既に其の声音の性質が初め表したる情と遠ざかり居ること多かるべし。第二、語の変遷上、初めは其の声音と思想と近似したる点なかりしものが、後に至りて音の増減または変化によりて、却りて近似し来たることあるは、一方よりいへば、不完全なるもの、一層完全となれるにて、ます〳〵音に一種の表情あることをたしかむるものなり。例へば初めは単に「なぐる」（中略）とのみ言ひしものが、其の情の烈しき態を表せんとして、「ぶんなぐる」（中略）などいふに至れるたぐひの「ぶつ」といふ接頭辞は必ずしも「打つ」の原意にあらず。（中略）「ぶつ」といふ音そのものに一種特殊の表情あるを知るべし。（『新美辞學』第一編第二章第二節第三項言語の性質、以下一・二―二―三　のように表示する。）

「言語と思想」の結びつきは必然的なものであり、「音声」には「表情」があるという認識は、いうまでもなく、抱月が独自に獲得したものではない。すでに逍遙は「美辞論稿」で、「言語ハ音声也、音声ニ形アリ姿アリ意《コヽロ》アリ、サレバ言語ニハ、音声ヲ以テ物事ヲ象《カタド》リウッス事多シ」という鈴木朖（一七六四―一八三七）の『雅語音聲考』（文政四、一八二一）の一節を引きながら、音声がそれ自体「表情」をもつことを指摘していた。抱月の認識は、国学系の言語研究の成果を吸収しながら「情」を強調した逍遙から得たものでもあったのである。

さて、言語と思想の間に「必然の関係」があり、音声そのものに表情があるとした抱月は、続く第四項（乙）では、音声の性質を音響学及び心理学の知識によって明らかにしながらこの観点を更に推し進める。ここでは、声音の性質は、音度・音長等の客観的（物理的）な条件のほかに、音色（Colour of Tone）、音幅（Loudness）のような主観的条件及び音長（Length）、音度（Pitch）のように両者を含むものに類別され、「単なる音」が「言語として一定の想念を標示する」次第が、次のように説明される。

巧妙なる演説を聞き、又は表情術に熟したる俳優の白《せりふ》を聞くときは、吾人は著るしく其の言語が人を動かすの力あるを感ずべし。されど若し他人をして之れを反覆せしむるときはたとひ一音をも違へずとするも、決して初めと同一の感銘をば人に与へざるべし。縦し本人をして再び之れを繰りかへさしむるも、其の気分の変動につれては、全く初めと同一の結果を生ずるを保しがたし。是れ前にもいへる如く言語が本来知識の標示にして吾人の思想中、感情に属する部分は殆んど一も其の表面に帯着せられざるがため、此の欠を補はんとして、上に主観的条件といへる、音色、音幅、音度等を語音の上に寓し（身振を以て之れを助くるはいふまでもなし）たるが故なり。声音の表情を借れるが為なり。音幅音度の如きは、言者みづからといへども常に同一の状態を保ちがたければなり。

（一・二―二―四）

単なる音の組み合わせであるに過ぎない音声言語が「想念」を表出するには、主観的な「情」の関与が不可欠であるとするこの観点は、「審美的意識の性質を論ず」以来の抱月の主張を貫くものでもあるが、「声音の表情とは、結局声音が情を表出するの謂」にほかならず「言語の意義に情をも併せて発表せんとする一工風」であるとする立場は、当然のことながら第五項（丙）、第六項（丁）における文字言語の検討においても、その考察の立脚地とされる。

第五項では、音声と同様、文字言語を、起源に遡って検討して、象形文字（表意文字）、音字（表音文字）の別があることを指摘、更に、音声言語からなる「言」と、文字言語から構成される「文」の性質を考察、「文」が単に文字による音声言語の記録ではないこと、そこには音声言語における場合にそうであるように、それ独自の「表情」、すなわち「主観的なるものを客観化」するための機能が備わっていることが明らかにされる。「修辞」とは、いうまでもなくこの機能、「感情を客観に体現」させる「工風」にほかならない。「修辞」は、むろん「言」が「文」と共有する機能だが、「随時の標現」には適しているものの「定着性」を欠き、「音調身振り」等によって「情」の表出を補うことのできる前者に対して、「保存、流伝、弘布」等の「定着性」にすぐれているとはいえ、身体的に「情」の表出を補完する機能を奪われた後者において「修辞」の担う役割は格段に大きい。美辞学の対象は、かくして「文」に定着された「修辞」の性質を解明するところにある――。

このように、「文」から「言」を区別し、美辞学の対象を「文」に限定した抱月は、当時の言説状況において大きなテーマになりつつあった言文一致説にも言及する。「今日は（中略）古体即ち文章体を棄て、今体即ち口語体に合すべき時なり」というのがその基本的な立場である。しかし、抱月によれば、それは、最終目標ではなく、「発足点」に過ぎない。「口語体」における「修辞」は、まだ確立されていないからだというのがその理由である。知られるように、抱月は世紀転換期――明治三〇年代――を通して、言文一致運動に対して独自の立場から発言している。[4] 自然主義文学運動を表現の面から支えたその基本の認識は、ここに明確に示されているといえるだろう。以後の発言は、「要するに言文一致今後の問題は、如何に今語法を補正すべきか、如何に今言を修飾すべきか、而して如何に言以上に修辞的特色を有する文体を創すべきか」という現状認識と問題意識のもとに試みられることになるのである。

「声音」「文字」の諸点から「言語の性質」を検討した抱月は、第六項では「語法学」（Grammar）の側面からの探求を企てる。抱月によれば、「技術」から「説明科学」にと進化して現在に至った語法学には、あらゆる現象を論理的に説明することを要求される「説明科学」としては一つの限界がある。例えば、「僕は大阪へ行かう」という文と、「行かう大阪へ」という文を取り上げた場合に、両者は共に「正當なる日本の国語法」であるにもかかわらず、語法学は前者については説明できても、後者については「破格」として処理せざるを得ないのはその一例といえる。この限界は、そもそも「語法」が「一国の言語的習慣」であり、それ故「語法学」はその対象を「習慣則」の究明に限るべきであるのに対し、「思想と相合したる」言語の単位である「章」も研究の対象とし、そこに論理的法則を見いだそうとする論理的解明を語法にも適用しようとしているところに起因する。語法学の限界は、「一国の言語的習慣」に由来する「語」を単位とする言語の形式的関係の解明と、思想と言語の関係を目的とする、「章」を単位とした言語（＝「辞」）の究明という、言語の内容的解明を混同したところに生じるとするのだ。このように論じた抱月は、語法学はその研究対象を、品詞、活用、時制、人称等、語の性質及びそれら相互の形式的関係に限るべきであり、「思想」と言語という内容に渉る関係については、「章」を単位とする修辞学において取り扱うべきことを提案する。

章を単位とするの研究には、論理的と心理的との二面あり。蓋し章は前にいへる如く思想によりて成立す。之れを支配するものは思想の理法ならざるを得ざるなり。換言すれば章は一国民の習慣といふが如きものに限られずして、広く人心の根本に存する理法に基かざるべからず。これ其の論理と心理の二方に出入する所以なり。論理的と心理的との区別は尚は後に論ずるの要あれども、要するに、一は分解的論証的にして、他は結体的具現的なるにあり。ここに論理といへるは固より形式的論理を指せるものにして、一団の思想を其の成分に分解し、而して吾人が懐ける知力の統一形式に引きあて引き直して正否を論証せんとするものなり。心理的とは意識上の現象を結体せるがまに具現したるものとして解釈せんとするなり。（一・二−二−六）

以上の定義のもとに明確にされるのは、語法学が扱うことができるのは、「章」には「主部」と「従部」があるということに止まるのに対し、美辞学においては心理的に「章」を研究することを通してその欠点を補うことができるとする観点である。例えば、「雪降る」という「思想」を問題とする場合、主部と従部の整合性を論理的に取り扱うことしかできない語法学に対し、美辞学では、それが冬の日の出来事であれば「雪」という「主部」よりも「降ってきた」という「従部」に「注意の焼点」をおいてこの思想を捉え、夏の日ならば「雪」という「主部」を中心にこれを理解することができるとするのである。

美辞学を、語法学が取り扱うことのできない、文章の心理的解釈を可能にする理論として構想するこの観点には、今日からみても独創性を認めることができる。音声及び文字に「情」を表出する機能があることをはじめ、抱月が一貫して注目し、課題としてきたのは、言語表現及び認識における主観の関与の意義なのだが、ここでもまた抱月が注目するのは思想の表現と認識における「心理」という主観性の側面であり、その論理的解明という、のちに現象学的言語理論が自覚的に追求することになる課題なのである。それは、以後の日本における言語理論の展開という文脈に即していえば、「言語の本質を心的過程」とみる観点から日本語の構造の究明を試みた時枝誠記の言語過程説[5]を想起させずにはおかない。「雪降る」という思想と言語の関係の説明にしても、この説明が直ちに「場面、素材」を「言語の存在条件」としながら主体の「心的過程」[6]を考察した時枝の理論との共通性を考えさせるだけでなく、基本的な発想と論理の展開において、ここに繰り展げられる抱月の言説には、様々の点において時枝理論との共通性を認めることができるように思われる。[7]時枝が『新美辭學』から示唆を得たかどうかはさておくとして、国民国家としての共同性を担保する「標準語」[8]の理論が上田万年（一八六七―一九三七）によって日本にもたらされたのが、抱月がこの論を構想し、本格的な研究に着手したのとまさに同じ時期であり[9]、それを基準に時枝が打倒すべき対象として設定した構成主義的言語観の理論的基盤が整備されることを考えれば、この論が、いかに独創的なものであったかに想い到らざるを得ないのだ。

第三項　思想と言語

さて、「思想の性質」と「言語の性質」が以上のようなものであるとすれば、次に解明されなければならないのは「思想と言語」の関係であろう。第七項では、「言語が思想の表出機」（The vehicle of thought）であることを前提としながらも、（1）思想と言語には必然的な関係がないこと、（2）思想は必ずしも言語によってのみ表現されるものではないこと、（3）言語は思想のうち「知的方面」を表現する「符号」であるに過ぎないこと、（4）言語のうち、思想は語において表現することはできず、「章」においてしか表現できないこと等が確認される。（1）については、例えば「まつ」という声音は、必ずしも「松」という思想を表現するとは限らないし、（2）（3）については絵画音楽演劇から身体表現などによっても思想は表現できるというのがその理由である。このように、いわば記号論的な思考に拠りながら論究の俎上にあげられてきた「辞」は、次のように定義されることになる。

第五、されば言語と思想との相応ずる場合は、言語が章を成したる時に限る。此の場合にありては、思想即ち言語にして、言語即ち思想なり、内容と外形とは分ちて言ふべからず。是れを辞と称す。
第六、辞の内容たる思想についてはたゞ、知力的論理的なるものを最も言語といふ外形に結合せしめ易しとす。換言すれば、辞は知力的論理的なるを普通とすべく、之れに感情的方面を加へ得るの度に従ひて、完全に近きものとなる。言語と思想とは辞の範囲に於いて相即せんとするの傾ありといふべし。（一・二－二－七）

要するに言語が思想の伝達機能をもつのは「辞」における場合に限られるというのが、思想と言語について考察した抱月が到達した結論である。いうまでもなく、上記のような意味での「辞」が、これを、独立に文節を構成し得る「詞」と共に、常に「詞」に伴って文節を成すことのできるものと見做す今日支配的な定義とも、また、これに反対し、「概念化」を経過した思想の客体的表現である「詞」に対して、言語的経験に対する主体の「概念的」判断を示す語と見る時枝説とも異なり、一つの纏まった思想表現の単位と見る伝統的な文章観、というよりは、「章」を文章における思想表現の一つの単位と考えるという意味では、文章を、内容に応じて「記述」（description）「叙述」（narration）「説明」（exposition）「説得」（persuasion）の文に分類、高田半峰や坪内逍遙も踏襲することになる四分類法と共に、連合心理学の原理のもとにベインが唱導し[11]、現在に至るまで、英語圏における伝統的な作文課程における基本的単位とされる「パラグラフ」(paragraph)の概念[12]に近いものとみることができる。すでに逍遙は「美辭論稿」において「章」について、「人の智情意の結果たる思の其の言葉に現れたるを録したる(其のみづから録したると他が録したるとを問はず)総て之れをいと広き意義にて文と名づけ章といふ」という定義を下していた。[13] 抱月は、ベインの「パラグラフ」理論や逍遙の「章」についての理解を踏まえながら、「辞」を改めて定義し直したといえるのだ。

第四項　美辞学上の「辞」と「想」——美辞学の第二定義

言語が思想を表現することができるのは、「辞」においてのみ可能である次第の説明は、更に、言語と思想の関係に関して、思想は具象的想念と抽象的想念に区別されるべきとする観点からも補強される。

具象的想念とは、言語によらず、直接に想起することのできる思想をいう。例えば、降りしきる雪の中を人が歩いている様子を想い浮かべる場合、われわれは言語に先立って「裸体なる思想」を思念し、その後「雪降り人排徊す」という辞を作る。この場合、思想と言語(「辞」)の関係は「裸体」と「衣装」のそれに類比することができる。両者の関係は、対立的といってもいい。

これに対し、抽象的想念とは、具体的に思想を思い浮かべることなしに、言語それ自身の働きによって生成された想念をいう。この場合は、言語は思想を生成する素材であり、思想は言語を、その生成の不可欠の条件としている。それゆえ「抽象的想念に裸体なし」ということができ、言語と思想の関係は対立的とはいえない。

ところで、両者を、思想(「想」)と言語(「辞」)の面から比較する時、「具象的想念」における「辞」は、「抽象的想念」における「想」に相当するといえる。なぜなら、前者では思想はそのまま「辞」として表現されるのに対し、後者においては、思想は「辞」として完結してはじめて「想」となることができるからである。「修辞作用」とは、「辞」

が生成する過程、即ち思想が生成し、完結する過程のことにほかならない。かくて抱月は、先に述べた美辞学の定義に次のような一項を加える。

詮ずるに美辞学が材とするところの辞とは想を包含したるもの、すなわち内容あるものなり。此れに於いてか吾人は美辞学の第二の定義に到達す。曰はく美辞学は辞の美なる所以を研究するの学也。辞とは思想に言語を装着せるもの也。(一・二―二―八)

「辞」を「言語」として完結した思想の纏まりとして定義するこうした定義は、「物事をさし顕《あらは》」す「詞」に対して、それに付随して、主体の「心の声」を表現(鈴木朖『言語四種論(てにをはの事)』、享和三、一八〇三)するものとして理解する伝統的な定義を共有していた当時の「語法学」の通念からいえば、かなり大胆なものであったというべきかもしれない。「言語ヲ筆ニシテ、其思想ノ完結シタルヲ、『文』又ハ『文章』トイヒ、未ダ完結セザルヲ、『句』トイフ」と『廣日本文典』(一八九七・一、大槻文彦刊)も定義するように[14]、一つの思想を表す言語の纏まりを示す場合には、「文」という語を用いるのが一般的だったからである[15]。「言語ヲ筆ニシテ、其思想ノ完結」した、「主観客観の合一し、纏まった思想の表現」[16]を指すという意味においては、抱月の定義する「辞」は「文」となんら異なるところはない。

ただ、「文」と「辞」の相違をいえば、前者が「言語的には終止する処の言語形式を必要とする」[17]のに対し、後者は、形式上は「終止」する必要がない点をあげることができるだろう。抱月にとって問題だったのは、一つの纏まった思想の言語表現として「知力的論理的なるを普通」としながらも「之れに感情的方面を加へ得るの度に従ひて、完全に近きものとなる」過程、それが美として意識される所以の解明だった。抱月はここで「辞」を、思想としては完結していながら、「終止」という形式上の約束事からは自由に、思想表現が言語的に美である理由を分析的に説明するための一つの単位として改めて定義し直したということができる。

第二節　「辞の美」

第一項　内容と外形

「美辞学」が、「辞の美」なる所以の探求にあることは前節から明らかだが、それでは、とりたてて「美辞学」が、同様に「辞の美」なる所以を問題とする批評や美学と区別される理由は奈辺にあるか。抱月はまず、後者が、「辞」をそれ自体「一団不可分の製作品」としてその形式を問題とするにせよ、「辞」の中から「想」のみを取り出して内容を対象とするにせよ、「辞」に「移らざる」もしくは「辞に移り了りたる状態」を扱うのに対し、「美辞学」が研究対象とするのは、「想」が「辞」に移る過程そのものにあるとする。批評や美学が、「結果若しくは材料すなはち素材」を対象とし、それ故「静的」であるのに対し、「美辞学」が問題とするのは「手段すなはち技巧」であり、「動的」だとするのだ。

ところで、「辞」が「言語」と「想」(「思想」)の「貼合」したものであり、「想」は「知的方面すなはち想念」と「情的方面すなはち感情」を含むという前節の定義に照らしていえば、「辞」とは「想の発展」にほかならない。「想の発展」は、単純なそれであれ、複合的なそれであれ、「或る原理」、即ち「一定の理法」に支配されているが、「現実的」発展と「理想的」なそれとに、また「現実的」発展は更に「抽象的」と「具象的」とに細別される。「抽象的」とは、「論理律」という「理法」に従って発展する「想念」のことを、また「具象的」とは「因果律」によって進展するそれのことをいうが、ここで注目しておくべきは、抱月がホエートリーの『レトリックの性質』[18]を引きながら、文学においては、「論理律」と共に、「因果律」を重視する観点を提示していることであろう。

論理律と因果律との対照は、一は人知活動の理法にして、他は知識経験の上に現じ来たる自然の理法なりとの義にして可なり。因果律といふには尚ほ多くの論を要すれども、茲にはむしろ蓋然律（Probability）といふ程の意味なり。吾人が事物の進行を自然なりと感ずる時の根拠たり。此の理に関してはホエートリーの言に吾人の意を得たるものあり。曰はく「因よりして果を推定する蓋然律の一種は詩人小説家等の目標とするところたり。而して此等の場合には往々自然的(Natural)といふ語を以て之れを表す。詩人小説家等は、必ずしも他の信念を要せざるが故に、原因をば己が欲する儘に自由に立つるを得れども、之れが結果をば必ず自然的に生起せしむるを要す。即ち或る人物を描きたるのち之れをして種々の事件を惹き起こさしむるの次第は其が現実界にありても必ず爾か成り行くべしと推定せられ得るが如きものならざるべからず」と。（一・二一三一一）

芸術の美を、とりわけ言語表現と関わる小説や戯曲の美を解明する場合、「論理律」によってこれを説明することの困難は、一八九〇年代になって逍遙や抱月が直面した問題の一つだったことは、先にもみたように、「夢幻劇」をめぐる論議が示していた。「論理律」にその多くを負った逍遙の写実理論は、「夢幻劇」の与える充足感を説明することができなかった。それは、自らが少年時代から親しみ、その感受性のなかに血肉化されている歌舞伎の魅惑、「荒唐なる脚色」「妄誕なる事件」「不自然なる人物」「不条理なる結構」（逍遙「わが邦の史劇」、一八九三・一〇―九四・四、「早稲田文学」四九―五一、五五、六〇、六二）にもかかわらず、深く「人情の骨髄を穿ち」（同上）、近代小説や活歴ものの舞台などの及ぶことのできない充実した感銘を喚起する夢幻劇の魅力を説き尽すことができないだけでなく、全編が「悉く皆夢中の幻想」から成るシェークスピアの「テンペスト」や「真夏の夜の夢」（*A midsummer nights dream* 1595–96）のような戯曲の孕む底知れない魅力の解明についても殆ど無力だったといわなければならない。引用の文は、抱月が夢幻劇論議を踏まえながら「背理と不自然」から構成される芸術の齎す美をも説明することのできる「理法」を「因果律」に見いだしていたことを示している。それは、合理的論理の展開によって「想念」の発展を説明する「論理律」の排除する、「論理を以て現実をもて」律することの不可能な（「『伊達競阿國劇場』を観て所謂夢幻劇を論ず」）、「理外の理」のうちに人間性の「理想」を「具象的」に提示する方法であり、抱月は「想」の「現実的発展」を、両者を包含することのできる「理法」として構想していたことを示しているのである。

抱月が「想」の「現実的発展」を「論理律」と共に「因果律」も含む「理法」として構想していたことは、また、その文学観が非写実的なものを視界においていたことも示していたが、「理想的発展」とはそれではどのようなものか。抱月は、前者が「現実界に於けるが如く、理を追ひ因果を追ひて横ざまに広く展開する」のではなく、一つの目的に向かって「縦に高く展開」する「想念」であり、その「原理」は「情の一貫」であるとする。

（「想」の理想的発展の――筆者註）発展原理は情の一貫といふことなり。論理的関係因果的関係の如何は直接に問ふ所ならずして、情の一貫といふを唯一の軌道とし、同一情趣内にありては、或は現実界に見るを得ざるが如き現象をも呈出せんとす。是れ畢竟其の想念を及ぶ限り現実的に具現せんとする心理上の傾向、すなはち結体作用の理に本づくものにして、想念に停まりて而も現実と其の結体の度を比べんとするの結果は、却りて現実的法則なる論理律因果律をも破らんとするに至るなり。（一・二―三―一）

「修辞過程」（＝表現過程）において、「想」が「辞」として表象されるためには、それが「一団の思想」として「結体」するための「順序」が措定されなければならない。この場合、「論理律」や「因果律」のような「現実的法則」は、「既定事実すなはち素材」として、つまりは「消極的条件」として「修辞」に関与するに過ぎない。「漠然として散漫に近き状態」にある「想」を、「一層結体せる状態」に進め、「之れを言語に定着する」には、表現主体の「心界に於ける物象の発育」に対応して「結体」させるための原理、「理想的発展」の「原理」が必要とされる。「情の一貫」こそは、「想」を「辞」として「結体」する統合の原理、「辞を作るに欠くべからざる条件、換言すれば是れなくして完全の辞を成しがたき条件、想をして必ず之れを経由せしむべき条件」であり、「修辞の内容的方面」ともいうべきものなのである。

「想」の「理想的発展」の「原理」とは、このように、いわば「辞」を統整的理念のもとに統合する「理法」のことにほかならないが、「情の一貫」にその原理を求めるというこの観点もまた、「論理律」と共に「因果律」も含む「理法」として「現実的発展」を構想する観点と同様、注目しておくべき観点といえる。それは、「修辞」の結果としての美の論理的な解明をめざす美学の方法とも、また、科学的な整合性を自己目的化して文を客観的に分析する語法学とも異なって、「情」という、主体の審美的意識に即して「辞」の美を捉える観点と方法を提示したという意味で示唆的であり、独創的であるといえる。ここに抱月が提示したのは、客体を通した主体の経験として言語を把握することを通して、「科学的」な「構成主義」の語法学に異議を申したてた時枝誠記の試みを想起させる、魅力的な観点といえるのだ。

ところで、「理想的発展」は「形式」と「内容」の区別からいえば、「内容的」に「修辞過程」を条件づけるものといえるが、これだけでなく、「外形的」に「修辞過程」を条件づける不可欠の条件として、「言語の表情」についての考察も欠落することはできない。「言語の表情」については、その基本的性質は既述したところだが（「第二節　第三項　言語の性質（甲）」）、更に詳しくは、既述したように「音の性質、分量等」によって制約される「音調的表情」と、「語」そのものが喚起する「情趣」（「光澤」「致趣」「由緒」）と関わる「語趣的表情」に細分することができる。「語趣的表情」は「背景」に対応して、「音調的表情」は「語勢」と相関しながら、「修辞過程」（思想の発展過程）に関与するが、また、「文章の口調」や「詩の律格」のように、「声音の表情」が、「意義」を離れて「性質配合のみにて一種の形式美を構成」することを通して、即ち「形式」を介して、「その語の意義感情を幇助する」場合もある。このように「修辞過程」を、一方では「言語の表情」を最終単位に分節することを通して捉えようとする点に、抱月の思考の周到さをみるべきであろう。

第二項　文章と「情」

「美辞学」は、その研究対象とするのが「修辞現象」（「修辞過程」）にあることにおいて批評や美学と異なるのは上述の通りだが、「美辞学」はまた、「情」という意識作用の観点から「修辞現象」を把握しようとする点においても、在来的な「修辞学」とは区別される。その理由について、抱月は、「第二項　修辞的現象と美」で以下のように述べている。

いったいに、従来の「修辞学」は、（1）「修辞」の目的を「他を勧誘し説得」する「勧説」（Persuasion）にあるとするアリストテレス以来の「勧説論」、（2）「論理」（Logic）にあるとするホエートリー等の論理的見地、（3）美にあるとするブレア、ケームズ（Kames, Henry Home 1696–1782）[19]などの「審美的」立場に分かつことができる。いうまでもなく、「美辞学」が拠るのは（3）の立場である。しかし、いずれにせよ、「情」の観点を欠いて「修辞過程」を把握することはできない。（1）は、「聴者読者」の「意力」に働きかけようとするものといえるが、この場合「外より意志を刺激」しようとするときに「直接に交渉」し得るのは「情」であり、「意志の変動」はただその結果に過ぎないからである。また、論理的整合という目的のために「修辞上の消極」あるいは「無記」をめざすかにみえる（2）の立場に拠った哲学的科学的論文においてさえも、「情」の原理は貫徹されているとみなければならない。論理的文章にあっては、修辞的に「消極的」であり「無記」であることが論理的整合という文章の目的に適っているか否かが評価の基準とされるべきだが、まさに「修辞的に無記」であり、「消極的」であろうとするところにこそ、「情の一貫」という

「理想的発展の原理」は貫徹されているとみるべきだからだ。

此の場合に於いては論理的たり、無記たり、消極たるがために価値あるにはあらずして、斯くの如きものが最もよく目的に適合せりと見るより生ずる情に、修辞的価値の根原を有するなり。通常世人は論理的に文章の整へることを以て直接なる修辞上の価値と考ふるの傾きあれど、此は深く思はざるの弊に基ゐす。（一・二―三―二）

「修辞学」と区別される「美辞学」の立場は、論理的な整合性をめざす科学的論文にも「情の一貫」という「理法」の作用をみようとするこのような観点に最も鮮やかに示されているといえるだろう。それは、後述するように[20]、「論理学」と共に「雄弁術」に起源し、それゆえ「論理学」と区別されることなく「説得」(Persuasion)の技術として発展してきた「修辞学」とは明白に異なる目的と方法のもとに構想された領域なのである。と同時に、引用のような観点に、「排技巧」を掲げ、田山花袋を中心に実践されることになる後の自然主義文学運動における「描写」理論が、原理的に提示されていることも見落すべきではない。「排技巧」を支える表現（修辞）意識は、その理論的な萌芽の一つをここにみることができる筈なのである。

「修辞」の目的が、「説得」でも「論理」でもなく、「情の刺激」にあり、「文章をして成るべく多く情趣を帯着」させることを通して「思想を実現」するところにあること、それゆえ「美辞学」が最終に目指すのは、在来の「修辞学」とは異なって「修辞的現象に対するとき吾人が感ずる一種の状態」である言語の「美」を、「修辞過程」そのものに即して考察することにあるとする抱月は、こうして、「美辞学」の第二定義に「辞の美なる所以とは、修辞的現象によりて情を刺激するの謂なり」という一項を加えて「第三定義」とすることになる。

第三節　科学的地位

第一項　美辞学の「効用」

「美辞学」の目的が「情の刺激により て美に到達し得るの理を証す」るところにあるのは以上から明白である。それが「修辞学」と異なるのは、単なる「技術」ではなく一つの「学問」だからでもあるが、それでは、「学問」――「科学」とはそもそも何を指すのか。「学問」としての「美辞学」とはどのようなものであるべきか。第四節「美辞学の科学的地位」では、「美辞学」の「効用」、「知識の種類」「学問の領域」「学問と技術」「科学の種類」等の諸点から、「科学」としての「美辞学」の在り方が模索される。

ここで抱月はまず「効用」の観点から、「美辞学」が「技術」ではなく、「科学」をめざすべきであるという立場を明確にすることから出発する。抱月によれば、もともと、「修辞」の効用に関しては、ホエートリーもいうように[21]、「説得」の技術として発生した古代ギリシアから現代に至るまで、二つの問いをめぐって議論されてきた。第一は、それが社会にとって「益をなすか害をなすか」という問いであり、第二は、「人巧的なる規則を編成」することによって、「修辞」の上達を図ることができるかというそれである。抱月は第一の点について、「修辞」を「理の真妄、事の善悪」に関わる問題として考察の対象としたアリストテレスの時代はさておき、今日では、むしろ第二の点こそ重要であるとする。後述するように[22]、「修辞」(Rhetoric)は、「説得」の技術たる雄弁術(Eloquence)として発生した当初から政治と深く関わってきた。それは、統治や権力奪取の、即ち政治の技術と深く関わるものとしての雄弁術への関心が高まったのが、古代アテネや、先にもみたように、日本でいえば自由民権運動期という、民主的な政治制度が問題性として顕在化した時期であったことが示しているところでもある。また、アリストテレスをはじめとする古代ギリシアの学者達が「修辞を以て外形の学即ち理の真妄、事の善悪いづれにも応用せらるべきものと見て、其の悪事謬論に資するの害と之れを破するものに資するの利と、修辞の利害如何といふ問題」に頭を悩ましたのもこのことに関わっている。[23]しかし、今日における「修辞」をめぐる問題は、それが「理の真妄、事の善悪」のいずれにも「応用」することのできる「術」として社会に「有益」か「無益」かを判断するところにあるのではなく、「思想」を伝達するための「技術」としてこれを捉えるべきか、「科学」の対象と見做すべきかというところにあるとし、後者にこそ、その社会に対する「効用」もあるとみる観点から「美辞学」が「科学」である所以を明らかにしようというのが抱月の基本的立場なのである。

ところで、「修辞学」を「学問」として捉えるか、「技術」に徹するべきか、という二項対立は、抱月が『新美辭學』を刊行した世紀転換期の日本においても解決しなければならない課題の一つだった。問題として提出したのは、武島又次郎（羽衣）の『修辭學』である。武島はその「総論」で、A・S・ヒルの『修辞学原理』[24]を紹介しながら、次のように述べている。

> 修辞学とは、そも一の学問なるか、あるは芸術（技術――筆者注）なるか。もし文章をして巧妙ならしむる諸種の規則を抽象し、以て原理として教へんには、是れ学問なり。学問とは総合したる智識に異ならざれば也。若し又、是等諸原理を如何に応用すべきかに就て述ぶるところあらんには、これ芸術也。芸術とは熟練によりて有効ならしむる智識なれば也。アダムス、シャルマン、ヒル曰く、修辞学は、技術にして、学問にあらず。何となればこは何物をも観察し発見し分類することなければ也。されど其示すところは、観察発見分類の結果を如何に他に通せんかを説くにあり。修辞学は智識を智識として用ゐず。而かも只助力として、方便として用ふ。これその技術たる所以也と。いふところ理ありといへど、あまりに応用的に傾きたりといふべくや。（武島又次郎『修辭學』四頁）

『小説神髄』における近代小説理論の形成や、『當世書生気質』におけるその適用にあたって、逍遙がアレクサンダー・ベインやG・P・クァッケンボス、と共に、A・S・ヒルに多くを負っていたことは、亀井秀雄の『「小説」論』（一九九九・九、岩波書店）が教えるところである。しかし、亀井はまた、彼が修辞学が科学でなく、「言語によるコミュニケーションの技術」だと主張、小説の創作にあたっても、作者は、読者の注意を、「言語それ自体」でなく、「意味されるもの」に向けさせるために「言語を透明化」するべきことを強調したことを指摘している。[25] 言語をコミュニケーションのツールと見倣し、修辞学の目的を、スタイル、文法的純正、語の秩序の斉整を図る技術的側面に限定、標準的「英語」の確立とその実践的伝授を力説した彼の理論と実践は、ハーバード大学の「修辞学」（Rhetoric and Oratory）講座の教授としての影響力も与って二〇世紀の「レトリック」のあるべき方向を示したとされる。[26] ヒルが修辞学講座の教授に就任したのは一八七六年のことだが、一八〇六年に創設されたこの講座は、一九〇四年に彼が退いた後は、弁護士や牧師などなんらかの形で公衆に語りかける者のための実践的教育というよりは、科学者の卵や技術者、ビジネスマン、管理職、学者を志望する学生を育成する教育――リテラシー教育――に焦点を絞るようになり、それにつれてこの学問の担っていた「雄弁」（Oratory）に関する技術の側面は多く「英語教育」に吸収され、研究対象も書かれたものを中心にした「叙述」にと移っていったといわれる。[27] こうした方向には、近代国民国家として、「標準語」を制定するなど、純正「国語」のあり方を模索していた日本の国語国文学アカデミズムも当然のことながら無関心ではありえなかった。抱月が『新美辭學』を刊行する前年の一九〇一年には、ヒルに一定の評価を与えながらも、「あまりに応用的に傾きたり」とその技術主義的純化に疑問を呈していた武島に対抗するように、佐々政一（醒雪）（一八七二―一九一七）が「中学程度の作文教師及び広く文筆に従事する人々」を対象に、「美文の分類を企てず、[28]（中略）有効に人間の思想を交通すべき方法」を伝授すべく、ヒルの「ゼ、プリンシプルス、オブ、レトリックの一部」[29]の訳述を企てることになるのも、こうした流れのなかでである。[30]

いうまでもなく、抱月が拠るのは、A・S・ヒルとは真っ向から対立する立場である。それゆえ、「効用」という観点からいえば、「修辞」に関する学問である美辞学に求められるのは、「技術」としてのそれよりも、「学問」としての効用でなければならない。ここから、ブラッドリー(Bradley, Francis Herbert 1846–1924)[31]やクルペ（Külpe, Oswald 1862–1915）[32]などを参照しながら、それが「直観的知識」を「推論的知識」に発展させる営みであること（一・二–四–二）、とはいえ「推論的知識」の集積を「学問」ということはできず、必ず論理的に組織化されていなければならないこと、「一理若しくは数理を項上として、之れを証すべき種々の知識を、論理的関係によりて其の下に組織」したものである学問は、更に、「経験的直観」を標榜し、「個々の現象を蒐めて、彙類し、解析し、統一する」理法＝原理を追求する「科学」と、諸原理を前提に、それらの「根底となれる大原理」を探求する、「諸原理の学」（Science of Principles）としての「哲学」とに分けられるとされ、その研究方法はいずれも帰納的であるべきことが強調される。[33]『学問』は、常に仮定に対してその必然の根拠を求めるが、必然の論拠を「供給」するのは帰納的推論だからである（一・二–四–三）。

第二項　「学問」と「技術」

ところで、抱月によれば、このように帰納的推論によって構成される知識の体系である「学問」と「技術」が袂を別つのは、後者が、帰納的推論によって得られた原理を、演繹的推論によって「種々特殊の事例に応用し、以て其の特殊の事例が理法上当然属すべき地位を明かにす」るにとどまらず、実用に適用しようとするものである点にこそある。例えば、物理学が示す原理から、演繹的に個別の物理現象を説明するような場合は「学問」といえるが、更にそれを「工芸」「器用」に適用する場合は、「技術」の領域に属するというべきである。これを客観的にいえば、「学問」が「理を示すもの」であるのに対し「技術」は「規則を授くるもの」であり、主観的にいえば、前者は「理論的意識」（Theoretical Consciousness）に、後者は「実際的意識」（Practical Consciousness）に属しているとするのだ。このように

「技術」と「学問」を峻別する立脚地からは、当然のことながら「哲学を修むるも以て安立の地を得ること無し」といい「美学を修むるも以て美術家鑑賞家たるを得ず」という類の俗流的な「学問」批判は、「学問」と「実行」を混同するものとして一蹴されることになる。いうまでもなく、ここには、「理論理性」と「実践理性」を区別するカントに起源する認識論的観点が明瞭だが、同時に、「文学」と「実生活」の間に一線を引き、両者を峻別する後年の日本自然主義論における基本的立場がその輪郭をあらわにしていることにも、注意を払っておくべきであろう。彼の自然主義理論が、カント的認識論に拠る「美学」という「学問」の立場から、自然主義文学を貫く原理を帰納的推論によって解明し、日本自然主義文学という個別的現象を演繹的推論によって説明しようとした企てだったことが、改めて想起されるのである。

かくて、「学問」の目的は、「真理」を「実用」に応用することを目指す「技術」とは異なって、「真理」それ自体を追求するところにこそあり、その「効用」もそこにあるとした抱月は、最後に「美辞学」も「科学」の一部門であり、「標準科学」に属することを明らかにする。抱月のいうところによれば、「科学」は、「価値判断」をめざす「標準科学」(Normative Science)と、それに拠って「事理」(現象)を統括し、抽象して説明する「説明科学」(Expository Science)に分けることができる。「善悪美醜」について一つの「標準」を定め、「価値」を判断することを目的とする前者には、主として自然現象を対象とする後者とは異なって、「我が心の判断」(主観的判断)が必然的に随伴するという意味では、前者(「標準科学」)を「人心科学」(Mental Science)、後者を「自然科学」(Natural Science)といってもいい。このように、いずれも「事実より帰納」するところを示すとはいえ、両者の本質的な相違を、「前者の理は之れに我は心の判断が必ず伴ふべき者、後者の理はたゞ事実たるに止まるといふ点」にあるとみた抱月は、「標準科学」として「美学、倫理学、論理学」をあげ、その他の科学はすべて「説明科学」に分類すべきだとするのである。[34]

第三項　最終定義

こうして、「辞の美なる所以」の解明をめざす「美辞学」を「美学」の一領域として「標準科学」として位置づけた「美辞学」は最終的に次のように定義される。

学といふの意義すでに明かなりとせば、吾人はこゝに美辞学の第四の定義を得べし。曰はく美辞学とは辞の美なる所以を研究するの学也。辞とは思想に言語を装着をせるもの也。辞の美なる所以とは、修辞的現象によりて情を刺戟するの謂なり。学とは科学的に之れが理法を推論するの謂也と。而して美辞学の定義はこゝに至りて略ぼ完全なりといふべし。（一・二－四－五）

抱月が「辞」の「美なる所以」を解明する新しい科学として「美辞学」を体系化することを企てた一八九〇年代は、実験によってしか最終的にその真実性を担保することのできないような自然現象に関する科学が確立したことと、産業革命以後の資本主義の進展とそれに伴う先進資本主義国の帝国主義化のなかで、利潤の拡大を求める産業資本の大量資金投下により飛躍的に高度化したテクノロジーの発達を前提に、高等教育機関・学問研究施設の設立や科学技術者の専門職業化などを指標とするいわゆる「科学の制度化」[35]を経て科学の細分化が進行し、科学と技術の分離が図られた時期でもあった。抱月の「学問」論も、ジョン・ハーシェル（Herschel, John Fredrich 1792–1871）[36]や、J・S・ミル（Mill, John Stuart 1806–1873）[37]などを先駆とし、のちには、マッハ（Mach, Ernst 1838–1916）やポアンカレ（Poincaré, Henri 1854–1912）及び新カント派などによって進められていくことになる「第二次科学革命」の言説の潮流に拠っている。「美辞学」は抱月にとって、「美文作法」の類の、「修辞」のための「技術」ではなく、「辞」（言語）の美を理論的に解明する学問でなければならなかったのである[38]。と同時に、それは古代ギリシア以来の「修辞学」の歴史が要請するものでもあった。第三章では、学問としての「美辞学」の系譜を考察するという観点から、「美辞学の変遷」が跡づけられる。

1　Bosanquet, Bernard, *The essentials of logic*, 1895.
2　Ladd, George Trumbull, *Psycology : descriptive and explanatory*, 1894.
3　Wundt, Wilhelm Max, *Outlines of psychology*, 1897.
4　「言文一致と敬語」(一九〇〇・二、中央公論一五年二号)、「現代の文脈」(一九〇六・九、東京日々新聞)、「一夕文話」(一九〇六・六、文章世界一巻四号)、「今の写生文」(一九〇七・三、文章世界二巻三号)
5　時枝誠記『國語學原論――言語過程説の成立とその展開』(一九四一・一二、岩波書店)
6　『国語学原論(上)』(二〇〇七・三、岩波文庫)五五―七四頁。
7　観念連合の側面を重視しつつ主体の言語活動を考察、言語美学を主体による言語の美的表現形式と、その根底をなす主体の美的感情の両面から捉えようとする観点、主客の融合した世界としての「場面」の把握等、『新美辭學』には時枝の理論と共通する発想を見ることができるように思われる。
8　「標準語」と国民国家の創出の関係に関しては、イ・ヨンスク(李妍淑)『国語という思想――近代日本の言語認識』(一九九六・三、岩波書店)及び岩佐、「坪内逍遙の国語読本」(榎本隆司編『ことばの世紀――新国語研究と実践』一九九九・三、明治書院刊所収)参照。
9　一八九四年にドイツから帰国して帝国大学教授に就任、博言学講座を担当した上田万年は、翌年六月『國語のため』を冨山房から刊行、一八九八年八月、セース(Sayce, A. H. 1845–1933)の『言語科学入門』(Sayce, A. H., *Introduction to the science of language*, 1879.)を『言語學』として金沢庄三郎(一八七二―一九六七)と共訳(一八九八・八、金港堂)している。また、大槻文彦(一八四七―一九二八)が『廣日本文典』を刊行するのは一八九七・一(著者刊)、芳賀矢一(一八六七―一九二七)閲による三土忠造(一八七一―一九四八)『中等國文典』は一八九九・一に刊行(冨山房)されている。
10　高田『美辭學』では、「後篇」第二章から第五章までの四章を「散文」に費やし、「記事文」「叙事文」「解釈文」「誘説文」を定義している。また、「美辞論稿」の逍遙も、基本的にこの分類を踏まえながら文章を「智の文」と「情の文」に大別するという構想を提示している。

11 *A companion to the higher English grammar*, 1874.

12 Tomasi, *op.cit.*, p.21.

13 「美辞論稿」、「第二　文の源」。なお、逍遥は、文や章について、言葉によって示された「人の思（おもひ）」のうち、美辞学が扱うのはこのうち、記録されたものと定義している。

14 上巻、二五一頁。

15 『明治文典入門』（芳賀矢一、巻ノ三、三頁）も「単語の集まりて纏まりたる思想をあらはしたるものを文といふ」という定義を下している。

16 時枝、前掲『国語学原論（上）』二四七頁。

17 時枝、前掲『国語学原論（上）』二四七頁。

18 It is necessary, in short, to be able to maintain, either that such and such an event did actually take place, or that, under certain hypothesis, it would be likely to take place. (Whately,Richard, *Elements of rhetoric, 1846*, p.82.)

19 Kames, Henry Home, *Elements of criticism*, 1762. (ed. by James Boyd, 1855.)

20 本書第二部第三章第一節。

21 Whately, *op.cit.*, p.22.

22 本書第二部第三章第一節。

23 ロラン・バルト（Barthes, Roland 1915–1980）は『旧修辞学便覧』（Lancien ne rhetorique. 沢崎浩平訳、一九七九・四、みすず書房）においてアリストテレス（派）の修辞学について、そこに、「（科学的三段論法の場合のように）真実と直接的なものに基」かない、「真実らしさ、あるいは、しるしに基いた三段論法」が含まれていたとし（九三頁）、「意識的に程度を落し、《公衆》の、つまり、常識の、世論のレベルに適用された論理学」であるこの修辞学は、「文学作品にまで範囲を広げれば（それが本来の姿ではなかったが）、それは作品の美学よりも、公衆の美学を含むことになる」こととしている。バルトによれば、現代の大衆文化を担う「映画、新聞小説、商業的ルポルタージュ」の類は「アリストテレス的な《真実らしいこと》、つまり《公衆が可能だと思うこと》」によって、即ち「アリストテレス的規則」にいまだに支配されているというわけである（二七頁）。

24 Hill, Adams Sherman, *The Principles of Rhetoric*, 1878.
25 亀井、前掲書、三四—三五頁。
26 Tomasi, *op.cit.*, p.22. cf. Reid, Ronald F. "The Boylston Professorship of Rhetoric and Oratory, 1806–1904：A Case Study in Changing Concepts of Rhetoric and Pedagogy." *The Quarterly Journal of Speech* 45. 3（October 1959）：pp.239–257.
27 *ibid.*
28 *The principles of rhetoric*, 1895.
29 『修辞法』（一九〇一・四、大日本図書）
30 その後、佐々は、『修辞法講話』（一九一七・七、明治書院）『新撰叙事文講話』（一九一六・一二、育英書院）などを刊行、「技術」としての「修辞学」の普及に努めることになる。速水、前掲書、参照。
31 Bradley, F. H., *The principles of Logic*, 1883.
32 Külpe, Oswald, *Introduction to philosophy：a handbook for students of psychology, logic, etics, aesthetics and general philosophy*, tr. from the German（1885）by W. B. Pillsbury & E. B. Titchener, 1897.
33 一八世紀末から始まった、批判学としての「哲学」の「科学」からの独立と、「政治学」「法学」「経済学」「歴史学」など、諸学の分化、独立は、『新美辭學』と時を同じくしたポアンカレの『科学と仮説』（Science et hypothese, 1902）の出現が示すように、一九世紀末から二〇世紀初頭という世紀転換期には決定的なものとなっていた。（伊東俊太郎・広重徹・村上陽一郎『思想史のなかの科学（改訂新版）』）（二〇〇二・四、平凡社ライブラリー、一六八頁参照。）
34 なお、ここで「心理学」を「標準科学」に入れていないのは、それが「人心の作用を一の自然的現象と見て、之れが自然必至の理法を発見せん」ことを目指す科学であるからである。
35 前掲『思想史のなかの科学（改訂新版）』二二四—二二五頁。
36 *On the study of natural history*, 1830.
37 *A system of logic*, 1943.（大関将一他訳『論理学体系』一九四九・六—一九五九・五、春秋社。）
38 修辞学を「科学」として位置づけるという問題意識は、D・J・ヒルがその修辞学書に *The science of rhetoric* というタイトルを付けているところなどからも明瞭である。

第三章

科学的「美辞学」の系譜

第一節　西洋美辞学

第三章では、第一節で「西洋美辞学」の、第二節で「東洋美辞学」のそれが対象とされるが、第一節では、ベイン、[1] D・J・ヒル、[2] バスコム[3]など、当時の修辞学研究の通説に従って、古代ギリシア、ローマ、中世、近世と「西洋美辞学」の歴史が四期に分けて辿られる。

「美辞学」が発生するのは、古代ギリシアにおいてだが、この時期は更にアリストテレスを中心に、二つの時期に区分される。西欧美辞学史上、最初に修辞作用に注目したのは、「譬喩を用ふるに熟練なる語法家」と称えられた「エムペドクリーズ」（Empedoklēs 490B.C.頃–430B.C.頃）だが、アリストテレス以前において注目すべきはコラクス（Korax 5B.C.頃）である。「修辞」は、彼の時代、——君主制に代わって共和制が敷かれた時代——に最初の繁栄をみせた。その理由は、君主制時代に専制政府のために財産を奪われて亡命していた人々が帰国して財産回復の訴訟を起こし、「訟庭に弁論を闘はす」ことが必要となり、弁論（Oratory）を専門の技芸として研究するものも出現するようになったから[4]である。コラクスはこうした時代の「修辞」に関する代表的論客として「蓋然論法」を唱え、また、「文辞」（Speech）を「詩、物語、弁論、助詞、結語」に分類した。[5]その影響力は「アイソクラチーズ」（＝イソクラテス Isokratēs 436B.C.–338B.C.）が出現し、修辞の発達のもたらした「詭弁を弄して真理を誣い信仰を破り社会を堕落に導かんとするもの、日に多きを憂ひて、之れを救ふべき方便」として修辞学を教育上の科目として位置づけた頃にまで及んだ。

以上のようにギリシアにおける「修辞」（雄弁術）の発生を概説した抱月は、イソクラテスのあとに登場したアリストテレスを取り上げ、彼によって「修辞学」は学問としての「形式」を整えることになったとする。人を説得する技術＝「勧説」（persuasion）を、「実証を示して人を服せしむる」ものと「弁説」によるそれとに二分、「修辞」を後者に属するものとして、更にこれを「説者の性格に依るもの」「聴者の感情に訴ふるもの」「説そのもの、力に基づくもの」に三分、「推奨と諫止」「告発と弁護」、「賞揚と貶下」など「勘考」「判決」（判断）「論証」等の観点に分類して考察したアリストテレスによって「修辞学」は、「論理学」と共に「如何なる題目にも適用せらるべき形式的のもの」になったとするのだ。

> 此に於いてか、斯の学は全く思想の産出に影響なくまた善悪真妄に関係なきものとなり、其の有用無用すら疑はしきものと考へらるゝに至れり。すなはち古代の修辞学者が好んで論議せし修辞学の効益如何といふ問題は是れより生ぜしなり。アリストートルは之れを有用なりとするの理由を数へて以為へらく、真理正義は本来謬論よりも強き筈なれば、修辞力を借らざるもよく勝利を制することはあるべけれど、斯くの如きは弁論家の無能を表すものたれば、必ずや辞を練りて之れを推闡するに力めざるべからず。また学問上の智識あるものに真理を教ふる

は易けれども、此は多数の人に望み難きことなれば、衆人に対しては殊に修辞の力を借るの要あり。また三段論法と同じく、啻に真理のみならず、其の反対なる妄論をも証するが為に修辞の要あり、其は他が妄論をなす時これによりて其の妄論を破し以て自ら衛るの具たるべければなりと。また彼は美辞学を演説作文の二部にわたりて論じ、前者には主として声音の抑揚などを論じ、後者には語法、文体、文質等を論ぜり。（一・三―三）

アリストテレスは「修辞学」（Rhetorica）において、「弁論家」が「聴者」の「感情」や「想像力」「知性」などに配慮し、説得するべきこと、また、そのためには彼が人間性についての洞察力と、問題を分析するための知識を持っているべきことを力説したとされる。しかし抱月もそうした「修辞学」の大要を理解していたとはいえ、「説得」のためには優雅・明晰・正確・説得力・洗練等の「修辞」の方法が求められること[6]については必ずしも十分に触れているわけではない。また、イソクラテスの貢献をいいながらも、彼の師であり、「散文を、学問的言述、美的対象、《至高の言語》、《文学》の祖先として権威づけ、修辞的コードに組み入れた[7]」とされるゴルギアス（Gorgias 483B.C.頃–376B.C.頃）の果たした役割や、そのゴルギアスを批判、修辞学が「技術」（Techné）であることを却けたプラトンと、「修辞」と「詩」をいずれも自律的な「技術」として定義したアリストテレスの断絶[8]等については全く言及することはない。そのような点では、今日の言語理論の水準からみれば不備も多いように思われる記述だが、「修辞学」がアリストテレスに至って「術」から自立して独立した「学問」となったこと、その「効用」は「真理」の伝達に役立つところにあるとしたところに、抱月のアリストテレスの「美辞学」における史的位置づけをみることができる。

第二期、第三期では、「修辞学」が、アリストテレスの「修辞学」を「実行」した「シセロ」（＝キケロ Cicero, Marcus Tullius 106B.C.–43B.C.）、「アリストートル以後第一の修辞書」というべき『雄弁家教育』（Education of an Orator）を著した「クキンチーリアン」（＝クインティリアヌス Quintilianus 35頃–100頃）を中心にローマで、また中世の「美辞学」が、基本的にローマ時代に形成された「修辞学」の枠組みのなかで進展した過程が略述される。このうち、特に重要なのはクインティリアヌスだが、その主張の眼目は、「徳を道徳的と智識的との二とし修辞を其の智識的なるものに属せしめ、真理推闡」において不可欠としたアリストテレスに対し、「むしろ進んで修辞を道徳的のものと見んとす」として「修辞家」に「完全なる弁説の才」と共に「高き心」を求め、「修辞学」の「人格修養の学」としての側面を重視したところにあったとする。更に、第三期（中世）は、この枠組みのもとに「語法」「論理」と並んで「修辞」は大学の必修課程の一つに加えられていった経過も辿られることになる。

第四期、即ち文芸復興期以後になって、ギリシア以後進展してきた「修辞学」にも、衰退の兆しがみえはじめ、それと共に、新しく捉え直そうという機運も出現してきた。先鞭をつけたのは、後述するようにベーコン（Bacon, Francis 1561–1626）である。その「修辞理論」[9]は、「修辞」が「知情意」の三方面にわたるものであるとして、それが「暗に情の一面想像の一面」を「本領」とすることを指摘、「修辞を論理と道徳の間に立て、雙方に與かるもの」としたアリストテレスとは異なり、「立証勧説の方法が人によりて異なる」ところに、「其の立証論理の方法が何人にも同一なるべき」「論理」と区別される「修辞」の独自性があることを明らかにしている。ベーコンによって、法律・哲学・倫理とは異なり、「情」や「想像力」に関わるものとして、その「方法」が個人に帰属することを明らかにされた「修辞」についての研究は、「カムベル」、「ブレイア」、ホエートリーなど「最近一二世紀」になってとりわけ活発になったといえる。「修辞学」の対象を――やや無味乾燥の気味はあるが、――「純粋なる文学の方面」に向けたキャンベルや、「美学的批評的」観点から捉えようとしたブレア、論理を重視したホエートリー等によって、「修辞学」は新しい局面に差しかかりつつあった[10]といえるのだ。このように「修辞学」が一つの転換点を迎え、その傾向はベイン、D・J・ヒル、バスコム、「ヘーヴン」（Haven, Erastus Otis 1820–1881）[11]、ケログ（Kellogg, Brainerd 1834–1920）[12]などにみることができるとした抱月は、「上代修辞学」と比較しながら、新しい修辞学の特色及び問題点として以下の四点を列挙する。

第一は、一つの学問としての独立をめざしていること。先述のように、アリストテレスにおいて「修辞」は「思想の真妄善悪」と関わることなく、「如何なる部類の思想にも通ずるもの」であり、第二期のローマも、基本的にその方向を継承した。しかし、ローマ時代には、その「思想」は、「真」であり「善」でなければならないとされるようになり、それにつれて、「修辞学」もまた「真を究め善を極めんとするの工風と相合し」、法律、哲学、倫理を包含するようになった。しかし、学術の発達と共にこれらの領域は個別の学問として独立し、「こゝに修辞学は空なる残骸となりて衰廃」することになった原因がある。このような状況のなかで、改めてアリストテレスに立ち返って「他の一切の学術を離れて、独立せる形式的の一学科」たることが求められるようになったのである。この経過はまた、「如何なる思想にも帯着せられ得る」ものとして「辞の美」が研究の対象となり得ることを示している。

第二は、純然たる科学として、美学の一部であるべきこと。もともと「技術」として発生した「修辞学」が、次第に「術」と分離し、「学」として自立したことは、「修辞哲学」(*Philosophy of rhetoric*)「修辞科学」(*Science of rhetoric*)というような書の出現も示している。ただ、この区分は現在も必ずしも明確でなく、「能文」の「術」として捉えるものもいる。しかし、今後は言葉の美に関わる科学として純化されなければならない。

第三に、主観的には、「美感」を対象とすること。「修辞学」は近代になって、「標的」を「勧説」や「論証」でなく「美感」におき、「鑑賞」に重きをおくようになった。この事実も、「修辞学」が美学としての方向に進むべきことを示している。

第四に、客観的には、文章詩歌を対象とすること。上代において、「演説」「訴訟」「議論」というような「口述」のものを「素材」にしてきた「修辞学」は、近代では対象を「文章詩歌」に限定するようになった。こうした傾向は、「修辞学」が今後「文章学」として発展するだろうことを示唆している。

「レトリック〔弁論術・修辞学〕の最初の大きな危機は西暦の開始期とほぼ一致する」とトドロフもいうように[13]土地

所有権の訴訟と共にアテネに始まり、言論（パロール）の術、即ち「雄弁術」（eloquence）として繁栄、発展した修辞学は、ローマ時代になって大きく変容した。変容は、いうまでもなく、民主制から君主制への移行という、政治制度の転換と対応している。「手っとりばやくいうと」と断りながらトドロフもいう通り、「君主制においては、言論はもはや有効ではありえない（権力は諸制度に属するのであって集会に属しているのではない）」[14]からである。

抱月の西欧修辞学の概括は、その変遷の過程を的確に捉えたものといえるだろう。ただ、この転換と共に、修辞学が、他人に働きかけること、説得することから、言葉そのものの美しさを追求する方向にと、その目的をしだいに転じていくことになる点については、上述のように、必ずしも委曲を尽くしているとはいえない。トドロフによれば、説得するという機能よりも、「語の選択に注意し、語の配列を巧みにおこな」って、言葉の美しさを求める方向に舵を切った最初の人はキケロ（シセロ）である。だが彼は、優雅・明晰・正確・説得力・洗練等の「修辞」の「方法」（文彩）について説いたアリストテレスの修辞理論を実践したに過ぎない。いわば、以後、二〇〇〇年にわたって西欧に君臨することになる、「言語をそれ自体としてまたそれ自体のために賞賛する言語論」[15]としてのレトリックは、アリストテレスに胚胎するのだが、抱月は、彼が「修辞学」を「学問」として自立させた功績を認めているとはいえ、同時に、レトリックを一つの規範に服従させる道――この方向はクインティリアヌスによって整備され、制度化される――を準備したという側面については、十分に言及しているとはいえないのだ。[16]とはいえ、抱月は近代において修辞学が衰退した理由について、従って新しく美学の一部門として再構築されなければならない必然性については、その核心を洞察していた。表面的な繁栄と裏腹に「緩慢な衰退と、堕落と、窒息」[17]の道を歩んだ修辞学が死滅するのは、一八世紀になってからである。いうまでもなく、死を宣告したのは、フランス革命である。フランス革命は逆説的ながら、キケロ以前の修辞学＝雄弁術が再び勝利したことを意味した。しかし、同時にそれは、クィンティリアヌスによって制度化された修辞学を血祭にあげた。トドロフはこの間の事情を、次のように説明している。

学問の歴史の内部では（より謙虚にいえば、おそらく修辞学の歴史の内では）転回点は、成熟とか豊饒さという内部状況によって決定されるのではない。いくつかの一般原則、それについての議論が、もはや修辞学の分野ではなく、イデオロギーの分野に属するような一般原則が、あらゆる個々の修辞学的探求の根底にある。イデオロギーの領域において、一般的に正しいと認められた価値や前提において、ある根本的な変化が発生するとき、細部の観察や説明の質は、ほとんどとるに足らないものとなる。つまり、観察や説明は、その中にふくむ原則と共に一掃される。そして誰も、汚水と同時に浴槽からほうり出された子供のことなど気にかけはしないのだ。
ところで、ここで検討された時代の中でまさに眼前にみるのはこのジャンルの断絶である。すでに一八世紀に準備された断絶であり、そのあらゆる結果が、続く世紀にはっきりと現われたのである。この激変の遠因であり、しかも確実な原因となっているのが、ブルジョア階級の到来であり、ブルジョア階級と共にもたらされたイデオロギー的価値の到来なのである。われわれにとって、この断絶は、絶対的で普遍的な価値をもった世界観の廃絶を意味する。あるいは、そのことをもっとも雄弁に物語る例だけをあげれば、キリスト教から受けた威信の喪失である。またこの断絶は、もう一つの別な世界観、あらゆる価値に独占的な場を割り当てることを拒み、個々の事物の存在を認め、容認する世界観がとって代ることなのである。個々の事実はもはや絶対的規範の不完全な例ではないのだ。（トドロフ、前掲書、一七六―一七七頁）

「修辞学」を血祭にあげることと引き換えにやってきたのは、美が「美を実現する行動それ自体として定義」され、「各人が他者と同じ権利をもち、自己自身の内に美と価値の基準をもつと主張する時代」[18]である。

抱月が、それが真実（Truth）に関るものであるがゆえに、相手が誰であれ一貫した整合性を要求される「論理」（Logic）とは異なって、（世論や社会的な習慣に根ざす）「修辞にありては、立証勧説の方法が人によりて異なるべき」だとしたベーコンの言説[19]にその死の予兆をみているのは、このような、修辞学衰退の理由を正しく理解していたことを示しているといえる。キャンベルが先鞭をつけた新しい修辞理論の探求はI・A・リチャーズやケネス・バーク、S・ハヤカワ(Hayakawa, Samuel Ichiye 1906–1992)らによる批評・言語理論の形成に貢献することになるが[20]、抱月が『新美辭學』で取り組んだのは、「言説を規制する必然性」が「除去[21]」され、各人が自分自身の美と価値の基準に従って言語表現を行わなければならないような時代のレトリックの「科学的」探求[22]なのである。

第二節　東洋美辞学

第一節で西洋修辞学の変遷を辿った抱月は、第二節では、中国文学(漢詩文)のなかに、修辞への関心を跡付けている。

抱月によれば、中国文学における修辞学への関心は、その起源を、早く、『詩經』(9–6B.C.頃)に注釈を加えた『毛詩』(叙、一世紀頃成立)の「六義」説中に遡ることができる。「詩有六義」として、「一曰風、二曰賦、三曰比、四曰興、五曰雅、六曰頌」と分類されるこの「詩」の定義には、漢代の学者による解釈(「漢註」)と、朱子(Zhu Xi 1130–1200)によるそれ(「朱註」)とがあるが、抱月は、すべてを「諷諫美刺」とみる「漢註」を「牽強信ずるに足りず」として却け、「風」を「里巷歌謡の詩」、「雅」を「周の朝会の楽歌」、「頌」を「周の郊廟の楽歌」、「賦」を「事を敷陳して直ちに言ふの謂ひ」、「比」を「彼の物を以て此の物に比するの謂ひ」、「興」を「先づ他物を謂ひて以つて詠ずる所の詞を起こすの謂」とした「朱註」に従ったうえで、「六義」のなかで「風雅頌」は詩の種類であるに過ぎないが、「賦比興」には、それぞれ「直叙法」(賦)、「喩法」(比)、「序言法」(興)等、「措辞法」(修辞法)の萌芽を認めることができるとするのだ。しかし、これらにみることができるのは「修辞学の思想の発端」であるに過ぎない。中国で最初の修辞書としては、梁の劉勰《りゅうきょう》（Liu, Xie 465?–520?）による『文心彫龍』（五〇〇年頃）を挙げるべきであると抱月はいう。ここでは「典雅」「遠奥」「精約」「顯附」「繁縟」「壮麗」「新奇」「軽靡」と、「内容」から「文体」を八種類に、また「一曰形文、五色是也。二曰声文、五音是也。三曰情文、五性是也」と文章を「形式」・「内容」に応じて三種類に分類したほか、「沿革」「性質」「体制」「辞法」等についても言及されているからである。もともと、斉、梁の時代は詩文の「分解批評」が隆盛し、形態についての研究も進展、斉の周顒の『四聲切韻』、梁の沈約（Shen Yue 441–513）の『四聲譜』など音韻に関する研究も出現したが、ここにはじめて、纏まった修辞書が登場[23]することになったというわけであるが、指標となるべき中国文学史も日本文学史も、まだ研究の緒についたばかりの当時の研究の水準からいえば、正鵠を射た捉え方というべきであろう。[24]

この後、宋では陳騤（Chen Kui 1128–1203）の『文則』、厳羽（Yan Yu 生没年未詳）の『滄浪詩話』（一二三〇年頃）のような修辞書が著わされた。前者は、「曲折」「対偶」「倒言」「病辞」「疑辞」等「詞藻」（文体）の面だけでなく、「喩法」にも力を注いで「直喩」「隠喩」「類喩」「詰喩」「対喩」「博喩」「簡喩」「詳喩」「引喩」「虚喩」等に分類、後者では「五法」「九品」「三工」等、技法について言及しながら、「詩形文体」を詳細に論じている。

この他、「法」「式」「製」「体」「格」等の諸点から「詩文」を論じた元代の『文筌』（陳繹會）、文を「立意」「気象」「篇法」章法「句法」「字法」に分節し、「褒美」「攻撃」「評品」「抑揚」「追想」「回護」「推明」「考詳」等、主題の側面からの考察を加えた明代の『文章一貫』（高琦）や、古代から唐宋に至る詩文の表現技法を辿った、やはり明代の徐師曾（Xu Shizeng 1517–1580）による『文體明辯』（一五七三、全八三巻）清代、唐彪の『讀書作文譜』などがある。とりわけ『讀書作文譜』は、「雑駁」ながら、「書法」「読法」「評論」から文章の「体制」「題法」「辞法」「種類」、「詩の体式」に至るまで系統的に論述しており、「支那美辞学」のなかでは最も「完備」したものとして評価できる。

「東洋修辞学」の変遷をこのように概括した抱月は、論理的構成においては西洋修辞学に遠く及ばず、批評を修辞理論と混同しているような難点は認めなければならないものの、それと引き換えに修辞学の対象を「文学的方面」におき、取材するべき材料も豊富である等の利点があるとしている。

『新美辭學』第二篇第二章「詞藻論」では、ここに取り上げた修辞書から多く用例を取り上げているが、抱月の構想する「美辞学」が、日本語の文章を直接の対象にしている限り、その重要な構成要素として組み込まれてきた中国文学（漢詩文）における修辞の検討は不可欠の課題でもあった。抱月が学んだ当時の東京専門学校では森田思軒（一八六一―一八九七）（『詩経講義』）、森槐南（一八六三―一九一一）（『杜詩偶評講義』）というような錚々たる碩学が講師として名を連ねていた。[25] また、逍遙は「美辭論稿」が示すように、『文則』『文筌』『文章一貫』『文章欧治』『文體明辯』『讀書作文譜』などを捗猟し、漢文脈を一つの母体とする日本語に則した修辞理論の体系化を模索していた。抱月の漢詩文の伝統における修辞の検討には、東京専門学校で培った中国文学の基礎的教養と、その後の研鑽が活かされているといえる。更にそのなかでも、とりわけ『文心彫龍』や『滄浪詩話』のような修辞書に着目、関心を抱いていたことも看過ごすべきでないだろう。周勛《くん》初（一九二九―）は、『文心彫龍』の著者が、「五経」には「第一には感情が深くいつわりがないこと。第二に、風格が清らかで純粋なこと。第三に、事実は信頼性が高く、でたらめでないこと。第四に、内容が率直で歪曲していないこと。第五に、文体が簡潔で蕪雑でないこと。第六に、文飾が華麗であるが過度でないこと」という「六義」が含まれていることを強調、詩に「人為的な巧緻さ」を求める同時代の流行に反対して「自然」を重んじ（「爲五行之秀、実天地之心。心生而言立、言立文明、自然之道也」）たとしている。[26] また嚴羽については、彼がいたずらに哲学談義に耽り、「学問を山のように積み重ね」て先人の模倣に汲々とする、同時代（宋代）の支配的な文学思潮を批判、古人（盛唐の詩人）から学ぶべきは「字句」や「形式」ではなく、その「興趣」であり（「惟在興趣」）、「透徹の悟り」（「悟有浅深、有分限、有透徹之悟、有但得一知半解之悟」）を以ってこれを捉えるべきことを主張して後世に影響を与えたと述べている。[27] 異なった時代に書かれたとはいえ、『文心彫龍』と『滄浪詩話』は、「自然」や「興趣」を重んじて、形式的な模倣を斥けるという問題意識は共有していた。『新美辭學』がめざしていたのは言語の美の特質の理論的解明であり、その技術的伝授ではなかったが、これらから読み取ったものは、後の自然主義文学理論や言文一致への関わり方にも、多分に影を落とすことになった筈である。

ただ、日本の修辞の伝統については「歌謡、俳話、その他徂徠（荻生徂徠、一六六六―一七二八）、拙堂（斎藤拙堂、一七九七―一八六五）、山陽（頼山陽、一七八〇―一八三二）等が翻文法、文語、批評等に散見する片々たるもの、外、取りいで、いふに足るものなし」と付け足す以外は、殆ど検討の対象としていないのは残念に思われる。「東洋美辞学」との関連でいえば、今日の研究では、わが国の修辞研究は、唐代における文学研究の受容を骨格にした空海（七七四―八三五）の『文鏡秘府論』を濫觴とし、それより早く、やはり中国の詩論の影響のもとに書かれた『歌經標式』（藤原浜成〈七二四―七九〇〉、七七二年成立）における音韻や喩などの解明の成果をもとに進展したとされる。[28]抱月は日本の古典文学については、落合直文（一八六一―一九〇三）や関根正直（一八六〇―一九三二）らからその基本的な知識を得てはいた。[29]しかし、アカデミズムにおける近代国文学の研究はまだ鍬を入れられたばかりであり、[30]依拠すべき文学史に関する叙述としては、関根の『歴代文學』（一八九四・五―九五・四、哲学書院）のような、東京専門学校や哲学館での講義録の類であったに過ぎないというのが当時の研究の水準であってみれば、やむをえない限界のなかにあったとはいえよう。抱月の課題は、修辞の視点から日本の古典文学の研究という領域に足を踏み入れることになる五十嵐力[31]によって引き継がれるが、その五十嵐が、「明治以前に在つて見るべき修辞論は、殆ど弘法大師の『文鏡秘府論』唯だ一つ[32]」といってもよいという評価を下すのは七年後のことである。

1　*English composition and rhetoric*, 1866.

2　*The science of rhetoric*, 1877.

3 Bascom, John, *Philosophy of rhetoric*, 1872.

4 バルトは、「修辞学」が所有権の訴訟から生まれたことについて、「言葉の術が起源的には所有権回復の訴訟と結びついていたことを確認するのは愉快なことだ。」として、次のように述べている。「あたかも、変形の対象、実践の条件としての言語活動が、（多くの芸術形式においてあり得たように）精緻なイデオロギー的仲介を経てではなく、土地所有という、基本的で、粗野な形で発現する最も露骨な社会性によって明確になったかのようだ。人々は――わが西欧においては――財産を守るために言語活動について考え始めたのだ。偽装した言葉（詩人たちの、虚構的な言葉とは違う。詩は、当時、唯一の文学であった。散文は、大分後でなければ、この域に達しない）に関する最初の理論的素描が生れたのは、社会的紛争のレベルにおいてである。」（バルト、前掲書一七頁）。

5 ダニエル・ホガーティ『新修辞学の淵源』（Fogarty, Daniel, *Roots for a new rhetoric*, 1959.）によれば、抱月がこの論に取り組んだ一九世紀末は、イギリスでもギリシア文学の研究が進展し、修辞の術に鍬をいれた最初の一人としての、コラクス修辞の業績なども知られるようになっていた（J. P. Mahaffy, *A History of Classical Greek Literature* [2nd ed. rev. : London : Longmans Green, and Co., Ltd., 1883], I, pp.7–74.）p.10。なお同書（p.10）では Thonssen & Baird, *Speech Criticism*, 1948を引用、その指摘するコラクスの修辞学への貢献を次のように要約している。(1) He considered rhetoric the art of oral persuasion. (2) He divided the speech into five parts : proem, narration, argument, subsidiary remarks, and peroration. (3) He based much of his argumentation on probability, and showed how useful this really was.

6 Fogarty, Daniel, *op.cit.*, p.14.

7 バルト、前掲書、一八―一九頁。バルトはまた、コラクスが連辞的（サンタグマティック）な修辞学を説いたのに対し、「文彩」の表現を工夫するよう求めて修辞学に範列的（パラデイグマティソク）な展望を与えて「散文を修辞学に向かって開き、修辞学を《文体論》に招き入れた」とする（一九頁）。

8 バルトは、「文字を遠ざけ、個人的な対話 *adhominatio*（対個人的議論）を探求した」プラトンに対し、アリストテレスは「修辞」と「詩」という二つの「技術」の対立として修辞学を定義、「修辞学」と「詩学」が融合したとき、即ち「修辞学」が「詩の（《創造》の）、*technē*〔技術〕となった時、アリストテレス修辞学は終焉」したとし、それは「文学という観念の起源」と重なっているとしている（『旧修辞学』二一―二五頁）。

9 抱月が参照したのは Bacon : with notes by F. G. Selby, *The advancement of learning*, 1892–5.（『学問の進歩』服部英次

郎・多田英次訳、一九七四・一、岩波文庫）と思われる。

10　George Campbell, Hugh Blair,and Richard Whately then were the first rhetoricians of modern rhetoric. Anticipating present-day speech theory, they appreciated the multidisciplinary nature of communication. Thus they saw the relationships between rhetoric and literature, theology, psychology, philosophy, history, language, and natural science. What they borrowed from these and other related disciplines was modified to suit the needs of a developing,dynamic rhetoric with a strong ethical base. Although some of their conclusions can no longer be supported by recent scientific findings, the works of Campbell, Blair, and Whately have left their mark on twentieth-century rhetorical theory. Post-World War II courses combining units on reading, writing, speaking ,and listening are directly traceable to Blair's lectures. The practice of assigning expository, persuasive, and entertaining speeches or themes adheres to Campbell's discussion on the ends of discourse. And current procedures in argumentation and in intercollegiate forensics are consistent with the recommendations of Whately. With such an influence, *The Lectures on Rhetoric and Belles Letters*, the *Philosophy of Rhetoric, and the Elements of Rhetoric* can be profitably read by contemporary students of rhetorical theory.(Golden, James L. & Corbett, Edward P., *The Rhetoric of Blair, Campbell, and Whately*, 1990, p.17.)

11　Haven,E. O, *Rhetoric : a text-book designed for use in schools and colleges and for private study*,1876.

12　Kellogg, Brainerd, *A textbook on rhetoric*,1880.

13　ツヴェタン・トドロフ『象徴の理論』（及川馥・一之瀬正興訳、一九八七・二、法政大学出版局）六五頁。

14　トドロフ、前掲書、七二頁。

15　トドロフ、前掲書、七二頁。

16　もっとも、こうしたアリストテレスに起源する「修辞学」の、「他の一切の学術を離れて、独立せる形式的の一学科」としての問題性があきらかにされるのは、フランス、ドイツ、及び英語圏における言語理論の発展のなかで、改めてアリストテレスの「修辞学」が検討の俎上にあげられることになる二〇世紀後半になってからのことであってみれば、抱月の理解が不十分であったこともやむを得なかったというべきかもしれない。

17　トドロフ、前掲書、八〇頁。

18　トドロフ、前掲書、九四頁。

19　抱月が引用したのは、ベーコンの *The advancement of learning* の以下の部分である。

The proofs and demonstrations of Logic are toward all men indifferent and the same; but the proofs and persuasions of Rhetoric ought to differ according to the auditors... which application, in perfection of idea,ought to extend so far, that if a man should speak of the same thing to several persons,he should speak to them all respectively and several ways ... and therefore it shall not be amiss to recommend this to better inquiry...（引用は *The Works of Francis Bacon,* ed. Spedding, Ellis, and Heath,VI, p.300.）なお、この文章を引用しながら、ハウエルは次のように述べている。

Thus Bacon stands as a composite of scholasticism,of Ramism,and of something that looks to the future. His call for an investigation of the problem of adapting subjects to audiences is particularly modern,although Plato in Phaedrus had also wanted rhetoric to investigate that problem,and Aristotle in his Rhetoric had actually begun the investigation.

(Howell, Wilbur Samuel. *Logic and rhetoric in England, 1500–1700,* 1961. pp.374–375.)

20　Fogarty, *op.cit.,* p.31.

21　トドロフ、前掲書、九五頁。

22　なお、言語理論に発展的に継承された修辞学の現状に言及した論考としては、佐藤信夫（一九三二―一九九三）による先駆的な論及である『二十世紀の言語学』（一九七四・五、白水社）のほか、林正子「近代日本における〈レトリック復興〉の背景」（二〇〇一・九、岐阜大学地域科学部「研究報告」九号）などがある。

23　一九〇〇年代初頭までに刊行された中国文学史としては、末松謙澄（青坪　一八五五―一九二〇）『支那古文學略史』（上・下二冊、一八八二・九、著者刊。但し第二版は一八八七・二、文学社刊）、藤田豊八（一八六九―一九二九）『支那文學史』（一八九七）、古城貞吉（一八六六―一九四九）『支那文學史』（一八九七・五、経済雑誌社）、笹川種郎（臨風、一八七〇―一九四九）『支那文學史』（一八九八・八、博文館）、中根淑（香亭一八三九―一九一三）『支那文學史要』（一九〇〇・五、金港堂）、久保得二（天随一八七五―一九三四）『支那文學史』（一九〇三、人文社）などがある（竹村則行「明治日本の『支那文学史』と清末明初中国の『中国文学史』」、『中国近現代における「中国文学史」纂述に関する基礎的研究：平成17―19年度科学研究費補助金　基盤研究C、研究成果報告書』二〇〇八・三、研究代表者・竹村則行）。このうち、『文心彫龍』については、古城が「最古」の修辞書としている（二九五―二九六頁）のみで言及がなく、「日本文学史」においては、ほぼ一〇年後に、晩年の藤岡作太郎（東圃一八七〇―一九一〇）が「日本評論史」（『東圃遺稿』〈巻二〉一九一一・六、大倉書店所収）で「支那詩文を論ぜし最古のもの」という位置づけを行なった（一六八頁）に過ぎない。

24 周勛初『中国古典文学批評史』（高津孝訳、二〇〇七・七、勉誠出版）によれば、筍子の段階で「道に基づく」説として初歩的に成立していた儒家の正統的文芸観の理論体系は、劉勰に至って完璧なものになったといわれる。一〇五頁。

25 当時の東京専門学校文学科の中国文学・思想関係の講義はこのほか、三島中洲（一八三〇―一九一九）が「論語講義」を、信夫恕軒（一八三五―一九一〇）が「史記講義」をそれぞれ担当していた。

26 周、前掲書、一〇五―一〇六頁。

27 周、前掲書、二六四頁。

28 猿田知之「近代以前修辞法研究の歴史」（『研究資料日本文法10　修辞法編』一九八五、明治書院刊所収）参照。

29 「東京専門學校文學科課程表」（早稲田大学大学史編集所編『東京専門學校校則・學科配当資料』一九七八・三、早稲田大学出版部）によれば、国文関係では「文学史」「歌集」「古文（俗文）」がそれぞれ「第一年級」「第二年級」に配置され、講師として、畠山健（一八五八―一九一二）（『徒然草』）、落合直文（『古今集』、「文学作歌」）、関根正直（「和文学史」「和文文法」）、饗庭篁村（「課外講義」）らが名を列ねている。

30 芳賀矢一が『国文學史十講』を刊行するのは、『新美辭學』刊行の半年後のこと（一九〇二・一二、冨山房）である。

31 『新文章講話』では、第六編「東西修辭學史文章に関する思想の変遷」、第七編「国文沿革の概要」で、日本の修辞学について、歴史的な概説を試みている。

32 五十嵐、前掲書、五九五頁。

第四章

修辞論

第一節　「修辞論」の構成

『新美辭學』第一編では、「名称」、「思想」「言語」の性質、「辞」と「美」、「効用」（学問と技術）、歴史、等の諸点から修辞学を検討、「美辞学」を「思想」を言語に装着したものとして、文章を「情」の表出という側面から分節する場合の単位である「辞」が、「情」の刺激（「修辞的現象」）を通して「美」となる過程を理論的に解明する学問であると定義した抱月は、第二編「修辞論」で「修辞」という現象の具体的な分析を試みる。

第一項　修　辞

先にもみたように、「美辞学」が、「雄弁術」に起源する「修辞学」と異なるのは、「説得」を目的とする「言論」（スピーチ、パロール）の「技術」ではなく、「文章」を対象とし、それが「美」である理由を理論的に明らかにすることをめざす学問だとするところにあった。それは、自らの修辞学研究書を「修辞」と「華文」（Belles Letters）に関する講義と銘打ったブレアと同様、明確に「文章」に照準を絞っているという意味で「雄弁術」と区別され、「理法」の解明をめざす科学であるという点において、「技術」の伝授を目的とし、ベインやA・S・ヒル等によって標準的な「話法」と「言述」の方法的確立という方向を選ぶことになる在来的な修辞学とも袂を別つのである。

第二編「第一章」は、「吾人は文章を一の美術と見るものなり」という冒頭の言葉も示すように、以上にみたような基本的立場を確認するところから始められる。美が、「素材」（思想）を「技巧」を用いて「醇化」することによって「具現」されることは、これまでもしばしば繰り返して述べてきたところだが、「修辞」とは、文章において「素材」（想）に「技巧」を加えて「醇化」する作用にほかならない。だが、「修辞過程」を考える場合に厄介なのは、「修辞」がまた「素材」そのものにも関わっているところにある。[1] もともと抱月によれば、「辞」とは「言語」と「思想」（想）の「貼合」したものであり、「想」の発展したものだが、「思想の生起し展開して遂に言語に定着せらるゝに至るまで」を、すべて思想発展の経過」としたとはいえ、この過程すべてを「修辞」の対象として捉えようとしていたわけではなかった。「修辞」に関わるのは、「情」による思想の「理想的発展」に関わるもの、「技巧に直接の関係を有する部分」に限られ、「然らざるもの」――「論理律、因果律」の「現実的発展」には関わるものの、「技巧」には関わらないものとは区別されていたのはみてきた通りである。[2]

ところで、「修辞過程」の解明においてとりわけ厄介なのは、思想を言語によって表現する場合に、「其の言語の撰択工風」、即ち、どのような言語を選び、配置するかは当然ながら「技巧」に属するとして、同時に、「之れに応ずる思想そのもの、修飾」も「技巧」にほかならないというところにある。例えば、「顔が奇麗だ」という思想を表現する際に、「顔が」を「顔ばせ」に、「奇麗だ」を「奇麗なり」又は「うるはし」などといい換える場合は、単なる言語上の技巧といえる。しかし、これを「顔ばせ花の如し」といい換えたような場合は、思想そのものにおいても変更を加えられているといわざるをえない。「奇麗なり」と「花の如し」は、それぞれ別の思想を表現しているからである。両者はいずれも、「修辞過程」であることにかわりはないが、「外形」と「内容」との区別からいえば、言語上の技巧を工風する前者は「外形的修辞過程」に属し、後者は内容的なそれに属するといえる。

「修辞過程」＝「技巧」を、このように、「外形」（言語）におけるそれだけでなく、「内容」（思想）の両面から考察されなければならないとした抱月は、次に、「技巧」の加えられた文と、そうでない文を区別し、前者を「修飾文」、後者を「平叙文」とする。「顔が奇麗だ」という「思想」を言語化するにあたって、「顔が奇麗だ」という文章を「平叙文」とすれば、「顔ばせ花の如し」は「修飾文」ということになる（二・一―二）。「辞」（文章）が言語化された思想である以上、そこになんらかの「技巧」の意識が作用していることは当然だが、「技巧」の「最低階段」というべき水準を「修辞の無記」（「零位」）として想定することによってはじめて、「技巧」の「階段」を測定することができるというわけだ。「修辞的現象の最低標準、若しくは修辞的現象の零位なる状態」を仮定し、そこから「技巧」（修辞現象）を分析しようというこの観点は、いうまでもなく標準的な統語法（syntax）という規範を措定し、そこからの[3]「逸脱」（deviation）あるいは「偏差」（variation）として「修辞」を捉えたクインティリアヌス以後の西欧修辞学の[4]伝統に基づいている。

その意味では、決して独創的とはいえないが、また、ブレアやホエートリーの成果を吸収しながらどのような修辞学を構想していたかも窺わせるところといえよう。

さて、「平叙文」と「修飾文」の区別は、「消極的修辞現象」と「積極的修辞現象」のそれとして敷衍することができるが、前者においては、言語は「想を善く具現」するというよりも「思想に妥当」し、「ありのまゝに表出」することを目的としている。それゆえ、語法学上からいえば「命題の完備、叙次の純正」を、また在来的な修辞学における文体論からいえば「用語の精確用語の純正」を必要条件とする。これに対して「積極的修辞」は、「趣意を完全に理解させることを条件としたうえで、「之れを円具にして人を感動せしむ」ことをめざす。それゆえ、前者を「知的」とすれば、後者は「情的」といえる。

「積極的修辞過程」においてもまた、「内容」と「外形」は区別される。「内容」的には「想念の理想的発展」の過程として、「想念」の「増殖」「変形」「排列」「態度」等が含まれる。例えば、「雪白し」というべきところを「雪鵞毛の如し」というような「譬喩法」は、「白し」という「想念」に「鵞毛の如く」という「想念」を重ねたものであり、「想念」の「増殖」というカテゴリーに分類できる。また、「雲悠々」というように、「雲を有情物に化する」類の「化成法」は「想念」の「変形」として、「仁鮮し」というべきところを「鮮し仁」と順序を転倒する「布置法」は「想念」の「排列」に、「然らず」という意を「然らんや」と表現する類の「表出法」は「想念」の「態度」という範疇に属することになる。

「外形」的なものとしては、「言語の表情」を利用するもの、例えば、慣用的な情趣を用いる「語趣」や「声音の表情」を借りる「音声」「音調」があげられ、「口調」「詩形」などがここに含まれる。

第二項　詞藻（Figure of Speech）

以上のように「修辞過程」について、「消極」（passive）・「積極」（active）という二項対立を設定しながら考察を進めてきた抱月は、更に、「消極」・「積極」を問わず「外形」的なものを総称して「語彩」、「内容」的なものを「想彩」とし、これらを一括して「詞藻」（figure of speech）と呼ぶことを提案し、次のように図示している。

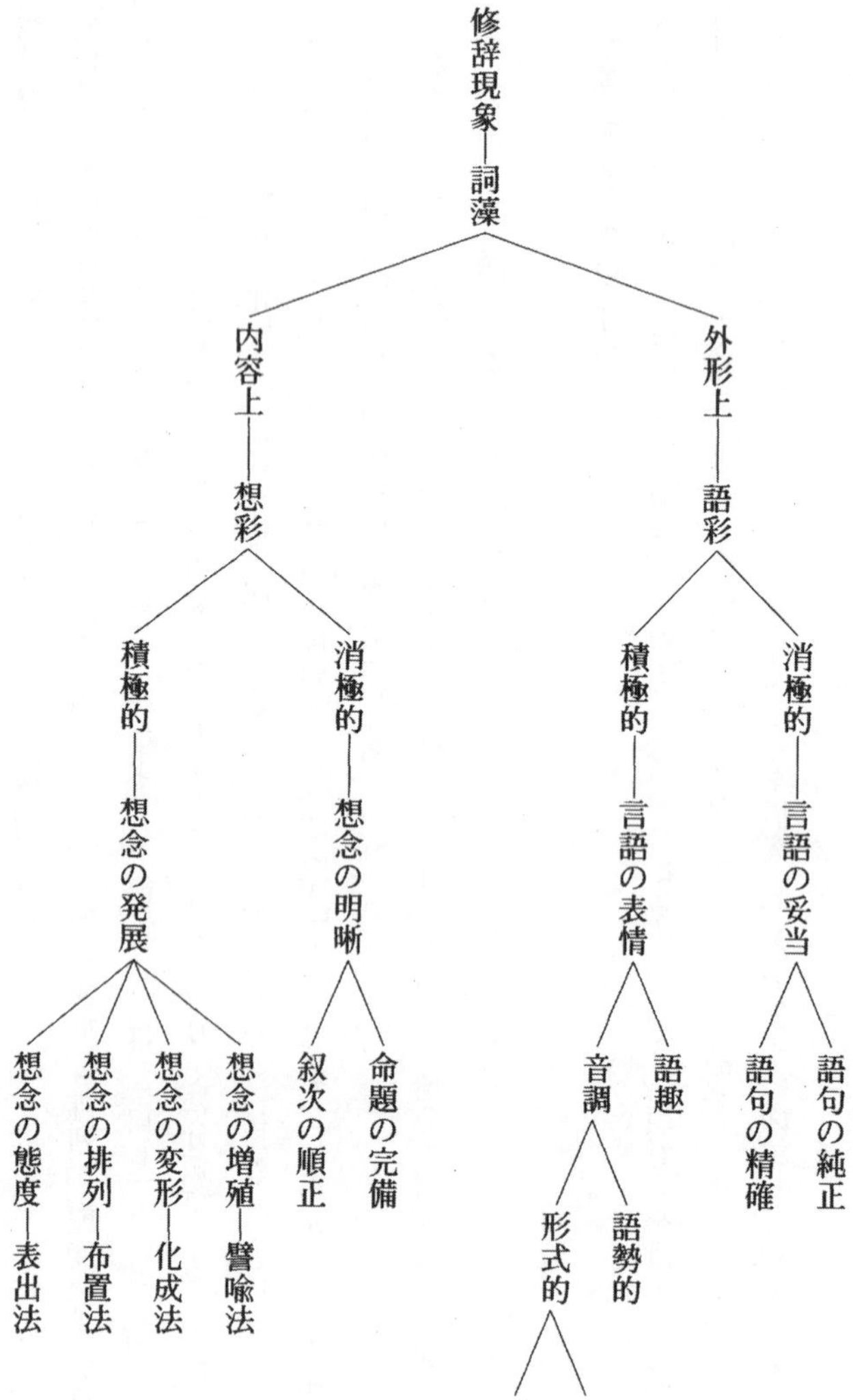

更に之れを別の方面より分類すれば、消極積極ともに外形的なるものを総称して、語彩といふべく、語句そのもの、選択整理に基づきて生ずる修辞的現象すなはち語の彩色たり。之れに対して内容的なるは、想彩と称すべし。

想念の選択整理に基づきて生ずる修辞的現象すなはち想の彩色たり。而して之れを一括して詞藻といふべし。

（二・一―二）

もともと、英米の「修辞学」において、「技巧」（修飾）に関わるタームとして用いられてきた「フヒガル、オフ、スピイチ」なる術語については、すでに逍遙も『小説神髄』で、「擬詞《なぞらへことば》」「華言《くわげん》」として言及していた。

はなはだしく怒りし折もしくハ大いに悲しめる折にハ用ふる言語ハ簡略にて且おびたゞしく華言《くわげん》吐くなり華言とハ何ぞ曰く擬詞《なぞらへことば》の事なり擬詞といへるものハ西洋にてハ「フヒガル、オフ、スピイチ」と称して文章の飾りともなり省略の一方ともなるものなり（「小説の稗益」）

逍遙が「華言」という語を宛てたのは、「華文」（Belles Letters）に対応するものとしてこれを理解していたからかと思われるが、それを「擬詞」と同定したのは、あきらかに意味を「譬喩」に限定してしまうものであり、その定義は必ずしも厳密なものではなかったといえる。修辞の技法には、「擬詞」（譬喩法）だけでなく、「表出法」や「配置法」も含まれるからである。

「華言」「擬詞」という訳語を用いた逍遙に対し、「詞藻」という語を宛てたのは『美辭學』における高田半峰である。『美辭學』第十章から第十二章で「修飾」（Figure）を論じた半峰は、次のように述べている。

文章は達意を以て主となすと雖用字粗笨にして少しも詞藻の見るべきなき時は文章としては毫も価値なきものなり必ずや意詞共に勝れて所謂文質彬々たるを希ふべし此篇論ずる所の修飾なるもの共用多く詞藻の辺にあり

（前編　第十章「修飾（Figure）を論ず（第一）」一〇九頁）

もっとも、「詞藻」なる語は、半峰の造語であったというわけではない。すでに、海保漁村（一七九八―一八六六）の『漁村文話』（一八五二―五三〈嘉永五―六〉、江戸・岡村屋庄助）は「詞藻」について一章を設け、「文章必ズ達意ヲ以テ主トスト雖モ、亦必ズ点綴装飾スルニ詞藻ヲ以テス。詞藻ハ人ノ血肉ノ如シ。文ニシテ詞藻ノ乏シキハ、人ノ血肉枯《こ》痩《そう》シテ、色栄《はえ》ザルガ如シ」という定義[5]を下していた。『美辭學』の執筆にあたって半峰が、「作文の注意事項」を、随筆風に書かれる「文話」の常套を破って、例外的に「極めて体系的」に「論文はいかに書くべきかという手ほどきの本」として綴った[6]とされるこの書を参照しただろうことは、両者の用語、文意から推測されるが、抱月の「詞藻」も、「達意」を前提としながら「意詞共に勝れて、所謂文質彬々たる」文章の実現をめざす「修飾」（「修辞過程」）の重要な構成要素としてこれを規定した半峰の定義を継承していることは明白であろう。また抱月が「想」を正確、明晰に伝達するため語法や用語の「純正」を必要条件としつつも、「之れを円具にして人を感動せしむ」べき「技巧」として「修飾」を想定していたことは先にもみたところだ。

更に、「語彩」「想彩」について抱月は「従来の修辞書」にはなく、独創に基づく科学的なものだと自負している。

> 茲に語彩と想彩とを分かてるは、従来の修辞書に無き所なれど、吾人は之れを以て一層科学的なるものと信ず。旧来多くは詞藻（Figure of speech）といふ名の下に此等の大部分を総括し、或は之を効果の上より分類して知力的（Intellectual）情緒的（Emotional）意志的（Volitional）等とし、或は之れを成立の上より見て、隣接（Contiguity）に基づくもの、類似（Similarity）に基づくもの、対照（Contrast）に基づくものとせり。後者の分類法は心理的にして最も参考とすべきものなり。（二・一一二）

「従来の修辞書」というのは、「美辭論稿」で逍遙が参考にしたバスコム（Bascom, John 1827–1911）の『修辞哲学』[7]の類を指していると思われるが、カント以来の認識論の枠組みのなかで、「知力」「情緒」「意志」という「効果」の側面からの抽象的思弁的考察に終始した在来的な修辞研究にあきたりず、ベインがそうであるような、「隣接」「類似」「対照」という、心理学の成果を踏まえた経験的実証的方法を導入、「成立」の面から修辞現象を解明しようという意欲をここにはみることができる。それはまた、通常の言語表現から逸脱した表現として修辞を捉えるというクィンティリアヌス以来の見地は踏まえつつも、「文彩」（Figure）を通常の言語表現とは異なったものとし、これとは別に、本来の意義とは異なった意味を指し示す語として「転義」（Trope）を措定、両者の総称として「修辞」を把握する修辞学の枠組を無視、このような区別にはあまり意味がないとして「文彩」（Figure）のみを問題とするべきだとしたベイン[8]と共に「転義」を却けて、「語彩」と「想彩」という二項から修辞を説明しようとしたところにも示される。

もっとも、「修辞」において、「言語」（外形）に関わるものと「思想」（内容）に関わるものを区別するという観点は、必ずしも抱月のいうように、従来の修辞書によって無視されていたというわけではない。例えばブレアは、一つの「語」（Word）を、本来の「意味」とは別の意味（思想）に転じてしまう「転義」（譬喩）のような、「語の形態」（figures of words）にかかわる「技巧」と、「感嘆」「疑問」を表わす文において符号を付けたり、ものごとを「比較」「対照」する場合に比較級を用いる等の「思想の形態」（figures of thought）に及ぶそれを区別していた。[9]「語の形態」（figures of words）にかかわる「技巧」と「思想の形態」（figures of thought）に及ぶ「技巧」の区別については、のちに五十嵐力も『新文章講話』で言及するが、[10]抱月が「語彩」と「想彩」の二分法のうちに「詞藻」を把握しようとしたとき、このようなブレアの観点はなんらかの示唆を与えたかと思われる。しかし、すくなくとも抱月が独自の構想のうちに「修辞」を考察しようとしていたことは、「譬喩」を「語の形態」の上から捉えたブレアには従わず、「思想」に関わる「想彩」にカテゴライズしたことからも明らかであろう。それは、彼が「語」ではなく、「思想」（「情」）を基軸に「修辞」を考えようとしていたことを証す。またそこに、「吾人は之れを以て一層科学的なるものと信ず」と自負する所以もある。

第三項　文　体

ところで、ブレアのいうように、一つの「語」(word)を、本来の「意味とは別の意味(思想)」に転じてしまう「転義」(trope＝譬喩)のような、「語の形態」(figures of words)に関わる文彩において、それが「譬喩」であるか、本来の意味で用いられているかどうかが最終的に判断されるのは、いうまでもなく文脈(context)においてである。[11]「譬喩」について考察したブレアが、次いで文体の検討にと進むのはそのことに関わっているが、抱月もまた、「修辞的現象」を統一するより高次の段階として「文体」を措定することになる。

> 文体が依りて他の修辞的現象を統括するの規範は何なりや。個々の修辞的現象には、一様に情を刺激すといふ目的なきにあらねど、此はたゞ概念上のことにして、実際は情の内容の異なるに従ひ、種々別々なるを免れず、随つてこれによりて雑多の修辞的現象を統一するをば得ざるなり。此に於いてか文体は各箇の修辞的現象が志すところ以外、別なるものによりて之れを統率せざるべからず。吾人の見るところを以てすれば、之れに客観的と主観的との両面あり。主観的なるものは即ち作文者其の人の風格にして、客観的なるものは修辞的技巧の材料たる思想と言語となり。(二・一一三)

「主観的文体」とは作者の「風格」が「修辞現象」の上に統一的に表現されたものであり、「客観的文体」とは「思想の主題」や「言語の特徴」が「修辞現象」として表現され、統一されたものというわけである。例えば、近松の文体を「富麗」、西鶴のそれを「洒脱」というような場合は前者による類別であり、議論体・叙事体・雅文体・俗文体という類は、後者に属する。

「文体論」は「詞藻論」と共に、『新美辭學』の本論である「修辞論」の中心的部分として後に詳述されることになるが、ここで抱月が「文体」を「主観的」「客観的」に二分、「文体の本意は最も作家の風格をあらはすにあり」とし「文体は全く差別的個性的のものにして、百人の作家には百様の文体あるべく、事実に於いても、甲乙、人によりて文体を異にするは、猶ほ其の面の如し」としているところは、この論の一つの画期性を示すものといえよう。

標準的文体の創出が、国民国家の形成をめざして諸制度の「改良」と「再編成」――主体的分節化――に取り組んだ明治国家にとって、とりわけて緊急かつ不可欠の課題の一つだったことは、改めていうまでもないところだ。『小説神髄』が「文体論」に多くを割いていることなどは、それを端的に示す事実といえる。雅文体・俗文体・雅俗折衷体というような腑分けから浮かび上がって来るのは、近代国家を担う主体の創出という使命の自覚であろう。逍遙は、また、「美辭論稿」で、「文章」は「了解力《アンダースタンディング》情感《エモーション》熱意《ウィル》」という「知情意」の「三大門」の「合成結果」でなければならないというバスコムの主張[12]に同意し、「知の文」と「情の文」の特質を剔出しながら、新しい文体の方向を模索している。ここに窺えるのも、同様の使命感である。彼がめざしたのも、「思想の主題」や「言語の特徴」を統合的に表現し、国民国家の構成員が共有することのできる標準的な文体の確立なのである。だが逍遙は、標準文体確立を「知情意」の「三大門」の「合成結果」に求めたとはいえ、それが、同時に、「レトリック」が奉仕するべき共通の目標を喪失し、「各人が第一に奉仕されるべきもの」となり、「美、芸術、ポエジーを自己自体で充足」し「今や各人は各人のインスピレーションから汲めばよく、技巧も規則もなく、素晴らしい芸術作品を作り出すこと」[13]ができる時代の到来を意味していたということには必ずしも自覚的であるとはいえなかった。

「文体」が、「主観的」には「作文者其の人の風格」を表わすものであり、「文体の全く独立すべきものたるは、其の人の性格の全く独立特殊なるを要すると同理」だとする抱月の理解は、そのような時代、トドロフのいうように「一言でいえば、もはやレトリックの必要」はなく、「ポエジーはレトリックなしにやっていける」時代、というより、もはや「レトリック」の伝統に依存することなく、各人が、各人の責任において「レトリック」を選択し、「文体」を確立しなければならない事態が到来しつつあるという自覚に基づいている。

「文体」が各人の「風格」に属し、もはや修辞の伝統に依拠することなく、各人が「文体」を創出しなければならないとすれば、「文体」の確立とは、結局は「風格」の創出の謂にほかならないことになる。「文体」が個人、即ち個性の確立を意味し、それゆえ、言語表現の努力が「知情意」(真善美)の「三大門」を統合した「人格」=個性の確立と等置され、文章修業がさながら人格修業であるかのような風景が出現するのは、それほど遠いときではない。「文体」が、「主観的」には「作文者其の人の風格」に帰属するという抱月の規定は、そのような事態の到来を視界に捉えたものだったとみることができるだろう。それはまた、単なる「見巧者」による「技巧」の品隲にとどまらず、「知情意」を兼ね備えた「人格」そのものに対する批判としての批評という領域の誕生も示していた。その意味では、抱月の「文体」観は、新しい地平を開く画期性を内包していたといえるだろう。しかし、この認識は、同時に、標準的な文体の確立という課題と結び付いてもいた。

「詞藻論」と「文体論」を二つの柱とする『新美辭學』は、上記のような問題のいずれにも説明を与える理論として構想された筈である。

第二節　詞藻論

第一項　語彩総論

「第一章」は、「修辞論」全体の構想を提示した、「総論」にあたる部分だが、「第二章」では各論のうち「詞藻」が論じられる。先にもみたように、「詞藻」は「言語の適用」に基づく修辞法である「語彩」と、「想念自からの発展」からするそれである「想彩」から成るが、「第一節」から「第三節」では「語彩」が、「第四節」以下「第七節」では「想彩」が俎上にあげられる。「語彩」は、「想彩」と同じく、更に「消極的」なものと「積極的」なそれとに区別される。前者が「修辞の最低標準」として、「言語の妥当ならんことを期する」ものであり「思想」を完全に表出することを目的とするのに対し、後者は前者を必要条件としながらも、「如何にせば其の思想が最もよく読者の情を刺激すべきか」という「修辞の最高標準」をめざす「技巧」だというのが、両者の主要な相違点である。

第二項　語彩各論――その一　消極的語彩

「第二章」では、「語彩」について以上のような「第一章」の定義を踏まえながら、具体的に、「語句の純正」と「語句の精確」を指標に詳細に検討が加えられる。

「語句の純正」について抱月は、まず言語一般というよりは、「国語」として「純正」であることを求め、(1)「他国語」、(2)「方言」、(3)「俚語」(「俚俗卑賤の際にのみ用ひられて、嘗て名家の文または上中流の識者社会に行はれしことなき語句」)、(4)「科語」(「特殊の学問技芸にのみ用ひらる、専門語」)、(5)「古語」、(6)「濫造語」(「昔より在り来たれる句を外にして新代の作文家が恣に語句文を変化し創始する」類の語)、(7)「訛語」(「一地方若しくは一階級の人々が誤謬上より一語を他義に転用して慣用となれる者、而も其の転訛が未だ標準語として是認せられざる」類の語)、(8)「誤用語」、がそれぞれ混入することは、「国民の活用語」としての「標準」から逸脱し、国語を「不純正」にしてしまう条件となるとする。

また、「語句の精確」に関しては、「異辞同義」「同辞異義」「曖昧」の語句について、それぞれ例文を挙げながら、これらが「文の精確を損するの条件」となるとしている。「正とは義の謂なり邪とは不義の謂なり」という文にみられる

「同意反復」（同義語）や、もともとは「即」という漢字に相当する「やがて」が、後には「間」を意味する例が示すような「同音異義語」、更には、和文脈のなかにしばしば用いられる「ものす」の類の、「往々茫漠として精確の意義を盡しがたき」語が、「国語」の「不精確」を結果するとするのである。

「標準」的で「純正」「精確」な「国語」を確立しなければならないという主張が、基本的に逍遥の、というより当時支配的だった「改良」の言説に平仄を合わせたものであったのはことあたらしくいうまでもないところだろうが、「他国語」や「濫造語」「科語」の混入を取り除いたところに「純正」な「標準語」を模索するという観点には、抱月も参照した英語圏の修辞学者、とりわけ、D・J・ヒルの影響をみることができる。D・J・ヒルもまた、「古語」（obsolete Word）や「濫造語」（newly coined words）「他国語」（foreign words）「方言」（provincialisms）「科語」（technical terms）等を斥けるべきだという見解を示していたからである。[14] 先にもみたように、[15] D・J・ヒルの『修辞の科学』を検討した亀井秀雄は、修辞論が「国語」としての言語の「親密性」（familiarity）を強調して、外国語や古語など、時間的・空間的に異質なものを「未開」（Barbarism）の領域に押し込めるように機能したことを指摘している。国民国家として、情報伝達の機能性という側面からも、「国民」意識の編成・育成という側面からも標準的日本語の確立を緊急の課題としていた当時の「国語」をめぐる言説の状況において、情報伝達のツールとしての自国語を重視、その機能的純化を力説したA・S・ヒルと共に、自国語の「親密性」（familiarity）、即ち「家族的一体性」に「国語」の「標準」化の針路を定めたD・J・ヒルのような言説はおおきな説得力を持っていたといえる筈である。亀井はまた、「ヒルのように言語の親密性を守ることは、自分たちの現存する世界を、言語的に理解と信頼が可能な領域として時空間的に枠づけることにほかならない」とし、こうした言説が結果的に「言文一致」を促進する道に手を貸したとも述べている。[16] この段階では、抱月はまだ「言文一致」の方向に踏み切ってはいない。しかし「外国語」や「古語」、「方言」などの「混入」を排除した彼方に「純正」で「精確」な「国語」の在り方を求めたとき、実質的にその「言文一致」論は完成していたといっていいだろう。「日清」「日露」という二つの対外戦争を経験する過程で、後述するように「標準語」の制定[17]とパラレルに成立した「言文一致」という制度は、一九〇〇年の、初等教育における「国語科」の制定[18]とあいまって、国民国家の言説装置としてすぐれた機能を発揮した。[19] 交通・通信体系の整備と相まって、「中央」（中心）から「地方」（周辺）への情報の伝達は格段に迅速かつ精度を増したものとなり、国民国家の構成員としての帰属意識は、「純正」な「国語」を通して改めて再編成されることになったのである。[20] しかし、それが同時に、「方言」を排除して一元的な価値観のもとに「均質化」して日本語の実質を構成していた文化的多様性を喪失していく方向を選ぶことを意味していたこと、[21]また、もともとは漢字という「他国語」を取り入れることによって成立した日本語に固有の多義性等については、抱月が思考の埒外においていたことは、後年の近代劇運動の性格を検討していくうえでも、留意しておくべきところといわなければならない。

第三項　語彩各論――その二　積極的語彩

「消極的語彩」が語句の「純正」と「精確」を指標として考察されたのに対し、「言語の適用」によって「情の補足」をめざす「積極的語彩」は、「語趣」と「音調」の両面から検討の俎上にあげられる。

（一）語　趣

このうち「語趣」とは、「其の語の歴史すなはち用例が生ぜし色沢」ともいうべきものである。もともと、「語句」はそれぞれに、「其の語の歴史すなはち用例」、つまりは文化的・社会的、あるいは階級的背景を随伴している。「色沢」とは、その語の喚起する文化や社会に固有の価値観やそれに裏づけられた感情なのだ。「国語」の「純正」を害するものとして却けられた「俚言」や「方言」、「科語」も、一つの言語システムのなかでは、「純正」な言語としての機能を担っている。「科語を用ふるときは、其の語の背景に専門家また専門の智識などいふ聯想を生じ、之れに対する嘆称の感、其の他種々附属の感が雑然踏至して、こゝに其の語を焼点とせる一団の情塊」を生じさせ、「方言」が「其の地方、または粗樸の人、田舎漢などいふ背景を伴ひて、（中略）其の思想を装飾」するのはそのためにほかならない。従って、「技巧」としてこれらを用いる場合は、「言語が有する本来の極致」を判断したうえで「語句」を適切に選ばなければならないというのが趣旨である。

一つの「語句」が「一団の情塊」を生じさせるとは、「語趣」が文脈（context）により左右される、ということにほかならない。「一切の情趣は、其の背景が與ふる効果によりて、文壇的、社会的、滑稽的の三とするを得べし」とし、「高貴の背景を要する場合に卑賤の背景を用ひ、男性の語趣を要する場合に女性の語趣を用ふるの類」などを滑稽の例として挙げているのは、ここでは文脈という術語は用いていないものの、まさしくそれを念頭において「修辞」を考察しようとしていたことを示している。「修辞」を、対象の主体的な言語的把握の過程として分節しようとするこうした捉え方は、のちに日本の語法学において支配的になる構成主義的方法と対立する観点を内包するものでもあったことは、これまた留意しておいていいことといえるだろう。

（二）音　調

「其の語の歴史すなはち用例が生ぜし色沢」とでもいうべきものとして、文章の性格を方向づける「語句」の要素を「語趣」とすれば、その言語に特有の「音」、即ち聴覚的な「表情」によって文章の「情趣」を規定する要素を「音調」ということができる。

「音調」は、語の意義（内容）に対応して「情趣」を方向づける「語勢的音調」と「形式美」の原理によって文章の「情趣」に関わる「形式的音調」に大別されるが、後者は更に、「口調」及び「律格」に類別される。

「語勢的音調」は、「自然の声または形を語音にて模せるものが固定して言語となれるを利用し、其の語音により思想を一層切ならしむる」「模声語」や、「音趣」によって「思想」の表現を補助する類のもの、及び音便などを指す。要するに今日では、「オノマトペア」として括られる「擬声語」や「擬音語」、「音便形」などを独自の修辞体系のなかに位置づけたものといえる。

「形式的音調」のうち、「口調」は、（一）「句の長短」を基準に文章を修飾する「句読法」、（二）「類似の音を或る間隔毎に響き合」わせることによって文章の音楽的情趣の構成をめざす「押韻法」、（三）「同一若しくは類似の音ある語句を反復重畳」することによる聴覚的表現である「畳音法」等に類別される。

「口調」が、「句読法」（パンクチュエーション）「押韻」（ライム）「畳音」（リフレイン）等によって一定の「調子」（トーン）を創出する形式であるのに対し、「律格」は、（一）「音度」「音長」（「抑揚」「長短」）、（二）「音位」（音の「近似」）、（三）「音数」等、「語音」の性質を音楽的に利用することによって形成された修飾技法であり、それぞれ「平仄法」「韻脚法」「造句法」として括られる。「平仄法」が「抑揚」「長短」に依拠し、「韻脚法」が、「近似せる音」の、「一定の間隔」による「反覆」によって、「造句法」が「音数」を基準に、いずれも一定の「調子」を獲得することをめざすという点では、これらの形式を規制する原理は「句読法」や「押韻法」「畳音法」等となんら異なるところはない。その意味では、「律格」は「凡ゆる文辞」に遍在する「一般的形式音」から構成される「口調」を「洗練」して、意識的に厳密な規則のもとに形式化したものであり、その構成要素は「特殊的形式音」といえる。

抱月による「形式的音調」の定義は以上のようなものだが、ここで注目しておかなければならないのは、「律格」を「特殊的形式音」として修辞体系のなかに位置づけ、それを構成する「平仄法」「韻脚法」「造句法」について、李白（Li Bai 701–762）、杜甫（Du Fu 712–770）等の唐詩や『文心彫龍』『滄浪詩話』などの修辞書はじめ、ミルトン（Milton, John 1608–1674）の『失楽園』（*Paradise lost* 1667–1678）などにみられる西洋の韻文、西行（一一一八—一一九〇）の和歌から俗曲、民謡の類まで渉猟、引用して「音度」「音長」「音位」「音数」の観点からその「構造」を詳細に分析、「平仄法」や「韻脚法」は「支那と西洋」の詩に固有の技法であり、日本の詩歌は「音数上の律格」にその「根底を托せり」としているところであろう。

第四項　新体詩と「音調」——その一　新体詩の内容と形式をめぐって

抱月は、この論を構想し始めてまもない一八九五年頃から、「新体詩」の「想」(＝内容)と「形」(形式)をめぐって、高山樗牛と議論を応酬、「新體詩の形に就いて」など一連の「新体詩」論を書いている。[22] 抱月の「音調」観には、これら一連の詩論における韻律に関する考察が生かされてもいる。

「新體詩の形に就いて」は、外山正一が『新體詩抄初編』(一八八二・八、丸屋善七刊)以来、中村秋香(一八四一—一九一〇)、上田万年、阪正臣(一八五五—一九三一)との共著で一三年ぶりに刊行した『新體詩歌集』(一八九五・九、大日本圖書)の序文で、七五・五七調は流麗ではあるが、「種々の変化ある思想及び情緒は到底斯る一定窮屈なる体形を以て」は表出することはできないから、それにふさわしい「種々の変化ある体形」を用いるべきであるとし、この詩集に収められた「朗読体若しくは口演体の新体詩」は、「予の思想予の感情を感情的に語らむ為」に試みた「句調」の自由化の成果であると自解、刊行された翌月に「帝國文学」誌上でこれに触れた樗牛(林斧太)がこの観点を受けて、「文化の進歩と人心の発達」は、「思想発表の手段に於ても亦不断の変遷」を伴うものであるから、詩歌の形式も内容に応じて変化すべきであり、「一定頑固の標準」によって制約するべきではないと主張したことに対する反論として抱月の批判は多岐にわたっているが、[24] まず外山に対しては、七五・五七調だけが新体詩の唯一の「形」でないという主張には同意しつつも、「散漫無規律を以て規律となさん」として一切の韻律を排するその主張には、「変化の統一」という観点が欠落していると批判する。「変化ある体形」は模索されるべきだが、必ずそれを「一律に帰せしむる工風」

はなされなければならないにもかかわらず、外山は「我が律語の範域に於ては変化と統一と到底併行し得ざるものと断定」し、「変化のために統一を犠牲」にしているのであり、結果としてその詩形は「散文」となんら区別のできないものになっているいる[25]というのが、批判の大要である。

次に外山説を継承、「形式は内容の必然自然の発表」であるという命題を根拠に「全称的に律語を否定」した樗牛に対しては、ここで「形式と内容」関係を整理しながらその論の「無造作」を衝き、「形式といふ語を濫用して誤謬の結案に終れる」所以を説く。

> 外形が内容の自然の、又必然の発表なるべきは言ふまでもなし。たゞ、百の内容もし百の殊相を有すると共に百種一様の性をも有したらば、之れを表するの形式も百の殊相と一の通相とを備ふべきの理ならずや。言語、声格は即ち、内容の殊相の面に応ずるの形式なり。律格は即ちその適相の面に応ずるの形式なり。（中略）夫れ律格を難ずるは形の予定を悪むが故にして、形の予定を悪むは形に一定普遍の所なきを信ずればなり。（「新體詩の形に就いて」）

「外形が内容の自然の、又必然の発表」である以上、「新体詩」がそれにふさわしい「形式」を要求するのはいうまでもない。だが、抱月によれば、それが樗牛のいうように、「律格」そのものの廃絶と結びつくことはありえない。なぜなら、「律格」とは「音を組み合はする上に一定の規律を立て、以て全章の種々音を一律に帰納せしむる」ものとして、「声格」と共に言語の美的表現の前提条件であり、「内容」と「形式」の区分からいえば、「形式」そのものといっていいからだ。それは、七五調のように音数律によって規定された韻律や、「平仄」「押韻」の類のものに限定されるわけではなく、それが詩である限りあらゆる詩に見いだされなければならないのである。[26]

十数年の時間を経過したとはいえ、外山や樗牛の主張が、井上哲次郎がかつて、スペンサー流の進化思想を拠り所に「且夫泰西之詩。随世而変。故今之詩。用今之語。」と楽天的に謳いあげた『新體詩抄序』のそれの延長線上にあったのは明白であろう。

いくらかの温度差はあれ、いずれも欧化主義者として「国民国家の叙事詩」を創出するという課題を共有して[27]『新體詩抄』を刊行した編者の一人である外山にとって、「進化」が「西欧化」と取りあえず同義であったとすれば、日清戦争に勝利した日本は、新帰朝者として土を踏んだ国民国家として呱々の声をあげてまもない時期から確かに「進化」していた。彼らがそれを「叙事詩」として謳いあげようとした国民国家の建国という夢は、「日清戦争」の勝利によってまがりなりにも実現されたし、その戦争を勝利に導いていく過程での国民の士気の昂揚という面からいえば、外山が最初に創作し、国民国家の発展とパラレルに「進化」を遂げた「軍歌」の貢献もささやかなものというわけではなかった。[28]

樗牛がこの時期「何故に叙事詩は出ざる乎」(一八九七・六、「太陽」)などで「叙事詩」の創作を呼びかけ——日清戦争の勝利は、建国の事業を「叙事」する条件の整備を意味していたのにもかかわらず、この提唱とはうらはらに「叙事詩の時代」は「終焉」[29]し、「抒情」の方向に向かいつつあるのが近代詩をめぐる言説と実作の現実だったが——七五調の「律格」を否定した外山や、日本語が、国語でありながら、今や「支那語支那文詠のつま」[30]と成り果てていると慨嘆した上田万年の言説を念頭にし、「律格」そのものの廃絶までいいたてる樗牛の主張を支えているのも、こうした「進化」イデオロギーに根ざした現状認識だったといっていい。

タイトルも示唆するように「新體詩の形に就いて」で、抱月はそうした樗牛の「進化」イデオロギーそのものを批判したわけではない。「形式は内容の必然自然の発表」とする以上、むろん樗牛にしても、「形式」そのものを否定するなどということがあり得る筈もなかった。抱月の批判は、「内容」が「形式」に規定されるといいながら、「新体詩」

の「形式」について、また、「律格」を否定しながら「新体詩」の「形式と内容」についても徹底的に検討し、説明することなしに、一挙に「律格」そのものの「全称的」な否定にまでいきつくその思考の不徹底と論理の飛躍に向けられていたといえる。「新体詩」における「律」を「形式」と「内容」の関係から考えようとするその立論の前提からすれば、抱月もいうように、樗牛は「新体詩」にふさわしい「形式」とはなにか、という風に問いを設定しなければならなかった筈なのだ。

第五項　新体詩と「音調」――その二　新体詩の韻律

もともと「律格」を詩の「形式」の上からどのように位置づけるかという問題は、『新體詩抄』の試み以来、とりわけ山田美妙が「日本韻文論」（『國民之友』一八九〇・一〇―一八九一・一、未完）で「韻文」「散文」という二項対立を設定して「詩」とはなにかという問いを提出して以来、多くの論者を悩ましてきた難問の一つだった。「節奏に拠る語及び句、及び節奏に拠る句で出来た文が韻文で、節奏に拠らぬ語及び句、及節奏に拠らぬ句で出来た文が散文です」として、このうえなく明快に「韻文」を「散文」と区別する指標を「節奏」（「律格」）に求めたとはいえ、それが詩にとって不可欠の形式であることについてなんらの説明を与えることなく投げだしてしまった美妙はもとより、わずかに、「詩の形は言語の節奏と名けるものにある」（「詩歌論（其五）」一八九二・一二、「青年文学」）とし、香川景樹（一七六八―一八四三）が『新學《にいまなび》異見』（一八一三〈文化一〇〉、松柏堂）で展開した「調べ」観を、「歌は理はる者にあらずして調ぶる者也。」とし、「今ここに調と云ふは、世にまうけて整ふる調にあらず、おのずから出くる声、おなじ阿といひ耶といふも、喜びの声はよろこび、悲の声ほかなしみと、他の耳にもわかる、を姑く調べとは云ふなり」と要約しながら、「調べ」とは「歌に抒べらるゝ事相」と「其音声との調和」、即ち、主体的言語化（言語による「醇化」）にあるとした大西祝が解決の方向を示唆した[31]のを例外とすれば、誰もこの難問に満足な答案を提出することのできた者はいなかったといっていい[32]。抱月が「形式は内容の必然自然の発表」というテーゼから一挙に「律語」(=「律格」)そのものさえも否定した樗牛に反論、「律語」を詩にとって不可欠の「形式」であるとしたとき、この難問に対する解答の一つは提出されたといえる。「形式的音調」の構成単位とするという『新美辭學』における「律格」の位置づけは、その意味では、日本近代詩における「形式」と「内容」をめぐる議論に、すくなくとも抱月にとっては、この時点で一つの決着をつけるものでもあった。と同時に、それが、のちの口語自由詩における「形式」の問題を視界に収めていたことも見落としてはならない。数年後、教え子の服部嘉香(一八八六―一九七五)や人見東明(一八八三―一九七四)、加藤介春(一八八五―一九四六)らによる口語詩推進の動きに対して抱月は、現代の詩に要求されるのは、「吾人の生理的心理的状態に根ざした「自然の律格、節奏」であるとし、「ソートミーター即ち思想上の節奏」の創出を提唱してエールをおくる[33]が、「律格」について、それが「声格」と共に「声調」(=「形式」)の不可欠の構成要素としてあらゆる言語表現に不可欠なものであり、とりわけ詩においては意識的に追求されなければならないと位置づけたとき、口語詩における「形式」の問題は原理的にはすでに解決が与えられていたといっていい。口語詩の課題が、音数律によって規定された在来的な「ランゲエージ、ミーター」(=「言語的律格」)の制約と対決しながら、「思想的律格」をどのように芸術的に確立していくかという方向に設定されなければならないことは、抱月にとっては自明のことであったといわなければならないのである。

ところで、こうした「律格」についての考察が、「音数律」の検討に抱月の眼を向けさせることにもなったのは当然であったといえる。みてきたように、外山と樗牛が共に主張したのは、七五調という「律格」からの「進化」である。「進化」=西欧化という彼らの奉じた図式からすれば、七五調という「一定頑固の標準」に制約された「窮屈」な「形式」は恥ずべきもの、「改良」され、「進化」すべきものであり、当然ながら、日本の詩歌は、西欧詩という、より「進化」した「形式」をめざさなければならない。また、その道筋は具体的に示される必要もあり、そこに外山が『新體詩歌集』という、「〈書く〉ことが〈読む＝朗読する〉とセットになったテクスト」[34]を刊行した理由もある。外山によれば、『新體詩歌集』に収めた「朗演体若しくは口演体新体詩」こそ、そうした「進化」への道を切り開く、「予の思想予の感情を感情的」に語ることのできる新しい「形式」だった。彼が実際に口演してみせたところ[35]も示すように、「七五」調という「窮屈」な詩形を乗り超える、より「進化」した詩とは、「朗読」によって提示される「音調」が「形式」の機能を担う詩、いわば「朗読されることで初めて正しい姿（内容）を伝達しうる」[36]詩の形態なのである。

だが、果して七五調の「律格」は、「進化」しうるものなのか。というより、彼らが「一定頑固の標準」として排除しようとした日本の詩歌は、そもそもどのような「律格」を特質としているのか。西欧近代詩の詩形の移入を企てた『新體詩抄』以来、さまざまの試みが敢行されるなかで、この問いが追求される契機となったのは、やはり、前記山田美妙の「日本韻文論」の連載であろう。ここで美妙が「詩」の本質を「節奏」（＝「律格」）にありとしながらも、「節奏」そのものについて十分な説明を与えることができなかったことはすでに触れた通りだが、日本語の音韻を「語音」（＝「音度」、アクセント）の「強弱」によって一二種類に分類、日本語の音韻の分析を適して「ヨーロッパ定型詩と同質の問題を設定」し、「すくなくとも日本の近代詩の基礎を、西欧とおなじ位置」におくこと[37]――もっとも、美妙も音数律を無視したわけではないが――を骨子とし、様々の議論を惹き起こしたその主張はまた、おのずと日本語による詩における韻律構造そのものに関心を向けさせることにもなったのである。「日本韻文論」の連載開始まもなく、大西祝は次のように述べている。

詩歌をして詩歌たらしむる所は其言語の節調にあるならば我国の韻文は如何なる節調を以て構造したるものなる乎是れ論を待たずして其所謂る文字（即ち語声《シラブル》）の数にあること明なり（中略）我国の韻文は語声の数の外に強弱若くは長短によりて形づくることは出来ざる乎是れ少しく西洋の韻文に接したる者が必ず浮ぶる問題にて或は直

に之れに答へて出来得ると云ふ者もあらん然しこは容易に信を置き難し何となれば我国の言語は英吉利独逸の語と異なりて発音の力の強弱に極く差等の少なき語《ことば》にて彼の英語などに所謂る「アクセント」と全く同様なるもの殆どなしと云ひて可なる程なり（中略）語声の強弱よりも寧ろその長短の方我国の韻文には適用し易からんと思はる然しそれとても韻文構造の基礎となし得んこと覚束なし其基礎は（我国語の性質を考ふれば）何所《どこ》までも語声の数ならざる可からず只だ語声の長短若くは強弱を用ひて幾分か節調の基礎たる語声の数に彩《あや》をつくることは出来ざる乎こは尚は公開の問題なり此問題の解釈は頗る我韻文の面目に関係のあることならん（「詩歌論一斑」、一八九〇・一二、「日本評論」）

もともと「和歌に宗教なし」（一八八七・四、「六合雑誌」七六号）で、尖鋭的な内容論を展開して伝統的な和歌を批判していたとはいえ、桂園派の歌人としての修練を積んできた大西の眼に、「竝句の詩に於ては」発音の力の「長短」、また、「強弱」を特質とする「英吉利独逸の詩」を基礎に形成された「西洋の韻文」の「節調」をそのまま日本語に適用しようとする試みが「覚束」ないものとして映ったのは当然であろう。

第六項　新体詩と「音調」——その三　音数律の発見

「我国の韻文」の特質を「其所謂る文字（即ち語声《シラブル》）の数」にあるとした大西は、「國詩の形式に就いて」（一八九三・一〇—一一、「早稲田文学」四九—五〇号）では更に、「五と七との声の数が我国詩の唯一の根本律呂」であると断定している。美妙の問題提起は、新体詩人やその周辺の人々だけでなく、より広範に「我国語の性質」と、その基礎をなす音数律に関心を向けさせることにもなった。五音を一二二、一一三、三二等に、七音を四三、三四、五二、類の「声の数を更に分析して今一層根本の律呂を発見」しようという試みが企てられることになるのである。大西はここで、心理学の立場から一・二・三文字に分解して一定の法則性を導き出そうとした元良勇次郎（一八五九―一九一二）や、『新古今集』の所収の歌から抽出した三二種の文字の「配列」「組み合せ」を和歌の形式とした芳賀矢一（一八六七―一九二七）はじめ、中国や欧米の詩との比較から日本韻文の「ミーター」の特質を論じた米山保三郎（一八六九―一八九七）、短歌、俳句はもとより、「都々一節」「潮来節」等の俗謡にまで取材の範囲を拡げながら五七以外の「律呂」の可能性を模索した伊藤武一郎らによる探求を点検しながら、「五と七とが主本の律呂」であることを確認、「五七ならぬ句をも挿」みながら、それを「交錯運用」するところに、即ち、音数律を「我国語の性質」の規定する絶対的制約と見做したうえで、「詩想」の主体的言語表現の自由を追求するところに、「新詩人」による新しい詩の表現の可能性を求めている。日本の詩歌における「律格」が音数律に基本的に制約されているという認識は、大西が「國詩の形式に就いて」を書いた時点では、ほぼ共通の了解事項となっていたといっていい。

抱月の「新體詩の形に就いて」は、この共通認識を前提に、「音数律」に制約された日本語による「律格」という「形式」の枠組みのなかで表現の可能性を模索した大西の所説を踏まえたものであったといえるだろう。「韻脚」「平仄」「五七音」等の「律格」は、「美的感情の自然の発露につきて、之れを彫琢したる形式」、つまりはそれぞれの言語共同体（国語）のなかで自然の「感情」として「萌芽」し、これを「醇化」した「形式」であり、「七五音」という日本詩歌の「律格」は、樗牛＝外山のように、言語表現を拘束する「一定頑固の標準」として捉えるべきではなく、大西に従って、実は自在な表現を可能にする条件として捉えるべきなのだとするところに、抱月の「律格」論の基本的骨格があったといっていい。

「詞藻論」第六項で「律格」を、「一般的形式音」（「口調」）を意識的に技巧化（「彫琢」）した「形式」として「特殊的形式音」に位置づけた抱月は、日本の詩歌が「音数上の律格」にその「根底を托せり」と断定したうえで、「日本の五音七音に関してはなほ研究すべき節多し」とし、これに関する根本的な「答案」は「未了」だとしている。抱月が「未了」としたのは当然だった。日本の詩歌が、「其国語の性質」に基本的に制約されるものである以上、それが「五音七音」という「音数律」に支配されていることの根本における説明には、「其国語の性質」の「語法学上」の解明を待たなければならないからだ――日本語のリズムに、「等時拍音形式」という「答案」が与えられるのは、三〇年ほどのちのことである[38]――。

だが、「音数上の律格」にその「根底を托せり」という断定が、みてきたような探求の成果を踏まえていたものでもあったことは、『新美辭學』の歴史的な意義の一つを語るものといえる。

第七項　想彩総論

抱月は、先にもみたように、「修辞」を、文章において「素材」（想）を「技巧」によって「醇化」する作用であるとし、「想を善く具現する」べく「技巧」の加えられた文（「修飾文」）と、「思想に妥当」することをめざす文（「平叙文」）に区別していた。むろん、「辞」（文章）が言語化された思想である以上、そこになんらかの「技巧」の意識が作用していることは当然だが、「技巧」の「階段」あるいは性質を測定、分析するには、「技巧」の「最低階段」というべき水準を「修辞の無記」（「零位」）として想定することが不可避だからだ。「修辞的現象の最低標準、若しくは零位なる状態」を仮定し、そこから「技巧」（修辞現象）を分析しようというこの観点に、標準的な統語法（syntax）という規範を措定し、そこからの「逸脱」あるいは「偏差」として「修辞」を捉えたクインティリアヌス以後の西欧修辞学の伝統を踏まえながら、「科学的」に言語美を解明しようという意図を認めることができたのも先述の通りである。

この観点から「修辞現象」の解明にあたった抱月は、「修辞」を「言語」（外形）に関わる「外形的修辞過程」と「思想」（内容）に関わる「内容的修辞過程」に区別、前者を総称して「語彩」、後者を「想彩」と呼ぶことを提案、「詞藻」（figure of speech）はこれら両者から構成されるものとしていた。

「第四章第四節、想彩」ではこの定義を踏まえながら、「語彩」と同様「消極的」と「積極的」に二分、更に詳細な説明が試みられる。

第八項　想彩各論――その一　消極的想彩

「消極的想彩」について、抱月は次のように定義している。

消極的想彩は之れを両項に分かちて論ずるを得べし。蓋し消極的想彩の原理は、思想の論理的発展の一部を援取して、其の最も理知を満足せしめ易き形式的論理の要求に従ひ、思想の按排を修理するなり。形式的論理といふも（中略）主とするところは判断式にあり所謂命題の方式是れなり。形式的論理が命題を定むるの順序は（中略）主部従部の関係による。（中略）此の二部完備せざれば全き思想とはいふべからず。之れを命題の完備といふ。また主部は必ず先にして、従部は必ず後たり。之れを叙次の純正といふ。（二一・二一―四）

「消極的想彩」の指標として「命題の完備」と「叙次の純正」を挙げたのは、いうまでもなく、「修辞」（技巧）の「零位」を、「思想」の正確な表出におき、そこからの偏差として「修辞」の性質を解明しようとしていたからであり、同様の立論の経路から、「語彩」を、「言語の妥当」ならんことを期する「消極的語彩」と、「如何にせば其の思想が最もよく読者の情を刺激するか」という課題のもとに「修辞の最高標準」をめざす「積極的語彩」に区別、前者を後者から区別する指標を「修辞の最低標準」たる「用語の精確用語の純正」においていたことと対応している。「用語の精確用語の純正」と共に、文章の論理的整合性と「語法上」の「叙次の純正」は必要条件であり、この条件を備えた文が「平叙文」にほかならない。その意味では、「平叙文」は「修辞」の出発点なのである。

第九項　想彩各論――その二　積極的想彩

すでに抱月は「第二編、第一章　第二節」において、思想の表出を、統整的理念のもとに意識的に追求すべく試みられる「積極的想彩」即ち「想念の理想的発展」（「想彩」）の方法を、「想念」の「増殖」「変形」「排列」「態度」の四種に分類、それぞれ（1）「譬喩法」（2）「化成法」（3）「布置法」（4）「表出法」としていたが、第六節ではこれらについて定義、第七節以下でこれら四グループについて具体的な表現技法を例示しながら、詳細な分析と説明を加えている。

「譬喩法」は、「想念が斯くの如き発展をなすにあたり、必要なる限り同一情趣の下に新想念を付加し来たるの謂にして、之れによりて原想念の情を豊富にし、種々の面より之れを結體せしめんとするの修辞法」と定義される。「涙雨の如し」という表現を例にとれば、「涙下る」という思想は、それを「潸漣として」滴り落ちる雨のもたらす情趣を付け加えられることにより、より鮮明に印象づけられることになる。と同時に、「涙の繋きと雨の繋き」とが「恰適」と感じられる場合には心理的「快感」が生じ、「涙」と「雨」という、「本来全く懸絶」したものが、「其の滴下すること」の繋き点」において結びつけられるところからは、「発見」の快感が生まれる。それゆえ、これらを通して得られるのは「心的活動の範囲を拡張し得たるの快感」といえる。「すべて吾人の心は或る程度を超えざる限り、活動の盛大なるに従います〳〵暢達して快活の感を伴ふもの」だからである。

「化成法」は、「想念の変形によりて其が理想的発展を遂ぐるの用をなす」態の修辞の方法を指す。「風叫ぶ」という表現のように、本来なら「風、物を鳴らす」というべきだが、「さながら生あるもの、暴れ狂ふが如く言ひ出」すことによって「無生物に関する想念」を形容する類がこれにあたる。

「布置法」は「想念の組み合はせによりて之れを結体せしめんとす」るような修辞法であり、「其の言哀しむべし」という言辞を「哀しむべし其の言」と転倒することにより、思想を強調するような表現技法はその一例である。

「表出法」は「想念表出の態度に基づく」もの。「満つれば却りて虧くるの恐れあり」というべきところを、「満つるは虧くるなり」と、「命題の完備」「叙次の純正」を意識的に逸脱した「尋常ならざる」方法で表現することを通して「注意」を惹き、「情を刺激すること強く」して思想を印象づけようとするような、表現の態度をいう。

「心理的快感」を強調しつつ「修辞」の形態を類別するこうした分類から顕著に看て取ることができるのは、「『新奇』の快感と美の快感との関係」が示すような連合心理学の知識を基礎に、人間の行動を「感覚」を重視しながら認識論的に意味づけ[39]、「心理的法則」から「修辞現象」を説明しようとしたベインの影響であろう。亀井秀雄は、ベインによって「修辞学」は、「修辞」における「知的能力や心理的プロセスを重視」し、修辞理論を心理学化する方向に進んで行った[40]としている。ベインが「従前の修辞学における描写《デスクリプション》、語り《ナレイション》、説明《エクスポジション》、弁舌《オラトリー》などの形式的、用途的な分類法を廃し、明晰《クリアネス》、簡潔《シンプリシティ》、印象性《インプレッシヴネス》、絵画性《ピクチャレスクネス》など、感覚的印象性を重んずる分類に再編成」し、印象性の分類に関しても、「素っ気《ドライ》ない、平明《プレイン》な、典雅《エレガント》な、あるいは華麗《フロリド》などの、文体的規範による分類」に「対象の提示の仕方（描写法）に基づく分類」を対置して[41]修辞理論の心理学化を図ったとすれば、抱月はこうした心理学的修辞理論の方向に、独自の理論の構築を企てたということができるだろう。その意味では、やはりベインの影響を受けて「明晰《クリアネス》」と「精確」を強調したとはいえ、「感覚的印象性」については必ずしも十分な考察を加えたとはいえなかった高田半峰の『美辭學』をはじめとする修辞理論の探求の水準を大きく超え、言語表現を表現主体の「知的能力や心理的プロセス」から説明する方向に道を開く画期性を持っていたといえる。

第三節　積極的想彩・各論

第一項　譬喩法

譬喩法に分類されるのは（1）直喩法「シミリー」(Simile)、（2）隠喩法「メタフォル」(Metaphor)、（3）提喩法「シネクドキー」(Synecdoche)、（4）換喩法「メトニミー」(Metonymy)、（5）諷喩法「アレゴリー」(Allegory)、（6）引喩法「アリユージョン」(Allusion)、（7）声喩法「オノマトピーア」(Onomatopoeia)、（8）字喩法「字形」、（9）詞喩法、（10）類喩法の一〇種類の修辞技法である。

それぞれに例文を掲げながら分析が試みられるが、このうち、「修辞過程中最も有力且つ普通」なる**直喩法**と**隠喩法**については、いずれも「一事物を他事物に比ぶる」点では共通しているものの、前者が「喩義と本義とを明らかに区別し並べ掲ぐる」のに対し、「比喩の比喩たる處を埋没」し、「喩義と本義との区別さへ全く隠して、二事件を打ち混じ一に言ひ倣す」ところに後者の特質があるとする。「心に剣をふくんだる女」という隠喩は、「心に剣の如く人を害するの念をふくんだる女」という直喩と同義だが、意味の明瞭と引き換えに「文勢弛む」傾きのある直喩に比べて、隠喩による表現は格段に「緊紮（きんさつ）」なものになっている。比較を適して「想念の増殖」を図るという目的は共有するものの、隠喩は直喩より更に凝縮、緊迫した想念の表現を可能にするというのが抱月の説明である。

提喩法は、「米薪」という普通名詞で「日用活計の料」を、小野小町や楊貴妃というような固有名詞で美人を総称するように、「特種を以て総名」を指示する類の比喩をいう。これに対し『孟子』『近松』等、著者名によって書物を、逆に「八犬伝氏」が馬琴を指すように書名で著者を示し、本来は色彩の名称である「丹青」なる語が絵画の別称とされる例にみられる表現技法を**換喩法**という。提喩が全体と部分（「全と分」）の関係において、部分（個別）によって全体を代表させる技法であるのに対し、換喩は、「種類の相違相関」に由来する表現方法であり、「随伴物を以て本名に換ふる」ものと定義できる。両者共に一部をもって全体を代表するが、前者が「分量」（量）に関わるのに対し、後者が「種類」（質）に基づいているところが異なっているとするのである。上記はいずれも、一つの事物の「本義」を「情」に応じて他物に擬える表現として括ることができるが、これに対し、「燕雀何ぞ鴻鵠の志を知らんや」とか「鳩を以て大鵬を咲ふ」というような成句が示すように、必ずしも一物を他物に比喩することなく、一つの説話的表現を通して「意味ある事柄を影の如く寓せしむる」態の比喩表現を**諷喩法**という。鳥に託して「小人が君子の心を得知らざる由」を語るこれらの成句は「寓言」（fable「詳しくは寓意物語」、もしくはparable）とも訳すことができるが、両者は厳密には区別されなければならない。**「寓言」**（fable）は説話の一形態であり、修辞理論においては諷喩法のなかに含まれるものだからである。「人間の十二美徳を十二人の武士に権化せしめた」エドマンド・スペンサー（Spenser, Edmund 1555?–1599）の詩『仙女王』（*Faerie Queene*, 1590–96未完）や、「仁義礼智忠信孝貞（悌）の八徳」を八人の武士に「假装」させた馬琴の『八犬伝』（一八一四–一八四二）冒頭などにみられる表現技法も、修辞理論の観点からすれば諷喩法といえる。

「燕雀何ぞ鴻鵠の志を知らんや」という成句は「諷喩」に分類されるが、「鴻鵠の志」の類の成語や故事を引用して文を修飾するような技法は**引喩法**と定義される。成語や故事は、必ずしも明示的に引用されるわけではない。「路傍の槿は馬に食はれけり」という発句で芭蕉が用いたのもこの技法だが、俳句の表層の言葉は、「槿花一朝栄」という成語と響き合うことによって、玲瓏たる詩的世界を現出させることになるのである。引用される故事や成語は、西欧では新旧の聖書やギリシア文学に、日本では中国文学に淵源するものが多いが、いうまでもなくそれは、それぞれの文化の性格を語ってもいる。芭蕉（一六四四—一六九四）の句が織物《テクスト》としての光沢を放つのは、そうした引用の体系を背景に置いた時においてなのである。

声喩法、**字喩法**、**詞喩法**は、文字通り、それぞれ「事物の音」「字形」「詞」に基づいた比喩表現である。琴の音を形容して「琵々錚々」といい、雷の響く様子を「おどろ〳〵しく」と表す類の表現技法が声喩法であり、「松といふ字を分析すればきみとぼくとの差し向かひ」という俚歌に用いられる類のそれが字喩法ということになる。字喩が、表意文字による表記システムである中国や、表意文字と表音文字を混淆した表記体系を用いている日本の文章に多く用いられるのは当然であるが、表音文字による表記体系を用いる英語にもみられないわけではない。Parliament（国会）という文字を二つに分けたPartial Men＝党派的の人々という語などはその一例である。また、掛詞、枕詞、序詞、地口（Puns, Paronomasia）、語路など、「詞」そのものの性質に対応して試みられる在来的な比喩表現は、詞喩法の総称のもとに一括される。このほか、近松の好んだ「橋づくし、碁づくし、花づくし」等、「一事物と類を同じうする事柄のみを選出して一段の文を成す」態の比喩表現として類喩法と名づけることのできる技法もある。「さりとても恋は曲者みな人の、地金をへらす焼け釘は、たゝき直して、意見して、焼き直いても悪性の酒と色とのかすがひや、煮ても焼いても噉まれぬは鉄橋あぶりこかな火箸」というような近松の「心中刃は氷の朔日」（一七〇九）発端の一節などはその上乗のものといえる。

「譬喩法」に対する説明は以上のようなものである。直喩（Simile）、隠喩（Metaphor）など西欧修辞学にみられる諸種の比喩表現については、これまでも高田半峰や武島羽衣をはじめとする修辞研究書がそれぞれ独自の分類を試みていた。例えば半峰『美辭學』が比喩について論じているのは「修飾」の「意義」「利益」「種類」に言及した第十章「修飾を論ず（第一）」から第十二章「修飾を論ず（第三）」の第一類「類似に基づきたる修飾」第二類「関係に基づきたる修飾」においてだが、そこで「第一類」に分類されている「明比」（Simile）「暗比」（Methphor）「寓言」（Allegory）「引語」（Allusion）及び「第二類」に類別されている「易名」（Metonymy）「相換」（Synecdoche）「写声」（Onomatopoeia）は、『新美辭學』ではいずれも、上述のように「譬喩法」のもとに一括され、より明快な定義に改められることになる。

また、武島又次郎『修辭學』は第一編「躰裁」の第三章「転義および辞様」で、「直喩」(Simile)「隠喩」「混喩」(Metaphor)「風喩」(Allegory)「相換」(Synecdoche)をいずれも**「転義」**(Trope)として括っているが、ここではやはり「譬喩法」のグループに類別される。

もともと、「転義」の修辞理論における意義は、クィンティリアヌスからホエートリーに至る西欧の正統的修辞理論が一貫して強調するところであり、明治以後の修辞学においても、前記大和田建樹の『修辭學』や、加藤咄堂(一八七〇―一九四九)の『演説文章応用修辭學』(一九〇六・二、上宮教会出版部)らが、言葉の「意義」の変化に関わる「転義」と、「順序」のそれに関わる「辞様」を区別して「躰裁」(文体)を説明した羽衣と同様の立場に拠ったのに対し[42]、「クインチリアン及其他古の修辞家は修飾と転義との区別を立て、言語文字の組立上に関するものを特に修飾と謂ひ、其意義上に関せるものを転義と称すと雖素と甚だ実際に益なき区別なるを以て、余はこれを採用せず」とした半峰はじめ、抱月、五十嵐力らはこれを却けた。「『転義』は語の意義が他義に転じ用ひらるることの意にして、多数の詞藻の成立する状態をいへるに過ぎざれば、ことさらに之れを詞藻の一種とするの要なし。むしろ詞藻の説明と見るべきものなり」(『新美辭學』二・一―二)とみたのがその理由である[43]。もっとも、近年の言語表現理論が指摘するような[44]「転義」による意味の歴史的蓄積や、意味発見機能などについて全く無自覚であったというわけではないのは、「本来の字義」に「数義」を加えた「転義」が、「本義と相聯なる時は為に記憶を容易ならしめ想像を悦ばしむる」だけでなく「詞に新たなる力と美とを添加」することを可能にし、その「表出せる感情は本義のよりも幾層か強く且つ美」たり得るところに「転義の利」を説いたヘヴンの論[45]を視界においていたこと(『新美辭學』二・一―二)が証しているところでもあろう。そのうえで、先述した通り、ベインに倣って[46]、半峰と共にことさらに「転義」を技法のなかに類別する必要なしとし、「語彩」「想彩」から成る「詞藻」のうちに包摂したといえる。

「転義」を「詞藻」のなかに包摂して捉えるという観点の他に、『万葉集』『源氏物語』などから、馬琴、京伝(山東京伝（一七六一―一八一六）だけでなく、三馬（式亭三馬　一七七六―一八二二）焉馬（烏亭焉馬　一七四三―一八二二）の黄表紙洒落本に至る日本文学の作品に文例を求め、西欧修辞学に出自する譬喩の理論の日本語表現の実際に即した適用の可能性を探っていること、また、字喩法、詞喩法、類喩法等、独自の分類項目を立てているところにも、先行の修辞理論に対して抱月の譬喩法の特色は顕著である。「字喩」は近松や俚謡と共に陸亀蒙(Lu Kui-Meng ?–881)、蘇東坡ら唐宋の詩文から、「詞喩」は『万葉集』『新古今集』、「類喩」は近松から引用しているが、中国文学の表現を支配する漢字という表意文字による表記体系や、表意文字と仮名という表音文字を混淆しながら固有の文字言語による表記のシステムを創出した日本語の特質への自覚と、それに基づくその表現――レトリック――の可能性への新しい探求――谷崎潤一郎（一八八六―一九六五）が『文章讀本』（一九三四・一一、中央公論社）で日本語の表記における、文字それじたいの視覚の美を強調するにはほぼ三〇年後を待たなければならないとはいえ――をここには看て取ることができる筈である。

第二項　化成法

化成法には擬人法　頓呼法　現在法　誇張法　情化法がある。**擬人法**（「パーソニフィケーション」Personification）は、文字通り「情の高まれる結果、非情の物をも我れと同等なる有情物の如く言ひ倣すの法」である。香川景樹の「人しれず花とふたりの春なるを待たせても咲く山桜かな」という歌や、西鶴の「長持に春かくれ行く衣がへ」などにみられる技巧だが、このほか「ほとゝぎすいかに鬼神もたしかに聞け」（西山宗因）のように、「非情の物」に「有情」の人のように呼びかける、「プロソポピア」(Prosopopoeia) という語法も含まれる。また、「人の子一つ通らぬ」「お目にぶらさがつた」など「人間を却りて非情化」する**「擬物法」**も擬人法の一種とみていい。

頓呼法（「アポスッロフヰー」Apostrophe）は「平叙の文勢頓に変じて、現にあらざるものを在るが如く、生なきものを生あるが如く見立て、これに呼びかけ、又は今まで話しかけたりし外のものに話頭を向けかふる」ような話法を指す。「げに〳〵村雨のふり来たつて花を散らし候ふよ、あら心なの村雨やな」（謡曲「熊野」）はその一例。

過去に起こった事件や存在した事物、あるいは未来に生起すべき事物に呼かけ、これに対話風に話しかける表現技法が頓呼法だが、これに対し、「初雪やまづ厩から消えそむる」「夕立や家を回りてあひる鳴く」等の「現在に写し出す」表現法を**現在法**（「ヴヰジョン」Vision）と呼び、歴史的、想像的、予言的の三種に分けられる。

これらのほか、「疾く走るものを韋章駄天」「善く晴れたる空を日本晴」というように、「事物を其の実際よりも誇張する**誇張法**（「ハイパーポリー」Hyperbole、「張喩」）や、「一語句の意義を其のまゝ、或る種の添詞によりて情のまゝに変ずるの法」――「さを鹿」「をゆるぎ」等――である**情化法**（「ディミニューチーヴ」Diminutive）なども「想念」を「変形」することにより多様な表現を可能にする「化成法」のなかに数えることができる。

第三項　布　置　法

布置法は対偶法（Antithesis）、漸層法（Climax）、反覆法（Repetition）、倒装法、照応法・転折法・抑揚法に分類される。**対偶法**は「二事を相対せしめて布置する」の法で、「熱するときは火の如く、冷なるときは水の如し」のように「正反対のものを対照」する場合と、「桜の色に梅の香」のように連想によるものに分けられる。**漸層法**は語句や章の配列において「浅より深」「弱より強」「低より高」に感情を高揚させる技法で、「天の時は地の利に如かず、地の利は人の和に如かず」という語句はその一例だが、当然、「天も酔へり山も酔へり客と我れとまた酔へり」というように「層を追ひて次第に文意を弱く少なくする」類の、「アンチクライマックス」（Anti-climax）という表現法もここに分類される。**反覆法**や**倒装法**は、文字通り、同義の語の反復や、「論理的順序」の転倒を通して文意を強める表現技法である。「松島やあ、松島や〳〵」という芭蕉の句にみられるのは前者の典型的用法であり、「乾元大いなる哉」という語句を「大なるかな乾元」と変形して文意を強調する場合が後者である。**照応法・転折法・抑揚法**はいずれも中国清代の唐彪が『讀書作文譜』[47]に分類、我が国でも江戸後期の『漁村文話』が詳述する修辞技法で[48]、「草蛇線」「伏線」など「一段の文中間断を隔て、意義の直接なる脈絡を點示」する類の手法を「照応」、「文中思想の脈絡を一転」するような技法を「転折」、「同一事物に対し、相反せる両様の情を刺戟して、其の一より他に移る所に趣を生」じさせ「其の情の推移する状態によりて或は抑揚平均せりとの快感を伴ひ、或は抑へられしがために揚げらる、の情一層強さ対照の結果を伴ふ」態の表現法を「抑揚」とする。『小説神髄』でいう「襯染」なども「草蛇線」「伏線」と共に、「因」が「果」と「照応」して「脈絡通徹」するための技法であり、馬琴が『八犬伝』で頻繁に用いた「あだしごとはさておきつ」のような話題転換のためのレトリックは「転折」に相当するといえる。毀誉褒貶の言葉を自在に織り混ぜ、愛と憎しみの感情を一挙に表出するシェークスピア『ジュリアス・シーザー』(*The Tragedy of Julius Caesar*, 1599.)におけるシーザーの台詞が「抑揚」というレトリックを巧みに用いているのは、後に五十嵐力が『新文章講話』で指摘するところだ[49]。

第四項　表　出　法

表出法には「警句法」(「エピグラム」Epigram)、「問答法」(「ダイアローグ」Dialogue)、「設疑法」(「インターロゲーション」Interogation)、「咏嘆法」(「エキスクラメーション」Exclamation)、「反語法」(「アイロニー」Irony)、「曲言法」(「ライトチーズ」Litotes)、「詳略法」がある。

「**警句法**」は、「提灯につり鐘」「水清ければ魚住まず」等の「語簡にして意味の深長なるもの」、「**問答法**」は「二人以上の人物を假りて互に問答応対せしむる」類の修辞法とされる。

また、「**設疑法**」は、「わざと疑問を提起して答を読者の心に求むる」の、「**咏嘆法**」は、「文に勢力あらしめんため又は我が情の極めて激切なりしため、語句の間に咏嘆の声を漏らすこと」と定義、「文字の上にあらはれたる意義と裡面に潜める意義と異なるが如き句法」が「**反語法**」であるとされる。

このほか、「語勢を緩和せんため、または語勢を強くせんため、断言すべき所を断言せず、直言すべき所を直言せざるの法」を「**曲言法**」とし、「想念」の表出にあたって、「ことさらに詳密」に描写したり、「ことさらに疎略」に表現するような技法を「**詳略法**」という。「従ふべし」というべきところを「違背せざるべし」といい、「彼れ勇なり」という意を「彼れ怯ならず」と表現するような、婉曲な表現を前者とし、「虚」を詳しく説明して「実」のように現前させる技法、『讀書作文譜』が「賦陳」という概念に分類した表現や、逆に、風景描写にあたって、「このあたり目に見ゆるもの皆涼し」と表現することで「細叙」に代える「略言」（＝「省筆」）の類の技法は後者に一括されることになるのである。

「積極的想彩」の説明は以上のようなものである。

みてきた通り、抱月はここで、「積極的想彩」としての修辞法を「譬喩」「化成」「布置」「表出」の四グループに大別、更に二九種類に細別して詳細に論じた。半峰が二〇種、大和田建樹が一三、羽衣が二三種に類別したのに比較すれば、いかに詳細な差別化の試みであったかは明白といえよう。しかも、「明比」「暗比」「易名」等の中国の伝統的な修辞理論を体系づけるタームから借りた用語を廃し、「直喩法」から「詳略法」に至る統一的な術語を用いているところからは、西欧修辞理論を吸収しながら独自の理論体系のもとに、一貫した体系的記述をめざすという意図を明瞭に看て取ることができる。このような体系化の意図は、「転義」についても、これを独立した修辞法と見做すという在来的な捉え方を排し、「語彩」と「想彩」からなる修辞体系のなかに整理・統合し、整合した表現理論の論理的秩序の枠組みのなかに「積極的想彩」として位置づけるという扱い方においても貫徹される。

こうした体系化はまた、西欧修辞理論を吸収するだけでなく、伝統的な中国の修辞理論の蓄積や、日本語の文字表記の特質を視界において試みられたものでもあって、主として『讀書作文譜』に拠った「照応法」・「転折法」・「抑揚法」「曲言法」・「詳略法」等の分類が、やはり同時代中国（明末清初）の「襯染」「伏線」「対照」「省筆」等の技法を駆使しつつ、主題が「脈絡通徹」しているべきことを力説した逍遙の『小説神髄』の理論の、表現（修辞）理論の観点からの再編成の課題を荷っていたこと、「字喩」や「詞喩」などの、西欧修辞理論にはみることのできない比喩表現の類別が、表意文字と表音文字を混淆した表記体系を特質とする日本語の言語表現に根ざしたそれであること等はそれを証している。

更に、このような修辞理論構築の企てにあたって、日本及び中国の古典を渉猟しながら例文を日本の古典から引用[50]、それぞれの技法を具体的に分析していることも見落とせない。それは、この論が、単なる西欧修辞理論の紹介・適用ではなく、日本語の表現に基づいたレトリック探求の成果でもあったことを語っている。

精緻とはいえ、抱月による分類は、煩瑣に渉る点がないわけではない。「類喩」や「字喩」「添喩」などの類別は、修辞表現を形容詞、動詞、副詞、助詞・助動詞などの機能によって説明することに慣れ親しんできているわれわれには、（修辞）分析のための仮説的設定としての分類としてしか意味のない瑣末な定義とみえないわけでもない。また、抱月が一〇種に分類した比喩表現にしても、今日の言語表現理論では、例えば換喩と提喩の区別にしても、区別自身がほとんど無意味なものとみなされ[51]、「隠喩」の機能のなかに含めて考えるのがむしろ一般的であることや、分析の対象とされている例文が、殆ど古典から取材した文語文であり、当時日常会話に用いられていた口語の表現についてはあまり顧みられていないこと等は、この論考の不十分な点といえるだろう。しかし、日本文学の古典に即しつつ綿密な分析を通したこの論が、日本語による表現の具体的探求の試みとして後の時代に手渡したものは少なくない。

一九〇五年に五十嵐力が著した『文章講話』（一九〇五・六、早稲田大学出版部）及び、それを「原材として新に稿を起こした[52]」『新文章講話』は、『新美辭學』の試行の上に樹ち立てられたという意味で、その直接の成果の一つといえるだろう。修辞理論の「学問」としての体系化を意企したものというよりは、文章表現＝作文の、あるいは解釈＝読解の「技術」の側面に比重をおいた「作文書[53]」の性格も強く、『新文章講話』の「姉妹編、あるいはその実践編[54]」として刊行された『実習新作文』（一九一〇・五、早稲田大学出版部）と共に広く読まれたが、この書のモティーフは、『新美辭學』「詞藻論」を独自の構想により再編成するところにおかれていたからである。抱月や逍遙の用いた「詞藻」を「詞姿」と改め、『新美辭學』では四種に大別されていた表現技法を「結體」「朧化」「増義」「存余」「融会」「奇警」「順感」「変性」の八種の原理に分け、更に「結晶法、換置法、括進法」等[55]、自らの「考案[56]」になる類別を加え、「新旧両式の文章」を分析の対象としたこの論考は基本的には抱月の達成を踏まえながら、その精密な考察を意図したものだったといえる。しかし、『新美辭學』から『文章講話』まで三年、『新文章講話』までは七年の時間しか隔たってはいないとはいえ、抱月の『新美辭學』と五十嵐の『文章講話』、とりわけ『新文章講話』との間には大きな断絶が介在していた。いうまでもなく、自然主義文学運動の台頭と、それに随伴する、言文一致の確立のもたらす、言語表現をめぐる状況の変容という事態である。

五十嵐が「私は第一に真実を写さう、有るがまゝを写さうと思ひます」という宣言を書き記すのは、一九〇九年の『新文章講話』「序文」（「序に冠して作文上の経験を述ぶ」）においてだが、言語表現の多様な姿態＝「詞藻」（「詞姿」）を二九種に類別して分析しみせた『新美辭學』をはるかにしのぐ四七種の類型に分けながら考察した五十嵐は、二八〇頁に及ぶ分析をしめ括っている。「文の法格に違背することが、或特殊の事情なる表現技法の所在を指摘して、**「超格法」**の為めに許さるべき場合があり、又単に許さるゝのみならず、それが寧ろ一種の成功となつて文の趣致を添へる場合」に適用され、「法格を破つて却つて遵法以上の効果を収むる詞姿」と定義されるこの技法の例として、近松『槍の権三重帷子』（一七一七）や式亭三馬『浮世風呂』などの一節と共に、五十嵐は二葉亭四迷の「其面影」（一九〇六・一〇・一〇—一二・三一、「朝日新聞」）の次のような一節を引いている。

小夜子も華やかに嫣然《にっこり》して、「ぢや、私《あたし》お伴《とも》してよ」と言葉遣ひまでが急に違つて来る。

「さあ行《い》かう」。と、哲也は今は無性に愉快になつて来て、踊り上がると、「小夜さん!」と振り返って、「今日はね、お互に学生時代に若返《わかがへ》つて、一つ大いに愉快に遊ばうぢやないか?」

「小夜子は絹フラシの肩掛《ショール》の襟を蝶々で留めてゐたが、嫣然《にっこり》して、「えゝ、好いわ、其の代はり私《あたし》お転婆してよ」。

「お転婆?」と哲也はくわッと気負《きお》つて、「面白い!」と絶叫して、「貴女《あなた》がお転婆すりや、僕《ぼか》あ…僕《ぼか》あ…」と対句に窮《こま》つて、「乱暴するッ!」(四八回)

この一節を引いた五十嵐は「『乱暴するッ』ではこゝに嵌まらぬが、此の場合嵌まらぬところが、却つて面白いのである」という評言を付け加えている。「言表する事柄」が「照応」していなかったり「不精不明不純不穏」であったり、「不条理」であることが、表現の「妙」という効果を齎らすのは、「言文一致体」の文章にだけみられるわけではない。しかし、これを言語表現、即ち修辞の問題として解明し、それが「真実」の表現であり、「真情」=「装はぬ真心」を捉えているときに「同情」を喚起することができるとする観点には、あきらかに自然主義文学の齎した、美意識や倫理意識の制度的拘束からの解放の意識が関わっている。修辞的言語表現の多様な類型化による文飾=「詞藻」(「詞姿」)の分析的考察がいきついたのは、在来的な表現技法の拘束から言語表現を解放することであったともいえる。そこに待ち構えているのが、「言文一致」という、新しく選び取られた言語表現の制度のなかでの、あらたな表現の可能性の追求という課題であったのは、いうまでもない。

1 本書第二部第二章第二節第一項・第二項、及び『新美辭學』一・二―三―一参照。
2 本書第二部第二章第二節第一項・第二項、及び『新美辭學』一・二―三―一参照。

3 ポール・リクール（Ricoeur,Paul 1913―2005）『生きた隠喩』（久米博訳、二〇〇六・一〇、岩波書店）九七頁。

4 Tomasi, Massimiliano, *Rhetoric in modern Japan*, 2004, pp.8–85.

5 『漁村文話』（海保元備著・清水茂校注、『日本詩史――五山堂詩話』〈新日本古典文学大系六五〉三八一頁）。なお、同書では作文の要諦として、その「大意」を「布置」すべき「体段」や「段落」の重要性を説き、「達意」のためには「段落」を「一脈流通セシム」べきことを力説している。

6 清水茂、前掲書（「校註解説」）、三六八頁。

7 Bascom, John, *Philosophy of rhetoric*, 1872.

8 The ancient Rhetoricians distinguished between Figures and Tropes. A Figure, says Quintilian,is a *form* of speech differing from the ordinary mode of expression ; as in the first example given above. A Trope is the conversion of a word from its proper signification to another, in order to give force, as in the second example above. The distinction is more in appearance than in substance,and has no practical value. Bain, *ibid.*,p.20.

9 Blair, Hugh, *Lectures on rhetoric and belles lettres*, 1823, p.153.

10 五十嵐は、「詞姿」（figure）と「転義」（trope）及び「語姿」（figures of words）「想姿」（figures of thought）の関係について次のように述べている。

《詞姿は figure(委しくは figures of speech)を訳したので、詞藻、詞態、詞品ともいふ。詞姿と相並んで転義的修飾(tpope)と称せらるゝものがある。転義とは語が本来有した意義と異なる意義に転用される事で、例へば大閤を秀吉の意に、丹青を絵画の意に、犬を探偵、破鏡を離縁、関ヶ原を決勝点の意に用ゐる類ひをいふ。詞姿と転義とは昔から紛らはしいものとされて、或は二者を区別して説く者もあり、或は詞姿の中に転義を含めて説く者もある。古代の修辞家は、多くは二者を区別したもので、クィンチリアンの如きは隠喩、提喩、換喩、諷喩、擬声等の諸法を転義に属せしめ、設疑、咏嘆、反覆、漸層、対偶等の諸法を詞姿に属せしめた。またプレーア其の他の修辞学者は詞姿を語姿（figures of words）及び想姿（figures of thought）の二種に分かち、語の詞姿即ち転義と説いて居る。（中略）けれども近世の修辞学者は多く此の分類を無用として、詞姿の名目の下に転義を取り入れるやうになつて居る。要するに転義は単語に於ける文飾、詞姿は思想上、組立上の文飾で、広義に於いては詞姿の中に二者を摂することになるのである。本書も亦、別に転義の名目を立てずに、凡てを詞姿の中に取り入れることにした。》（『新文章講話』）二〇八―二〇九頁。

11　リクールはこのことについて、ブレアの意見を継承しながら、語を「文脈」のなかにおいて捉えることの重要性を説いたI・A・リチャーズの『レトリックの哲学』（*The philosophy of rhetoric*, 1936. 石橋耕太郎訳『新修辞学原論』一九七八・四、南雲堂）に言及して次のように述べている。《偏差《エカール》以外に何を分類できようか。しかも何からの偏差があり得るのか。固定した意味作用からの偏差以外にはない。そして名あるいは名詞以外に、根本的に言述内のいかなる要素が、固定した意味作用の媒体となるのか。今やI・A・リチャーズはその修辞学におけるあらゆる企てを、語の権利は犠牲にしても言述の権利を再興するために用いる。最初から彼の攻撃の的は、古典修辞学における本義と転義あるいは本来の意味と比喩的な意味の区別にしぼられる。この区別を彼は「本来の意味という迷信」（p.11）として非難する。語は本来の意味作用をもたない。なぜなら語は自分用の意味作用をもたないからである。しかも語はそれ自体としてはいかなる意味も所有しない。なぜなら、不可分の全体として意味をもたらすのは、全体として捉えられた言述なのであるから。それゆえ著者は端的に意味の文脈的理論、つまり「意味の文脈的定理」（p.40）に要約される理論の名において、本来の意味という考え方を論難するのである。》リクール、前掲書、一七〇―一七一頁。

12　Bascom, *ibid.*

13　トドロフ、前掲書、九五頁。

14　Hill, David J. *The science of rhetoric*, 1877, pp.15–157.

15　亀井秀雄『「小説」論――「小説神髄」と近代』一五八―一五九頁。

16　亀井、前掲書、一五九―一六一頁。

17　日清戦争開戦前夜の一八九四年六月にドイツから帰国した上田万年は、戦争さなかの一〇月、哲学館において「国語と国家」と題して講演したのをはじめ、『國語のため』（一八九五・八、冨山房）、『國語のため第二』（一九〇三・六、冨山房）などを著し、言文一致、標準語制定など近代日本語の整備、体系化に努めた。彼の拠ったのは、当時ヨーロッパでも最新のスクールであり、若い日のソシュールなどにも感化を及ぼす「青年文法学派」の科学的実証主義的方法だったが、その主張の根底にあったのは、これもやはり彼の留学中にプロイセン＝ドイツに吹き荒れていた全ドイツ言語協会によるドイツ語純化運動の影響下に形成された、排外主義的なナショナリズムに根ざす言語観だったことを忘れてはならない。前掲、イ・ヨンスク『国語という思想――近代日本の言語認識』参照。

18　前年、「中学校令」を改めた文部省は、この年「小学校令」を改正して義務教育期間における授業料を廃止すると共に、将来は六年間とする方針を打ち出したが、同時にカリキュラムの整備にも着手、それまでの「読書」「作文」「習字」の三教科を「読み方」「綴り方」「書き方」に改め、更に「話し方」を加えて相互に関連させ、「国語科」という一教科として構成、独立させることになった。この構成は基本的には変更されることなく、今日に及んでいる。在来的な「読み方」「書き方」に「話し方」「聞き方」を加えた統合的概念としての「国語」及び教科としての「国語科」の成立の経過については、長志珠絵『近代日本と国語ナショナリズム』（一九九八・一一、吉川弘文館）六二―一〇七頁、及び、安田敏朗『帝国日本の言語編制』（一九九七・一二、世織書房）六五―一〇六頁等参照。

19　「国語科」は、いわば、日清戦争という近代日本の最初の対外戦争の産物の一つでもあったが、「国語科」の成立と共に、その理念を実現すべく「国語読本」という教科書もまた誕生することになり、坪内雄蔵『小学國語讀本』（尋常小学校用八冊、高等小学校用八冊、一九〇〇・三、冨山房刊）など民間編集による国語読本もまた刊行された。この間の事情及び逍遙編集の『國語讀本』については、岩佐、前掲「坪内逍遙の『國語讀本』」を参照されたい。

20　但し、「勅語」や「国歌」は、国民と「死者を感情的に結びつける」（ベネディクト・アンダーソン、白石さやか・白石隆訳『増補 想像の共同体』一九九七・五、NTT出版、二三八頁）言葉である「文語」を堅持していたのであり、「国民」意識が、最終的には、「臣民」（＝「皇民」）意識に統合されるべきものであったことは見過ごしてはならない。

21　「標準語」の制定と、それを基本的枠組みとした植民地での言語政策の関連については、安田、前掲書の他、『「国語」の近代史――帝国日本と国語学者たち』（二〇〇六・一二、中央公論新社）等参照。

22　この時期の抱月の詩論としては、他に、次のようなものがあげられる。「新躰軍歌」（一八九四・一〇、「早稲田文学」七三号）、「鵺文学」（一八九五・三、「早稲田文学」八三号）、「詩人と実験」（一八九五・三、「早稲田文学」八四号）、「『國光』記者に告ぐ」（一八九五・一、「早稲田文学」七九号）、「新體詩形論」（一八九六・二、「早稲田文学」四号）、「青年新體詩歌に望む」（一八九六・三、「早稲田文学」六号）、「朦朧體とは何ぞや」（一八九六・五、「早稲田文学」九号）、「『日草』を讀みて」（一八九七・二―三、「早稲田文学」二七―三〇号）、「新體詩集を讀む」（一八九七・四―五、「早稲田文学」三二―三三号）、「新體詩の韻律」（一八九七・五、「早稲田文学」三四号）、「附言三則」（一八九七・六、「早稲田文学」三五号）、「詩人と眼前の事」（一八九八・八・一五、「讀賣新聞」）、「新體詩振興の案」（一八九八・一〇、「早稲田文学」七年号外）、「詩人の一葉」（一八九八・一〇・一〇、「讀賣新聞」）、「文壇雜俎」（一八九八・一〇・二四、「讀賣新聞」）、「詩界雜感」（一九〇〇・八、「明星」）、「机上雜

感」（一九〇一・一一・四、「讀賣新聞」）、「理想美と節奏」（一九〇一・一、「新小説」）。
23 「我邦将来の詩形と外山博士の新體詩」（一八九五・一〇、「帝國文学」）
24 樗牛と抱月の応酬について、詳しくは岩佐、「島村抱月初期の詩論」（一九七六・三、「学苑」四三五号）を参照されたい。
25 すでに抱月は外山の朗読体の詩を「鵜文学」と揶揄していた（一八九五・三、『早稲田文学』）。
26 このような抱月の「律格」の定義は、リズムの本質を「源本的」な「場面」として捉え、「音楽における音階、絵画に於ける構図の如きもの」とみなし、「音声の表出があって、そこにリズムが成立するのではなく、リズム的場面があって、音声が表出されるとし」た時枝誠記のリズム観に通じるものがある。時枝誠記『國語學原論（上）』（一九四一・一二、岩波書店）、但し一八〇―一八七頁。
27 越智治雄「『新体詩抄』の詩論」（『近代文学成立期の研究』一九八四・六、岩波書店）一三八頁。
28 『新體詩抄』に「抜刀隊」を寄せ、その後の「軍歌」の枠組みを作った外山正一は、『新體詩歌集』の「序」の一つである「新體詩」で、日清戦争を契機に「軍歌」創作に対する要求がたかまったことを指摘、「軍歌」創作の必要を力説している。坪井秀人『声の祝祭――日本近代詩と戦争』（一九九七・八、名古屋大学出版会）参照。
29 越智治雄「叙事詩の時代」、前掲書、一四二頁。
30 上田万年「國語研究に就て」（一九〇四・一一・四、国語研究会発会式での演説筆記、一八九五・一、「太陽」創刊号所載）
31 「香川景樹翁の歌論（其二）」（一八九二・八、「國民之友」一六四号）
32 岩佐、前掲「島村抱月初期の詩論」参照。
33 「口語詩問題」（一九〇八・一一・二〇―二一、「讀賣新聞」）
34 坪井、前掲書、五六頁。
35 表情や身振り表現を伴った「口演」は、自由民権期の「雄弁法」において重要視されたレトリック技法＝パフォーマンスの一つだった。
36 坪井、前掲書、五六頁。
37 吉本隆明「日本近代詩の源流」（一九五七・九―五八・二、「現代詩」）、引用は『吉本隆明全著作集』（第五巻）（一九七〇・六、勁草書房）六一頁。
38 時枝誠記『國語學原論――言語過程説の成立とその展開』（一九四一・一二、岩波書店）

39 抱月は「英文ノート」（早稲田大学図書館蔵）にベインの『心理学』（*Mental science : a compendium of psychology, and the history of philosophy : designed as a text-book for high-schools and colleges*, 1868.）の一節を次のように抜き書き（要約）している。

The mental state termed Belief, while involving the intellect and the Feeling, is, in its essential import, related to the will. The mental foundation of Belief are to be sought (1) in our activity, (2) in the Intellectual associations of our experience,and (3) in the Feelings.... The spontaneity of the moving organs is a soucer of action,the system being fresh and her being no hindeance. Secondary, the additional Pleasure of Exercise is a farther prompting of activity. Thirdly the memory of his pleasure is a motive to begin acting with a view to the furuition of it ; the operation of the will being enlarged by an intellectual bond. These three facts sum up the active tendency of volition ; the two first are impulses of pure activity, third is supported by the relative function of the intellect. (Bain's M. S. p.371–377.)

40 亀井、前掲書、二五頁。

41 亀井、同右。

42 速水博司『近代日本修辞学史——日本修辞学の導入から挫折まで』三〇八頁。

43 本書第二部第四章第一節参照。

44 トマス・マクローリンは、「転義」がそれ自体言語歴史的蓄積のなかから生まれたものであることを踏まえ、ある種の詩に使われた「転義」は、「その詩に先立って、言語のなかに、あるいは、転義を生む意味構造のなかに前もって存在していた可能性を実現する」ことができるとしている（石塚久郎訳「比喩言語」、フランク・レントレッキア、トマス・マクローリン編『現代批評理論　22の基本概念』大橋洋一他訳、一九九四・七、平凡社、一九一頁）。

45 《転義は操觚者のすべてが是非共闕くを得ざる材料の一なり。若し語義にして転用せらるゝことなかりせば、到底人間の思想の萬分一をも言表するを得ざりしならん。一思想必ず一語を有したりとせば発達したる人の心内なるあらゆる思想を言表すべき材料は到底人間の記憶に納まらざるを得ざりしならん。一語の便に応じて続々他義を荷ひ得るは、猶ほ貨幣の極印を受け得るが如くならざるべからず。（中略）転義の利は大なり（一）転義は少許の語によりて多くの思想を表出するを得しむ。本来の字義と二、三以上の転義と、最良語は数義を兼ねざる可からず。在来の語に一の新語を増すに同じ。且つ転義にして本義と相聯なる時は為に記憶を容易ならしめ想像を悦ばしむるを得ん。一思想毎に一新語を供せんには望むべからざる事なり。（二）転義によりて詞に新たなる力と美とを添加し得べし。転義が表出せる感情は本義のよりも幾層か強く且つ美也とす》

Tropes are absolutely indispensable as a part of the material of every author. If words were confined to their first meaning,they would be far too few to express the thoughts of men. If every idea had a word,no mortal memory could command sufficient material to express the thoughts of a cultivated mind. Words, like coins of money, must be made to represent successively different objects, for our convenience.(Haven, Rev. E.O., *Rhetoric: a text-book,designed for use in schools and colleges,and for private study*, 1876, p.79) (1) They enable us to express many thoughts by a few words. Our best words have several significations-a literal sense and two or more figurtive senses. A new tropical sense of an old word is equivalent to the addition of a word to our language, while if the tropical sense is naturally suggested by the primitive sense,the memory is not burdened, and the imagination is pleased. We can not afford a new word for every thought.

(2) Tropes give new power and beauty to language. A sentiment tropically expressed is much more forcible, and often much more beautiful, than literally expressed.(*ibid.*, pp.82–83.)

46 本章第一節第二項及び「注8」参照。

47 『讀書作文譜』には、二種の和刻本（積玉圃版・一八七〇年刊、臨照堂版・出版年不明）があるが、早稲田大学図書館には、抱月の旧蔵になる『讀書作文譜』（全二冊、朱書入り、題簽欠）が所蔵されている。

48 『漁村文話』では、「軽重」、「錯綜　倒装」、「抑揚」、「緩急」、「頓挫挫頓」等について章を立て、『文則』『文章一貫』など、逍遙も参照した先行の修辞研究を引用しながら体系的な説明を施している。なお、「転折」については特に章立てしてはいないが「頓挫挫頓」の章では、「文ノ抑揚ハ、一人一事ノ上ニ就テコレヲ用フル時ハ、文ノ頓挫ハ、一転折ノ間ニ在リテ、一語一句ノ上ニ就テコレヲ顕ハスヲ知ルベシ」という風に説明している。

49 五十嵐、前掲書、二七五―二七六頁。

50 抱月が引用した文の出典は以下のようなものである。

散文『出雲風土記』、『竹取物語』、『源氏物語』（紫式部）、『伊勢物語』、『平家物語』、『太平記』、『源平盛衰記』、『徒然草』（吉田兼好）、『古今著聞集』、『八犬傳』、『八犬傳』の附言中の一節『八犬傳回外剰筆』（馬琴）、『五人女』、『日本永代蔵』（西鶴）、『田舎源氏』（柳亭種彦）、『六あみだ詣』（十返舎一九）、『浮世床』の序、『古今百馬鹿』、『忠臣蔵偏痴氣論』(式亭三馬)、『開巻百笑』(烏亭焉馬)、『鳩翁道話』、『駿台雑話』(室鳩巣)、『花月草紙』(松平楽翁)、『古今集序』(紀貫之)、『雨月物語』『冠辞考続貂』(上田秋成)、『新古今集序』、『昔話稲妻草紙』『黄表紙物』(山東京伝)、『朝顔日記』(山田案山子)、『閑田文草』(伴蒿渓)、『冠辞考』(加茂真淵)、『琴後御集』(村田春海)、『促春遊檄文』(成島柳北)、安原貞室、『独語』(太宰春台)、『根南志具佐』、『放屁論後編』(平賀鳩渓)、『總まくり』、『朝妻舟』(英一蝶)、『讀史餘論』、『藩翰譜』(新井白石)、『雲萍雑誌』(柳澤淇園)、『蕎麥論』、『是非齋銘』、『飲食欲食箴』『去來が誄』、(森川居許六)、『七条見聞』、『方丈記』(鴨長門)、『助語審象』(三宅橘園)、『新學異見』『桂園一枝』(香川景樹)、『南留部志辨』、『關藤河の記』(一條禪閤)、『百蟲譜』(横井也有)、『夜航詩話』(津坂孝綽)

浄瑠璃『心中刃は氷の朔日』『本朝三國誌』『冥途の飛脚』『槍の權三重帷子』『薩摩歌』『夕霧阿波鳴渡』『卯月の潤色』『曽根崎心中』『国姓爺合戦』『壽の門松』『國性爺後日合戦』『碁太平記白石噺』『傾城反魂香』『傾城酒呑童子』『今宮の心中』『出世景清』『日本振袖初』『栬狩剱本地』『百日曾我』『女殺油地獄』『關八州繋馬』『曾我会稽山』、『天の網島』『嫗山姥』『千疋犬』(近松・浄瑠璃)、『菅原傳綬手習鑑』(竹田出雲)、『義経腰越状』(豊竹越前少掾)土佐浄瑠璃

謡曲『遊行柳』『鉢木』『熊野』『邯鄲』『八島』『紅葉狩』『仲光』、『葛城』『望月』『羽衣』

和歌俳諧『萬葉集』、『催馬楽歌』、『別妻上來時歌の一節』(柿本人麿)、周防内侍、宮内卿、雅經、『古今集』、謙徳公、中宮太夫家房、藤原定家、『撰集抄』(西行)、柿本人麿、在原業平、藤原家隆、皇太后宮大夫俊成、左近中將良平、兼輔、具親朝臣、後京極攝政、前大僧正慈円、菅茶山、源実朝、服部嵐雪、各務支考、西山宗因、中川乙由、山崎宗鑑、青木鷺水、北村季吟、向井去來、『宝永落書』『幻住庵記』『松島賦』『弔古戦場文』『座右銘』(芭蕉)、橘成季、山崎宗鑑、僧丈草、『瓢辞』(森川許六)、小諸節、俗謡、俗曲、「箏の歌」、俗歌、『古今集遠鏡』、『歌かたり』(村田春海)

漢詩文 李白、杜甫、陸亀蒙、『飲馬長城窟行』(『古楽府』)、『懐張子房』(李太白)、王維、『西京賦』(張衡)、『前赤壁賦』『後赤壁賦』(蘇東坡)、『論語』、『雑説』(韓退之)、『惜春詞』(温庭筠)、『滄浪詩話』(厳羽)、『文心彫龍』(劉勰)、『春秋左氏傳』、『離騒』(屈原)、『對酒』(曹孟徳)、『孟子』、『咳下歌』(項羽)、『莊子』、韓愈、『楓橋夜泊』(張継)王花宮、『荀子』、『上高完封事』(胡澹菴)、『咏酒』(亡名氏)、『岳陽樓記』、『登徒子好色賦』(宋玉)

51 前掲『現代批評理論』二〇二頁。

52 『新文章講話』、「序言の一」。なお、原子朗は、『新文章講話』において新たに付け加えられた部分について、次のような点を挙げている。

《1　「緒論、其の一」の二〇ページ分。いわゆる「新式文章」、すなわち新しく興った自然主義の文章の「旧式文章」との比較、具体的分析。

2　第二編「文章修飾論」の第二章「詞姿の原理」、三〇ページ分は前著の「詞態汎論」の中味を大幅に加筆、実例も豊かにした。

3　第五編「文章の種類及び文体」の四〇ページ分、ことに第二章「文体概論」、第三章「西洋修辞学に於ける文体」の二つの章（二八ページ分）は、まったくの新稿で、次の4とならんで本書の独創的な〝目玉〟部分となった。

4　第六編「文章に関する思想の変遷」の五〇ページ分。中でも第一章「西洋に於ける修辞学の変遷」の四二ページ分は画期的な西洋修辞学の史的展望であり、「其の中に西洋の文章論の祖たるアリストートルの『修辞学』の梗概が二十余ページある、これは英訳より摘要したので、日本では始めて出たものである」（「序言の一」より）。第二章「東洋の修辞学」の新稿も、七ページ分とはいえ、コンパクトに歴代の中国修辞書の内容を把握してみせた、在来の修辞書の追随を許さぬもの。（以下略）》（前掲『修辞学の史的研究』一〇六―一〇七頁）

53　『新文章講話』「序文」（三二―三三頁）では、「和漢洋の主要なる文章論を収めて、活きたる新組織、新説明を与へ、修辞文章を専修する者にあらざる限り、此の一書を読めば十分といふ程に備はつたもの」をめざしたと述べている。

54　原、前掲書、一〇八頁。

55　著者の「創案」になるものとしては、「結晶法」、「換置法」、「括進法」、「列叙法」、「稀薄法」、「縁装法」、「挙隅法」、「側写法」、「断叙法」、「飛移法」、「避板法」、「方便法」、「遮断法」、「変態法」、「超格法」、「追歩式」、「散叙式」、「頭括式」、「尾括式」、「双括式」等による修辞技法の類別が挙げられる。

56　『文章講話』（序文）

第五章

文体論

第一節　主観的文体

既述（本書第二部第四章第一節第三項）した通り、抱月は『新美辭學』「第二編」の「第一章　第三節　修辞的現象の統一」において「詞藻」を統括する段階に「文体」を措定し、「詞藻」の「文体」による統合の在り方に「修辞的現象」の具体的様態を探るという構想を示していた。「修辞的現象」を最終的に決定する規範は「情」であり、「文体」もまた「同情」を喚起することをめざすが、「文体」は更に、「主観的文体」と「客観的文体」に区別され、「主観的」「客観的」の両面から「文体」を考察するという方向が示されていたのである。

「修辞論、第三章」では以上の構想のもとに、「主観的文体」と「客観的文体」について、より詳細な分析と説明が試みられる。

「主観的文体」は、表現主体＝作者の「風格」＝個性によって左右される文体の謂いであり、その限りでは、「本来全く個々」であり「百人の作家あれば必ず百様の文体」があるのはいうまでもないが、気質や性格と「修辞的現象」の直接的反映、「著書」や伝記的事実との関係、時間的空間的の条件の影響等の観点から、「幾種かの類型」に分けることができる。

一つは、「外形より見たる文体」として一括できるもので、気質や性格が、そのまま「修辞的現象」に「外形」的な特徴として反映しているような「文体」をいう。この類型には「多弁的」と「寡言的」というような「風格」（気質・性行）上の特質に左右される「簡潔体」（Concise style）と「蔓延（衍）体」（Diffuse style）、あるいは、「剛健体」（Nervous style）と「優柔体」（Feeble style）、「思想の乾燥なると華麗なると」に対応する「乾燥体」（Dry style）と「華麗体」（Florid style）等を挙げることができる。「簡潔体」と「蔓延体」の相違は主として「語句の多寡繁簡」に、「剛健体」と「優柔体」のそれは「語音の強弱短長」に起因するが、また「剛健体」は漢文の、「優柔体」は和文の特徴も示す。「乾燥体」と「華麗体」は、前者が、「説明教示を主」とする文章に用いられる、「些も修飾を施さゞる」文体であるのに対し、後者が「詞藻の修飾多」く、「感情を主とする場合」に用いられるという点で、際だった対照をなす。このほか西欧の修辞学にみることができるように、「平明体」（Plain style）「淡泊体」（Neat style）「文雅体」（Elegant style）「佶倔体」（Abrupt Style）「素撲体」（Simple style）「巧緻体」（Labored style）「流暢体」（Flowing style）「軟柔体」（Loose style）「句読体」（Periodic style）「俗句体」（Idiomatic style）「学者体」（Scholastic style）「論理体」（Logical style）「頓智体」（Witty style）等に分類することも可能である。

「西鶴体」や「馬琴体」というように、「著書」や作者の表現上の特徴から「文体」を分類する場合もある。このような「人物著書より見たる文体」の類型化の具体例としては、「万葉体」「古今体」「新古今体」「平家体」、俳諧にいう「壇林体」と「正風体」、漢詩にいう「格調体」と「性霊体」等の区別がある。「漢学者体とも呼ぶべき漢文の幼稚なる直訳」や、「国学者体ともいふべき、古文復興家の擬古」、「白石、鳩巣等の渾然たる和漢調和体」、「俳文体」、「草双紙体」、「読本体」、「浄瑠璃体」、「造語体」等もこの類型に類別され、「近松体」「西鶴体」「馬琴体」「桂園体」等の個性や流派の特色によって類型化する場合もこのグループに属する。この他、中国では、「四六体」「演義体」「伝奇体」「左氏体」「史記体」「香奩体」「西崑体」等の文体の分類が行われてきたことは『滄浪詩話』その他の修辞書が説いている通りである。[1]

「時處より見たる文体」としては「西鶴等の流れを主とする元禄体、鎌倉、室町時代に於ける富膽にして而も一種厭世の調を帯べる中世体」など「時代に因」んで分類する場合、「漢文の文格を主とする漢文直訳体、日本の文格を主とする和文体、及び西洋の文格を主とせる欧文直訳体」など、「国土」によって類型化する場合とがある。こうした分類が西欧や中国でも行われたことは、サクソン体（Saxon style）ラテン体（Latin style）、「建安体」「正始体」「晩唐体」「宋朝体」などの例が示している。

第二節　客観的文体

「客観的文体」が「思想の性質」「言語の特徴」によって規定された文体のことを指していたのは既述の通りである。このうち、「思想に基づける文体」は、「知的」「情的」という「思想の性質」によって規定され、「知」を目的とする「実用文体」と「情」を目的とする「美文体」、両者の中間に位置する「実用的美文体」に分けることができる。「実用文体」には「記録文」、「説明文」があり、「詩歌、小説、戯文のたぐひ」は「美文体」に、「議論文」「勧誡文」「慶弔文」は「実用的美文体」として分類される。「実用的美文体」という呼称は、「議論文」や「慶弔文」が、「一面実用を目的とし、随つて確実の知識に訴ふる」と共に、「他面また情に訴へて、美文と同一の効果」をあげることを意図しているからである。『讀書作文譜』が「諸文礼式」に挙げる「記」や「志」なども、「実用文体」あるいは「実用的美文体」といえる。「言語に基づける文体」については、言語の特徴が、「国土」(国家語)、「時代」、「階級」に制約されていることに着目して分類した文体上の類型であり、「漢文体」「国文体」「洋文体」、「雅文体」「俗文体」「雅俗折衷体」「言文一致体」「候文体」等がこれにあたるとする。

「雅文体」と「俗文体」の区別については、もともとは「時代」や「階級」の差異に由来する「古語」と「今語」(現代語)、「上流語と下流語、女性語と男性語」の差異に基づくが、結局はそれらを反映した「文章語」(〓雅語)と「談話語」(〓俗語)のそれに帰着する。この観点からみれば、「俗雅」の別とは、「文章」と「談話」、つまりは「文と言」の差異に過ぎず、「其の文に専属するものは古語古格」に根ざし「言に専属するものは近代の言語格法」に従っているに過ぎない。「要するに今日いふところの言文一致体の幾部は、文章を直ちに現時のまゝの言語に合せしめんとするものなるが故に、其の実まことの俗文体」というべきなのである。

第三節　抱月「文体論」の意義——個人の文体の確立へむけて

『新美辭學』が「文体」について説くのは以上のような点である。「文体」については、当然のことながら『修辭及華文』や半峰の『美辭學』、大和田建樹や武島羽衣の『修辭學』、佐々政一の『修辭法』各等の先行の修辞研究書はもとより、『小説神髄』なども俎上にあげ、言及していた。これら先行の修辞研究書・文学論と比較して、『新美辭學』の文体論は、その修辞学体系における位置づけ、日本語の言語表現の特性や、「漢文体」「洋文体」、「和文体」の混在する「文体」のおかれた現状に対する認識等において、新しい展望をひらく視点と説得性をもって展開されていた。

「文体」の位置づけについていえば、これを「詞藻」からなる「修辞的現象を統合」する形式として明確に定義した点が挙げられるだろう。

ベインの『英作文と修辞』の影響のもとにチェンバース（Chambers, Ephraim 1680頃–1740）による『百科全書』の「修辞と美文」を翻訳した『修辞及華文』は、「簡易《シンプリシテー》」「明晰《クリアネス》」「音調《メロデー》」「比喩《コンパリゾン》」「象喩《メタフオル》」「換語《メトニミー》」などを「文体ニ属スル緊要ノ品格ニシテ、修辞ノ範囲ニ属スル」ものとして列挙し、「一般文体ノ品格ヲ論ス」の章で説明を試みていたものの、『新美辭學』が「語彩」に属するとした「音調」や「想彩」に類別した「象喩《メタフオル》」「換語《メトニミー》」等は、いずれも、「文体」の構成要素として「品格」に一括されていた。[2] 一般の読者向けの啓蒙的『百科全書』という性格も関わってか、「文体」についてとりたてて定義を与えているわけではなく、「音調《メロデー》」「比喩《コンパリゾン》」「象喩《メタフオル》」等、文体を構成する修辞技法と、それを統合すべき「簡易《シンプリシテー》」「明晰《クリアネス》」等の理念的要素は、系統的類別を無視して平面的に羅列されているだけなのである。

やはりベインやクァッケンボスの理論に拠った半峰の『美辭學』は、第十章から第十二章で「修飾」について説明、[3] それとは区別して第十三章から第十六章までを「文体」に費やし、「純粋」（Purity）「妥当」（Propriety）「正確」（Accuracy）「明晰」（Clearness）「勢力」（Strength）「音調」（Harmony）等の「文体に欠く可からざる要素」からの解明を試みるという、体系性を意識した構成になっている。しかしここでも、「明比」「暗比」「易名」等の修辞のテクニック（Figure）と「文体」（Style）の関連は明確に説明されるわけではなく、結局は表現主体の資質に還元してしまっているのは——そこに近代的な文体観の萌芽を認めることができるとしても——「文体とは言語若くは文辞を以て思想を表明せんがために著作家の用ふる所の格段なる方法を云ふ」という第十三章「文体（Style）を論ず」の冒頭の説明が示す通りであろう。

これらに対し、ベインやクァッケンボスに加えてジェナング（Genung, Jhon Franklin 1850–1919）[4] を参照した武島羽衣は「体裁」（「文体」）を「文字の媒介によれる感情思想の表はしかたをいふ。則ち言語を撰択し、之を句となし節となし、更に進んで篇章を構成せしむるの法これ也」[5]としている。この定義のもとに、文章は「語」、「句」、「節」、「段落」、「篇章」という単位に分節され、「修辞」はこれらの基本単位である「語」の「転義」（Trope）と「辞様」（Figure）の作用として考察されることになる。「修辞」は、基本的に「語法学」（言語学）の枠組みのなかで理解されており、「語」、「句」、「節」、「段落」等の分節化による文の分析的把握は、『新美辭學』における「辞」の定義にも示唆を与えるところがあったかと思われる。だがこの定義にしても、西欧語の言語表現に基づいて発展した「語法学」（言語学）のそれとしては明快とはいえるとしても、前提となるタームが厳密な規定のもとに共有されていないというのが当時の日本の「語法学」の水準であってみれば、必ずしも説得的であったとはいえないだろう。[6]

いったいに、この定義も示すように、羽衣の『修辭學』に顕著なのは、というより、彼や半峰に共通するのは、「修辞」を伝統的、規範的な言語表現（＝文体）からの「逸脱」と見做し、「逸脱」のなかに一定の法則を見いだそうとする、クィンティリアヌス以来ホエートリーやベインに至る伝統的な西欧修辞学を貫く思想である。

それは、彼らが、近代における「文体」を、規範的言語表現の制約との抗争のなかから生まれたもの、つまりはそれからの「逸脱」、あるいは「破格」として捉えるという観点を共有していたところにも示される。例えば、「Style is Man」という言葉を引きながら「体裁は人によりて異」なることを説いた羽衣と同様、半峰は次のように述べていた。

> 人々の文体は其性質に随ふものなるを以て人異なれば文体も亦之に応じて異ならざるを得ず（中略）ハーバード、スペンサー云へる事あり「格段なる文体をのみ墨守するはそれ自から求めて言語文辞に貧なるものなり千変万化縦横馳騁を目的とし其描写すべき題目と其心内の感情とに従ひて之に相応せる文体あるべきなり」と実に然り（中略）獨乙の大家ゲーテ曾て云へる事あり「著作者の文体は正実に其心情を寫ものなり故に人若し明晰なる文体を以て文章を草せんと欲せば先其心を明晰ならしめざる可からず又慷慨の文体を用ひんと欲せば先づ其心を慷慨なら

しめざる可らず」と（前編　第十三章「文体（Style）を論ず」一七五―一七七頁）

この認識が、「文体」を「主観的」「客観的」に大別し、「主観的」には表現主体の「風格」に帰属するとした抱月も共有するものだったことは先述の通りである。のみならず、「其描写すべき題目と其心内の感情とに従ひて之に相応せる文体あるべきなり」という、ゲーテからスペンサーに一貫する文体観が、究極において「修辞」の規範は「情」の作用にあるとする『新美辭學』の構想に通底し、また「言文一致」や自然主義文学運動への関与にも作用していたことも改めていうまでもないところだ。[7] それが、「予」、「余」、「余輩」、「我」、「吾」、「吾人」、「吾輩」、「僕」、「私」、「わたし」「俺」等、一人称の表現主体を強調するようになる動きと対応していたこともいうまでもない。[8]

第一項　標準的文体確立の要求と文体をめぐる状況

だが、規範的言語表現からの「逸脱」として「修辞」を捉え、文体の特質を解明する基準を標準的文体からの偏差に求めるとして、そもそも日本語による言語表現の特質とそれに根ざした標準的文体とはなにか。当時、公用文や雑誌新聞の論説記事などに用いられていたのは、『漁村文話』がそうであるような、「漢文直訳文体」を基本的な枠組みとするいわゆる「普通文」と呼ばれる文体である。[9] しかし、それが必ずしも規範的・標準的文体として認められていたわけではなかったのは、一八八〇年代後半から九〇年代にかけて、「和漢洋三体」の折衷による「文体一定の気運」[10]が高まってきたことが示しているところでもある。[11] そのことは、「標準的文体」どころか、「語」、「句」、「節」、「段落」等の分節方法についても「博言学」の移入を通して西欧から学んだばかりという、一八九〇年代の言語表現をめぐるアカデミズムの現状が端的に示しているところだ。[12] 『新美辭學』の文体論が、文体の類型化に多くの頁を割いているのも、まだ標準的文体は確立されていず、「漢文体」

「国文体」「洋文体」「雅文体」「俗文体」「雅俗折衷体」「言文一致体」「候文体」が混然と同居している一八九〇年代から一九〇〇年代にかけての日本の「文体」＝文章表現をめぐる状況に対する現状認識に基づいている。

みてきたように、抱月はまず、「文体」が気質、性向等の生理的・心理的条件及び時間的、空間的（国語＝言語空間）条件に制約されていることを視界に入れた上で、「主観的」と「客観的」に大別し、「近松体」「西鶴体」「馬琴体」「白楽天体」「東坡体」等の個人の「風格」に帰属すべきものを前者に、「漢文体」「国文体」「洋文体」「雅文体」「俗文体」「雅俗折衷体」「言文一致体」等を後者に類別している。「文体」の類別は、それまでの修辞研究書でも試みられてはいた。半峰がクァッケンボスに倣って[13]「乾燥体」(Dry Style)、「素樸体」(Plain Style)、「淡泊体」(Natural Style)、「文雅体」(Elegant style)、「華麗体」(Florid style)、「単純体」(Simple Style)、「過巧体」(Elaborate Style)、「簡約体」(Concise Style)、「蔓衍体」(Diffuse Style)、「雄健体」(Elevated Style)、「軟弱体」(Loose Style) 等に類別、抱月もこれを踏襲して「客観的文体」のなかに分類したのは先述したところだ。しかし、抱月の場合は、単なる欧米の理論の移入でなく、日本語の言語表現の特質を踏まえながら、諸文体の混在する、文章表現をめぐる混乱状況を整理すべく分類が試みられていることは明白である。

混乱の理由として第一にあげることができるのは、いうまでもなく、幕末維新期——一八五〇年代から引き続く、「漢文体」と「和文体」のイデオロギー上の抗争を含んだ対立に加えて、欧文＝「洋文体」が大量流入したという事実である。一八九〇年代には、これらの「文体」は、対立を通して互いに侵蝕しあうなかでしだいに変容の様相を明白にし始めていた。

最も大きな変容を遂げた、というより、衰退の兆しをあらわにしたのは「漢文体」及び「漢文直訳体」である。法律をはじめ、行政・経済・外交などの公用文から学術論文、新聞雑誌の記事論説等の公的な文に用いられ、その意味では標準的文体として実質的に流通したのは、普通文「和漢混淆文」（「漢文直訳体」）だが、その基盤をなす「漢学」のているところだ。

教養が、一八九〇年代後半には確実に周辺に追いやられたのは一九〇一年二月の「穎才新誌」の廃刊[14]が象徴的に語っ

「漢文体」の衰退を決定づけたのが、日清戦争による大清帝国の敗北であったのはいうまでもない。それは、「修辞」に関していえば、永く中華帝国に君臨していた「修辞」体系の崩壊を意味してもいた。

抱月も屢々引用する唐彪の『讀書作文譜』では、「諸文礼式」として「記」、「志」、「記事」、「序小序」、「説」、「原」、「議」、「辯」、「解」、「文」、「伝」、「碑文」、「行状」、「墓誌名」、「墓碑文」、「賦」、「書」、「簡」、「状」、「疏」、「啓」、「書」、「箴」、「銘」、「頌」、「贅」、「祭文」、「文」「問対」、「題」、「跋」、「書」、「読」、「引」、「雑著」、「公移」、「践」、「制」、「誥」、「詔」、「敕」、「檄」、「露布」、「規」、「戒」等の文体を列挙し、公的な文章について細目に至るまで規則を設け、それを遵守することを義務づけている。例えば「墓誌名」については「其の人の世系名字爵里行治寿言卒葬月日と其の子孫の大略とを述べ石に勒して蓋を加へ壙前三尺の地に埋めて以て異時陵谷変遷の防」とした故事に従うべきことが、同様に「墓碑文」に於いては「官級」に応じて「功業」を誌すことが、また「墓表」は有官無官を問わず碑文技法や碣文と同様の文体を用いるべきことが規定されているという具合である。統治に当る士大夫はこれらの「修辞」を熟知していなければならなかったのであり、日清戦争における中国の敗北とは、「修辞」のシステムがそのまま統治のそれと等置されるような制度の敗北だったといわなければならないのだ。大清帝国が「科挙」を廃止するのは、ヨーロッパに渡った抱月がイギリスからドイツに移動、日露戦争が終結した一九〇四年のことであり、『新美辭學』が刊行された当時、『論學日本文之益』[15]を書いた梁啓超（1873–1928）ら亡命知識人による啓蒙の動きが胎動し始めていたとはいえ、[16]衰亡はもはや誰の眼にも明らかだった。日清戦争における中国の敗北は、田山花袋も回想する、[17]漢文の無力を決定的に印象づけた出来事であったに過ぎないともいえる。『柳橋新誌』（成島柳北、一八三七―一八八四）『東京繁盛記』（服部撫松、一八四一―一九〇八）などの「漢文体」の小説が多くの読者に読まれることもなくなり、知識層の青年に広

く行われた「漢文体」によって「游記」や「日録」をものするという習慣は、「航西日記」（森鷗外、一八八四）や『木屑録』（夏目漱石、一八八九）の筆者達の世代を最後に廃れ、[18]「漢文直訳体」もまたかつてのような格調を失い、その平明な側面のみが強調されていくことになるのが、一八九〇年代後半における「漢文体」の遭遇した現実だったのである。

「漢文体」に代わってしだいに影響力を強めていったのは、「洋文体」、というよりも、「欧文直訳体」である。欧文との出会いは、日本語のシンタックスそのものを根幹から揺り動かすことはなかったが、語彙の面では翻訳語を大量に流通させるのみならず、伝統的な表現規範を発想の上からも変容させることになる。主語や目的語を明示し、冠詞、代用語、接辞詞、関係代名詞の機能を厳密に弁別するだけでなく、無生物主語や比較構文を駆使、句読法さえも指定する欧文の統語法は、伝統的な日本語の表現規範に分析的、論理的な表現を要求したが、また擬人的表現をはじめとする在来的な規範とは異質な動作表現による対象把握などと相俟って、所謂欧文脈を形成、[19]日本語の文章表現の新しい可能性を開くことになるのである。「漢文直訳体」を直接の媒介として開始された欧文の翻訳が、まず欧文を「漢文直訳体」に変換することに始まり、やがてその定型的表現の制約から離脱して「周密文体」と呼ばれる独自の文体を産みだしていくことになるのは森田思軒の営みが語っているところだ。[20]

一八九〇年代の文体をめぐる状況は、「和文体」と「漢文体」をめぐる在来的な二項対立の構図に「洋文体」が参入することによって複雑な様相を呈することになるが、中江兆民が『三酔人経綸問答』（一八八七・五、集成社）で問題として提出した、「脱亜」と「入欧」、「漢学」と「国粋」をめぐる三派鼎立の言説状況をさながらに反映したこの状況は、一方ではまた、「和文体」を基本の枠組みとした文字言語表現（エクリチュール）における「雅文体」と「俗文体」の対立と、その調和をめざして「雅俗折衷体」を提唱した逍遙らによる文学表現のための文体確立の営みや、近代国民国家としての「言文一致」による規範的・標準的文体確立のムーブメントも加わって更に錯綜したものとなる。そして、抱月がここで類型化してみなければならなかった根本の理由も、一八九〇年代に問題として自覚されてきた、こうした文体をめぐる状況の混乱にあったといえる。

第二項　「標準語」の制定と言文一致——その一　大西祝の役割

このような混乱が、やがて「言文一致体」の制覇によって収束し、「洋文体」「漢文体」「和文体」は、「欧文脈」や「漢文脈」として、「俗文体」を基底にした「和文」の枠組みのなかに生き延びていくのは、以後の過程が証している通りだが、いうまでもなく、これはあくまで事後的な説明であるに過ぎない。山本正秀（一九〇七―）が克明に辿ってみせた通り[21]、「言」をそのまま文字化したものを「文」としてよしとする素朴な機能主義から、普通文の改良を通すべきと考える立場、「文」（＝「雅文」）の改良を不可欠とみる立場と、一八九〇年代においては、「言文一致体」へのアプローチの方法は多様であり、方法をめぐる言説は百花繚乱の様相を呈したまま、将来に至る道筋を模索していたといっていい。これらの議論を、「言」か「文」かという二つの言説の対立に集約、「標準語」という「言」そのものの改良を通して、いずれにも決することができないまま隘路に入っていた状況を打開する方向を示したのは大西祝である。

抱月が「審美的意識の性質を論ず」を発表して論壇に登場してまもない一八八五年三月、大西は、やはり「言文一致」論議とも交錯しながら国民国家の課題として登場した上田万年による「標準語」制定の提唱に言及しながら、「言文一致」について、次のような見解を披瀝していた。

寧ろ将来の文学の為に標準語を定め、此標準語を以て文章を作ることに力むる、是れ我が国文学永久の発達を慮る者の取るべき道にあらずや。固より我国に於いて見るが如く所謂文章語と日常の言語とが甚しく隔離したる處、又日常の言語に於ても甚しき差別を呈する数多の方言の併立する処に在りては、標準語を定めむこと容易の業にあらず。惟ふに予輩一生の間に其成功を見んこと難かるべし。然れども今日言語学者及文学者の取るべき方針はまさにこゝにありと考ふ。（中略）今日の文学者並語学者の一大新事業となすべきは、上に云へる如く、普通散文体の改良なり。此改良に志さん者は大に思ひ切る所なくんばあらず。然るに今の所謂文学者は余りに中古文若しくは徳川文学の模範に恋々たる所はなきか。取つて以て発達せしむべきは、今の所謂文章にあらずして寧ろ実際世間に話さるゝ活言語にあらずや。強ちに俗語のそのまゝ、談話語のそのまゝを以て文章となせと云ふにあらず。俗語は標準語と見るべき文章たらんには多少の彫琢を歴ざる可らず。而も将来の国文学の発達を思はゞ、取つて以て彫琢すべきは今日用ひらるゝ所謂文章語にあらずして活言語にあらずや。予輩は遂に言文一致論を以て根拠なき一妄想となす能はず。予輩は我が文章語をして今一層活言語に近からしむるの必要を感じて已まざるなり。文章語をして活言語に近からしむと云はんよりも、寧ろ活言語をして文章語に近からしむと云はん方、新文学の当に取るべき方針なるべし。（中略）美文若しくは文章なるものに関する一種の迷信を掃除して生気を活言語より得たる新文体の創めらるゝに至らば、国文学発達の大基礎はこゝに開けたりと云ふを得ん。（「文學の新事業」、一八九五・三、「太陽」）

大西の示したのは、第三の道、即ち「標準語」という、「文」を規範にし、「活言語」（「談話語」）の「彫琢」を通した「言」を制定したうえで、「言」に文を従属させるという方向である。この場合、「標準語」として制定された「言」とは、実は「文」の規範に従った、いわば「文章体」化された「談話体」にほかならない。大西の目論んだのが、「言」に「文」を従わせるという方向であるのはいうまでもないが、内実は「文」の枠組みに「言」を従わせるという戦略なのである。むろんこの段階ではまだ大西は、あり得べき「言文一致」の方向について、具体的なプログラムを用意していたわけではなく、イメージとして語ったに過ぎない。しかし、実際に、その後の「言文一致文体」は、基本的に大西の思い描いた方向において実現されていくことになる。「標準語」が、初等教育によるリテラシー教育を中心に普及しはじめるのは一九〇〇年代初頭になってからだが、上田万年らがその雛型として選んだのは、「話し言葉」（「談話語」）というよりは「書き言葉」（「文章語」）の性格を強く刻印した、東京・山の手地域に流通する、所謂「山の手言葉」であり、それが普及していくのとパラレルに、「言文一致」をめざす機運もまた、「標準語」という「言」と「文」との統一をめざす運動として急速に高まっていくことになるのだ。[22] 抱月もまた「言文一致」を出発点として見做していたのは先述したところだが、その「言文一致論」もまた、基本的に「標準語」という「言」を設定し、その「言」——実は「文」——に「文」を従わせるという大西の示した方向に拠っていた。のみならず、彼が「修辞」の観点から、大西の見解に更に具体的な考察を加え、発展させようとしていたことは第一編（「緒論」）で次のように述べているところからも窺われる。

近時我が文壇に於いて論ぜらるゝ言文一致説には、種々の意義あり。其の重なる一は本書前来の論と相触れて、言と文とは全く一なるべしといふ。文はたゞ言の記録に過ぎずと見るなり。其の結果は、文章を日常講談の筆記と同一にするに至る。口に語るまゝを記すれば、文章の能事了るなり。されど斯かる文章が、完全なる思想の発表にあらざるは言ふまでもなし。他の一は言文関係論を離れて、我が文章の特殊の現象に基づき、文章中の口語体と文章体とを統一せんとするなり。之れを我が邦に於ける正當なる言文一致論の発足点とす。而して之れに二面あり。語法的と修辞的とこれなり。両面ともに今は口語体と文章体とに分かるれども、其の経過をたづぬれば、古体と今体との別に外ならず。（中略）言文一致は、古今一致といふに帰す。（中略）今日は言文一致にあらずしてむしろ文を廃し言に帰るべき時なり。古体即ち文章体を棄てゝ、今体即ち口語体に合すべき時なり。されども其の言に帰るは、最終点にあらずして発足点なることを忘るべからず。吾人は之れよりして二条の針路を見いだすべし。一は修辞の力によりて更に言を離れ文に入らんことなり。しかも其の文は前の古文なるべかざるや論なし。二は古体の語法、修辞中より、或るものを抜き留むるの必要あることなり。蓋し文が雅馴を表し言が粗俗を表するは、如何なる国といへども免れざるところにして、二者相触るゝがために、言は常に文の影響によりて其の腐敗の幾分を防ぎ得るの理なるに、我が邦にては、言文の懸隔甚しかりしため、言の文に救はるゝこと少なく、訛誤はます〳〵訛誤を重ね、粗俗はいよ〳〵粗俗に流れたるもの、決して些々にあらず。假りに今の東京語の大部を我が標準語と見るも、これに補正を要すべきもの、必ずや多かるべし。（中略）要するに言文一致体の問題は、如何に今語法を補正すべきか、如何に今言を、装飾すべきか、而して如何に言以上に飾辞的特色を有する文体を創すべきかといふにあり。（一・二−二−五）

抱月が、文を「たゞ言の記録に過ぎず」とし、「文章を日常講談の筆記と同一」なものと見做す態の「言文一致」論者の観点——その典型はローマ字論にある——を却けたのは、彼らが、「言」と「文」を区別することなく、両者を単純に直結してしまっていたからである。先述したように、抱月は「修辞」の観点から、両者がそれぞれ異なった原理のもとに営まれる言述（discourse）だという認識を示していた（一・二−二−五）。「言」（Speech）と「文」（Writing）の言述における特徴を考察しながらそこで抱月が指摘したのは、音声言語の言述として時間的・瞬間的に表現されるため、「声音」の「表情」によって意をつくすことはできるものの、「随時の標現に適して、之れを客観化する」には不適な「言」に対し、「文」は、「保存」、「流布」し、「伝播」することができるという意味で「空間的・定住的」であり、「随時の標現」には適さない代わりに、「客観化」した表現が可能であるという相違なのである。

第三項　「標準語」の制定と言文一致――その二　抱月の課題

言述の原理におけるこうした相違は、当然のことながら、両者における修辞の性格をも規定する。抱月が「文」を、「言」に比して、より「修辞的」であることを要求される言述だとしたのもそのゆえである。「文」が「修辞的」であることを求められるのは、それが、時間的・空間的、あるいは、歴史的・政治的・社会的・階級的・身体的・心理的諸条件に規定された「場」を前提とし、その「場」における、身振りや声音の表情を不可避に伴った音声言語による言述である「言」に対し、それらをすべて文字言語による表現の枠組みのなかに組み込まなければならないという条件に制約された言述だからなのだ。「言」における表現が、ややもすれば「粗俗」、「冗繁」で「散漫」にみえるのに対し、「文」が、「醇正」、「雅醇」、「簡浄」で「統一」されているという印象を与えるのも、こうした言述の相違に由来する。また、「美辞学」が必要である所以も、むろん、そこにある。[23]

「言」と「文」についてこうした明確な認識を示していた抱月にとって、「会話そのまゝの語句を文章とする」類の「言文一致」論の多くが却けられなければならないのはあまりに自明だった。それは欧米で「Coloquialism として斥けられている」ところも示すように（一・二―二―五）、「口に語るまゝに記すれば、文章の能事了る」として、「文学的に発達し来たりし文章語の価値を遺棄して顧みざる」態の、否定されなければならない粗雑な未完のディスコースなのだ。

これに対し、抱月が「我が邦に於ける正當なる言文一致論の発足点」とするのは、「我が文章の特殊の現象に基づき、文章中の口語体と文章体とを統一せんとする」立場である。ここで「我が文章の特殊の現象」というのは、「今体と古体」、「俗文」と「雅文」の区別が、そのまま「言」と「文」の差異と重層しているような事態のことを指している。みてきたように、「言」と「文」、「談話語」（口語体）と「文章語」（文章体）は区別されなければならない。しかし、この区別は、両者が同一の「語格語法」に従っていることを前提とする。「文が雅馴を表し言が粗俗を表するは、如何なる国といへども免れざるところ」だが、両者は基本的に同一の「語格語法」を枠組みとしているのであり、それゆえにこそ「文」は規範として、「言」の「腐敗の幾分を防ぎ得る」からだ。[24] また、いうまでもなく、「今体と古体」は、両者がそれぞれ異なった「語格語法」に準拠している点において区別される。ところが、こうした区別は「我が文章」においては、考慮されることなく、混同されてしまっている。「文」は「古語古格」に「専属」するものとして、即ち「語格語法」の点において「近代の言語格法」に「専上」する「言」と区別されるのであり、本来は同一のルール（語格語法）に従ったうえで明確にされるべき「言」と「文」、「俗文」（「談話体」＝「口語体」）と「雅文」（「文章体」）の差異は、「語格語法」のそれに解消されてしまっているのだ。

この立場が、「所謂文章語と日常の言語とが甚しく隔離」した「言」と「文」をめぐる状況のなかで、「俗語のそのまゝ、談話語のそのまゝを以て文章となせと云ふにあらず」という条件を留保しながら、「標準語」の制定を介した「言文一致」の道筋を構想した大西と認識を共有していたことは明白である。それは、「今体即ち口語体に合すべき時」であるとしつつも、「其の言に帰るは、最終点にあらずして発足点」に過ぎないという現状認識の言葉が端的に語っているところといえるだろう。先述した通り、大西が示したのは、「文」そのものの改良によってではなく、規範的な「言」としての「標準語」を制定し、それを基盤に「言文一致」を図るという方向である。大西の選んだのは、「文」による「言」との統一をめざすという逍遥らの方向に対して、「言」に「文」を従属させる形での両者の統一という方針だったが、その「言」が、「標準語」という、能う限り「文」に接近した「言」であったこともみてきた通りだ。大西と同様に、「文」は「言」と「近代の言語格法」というルールを共有したうえで、「言」との差異を明確にし、最終的に「言文」の一致による文体の創出をめざすべきだというのが抱月の構想した道筋であり、「口語体」と「文章体」の統一は、「言文一致」による「新文体」に至る道の「発足点」に過ぎないというのが抱月の現状認識なのである。

第四項　「標準語」の制定と言文一致――その三　美辞学の自覚

「修辞」の役割もまた、この現状認識のもとに、明確になってくる。「語法」における「古体」と「今体」の区別が解消され、両者が同一のルールを共有してはじめて、「言」と「文」との差異も明瞭に自覚されることになるからだ。この段階を介してこそ、「言」の捨象した歴史的・政治的・社会的・階級的・身体的・心理的諸条件をすべて文字言語による表現の枠組みのなかに組み込まなければならない言述としての「文」における「修辞」の役割は明確化され、「更に言を離れ文に入らんこと」が課題になってもくるのである。また、同一のルールに従ってこそ、完結した言述としての「文」も、「言」の規範としての機能を有効に発揮することができるのだ。

と同時に、「語法学」(Grammar) とは異なる「美辞学」の課題も明確化される。「美辞学」が問題とするのは、「言」と「文」に共通する「近代の言語格法」の「語格語法」としての論理的整合性を解明し、体系的に説明する学問として、モルレー以来発展してきた「語法学」[25]とは異なって、「心理法則」を踏まえた言述における表現の領域であり、さしあたって「言文一致体」の創出という当面の課題からいえば、「語法」の面からこれを整備し、「補正」するのが前者であるとすれば、「修辞」の面からこれに関与することがその目的になる。「口語体」と「文章体」の「語法」における統一が達成された段階では、「語法の領分よりも、寧ろ修辞の項分で新に其の風格を高め磨く工風」(「言文一致と敬語」) が要求されることになるからである。

『新美辭學』を纏めた時点の抱月にとって、将来の日本の「文体」が「言文一致体」に帰結していくことは明瞭だった。「文体論」が、その実現のプロセスについての明確な見通しのうえに立論されていたこともみてきた通りである。「口語体」と「文章体」の統一は「言文一致体」に至る「発足点」に過ぎないというのがこの時点での現状認識であり、そのことは、ほかならぬこの論が、当時は最も明晰で平易な文章の記述に適した規範的文体とされていた和漢混淆文体の普通文で書かれていたことにも示されている。「言文一致体」による論説や評論は、この当時はまだ、中井錦城（一八六四―一九二二）が讀賣新聞で、幸徳秋水（一八七一―一九一一）が「萬朝報」でこの文体での議論を開始した程度だった。

『新美辭學』は、「標準語」が制定され、「標準語」リテラシーの普及と「言文一致」による規範的文体の確立が共通の認識となり、その実現が具体的なタイム・テーブルにあがっていく過程と交錯しながら書かれた。一九〇〇年二月、言語学会[26]機関誌「言語學雑誌」創刊、雑報欄に口語体採用を宣言実行、三月、帝国教育会に『言文一致会』結成、[27]一九〇一年二、三月、「言文一致会」による「言文一致の実行に就ての請願」書を、貴族院・衆議院で採択、一九〇二年五月、『言文一致論集』刊行、一九〇三年四月、国定尋常読本における標準語普及の目的を兼ねた口語文教材の大幅採用、というような日付は、それが官民あげた国民的課題として実現され始めていたことを証す。

文学表現では、尾崎紅葉、山田美妙、二葉亭四迷、内田魯庵などが一八八〇年代後半から口語体と文章体の統一に挑んだことは改めていうまでもないが、一八九〇年代末から、十数篇の小説の創作に筆を染めた抱月自身も[28]、「月暈日暈」（一八九八・一、「新著月刊」）をはじめとして、「言文一致体」、というより、口語体の語法を基本的枠組みとした小説の創作を試みている。この作品を書いた時点では『新美辭學』はむろん完成されていないが、「言文一致体」を「修辞の瑣分」から探求する意図は、「日暈日暈」の次のような冒頭からも看て取ることができる。

今年もう暮に間がない。世間の何となう忙がしげに見えるも、気の為《せい》かして日脚までが一層縮まッたやうで、朝は九時から晩の四時まで、是れに、小石川から丸ノ内までてく〳〵あるきの往き還りを見積もッて、一日ざッと九時間をさし引けば、日の内を我が物と、欠伸《あくび》して、手足伸ばして、休む間は殆どない、殆ど所でなく全く無い此の頃の事とて、七日目七日目に一日づゝ、例の日曜といふ奴が、無上に有り難く、貴く、取り別け明日と云ふ今日の土曜が、一倍楽しい。丁度、日の出る前に東が白《しら》むで、段だら雲の端が紫に光ッて来る、はら〳〵と雞《とり》の鳴く音が遠方に聞こえて、何処か早や卓井戸を繰る音がきい〳〵するといふ、一日は是れからの朝景色の快いのと同じ道理だ。明日は歌舞伎座見物といふ前夜、
「みよや、お前寝過ごすといけないから、目醒ましをか丶るだけかけて、枕元にお置きよ。屹度またあたいに起こされるのだよ、起きなからうものなら、蒲団を引ッぱいでやるから」と娘子の終夜《よもすがら》寝つかれぬほどうれしいのも土曜の晩で、「柳橋にしやうか、いッそ少し遠出と洒落《しやれ》て見やうか、いや此の寒さに汽車は恐れる」と髯連が謀反《むほん》をたくらむ土曜の晩、一週に一度の鮪のお刺身が膳の向について、細君の酌に、一合半酒《きなからざけ》の酔心地とろりと、目の薄い耳の遠いお母さんを留守番に、是れから若竹へでも行かうといふのも土曜の晩、凡そ勤める身に取ッては、半どんほど愉快な日は無からう。

口語体の語法を基本とした文章の枠組みのなかに、直喩、隠喩、提喩、換喩、引喩等の譬喩法はじめ、化成法、布置法、表出法など『新美辭學』に体系づけることになる修辞技法を駆使[29]しながら試みられているのは、土曜日を迎えた、都市生活者の心理（「情」）の分析的表現とでもいうべきものであろう。そうした意図は、紅葉が試みた「である」調でなく、「だ」調という、後に「独語」的[30]として批判的に捉えることになる文末表現による「詞藻」の統合を図ったところにも貫かれている。ここにみられるような文体改良の実践は、『新美辭學』に体系化される「修辞」の理論的解明の努力と連動していたが、と同時に、藤村、独歩、花袋、秋声（徳田秋声　一八七一―一九四三）ら、彼と同世代の、後には自然主義文学運動に加わる作家達のそれとも対応していた。まだこの時点では、完全に「言文一致」による表現に踏み切っていなかったとはいえ、「言文一致」による表現の確立が彼等の共有する目標だったこと（一・二―一―五）は、それぞれの作家の青春期の営みが証しているところだ。「如何に今言を装飾すべきか、而して如何に言以上に飾辞的特色を有する文体を創するか」という言葉は、彼等に共通する課題を集約するものだったといえる。

第五項　文体意識の変容と美辞学

しかし、「言文一致体」が最も大きな変革であったのは、それが単に「語格語法」の形式的統一でなく、なによりも感受性と認識の変革及びそれに伴う表現（＝「修辞」）の変革を強いたところにある。「言文一致体」による文章表現がもはや自明の前提として認知された一九一一年、抱月は、明治期の文体について、それが一八九〇年代を中心に、それ以前と以後に「三遷」したとし、「言文一致体」が確立した第三期（一九〇〇年代初頭）の文体を支えた意識について、次のように回想している。

次に第三期は明治三十二三年頃から萌して、明治四十年前後に及んで、明瞭に一時代を形づくつた。このたびは、新文章の赴く所が第一期以来の傍系たりし、内容の自由自然の発露といふことに一直線に突進した。従つて其の求むる所の據りどころも、西鶴でなく、欧文でなく、古文でなく、直ちに内容そのもの、文体となつた。文章の典型はたゞ内容からのみ発すべきものと、明白に自覚するに至つた。更に適切に言へば、内容たる感想の持主、すなはち作者の自己そのものが唯一の基礎である。自己に文章の根據を求める。是れが第三期の新文章の特徴である。従つて此の期の文章を包む空気は、素直な、謙遜な、正直な、地味なものとなつた。而して之れに伴ふ著しい現象としては、文章の大部分が言文一致体に化し、言文一致といふ名すら既に累せられる所があるとして、口語体といふ名を之れに代へんとするまでに至つた。（「新文章論」、一九一一・四、「文章世界」）

「文章の典型はたゞ内容からのみ発すべきもの」であるという認識は、一八九〇年代末には、実質的に「口語体」を基本の語法とする表現に舵を切り、一九〇〇年一月末から三月初めにかけて、「叙事文」を「日本」に発表した晩年の正岡子規や、一九〇一年、自分の基本的世界認識（「ナカエニズム」）を、「で有る」調の文体で表白した中江兆民の『續一年有半』(一九〇一・一〇、博文館)などの営みを先蹤として、しだいに文壇や論壇にも共感の輪を拡げていった。『續一年有半』を支えているのは、「内容たる感想の持主、すなはち作者の自己そのもの」を、表現の「唯一の基礎」とする自覚である。「死」の床に臥していた兆民がそれまでの格調の高い和漢混淆の文体を廃棄して、口語体(談話体)を基本の語法とする文体を選んだのもこの自覚による。これに対し、子規は「叙事文」で、いわゆる和漢混淆による普通文のスタイルのうちに、同一の対象を、「古語古格」と「近代の言語格法」によって「叙事」してみせた。むろんこうした手法のうちに子規が語ろうとしたのが、「内容の自由自然の発露」には「近代の言語格法」に拠る「内容そのもの、文体」の確立が不可避であるという認識であり、「古語古格」と「近代の言語格法」を基本の語法とする文体の差異を明確に例示するには、和漢混淆による普通文という叙述のスタイルに依るほうがより説得的であると判断したからにほかならない。『續一年有半』の文体を支えた自覚は、「内容そのもの、文体」を鮮やかに例示してみせた「叙事文」を実質的なマニフェストとして開始された、「写生文」運動から自然主義文学運動に至る、「内容の自由自然の発露」をめざす表現上のムーブメントを経由して、「思想感情の自然の流れに従つて少しも無理な修飾技巧を加へない文体」を要求するようになっていくのである。

「思想感情の自然の流れに従つて少しも無理な修飾技巧を加へない文体」を要求し、「排技巧」を唱えるに至るこの流れは、『新美辭學』を上梓して直ぐにヨーロッパに旅立った抱月が必ずしも予期したものではなかった。「内容の自由自然の発露」をスローガンにした自己変革の自覚のもとに、文学表現が「言文一致」文体に向けて「一直線に突進した」一九〇二年から一九〇六年にかけての四年間、日本を不在にしていた彼が「言文一致」文体について積極的に発言することがなかったのは当然だった。「標準語」リテラシーが初等教育を通して普及し、「文章の典型はたゞ内容からのみ発すべきもの」という認識がしだいに共有されるようになった時期は、抱月のヨーロッパ滞在の期間と重なっているのである。

第六項　自然主義における修辞

とはいえ、こうした「内容の自由自然の発露」を要求する文体意識の変容も、『新美辭學』に展開される修辞理論に基本的に修正、変更を迫るようなものであったというわけではなかった。文体が「詞藻」からなる「修辞的現象」を統括する形式であり、「修辞的現象」を最終的に決定する規範は「情」にあるとする、『新美辭學』に展開される修辞理論が、基本的に「内容の自由自然の発露」をめざすというこうした文体意識の変容も視界に収めることのできるものだったのは先述した（二・一及び二・二・三）通りである。抱月はそこで、「修辞」の面において「無記」な文章を「修辞の零位」として措定してはいた。徹底して論理によって「説得」することを目的とする論理的文章はこれにあたる。しかし、「情」を「修辞」の最終の規範とする『新美辭學』の観点からいえば、「消極たり無記たる」文章に、かえって「修辞上の価値」を見いだすことのできる場合もある。「修辞的価値の根源」は、「斯くの如きものが最もよく目的に適合せりと見るより生ずる情」にこそあり、「消極たり無記たることが、却りてよく其の文の目的に合するときは、吾々はたゞ其の目的に合すといふ一点に立ちて、之れが価値を批判す」べきだからだ。「修辞」を最終において統合するのは「情」にあるとするその観点からすれば、「内容の自由自然の発露」という表現の要求が、「無技巧」という、在来的な「修辞」が無効とするような、「修辞上」の「無記」の場所を最終的な目的地としたのも必然の過程だったといわなければならない。[31] 新文体創出の要求は「排技巧」というスローガンに集約されることになるが、それが要求したのは、「無技巧は旧式の技巧、わざとらしい文飾を排する意味で、一切の技巧が文章に不要だといふのでは決してない」と五十嵐力もいう通り、[32]『新美辭學』が徹底した類型化を試み、検証してみせたような在来的な「詞藻」（文彩）の多くの更新でこそあれ、「修辞」そのものの廃絶を意味するものでなかったのはいうまでもない。自然主義が「排技巧」というスローガンにいきついたのは、『新美辭學』の文体論からすれば、当然の帰結であったといえる。[33]「内容の自由自然の発露」が、「消極たり無記たる」ことに「修辞上の価値」を求めるに至った次第は以上の通りだが、この過程はまた、「内容たる感想の持主、すなはち作者の自己そのもの」、つまりは自己の「情」を文体の「唯一の基礎」とする自覚の拡がりと不可分のものでもあった。それはまた日本でも「各人が他者と同じ権利をもち、自己自身の内に美と価値の基準をもつと主張する時代[34]」が本格的に開始されたことを意味していた。ここでは、「古語古格」に制約された従来の修辞規範は、「他者と同じ権利」をもつ各人、即ち個人の「美と価値の基準」という新しい光に晒される。「美と価値の基準」が「自己」＝個人に帰属し、文体が個人の責任において決定される以上、「詞藻」は、個人の美意識と価値観に従って選択され、その権能において、文体として統合されなければならない。やがてそれは、「修辞」(「詞藻」)を最終的に統御すべき「人称」を問題系として新しく浮上させ、「余」、「吾輩」、「僕」、「私」というような一人称を、「修辞」(「詞藻」)の課題として意識化させることにもなるだろう。[35]

『新美辭學』が、多くの頁を割いたのは、「古語古格」に制約された従来の修辞規範を、主として西欧の修辞理論に拠りながら新しく見直すという作業である。「詞藻」はこの観点から、二九の技法に分類され、更に「詞藻」を統括すべき文体も多様に類型化された。それは標準語という「言」を基本の骨格とし、個人の責任において文体を決定するべく編成された修辞体系そのものを直接の検討の対象としていたわけではない。しかし、この作業は、書く営みが、口語を基本として、「自己」を「唯一の基礎」として開始される時代における修辞学＝表現理論の課題を見据えたものでもあった。抱月が提示したこの課題は、基本的に彼の理論的枠組みのなかで、言文一致の新文体創出を試みた独歩、漱石、二葉亭らによる営みの成果を、「修辞の瑣分」から分析した五十嵐力の『新文章講話』に引き継がれることになるのである。

1　中国文学の文体については、『漁村文話』でも、続編で、「漢以後文体源流」、「唐古文源流」、「宗古文源流」の三章で中国の散文史を概観、また「韓柳文区別」「唐宋古文区別」では個人のスタイルについて論じており、「現在でも、基礎

知識としてその上に立って議論が進められるべきである」（清水茂、前掲『漁村文語』「解説」）とされる。

2 菅谷廣美『「修辞及華文」の研究』（一九七八・八、教育出版センター）一八四―二〇二頁。

3 「前編」では「嗜好」「修飾」「文体」を、後編では「散文」と「韻文」の作文法を述べるという構成になっている。速水、前掲書、七二頁。

4 Genung, Jhon Franklin, *The practical elements of rhetoric*, 1877.

5 武島、前掲書、六頁。

6 速水、前掲書、一五五頁。

7 この観点は『新美辭學』を経て、「文章上の諸現象を心理的に説明し、統一する事、日本文の特色を検討する事」をめざして、修辞現象を八種の「詞姿」原理から説明することを試みた五十嵐の『文章講話』や、「今迄の作文書といふものには組織が無い、深さが無い、力が無い、熱が無い、光が無い、新しみが無い、要するに命が無い」（「序に冠して作文上の経験を述ぶ」）と「作文教師」としての「自分自身の不足なる経験」を「懺悔」、「私は第一に真実を写さう、有るがまゝを写さう」という自覚のもとにこれを全面的に書き改め、大正期から昭和期にかけての言語表現の形成に大きな影響を与えた『新文章講話』にまで引き継がれる。

8 このような、一人称代名詞の表現主体を強調する動きについて指摘した先駆的な論考に、大屋幸世「鷗外と一人称代名詞――〈わたくし〉へ」（『鷗外への視角』一九八四・一二、有精堂出版所収、原題は「〈わたくし〉へ――鷗外と一人称代名詞」〈一九八三・三、「創立二十周年記念鶴見大学文学部論集」〉）がある。

9 普通文については齋藤希史『漢文脈の近代――清末＝明治の文学圏』（二〇〇五・二、名古屋大學出版会）所収の諸論文に詳しい言及がある。

10 山本正秀『近代文体発生の史的研究』（一九六五・七、岩波書店）七三八頁。

11 漢文直訳体を機軸に、欧文脈を取り入れた「普通文」の横行に対しては、当然のことながら、国学系の論者による批判も高まってきた。「文章世界ハ漢文ノ主宰トモ云ヘキ勢ナリ。凡万国多シトイエトモ国語ヲステ他国ノ文法ニテ、用ヲ足ス所アルベシトモ覚エス。古ニハ三韓マテ我文用イシメントイヘル豪傑モアリ、国学者ハ言霊ノ幸フ国ト誇ルコトナルニ、今ハタ此極ニ至レリ」という萩野由之（一八六〇―一九二四）（「和文ヲ論ズ」一八八七・一二、「東洋学会雑誌」）の認識は、彼等の危機意識を端的に示している。萩野に呼応「今日ノ普通文」を「不規則乱雑ナレバ、国文トイヒ難シ」とし、「純然タル特有ノ文体」に拠って「国家ノ独立ヲ認シメン」ことを提唱（「國語ノ本体並ヒニ其価値」一八八八・一、「東洋学会雑誌」）していた関根正直、高崎正風（一八三六―一九一二）、落合直文、小中村義象（一八六一―一九二三）らは一八八八年五月「日本文章会」を結成、「新和文体」の創設と実作を試みた。こうした動きのなかから、同年一二月には、阪正臣、上田万年、落合直文らも参加して、民間有志による「言語取調所」が設立され、「普通文体の一定」のための具体的な準備作業が開始されることになる。山本正秀、前掲書参照。

12　大槻文彦が『廣日本文典』を私家版で刊行、日本語文法の体系化に鍬を入れるのは、『新美辭學』が執筆中の一八九七年（一月）のことであり、「語法学」の研究もまだ緒に着いたばかりだった。

13　速水、前掲書、七一頁。なお、クァッケンボスは一一種類に分類している。

14　「穎才新誌」の果たした役割については、前田愛（一九三一―一九八七）「近代読者の成立――『西国立志編』から「帰省」まで」（「文学」一九六五・四、のち『近代読者の成立』一九七三・一一、有精堂、及び『前田愛著作集』〈第二巻〉二〇〇五・二、筑摩書房）参照。

15　『飲冰室合集　文集（四）』（一九三六、上海・中華書局、一九九八影印）

16　梁啓超と「東学」（日本の学問）による、中国近代化の関係については、齋藤、前掲書、一一九頁参照。

17　田山花袋は、次のように回想している。
《たしかそれは明治二五、六年頃であつたと思ふが、その時分には、私にはそれまで学んだ漢文や漢詩が全く不必要になつたやうな気がした。今まで馬鹿なことをやつていたやうな気がした。これから先、漢文や漢詩を作つたつて、それがいくら上手になつたからとて、それが何うなるものかと思はれた。で、私は長い間母や兄から貰つた小遣いで買ひためた韓文公文集だの、蘇東坡文集だのを古本屋へ二東三文で売つて、そしてその銭で近松や西鶴の十銭本を買つた。》（『近代の小説』一九二三・二、近代文明社）一四頁。

18　齋藤、前掲書、二〇一頁。

19　木坂基は、欧文脈について「日本語文章脈に欧文的要素が混入または融合することによって独特の文章脈を形づくるときの、一定の表現事象」と定義、その構成要素として「①主語や目的語の明示、②冠詞の直訳的表現、③代用語の直訳的表現、④比較構文、⑤無生物主語、⑥接辞詞の直訳的表現、⑦関係代名詞の直訳的表現、⑧動作表現、⑨擬人法、⑩句読法」などを挙げている。（木坂基『近代文章成立の諸相』〈一九八八・二、和泉書院〉三七五頁）。

20 小森陽一は、「(記述)する『実境』中継者の一人称」(一九八三・三・八、「成城文藝」、のち、『構造としての語り』〈一九八八・四、新曜社刊・所収〉)で、森田思軒の「周密体」について、それが「一つ一つの言葉を伝統的な共示性(コノテーション)から切り離し、漢文や和文の文章構造が持つある統括された意味への収斂を回避し、一つ一つのテクストとそこに登場する固有な人間に即した、固有であると同時に多層的な意味生産の場として、小説テクストを開放する一つの役割を果たした」(『構造としての語り』二〇七頁)としている。

21 山本、前掲書参照。

22 近代になって、東京「山の手」地域に住んだのは、地方出身で、かなり高度の教育を受けた「官員」を中心とする知的支配層であり、そこで用いられていたのは、彼らの母語というべき「方言」のもつ地縁血縁的共同体や、階層的秩序の拘束性から自由な、論理性と合理性を備えた共通語だった。そこで流通していたのは、日常会話のなかに漢語や洋語が混入していても異和を醸成することのない、『當世書生気質』の登場人物達の使う「書生言葉」の延長上にある、知的・論理的に構成された言葉、「談話体」というよりは「文章体」、「話し言葉」というよりは「書き言葉」の性格を強く刻印した言葉、いわば、もともと「文字言語」に「話し言葉」を従属させた言葉だったのである。彼等は、その職場である「役所」や「学校」、「会社」でそうであるように、地域社会でもこうした「共通語」で「談話」した。しかし、彼等の多くが、家庭では「方言」を用いたのは、風土や歴史を共有することからくる濃密な情緒性や感受性を欠いた透明な言語である共通語によるコミュニケーションになんらかの異和を覚えていたからにほかならない。

23 本書第二部第二章第一節参照。

24 こうした、「文」を規範とする「言」の規律《ディシ》・訓練《プリン》の役割を担ったのが、日本の近代においては、実質的には「文」として機能した「標準語」であることも、改めていうまでもない。

25 「第一編、第二章、第二節、第六項」では、「語法学(Grammar)の範囲にありては論ずべきこと多し。細目の論は専門家に待つべきものなれど、大体に於いて、まづ語法学を一の技術と見たりし旧式の観方より、之れを説明科学と見る新式の観方に及ぶまで、根本に自然の変遷あり。旧説の代表者としては通例リンドレー、マルレーを挙ぐ。其の意によれば、国語法とは妥当に其の語を口にし若しくは筆にするの術なり。此の説に従へば語法学を修めしものは皆妥当の文を綴り得ざるべからず。語法学が示せる規則は破ることを得ざるものならざるべからず。而も事実は必ずしも然らざるが故に、近時の学者は、語法学に対する根本の要求を一変し、ただ之れによりて国語の種々なる理法を研究せんとす」として、「リンドレー、マルレー」、即ちモルレー（Murray, Lindley 1745–1826）の『英文法』（*English grammar : adapted to the different classes of the learners,with an appendix, containing rules and observations for promoting perspicuity in speaking and writing*,1795. 邦訳は『英吉利文範』〔一八六一〈文久元〉―一八六五〈慶応元〉、老皀館〕）からベインに至る英語における語法学（英文法）の変遷過程を跡付けている。

26　上田万年・白鳥庫吉（一八六五―一九四二）・保科孝一（一八七二―一九五五）・新村出（一八七六―一九六七）・岡倉由三郎（一八六八―一九三六）等が会員。

27　公開演説会では、菊池大麓・中井錦城・井上哲次郎・坪井正五郎（一八六三―一九一三）・前島密（一八三五―一九一九）、新渡戸稲造（一八六二―一九三三）等が演説した。

28　抱月の小説については、岩佐、「島村抱月の小説」（一九七六・一〇、「日本近代文学」二三集）参照。抱月には二〇編ほどの小説があり、このうち『乱雲集』に収められているのは一六篇ほどだが、言文一致体で書かれているのは、うち五編である。

29　引用の部分に限ってみても、「終夜寝つかれぬほどうれしい」（直喩）「目の薄い耳の遠いお母さん」（隠喩）、「柳橋」「若竹」（提喩）、「髯連」（換喩）、「一合半酒」（引喩）、「てく〳〵あるき」「はら〳〵と雞の鳴く音」「車井戸を練る音がきい〳〵する」（声喩）等の「譬喩法」、「此の寒さに汽車は恐れる」「日曜といふ奴」（擬人法）などの「化成法」、「土曜の朝」と「土曜の夜」を「照応」させる「布置法」、「いッそ少し遠出と洒落《しゃれ》て見やうか」（設疑法）という「表出法」と、多様な修辞技法が、たぶんに意識的に適用されている。

30　のちに、「言文一致と敬語」（一九〇〇・一二、「中央公論」）で抱月は、「日本の言葉は階級的に発達して居る分子が多い」ため、「天下公衆に対する平等的公共的な文章」を書く場合に適当な文末表現が欠けていることを指摘、「である」調を用いることを提案している。「云々でござりまする」調という表現は「全く私交的」であり、かといって「云々だ」調を用いれば「独語的、すなはち横座弁慶の独りで、気焔を吐く格」になってしまうという欠点を補うためには、その中間的文末表現としての「である」調を用いるのが、次善の策であるというのがその理由である。なお、こうした文末表現は、「吾輩」、「私」、「僕」等の一人称主語の意識的選択と不可分（本章「注8」参照）。だが、「だ調」、「である調」の定着過程において、「吾輩」という一人称と、「である調」をセットで用いた漱石の『吾輩ハ猫デアル』（一九〇五・一―〇六・八、「ホトトギス」）の果たした役割は無視できない。

31　本書第二部第二章第二節参照。

32　五十嵐、前掲『新文章講話』一七頁。五十嵐は自説を以下のように要約している。《詮ずる所、旧式の文章と新式の文章との相違は趣味の相違、様式の相違で技巧有無の相違ではない。昔の修飾のわざとらしかつたのに対して、今の修辞は自然である。昔の文章に於いては文句が内容を離れて遊んで居たのに対して今の文章は文句をば内容にしツくり調和させようとする。畢竟、拵はぬ自然、有りのまゝの内容を活き〳〵と見せようといふのが新式文章の努力で、泰西修辞学者の謂はゆる「術を隠すは術の至れる也。」といふ修辞の三昧境が其の理想である。前にもいうた如く、人間に趣味といふもののある限り、文章が一つの術である限り、語句選択の必要のある限り、技巧の必要なる事は争はれぬ。従つて人間社会に思想伝通の必要ある限り、文章修辞の学は儼然して存在の権利を有して居る。》

33　永井聖剛『自然主義のレトリック』（二〇〇八・二、双文社）は、田山花袋のいわゆる「ロマンチシズムからレアリズム」への転換を、初期の美文に示されるような「隠喩的認識」から「脱却」し、「換喩的認識」という別の認識体系へ移行する過程として把握することを通して、自然主義の「修辞」について考察した労作だが、自然主義が、レトリックの面からいえば、上記のように、「内容の自由自然の発露」が、「消極たり無記たる」ことに「修辞上の価値」を求めるに至る運動であったこと、即ち、「無技巧」もまた「修辞現象」の一つとして、すでに『新美辭學』のなかで考察の対象となっていたことについては無理解であるのは残念に思われる。また、この書では、抱月があらゆる「辞」を「美辞」として捉えたとしている（同書、一六〇頁）が、すでに詳述した（本書第二部第二章第一節第四項）ように、抱月は「辞」が生成する過程、即ち「思想が生成し、完結する過程」として「修辞的現象」を、また「修辞的現象に対するとき吾人が感ずる一種の状態」として「辞の美」を定義していたのであって、あらゆる「辞」を「美辞」として把握していたのではない。この誤解は、ベイン――というより基本的にはブレア――に倣って「転義」によって「修辞現象」を説明することを却けた半峰や抱月ではなく、クァッケンボスの祖述に過ぎない佐々醒雪の『修辭學』の「転義」の定義を拠り所に、「隠喩」から「換喩」への移行を説明したことにもよるが、基本的には、「修辞的現象」を最終的に決定する規範を「情」であるとする観点から、「修辞現象」（＝詞藻）を統括する段階に「文体」を措定し、「同情」を喚起することをめざす「詞藻」の、「文体」による統合の在り方に「修辞的現象」の具体的様態を探るという『新美辭學』の構想に対する理解が欠落していることに由来するように思われる。

また「自然主義の三昧境は、この我意私心を削つた、弱い、優しい、謙遜な感じの奥に存するのではないか。此の時自然の事象は始めて、鏡中の影の如く、朗らかに其全景を暴露して、我と相感応するのではないか」（「今の文壇と新自然主義」一九〇七・六、「早稲田文学」）という言説を引用して、この認識を示したとき抱月は、「言語表現の特質・宿命ともいうべき線条性」と、それの要請する、「範列」と「統辞」における「選択」の問題を捨象してしまっていると批判しているが、ここでも上記のような抱月の「文体」の位置づけを見落とし、「美辞学」の立場からすれば、論理的整合性をめざすために「修辞的に無記」たろうとする科学的論文にも「情の一貫」という「理想的発展の原理」の作用を認めていたことを無視しているのは、創見と示唆するところの多い論考であるだけに惜しまれる。抱月は後に、一八九〇年代後半から一〇年代にかけての表現（修辞）意識の変遷を、「徒らに外形の華麗絢爛なものよりも、素直で、質実で而も情景兼ね到るという風の文章を喜ぶやうになる」それへの推移として認識、「思想感情の自然の流れに従つて少しも無理な修飾技巧を加へない文体の要求」としたが、「文章の真の目的は其の内容たる感情の如何に応じて、華麗なものは華麗に、単純なものは単純に、凡てをできるだけ真実に如実に選び出すのが極意」とする観点は、『新美辭學』以来、「修辞上の零位」を追求するかにみえる自然主義の「描写」の根底に、「自然の事象」の「全景」（「理想」＝イデア）を「鏡中の影」のように捉えることをめざす修辞意識を認める一九一〇年代に至るまで一貫しているのである。

34　トドロフ、前掲書、九四頁。

35　本章「注30」で指摘したような「である調」、「だ調」等の、文体を最終的に統括する文末表現の変容は、むろん、こうした一人称主語（主体）のそれと対応している（本章「注8」参照）。抱月自身は、「『蒲団』を評す」において、「僕は自然主義賛成だ」という冒頭の一句が示すように、それまで用いていた「余」や「吾人」という表現から訣別、やがて『近代文藝之研究』巻頭に掲げた「序に代へて人生観上の自然主義を論ず」では、「私は今茲に自分の最近両三年間に亙つた芸術論を総括し、思想に一段落をつけやうとするに當つて、之れに人生観論を裏づけする必要を感じた」という言葉が示す通り「私」という代名詞を選ぶことになる。

第六章

美論

第一編、第二編で美辞学の意義について検討、修辞学の歴史を踏まえた独自の定義のもとに、主として日本の古典に取材して、「文彩」(「詞藻」)と「文体」の両面から「修辞」について具体的な分析に挑んできた抱月は、第三編「美論」では、「美辞学」を美学によって原理的に裏づける構想を示している。すでに抱月は「審美的意識の性質を論ず」を中心に美意識の性質について検討して「美」の主観的解明を試み、『新美辭學』第一編、第二編では、日本の古典を対象に、主としてブレア、キャンベル、ホエートリーらイギリス修辞学の方法と成果に学び、中国及び日本の修辞の伝統にも視界を拡げながら言語の美の具体的分析を通した「美」への客観的アプローチを実践してきたが、ここでは「情の活動」と「快楽」、「快楽」と「美」「道徳」、「美」と「道徳」等の関係を解明しつつ、科学としての美学に根拠付けられた「美辞学」(修辞学)を打ち出すことを模索することになるのである。

第一節　「美論」の構想

第一項　美辞学と美学

第三編「美論」の第一章「美論の計画」を抱月は、修辞学の現状を批判することから始める。

振はざるものは今日の美辞学なり。夫れ文辞の世に於ける効用彼れが如く大にして、人の之れを見るまた決して軽しとせず。しかも其の理を考ふるの美辞学に於いて、ひとり今の古に及ばざるは何ぞや。文辞はたゞ外形に過ぎざるが故にといふか。若し外形といふを以て論ぜば斥けらるゝもの何ぞ文辞に限らん。斯の学の振はざるは、畢竟研究の標的明かならざればなり、科学として独立すべき當然の地歩を占め得ざればなり。（三・一－一）

西周が紹介して以来、とりわけ自由民権運動を経て、我が国でも「修辞学」に対する関心が深まり、日本語に対応した修辞学の確立が模索されつつあったのは先にも述べた通りである。尾崎行雄（『公會演説法』）、黒岩大（『雄辯美辭法』）等による、ホエートリーやクァッケンボスなどの訳述紹介が、修辞学のうち主として雄弁術の側面だったことは、いうまでもなく自由民権運動の実践の必要が要請するものだったことを示しているが、憲法発布と国会開設と共に運動が終熄し、政治的言説の抗争の場が新聞・雑誌メディアにとシフトしていくにつれて、修辞もまた、「演説」のための言語運用の技術というよりは文章表現のためのテクニックの側面が重視されるようになり、それと対応して、文章（言語）そのものの美についての関心が喚起されることになったのもみてきたところだ。[2] 高田半峰の『美辭學』は、日本における修辞学が、「言」から「文」へ、「説得」の技術から、言語（文章）そのものの美の解明の学問へと照準を転じていったことを示す指標の一つといえる。とはいえ、それが日本語の構造と独自性に対応した修辞学として深化されたとはいえないのもまたすでに検討したところである。その多くは、中島幹事『教育適用文章組立法』、冨山房編纂『文章組織法』、大橋又太郎（乙羽 一八六九―一九〇一）『作詩自在』（一八九六・一一）のように、タイトル通り文章表現法に関わるものか、服部元彦、大和田建樹、武島羽衣、佐々醒雪などの仕事がそうであるように、「修辞学」を名乗り、修辞の理論を体系的に追求することをめざしたとはいえ、主として欧米の修辞学の方法を日本語の文章に適用することに急で、日本語という言語の独自性についても、また美学との関係についても必ずしも深い理解のもとに構想されたものとはいえなかったといわなければならない。

これらに対し、抱月は、明確に美学の一領域として位置づける観点を提示していた（一・二―四、一・三）[3]が、ここではそれを踏まえて次のように述べている。

> 文辞は決して空なる器にあらず、修辞現象は独立して自家の標的を有す。是れ吾人が前編に於いて論ぜしところ、一切の思想に関すといふは事実なれども、文辞として見るときは、此等の思想はたゞ材料たるに過ぎずして、文辞は此等の材料を処理し、其が上にある文辞みづからの目的を成せんとす。平常の語を以てするも、強くといひ、有力にといひ、感動的にといひ、人を動かすが如くといふ、総べて思想そのもの、目的以外に、文辞が有するの標的たり。修辞現象の帰趨するところは、此の一点にあり。而して人を動かすといひ、人を感ぜしむといふは、直ちに美の原理に合するものなり。然り、人を感動せしむといふ語の中には、複雑なる美の要件を含蓄す。（三・一―二）

「文辞」が、思想伝達のための「空なる器」ではなく、「修辞現象」は「独立」した「自家の標的」をめざしているという引用の部分に明白なのは、言語を思想伝達の手段とする言語道具観や、それにもとづく、修辞学をコミュニケーションの技術とみなす、当時の支配的な修辞学理解に対する批判と共に、それが「美」という、感性的な認識に関わる独立した領域を対象としているという認識である。もともと、修辞学は「説得」の技術として起源し、発展してきた。しかし、「文辞」＝言語表現は、思想を伝達する方法であるだけでなく、それ自体が「人を感ぜしむ」という目的のもとに営まれる行為でもあるという意味において、「美の要件」を孕んでいる。美は、「絶対の理想」によって「主客調和」し、「我と他とが融通無碍」の「同情」の境地に到達してこそ実現できるものであるとする抱月の美学理論の基本的な観点[4]からいえば、「文辞」がめざすのもまた、「人を感ぜしむ」＝「同情」という「標的」（＝「美」）でなければならないのだ。

「文辞」を思想伝達の「容器」とみなす認識の枠組みが、言語による思想の「明断」な伝達を目標としてその方法の確立を第一義の目標として掲げた「修辞学」のみならず、当時の言説状況における共通理解として広く浸透し始めていたことは改めていうまでもないだろう。「小説」を「美術」として位置づけた逍遙にしても、この枠組みの制約のなかにあったことは、「文」を「内《うち》に蔵《かくれ》たる内部《ないぶ》の思想《おもひ》」を伝達するための道具とし、「文ハ思想《しそう》の機械《どうぐ》なりまた装飾《かざり》なり」（「文体論」）とした『神髄』「文体論」の定義が示しているところだ。また、言語は思想を明確に伝達し、対象を正確に把握するための「機械《どうぐ》」であり、「装飾《かざり》」であるとするこの観点からすれば、言語それ自体に拘泥することは、対象を分節化して把握することに対して、むしろ桎梏としてしか機能しないとさえ考えられたことは、自然主義文学運動に至って「排技巧」を唱えることになる、逍遙に起源する「写実」理論の展開過程が証しているところでもあろう。

これに対し抱月が『新美辭學』第一編、及び第二編で展開したのは、「内《うち》に蔵《かく》れたる内部《ないぶ》の思想《おもひ》」を伝達するための単なる「機械《どうぐ》なりまた装飾《かざり》」に過ぎないとされた伝達の仕組み、「機械《どうぐ》なりまた装飾《かざり》」の、それ自体の「理法」の解明の作業である。先述したように、「思想」の形成と言語表現（「文辞」）は不可分であり、「文辞」における「思想」そのものの理解は、「機械《どうぐ》なりまた装飾《かざり》」の「理法」の解明を不可避の条件とする筈だからだ。「文辞」＝言語表現が、単なる知的（論理的）な表象でなく、感性的な表象にも関わること、というより両者は不可分のものであり、「美辞学」（修辞学）は後者の面から、思想を表現し、伝達するための「機械《どうぐ》なりまた装飾《かざり》」とされた「修辞現象」を「独立」した「標的」とするべきであるとするこの主張が指し示しているのは、いうまでもなく、美学の一部門としてこれを捉え直すという観点である。それは単なる技術としてでなく、言語表現を、感性的な表象に関わる独立した認識の領域として、美学のなかに位置づけられなければならないのだ。

こうした抱月の問題意識は、当時必ずしも一般的な認識として共有されていたわけではない。というより、美学自体が、学問の一領域として確立していなかったのが、一八九〇年代から一九〇〇年代にかけての日本のアカデミズムの実状だったのは、「語法学」（国語学）の場合と同様であり、また、そもそも、美学と修辞学の関係については、ヨーロッパにおいても、必ずしも明確に区分されていたというわけではなかった。

改めていうまでもないことだが、ライプニッツ（Leibniz, Gottfried Wilhelm 1646–1716）やイギリス経験論による探求の成果を踏まえて、論理的認識から感性的認識に関わる領域を区別し、この、「智識 intellect ノ面ヨリ影響ヲ及ボスコトノ至テ少ナキ」「複雑ナル感情ノ勝チタル一種ノ心的状態」[5]に一定の法則を見いだす学問を「美学」Aesthetica と名づけ、この学問領域＝感性的認識にかかわる理論的探求としての美の理論の体系化を企てたのはバウムガルテンである。バウムガルテンのこの企ては、ヴィンケルマンやレッシング、シラーを経てカントに至る、芸術におけるロマン主義の理論的裏づけの作業の開始を意味していたが、同時に、古典的秩序に奉仕する修辞学の終焉の開始を告げてもいた。この間の事情を、トドロフは次のように説明している。

修辞学が終わりをつげたちょうどそのとき美学が始まる。美学の領域は正確にいえば修辞学の領域ではない。けれども両者は同時に存在することが不可能なほど共通点が多いのである。両者に歴史的な連続性のみならず概念的な連続性があるという実情は変化に立ち会った同時代人にも感じとられていた。A・G・バウムガルテンによる最初の美学の試みはレトリックを手本にしたものなのである。F・A・ヴォルフの挿入的一行「修辞学、あるいはわれわれの間でいうところの美学……」もそれを裏づけている。両者の交替はごく大づかみにいえば、古典主義のイデオロギーからロマン主義のイデオロギーへの移行と一致する。だから古典主義理論においては芸術と言説はそれらの外部にある目標《オブジェクティフ》にしたがうし、一方、ロマン主義においては芸術と言説は自立的な領域を形成するといえよう。ところで、すでに見たように、修辞学は言説がそれ自体の中に自己を正当化するものを見いだすという考えを認めることができなかった。美学の場合、その対象である美が自立的に存在することを認め、それを真、善、実益などのような隣接するカテゴリーに還元できないと判断したとき、はじめて美学は存在することができたのである。(『象徴の理論』一八一頁)

「修辞現象」を、「独立」した「標的」として把握するべきだという抱月の主張も、基本的にはこうした「古典主義のイデオロギーからロマン主義のイデオロギーへの移行」の流れに対応したものといえる。「修辞現象」は、かつての修辞学がそうであったように「真、善、実益などのような隣接するカテゴリーに還元」することのできないものであり、その奉仕すべき基準——美の基準——も、「真、善、実益」の基準がそうであるように、各人の内部に求められなければならないのである。各人の内部に求められるべき美の基準とは、これまで検討してきた抱月の美学理論のタームでいえば、「審美的意識」のことにほかならない。「審美的意識」は、美という独立した領域に対応するものであり、「美現象」即ち「美術」は、「音楽」、「絵画」、「彫塑」、「建築」、「舞踏」等の諸ジャンルに分けられるとしても、「審美的意識」という「同一標的」によって捉えられ、「分析研究」されなければならないのであり、いうまでもなく「詩文」

もまたこの「標的」のもとに「分解」されなければならない。

一方、「美術」が、「素材」、「技巧」の両面から構成されているとすれば、「詩文」もまた、「脚色」、「趣意」（主題）という「素材」と、「修辞」という「技巧」の両面から考察されなければならないのは先述した通りである。美辞学はこうして、美現象を「技巧」の面から科学的に解明し、その「理法」を解明する学問として美学の一領域に位置づけられることになるのである。

第二項　「美論」の構想

ところで、先にもみたように、抱月は「修辞」の究極の目標を「美」の表象にあるとし、「修辞現象」の最終の規範を、「思想を刺戟して思想の結体を助けん」とする「情」に求めていた。「審美的意識の性質を論ず」が説くところによれば、「美」（「審美上の快楽」）は、「差別我」が反省的意識のもとに「平等我」となり、「万象を貫く絶対の理想」（イデア）を認識することができたときに成立するが、それが「知」や「意」によって認識される領域と異なるのは、後者が「知識」や「概念」を通して主体と客体の一致によって認識されるのに対し、「知識」や「概念」による媒介なしに、「情」という意識の作用によって、対象と「同情」し、直観的に「感得」されるものだというところにある。「情」は、「知」や「意」と共に「主観」を構成する意識であり、直接には「外界と我との調和と衝突」を契機に生じるが、単に「我性」の欲望の赴くままに快楽を追求する「差別我」の活動が反省的に意識化され、「我他」が「同情」し、「主客調和」したときにはじめて「美」という「絶対の理想」を「感得」することができるのである。「審美的意識」とは、このように、「情」によって「美」という「絶対の理想」を対象（客体）のうちに「感得」する意識の謂いであり、対象が「美」であるか否かは、それが「同情」し得るかどうかを基準として測られたが、「修辞現象」の最終の規範を「情」にあるとする『新美辭學』の立論の根拠も、基本的にはこうした「情」の理解に求められる。「修辞」の目標が

「美」の表象にある以上、「我他」の「同情」をめざして「情」を刺激することは不可欠であり、また、表象（「結体したる思想」）が「美」である所以も、それが「同情」という「我と他とが融通無碍」の境地を実現できているかどうかによって判断されるからである。

情を刺戟して思想を結体せしむるは、是れ美術の本意にして、結体したる思想は、さらに逆に観者の情を揺かすこと切なるべし。約言すれば、情の活動せるまゝを結晶せしめて、他の胸に挟み、彼処に再び溶解して活動せしめんがために技巧を要す。思想の結体とは、手に取りがたき情をしばらく想念の上に凝固せしむるの謂なり、情を移植するの方便なり。修辞の結局は情の撥撫にあり。然らば情を揺かすは何ゆゑに美なりや。曰はく快楽なればなり。答へてこゝに至れば、吾人は三箇の題目を得、曰はく情の撥撫、曰はく美、曰はく快楽。而してこの三者の間に必然生じ来たる二箇の大なる疑案あり。一は曰はく、情の撥撫は何故に快楽なりや。他は曰はく、快楽は何故に美なりや。（三・一一二）

「修辞」の終局の目的は、こうして「情の撥撫」にあり、その齎す「快楽」にあるが、それでは「情の撥撫」が「快楽」であり得るのは何故か。また「快楽」とはなにか。「審美的意識の性質を論ず」では、上述のように、「情」について、それが論理的認識や倫理的判断とは異なった、「美」という領域に関わるものであること、また「知識」、「概念」を介することなく「直観」によって「感得」するべきものであるという定義を下していたが、必ずしもその機制について明確に解明していたわけではなかった。更に、そもそも「快楽」とはなにかについて、原理的に説明を加えていたというわけでもなかった。

このような問いを提起した抱月は、次いで「審美的意識の性質を論ず」の不備を補強するべく、「情」について心理学の成果を踏まえながらその機制を明確化し、「快楽と美」の関係について、「哲理」と「心理」の両面からの説明を加えて、「修辞」を、科学としての美学理論から根拠づけるという構想を提示、次章以下では、「情の活動と快楽」、「快楽と美」「美の哲理的方面」「美の科学的方面」の各章において考察を試みている。

第二節　「情」の機制と快楽

第一項　基本的立脚地

第二章「情の活動と快楽」ではまず、「情」について、その心理的機制解明の基本的立場として、「心身并行」説（parallelism　心身二元論）に拠ることが明示される。

> 心身の関係に就いては、吾人は并行説を取らんとす。（中略）両者は本来一なるが故に彼れより此れに及び此れより彼れに及ぶといふが如きことあるを得ず。二面と見るときは始終長へに二面、一体と見るときは、始終長へに一体ならざるべからず。心を以て身の活動より生ずる結果と見、若しくは身を以て心の活動の為めに動作するものと見るが如きは、心身の間に前後因果の関係を立つるもの、根本に於いて心身并行説若しくは一体両面説と矛盾するの観方たり。（三・二一一）

認識論の文脈でいえば、「心身并行説」は、もともと「精神は物体に、物体は精神に、いかなる意味でも依存しない」として精神と物体を峻別したデカルト[6]（Descartes, Rene 1596–1650）の二元論を批判したスピノザ[7]に起源する。「物体から一切の精神的なものを排除し、精神にいかなる物体的なるものをも拒否」する思考の徹底に挑んだデカルトの方法は「理性」への道を拓き、それを介して物理学をはじめとする近代自然科学の発展に道を拓いた。しかし、それは同時に、相互に連関し、影響を及ぼしあっている筈の「心」と「身」、「精神」と「自然」の関係を解明する道を閉じてしまうことを意味していた。スピノザは、「精神」と「物体」を別個の「実体」として分離するこうしたデカルト哲学の在り方に反対、『精神と全自然との合一性の認識』（『知性改善論』§十三）へとたち返るべく[8]、その哲学を「解体」「顛倒」し、「直覚知」（scientia intutiva）[9]によって、「精神」と「物体」、「心」と「身」は、実は、同一の「実体（「神」＝「自然」）の属性の様態（modus）」と見做すことを通して、デカルトの二元論の陥った隘路を脱する方向を示したとされる。このように、デカルトのいう「思惟する実体」と「延長する実体」は同一（「一体両面」）であり、「二つの違った仕方で表出されている」[10]とみなす立場が「心身并行説」にほかならない。それは、いうまでもなく、心身関係における「現象即実在論」であり、「審美的意識の性質を論ず」の基本的立場はここでも貫かれる。

　こうして心身関係における認識論的立場（「現象即実在論」）を自己の論の基本的な立脚地とした抱月は、やはり、基本的にはスピノザに起源し、ベインや、後述するマーシャル（Marshall, Henry Rutgers 1852–1927）の『快苦と美学』[11]によって発展をみた最新の心理的美学の成果に依拠しながら、あらゆる「認識」の出発点が「感覚」にある所以を説く。

> 心身すでに前後の関係にあらずとすれば肉体的乃至官能的といふことゝ、精神的乃至心霊的といふことは、同一物を語をかへて言へるに過ぎずして、其の間いさゝかも褒貶すの義あることなし。肉体についていふときは、或は末端神経の活動よりして中枢神経の活動に及ぶものあり、或は単に中枢部のみの活動に止まるものあり。（中略）一切身体の活動は一大系統をなし一大組織をなして、吾人の生活を成就す。（中略）更に之れを心の方面よりいへば、感覚あり、再現感覚あり、知識の要素は是れに盡きて、両者のさま〲に結合するところに雑多の想念を生ず。はた想念の外界を代表するあり、感情の自家を代表するあり、以て心生活を完結す。されば感覚ひとり官能

に関し肉体に関するに非ずして、一切の知識想念は感覚的なりといふを得べし。（三・一二―一二）

「審美的意識の性質を論ず」で抱月は、「感覚《センセーション》」について、それが、「脳的活動の所動面、即ち知性的活動の意識に入りたる」ものとしての「知」の始発点であるとしてはいた。ただし、そこでは必ずしも「感覚」の機能について、明確に位置づけられていたというわけではなかった。それはただ「知覚《パルセプション》」、「想念《アイデア》」、「概念《コンセプション》」など「知」を構成する「階段」の「起点」として、いわば、大西祝が「心理説明」（一八九二・二、四、五、「哲学会雑誌」）でいう、「心念上からは説明のできぬ心界の原始の事実」として捉えられていたに過ぎない。

それに対し、ここでは、「吾人の身体が他の物体によりて影響せらるゝ時に、換言すれば吾人の感官によりて他物の刺激を得る時に吾人の身体に生じたる変動に伴うて起こる心の念」という、大西祝を介して学んだスピノザの定義[12]を踏まえたうえで、「末端神経の刺激」を通して「外物」と「我」を媒介するものとして位置づけられることになる。「太陽の光を眼に感覚」するとき、「太陽が有する活動は灝気《エーテル》の連鎖」により「眼中の末端神経」と連動、神経回路を経て「脳中枢」に結合する。この場合、光という感覚は「我が脳と太陽との間に流るゝ一大活動」として、「我」（「意識」）と外界の媒体となるのである。「感覚」を介してこそわれわれの「智識」は確実なものとなるのであり、それゆえ「吾人の智識は及ばん限り多く感覚的ならん」ことを求められなければならないのである。

第二項　快　苦

以上のように、「一切の知識想念は感覚的」であることを確認したうえで抱月は、「快苦はただ凡べての心理的要素に伴つて自から生ずる一性質（quales）」「一切の心理的現象に共通した一種特殊の性質」であるというマーシャルの定義に依りながら、「快楽」と「苦痛」について、「情」における「快苦」と「感覚」におけるそれとが異なること、というより、「情と快苦とは全く別なる事実」に属し「情に固有の快苦ありと見るは、世人が動もすれば陥る根本の謬説」であるとする。「審美的意識の性質を論ず」でも論じたように、人は「悲哀泣涕」することによって「快感」を覚えることもあるからである（三・二一―二三）。

ところで、「快苦」という「心界の事実」は、もともと、どのような法則によって貫かれているのか。抱月はここで、「精力需給の活動盛なるは快楽なり、精力需給の活動衰へたるは苦痛なり」とする「精力需給の説」を立論の根拠とすることを明確にした（三・二一―四）うえで、「快苦」が「感覚的」と「想念的」に区別される所以を説く（三・二一―五）。

まず「精力需給の説」についていえば、抱月がこの説に拠ったのは、もともと「凡べて存在する個物は皆其自身を保存する性を具」えているという「ホッブス風の自然論[13]」に由来し、「物体の運動は増減生滅するものにあらずという「其の説ける物理の原則」を根拠に「吾人の精神作用が動物精気の運動に影響するは唯だ其の運動の方向を転ぜしむるのみにして全く新たに運動を造り出すにはあらず」というデカルトの「弁明」を経て、「快楽及び苦痛」を「他の障碍抑圧に勝ちて自由に伸び行かむ」とする「自然の傾向欲求」に起因するものとみなしたスピノザによって大成されたこの説が、「一切をひとしなみに其の自然の心理の法則に従うて説明することを以て目的」とする「近世の心理学上の研究」の基礎をなすものだったからであることが明らかにされる。自然の欲望の肯定のもとに、「心的現象」を貫く法則を見いだそうとした心理学の達成を踏まえて「快苦」に説明を与えようという意図がここには明瞭といえる。ここでは明示されていないが、やはりマーシャルが「精力需給」の原理のもとに「快苦」を説明していることもそれを窺わせる。ただし、「精力需給の活動盛なるは快楽なり、精力需給の活動衰へたるは苦痛なり。何とならば、給精の需給は直ちに生活にして精力需給の活発は生活の増進を意味すればなり」と自己保存と生活の増進という自然の欲望を肯定して「快苦」を説明することを心理学の目的とし、「生活の増進が人生の目的に合すといふこと」を認めながらも、「たゞ其の何事をなすべきかといふに別なる哲学上の問題を惹起し之れに向かひて盛んなる活動をなし得ざるの妨碍ある場合に、如何にして之れを廻避し疏通すべきかといふに道徳上の問題を提起するのみ」としているのは、後述する[15]ように、「心的現象」の科学的説明（心理学）に徹するところに抱月の意図があったわけではないことを示す。

次に、「快苦」はまた、「感覚的快苦」と「想念的快苦」に区別される。この場合、両者は、「直現」と「再現」というように、身体が受ける刺激に対する直接の反応として区別されるわけではない。むしろ、「単立」と「対立」、「量」と「充実」（統合＝integration）「適応」（adjustment）という機能の相違として捉えるべきである。例えば、甘味を嘗めて快感を覚えるのは、「其の甘味といふ活動が単立して大なる精力を流通す」るためだが、もしこの「甘味は生活を害すべし」と思い、「苦痛」を感じるとすれば、それは「対立的」といえる。「甘味そのもの、活動が脳中枢において先在の地の諸活動、たとへば嘗て同一甘味を嘗めて生命を危くしたりといふが如き再現想念と聯絡」し、味覚機能と、内臓器官の機能が「対立」（異和）する状態を現出することになるからである。このように、単独の活動により快苦を決するときに感じられる「感覚的快苦」と、これらを統合、調整する場合に意識される「想念的快苦」の差異は明確化されなければならないのだ。

第三項　情

「快苦の性質」が「感覚的快苦」と「想念的快苦」に区別される次第は以上の通りだが、それでは「情」と「快苦」の関係はどのようなものとして説明されるのか。第六節以下では、「情の性質」を定義（三・二―六）したうえで、「情緒的快苦」（三・二―七）の特質を明らかにし、「情の活動」が、「一層快楽的」である所以が説かれる。即ち、第六節では、意識を「感覚」（Sensation）「知力」（Intellect）「情緒」（Emotion）「意志」（Will）に分類、「感情」（Feeling）が「感覚」と「情緒」から構成されるとしたベインの定義に従って[16]「快苦の感」を含むそれである「感情」（Feeling）と、「快苦の感」を除去した「情」としての「情緒」（Emotion）に区別、「情」（「情緒」）が、「快苦の感」と同一ではなく、快苦を原因とし目標として、「之れが結果となり行程となるもの」であると定義する。「甘味」という感覚を例にいえば、甘さを感じて快感を覚えるのは「快苦の感」だが、その結果生じるのが、「之れを持続せんことを願ふ」という「情」にほかならないとするわけだ。

このように、「情」は、「感覚的乃至想念的快苦」の結果として生起する活動として、「想念」の「伴生状態」（連合関係）たる「感覚的乃至想念的快苦」とは「全く別なる事実」に属する「一種の独立せる活動」、いわば「情緒」の「伴生状態」といえるが、それゆえまた、「みづからに付属するの快苦を有す」といわねばならない。「活力需給」の原則からいえば、それが独立した活動である以上、「必ず活力の需給」が伴うからだ（三・二‐七）。

抱月は先に「情と快苦とは全く別なる事実」に属し「情に固有の快苦ありと見るは、世人が動もすれば陥る根本の謬説」であるとしていた。にもかかわらず、ここで「感覚的乃至想念的快苦」と「情」を区別したうえで、「情みづからに付属するの快苦を有す」としたのは、心理学の方法と課題を「徹頭徹尾只だ念と其念の法則とを以て吾人の心界を説明」する方向に求めた大西祝の「心理説明」の分析方法[17]に従ったからである。そこで大西が指し示したのは、「心的現象」の背後に、「霊魂」や「脳髄」の働きを措定する類の旧来の心理学や、「心的現象を説明するにそれと相伴ふ生理上の状態（殊に脳神経の作用）を以てする」生理学的心理学を斥け、「一観念がそれに類似する他の観念を喚び起すとか又は嘗て相ひ伴ひし観念を再び伴ひ来るとか云ふ如き」連合心理学（「アッソシエーショナル派」）の方法が典型的に示すように、「観念それ自身の働として一切の心的現象を説明」する方向である。「恰も物理学に於ける物理的の説明は物質的現象を説き明すに物質の運動と其運動の法則とを以てする様に、心理学に於ける心理的の説明は心的現象を説き明すに心念と心念の法則とを以てする」[18]この方法もまた、もともとは、スピノザの「心身并行説」に淵源、近代心理学に道を開くものだった。

「スピノーザが一切情念の心理的説明を試みるや、恰も物理学者が自然界に対して物理的説明を為さむとするが如くにして、決して情の善悪を別かちて之れを取捨し或は抑揚することをせず、一切をひとしなみに其の自然の心理の法則に従うて説明することを目的としたりき。而して此の方針に従ひて彼れが種々の情緒を攷覈せるところは近世の心理学上の研究に於いて一種の光彩ある功績を遺せりといふべきものなり」と『西洋哲学史下巻』[19]も説く通り、「快楽苦痛の或は吾人の生理作用が身体の生活に益ある方に変じ、或は不利なる方に起こる」とする「今日の心理的生理学」にしても、また「感覚のみならず一切の心念は他面即ち物体の方面に於いて凡べて吾人の身体の変動に伴はるゝものなり、而して運動の法則が在らゆる物体の変動に通貫し之れを支配するが如く在らゆる念は其の相似たるもの相互に喚起し、先立ちて起これる念が続きて起こる念を喚起すといふ法則に従ふ」と見做す「近世の心理学者の謂ふ聯想律」にしても、スピノザの打ち立てたこの「方針」に沿って理論化されることになるのだ。

「情緒的快苦」を「感覚的乃至想念的快苦」と区別して捉えるべきだとする抱月の論の展開からは、如上の「方針」を徹底しようとする思考の姿勢を窺うことができるだろう。心理に固有の法則に徹して「情緒」(「情」)を「想念」から切りわけ、「情」それ自身の働きを考察しようというのが、彼の基本的立場なのである。

こうして、「情緒」と「想念」を区別した抱月は、以上の考察から、「情」の活動は、「想念」のそれより「快楽的」であると結論する(三・二―八)。外界からの刺激を感受して「快苦」を判断し、これらを統合、調整する場合の意識の活動である「想念」が受動的であるのに対し、その「判断に続ける我の態度」である「情」は能動的であり、それゆえ、「苦痛」を「快感」に転じることもできるからだ。「想念として苦なりしものも、情緒に達して快となり得るの理」については、すでに大西祝が「悲哀の快感」で、また抱月自身も「審美的意識の性質を論ず」で説いていたのは、先述した通りだ。[20]「情」はかくて「想念」より「快楽的」であり、「美術が情の刺戟を重要の方便とする一大根拠」もそこにあるということになる。

第三節　美・主観・快楽

第一項　美と主観

第三章では、美が対象に対する「我れの感応」であるか「物の属性」であるかという問いを改めて提起、経験的事実に照らして（三・三―一）、「現象即実在論」の枠組みのなかで、それを主観的現象と見做し、「審美的意識の性質を論ず」以来の基本的立場を確認（三・三―二）したうえで、第一義的に感覚的快楽である所以が説かれる（三・三―三）。

既述したように、「審美的意識の性質を論ず」によれば、美は、「我」（主体）と「他」（客体）が「同情」し、「我と他とが融通無碍」の「主客調和」の境地に到達してこそ成立するものだった。いうまでもなく、彼の依拠した「現象即実在」論の枠組のなかでは、「我」、即ち主体の意識と、対象の客観的構造は対応しているべきであり、美は、現象のなかに合目的性（理想）を論理的に認識することをめざす「知」（理論理性）や、意志による決断を可能にする「意」（実践理性）とは異なった次元に属する「情」によって、「直覚的」に「感得」するしかないものであり、主観（「情」）が対象の客観的構造と一致（＝同情）したときにはじめて成立するといわなければならないからだ。「審美的意識」とは、「同情」を喚起することのできる美的現象と対応するものであり、「同情」、「理想」、「実」と「仮」、「現象」と「実在」、「形」と「想」、「自然美」と「芸術美」、「写実的」と「理想的」等の概念を改めて定義し直して美意識の性質について検討したのも、それがそのまま美の客観的構造の解明の作業と考えたからにほかならない。

「審美的意識の性質を論ず」におけるこうした「現象即実在」論の立場は、この論でも基本的に踏襲される。ただ、ここで、「美の主観にあるか客観にあるかを判定すべき唯一の事証は、美の判断の万人一致するか否かといふにあり」として、美の判断の根拠を「絶対の理想」――カントの「物自体」、スピノザの「実体」――を介した「同情」（「主客調和」の境地）に求めるという抽象的説明に終始するのではなく、ホッブスからロック（Locke, John 1632–1704）、スペンサーに至る経験論的観点を強調しながら、それが「主観的」現象であるとしているのは留意しておくべきところといえるだろう。

経験論的立場からして、美が「主観的」現象である次第は、およそ以下のように説明される。美が主観内に生起する現象であることが、「現象即実在」論が説いたように論理的にだけでなく、経験的事実に照らしても説明されないとしたら、それは単なる「漠然たる信念」に過ぎない。美という主観内に生起する現象が究極において客観と一致するとすれば、それは「美の判断の万人一致」という事実において証明されなければならないのだ。しかし、「美の判断の、人により場合によりて一ならざること」は、争うことのできない事実といわなければならない。「吾人が見て美なりとする墨畫の山水」に接しても、未開人がなんの感興も覚えず、「欧人の聞きて絶妙なりとたゝふる音楽も、邦人の耳には殆ど何の美をも成さゞること」は、経験が教えるところだ。むろん、「美の判断」が「相合致する場合もすくなくない。「同一国人の同一国楽に対する美醜観」が一致する場合などはその一例といえる。「美の主観的なること」は、「美の判断」が「一致する場合と一致せざる場合」があるということのような事実からも明らかである。「如上の矛盾せる二面を併せ有するものは、ひとり主観的現象のみ」だからなのである。（三・三一一、二）

第二項　美が感覚的・想念的快楽であること及び美

抱月が経験論的観点を強調したのは、後述するように、先験的観念論に依拠した思弁的、論理的な美学から、実験心理学の成果を取り入れた経験論的なそれへの転換という、当時の美学理論の変容が関わっているが、こうした経験論的観点は、美の与える「快楽」が、「感覚的乃至想念的」なものであり、「情緒」に属するものではないとする次節[21]（三・三二一三）における「美の快楽なる所以」の説明にも活かされる。

これまで検討してきたように、「情緒」（「情」）はいうまでもなく美の条件であるが、それは「必至条件」というわけではない。例えば、美しい模様に接したときに、それが与えるのは「之れを見たる想念」のままに生じる「快適の感」、「感覚的乃至想念的」な快感であって、決して「情緒」を伴うことはない。「喜悦」「好愛」等の「情緒」は、「快適」という「想念」の結果、これを「把持し若しくは獲得」しようとする「一種の独立せる活動」なのである。かくて美は「情」を欠いても成立するが、他方「情」が必ずしも美的とはいえないのは、「慟哭」「驚愕」等の、「苦しく厭わしきまでに劇甚なる」場合が往々にして示すところでもある。以上の経験的事実から、「美の主要状態」は「快楽」にあり、「其の中に快楽といふ一件」を含まない美はありえないとするわけである。

ところで、抱月が「情」において、「感覚・想念」と「情緒」を区別したのは、単にベインに従ったというよりは、前者が「所動的」であるのに対し、後者が、能動的だからでもある。

すでにみてきたように、「感覚・想念」は、直接には視覚・聴覚等の、単なる身体刺激によって惹き起こされる反応であり、判断であるにすぎず、それゆえ、対象の性質に随伴し、対応していることは、「美に関する十八世紀の分析的研究中最も豊かな、最も完全なもの」[22]とされるケームズ卿ホームを先蹤とする生理心理的美学や実験美学などが証明しているところだ。その意味で、「感覚乃至想念的快苦」は「所動的」なものでしかない。だが、人間が感覚的欲求（感性）に従っている限りでは自然の「奴隷」に甘んじるほかないのは、「審美的意識の性質を論ず」で引用したシラー（「第二十五書簡」）も強調していた通りである。シラーは、こうした状態から人間を解放する道を、「実在」（抱月のタームでいえば「理想」、対象の合目的性）を「形式」として捉えようとする、人間の主体的な精神の自由の行使に求めた。しかしこの場合、「対象」（実在）の活動と主体の判断を明確に区別できる論理的科学的認識とは異なって、美的認識においては、両者は混在している。即ちここでは、思考は感覚と混合しており、そのゆえに人は「形式」を直接に感受し得るというのが、シラーの与えた一つの解答である。[23]

抱月が「感覚・想念」と「情緒」から構成されるものとして「情」（感情）を考察し、単なる「官」（感覚器官）の働き（「感」）であるに過ぎない「感覚・想念」から「情」を区別したのは、シラーのいう、美的認識における主体的側面を強調しようとしたからである。シラーもいうように、美が人間にとって「知」によって認識（概念化）することが困難であり、感受の「対象（実在）」（object for us）であると同時に、「主観の状態」（a condition of our subject）であり、抽象と経験の産物である以上、それに対応するものとして措定することができるのは、「知」と「意」のいずれにも類別することのできない、思考と感覚の混合した意識としての「情」（美的判断力、「審美的意識」）にほかならない。むろん、「審美的意識」としての「情」は、「形」（「形式」の具象、「凡て観美の瞬間に知覚に上るものの総体」）を直覚する意識として、対象（「形」）に制約されており、その限りでは「所動的」といわなければならない。「審美的意識の性質を論ず」で「連念」の機能について言及、「連念」は「客観の性質上必然来たるべきもの」と「我れより力めて来たす」ものの二種に大別できるが、審美的「連念」は「所動的」なものに限定されるべきであり、後者のように「知覚」から「概念」にと転じる態の「知的連念」とは区別したのもそのゆえである。[24] しかし、「感覚・想念」を契機に活動を開始し、「形」を感得するに至る「情」そのものの機制に注目するとき、その能動的、主体的な機能を無視することはできない。われわれは、「感覚・想念」によって「快苦」を判断するが、それを持続、解消、転化するには、「情緒」という、能動的、主体的な「独立せる活動」が大きく関与していることは、――とりわけ芸術作品の享受・創造の場面における「醇化」の場合がそうだが――すでに考察したところだ。また、「美術」が、「情」の刺戟を「重要の方便」とする根拠もそこにある。

「主と客と喜悲の情を同じうするの必要なく、平等我が冷かに客看の哀楽を観照すれば足れり」とし、悲劇の観客が「劇中の人物と同情するが如きは無用の業」とするショーペンハウアーの「純客観の説」を批判して、芸術の主体的享受の場面における「情」の超越論的契機の重要性を力説[25]したのをはじめ、芸術作品の創造（「芸術美」の創出）における「醇化」のメカニズムの解明に至るまで一貫して「情」の主体的、能動的側面を強調してきた抱月は、「情」の機能を更に「感覚・想念」と「情緒」に区別することを通して、その所以を詳細に説明することを試みたといえる。

第四節　美の快楽と道徳

さて、美は「快楽」を「必至条件」とするが、マーシャルもいうように[26]、あらゆる「快楽」が美の「必至条件」たり得るわけではないのは、飲酒の齎す「快楽」が美であるとはいえないところからも明らかである。それではそもそも、「快楽」とはどのようなものなのか。「感覚」という「心界の事実」から出発して、美が主観内に生起する現象であり、その与えるのが感覚的想念的快楽であることを解明してきた抱月は、第四章では、「快楽」そのものについて定義（三・四―一）したうえで、快楽と道徳、及び美の関係を考察（三・四―二、三・四―三）、美が、道徳からは独立した「絶対的快楽」である所以を説く（三・四―四）ことになる。

第一項　快楽と道徳

先にもみたように、「快楽」は美の「必至条件」だが、「快楽」を齎す「感覚・想念」や「情緒」が常に美と等号で結ばれるというわけではなかった。それは「飲酒」の例に限らず、嗅覚において、「薔薇の香を嗅ぐ」の快楽は美たり得るとしても[27]「香水の香ひを嗅ぐの快楽」は必ずしも美的であるとはいえず、「みづから復讐的の行為を成就」したときに覚える「情緒」は美的ではありえないが、物語のなかで「義士の復讐の喜びに同感」することの与える「情緒」は美的快楽であるというような経験的事実が示しているところでもある。「同一材料の快楽」であっても、場合によって美醜を分かつことになるのだ。

とすれば、快楽において美醜を分つ標準、というより、そもそも快楽とはなにか。抱月はそれを「性の満足」に求める。

性とは吾人が造化の計画に導かれて、何物をか要求するの状態なり、如何なる方面にか活動し行かんとするの状態なり。心理学者の衝動といふが如きもの、恐らくはこれに近からん。而して要求すなはち性が満足するときは、快楽の感を生ず。別言すれば、快楽とは一活動が造化の計画、人生の目的に合するの際に発する火花なり、天地の理想が成就せられたる刹那の意識なり。(三・三一一)

もともと抱月は快苦について、「精力需給の活発は生活の増進」を意味するという自己保存の原則のもとに、「精力需給の活動盛なるは快楽なり、精力需給の活動衰へたるは苦痛なり」としていた。しかしこれは、ホッブス、スピノザに淵源する「精力需給説」に拠った心理的・生理的説明に限ったものであり、「生活の増進が人生の目的に合すといふこと」を認めつつも、「たゞ其の何事をなすべきか」という「哲学上の問題」や「之れに向かひて盛んなる活動をなし得ざるの妨碍ある場合に、如何にして之れを廻避し疏通すべきか」という「道徳上の問題」については明確にしていたわけではなかった。「性の満足」は、それに対する一つの答えである。ここで「性」とは、「吾人が造化の計画に導かれて、何物をか要求するの状態」、つまりは人間存在の自然性(nature)というほどの意味であり、快楽を人間的自然の実現にあるとして自然の欲望を肯定するところに抱月の基本的出発点がある。というより、人間の行動の動機を「快楽」にあるとするミル、スペンサー流の功利主義思想は、一八九〇年代には広く共有されていた世界認識の骨格をなすものであり、抱月もまた、進化論と共に人間の欲望を肯定するこの楽天的認識を確認するところから出発したといったほうがいいかもしれない。それは「性」と「性」との「矛盾」・「扞格」を秩序だてる過程として「道徳」を把握、その「標準」を、互いに矛盾する「性」のいずれが「人生の目的」と合致し、いずれが合致しないかを決定する基準たる「善」に求め、「善」もまた、人間が「小児より大人」に、「野蛮より文明」に進んでいくのと対応していくものとみているところからも窺われる。「善」の意識は、人間が「唯眼前五官の局部的満足」の状態から脱し、「自家全体の保存」という「高尚の目的」を自覚するところに発生し、「種族欲」「同類欲」等の「所謂社会性」に向かって「自家の目的を展開」してきたのであり、そのことはこれまでの「道徳」の歴史が証しているとするこの認識から透しみることができるのは、あきらかに進化論の認識の枠組みである（三・四—二）。

第二項　道徳と美——その一　進化論的倫理説批判

もっとも、自然的欲望を肯定し、社会の進化に伴って「善」の意識も進歩していくという認識に拠っていたとはいえ、抱月が、自然的欲望を「快楽」と同定してよしとする功利主義的言説をそのまま是認していたわけではないことは、「道徳」を「性の満足」に対する規制とし、必ず「苦痛」と「努力」を伴うものだとしているところからも明らかであろう。そこには、先にも触れたような[28]、自然的欲望と、欲求対象に対する意識を区別し、自己意識的主体の欲求対象に対する動機（motive）を、「自我満足の念」（idea of self-satisfaction）にあるとした[29]T・H・グリーンの思想及び、それに触発された一八九〇年前後の日本の功利主義及び進化論批判の言説状況への抱月の反応をみてとることができる。

『倫理学序説』[30]を中心とするグリーンの思想が紹介されたのは、一八九二年、中島力造によってだが[31]、論壇及び講壇の話題となったのは一八九五年になってからである。この年六月には、帝国大学在学中の高山樗牛が「道徳の理想を論ず」を「哲学雑誌」に掲載したのをはじめ、綱島梁川が「道徳的理想論」を「早稲田文学」に書いてデビューし、功利主義・進化論の行き詰まりを乗り超える思想として注目されることになった。また同じ五月には、前年石川県尋常中学校七尾分校に赴任した西田幾多郎も「グリーン氏倫理哲学大意[32]」を纏めている。

自然的欲望の齎す「快楽」と「道徳」との関係についていえば、「人は快楽によりて自己を満足せんと求むるを得べし、然れども自己を満足するの快楽は決して、縁りて以て自己を満足せんと欲する所のものに非ず」として「快楽論者は畢竟満足によつて得たる快楽と欲望したる物とを混同したるもの也」と断じた樗牛、「人生に究竟目的なしとするの論は果して理性を満足せしめ得るか」と問題提起した梁川、「グリーンか第二編の始めに desire も perception の如く self-conscious subject の働きに由て生し blind impulse と異なれりと云へる処最も大切なる様にて[33]」と誌した西田と、いずれもその標的は、「進歩」と合理性を旗印に「快楽」や「道徳」を説明する、功利主義・進化論に向けられていた。カントを新しく読み直したグリーンを中心とするオックスフォードの観念論（イギリス理想主義）流の解釈を通して、近代日本における合理主義批判は口火を切られることになるのである。

彼等のうち、抱月に最も近い位置にいたのはいうまでもなく梁川である。抱月より一年遅れて東京専門学校に提出した卒業論文を基にしたこの論のなかで梁川は、人生の目的を環境への適応にあるとしたスペンサーはもとより、道徳の基準を「社会の平衡」（social balance）にあるとするL・スティーヴン（Stephen, Leslie 1832–1904[34]）や、Adjusted order of conduct において人間行動を測るS・アレクサンダー（Alexander, Samuel 1859–1938[35]）などの進化論に根ざした倫理学は、「人生」の「究竟目的」はなにかにという根本の問いになんら答えることができないと批判している。梁川によれば、人生の究極の目標は、グリーンのいうように「自家実現」にある。その主張する「我即絶対、絶対即我」の立場からすれば、「絶対者」は、「吾人に最も完全円満に実現せられたる我《セルフ》(Form として我に潜在する絶対理想)」として、いわば統整的理念（形式）としてわれわれの自己自身のうちに内在するものであり、「自家実現」とは、この「絶対者」（「真我」）を自己のうちに実現することにほかならない。

梁川は、グリーンの影響下にその体系を解説したイギリス理想主義の哲学者マッケンジー（Mackenzie, John Stuart

1860–1935）の『倫理学入門』[36]に示唆を受けながら、その内容を、「理的活動としての自家実現」、「美的活動としての自家実現」「道徳的活動としての自家実現」に分け、「真善美」という価値に対応するこれらの活動の「最も調和的に、最も円満に調和したるもの、これ所謂真我也」としたが、「自家実現」とは、「真善美」を統合・体現した「絶対者」たる「真我」を自己の内部に確立することの謂いなのである。

「道徳」とは、この理念のもとに「我をますます明に発揮し実現」する具体的営み（内容）にほかならない。日常生活（相対界）のなかで、「絶対」（「完全円満」、抱月の言葉では「平等我」、統整的理念としての「形式」）をめざして、具体的内容（「相対的理想」）として営まれる実践においてこそ「我」は実現されるのであり、この意味において、「相対的理想」の実現すなわち「道徳」の実践は「絶対的理想」（形式）の実現の「一内容一段階」といえる。「相対的理想」の実現すなわち「道徳」の実践（「精進」、「修養」）が、「真善美」の調和した人格という理想的人間像の獲得と直結するという、『三太郎の日記』（阿部次郎、一九一四・四、東雲堂）にその一つの典型をみることのできる、大正期の「人格主義」及び「教養主義」は、こうした「修養」主義[37]のうちにその輪郭をあらわにしているといっていいが、「吾人は絶対的理想に対するenthusiasmあればこそ、比較的最高理想（相対的理想）を造り出し、bestを実現せんとの根本衝動あればこそ、betterの発展段階を取りて進む」ことができるのであり、「相対的理想（内容）あるも絶対的理想（形式）なくば盲《ブラインド》、絶対的理想（形式）あるも相対的理想（内容）なくば空《エンプチー》、二者相合して吾人の道徳生活をなす」というこの観点からみれば、「進化」を楽天的に奉じるのみで、人生に究竟目的なしとする進化論的倫理説は「進歩」そのものを説明できないだけでなく、「吾人の一道徳的行為だに説明する能はざる」態のものに過ぎず、「かのスチーヴンが唯一の目的となせし〝social equilibrium〟そのものも、畢竟絶対理想に達せんが為に築きたる一段階即ち相対理想」であるに過ぎないということになるのである。

「快楽をのみ唯一の目的となして、之れを追窮しつゝある」とする功利主義及び経験心理学の快楽説もまた、当然ながらこの観点から批判の俎上にあげられる。「吾人の欲する所は、抽象なる心的活動にあらで、具象なる全人《ホールマン》の活動」にあるとし、「そもそも吾人が願望の目的物《オブゼクト》、単なる抽象的快楽にあらで、むしろ具象物《コンクリートオブゼクト》にあり、客観的具象物を得て我が物」にすること、「自家《セルフ》と願望物とをidentify」しようとするところにあるとする「自家実現」説の立場からすれば、功利主義及び経験心理学の快楽説は、快感が、「吾人の意識に現じたるobjectの全内容《オール、コンテント》に対しておこれる主観的感情」であること、つまりは「心的活動の一部分」であるに過ぎないことを無視、「それみづから孤立的に存するもの」として扱おうとしているからである。

もっとも梁川は、快感という「心理的事実」を、「それみづから孤立的に存するもの」として捉えようとする経験的心理学の方法それ自体を否定しているわけではない。先述のように、心理学は、「心界の現象のなかに法則性を見いだす」科学として純化、徹底されなければならず「一大系統をなして、吾人の生活を成就」する「身体の活動」を対象とする生理学と混同されてはならないことは、大西祝も「心理説明」で強調していたところだ。しかしまた、大西は、「心念上の説明は心的現象を説き明すに、心界の事柄と其事柄の法則を以てする」説明として徹底されなければならないとすると共に、「心理学は経験内の学問として、可成理体学的《メタフィジカル》の仮定を含まぬ所に其説明を打ち立てて、其の如き理体学的の問題は、之を哲学の本領に譲りたる方、心理学に取りて、最も便益あらん」として、「エムピリカル、サイコロヂー」は「ラショナル、サイコロヂー」と結合されなければならないこと、「心理学における事実」は「ラショナル、サイコロヂー」によって最終的に論理化されなければならないとしてもいた。梁川が批判したのも、まさにこの点、「所謂快楽なるもの」を「意識の内容」と分離して扱うのみで「哲学」によって最終的な説明を与えることのない在来的な心理学の不毛と、「理体学」の空疎さにあったといえる。

つまるところ、梁川の批判の眼目は、絶対的理想（形式）と相対的理想（内容）の関係を曖昧にし、「実験」による裏づけを欠落したまま快楽を論じる「快楽」説の抽象性を衝くところにあったが、こうした梁川による批判には、翌年、大西祝も「快楽説の心理上の根拠を破す」（一八九六・二、「六合雑誌」）、及び「再び快楽説に対して」（「六合雑誌」一八五号）を書いて援護射撃を試みている。大西はこれらのなかで、のちに大日本協会を組織することになる竹内楠三（一九〇〇ー一九二〇）の国家至上主義的主張（「宗教」五三、五四号）や、やはり梁川と同様、マッケンジーの『倫理学入門』を引用、グリーンとは異なって功利主義の立場を選びつつも、「吾人各自の目的とし得べきは個人自己の幸福」にあるとした大島義脩（一八七一―一九三五）の「欲求と快楽」（「六合雑誌」一八五号）にみられる利己主義的主張を、「各人各自の行為の究極目的は公衆の幸福なり」という功利主義から区別し、これらと、「義務や徳など、直観的に把握される幾つかの道徳的規則（教義）[38]」を道徳的な規範とするべきだとした教義的直観主義の統合、即ち「自愛の原理」（principal of rational self-love of prudence）「博愛の原理」（principal of rational benevolence）「正義の原理」（principal of justice）の調和を模索したH・シジウィック（Sidgwick, Henry 1838–1900）の『倫理学の諸方法[39]』への共感を示しながらも、「グリーンの詳論せるが如く、たゞ快感てふものは假りに抽象したるものに過ぎず、実際吾人の欲求の対境となれるものは他のものと結合して一団を為せる具象的状態なり」として「快楽を以て吾人の行為の唯一正当の理由と見做す倫理説」を批判して梁川に符節を合わせた。と共に、「都べて他の事柄を棄てゝ唯快感と云ふ一方面のみを欲すと云ふは、吾人の心作用の実相にあらざる也、花紅柳緑を見んと欲するは紅緑の色に伴へるの快感をのみ欲して其の色を欲せずと云ふ、豈能く吾人の実験を言表せるものならんや[40]」として、快感が「意識の内容」と不可分である所以を説いている。樗牛、梁川らが端緒を切った功利主義批判は、大西も加わることによって新しい場面にさしかかったといえるだろう。

第三項　道徳と美――その二　相対的快楽と絶対的快楽

「道徳」を「相対的理想」とし、「具象なる全人《ホールマン》の活動」（「絶対的理想」）に到達するための「一段階一内容」とみる梁川の認識は、抱月も基本的に共有するものだった。それは、「善の標準によりて快楽の矛盾を調へんとするもの」と

「道徳」を定義し、「性の満足」に対する規制であるがゆえに、必ず「苦痛」と「努力」を伴うものとしているところにも明白に示されている。「道徳」の強いる「苦痛」と「努力」は「人生の真目的」の達成をめざす人間にとって不可避の「一段階」であり、「吾人が日常の生活は、此の苦痛と努力との下に精進して、善なる快楽に没入せんとする一大過程」にほかならないのだ。

しかし、抱月は、「絶対的理想」を「具象なる全人《ホールマン》の活動」にありとした梁川に対して、「理想の世界」は、「審美」の「絶対的快楽」においてこそ実現されるとする。

理想の世界には矛盾なくして、為すこと凡て満足、至る所凡て快楽、人は常に怡悦として神の如く、笑声歓語天地に満つべし。吾人は之れを以て美の世界と名づけんとす。美とは矛盾を絶したる快楽なり。道徳を以て苦を予想するの快楽、すなはち相対的快楽なりとせば、審美は絶対的快楽なり。然れども斯くの如きは果たして実世間に現じ得べきの理想なるか。現在の吾人が道徳的生活は能く之れに向かふの方針なるべきか。哲学宗教は此の際如何の地に立つべきか。是等は茲に論ずるを得ざる所なれども、吾人の結論は、此等の諸点に対して、多く肯定的積極的ならんとするものなり。(三・四—三)

抱月が「美の世界」を「理想」の世界としたのは、梁川を否定するというよりは、美という、言葉では説明することが困難であり、ただ「感得」するしかないような観念の領域、「複雑ナル感情ノ勝チタル一種ノ心的状態」[41]の価値を強調するためであろう。「快楽」という面からいえば、結果として「善なる快楽」に「没入」することができるとはいえ、「道徳」が強いるのは「苦痛」と「努力」であり、それが「自家の無用となる日あらんを期して発生」した営みである以上、その齎すのは「相対的快楽」に過ぎない。というより、「自家の無用となる日」に向かって「超越」されなければならない。また、快楽がすべて美とはいえないが、あらゆる美は快楽であったのも先述した通りだ。それは、ボサンケもいうように、「道徳」の「羈絆」や効用性を超越し、理論理性によって概念的に把握することのできないような独自の世界[42]なのであり、しかも心理学という経験科学に裏づけられたその理論的探求と解明は、まだ開始されたばかりなのだ。

第四項　道徳と美――その三　「美的生活を論ず」をめぐって

ところで、「道徳」を超えて、「絶対的快楽」を齎す「美の世界」の価値を強調する抱月のこうした言説について検討するとき、それが前年から評壇を賑わしていた高山樗牛の「美的生活を論ず」の問題提起と響き合っていたことも見落とすことはできない。

「蓋し人類は其の本然の性質に於て下等動物と多く異なるものに非ず」というニーチェ風のイコノクラティックな人間認識のもとに、生の目的を「本能」という「人性本然の要求」を「満足」させるところにあるとし、「人生の至楽は畢竟性慾の満足に存する」と断じたこの論は、いうまでもなく、時代の支配的な道徳通念のがわからの反発を呼んだ[43]が、「道徳」「知識」の相対性に対する「美的生活」(「美の世界」)の絶対性を説いた点においては、樗牛の問題提起は抱月の関心と重なっていたといえる。とりわけ、抱月が「美の世界」を「矛盾を絶」した「絶対的快楽」の「理想の世界」とするとき、「其の価値に於て既に相対」的であり「エキストリンシック」な「道徳」「知識」に対して、「其価値や既にイントリンシック也。依る所無く、拘はる所無く、渾然と理義の境を超脱す。是れ安心の宿る所、平和の居る所、生々存続の勢力を有して宇宙発達の元気の蔵せらる丶所人生至楽の境地」と描き出される「美的生活を論ず」への共感はまぎれもなく示されていたといっていいだろう。

もっとも、抱月は、「人生の至楽は畢竟性慾の満足に存する」として「快楽」を「性欲[44]」に還元する主張のすべてに同意しているわけではない。「現実の世に於て、道徳を超したる絶対快楽の境に入らんとせば、其の途上下に別れて二つあるべし」として「道徳の標準と乖背せずしてしかも道徳を超する」類の「絶対的快楽」の世界と、「道徳とさかりて其の外に出づる」それとに大別、前者の方向に、「絶対的快楽」の実現を模索していることはそれを証す。「貧なる親が己れの苦痛を忍びて食を分かちながら、愛児の満足に同意して打ち笑む瞬間の快楽、母が乳児の頬に己れの頬を打ち重ねて愛に耽れる刹那の快楽、造化の外に主なき自然の景に飽く間の快楽」を「上方に向かへる絶対的快楽の例」とする基準（三・四―四）からすれば、「性慾の満足」を「人生の至楽」とする「美的生活を論ず」の主張は、「身をも世をも忘れ果て、何の矛盾をも感ぜずして種々の肉慾に耽溺せる際の快楽」[45]として、当然ながら、斥けられなければならないからだ。また、「性欲の満足」を「恣まゝにする」とき、そこに待っているのが「自滅」の運命であるのはいうまでもない。

抱月が指し示したのは「善と美」が「相合する」ような、「道徳」と「美」の在り方である。だが、「現実界に於いて善と美との相合する例若しくは善といひ美といふ名を絶して無上無差別の世界に入る例」は稀である。その意味では、ここに提示されたのは、美と道徳をめぐる、一つの理念に過ぎなかったともいえる。というより、理念といえば、そもそも「美的生活を論ず」が要求していたのも、美意識と倫理意識をめぐる、新しい理念の提示にあったといっていい。ここで彼が提示したのは、師である井上哲次郎を相手に演じた「服従と背反」の劇[46]のなかであらわになってきた、かつては自らも加担した国家至上主義の説く、「人性本然の要求」を国家の利害のもとに拘束するような道徳と、その強制する美意識の在り方への疑問[47]であり、ニーチェばりの反語を駆使した語りが訴えていたのは、倫理意識と美意識をめぐる標準の再編成の要求[48]、パラダイム変更の必要性なのである。[49]

樗牛の問題提起にもたぶん触発されて抱月が指し示した方向は、やはり「美的生活を論ず」が「本能」（人間的自然）に反する「作為性」を暴き出した点に共感を寄せ、そこに道徳と美の新しい在り方を要求する声を聞き取った梁川によって思索の対象とされる。「美的生活を論ず」をめぐる議論が、しだいにニーチェ論争の色彩を帯びはじめた一九〇二年五月、「早稲田学報」に発表した「道徳の超越性」で梁川は、「現実の状態より、理想の状態に飛躍しゆく」ことをめざす意識的活動である「道徳」の「最終の目的は、どうしても道徳自身を超越した一境」に到達するところにあるとして、「道徳の本能化、美化、人情化」の彼方に「道徳其者を超越」する世界を思い描いている。実践理性が自らに課す「義務の意識」に従って営まれる「意志的活動」たる道徳の目的は、「當行」(当為)という「道徳的義務の意識」が、「ヒューマナイスせられて、人情自然の発露として活動するやうになつて」はじめて達成されるとする認識が、国家の意志のもとに自己目的化し、強制する道徳の在り方に疑問を提出した「美的生活を論ず」や、道徳を「自家の無用となる日」をめざす営みと見做す観点から、美の齎す「絶対的快楽」の地平にその超越の契機をみいだした『新美辭學』への一つの応答を含んでいたことは改めていうまでもないだろう。この論が執筆された頃、抱月はヨーロッパに向かう船中にあったが、一八八六年四月末、坪内逍遙の家で喀血した梁川は、それを転機に、「道徳の理想を論ず」が示すようなイギリス理想主義の図式的・教条主義解釈を脱し、美や宗教の齎す超越的なものへの傾斜をあらわにしはじめていた[50]。

第五項　道徳と美――その四　ショーペンハウアーの影――芸術と人生

さて、実生活において、多く「苦痛」と「努力」を強いられるわれわれが、「道徳」と「乖背」することなく「絶対的快楽」を手にすることができるには、どのような道筋が必要とされるか。いうまでもなく、そこに召喚されるのは「美術」(「芸術」)である。抱月はいう。

実際にありては道徳の世界に入るべきものをも、美術の力によりて美の世界に繋留し、人をして安んじて之れを楽しむを得せしむ。美術は現実の世界を仮りに絶対の世界とするものなり。相対快楽の上に絶対快楽を伝彩するものなり。随つて道徳の標準よりいふときは矛盾多くして道徳上の意義多き材料を用ふるものは一層高き美術なり。何とならば高き道徳心をも満足せしめ美化せしむればなり。其の他単に美術として見るも、一層複雑の道徳的葛藤あるものは、情味一層濃かなり。（三・四—四）

繰り返しみてきたように、抱月が模索したのは、道徳と矛盾することなく「相合」し、調和しあうような美の在り方だった。美意識と倫理意識が等号で結ばれ、美意識がそのまま倫理意識でもありうるような美と道徳の関係の新しい方向の追求といってもいい。「道徳の世界に入るべきもの」さえも「美の世界に繋留」させ、「相対快楽の上に絶対快楽を伝彩」するものとして「美術」（芸術）を捉えるという観点は、それを示す。ここで「繋留」とは「醇化」のことにほかならないが、「道徳」は、「美術の力」によって、「道徳其者を超越」（梁川「道徳の超越性」）することができるとするこの観点は、制度的な拘束と化した在来的な美意識や道徳意識を否定することを目標として設定した自然主義文学運動を経て、そのまま倫理意識と同致されるような美意識の確立をめざした白樺派に至る、美意識をめぐるパラダイム変革の営みを準備するものだったといっていいだろう。

抱月は、「現実の世界を仮りに絶対の世界」とする「美術」に、「道徳」という、人間と人間の関係を制約する規範を変革する可能性を認め、美意識と倫理意識をめぐる新しいパラダイム形成の方向を模索していたといっていいが、[51]「美術」を「現実の世界を仮りに絶対の世界」と見做し、そこに積極的な「現世界」変革の契機を見いだす芸術観の形成にあたってはまた、「審美的意識の性質を論ず」で検討したような美的感情は、人が自身を拘束する「欲念」を離れ、「常住不変のイデエ」を観るときに生起する感情であり、芸術に接する瞬間において人は「煩悩とその煩悩に根ざせる苦痛」[52]から救われるとするショーペンハウアーの芸術論が影を落してもいた。

先述したように[53]抱月は、人間や自然の営みを貫く「永遠の意義」を啓示、人に「つかのまの安息日の安らぎ」(a brief taste of the Sabbath repose of the blessed)[54]を与えるところに芸術の役割があるとするショーペンハウアーの芸術観から、おおきな示唆を得た。「実際にありては道徳の世界に入るべきもの」さえも、美という「絶対的快楽」のなかに「繋留」し、「人をして安んじて之れを楽しむを得せしむ」ものとして芸術を見做す引用の一節が示すのは、「意志」に支配され、苦痛に満ちた人生における芸術の意義を説いた『意志と表象としての世界』第四篇と共通の認識といっていい。

しかし抱月が、芸術において人は、「生の牢獄」(prison-house of life)から解放され、「純粋認識主観」(pure will-less subject of knowledge)として「世界の本質の客体化のイデア的理念」(Platonic (pure) Ideas)を「観照」することができるとするその芸術観に基本的に共感を示しつつも、生を「無意味」として、あらゆる「意志」(Will)を否定、その消滅を説くその哲学には同意しなかったのも先述したところだ[55]。ショーペンハウアーによれば、世界は「現象」にすぎないが、その内的本質は、「物自体」としての「意志」によって形成されている。世界は、私という個体にも内在している「意志」という、不可解で盲目的な衝動に支配されているのだ。生が苦痛であるのは、個体はいずれは死滅し、自然という不滅の生命に帰すべきものであるにもかかわらず、「生の意志」に従って生きようと努力するが、その「意志」は満たされることはないからである。こうした生にあって、芸術が慰めであるのは、それが世界の本質――Platonic Ideasを直観のうちに啓示してみせるからにほかならない。だが、その与える慰めは、「意志」に支配され苦痛にみちた生においては、ただ「つかのまの夢の賜物」(only vouchsafed as a transient dream)[56]でしかない。真の慰め(「真知識」)は、「煩悩の本にして差別の根源」である「意」を制圧して「外境を玲朧の想《アイデア》として映出」するところ、即ちあらゆる「意志」を否定し、その消滅した涅槃(Nirvana)の境地に達するところにある、というのが、抱月の理解したショーペンハウアーの主張の概要なのである。

これに対し、いわばショーペンハウアーの論理を転倒し、芸術の価値を強調するところに抱月の立場があった[57]といっていい。「意志」に囚われた人間が、より高度の「意志」によって「意志」を否定するところに、人間の自由をみるという『意志と表象としての世界』の主張は、「意志の否定」がショーペンハウアーにとってはなによりも倫理上の主題だったことを示すが、人生を苦痛と見做すショーペンハウアーの認識を承認したうえで、というより、むしろ自明の前提として、ショーペンハウアーにおける解放と救済という主題、即ち自由をめぐる倫理上の主題と「審美」上の問題を峻別し、ショーペンハウアーにとって倫理的に問題とされた「意志の否定」という主題を美的「観照」の場面に限定、あくまで「審美」上の問題として捉え直すところに、抱月の立場があったのである。それは、「審美的意識の性質を論ず」では、次のような一節に示されていた。

ショオペンハウエルは、意を止熄せしめて涅槃に入るを純客看の快楽となせり。即ち苦痛を積極の地に置き、そが根本たる意の磷すると共に、苦痛の銷するをば、名けて快楽といふなり。吾人は之れを逆に見て、平等我の目的達したるがために実に快楽を感ずとなさんとす。（二―三）

ここに明瞭なのは、「意志の否定」の彼方にこそ快楽、即ち救済と自由があると説いたショーペンハウアーとは逆に「意志」を肯定し、「自己実現」「諸能力の実現」の価値を強調したT・H・グリーンの自己実現説の影響であろう。「平等我の目的達したるがために実に快楽を感ず」とする主張は、「平等我」（梁川のいう「真我」）の確立をめざして実践される活動は、それが自己（主体）の意志によって選択された意識的営みであるがゆえに、自然必然の制約からの自由と、「自家実現」の与える「快楽」を齎すとするグリーンの倫理思想を、抱月もまた実生活において拠るべき規範としていたことを示している。[58] いうまでもなく抱月は、「実生活」と「芸術」を区別し、ショーペンハウアーのいうように「苦痛」に満ちた実生活においては道徳的実践を「義務」として受容しながらも、「芸術」による「観照」に超越の方向を求めるということの観点を、やがて自ら破棄することになる。だが、ここに萌芽的に示され、「藝術と実生活の界に横たはる一線」によって明確化される観点は、自然主義文学運動からの撤退を表明するまでは、その芸術観の基本の枠組みとなっていくのである。

第五節　美の「科学的」解明

第四章においては、快楽と道徳、及び美の関係を考察して、美が、道徳からは独立した「絶対的快楽」である所以とその人生における意義を説明、道徳と調和しうるような美の在り方が模索されたが、第五章（「美の科学的方面」）では、美の齎す「絶対的快楽」を「拡充」する方向が探求される。前章における「哲理的方面」からの説明、即ち原理的理解を前提に、「想念的快楽と情緒的快楽」、「形式美と内容美」の区別を明確にしながら、「相対快楽の上に絶対快楽を伝彩する」べく、「現実の世界を仮に絶対の世界」にと化す具体的道筋が、検討の俎上にされることになるのである。美という、「知識」により概念的に把握することを拒むような、ただ「感得」するほかはない複雑な領域の原理的説明というよりは、いわば、美を創出し、その与える快楽を「拡充」する過程、つまりは「芸術」の創造と享受の営みに対する「科学的[59]」な説明を試みたといってもいい。

さて、抱月はまず「快楽の世界を作るはやがて美の世界の地盤を作るなり」として、あらゆる美は快楽であるという美の基本の定義を確認したうえで、美を「形式美」と、「内容美」に大別する。この場合、両者は対立しあうものではなく、前者を発展させ、より複雑化したものが後者という関係にある。また、「想念的快楽と情緒的快楽」という区別からいえば、「形式美」は、「想念的快楽」（「感覚的乃至想念的快楽」）を基礎とするが、「内容美」は「情緒的快楽」を基礎としつつも、そこに、「形式美」を加えたものとされる。従って、「形式美」が与えるのは、外界から感覚が受けた刺激や、それに対応する「想念」が直接に美と感じられるような快楽であり、「美なる模様」や「快適なる色のみを材とせる彩色」などはいずれも「形式美」といえる。これだけでなく「本来は苦痛たるべき想念を利用して他の快楽的想念に補給をなす」ような場合、「たとへば調諧せる音団のなかに突然粗音を挿みて却りて味ある」例にみられるような、「苦痛」を「快楽の刺戟者」として用いる「対照」の原理も、「裡の統一変化」と共に「想念的快楽」を齎す「形式美」の要素の一つといっていい。

これに対し、「内容美」は「情緒的快楽を基礎」とするが、その「材料」となる「想念」は必ずしも「快楽的想念」であることを要しない。「苦なる想念といへども能く快楽的情緒を催起」することがあるからである（三・五）。

このように「形式美」と「内容美」について定義した抱月は、「内容美」の与える快楽は「形式美」のそれに比してより複雑であり、「美たるの価値」も高いとする。もともと抱月の定義によれば、美は第一義的に「想念的快楽」（「感覚的想念的快楽」）を与えるものでなければならなかったが、「情緒の連続の上に形式美の理」を加えたものである「内容美」は「想念的快楽」を前提条件としており、その上で「情緒的快楽」の創出をめざすものだからにほかならない。「情緒」の齎す快楽が「感覚」及びその反応としての「想念」の与えるそれよりも「複雑」で「高等」であるのは、先述したように、後者が「所動的」であるに過ぎないのに対して、前者が「能動的」だからでもある。「情」（情緒）は、外界の与える刺激に直接反応して生起する「想念」に対して、これを「把持もしくは獲得」しようとする「一種の独立」した意識の活動なのであって、このような反省的意識であるがゆえに、能動的、主体的に「苦痛を快感に転じる」こともできるのである。「外界」への反応である「想念」に対して、「我れの判断と態度とを表」する、こうした「情」の主体的側面は、これまでも抱月が繰り返し指摘してきたところだったが、ここでは「美」の与える快楽の「拡充」という観点から、改めて強調されることになる。「情」を「基礎」とし、「情緒をして絶えず意識の焼点に立たしむる」ことによってこそ、「道徳の標準よりいふときは矛盾多くして道徳上の意義多き材料」を扱っても「高き道徳心をも満足」

させるように「美化」（「醇化」）できるのだ。

以上のように、美という「絶対的快楽」の「拡充」において、「情」の関与が不可欠である次第を説明した抱月は、最後に、「高等美」（「内容美」）の創出の道筋について、「写実」的な方法と、「情化」的なそれとの二つの方法があるとして、次のように述べている。

詮ずる所情の旺盛を期するの道、これ高等なる美術の生命なり。而して是れに下より順に上るものと、上より逆に下るものとあり。下より上るとは、先づ情緒の基礎たる想念の快苦を顕著にするの工夫をなし、之れによりて大なる情を刺戟せんとするなり。其の過程は世に謂ふ写実の本意に外ならず。吾人が思想の現実的発展といひ、美術の素材の面といへるもの、此の結論に照応す。次に上より下るとは、一旦情に入りたるものが、其の情緒的態度を保持し、之れより返照したる想念を具現せんとするなり。情前の想念を取らずして、情後の想念を取るなり。情緒の光輝を被れるまゝの想念を扶持するなり。吾人が思想の結体といひ、思想の理想的発展といひ、美術の技巧の面といへるは、此の結論に照応す。美辞学の論ずるところは実に此の技巧の一部なり。（三・五）

「写実」とは、これまでの抱月の定義によれば、「現実界」を貫く「現実的発展」の「理法」に従って「素材」を処理していく表象の方法だった。言語表現に関わる小説や戯曲においていえば、論理律・因果律のような「現実的法則」に従って表象していくような場合であって、ここでは「詩人小説家等は（中略）原因をば己が欲する儘に自由に立つるを得れども、之れが結果をば必ず自然的に生起せしむる」（一・二―三・一）必要がある。「想念の快苦を顕著にするの工夫をなし、之れによりて大なる情を刺戟せんとする」ことが求められるのはそのためである。

これに対し、「情化」は、「情の一貫」によって「思想の結体」をめざす表象の方法といっていい。先述した通り抱月は、「一団の思想」が「辞」として「結体」していく「修辞過程」の考察にあたって、「因果律」や「論理律」等の「現実的法則」は「既定事実すなはち素材」という「消極的」な面から「結体」（表象）に関わるに過ぎないとし、表現主体の「心界に於ける物象の発育」に対応して、「情」の原理のもとに表象を捉えることの必要を強調していた。[60] 思想の表象には、「素材」を「現実的発展」の相に従って把握するだけでなく、これを「理想的発展」の「理法」のもとに統合することが不可欠であり、「情の一貫」という原理によってこそ「辞の美」は捉えられるとしていたのである。「情化」が、こうした考察を踏まえたものであることはむろんいうまでもない。「辞」を統整的理念のもとに「統合」する「理法」として「情の一貫」を措定し、「因果律」や「論理律」では把握できない「辞の美」を捉えようとしたのと同様、「情の一貫といふを唯一の軌道」とする原理のうちに、「高等美」（「内容美」）の創出（「快楽の拡充」）の道筋が模索されるのだ。

第六節　「結論」

「情」による「素材」の統合のうちに美という「絶対的快楽」を拡充する方向があることを提示した抱月は、第六章「結論」を次のように締め括っている。

> 美とは如上の過程を具するものなり。在来諸学者の美の論は皆これによりて批評するを得べし。就中理想説、假感説、天才説等は、上来の説が破し得べき最大題案なり。（中略）此等の説畢竟把翫に適して学理の精確に欠けたり。事実の表面に触れて、事実の分解に逸せり。（三・六）

「第三編」が、「美辞学」について、それが西欧で発展した「修辞学」の成果を踏まえながら、言語表現の美的な特質を理論的（「科学的」）に探求する学問であるとする定義に始まり、方法、効用、歴史等を詳細に説いた「第一編」や、日本及び中国の古典を博捜して、「詞藻」と「文体」の両面から「修辞現象」を分類、その分析を試みた「第二編」に較べると、論理の飛躍も多く、完成度、説得力が、著しく欠けているのは否定できない。内容からみて、マーシャルなど当時としては最新の心理学的美学の成果を取り込みながら立論が試みられていることは推測できるものの、「第一編」や「第二編」が、書名はともかく、参照した論者の名前は明示することを心がけていたのに対して、ここではすべて省略されてしまっていることなどはその一例といえる。多様な角度から検討を重ねた論考というよりは、洋行を目前にして、忽卒のうちに纏められた、構想の提示という印象は否めないのであって、そこに、おそらくは「美論の計画」というタイトルをつけた理由もあった。

しかし、「審美的意識の性質を論ず」から『新美辭學』まで、抱月が一貫して問題としてきたのは、美という、「現実的法則」によって説明することが困難であり、ただ「感得」することしかできないような認識の領域を支配する原理を、「情」という「独立せる活動」を通して解明することだった。「在来諸学者の美の論は皆これによりて批評するを得べし」という言葉は、この観点の正しさに対する抱月の確信を示しているといえる。とりわけ、それぞれ「審美的意識の性質を論ず」及び『新美辭學』が検討の俎上にしてきた「美の快楽」が「絶対的」であるとするところから出発する「理想説」、それが「道徳」や「理害の打算」を超越するものと見做す「假感説」、「情の力の強烈にして持続せられ易き習性」に「天才の神秘」を認める「天才説」について、結局は「把翫に適して学理の精確」を欠き、「事実の表面に触れて、事実の分解」については無効であるとしているところからは、バウムガルテンの抽象理想説に始まり、ハルトマンの具象理想説に至る在来的な美学に対して、自説を、「英国では彼の所謂る『アッソシエーショナル』派」の心理学、「独乙ではヘルベルト派[61]」の心理学など、最新の経験科学の成果を取り入れたものとする自負の思いを窺うことができるだろう。

「情」の能動的活動に注目しながら「美辞学」を構築し、それを美学理論のなかに組み入れるという構想は、『新美辞學』の段階では、必ずしも当初意図したようには貫徹されることはなかった。それは、ひとえに、上述したように「第三編」が構想の提示にとどまったことによる。後述するように、そこには、美の規範が大きく変容し、基準が各人に委ねられるようになった時代における、「美学」から「芸術学」への転換という事態も関与していた。

とはいえ、「美学」という科学の一領域として「美辞学」を位置づけ、日本語の表現における過去の蓄積の分析を通して、言語表現における美とは何かという問いを提出して方法的な解明の道を模索したその営みに、今日改めて評価されるべき数多くの試みが内包されていたことは、以上の検討からも明らかであるといわなければならない。

---

1 本書第二部第二章第三節参照。
2 本書第二部第一章第三節第一項参照。
3 本書第二部第二章第三節及び第三章参照。
4 本書第一部第二章第一節参照。
5 小屋保治述、島村滝太郎筆録『美學講義ノート』（第一巻）一一二頁。
6 市川浩『精神としての身体』（一九七五・三、勁草書房）四頁。
7 『大西博士全集』（第七巻）巻頭に収められた、中桐確太郎（確堂 一八七二―一九四四）、綱島栄一郎（梁川）執筆による「小伝」も、「先生平居古哲人を尚友して私淑浅からず、その古羅馬のストア派哲学者より得たる所のもの 少ならざりしものの如き、亦先生の最も景慕せる一人なるが如し」というように、大西がスピノザを敬愛したことは、スピノザの生涯と業績を紹介、ユダヤ人社会から放逐され、キリスト教の神学者からも、「死んだ犬のやうに云はれ」ながらも「真理」を探求、死後になって「レッシング」「ノファリス」「シュライエルマッヘル」等に影響を及ぼした彼への共感を熱く語った講演記録「先哲スピノーザの性行」（一八九一・一二・二、本郷会堂での講演、一八九二・一、「六合雑誌」〈『大西博士全集』〈第七巻〉六〇五―六四一頁〉所収）からも窺える。
8 池田善昭『心身関係論――近世における変遷と現代における省察』（一九九八・四、晃洋書房）、二〇頁。
9 池田、前掲書、二〇頁。
10 池田、前掲書、二〇頁。
11 Marshall, Henry Rutgers, *Pain, pleasure, and aesthetics*, 1894.
12 『大西博士全集』（第四巻）（大西『西洋哲学史　下巻』一九〇四・一、警醒社書店）一二〇頁。
13 『大西博士全集』（第四巻）四三頁。
14 抱月は『マーシアル氏審美學綱要』（島村滝太郎解説、一九〇〇、東京専門学校出版部蔵版）でこの点について次のように説明していた。
《快感は常に心理的状態に応ずる生理的活動が饒多に貯蔵せられたる活力を使用する場合に生じ苦感は常にその生理的作用が要ぜし活力の量よりも、これに応ずる機能の反動すなはち生々力の補給が少なき場合に生ずと。》（七九頁）
15 大西は「心理説明」（一八九二・二、四、五、「哲学会雑誌」六〇、六二、六三号）で、心理学と生理学とは区別されるべきことを力説、生理学が、「物体から一切の精神的なものを排除」したデカルト及びスピノザの方法に従って、「身体の活動」の法則を解明しなければならない――「恰も物理学に於ける物理的の説明は物質的現象を説き明すに物質の運動と其運動の法則とを以てする様に」――のと同様、心理学は「心界の事柄と其事柄の法則を以て」説明するべきであり、両者を混同すべきではないこと、この方法を徹底するところに成立するのがいわゆる「アッソシエーショナル」（同伴）派の心理学（連合心理学）であり、ブラッドレー（F・H・Bradley）が「最も厳正に最も純粋に」この方法に徹しようとする一人であることを説き、最終的に理体学《メタフィジーク》と結合されなければならないと主張した。
16 Bain, Alexander, *Mind and Body*, 1873, pp.8–10.
17 大西、「心理説明（其一）」（一八九二・二、「哲学会雑誌」六〇号）『大西博士全集』（第七巻）二一一頁。
18 大西、前掲「心理説明（其二）」『大西博士全集』（第七巻）二二八頁。
19 『大西博士全集』（第四巻）二二二頁。
20 本書第一部第二章第四節参照。
21 本書第三部第一章参照。

22　ウィルヘルム・ディルタイ『近代美学史――近代美学の三期と現代美学の課題』（沢柳大五郎訳、一九六〇・八、岩波書店）三六頁。

23　本書第一部第四章第一節参照。

24　本書第一部第四章第三節参照。

25　本書第一部第二章第三節参照。

26　前掲『マーシアル氏審美學綱要』三三―三四頁。

27　大西祝は「審美的感官を論ず」（一八九五・六、『六合雑誌』一七四号、『大西博士全集』〈第七巻〉所収）において、次のように述べている。

《予輩は（実世界を――筆者註）遊離せしむることに於いて所謂高等感覚と劣等感覚との間に絶対の区別を立つべき十分の理由を発見せず。予輩は芬香馥郁たる花苑に杖を曳き月光明なる橋上に袂を涼風に動かさるゝ時、唯だ視聴に入るもの、み之を遊離したる美象となして他の感覚は凡べて之を実生活に密着せる状態に棄て置けるか、如何。予輩は劣等感覚の遊離せずと云ふべき理由を見ず。寧ろ其の如き境遇に於ける臭感（花の薫り）又触感（風に吹かるゝ膚の涼しさ及び袂の風に翻へる心地）は十分遊離して美象の内に入ると思ふ。其の如き場合に浮ぶる美象は臭感又触感を除きたるものにあらで寧ろ之を容れたるものと考ふ。》（『全集』三四五頁）

28　本書第一部第二章第三節参照。

29　野村博「T・H・グリーンの倫理思想」（『T・H・グリーン研究』一九八二・四、御茶ノ水書房）三二頁。

30　Green, Thomas Hill, edited by A. C. Bradley, *Prolegomena to ethics*, 1883.

31　行安茂『近代日本の思想家とイギリス理想主義』（二〇〇七・一二、北樹出版）二一頁。

32　初出は「教育評価」（一八九五・五）、のち、山本良吉編『倫理學史』（一八九七・一一、冨山房）に「唯心的倫理学グリーン」として収録。

33　『西田幾多郎全集』（第一八巻）（一九六六・六、岩波書店）三一頁。

34　Stephen, Leslie, *The science of ethics*, 1882. なお、この書には、梁川による翻訳（綱島栄一郎訳『スチーブン氏倫理學』〈『倫理學解説（上）』一九〇〇・六、東京育成会〉）がある。

35　Alexander, Samuel, *Moral order and progress*, 1889.

36 Mackenzie, John Stuart, *A manual of ethics*, 1893.

37 宮川透、『日本精神史の課題』（一九七四・六、紀伊國屋書店）一二九—一五〇頁。

38 奥野満里子『シジウィックと現代功利主義』（一九九九・五、勁草書房）一九頁。

39 Sidgwick, Henry, *The Methods of ethics*, 1874. なお、邦訳は中島力造校閲で一八九八年に刊行（山辺知春、太田秀穂共訳『倫理學説批判』一八九八・一二、大日本圖書）された。

40 『大西博士全集』（第五巻）二七八頁。

41 前掲、小屋保治述、「美學講義ノート」（第一巻）一一—一二頁。

42 The sphere of aesthetic, then, is a whole complex of faculties, those which represent any connection in a confused form, and which, taken together form the "analogon rationis", the parallel or parody of reason in the province of confused knowledge.(Bosanquet, Bernard, *A history of aesthetic*, 1892), p.184.

43 岩佐「自然主義前夜の抱月——『思想問題』と『如是文芸』を中心に」（一九八二・一〇、「国文学研究」七八集）参照。

44 もっとも、樗牛のいう「性慾」は、人間の自然性に根ざした欲望と考えるべきであり、いわゆる「肉欲」に限定することについては判断を留保しておくべきかもしれない。

45 「サンタヤーナ氏美學綱要」第六節「美的快楽と肉体的快楽」

《勿論、一概に肉体的快楽と云ふと肉体的根拠を有する快楽即ち意識の一切の形式及びその要素に至る迄凡そ肉体的に根拠を有する快楽の一切を含めて云ふ場合が多い。美的快楽も、亦勿論、眼、耳、及び脳髄の記憶の働きなど所謂肉体的状態に依るのであるが、これは単にかゝる肉体的状態ばかりを主眼とするものではない。美的快楽と云ふと誰でも、肉体上の原因から来た快楽とは想像しない、それ以上の何か高尚な原因から生じたものであるやうに考へる。これに反して肉体的快楽はいかにも低級な快楽で、肉体上の一局部に関した快楽であると思惟する。

かくしてこの美的快楽と肉体的快楽との間にも著しい截然たる区別が生ずる。即ち一言にして云へば前者、美的快楽の唯一特徴は透明（transparent）でなくてはならぬ。一瞬時の、而も一局部に偏したものでなくて、直ちに永久の或るものに透徹するやうなものでなくてはならぬと云ふことである。更に換言すれば美的快楽は、些かも阻害されることなく、心の赴くまゝに自由の天地を翱翔し得る快楽で肉体的快楽はこれに反し、一局部の官能に止まるが為めに自由でなく寧ろ粗野な我慾的な調子を帯ぶるものである。これがこの二つの快楽の重なる差違とみられる。》

46　前田愛「井上哲次郎と高山樗牛」（『前田愛著作集』〈第四巻〉一八八九・一二、筑摩書房、一一三頁）

47　一九〇一年三月に病気のため留学を辞退した樗牛は四月に、文科大学長井上哲次郎から帝国大学講師を依嘱されるが、翌年六月には解嘱されている。前田愛は、前掲論文で「井上と樗牛の提携に罅が入った時期は、樗牛が丁酉倫理会に入った時期」と推定（一一六頁）している。

48　登張竹風（一八七三—一九五五）は、高山樗牛の「美的生活論」の問題提起が自由、倫理の観念をめぐる根本的な思考の変更の要求を含んでいたことを強調、次のように述べている。

《高山君の美的生活論を解せむと思はむ者は、またニイチエの個人主義を解せざるべからず。ニイチエの個人主義は、吾等の屢々論ぜる如く、威力の意志の満足にあり。高山君が道徳者その人も、道徳その物に絶対の価値ありと思惟するに至り、学者その人も真理の考察を以て無常の楽しみとなすものあらば、そは已に道徳的若くは知識的生活を超越して、美的生活の範囲に入れるものなりといへるは、知識その者を以て己れの威力を伸張し、道徳その者を以て個人の権能を満足せしむるものと思惟せる人々を指さして言へるものと解するを得べからざるか。ニイチエが智識及道徳を罵れるは、知識道徳その者を憎むに非ずして、知識及道徳が人類本来の自由の本能、及び威力の意思を壓抑するが為なり。されば学者及道徳家にして、その知識及道徳に絶対的価値を賦与し、自から威武も屈する能はず、富貴も淫する能はざる大勇猛心を有するに至らば、其威力の意思は、芸術家のそれと毫も異なる所なし。》（「美的生活論とニイチエ」、一九〇一・九、「帝國文学」、引用は一九七二・六・角川書店刊、稲垣達郎他編『近代文学評論大系2明治期Ⅱ』一七〇頁。）

49　高山樗牛によるグリーンの思想の再評価については、前掲行安『近代日本の思想家とイギリス理想主義』四一—六九頁参照。

50　梁川は、ダートマス大学に留学していた朝河貫一（一八七三—一九四八）に宛てた手紙（一八九七・二・八付）で次のように心境を述べている。

《小我を脱して大我に近づき舊き「我」をすてゝ新き「我」の衣裳を着、かくて無限に究竟理想に向うて精進するを以つて自己実現の唯一法と信ぜしは已に過ぎ去り今日にては「果てしなき理想」を追求するの矛盾なるを悟り叉之れのみにては到底満足出来ざるをも悟り一種の直感（一種の直感の語おもしろからず超越的心用とでも申すべきや）をもて一躍大霊の光明に接せんを望みまた實にたしかに出来得ることを信じまた實に一度はたしかにかゝる光明界のおもかげを瞥見し得たるやう思ひ申候　生が従来の理想は生命なき断片的（此の語不穏）理想に候ひき兄の所謂理想全身に充たず何となく間隙ありき強て自ら影をつくり空を追ひこれを理想と假言したるの気味あり。》（引用は、一九九五・一一、大空社刊、『梁川全集』〔復刻版〕第三巻、二八頁。）

51 本書第三部第八章第二節参照。

52 大西祝「ショーペンハウエル」一五七頁。

53 本書第一部第二章第二節参照。

54 Wallace,William, *Life of Arthur Schopenhauer*, 1890, p.130.

55 本書第一部第二章第二節参照。

56 Sully, *op.cit.*, p.98.

57 本書第一部第二章第三節参照。

58 本書第一部第二章第三節参照。

59 「マーシアル氏美學綱要」緒論には「科学」と「芸術」の関係について、《科学はたゞ現に在るもの、若くは既に在つたものに就いて論理的説明及び推理をなし、これに依つて芸術を補助をすることが出来るが、これ以上、未だ在らざるものを啓示して芸術を導く力はない。》とある。

60 本書第二部第二章第二節第一項参照。

61 大西祝「心理説明（其三）」（『哲学会雑誌』六三号）『大西祝全集』（第七巻）二四四頁。

第七章

美学理論の転回——美学から芸術学へ

「審美的意識の性質を論ず」から『新美辭學』に至る抱月の美的現象及び美意識の理論的探求の試みを跡づけるとき、そこに一貫しているのは「情」という意識の能動的、主体的機能に着目しながら、美学理論を構築していくという問題意識である。しかし、見過ごすことができないのは、所謂「現象即実在論」の枠組みのなかで、美意識における「情」の機制の観念論的説明にとどまっていた観のある前者に対して、後者では経験的心理学の成果を取り込みながら、美的現象にアプローチするという姿勢が顕著になってきているという点であろう。

バウムガルテン、カント流の抽象理想説からヘーゲル、ハルトマンの具象理想説に至る流れを踏まえながら、基本的には「現象即実在論」の枠組みのなかで美意識の論理的解明を企てた「審美的意識の性質を論ず」から、『新美辭學』の、とりわけ「第三編」に明白にみることのできるこうした変容は、むろん、言語における「修辞現象」の検討という実践的課題と美学の理論を結合させようという後者のモティーフが要請するものであったが、同時にまた、一八九〇年代後半の日本における、美学理論の転回という事情も大きく関与していた。一九〇〇年一一月に新帰朝の大塚保治が哲学会で講演、『新美辭學』刊行の前年にその講演内容が公開された「美學の性質及其研究法」は、一九世紀後半のヨーロッパ美学の動向を紹介しながら、今後の日本の美学の進むべき方向を指し示したという意味で、抱月にも大きな示唆を与えた筈である。

この講演で大塚は「一体私は是迄一般の美学研究の方法は間違つて居る、非常に改革をしなければならぬ」として、ハルトマンに代表される在来の美学理論を批判する。

成程美学書を見ると詩文の目的は何処にある美術の本体は何であるといふやうな事は説明してある、従つて文芸の批評をする時にはどう云ふ点に第一着眼を要する、其次には如何なるケ條を観察せねばならぬと云ふやうに、批評の標準と云ふ者が整然と規則正しく備つて居るやうに見ゆる、然し其標準を楯にとつて愈々実際の作品に向つて見ると一向手掛りがない、どう云ふ風に其標準を応用してよいか始末に困る場合が多い、所謂宝の持腐れと云ふ感じが起つて来る、夫のみならず美学上の標準から割出した判断と実際作品に対する感情と往々矛盾するやうな場合がある。（「美學の性質及其研究法」一九〇一・六、「哲学雑誌」 ＊講演筆記）

ここで在来の美学理論というのは、「バウムガルテンからカント、ヘーゲルをへて近くはハルトマンに至る」ドイツ美学の主流をなしてきた「哲学的研究」のことを指すが、大塚は、その欠陥の第一を、「広く材料を集め事実を研究して一般の法則を見付け」るという努力を怠って「俄に哲学上の成見を持つて来て間に合せの解釈」をするという「形式上」（方法論上）の誤りを犯してきたところに求める。在来の美学の多くは、ハルトマンの美学に見られるように、「審美的意識の説明」を認識論一般の問題に解消したり、「美術上の製作或は賞玩の次第を解釈するに宇宙の本体を持つて来る」類の説明に終始しているに過ぎない。「科学と哲学」の区別を混同するという、この「形式上」の誤りは、第二に「美術」（芸術）に固有の領域を曖昧化し、対象の美なる所以（「特相」）の解明を「道徳宗教学術」等の「通相」の説明に代置し、芸術作品の「製作」（創造）と「賞玩」（享受）の双方に関わる「心的作用」、社会的背景等、作品に固有の美の解明に不可欠な条件の理解を無視するという「内容上」（目的）の誤りに帰結せざるを得ないとするのだ。

心理学の研究が生み出した経験的事実を無視して原理的説明に還元するこうした方法は、ドイツに留学するまでは大塚の「美学講義」の中心をなしていたものでもあり、それゆえ、ここには彼自身の自己批判も含まれている。だが、こうした偏向は、一八九〇年代の日本の批評全般に浸透してもいた。むろん、抱月もそれから自由であったわけではない。

以上のように「哲学的研究」の欠陥を概括した大塚は、この欠陥を克服すべく心理学的美学と社会学的探求の必要を強調、両者を統合して「美術」（芸術）という現象を客観的に捉える芸術学という学問領域が樹ち立てられるべきであるという構想を提示すると共に、在来的な美の「哲学的研究」＝美学が課題としてきた「美『シエーン』といふ観念」の解明から、「美術『クンスト』若しくは美術的『キュンストリッシユ』」という観念のそれに中心をおいた美学研究への転換が必要であることを説く。

美学の研究において心理学的な方法が要請されるのは、いうまでもなく「美術」（芸術）が「精神的産物」であり、その「成立の次第、感動する具合」などは「精神的現象」として捉えるべきだからであり、社会学的なそれが必要なのは、「美術」が一個人の心に愉快を感じさせるだけでなく社会一般を楽しませるもの、即ち個人の「精神的産物」であると共に「社会的生産物」としての性格を持っているからでもある。「美術の起源、発達の次第」、「美術と道徳、宗教若くは政治法律など丶の関係」、「作家と公衆との関係」、「作家と文芸保護者の関係」などが、社会学においてだけでなく美学においても究明の対象になるのは、個人的現象であるだけでなく社会的現象でもあるというこうした「芸術」の性格に由来するのであり、社会学の一部門としての「クンストゾチオロギー」（芸術社会学）の存在理由もそこにある。

経験論的、実証科学的手法によって心理学や社会学が明らかにしたのは、「精神的産物」であると共に「社会的生産物」でもあるような「芸術」の性格でもあるが、上記のように、美学の研究における心理・社会的アプローチの意義の認識を強調した大塚は、「一科の学問領域」としての「クンスト、ヴィッセンシャフト」（芸術学）が確立されるべきであることを提唱する。心理学、社会学的アプローチは、それぞれ上記のように目的を異にするが、「美術の理想とか目的」を考慮の外において「美術を単に事実的存在として、只実存の現象として研究する点」では一致しているのであり、すくなくとも「芸術」という「材料事実」に基づいて芸術現象を解明し、そこに一定の法則性を見いだすことをめざす学問領域、いわば「美的現象」を一つの「精神作用」として、「帰納的」に捉える個別科学が美学の一部門として成立することは可能であり、それが「クンスト、ヴィッセンシャフト」（芸術学）だとするわけである。この時点では、それが心理学の「基礎」のうえに社会学の成果を取り入れ、「一原理」で美的現象を解明する学問という構想[1]の提示にとどまっていた「芸術学」の方法が次第に実りをみせるのは、「ロマンチックを論じて我邦文藝の現況に及ぶ」（一九〇二・四、「太陽」　＊講演筆記）などが示すところだ。

しかし、心理・社会的なアプローチにしても、それらを統合するものとして構想される芸術学にしても、その権能は、結局は「芸術」という「材料事実」に基づいて芸術現象を解明し、そこに一定の法則性を見いだすことに限定される。美的判断の「最終標準」は、「哲学」＝芸術哲学による原理的説明に待たなければならないのである。

大塚はこれを「ザイン」と同時に「ゾルレン」でもあるような芸術の性格から説明する。芸術は「ザイン」として「唯個人の精神産物或は社会現象の一部として単に事実的に存在」するが、それだけでなく、「個人に対しても又社会の上にも理想として存在」する。つまり「ゾルレン」として顕われる。シラーも力説したように、美は感受の対象（object for us）であると同時に主観の状態（condition of our subject）であり、[2]芸術の創造とは「理性的なものと感覚的なものを一つに形象化」する営み[3]にほかならないからである。しかるに「心理的研究及社会学的研究」の目的は、「ザイン」としての面を事実に徴して説明するところにあり、「ゾルレン」については——その価値を暗に認めているとはいえ——、それを特別に「エキスプリチット」に取り出して正面から研究することをめざしているわけではない。「『ゾルレン』といふ事も理想と云ふことも一ツの心理的現象社会的事実として他の現象や事実と同様に一通り外部から説明するとしても「内部から根本的に其性質関係」に説明を与えることを目的としているわけではないのだ。

　これに対し、「時代によつても変り国々によつて違ひまた同じ国民でも銘々皆異つ」ているような「美術の理想標準」を「吟味し綜合」して「根本的理想標準」を与え、それと「道徳宗教及学術上の最終原理との関係」を「スペクラチーフ」に考察するのが「芸術哲学」（「哲学的美学或は美術哲学」）の役割である。従って「芸術哲学」には、「単に事実を記載し」、帰納的に説明する心理・社会的なアプローチや芸術学に対して「立規的『ノルマチーフ』の態度」が要求される。両者の関係は、このように「一般の科学特に精神科学と一般哲学の関係」に一致し、最終的には「一致和合して互いに輔助し合つて一ツの完全した知識系統を作る」ことをめざす。しかし、一般の科学と哲学の関係の場合と異なるのは、芸術哲学は理念的に芸術学と関わり、芸術学を批判する権能を持つとしても、その理念は芸術学の成果を踏まえて、理論化されなければならないところにある。「美術学の方は美術哲学から離れて殆んど全く独立に研究することも出来又其研究の結果も自分独立の価値を持つて居るけれども美術哲学の方は夫と違つて始終美術学の研究結果を参照しなければならない、さうして若し哲学で立てた原理なり標準が美術学上の事実法則と矛盾する場合には哲学が一歩を譲つて其主義理想を変更しなければならない」とされるのである。

　大塚は、抱月が「審美的意識の性質を論ず」を発表してまもない一八九六年三月、渡欧して、一九〇〇年七月帰国、東京帝国大学に新設された美学講座の教授に就任したばかりだった。そのヨーロッパでの足跡は必ずしも定かではないが、フランス、イタリア、ドイツでは美術館、展覧会にもしばしば足を運んだようである[4]。また、唯美主義、表現主義など、のちにモダニズムとして括られることになる文学・美術の新しい動向にも目を向けていたことは、やはり後の「唯美主義の思潮」などの講義[5]が示すところだ。文学・美術のこうした新潮流と対応するように、哲学・美学の領域も大きな転換の局面にさしかかりつつあった。明治期の日本の哲学にも大きな影響を及ぼしたロッツェの後を襲ってベルリン大学の哲学教授に就任したディルタイは、記述心理学的な基礎づけのもとに解釈学という領域に挑んで、大塚が帰国の途につく一九〇〇年には、小論とはいえ、「解釈学史に重要な位置を占める」とされる[6]『解釈学の成立』[7]を発表するし、数年後には抱月もその謦咳に接することになるハインリッヒ・ヴェルフリン、マックス・デソア(Dessoir, Max 1867–1947)などの若い世代も、次第にその研究の輪郭をあらわにし始めていた。ブルクハルトの文化史的・精神史的な芸術の把握に対して「様式史」を確立しつつあったヴェルフリンは、大塚といれちがいに一九一〇年に赴任したが、「芸術学」という学問領域に鍬を入れはじめたデソアらの活動を通して大塚は、世紀転換期における西欧哲学・美学の新しい息吹きを肌で感じた筈である。在来的な「哲学研究」を批判し、心理的・社会学的方法の重要性を強調しながら、「芸術学」「芸術哲学」の確立に言及する大塚の講演には、彼のドイツでの美学芸術をめぐる研究の現状に対する認識が反映している。

> フェヒネルが以前の哲学的美学に反対して経験的美学を主張した時分に余程うまい思付の名を自分の説に付けました。是迄の美学は上の方から研究して居るが将来は下の方から研究しなければならないといつて、「エステーチック、フォン、オーベン」と「エステーチック、フォン、ウンテン」と云ふ区別を付けました、それは従来の哲学的研究法とフェヒネルの経験的研究法の違をよく平易の詞で顕して居りますがそれと対して矢張り極く簡単に分り易く是迄の心理的研究法と将来採るべき研究法の反対を言顕はす事が出来る。(「美學の性質及其研究法」)

「美學の性質及其研究法」もいう通り、一九世紀の美学は、フェヒナーが『美学階梯』[8]に提示したいわゆる「下からの美学」（Ästhetik von unten）の問題提起を受けて、新しい展開の様相を呈していた。「下からの美学」の問題提起を受けて興ったこの潮流についてディルタイは『近代美学史』[9]で一七世紀以来の近代美学の研究方法を「唯理的美学」、「実験美学」、「歴史的方法」の三種に分類しながら、それぞれ次のような説明を加えている。

すなわち「唯理的美学」は、もともとはライプニッツに起源を遡行することのできる、ホガース（Hogarth, William 1697–1764）等の所謂イギリスの感情説の営みを援用してバウムガルテンとマイヤー（Meier, Georg Friedrich 1718–77）によって最初の美学体系として確立された。「美を感性的なものに於ける論理的なものの現れとして理解し、芸術を調和的な世界の脈絡の感性的な実現として理解する」[10]ことをめざすこの方法は一七世紀の美学を特徴づけるものといえる。

これに対し「実験美学」は、スコットランドの心理学の成果や、エドモンド・バーク等のイギリス経験論による探求に学びながら、「美的印象を受ける心の働きは本性上単純に美的対象或は美的事象のある特定の性質に結びついてゐるといふことを見い出した」[11]ケームズ卿ホームの『批評の原理』[12]にその一つの達成をみることができる。「美的仮象説」に理論的根拠を与え、対象と印象との間に恒久的関係を指摘してフェヒナーに「黄金分割」の法則を発見させることになる、「ホームに見い出されたこの観念上の現前という概念」は、一八世紀の美学者に「美的印象の分析」の重要性を認識させることになった。

しかし、これらの方法には、いずれも欠陥がある。「唯理的美学」は「美の裡に吾性に叶ふ統一」を求めるものの、純理論的・抽象的な説明に終始するのみで、事実に裏づけられた分析を欠いているし、「実験的美学」には「芸術品に存する単なる印象の集積以上のものを説明する力はない」[13]といわなければならないのだ。

これらの欠点を克服するという課題を担って一九世紀に登場したのが、第三の方法としての「歴史的方法」である。

「それのみでは趣味の上で歴史的に制約されたものを普遍に妥当するものから取り分ける何等の手段も持つてはゐない」[14]美の印象の分析に対し、「個々の法則的な関係の背後に更に深い連関」を探り「分析によつて見出された個々の関係の中に顕はれる」、「包括的な法則的関係」[15]を理論的に解明するところにこの方法の目的があり、また現代美学の課題もそこにあるとするわけである。

印象の分析と芸術の歴史的社会的考察を結合させて普遍妥当的な芸術の理論を構築するところに一九世紀の美学の課題があるとするこの論を大塚が読んでいたかは不明だが、「美學の性質及其研究法」が、『近代美学史』が集約してみせたようなディルタイの問題提起を踏まえていることは明白であろう。というより、デソアの「芸術学」はもとより、ヴェルフリンの「様式史」にしても、「ミケランジェロの壁画」や「バッハのフーガ」に、「享受者の活力、生命感」を高め、その精神を更新させる「或統一的な行為の風格」[16]を認めてそれを「様式」と規定したディルタイの文化科学の方法の枠組みの中から産み出されたものだったのである。

もっとも、「唯理的美学」から、「実験美学」の成果を踏まえた芸術学・芸術哲学へという転換は、大塚の講演によって初めて条理兼ね備えて日本に伝えられたとはいえ、「唯理的」な「哲学研究」から、実験心理学の成果を踏まえたそれへの転換の方向に日本の哲学も次第に舵を切りつつあったことは、「心的現象」の解明にあたって、「生理上の説明」と共に、「心念」それ自体の「根底の法則」の説明を重視、「ラショナル・サイコロヂー」と「エムピリカル・サイコロヂー」が統合されるべきことを強調した大西祝の「心理説明（其一―其三）」[17]（一八九二・一、四、五、「哲学会雑誌」六〇、六二、六五号）も示していたところだ。[18]とはいうものの、一九〇〇年の時点では、日本の実験心理学の研究はまだ緒に着いたばかりだった。もともと日本の実験心理学の移植は、ジョンズ・ホプキンス大学でホール（Hall, G.S. 1844–1924）に学んだ元良勇次郎が、一八九一年、東京帝国大学で「精神物理学」の講義を担当してから始まるとされる[19]が、彼を主任に心理学講座（心理学倫理学第一講座、第二講座担当は中島力造）が開講されるのは一八九三年、ハーバード大学で実験心理学を学んだ中島泰蔵（一八六七―一九一九）の協力で心理学教室で実験に着手するのが一八九五年、またやはり中島泰蔵と共に『ヴント心理学概論』を訳出するのは一八九八年、つまりは明治三〇年代になってからのことであり、実験を踏まえた本格的な研究の開始は彼のもとで手解きを受け、八年間にわたってアメリカ・ドイツに留学していた松本亦太郎（一八六五―一九四三）が帰国する一九〇一年まで待たなければならないというのが、この時期の日本の心理学の現状だったのである。[20]

実験心理学の成果を組入れながら、ディルタイのいう「精神科学」の一部門として美学＝芸術学が構築されなければならないという大塚の主張は、心理学を基礎に教育学の理論を展開したヘルベルトの方法に依拠して日本における教育学の体系化を試みた谷本富（一八六七―一九四六）の営みと歩調を合わせながら、一九〇〇年代の人文・社会科学をめぐる言説の基調を形成していくことになるが、[21]こうした状況をふりかえってみると、「実験」＝具体的資料の分析をもとにした、言語表現における美の探求の試みとしての『新美辭學』が、――「美論」は構想の不完全な提示にとどまったとはいえ――、当時の水準を抜く新しさを持っていたことを改めて考えさせる。それは、ベインやサリー等、「ベイン・サレイ時代[22]」として括られる、明治二〇年代前半――一八九〇年代後半の心理学研究の揺籃期「英蘇國心理学の時期[23]」を代表する心理学者の研究書はもとより、ヘルベルト心理学を包括的に紹介したリンドナー（Lidner, Gustav Adolf 1823–1887）やジェームズ（James, William 1842–1910）などに至る、当時としては最新の心理学の知識を参照しながら、日本語の言語表現に関するデータをもとにした実証的な研究として、大塚が明確に示したような人文・社会科学におけるパラダイム転換の動きと対応するものだったといえる。

と同時に、下から上へという、「実験」（実証）に裏づけられた人間精神探求の企てが、単に「学問」の領域にとどまらず、広く「芸術」の分野でも自覚されつつあったことも、確認しておくべきだろう。というより、人文・社会科学の領域におけるこのパラダイム転換の動きは、「どの芸術も現実と、その芸術の働く際の夫々特殊な媒介の性質とに一層鞏固にどつしりと基礎を置」くようになったとディルタイも括るような、芸術の諸分野における「下から上へ」という潮流の胎動と対応していたというほうが、より適切かもしれない。「バルザックやテーヌやゾラ」の文学における営みに言及しながら、ディルタイは次のように述べている。[24]

新しい文学、美術は自然主義であらうとする。それは現実的なものをあるがままに露はし、分析しようとする。それは実相の所与の一部の解剖学であり生理学であらうとする。今日我々の周りに人間として社会として呼吸し脈打ち生きているもの、又凡そ人のその固有の生活、固有の霊魂を以つて経験するもの、これをこの新しい芸術は未だ科学のメスの触れない領域で己が解剖力の下に取上げようとする。（ディルタイ、前掲書、九頁）

「実相」を「未だ科学のメスの触れない領域で己が解剖力の下に取上げようとする」がゆえに「行為よりも心理の深み」を重視し、「人間の本性の裡に生理的なもの、むしろ獣的なもののあるのを明らかに示さうとする」この動きが、ボサンケも指摘する、ラスキンにみられる従来の美の規範からすればマイナーとされていたターナーやプレ・ラファエライト美術への評価や、W・モリスの「周辺芸術」(Lesser-Art) への注目と相俟って日本でも一つのムーヴメントとして展開されるのは、一九〇〇年代後半から一〇年代にかけてのことだが、大塚や抱月の営みは、明確にこうした動きを射程に収めていたといっていい。[25]

一九〇二年、『新美辭學』の原稿を逍遙に託してヨーロッパの土を踏んだ抱月は、グリーンの新理想主義の影響の残るオックスフォードで学んだのち、一九〇四年にドイツに赴き、ベルリン大学でヴェルフリンとデソアの講義を聴講科目として選択している。[26] 抱月が聴講した年には、ヴェルフリンは、この年刊行されたM・ドヴォルザーク（Dvórák, Max 1874–1921）の『ファン・アイク兄弟の芸術の謎』[27]における、「精神史」的な美術史の記述に異を唱え、[28]芸術の歴史を様式の変遷として捉えるべくデューラー（Dürer, Albrecht 1471–1528）に取り組んでいたし[29]、ドイツにおける心理学の歴史の著者でもあるデソア[30]は抱月がドイツを後にした一九〇六年には『美学・芸術学概論』[31]を纏めている。ブルックハルトの高弟として、「バロック」と「ルネッサンス」という視覚の基本様式を対比すること[32]を通して近代西欧芸術を把握する道を開き、一九一五年刊行の『美術史の基礎概念』[33]では、「様式把握の新しい方法のゆえに、文学の様式研究にとってもきわめて重要な意義を持つに至」って「様式を研究するゲルマニスト」達を虜にして[34]ドイツ文学史の記述や受容美学理論の形成にも影響を与えたとされるヴェルフリンや、二〇世紀初頭には、雑誌「ブリュッケ」に拠った表現主義の画家達にも理解を示したといわれるデソア[35]の講義をどのように受けとめたかは、定かではない。しかし、ヴェルフリンの様式史の方法やデソアの『芸術学』の観点は、「囚はれたる文藝」をはじめとする、西欧文化論、芸術論のなかに組み込まれていくことになる。

あしかけ四年に渉るヨーロッパ滞在中に抱月は、イギリス・ドイツだけでなく、東欧諸国からフランス・イタリアにも足を運び、数多くの劇場・美術館・コンサート・ホールに赴いた[36]。その成果は、「ルイ王家の夢の跡」（一九〇六・九、「早稲田文学」）「獨逸現代の音楽家」（一九〇六・一一、「新小説」）「ドイツ近代の銅像彫刻」（一九〇七・一一、「早稲田文学」）「欧州近代の繪画を論ず」（一九〇九・一、「早稲田文学」）「英國最近の繪画について」（一九〇六・一〇、「新小説」）、「繪畫談」（一九〇六・四、「新小説」）「新装飾美術」（一九〇六・五、「新小説」）「美術談」（一九一〇・五、『高等國民講義録』早稲田大学出版部）「ミロ・ヴィーナスの秘密」（一九〇九・九・六、「讀賣新聞」）などに示されている[37]。それらのなかに、ヴェルフリンの様式史の編み出した「バロック」というキー・ワードも、また、彼が二〇世紀の始めには到達していたとされる「マニエリスム」の概念[38]も登場するというわけではない。しかし、「囚はれたる文藝」にしても、また「自然主義の価値」（一九〇八・五、「早稲田文学」）などの一連の自然主義文学論にしてもそこに、様式史の視点が活かされているのは、確かであろう。

1 大塚はこの論のなかで、「心理学が社会学の基礎となる」が「社会学上の原理法則は結局心理学上の原理法則に還原しなければ説明が了つたとは言はれ」ず、それゆえ「社会学は必ずしも心理学の土台にはならない」とし、両者を一原理で説明できるような学問領域が必要であるという構想を提示していた。

2 Schiller, Frieclrich, *The philosophical and aesthetic letters and essays / of Schiller*, translated with an introduction byS. Weiss, 1845, p151.

3 本書第一部四章第三節参照。

4 一九一三年に「心の花」に寄せた、大西祝に対する追悼文「大西祝博士を憶ふ」および、一八九八年四月の大西の大塚宛書簡によれば、留学の途次一八九八年四月にローマに到着した大西は大塚の案内で美術館、博物館などを廻っている。

5 『美學及藝術史研究——大塚博士還暦記念』（一九三一・一、岩波書店）に収録。

6 西村皓、舟山俊明「ディルタイの思想と生涯」（西村皓、牧野英二、船山俊明編『ディルタイと現代——歴史的理性批判の射程』〈二〇〇一・三、法政大学出版局〉）二九—三〇頁。

7 Die Entsehung der Hermeneutik, 1900.

8 Fechner, Gustav Theodor, Vorschule der Ästhetik, 1876.

9 ディルタイ『近代美学史——近代美学の三期と現代美学の課題』（沢柳大五郎訳、一九六〇・八、岩波文庫。＊原著は *Die drei Epochen Modernen Ästhetik und ihre heutige Aufgabe*）

10 ディルタイ、前掲書、二八頁。

11 ディルタイ、前掲書、二九頁。

12 *Elements of criticism*, 1762.

13 ディルタイ、前掲書、五七頁。

14 ディルタイ、前掲書、四七頁。

15 ディルタイ、前掲書、四八頁。

16 ディルタイ、前掲書、五九頁。

17 美学から美術史学への転換については、加藤哲弘も「大塚保治と日本における芸術研究」（二〇〇一・五、「人文研究」五一―一）で指摘している。

18 『大西博士全集』（第七巻）二三九頁。

19 大泉博「明治教学としての心理学の形成」（心理科学研究会歴史研究部会『日本心理学史の研究』一九九八・七、京都・法政出版）一〇頁。

20 ヘルベルト心理学は、オーストリーのヘルベルト派の心理学者リンドナーの『実験心理学』（第八版）(Lehrbuch derempirischen Psycologie für Mittelschule, 1895.) を、『麟氏実験心理學』（三石賎夫・田中治六訳）として翻訳するなど、一八九〇年代の半ばにはすでに広く知られていた。また、序文を寄せた有賀長雄（一八六〇―一九二一）もいうように、教育課程の編成においても心理学が重視されるようになった。しかし日本における実験心理学は、一八九三年に心理学講座の最初の院生となった松本亦太郎が、ラッドの知遇を得てイェール大学に留学、一九〇一年にドイツを経て帰国、東京高等師範学校教授に就任するとともに、帝国大学講師として実験心理学を担当、帝国大学に心理学（精神物理学）実験場を開設した一九〇三年から本格的に開始された（大泉、前掲書、一八―一九頁）。

21 大泉、前掲書、一三頁。

22 高島平三郎（一八六五―一九四六）は、明治期における心理学の受容と発展を、ヘヴン時代、ベイン時代、サレイ時代、新心理時代の四期に区分、「ヘルベルト、ヴント、ヘフヂング」らが紹介された一八九〇年代後半以前を「ベイン、サレイ時代」としている（『心理漫筆』〈一八九八・六、開發社〉五―六頁）。

23 松本亦太郎『心理學史』（一九三七・五、改造社）三九八頁。

24 ディルタイ、前掲書、一〇頁。

25 Bosanquet, Bernard. *A history of aesthetics*, 1892, pp.454–457.

26 抱月、「履歴書」。なお、「滞獨日記」、一九〇四年一二月七日の日記には「末廣君を Schmit（ママ）の歴史講義に同伴す」とある。

27 Das Ratsel der kunst der Brüder Van Eyck, 1904.

28 徳川義寛（一九〇六―一九九六）『独墺の美術史家』（一九四四・六、座右寶刊行會）二六頁。

29 Die Kunst Albrecht Dürers, 1905.

30 Geschichte der neueren deutschen Psychologie, 1894.
31 Ästhetik und allgemeine Kunstwissenschaft, 1906.
32 Renaissance und Barock, 1888.
33 Kunstgeschichtliche Grundbegriffe, 1915.
34 W・カイザー（Kayser, Wolfgang 1906–1960）『言語芸術作品――文芸学入門』（柴田斎訳、一九八一・三、法政大学出版局）四五六頁。
35 アウグスト・K・ウィードマン（Wiedmann, August K. 1928–）『ロマン主義と表現主義――現代芸術の原点を求めて／比較美学の試み』（大森淳史訳、一九九四・一二、法政大学出版局）二六三頁。
36 岩佐、『抱月のベル・エポック――明治文学者と新世紀ヨーロッパ』（一八九八・五、大修館書店）参照。
37 岩佐、前掲書、二四八―二六八頁参照。
38 種村季弘（一九三三―二〇〇四）「訳者あとがき」（グスタフ・ルネ・ホッケ、種村季弘・矢川澄子訳『迷宮としての世界――マニエリスム美術』一九八七・八、美術出版社）四一一頁。

第三部

美学的文芸批評の展開

第一章

美学理論の変容――その一「生の哲学」

第一節　「美學と生の興味」

経験心理学の知見を踏まえながら「情」の機制を解明し、これを「審美的意識の性質を論ず」が基本的に示したような「純理哲学」的な考察のなかに組み込むという「美論」の試みは、みてきたように、「構想」の提示に止まったといわざるを得なかった。のみならず、それはまた抱月の美学そのものが、論理的な整合性を備えた体系としては完結することがなかったということを意味していたといわなければならないだろう。これ以後、美学概論風のものを幾つかものすることはあったが、ついに抱月は独自の美学理論を体系的に提示することはなかった。とはいえ、「情」の機制を踏まえて美についての原理的理解を主軸に据えつつ批評や演劇の実践を展開していったことは、「囚はれたる文藝」をはじめ、日本自然主義文学運動における一連の批評活動や、「演出」を通して深く関わることになる近代劇運動における営みが示しているところでもある。それでは、「情」の機制の解明を中心にして美学について考察を進めてきた彼は、その後はどのような方向に彼の「感情美学」、いわば「情」の理論を深化していこうとしていたのか。『新美辭學』以後に書いた唯一つの纏まった美学についての見解の表明というべき「美學と生の興味」[1]は、この問いに対する解答を探求する場合に、一つの手懸りを与える論考といえる。

「美學と生の興味」は、「上　生の哲理」「中　遊戯説」「下　生の増進と美」の三部から構成されているが、抱月はこの論を、「道徳」「宗教」をはじめ、あらゆる認識は「生」という根本的な事実を前提とするべきであり、哲学も美学も「如何に生きるかといふこと」を思考の基本的条件として出発すべきだという主張から始める。例えば、「宗教」は「神的に生きよ」と教え「道徳」は「善的」に生きることを命ずる。この場合、「価値の源」は「生」そのものにあるのではなく「神若しくは善」という「理想」（統整的理念）が別に措定されている。つまりこの場合には、われわれは「理想」を認識して、その後「如何に生きるか」を「要望」することになる。しかし、この場合の「根本の難点」は「認識して要望する」という「心理的順序」が成立しなくなるところにあると抱月はいう。「神」や「善」の内容は、「茫漠」としており、明確な認識の対象とはいえないからである。とすれば、われわれは「理想」を「認識して而して要望する」という従来の思考法を転倒し、「先づ要望して而して認識」するという地点から出発するべきではないかというのが、抱月の出発点なのである。「我等に先づ或る種の要望」があり、「之れを総括して要望其のものに認識作用を被らしたのが即ち理想」であり、「理想とはたゞ我等が最も望ましいもの、総名」に過ぎないというわけだ。

いうまでもなく、ここに看取できるのは、あらゆる認識は「生」という「根本事実」から出発すべきだとし、「体験」という根源的所与への拘泥にカント以来の観念論的理性主義の思考の枠組みからの乗り超えを目論んだ「生の哲学」の思考の影響であろう。

むろん、抱月がこの論を発表した一九〇七年という時点では、いわゆる「生の哲学」は包括的に日本に紹介されていたというわけではない。ショーペンハウアーやニーチェはともかく、彼等から示唆を受けて独自の思索を開始したディルタイもベルクソンも、その問題提起が本格的に受けとめられるには、大正期——一九一〇年代後半から二〇年代まで侍たねばならなかったというのが、当時の西欧哲学受容の実状だったといわなければならない。ベルクソンの受容は、一九一〇年、西田幾多郎が発表した「ベルグソンの哲學的方法論」（一九一〇・八、「藝文」）によって開始され[2]るし、先述したように大塚保治が実質的にその理論を取り込んでいたものの、ディルタイは殆ど知られていなかった[3]といっていい。しかし、ディルタイの著作を読んでいたかどうか、また仮りに読んでいたとして、どれだけの精度で理解していたかは定かではないとはいえ、抱月は英独留学前にたぶん英訳でニーチェの哲学の一端[4]は承知しており、またベルリンではディルタイの門下であるデソアやヴェルフリンの講義に出席してもいた。ベルクソンについては、後述するように、その生の観念の形成において彼と関心を共有し、多くの類似点を認めることのできる[5]ギュイヨーから示唆を得てもいる。

ショーペンハウアーを祖とし、ニーチェやディルタイによって、根本的な思考法の転回を促すことになるこの哲学の新しい潮流の問題提起は、抱月にとっても共有すべきものとして理解されていたかと思われる。それは、「たゞ〳〵善人となり神となることを生の目的とするが如く説く道徳説や宗教観」に対して「少なからぬ疑」を抱きながらも、人生が「今少し現実的光彩を有し活動を有するもの」であることを願い、「単に神といひ善といふこと以外」を希求してやまない人間にとって、「人生はまこと不可解」だが、この「不可解」を「可解」に転ずる道を、「之れを生以内に引き戻す」こと、即ち生の経験の探求にあるとした次の一節などに明白に示されているといえるだろう。

朝に善人となつて夕に則ち死し、昨日神に感じて今日則ち死するといふことは、決して我等の真の満足ではない。たゞ〳〵善人となり神となることを生の目的とするが如く説く道徳説や宗教観に対しては、我等は少なからぬ疑を挟む。人生は今少し現実的光彩を有し活動を有するものであつて欲しい。されば我等は目的を単に神といひ善といふこと以外に求める。同時に此の点に於いては生そのものをも超越することを厭はぬ。ロッチエの所謂絶対的人格には如何にして達せらる丶か分からぬとしても生以上に何等かの計画があつて、我等が生を重ね行くうちには何時か其の目的に達すること、恰も東西知らぬ旅人に目的地を告げずして旅行せしむるが如きものであらうとは、我等も之れを信ずる。併しながら是れはたゞ茫漠たる信仰もしくば想像に過ぎぬから、知識上の要求より言へば、さうであるかも知れぬが又さうでないかも知れぬ。人生には何等の目的計画もなしと信ずるものも現にある。結局此の点以上は知識の容喙を許さず、知識に取つては有無ともに関せぬ範囲ではないか。古往今来何人も此の不思議をひらき得ず、たゞ歩々知らずして之れに接近し行くのみと信ぜられる。恐らく今後といふとも人間みづから其の境に実例するまでは此の最後の難問は解けぬであらう。此の点から観れば人生はまこと不可解である。永久にわたつて不可解であらう。此の不可解を可解に転ずるの途は、之れを生以内に引き戻すにある。知識の手の届く限りに最後の説明を求めて、そこに知識上の疑惑を止息せしむる。それが生の哲理である。（「美學と生の興味」上、生の哲理）

ここで「ロッチエの所謂絶対的人格には如何にして達せらる丶か分からぬ」としながらも、「生以上に何等かの計画があつて、我等が生を重ね行くうちには何時か其の目的に達すること」が可能であるという仮定に対しては「我等も之れを信ずる」としているのは、ヘルマン・ロッツェのめざした方向に抱月も基本的に同意していたことを示している。ロッツェは、「善人となり神となることを生の目的とするが如く説く道徳説や宗教観」、即ちカントからヘーゲルに至る思弁的（絶対的）観念論に対して、「生」そのものを手懸かりに、「知識の手の届く限りに最後の説明を求めて、そこに知識上の疑惑を止息」せしめようとする「生の哲理」の方向を提示した哲学者[6]であったからである。それでは、ロッツェの哲学、及びそれが果たした思想史上の役割とはどういうものだっただろうか。

第二節　「価値」の客観化——ロッツェ

「美學と生の興味」が書かれた一〇年後の一九一七年、その生誕百年を記念して、京都哲学会は『ロッツェ』（京都哲学会編　一九一七・五、東京宝文館）を刊行した。現在までのところ、ロッツェの哲学について検討した、我が国では唯一の纏まった研究書であるこの書のなかで、朝永三十郎は、「ロッツェの最重要な意義は、カント、ヤコービ、ゴェーテよりヘーゲル、ヘルバルトに至るまでの独逸のクラシカル時期の哲学的運動即ち所謂『独逸運動』deutsche Bewegung と現代とを結付ける橋梁」となっているところにあるとその哲学史的意義を概括している。[7]

まず、朝永は、ヘーゲル（及びフィヒテ、シェリング等のドイツ観念論）については『形而上学』[8]及び『論理学』[9]を検討、ヘーゲルが「思惟の形式をば同時に実在的意義を有すると考へ、論理的と形而上学的とを同視」[10]したこと、「思惟を神化して之を以て一切を律」しようとする「形式主義」「主知主義」に陥ったことを[11]、自然科学的機械論と形而上学を統合する立場から批判したところにロッツェの功績があったとしている。ロッツェによれば、「論理的の形式と運動」は、「思惟」によって、最終的に「経験的事実と合致せしめるところの乗具《エピーケル》」として「客観的妥当性」を持つのみであるのに対し、ヘーゲルが「認識と経験的事実との契合」を「思惟と実在」の「直接的同一」に直結させたのは放胆に過ぎるし、[12]「思惟の力には限」があるにもかかわらず、「思惟」によっては把捉できず、「全精神《ガンツァ・ガイスト》」[13]によって、「他の活動及び感情（Ergriffensein）の形に於て之を体験」するほかはないような、「美的及道徳的方面に基いてなす陳述」さえも「思惟必然」によって説明しようとしたのは、「思惟の職分」を冒すものといわなければならないとするのである。要するに、「思惟は単に体験を整理して全精神をして更に深く強く之を体験せしむる為めの方便」、「躍進的の空想」の運動を御すべき「手綱」であることに徹するべきであるとする点にロッツェのヘーゲル批判の眼目があったというわけだが、絶対的観念論からは距離をおいて目的論的観念論の立場を選んだ彼のめざした方向を的確に捉えた要約であったといえる。論理学と形而上学の統一性を主張した点においてヘーゲルに同意したとはいえ、ロッツェは「思惟」の権能は本質的に「形式的な学問分野」に限定されるべきであり、「形而上学」を「それ自体から追構成しうるかのように振る舞ってはならないと考えて」いた[14]のであり、そこに「理想主義的プラグマティストに依て其祖先の一人に擬せらるゝ[15]」理由の一[16]もあった。ロッツェの批判以後、「世界の意味を世界の目的から理解するという考え方」は「その行く手を遮られる[17]」ことになるのである。

次にカントとの関係については、「其形而上学に於てカントの『目的論的判断性の批判』よりして多く学ぶところがあり、宗教哲学に於てカントの批判的純理論の立場を取り、形而上学の基礎を倫理学に置く点に於てカントの『実践理性優位』の思想を継承[18]」したものの、認識論において「アプリオリ」の概念を「当時の独逸に専ら行はれて居た、カント説と自然科学との習合によつて成り立つて居た心理学化された認識論」から解放して、「思惟の作用と内容又は対象とを区別」し、「妥当」(Giltigkeit)の先天性を「生具」(Angeborensein)の先天性から引き離して「今日の論理派の先駆となつた[19]」点に、また「実践哲学」の領域でカント流の「厳粛説」に反対して「価値——道徳的善、審美的美、宗教的聖——」が「快不快の感情」を離れてあり得ないことを主張すると共に「自然科学思潮と英国思想との影響の下にあった「フェヒネル」(フェヒナー)の「快楽説」を批判、「快楽の作用と内容又は対象」を区別し、「倫理上の目的」が快楽の対象であるべきことを強調して「価値を客観化」したところに、ロッツェの哲学の画期的な意義があったとしている。「今日の論理派」とは、この書の刊行された時期から日本にも紹介されはじめた現象学を指すが、この論はロッツェの論理学を「心理学及び純粋論理の不調和な雑種」と難じながらも[20]、「アプリオリ」の概念の論理的純化を図ったロッツェの方向を継承したフッサール(Husserl, Edmund 1859–1938)の営みにまで視界を広げ、人間の行為の道徳的価値を決定する契機を、「それ自身価値」があり、「一切の道徳的本務を決定する権威」たる「最高善」[21]においたカントのいわゆる「厳粛説」に反対して、「価値」の相対化を提唱して思考の根本的転回を試みたロッツェの思想史における意義を捉えた論でもあった。

ロッツェによれば、「爾の行為の格率が普遍の立法の原理として妥当となるやうに行為せよ」という定言命令に集約されるカントの厳粛説は、「高尚」な動機に基づいてはいるが、「行為せよ」という「当為」の「倫理則」は、ここから直接に導き出すことができるというわけではない。[22]世界に「最高善」という目的があることは、われわれの「ゲミュートの活きた期待」としてはともかく、確実な概念として信憑すべき根拠がなく、このように「理智の證認」を経ない世界目的の概念から人間の「確実に為すべき本務を抽出」することができる筈はない[23]からである。[24]

ロッツェはここから、「当為」を道徳的存在としての人間が無条件に負っている義務とし、「最高善」をめざす「行為」(「当為」)から「快楽」的動機を一切排除したカントに反対、むしろ「行為」における「快楽」の側面を肯定する。「或善き物又は性質の価値が何に存するかは之に依て快感を感ずる精神に対する一切の関係を離れては言ふことは出来ない」[25]というのがその理由である。人を「行為」に駆りたてる契機を「快楽」に求めるこうしたロッツェの観点は、「行為」と「道徳」の関係を考察して「行為の動機は快不快の感情なること、快不快の感情には啻に分量上の差別ばかりでなく、性質上の差別もあること、道徳には品位と尊厳とあること」とした、J・S・ミルの著書[26]に代表される功利主義の思想に近似しているといっていい。[27]しかし、ロッツェは、「快楽」を「此感情を喚起」する「外的印象」ではなく、「快楽が起つた際に其れが有する其固有な特殊の内容[28]」、即ち「物の中に潜在してゐた価値」を「享受する所の精神」が「自身が自ら協働者」となって、「現実的に顕在」させるところに生起すると見做す点において、[29]「一切の道徳的区別を、すべて快・不快の感情の区別に還元[30]」する類の単純な快楽主義と袂を分かつ。「快楽其者 Lust an sich といふこと」は、「単に之を楽むところの精神の良好状態」を指すのみならず、同時に「之に機会を与へるところのもの、客観的の美、秀逸、又は善の承認[31]」、つまりは「快楽」を誘発する「価値」を主体的に意識化する、言い換えれば、「経験」するところに生じるのであって、「若し何が其れに於て楽まれるかといふことが附加はるのでなければ不完全な思想」といわなければならない[32]。別のいい方でいえば、「価値は物そのものに即してゐるものでなく、それを感ずる精神の快・不快の感情の形に[33]」あるのであって、「最高善」という「価値」も、「行為」する主体の関与を不可欠の条件とする。「爰にそれ自からで価値を有つてゐる最高善なる者があるにしても、それに接して喜悦を感ずる所の精神に没交渉」であれば、それを価値とみるということはできない[34]のである。ロッツェが、単なる心理学や功利主義による「快楽」の説明から差異化を図ったのは、このように、「快楽」を惹き起こす「価値」の、経験を通した、認識における主体の意識的関与（＝「協働」）の意義を強調しようとしたからである。

ロッツェの貢献は、このように、「価値」から「当為」が導き出されるのではなく、逆に、「価値」を決定するのは、主体の「当為」（＝「経験」）にほかならないという、いわば「価値」認識における「主部《ズブエクト》」から「賓部《プレディカート》」[35]への転換を通して、「心理的の作用を離れ、而かも之を喚起すところの印象」でも、また「物及び其関係に予め存する」のでもなく、「吾々の精神は唯之を承認するに止まる価値といふ思想[36]」を提示したところにあった。ここでは、「あらゆる価値がなにがしかの当為を基礎づけ」るのではなく、逆に「当為がなにがしかの価値を指示する」[37]ことになる。世界の目的（＝「価値」）が「当為」の根拠となるのではなく、世界の目的は、「当為」によって、新しく見いだされる（再構成される）ことになるのだ[38]。

改めていうまでもないが、このようにロッツエが「価値といふ思想」を構想した背景には、「形而上学的な存在概念が解体」するとともに「善の概念も崩壊」し、形而上学における体系化において最も上位の力の概念として君臨した「善という概念語」がその地位を失ったという「形而上学以降、観念論以降」の哲学の状況[39]が介在していた。「形而上学的な存在概念が解体」した以上、「外界が全世界であつて、知識は其儘に之を写し、何物をも之に付加せないといふ」素朴実在論や絶対的観念論の説く「実在」観は、根拠のない「因習的独断」として斥けられなければならない。[40] 真実在はその「本体論」である『形而上学』が厳密に説くように、「内面的相互作用の統一 Einheit der inneren Wechselwirkung」の体系のなかに、「精神的のもの」として位置づけられ、[41]「所謂空間、時間、運動などいふ如きもの」は、「物其物の内面的関係」ではなく「我々の意識に現はれたる現象的関係」として、また時間と空間も、共に「主観的[42]」なものとして、改めて把握されなければならないのである。ロッツェによれば「宇宙の論理的説明も実は此統一の仮定なくしては不可能」であって、「例へば引力の法則といふも我々の思想の一般的方式としての以外に実在性を有するもの」ではない。このように、「外界が全世界であつて、知識は其儘に之を写し、何物をも之に付加せないといふのは因習的独断に過ぎない」のであってみれば、「外界の影響に依つて生ずる我等の精神現象」、いわば主体の意識的関与は「宇宙発展に添加せらる、重要なる部分」といわなければならない。というより、「寧ろ世界は我々の精神現象の発展によつて完成」するのであり、「我々の表象は外物を模写する為のものではなく、」「却つて物は精神現象を生ずる手段[43]」ということになるわけである。

形而上学的な存在概念の解体が齎したのは、このような実在の捉え方の変容だったが、いうまでもなくそれは、「善」が、かつて占有していた特権的な地位を喪失したことを意味してもいた。「善」はいまや、絶対的なものではなく、「内面的相互作用の統一 Einheit der inneren Wechselwirkung」[44] の体系のなかに位置づけられるものとして相対化されたが、「何らかの仕方で、『存在する《ザイン》』あるいは実在すること《エグジスティーレン》がまったく不可能」になってしまった[45]「善」の代用語として、ロッツェが一八四〇年代に国民経済学から借用した[46]「価値」という概念が登場することになるのである。「妥当」や「経験」という概念も、体系を構成する、こうした「善」の権能の失墜と「価値」への王位の交代と関わって召還される。もともとロッツェにとって哲学は、たんに知的な欲求にとどまらず、美への渇望に苛なまれ、善を希求する「精神的生の状態」にある人間にとって、「周知の事柄や所与のものを超え、いまだ未知ではあるが規定することが可能な非所与に向かう欲求」、いわば「精神的生の欲求」に応えるものでなければならなかった。その哲学は『小宇宙』開巻劈頭[47]にもいうように、「精神的需要と人智の結果との間」に横たわる、「古往今来未だに解決されない争ひ」を解決すべく「組織」されたのであり[48]、「価値」という概念が要請されることになった理由もそこにあったのは上述の通りである。「価値」には、「実践理性」による「善」をめざす「当為」のみならず、「頭から湧き出る理的組織」、すなわち理論理性によって探求されるべき「真理」や、「胸から迸る情的要求」の対象としての「美」も包含されるのであり、「妥当」は、このように、もはや価値一般の「在り方」を「特徴づけることのできる概念」ではなくなった[49]「当為」に代わって、「精神的需要」(=「精神的生の欲求」)に対応すべく、人間が経験し希求するものの領域すべて、つまり「心情《ゲミュート》」の「形成《ビルドゥング》」と関わって選ばれた概念なのである[50]。「価値」は、生の経験という主体の関与を通して、知的な認識と美と倫理的な願望との複合体として[51]、「妥当」するものとして、改めて規定し直されることになるのだ[52]。

一九世紀後半から二〇世紀の初頭という「あらゆる価値の」一転換期（ニーチェ）において、「精神を物体より一層高等なる実在[53]」とみるロッツェの目的論的観念論が哲学史に果たした役割はすくなくなかった。

「善」と世界の目的は「価値」に、世界目的を実現すべき「当為」は「妥当」にと、とって代わられた。いかなる「真理」も、「事物の絶対的性質」も「物自体」も存在しないことが明白になり、「最高の諸価値が価値を失」ってしまったニヒリズムの「酔い醒まし[54]」を経てニーチェが到達した、「――何が善であり、悪であるかは、まだだれも知らない。それを知るのは創造する者だけだ」というツァラトウストラの宣言[55]とも響き合う、「絶対的なものにおける存在と当為の統一が崩壊したことに対する応答としてではなく、絶対的観念論によって主張されてきた存在と意味の同一性が失われたことに対する回答として生じた[56]」この観点の転換は、一九世紀末から二〇世紀初頭にかけての、新しい意味への問いと、世界の構成を可能にする地平を切り開くことになるのである。

世界の目的を「価値」によって構成されるものとし、生の経験を通した「妥当」を、知的認識だけでなく、美的な判断や倫理的行為を決定する基準と見做す「普遍妥当的価値又は『価値自体』の概念」は、「其直接の学徒ギンデルバントを介してバーデン派の哲学に最重要な役目を演ずるに至」[57]ったが、ヴィンデルバント（Windelband, Wilhelm 1848–1915）、リッケルト（Rickert, Heinrich 1863–1936）等の西南ドイツ学派だけでなく、「妥当」の概念をめぐるプラトンとカントの新しい解読は、コーエン（Cohen, Hermann 1842–1918）、ナトルプ（Natorp, Paul Gerhard 1854–1924）を始めとする「マールブルヒ派」による「プラトーンの新方向を喚起」して、西南学派、マールブルク学派という新カント学派の双方の形成を促し、一八八二年に、ロッツェのあとを襲ってベルリン大学の教授に就任したヴィルヘルム・ディルタイを通して「生の哲学」にも影響を及ぼしていくのである。のみならず、その感化は、先述した「論理派」（現象学）やプラグマティズム、ベルクソン、からT・H・グリーン等のイギリス理想主義[58]、後述するリップスだけでなく、「ヴィルヘルム二世時代の著名な新観念論主義者であるルドルフ・オイケンを通じて」、マックス・シェーラー（Scheler, Max 1874–1928）にも及んだとされる[59]。シェーラーは「エドモンド・フッサールの現象学を基礎としつつ価値哲学を継承」して、「一体感」に基づく「共同体的な他者論」と、それを基礎とした「共感論」[60]によって戦間期の言説の形成に関与した哲学者だった。いわば、ロッツェに胚胎した種子は、新カント派はもとより、「生の哲学」、プラグマティズムから現象学に至る、二〇世紀前半の知的な「冒険[61]」に実りをみせることになるといっていい。

　のみならず、ロッツェに言及する場合に忘れてならないのは、「十九世紀に於て鋭利なる思索、該博なる学識、微妙なる感情を兼ね備へた大思想家」として評価しながら、「又ロッツェの哲学は、我国に縁故がないのではない、明治二〇年代の始頃、今の東京文科大学に於て哲学を講ぜられた故ルードヴィヒ・ブッセ（Busse, Ludwing 1862–1907）先生はロッツェの晩年にその教を受けたロッツェ学徒であった。余もブッセ先生から教を受けた一人であるがその哲学概論の如きもロッツェ哲学の梗概の如きものであつた様に思ふ。即ち我国の哲学講壇に於て早く既にロッツェ哲学が講ぜられ、当時の出身者はロッツェの孫弟子に當る訳である」と西田幾多郎も回想するように[62]、彼が明治期の日本の哲学に与えた影響の大きさであろう。ブッセが哲学を講じたのは一八八七年から一八九二年までの五年間であるにすぎず、直接に学生に与えた影響は、前任のフェノロサ（Fenollosa, Ernest Francisco 1853–1908、在任期間は一八七八年から八八年迄）や後任のケーベル（一八九三年から一九一四年迄在任）には遥かに及ばないといっていいだろう。だが、直接その謦咳に接した人としては、西田だけでなく、大西祝、大塚保治、清澤満之というような人々を数えあげることができた。大西は、晩年になってしまった留学先としてロッツェ哲学を「新理想主義」として発展させたオイケン（Eucken, Rudolf 1846–1926）が講座を担当していたイエナ大学（在任期間一八七四―一九二〇）を選ぶが、今村仁司によればとりわけ清澤は、仏教者の立場からロッツェの哲学を摂取[63]、『純正哲學』及び『宗教哲學骸骨』（一八九二・八、法蔵館）において、ロッツェと同様、カント、ヘーゲルの理性主義に同意して理性と宗教を峻別する立場に拠りながらも、カント、ヘーゲルを共に批判、徹底した「有限性の哲学の軌道を設定[64]」して、「超越存在を否定した、内在的な無限性の哲学」としての「他力門」仏教を理論的に基礎づけることを試みている。ロッツェの『形而上学』を検討した「純正哲學」「緒論」にみられるように、カントとの「事実上の対決」を通して、その「『自然神学的』目的論（「意匠」）」の「哲学の体系からの追放」を試みながらも、「認識と実践のすべての領域から超越を切り捨てる」ヘーゲルにも反対、「理性」と、「一種の『超越者』（宗教的無限）」との「共存と協働」を主張するところに彼の基本的立場があったといえる。[65]フェノロサ経由で学んだヘーゲルの独自な解釈を介した[66]「有規聯絡」の概念の構築（伝統的な超越存在を「内在無限論」に改作すること）を通して、仏教哲学を「超越存在なき『無―神―論』として、したがってラディカルな有限性の哲学として、再構成」して「仏教の内在哲学としての基本性格をクリアカットに取り出す道も用意[67]」することになるのである。

以上にみてきたようなロッツェの理論体系を、抱月がどのように受けとめたかは、明確ではない。しかし、清澤満之や後述する大西祝、綱島梁川のみならず、リップスの感情移入美学などを通して、また、ボサンケやラッドのような、彼の思想形成に大きく関与した英語圏の新カント主義＝新理想主義の思想家によるロッツェの著作の英語への翻訳[68]を通して、その理論が抱月の美学理論に影を落していることを無視することはできない。「ロッチエの所謂絶対的人格には如何にして達せらる丶か分からぬ」という言葉は、その問題提起が彼にとって避けることのできないものとして自覚されていたこと、また、「知識上の要求」の容喙を許さない超越的なものが存在することについて、「我等も之れを信ずる」としているところは、その問いの根幹を把握していたことを語っているといえる筈である。

第三節　「生の哲学」

「美學と生の興味」に、ロッツェの「価値」の思想と、それを継承した「生の哲学」の思考の影響を看て取ることができるのは、以上からも明らかであろう。カントからヘーゲル及びドイツ観念論に至る、「無いやうに見えるものを有るやうに」説明しようとする「理想説」は、語りえないものについて、究極には、「常に直観といふが如き非説明的の遁路」を用意してきたが、それが「遁路」でしかないのは、「知識の要求に応ずるものである限り、知識の説明を具してゐなくては有るも無いも同じ」といわざるをえないからであり、もし「神といひ善といふ」ような「理想」が存在するとしたら、それは「畢竟生以内に存する何ものか」を措いてはないとする抱月の観点は、彼が、「古来未だ曾て我等の知識に上つたことが無」く、それゆえ、「物自体」として、これを語り得るものと区別したうえで、統整的理念なる概念を措定するほかはないような「善乃至神といふ理想」を、「価値」として改めて規定したロッツェの立場に基本的に同意していたことを示している。生の経験という主体の関与を通して「とらはれのない心情」を形成し、「妥当」するものとして把握される「価値」として規定したロッツェと同様、抱月にとってもまた「理想」は、その根拠を、「生の中に求め」るほかはないものとして捉えられることになるのである。

ロッツェによる「主部」から「賓部」への世界解釈の転換以後、生はもはや世界目的によって規定されるものではなくなった。むしろ世界目的（「価値」）は、個々の人間によって、その生を通して選び取られることになったといっていい。いうまでもなく、一九世紀後半から二〇世紀前半にかけて、人生観（Lebensanschauung, View of life）や世界観（Weltanschauung, world view）という観点が浮上することになる必然性も、世界目的（「価値」）が、個々の生、すなわち体験を通して選ばれ、創出されるものであるという、この転換と関わっている。一八九〇年に刊行され、広い範囲で読者を得て、日本でものちに安倍能成によって訳出、刊行（一九二七・五、岩波書店）されることになるオイケンの『大思想家の人生観』[69]などは、日露戦争後から大正期にかけての日本でも流行語の一つになるこの世界認識の方法に先鞭をつけるものだったといえる。生を「哲学の出発点とならなければならない根本事実」とするディルタイの哲学は、先述した大塚保治などを除いては、日本では殆ど知られてはいなかったが[70]、大塚とほぼ同じ時期にドイツに留学した大西祝は、イエナ大学で一セメスターの間ながら、オイケン及び『カントとその亜流』[71]で「カントに帰れ」という標語を掲げて新カント主義に先鞭をつけたオットー・リーブマン（Liebmann, Otto 1840–1912）の講義を受講していた[72]。オイケンの哲学から彼がなにを受けとめたかについては殆ど知るすべがなく、またその吸収のうえに構築された筈の理論の形成は、帰国後まもなく発病した強度の神経衰弱と、引き続く急逝によって遮断されてしまったが、一八九〇年代の末には、彼がその「人生観」の哲学に注目していたことを語る事実といっていい。大西がオイケンのもとを訪ねた頃、日本の言説状況のなかに、「人生観」という概念が問題系として新しく浮上するのは、抱月が「序に代へて人生観上の自然主義を論ず」を掲げて『近代文藝之研究』を刊行した一九一〇年前後からのことだが、先述したように、ディルタイの哲学について理論的・体系的に理解することはなかったとはいえ、日本の哲学もまたロッツェの敷いた軌道の上に、ディルタイや新カント派と同様、「生」という、「それ以上遡及不可能な、体験と理解を通して現われる絶対の現実」を出発点として「世界の解釈へと進む道」[73]を歩み始めることになるのである。

さて、「理想」（「価値」）の根拠は「生の中に求め」るべきだ、としてこの軌道のうえに思索を進めるべき方向を提示した抱月は、次に、「道徳」と「宗教」に言及、両者が共に「空間的にも時間的にも絶対無限」を求める「生の要求」と、有限性に制約された「生の事実」との矛盾の認識に起源すると規定したうえで、美が「生の増進」という人間の根源的な要求に根ざしていることを強調する。

抱月によれば「道徳」は「無限と有限との矛盾を調摂せんがために、無限をして譲歩せしむるの謂ひ」にほかならず、また、結局は「生の増進を犠牲」にせざるを得ない「道徳」においては不可能な「生の一面生の無限の永続といふ要望と有限といふ事実との矛盾」の解決をめざすのが「宗教」にほかならない。しかし「宗教」においては、「無限の永続」という要求は、究極的には「超現実の世界」への希求として実現せざるを得ず、それゆえその齎すのは「生の有限」への「諦め若しくは慰藉」でしかない。

これに対し、抱月が、「美」こそ「生の増進」という人間の根源的な要求に応えるものだとするのは、それが、『新美辭學』、第三篇「美論」[74]でも説いたように、「快楽」を契機とする点において、「道徳」や「宗教」と区別されるからである。「快楽」は、カントに起源する「厳粛派」が説くように「浮靡遊惰」なものではなく、「生の満足、生の喜びから発する火花」とでもいうべき「高貴無類」なものとしてその本質を捉えるべきであり、美においてこそ、人は「生を一幅の図の如く我等が前に展べ来たり、局部を全体に化して、満足不満足を凡て其のまゝ快」とし「且つ営み且つ味ふの妙を」得ることができるからなのだ。

いうまでもなくここで抱月が踏まえているのは、「快楽」を「価値」の不可欠の条件としたロッツェの『形而上学』の観点だが、ロッツェに倣って「快楽」を肯定した抱月は、次に、「快楽」の生における意義の肯定から出発したシラー以下の「遊戯説」を検討しながら、「遊戯（＝快楽）性」を不可欠の契機とする美の「生」における意義の考察を試みる。

抱月はまず、「遊戯説」が、「遊戯」を「生活力の余贅」とみなしたホームの『批評の原理』[75]に淵源するとしたうえで、そこに人間の根源的自己実現の衝動から発する契機を見いだし、これを感性的自然的欲動としての「肉的本能」(「感性衝動」Sinnlicke Trieb) と、超感性的な理性の命令に制約された「形的本能」(「形式衝動」Formtrieb) の対立の調和として把握、芸術の起源をみるというシラーの観点[76]と、ホームの観点の延長線上に、「生活作用と隔離」した「余贅の活動」と見做した『心理学原理』[77]におけるスペンサーの説を対比しながら、自己の立脚地を明確にする。シラーがそこに「人間本然の要求」をみた「遊戯」は、スペンサーの信奉した、「所謂生存競争 (Struggle for existence)」という社会の原理に適応すること、つまりは「生存といふ事を人間の第一義として事物の価値を判断」する功利主義の立場[78]からすれば、「人生の根本要求」とは「全く直接の関係を断」った「余贅」の活動であり、したがって「遊戯性」を不可欠の要素として成立する美もまた、「シラーに於いては人生の緊急事となり、スペンサーに於いては人生の閑事業」たるに過ぎないが、いうまでもなく抱月が拠ったのは前者の立場である。「遊戯衝動」を、「吾人の心を自然的に抑制」する感性衝動と、理性的本性に根ざし、「道徳的に支配」しようという対立する衝動の「楷和」として定義、自然と理性の要求に共に応えるがゆえに「自然的なると同時に道徳的」であり、それゆえにまたその実現形態は、感性と理性、自然と自由が統合された「生動的形姿」としての「美的様態」といい得る[79]と結論づけたシラーの説が、先述した樗牛の「美的生活を論ず」にも影を落していることは、それを的確・簡潔に要約した『近世美學』(一八九九・九、博文館[80])も証しているところだが、抱月もまた、功利主義的価値観に「美的生活論」を対置した樗牛と同様、「遊戯性」を不可欠の契機とする美に、「人生と至密の干係」を有する「精神の自由な活動」を見いだしたシラー説に同意する立場を明確にするのである。

こうして、美を「人生の緊急事」とみる観点に拠ることを明らかにした抱月は、シラーとスペンサーの対立が代表するような、美の生に対する有効性(=実用性)と無効性についての言説を概観、美の特質の一つにその「無利害」(interesselosig) を数えあげたカントや、現実的無効性の認識を徹底して生の美への従属を表明したオスカー・ワイルド

（Wilde, Oscar 1854–1900）の唯美主義など、美が生と相渉らないものとする潮流と、逆に、コント（Comte, Auguste 1798–1857）の「実際哲学」（『実証哲学講義』[81]）に起源し、ゾラの小説に至る、人生の現実と関わる限りにおいて美の意義を認める思潮に二分しながら、歴史的な観点からみても、美がなんらかの意味で「実用性」と、というより、生の切実な要求と関わってきたことを強調する。「野蛮民族の芸術が常に実用の為に造られて決して美の為でなかつたこと」はヒルン（Hirn, Yrjö 1870–1952）の『芸術の起源[82]』など「近年の人類学研究」が証明するところだが、実は美を生の必要から切り離すことができないという観点は、「希臘のプレトーも支那の孔子」も「同轍一致」して、美と道徳を分かちがたいものであることを主張した古代から、「所謂理想派美学」に至るまで一貫する基本の認識の一つであることを確認し、美を生活と分離した「余贅」に過ぎないと見做すスペンサーに反対するわけである。それだけでなく、「美中の或部分が生活作用そのものから成立する」としてスペンサー流の生活分離説に反対したギヨー（ギュイヨー）の「実感説」に言及、「或る境に於いては、我れの生活を助ける作用」も美の機能として数えあげるべきとしたその主張に同意する観点を提示している。抱月によれば、ギュイヨーの主張は「例へば夏の長旅に疲れた人が美しく熟した一籠の葡萄の実を見て之れを食ふ快味を覚える情は決して美感の快味と根本を二にするものでは無いといふに帰する」が、ここで抱月が美を生活の必要から捉えるべきことを主張、生活そのもののなかに美が遍在していることを認めたギュイヨーまで視界に収めていることは注目しておいていい。生の経験にこそ一切の価値を保証する「最後最牢の極印」を求める「生の哲学」の方向に次第に針路を転じつつあったとはいえ、この論を書いた一九〇七年の時点では、抱月はディルタイやベルクソンの著作に触れていたわけではなかった。というより、文壇はいうまでもなく、論壇でも講壇でも、ディルタイやベルクソンは日本ではまだ殆ど未知の人だったといわなければならなかったのは、「巷間に彼の名を知らしめた[83]」『体験と創作[84]』をディルタイが公けにしたのが二年ほど前のことであり、ベルクソンの『創造的進化[85]』が刊行されるのがまさに一九〇七年のことであってみれば、当然のことだったといっていい。しかし、持続の概念や美学的理論、直観の方法等の諸点で、ベルクソンにおいて開花をみる「生や純粋持続や直観の真の哲学への大部の序論」になったとされる[86]、『教育と遺伝[87]』『義務も制裁もなき道徳[88]』『社会学上より見たる藝術[89]』などのギュイヨーの著作には、はやく高山樗牛が言及[90]、また夏目漱石（一八六七―一九一六）も、イギリス滞在中に熱心に読んで啓示を受けていた[91]。とりわけ、漱石が『文學論』（一九〇三―〇五講述、一九〇七・五、大倉書店）に取り入れることになる『教育と遺伝』から抱月も示唆を受けたのは、それがG・F・スタウト（Stout, George Frederic 1860–1944）の序文を付して英訳されているところにも由ったかと思われる。オックスフォードのマンチェスター・カレッジに学んだ抱月は、彼の心理学の講義の受講生の一人でもあった[92]。

「生の哲学」の先駆けとなったジャン・マリー＝ギュイヨーの「生の拡充」の思想は、大杉栄（一八八五―一九二三）を通して大正期のアナーキズムに理論的根拠を与えただけでなく[93]、一九一〇年代になって前景化する片上天弦（一八八四―一九二八、『生の要求と文學』、一九一三・五、南北社）や相馬御風（一八八三―一九五〇、『黎明期の文學』一九一二・九、新潮社）などによる「実行と芸術」を軸とした言説の争闘や、ウイリアム・モリスの問題提起を受けとめて展開されることになる「生活の芸術化」をめぐる議論にも影を落としている。「生の哲学」は、ギュイヨーを通して日本に上陸することになるのであり、その生の観念が二〇世紀初頭の日本の文学思想的言説の形成に作用したことの意味は、改めて留意しておくべきことといわなければならない。

美が生の要求と不可分である所以は、また、「美感」と生の必要との関係について、もともとは生の必要から産み出された美（芸術）が、次第に自立し、「実用」が「付属的」なものとなっていったとするリボー（Ribot, Théodule Armand 1839–1916）の『情緒心理学[94]』を援用しても説明される。進化論からすれば、スペンサーのいうような「余贅」としての美が発展した理由を説明することはできない。その「適者生存」の原理からすれば、種の保存という実用目的に伴わない機能は衰滅しなければならないからだ。リボーはこれに、「付属的実用（Auxiliary utility）」と「生の根本機能

(Vital function)」という二つの理由から説明を加えようと試みた。前者は、もともと美が実用から生じたもので、しだいに実用から自立したものの、付属的に実用性も備えていると見做すことができる場合である。例えば舞踏は、集団的な戦闘における「操練」を主要な目的として起源し、この目的を補助するために発達したが、集団を鼓舞したり、相手に力を示威するという機能は具備しているというわけである。後者は、スペンサーのいう「余贅」に相当するもので、リボーによれば「生活力の盛大を促す」という意味で、実用性も随伴しているに過ぎない。[95]このように美の「功利」的側面を説明し、前者を重視したリボーに対し、抱月は後者に大きな意義があるとみる。「大幹の傍に出た芽生えの樹」が、「一度根を断たれゝば次第に弱り枯れて了ふ」のと同様に、「始は幸にして他の実用目的に縋って成長した美も、一旦実用目的から分離するが最後」ついにはその生命を枯渇させてしまわざるを得ない[96]のが「道理」であるのと同じく、リボーが軽く付加した第二の理由にこそ「美の進化といふ難関を開くべき其個唯一の鍵」があるとし、生に「根本活力」を与えるところに、美の存在理由があるとするのである。

この観点からすれば、「文芸」の根源的な目的は生に活力を賦与し、人間を新しく生き直させるところにあり、「勧善懲悪」というような効用は第二義的なものに過ぎない。「宗教問題」、「社会問題」、「道徳問題」等、トルストイ、ゾラ、イプセンなどが主題とした問題は、それが直接的に作品創造の契機になったにせよ、第一義的なものということはできないのである。美の意義は、「生の増進」にあり、人間的生命を蘇らせるところにあるとする抱月は、フランソワ・ミレー(Millet, Jean François 1814–1875)の絵の解釈を試みながら、この論を次のように結んでいる。

美は生の増進である。(中略)例へばフランスのミレーが書いたアンゼラスの図でもよい。満幅鳶色がゝつた田園の夕暮に、若い夫婦の百姓が一日の労作を了へて、農具を側に、一籠の薯を中に置いて、相対して心から敬虔の祈を天に捧げてゐる。斯くして一日も無事に暮れた神の恵を思うて、謙遜な彼等の心には油然たる感謝の情が湧く。併しながら其の四囲の配色光景は人をして深い〳〵一種の哀愁に堪えざらしむる。生の苦みは日に〳〵彼等の若い血を涸らして行く。地も、草も、人も、生活といふものに疲れ果てゝ、やがて彼方の寺から響き来る夜の鐘の音をたよりに、一夜をせめて安らかに休息せんとしてゐる。人間は何故に斯うしてまで生きて行かねばならぬか。分らぬものは運命の意味である。所謂近代的内観、近代的哀愁の意は遺憾なく此の図に見はれてゐる。我等が之れに対する時は、図中に含まれてゐるだけの真理は勿論、之れに聯続するものをも何所までも辿つて、其の通りを我が心に実現せんとする。そこに我が生は限りなく増進せられて、増進したる生は更に眼前の画図中に流入し、我れと図と全く別なきに至つて、図は生きたものとなり美なるものとなる。(「美學と生の興味」下　生の増進と美)

先述したように、抱月は人生における美及び芸術の意義について、美＝芸術に、苦痛に満ちた生の牢獄からの束の間の救済を認めたショーペンハウアーの芸術論を手懸りにしながら、美を「道徳」を超越した「絶対的快楽」とし、「現実の世界を仮に絶対の世界と化」すところにその人生における意義を求めていた。この芸術観は、ここでも基本的に変更されることはない。というより「生の増進」という意味づけを加えられることにより、その意義は一層明瞭になったというべきであろう。と共に、「情」の機能もまた、生という「価値の本」に従って明確化される。「情」は「知」「意」と共に「理想」に到達するべきものであるが、カントの「厳粛説」の体系が説くように、「理想が別に高い所にかゝつてゐて、我等が先づ之れを認識するによつて、こゝに要望の標準が出来るといふ順序」を辿るのではなく、「たゞ我等が最も望ましいもゝの総名」、生という「根本の事実」から志向されるものである以上、それを「感得」すべき「情」もまた「生の価値」に制約されざるを得ない筈だからである。「アンゼラスの図」(一八五九)が喚起する「所謂近代的内観、近代的哀愁」という「情」は、根源的にはわれわれの生に対する希求に根ざしているのであり、それゆえにこそ、絵に接するものの生を「限りなく増進」することができるのだ。

---

1 キルヒマン（Kirchmann, J. H. 1802–1884）、マーシャル、リップス、オーデブレヒト（Odebrecht, R. 1883–1945）などのいわゆる「感情美学」（aesthetics of feelings Gefühls sthetik）について深田康算（一八七八―一九二八）は、「美は感情に配すべく、善は意志に、真は知識に配当すべし」として、美意識の批判を「目的論的判断性の一部として取り扱つ」たカントに淵源し、ヘルマン・コーヘンに至る美学の流れとし、その最新の観点を「感情の原因なり対象たるもの、中に特に美的感情の対象たるものがなく、又凡ての対象を或知的関係に置いて見る所に美的感情の原因が潜んで居るのでもない。つまり美的感情なるものは原因のない感情」と見る立場としている（深田、「感情の心理と美学」〈「心理研究」一九一二・九、のち、『深田康算全集』（第二巻）一九三〇・一〇、岩波書店及び『深田康算全集』（第二巻）一九七三・一、玉川大学出版部所収。なお、本書では、玉川大学出版部版を用いた。〉）。

2 郡司良夫編『ベルクソン書誌――日本における研究の展開』（二〇〇七・一、金沢文圃閣）二二頁。

3 溝口宏平「西田幾多郎とディルタイ」（西村皓・牧野英二・船山俊明編『ディルタイと現代――歴史的理性批判の射程』二〇〇一・三、法政大学出版局）三三七頁。

4 岩佐、「自然主義前夜の抱月――『思想問題』と『如是文芸』を中心に」（一九八二・一〇、「国文学研究」七八集）参照。

5 ウラジーミル・ジャンケレヴィッチ（Jankelevitch, Vladimir 1903–1985）『最初と最後のページ』（合田正人訳、一九九六・六、みすず書房。＊Premieres et dernieres pages, 1994.）二九頁。

6 ヘルベルト・シュネーデルバッハ（Schnädelbach, Herbert 1936–）は、『ドイツ哲学史1831―1933』（舟山俊明・朴順南・内藤貴・渡邊福太郎訳、二〇〇九・四、法政大学出版局。＊*Philosophy in Germany 1831 – 1933*, 1984.）で、「ロッツエはおそらく、『形而上学的欲求』を論じた最初の形而上学者」（二五二頁）だとしている。

7 朝永三十郎「ロッツェの史的位置」、前掲『ロッツェ』一五頁。

8 Metaphysik, 1841.

9 Logik, 1843.

10 朝永、前掲論文、前掲書、三〇頁。
11 朝永、前掲論文、前掲書、三二頁。
12 朝永、前掲論文、前掲書、三〇—三一頁。
13 シュネーデルバッハは、ロッツェは「精神を知的認識以上のものへと拡張するこの考え方をシェリングから受け取った」としている。シュネーデルバッハ、前掲書、二四六頁。
14 シュネーデルバッハ、前掲書、二四八頁。
15 ウイリアム・ジェームズ（James, William, 1842–1910）は『プラグマティズム』（*Pragmatism*, 1907）で、「実在は出来上って完全な姿で立っており、われわれの知性はそれをその説にあるがままに叙述するという唯一の単純な義務を負っている」という通念に対してロッツェが投げかけた、「われわれの叙述ということそれ自身が実在に対する重要な附加物ではあるまいか」という疑問を引用しながら「合理論の間の差異は、これで限なく見透された。その本質的な差異は合理論にとって実在は永遠の昔から出来上っていて完全なものであるのに『プラグマティズム』にとっては、実在はなお形成中のもので、その相貌の仕上げを未来に期待している、というところにある」（桝田啓三郎訳『プラグマティズム』一九五七・五、岩波書店、一八八—一八九頁）として、ロッツェの先駆性を称揚している。
16 朝永、前掲論文、前掲書、三四頁。
17 シュネーデルバッハ、前掲書、二三五頁。
18 朝永、前掲論文、前掲書、三五頁。
19 朝永、前掲論文、前掲書、三六頁。
20 フッサールは、『論理学研究』（Logische Untersuchungen, V2, 1900.）で「われわれはロッツェに負うところ大であるが、しかし残念ながら彼の見事な助走も、種的イデア性と規範的イデア性とのヘルベルト流の混同によって台無しにされたのである。深い思想家にふさわしい、独創的思想に満ちあふれた彼の論理学の大著はそのために心理主義的論理学と純粋論理学との不調和な雑種になっている」（立松弘孝訳『論理学研究 I』一九六八・七、みすず書房、二四一頁）と述べている。
21 藤井健治郎（一八七二—一九三一）「ロッツェの倫理学」、前掲『ロッツェ』一二六頁。
22 藤井、前掲論文、前掲書、一二五頁。
23 In what manner these particular actions admit of being combined with one another,in order to produce a collective

condition of humanity which is harmoniously inserted in the plan of the world, ――this may continue to be the object of further scientific cognition ; but no investigation into this question can even begin until such individual judgments of conscience are first established.（Lectures of H. Lotze, tr. and ed. by G. T. Ladd, *Outlines of practical philosophy*, 1885.） p.10.

24　藤井健治郎「ロッツェの倫理學」、『ロッツェ』一二一頁。

25　朝永、前掲論文、前掲書、四七頁。

26　*Utilitarianism*, 1863.

27　藤井、前掲論文、前掲書、一三一頁。

28　朝永、前掲論文、前掲書、四八頁。

29　But since all the Value of what is valuable has existence only in the spirit that enjoys it, therefore all apparent actuality is only a system of contrivances, by means of which this determinate world of phenomena, as well as these determinate metaphysical habitudes for considering the world of phenomena,are called forth, in order that the aforesaid Highest Good may become for the spirit an object of enjoyment in all the multiplicity of forms possible to it.（Lectures of. H . Lotze, tr. and ed. by George T. Ladd, *Outlines of metaphysic*, 1884.） p.152.

30　藤井、前掲論文、前掲書、一三一頁。

31　朝永、前掲論文、前掲書、四九頁。

32　朝永、前掲論文、前掲書、四八頁。

33　That would be of supreme worth which caused satisfaction to an ideal mind in its normal condition, a mind which had been purified from all tendency to diverge from its proper path of development. Beyond this summit there is no foothold,and the idea of an object possessing worth,which is altogether unconditioned,which does not show its worth by its capacity to produce pleasure,shoots beyond the mark.（*Microcosmus*, p.690.）

34　藤井、前掲論文、前掲書、一二七頁。

35　藤井、前掲論文、前掲書、一一八頁。

36　朝永、前掲論文、前掲書、五〇頁。

37　シュネーデルバッハ、前掲書、二三三頁。

38　今村仁司は、『清沢満之と哲学』(二〇〇四・三、岩波書店)及び『清沢満之の思想』(二〇〇三・五、人文書院)でこうしたロッツエの問題提起を仏教者の立場から受けとめ、独自の宗教哲学の構築に挑んだ存在として清澤満之を取り上げ、その哲学を検討している。今村によれば、あくまで理性の立場に徹し、「理性的認識に関してのみ理性を越える超越存在(＊「物自体」)を理性から遠ざけ」たカントや、「認識と実践のすべての領域から超越を切り捨て」たヘーゲルに対して、理性と一種の「超越者」(宗教的無限)との「現世の内部での共存と協働」を説き、両者の「調停」を通して、「学としての仏教」を、「超越存在なき『無―神―論』として、したがってラディカルな有限性の哲学として、再構成」(『清沢満之と哲学』三九頁)することが清澤の課題だった。

39　シュネーデルバッハ、前掲書、二三〇頁。

40　西田幾多郎「ロッツェの形而上学」、前掲『ロッツェ』一〇九頁。

41　西田、前掲論文、前掲書、一〇二頁。

42　西田、前掲論文、前掲書、一〇三頁。

43　西田、前掲論文、前掲書、一〇九頁。

44　清澤によれば「有規聯絡」。

45　シュネーデルバッハ、前掲書、二三一頁。

46　《カントやヘーゲルは、まだ経済学を出身地とする価値概念を用いていません。この価値概念はおそらくロッツェにおいて、はじめて哲学的術語のうちに導入されたようです。カントの実践理性での尊厳と価値との区別は、ロッツェの肌に合わなかったのでしょう。価値概念は交換関係において形成され、他のものに対する存在(ein Sein für anderes)という意味をもつようになりました。》Th.アドルノ、ポパー編『社会科学の論理――ドイツ社会学における実証主義論争』(城塚登・浜井修・遠藤克彦訳、一九九二・三、河出書房新社。＊Der Positivismuss treit in der deutschen Soziologic, 1969.)一四四頁。

47　Between spiritual needs and the results of human science there is an unsettled dispute of long standing. In every age the first necessary step towards truth has been the renunciation of those soaring dreams of the human heart which strive to picture the cosmic frame as other and fairer than it appears to the eye of the impartial observer. And no doubt that which men are so ready to set in opposition to common knowledge as being a higher view of things, is but a kind of prophetic yearning, which,though well aware of the limits that it seeks to transcend, knows but little of the goal that it would reach. Such views, indeed, though they have their source in the best part of our nature,receive their distinctive character and colouring from very various influences.（*Microcosmus*, p.vii.）

48 藤井、前掲論文、前掲書、一一七頁。

49 シュネーデルバッハ、前掲書、二三三頁。

50 シュネーデルバッハ、前掲書、二四五頁。

51 For the aforesaid 'action'of Fichte we substitute the morally Good, for which the action is simply the indispensable form of actualization；we besides conceive of the 'beautiful' too,and the 'happy' of 'blessedness', as united with this Good into one complex of all that has Value. And now we affirm：Genuine Reality in the world (to wit,in the sense that all else is, in relation to It, subordinate,deduced, mere semblance or means to an end) consists alone in this Highest-Good personal, which is at the same time the highest-good Thing.（*Outlines of metaphysic.*）pp.15–152.

52 シュネーデルバッハは、《善は、存在から引き剥がされ、存在論的な拠り所を奪われ、プラトン主義者におけるように存在者を超えるものであるどころか、むしろ存在者の下にあるもの、たんに「妥当する」もの（ドルやマルクと同様）にすぎなくなった。――これが、短い間ではあるが哲学的な栄光の地位にのぼりつめた価値概念の姿》だというヘルムート・クーン（Kuhn, Helmhut 1899–）の言葉（Handbuch philosophischer Grundbegriffe.1973.）を引いて、「価値」という概念が思想史において果たした役割を説明（シュネーデルバッハ、前掲書、二三一頁）している。

53 西田、前掲論文、前掲書、一〇九頁。

54 シュネーデルバッハ、前掲書、二三七頁。

55 ニーチェ『ツァラトウストラはこう言った（下）』（氷上英廣訳、一九七〇・五、岩波文庫）九二頁。

56 シュネーデルバッハ、前掲書、二三四頁。

57 朝永、前掲論文、前掲書、五五頁。

58 ボサンケ編訳の『形而上学』は、ボサンケのほかに、T・H・グリーン、A・C・ブラッドリー等イギリス理想主義（イギリス観念論）の哲学者が分担して翻訳に加わっている。また、『小宇宙』は、やはりイギリス観念論の哲学者であるH・シジウィックの影響下にあったエリザベス・ハミルトン（Hamlton, Elizabeth）とE・E・C・ジョーンズ（Jones.E.E. Constance）によって英訳された。

59　シュネーデルバッハ、前掲書、二四一頁。

60　石田三千雄『フッサール相互主観性の研究』（二〇〇七・九、ナカニシヤ出版）によれば、シェーラーは、孤立したエゴから他者を現象学的に構成しようとしたフッサールとは異なり、意識の「非―知的」、「情緒的側面」に大きな価値を置き、共同体的な一体感に基づく共感理論を唱えた。同書一一六―一四二頁。

61　アルベレース（Alberes, Marill, Rene 1920–）『二十世紀の知的冒険』（大久保和郎訳、一九五二・一〇、みすず書房。＊*L, Aventure intellectulle du 20e siécle, 1900–1950,1950.*）参照。

62　西田、前掲論文、前掲書、一一〇―一一一頁。

63　「純正哲學」の「序言」で清澤は、この論考が「独逸ロッツェ氏ノ説ヲ根拠」としたものであるとし、ロッツェについて、「蓋シ氏ハ最近世ノ大家ニシテ其説ヲ立ツルヤ唯心ニ偏セズ唯物ニ局セズ常ニ二者ノ中庸ヲ取リ其調停ヲ期シ特ニ理科学ノ幽奥ヲ探リ其原理ヲ究明スルヲ以テ哲学ノ要点トナセルガ故ニ科学全盛ノ今日ニアリテ最モ講究スベキ説ト云ハザルヲ得ズ」と述べている。

64　今村、前掲『清沢満之と哲学』三九頁。

65　今村は、清澤が挑んだのは「語り得るもの」としての「理性」と「語り得ない」ものとしての「宗教」という、決して「両立」することのない二つの領域を「調停」することであり（前掲書、二四頁）、その残した著作のなかでは、「必ずしもこの困難な課題に決着がついていないのだが、彼がひとつの問題を厳密な仕方で提起したことは、解決すること以上に重要なことである」としている（今村、前掲書、二五頁）。

66　今村、前掲書、四〇―四四頁。

67　今村、前掲書、四九頁。

68　清澤や抱月が参照したロッツエの英訳には、以下のようなものがある。

Logic : in three books, of thought, of investigation, and of knowledge, English translation, edited by Bernard Bosanquet, 1884.

Metaphysic : in three books, ontology, cosmology, and psychology, English translation, edited by Bernard Bosanquet, 1887.

Microcosmus : an essay concernig man and his relation to the world translated from the German by Elizabeth Ham-

ilton and E. E. Constance Jones, 1886.
Outlines of a philosophy of religion edited by F. C. Conybeare, 1892.
Outlines of aesthetics, translated and edited by George Ladd, 1886.
Outlines of logic and Encyclopaedia of philosophy, tr. and ed. by George Ladd.
Outlines of metaphysic, tr. and ed. by George Ladd, 1884.
Outlines of practical philosophy, tr. and ed. by George Ladd, 1885.
Outlines of psychology, tr. and ed. by George Ladd, 1886.
Outlines of the philosophy of religion , tr. and ed. by. George Ladd, 1885.

69 Die Lebensanschauungen der grossen Denker, 1890.

70 溝口、前掲論文、前掲書、六二八頁。

71 Kant und die Epigonen, 1865.

72 姉崎嘲風（一八七三―一九四九）は、「大西祝君を追懐す」（一九〇一・五、「哲学雑誌」）で大西とオイケンの交流に触れ、次のように回想している。

《君エナに赴きオイケンを見るや、其言を報じて曰く、「当今独逸哲学者の学風はゲレルザムカイトに流れて哲学を狭小なる範囲に収縮す」と、君亦実は此学風に概するところありしなり。其後新カント学風に属するリーブマンの詩集 Weltwanderlung を送りし時付記して曰く、「オットーリーブマンは、当今当国にて哲学者中最も批評的なる又最も明瞭鋭利なる思想家の一人たるを不申候。疑問のみ多くして望ましき答弁は少く候へども、当今リーブマンほどの信地ある哲学者の詩と云へば珍しく候」と。蓋しリーブマンは新カント学派が論理専門家の風ある中に異彩を放てる哲学者にして、其批評力に富めると同時に人生に対する趣味の深き真に哲学者の風あり。大西君亦其風に於て敬慕する所ありしならん》（四二四―四二五頁）

73 溝口、前掲論文、前掲書、三四二頁。

74 本書第二部第六章第二、三節参照。

75 *Elements of criticism*, 1762.

76 シラー『人間の美的教育をめぐる書簡』（Uber die asthetische Erziehung des Menschen in einer Reine von Briefen, 1795.）の

うち第十—第二十三書簡。「遊戯衝動」の抱月の理解については、本書第一部第四章第三節参照。なお、小屋保治述、島村滝太郎筆録『美學講義ノート』の第三巻には、「遊戯衝動」について、次のような記述がある。
《人間ニハ反対シタル感性 Sensuality 理性 Reality ノ二アリテ一切ノ智識ノ上ニアリテ相逆行スルノ傾ヲ有ス例ヘバ只管感性ノミニ従ツテ之ガ欲スル所ニ奔レバ遂ニ身ヲ蕩敗スルガ如キコトアルモ理性ニ従ツテ之ヲ制抑スルトキハ能ク禍ヲ縛シテ福トナスヲ得ルガ如キ之ナリ此ノ相反セル両性ハ人生ノ上ニ各々ソレ〴〵ノ役務ヲナス即チ感性ガ刺撃トナリテハ sense impulse ト stuff impulse ナドノ人生上必要ナル衝動ヲ起コシ此衝動ニアリテ生活シ行クナリ去レド此レニテハ単ニ生活シ行クト云フ事ダケニシテ人間ラシキ生活トハナラズ生活ノ形トモ云フヘキモノハナキナリ唯ゝ寝食シテ生キテ居ルニ止マルナリ然ルニ理性ガ刺撃トナリテ更ラニ form impulse ヲ起シ此衝動ガ前者ニ加ハリテ其生活ニ形ヲ与ヘテ人間ラシキ生活トハナルベシ次ギニ此 sense impulse ト form impulse トガ相合シテ play impulse ヲ生ジ（此ニテ play ト云フハ単ニ遊戯ノミナラズシテ凡テ人間ノ完全ナル生活ニ要スル働キヲ云フナリ）之ガ Shaped life ノ上ニ実現セラルル時ハ此ニ始メテ美ナル人間生活ガ現スルナリ aesthetical ノ実現セラレタル境ニ達スルナリ此間ノ道行キヲ aesthetical culture トハ云フナリ》（同書、七四—七五頁）。

77 *Principls of psychology*, 1870–72.

78 *ibid.*, pp.629–630.

79 内藤克彦『シラーの美的教養思想——その形成と展開の軌跡』（一九九九・三、三修社）一〇九—一三六頁。

80 樗牛は、美は「形式動機」と「遊戯動機」の「融合」（「楷和」）たる「遊戯動機」の実現にあるとし、次のように述べている。《是の両者の楷和を現世に現じたる遊戯動機の実現即ち美は、吾人が先天的に渇望する所のものなり。故に完全なる人の存する所には必ず美あり。美は畢竟遊戯動機の客体なりと謂ふべし。観美の際の心は、自然と道徳、必然と自由との中間にあり、随て何れの側よりも脅迫を感ずること無し。内容動機は認識(Erkennen)によりて実在界に関し、形式動機は其の行為によりて意志の自由を貫かむとす、各自の要求する所に就いてまじめ(ernst)なるに於ては一なり。何となれば、前者は生活の維持の為に、後者は人格の保有の為に、人生の最も厳粛なる問題に接触すればなり。然れども是の両者の中間に在る遊戯動機にありては、是のまじめなし。美的快感が、関心を離れ、目的を欠き、而して尚ほ快感たるを失はざる所以は、是のまじめならざる所にあり、而して人の人たる所亦茲に存す。》（『増補改訂樗牛全集』〈第五巻〉一九三〇・九、博文館）四四〇頁。

81 Cours de philosophie positive, v6, 1830–42.
82 *The origin of art*, 1900.
83 西村皓「後期ディルタイの思想形成」、前掲『ディルタイと現代』三〇頁。
84 Erlebnis und die Dichtung, 1905.
85 L'evolution créatrice, 1907.
86 ジャンケレヴィッチ、前掲書、五三頁。
87 Education et heredite,1889. ＊*Education and heredity : a study in sociology*, tr. by W. J. Greenslade with introduction by G. F. Stout, 1891.
88 Esquisse d'une morale sans obligation ni sanction, 1885. ＊*A sketch of morality independent of obligation or sanction*, tr. by Gertrude kapteyn, 1898.
89 L'art au point de vue sociologique, 1890.
90 樗牛は、「美感に就いての観察」（一九〇〇・五、「太陽」）のなかで、サンタヤナと共にギュイヨーに言及、次のように述べている。
《然るに近頃米のサンタヤーナ氏は、是の説を否定すと称して曰へらく、美感と関心との間には却て密接の関係あり、即ち前者は謂はゞ後者の前駆とも見るべきものなり、誰れか美なるものを見たる後に、そを欲せざるものあらむや。人は美の享楽には競争の念無しと言ふと雖も、霎時の後に消滅せらるべき稀代の芸術あらば、人々先を争て是に近かむとせざるべきやと。仏のギヨー氏も亦サンタヤーナ氏と同じく無関心説に反対すと称して曰く、功利と美とは実に懸絶せざるのみならず、吾人の最も美とする所のものには最も大なる功利の伴へるを見る、還元すれば生活上多くの利益ある所、そこに大なる美意識の活動あり。世の開くるに随うて分業の増進は人をして一局に偏せしむ、是の偏局の弊を和げて文明の欠陥を補ふの職能は美の上に懸る。されば永き将来の後には人々美を要すること猶ほ其れパンの如くなる時あるべしと。》（『樗牛全集』第一巻、一九〇四・二、博文館）三六頁。
91 佐々木英昭『漱石先生の暗示《サジェスチョン》』（二〇〇九・八、名古屋大学出版会）一五六―一五八頁参照。漱石は『教育と遺伝』を英訳で読んだほか、『社会学的観点から見た芸術』をフランス語の原文で読んでいるが、佐々木は『教育と遺伝』の読みは（おおむね同調的、好意的）だったと見ている（一六六頁）。

92 岩佐、『抱月のベル・エポック——明治文学者と新世紀ヨーロッパ』（一九九八・五、大修館書店）参照。

93 森山重雄『実行と芸術——大正アナーキズムと文学』（一九六九・六、塙書房）一六頁。

94 *The psychology of the emotions*, 1917. なお、リボーのこの書は一九〇〇年代の初頭には日本にも紹介（市川源三『心理学書解説　分冊第二　リボー氏感情之心理及注意之心理』一九〇〇・六、育成会）され、また、漱石が『文学論』の構築にも参照（小倉脩三「Monoconscious Theory と『文学論』：リボー『感情の心理学』の影響（5）」一九九七・三、成城大学短期大学部「国文学ノート」34）したことはよく知られている。

95 There is only one possible answer : aesthetic activity, at its origin, had some indirect utility as regards conservation, being based on directly useful forms of activity to which it was auxiliary. Besides,to connect art with play, itself connected with an excess of nervous and muscular energy, is to place it in mediate relation with the vital functions. We have still to define the nature and the measure of its utility.（*The psychology of the emotions*, p.337.）

In the beginning,art is dependent on and auxiliary to the useful ; the aesthetic activity is too wide to subsist by its own strength ; but it will be emancipated later on.（*ibid*, p.338.）

96 阿部次郎もまた「徳」を「内面的生活力」という「根」から派生するものであるとし、次のように述べている。《ゆゑにそれ（＊内面的生活力）が力あるものであるとき、道徳的心情は発して意欲となり、更に外面的条件が与へられてゐる限り、それは又発して行動となる。その限りにおいて、「汝らその果によりてその樹を知るべし」といふ句はあたつてゐる。しかし更に重要なるはその反対である——果実は種々の理由によつていぢけてゐるかも知れない。しかしその樹は幹と根においてなほ強健であり得る。生活の力と健全なる液汁とはなほその中を循環してゐることが出来る。》阿部次郎『倫理學の根本問題』（一九一六・七、岩波書店。＊岩波哲学叢書　第六編、のち『阿部次郎全集』〈第三巻〉一九六一・七、角川書店所収）一一七頁。

美学理論の変容――その二　感情移入理論

ところで、抱月は、引用文の末尾に「吾人の結論は以上の如くならんとするのであるが、其の生の増進といふことから快楽説に入り、生の流入といふことから生化説に入らねば論は完成せぬ。題を改めて更に稿をつぐの機があらう」という言葉を付け加えている。「生の増進」というテーゼからする「快楽説」も、「生化説」なるものも、結局は纏められることはなかった。その意味では、ここでも、抱月は問題の所在を提示するにとどまったといえる。

ただ、「増進したる生は更に眼前の画図中に流入し、我れと図と全く別なきに至つて、図は生きたものとなり美なるものとなる」という引用の部分の末尾に示された結論からすれば、それは「移感」(「感情移入」)説を基本の枠組みとして構想されていたかと推測される。そのことは、一九一一年に纏めた『サンタヤーナ／マーシャル／リップス美學綱要』(一九一一、早稲田大学出版部)で、サンタヤナ(Santayana, George 1863–1952)の『美意識論』[1]やマーシャルの『快苦と美学』[2]と共に、「リップス氏美學思想」において、リップスの「移感」(感情移入)説[3]の概要を紹介していることからも裏づけられるだろう。引用の部分の末尾に透しみることができる「感情移入説」の骨組みは、ここでは更に明瞭、かつ精緻にその輪郭を明らかにすることになるからである。

『サンタヤーナ／マーシャル／リップス美學綱要』は、標題の通りサンタヤナ、マーシャル、リップスの美学についてその概要を解説した文章だが、このうち、マーシャルについては、すでに留学前の一九〇〇年に『マーシャル氏美學綱要』（一九〇〇、東京専門学校出版部）を纏め、「快苦」という感覚の機能を軸にした心理の経験論的検討を軸にした美意識の解明について、その理論を『新美辭學』に取り入れていたことは先述した通りである。

また、サンタヤナは、これも先述した、ロッツェの敷いた世界解釈の転換の軌道の上に、「価値」の学としての美学を構想した一人だが、抱月は『美意識論』の「緒言」及び「第一章　美の性質」を取り上げて概説している。

サンタヤナはここで、ロッツェと同様、事物の倫理的美的な鑑賞や評価は、「事実」を判断する論理的知的判断とは異なり、「好悪、満足、不満足」という「快苦の感」（感覚的認識）を伴うがゆえに、もともと「非合理的」なものであると規定、美を「積極的、内具的、客観化的（positive, intrinsic, objectified）価値」と定義した。その主張は、この定義にも集約的に示されている。美への欲求は善へのそれと同様、「人間心性の根本的要求」に応じて「本能の満足を来たす」ことのできる、あらゆる人間に「内具的」（intrinsic）なものであり、それゆえ、快楽を契機としながらも、道徳の要求する義務の観念を「自由暢達」の世界に変える積極的価値も併せ持っていること、[4]美は、反省的に自覚された感覚的快楽、いわば客観化された感覚的快楽とでもいうほかに感覚的快楽とは区別されないというのがその定義の大要だが、この定義にもみられるように、美的認識における感覚的経験的契機を強調するところにその主張の独自性はあった。サンタヤナはスペインに生まれてカソリックの伝統のなかで育ちながらもアメリカに渡り、プロテスタントに改宗するという独特の思想的遍歴をした人[5]であり、この書も、もともとは彼が教鞭を執ったハーバート大学の学生の啓蒙のために書かれたようだが、美がいかに感じられるようになるかを解明することよりも、美を感得することのほうが価値がある[6]という言葉が端的に示すように、善美を人間に「内具」的なものだとし、「宗教、科学、芸術などは、結局のところわれらの作る幻影」であるが、これは笑殺されるべきではなく、「これらにこそ人生の価値、宇宙の価値がかかっている」とする、楽天的かつ、「唯美的」な人間認識[7]のもとに、「純理哲学的」な美学の抽象性の制約から感覚的快楽的側面を解放し、「感じること」の価値を強調したところに、樗牛の「美的生活論」[8]にも通じるその本領があった。美の原理的説明に還元することもなく、また単なる感覚的判断による品隲に終始するのでもなく、文学作品をはじめ、芸術作品に向きあい、その価値を判断することは、とりわけ西欧から帰国し、「早稲田文学」を再刊して以来、抱月には避けて通ることのできない課題だった。『サンタヤーナ／マーシャル／リップス美學綱要』を講義録として書いた一九一一年の時点では、自然主義文学運動を経て抱月は関心を文芸批評から近代劇運動に転じつつあったが、いわば現場批評の最前線に立って「『破戒』を評す」「『蒲団』を評す」によって文学をめぐる言説を方向づけ、一連の自然主義文学論によってその理論的裏づけを実践したものの、自然主義文学運動の行き詰まりを自覚していた抱月にとって、バウムガルテン以来の、直接経験に関わることのない美の純理哲学的演繹や、原理的解明を欠いたまま実験的科学的な説明に終始する実験的方法の限界を超えて、芸術の享受が、「鑑賞」（Reasoned appreciation）と主体の「批判」（critics）を貫く「価値」判断に基づく「感受性の認識」（perception of susceptibility）の営みであることを強調するサンタヤナの率直で明快な主張が示唆を与えるところはすくなくなかったかと思われる。

「リップス氏美學思想」では、「快感の方則、変化の統一等の一般の形式原理を心理学的に説明」した導入部（第一編「美的形式原理」）を省略して本論の「移感」論を概説しているが、ここではまず美の齎す「快感」について、その根拠が主体の「行為、即ち自己感情、自己価値感情」にあるとされる（第一節「移感」）。

抱月の省略した第一編にも詳述されているように、もともと「形式原理」（「美的形式原理」）は、たんに「感覚的形式」の「原理」であるだけでなく「精神内容」の原理でもある。美的対象は、感覚的であると同時に「精神内容」の象徴だからである。対象は精神の「生活活動（Lebens-betätigung）」（生命活動）の象徴として形式化されることによってはじめて「美的対象」となり、「美的価値」を持つことができるのである。しかし「美的対象」が「快感」を与えることはこれだけで十分に説明を尽くされるとはいえない。「快」が生じるには、第一編でも述べる[9]ように、対象が「自己の自由意志よりなしたる行為」として「吾が心的生活、即ち統覚作用に適応」していなければならないとすれば、音楽、絵画等に接する場合、単に「自己に対する現象、出来事」に過ぎない与えられた音、色、形等が、「快感」となるには、それらが自己の「最深奥の本質の生活行為」として「経験」されなければならない。美的対象は、経験という「自己の行為」が「自己自らに於て統一され」るときに、即ち行為が「自由行為」となり、「自己価値感情」と一致するときにおいてはじめて「自己の行為の力、豊富、広さ及び内的自由なる事の快感」を齎すことができるとされるのである。美的対象は、統覚作用という能動的行為としてはじめて快感となることができるのだ。『新美辭學』の段階では「精力需給」の原則から、心理学的に説明されていた「快苦」は、ここでは人間の主体的行為と不可分のものとして具体的に把握されることになったといえる。

　美的快感の根拠はこのように、美的対象が能動的行為として経験されるところにあり、美的価値もまた、「自己自らの価値ではなく、自己が対象に対して感じた価値」として生じるが、このような経験が、「他人」（他者、非我）と「内的」な「共同経験」として共有される場合を、「移感」（＝感情移入、Einfühlung）ということができる。「移感」は、「自己の本性が強迫さるゝ事なく全く自由なる限りに於て、即ち他人との内的関係が自分の本性に適合する時にして始めて可能」になるような経験であり、他人の「価値感情」を「内的に共同経験」すること（＝「移感」）を経過することを通してはじめて自己は「他人の情を理解する」ことができる。われわれが「他人の経験」、他人が「価値」を認めた対象に、同じ情を喚起されるのは、「他人の経験中に自己の経験を発見」するからであり、「移感」（Einfühlung、empathy）とは、このように「他人の経験の中に自己の経験を再び経験する」ことをいうのである。要するに「移感」とは「他人の行為を自己の行為と感ずる」ことにほかならず、そこに「倫理」の起源もあり、また、後述するように、阿部次郎が、感情移入理論を基本の骨格としたリップスの倫理学を「祖述」することを通して独自の倫理学を構想することになる理由もあった[10]。

さて、先述の通り、「美的価値」を決定するのは「吾人の最深奥の経験」たる「自己価値感情」であるが、このことは、「美的移感」がとりもなおさず、「美的対象」を介して対象の中に「個々の意志行為を生ぜしむる内的状態、内的様式」、つまりは「自己が知覚して共同経験する人格」を見いだす行為であることを意味している。自己が「他人に於て価値を感ずる」のは、「自己の価値ありと感ずる人格を他人に於いて認める」からだが、同様に自己は「美的移感」において対象を通して「人格」――「人間化」された自然も含めて――を認識するのである。「美的移感」が「同情」(Sympathie, Sympathy) といわれる理由もそこにある(第二節「外現的運動と移感」、第三節「移感の続き」、第四節「自然移感」、第五節「美の変形」)。

「美的移感」はかくて、「対象を感じ経験すること」――対象に「同情」すること――といえるが、この場合の自己は現実から「離脱」している。美的な観照は、「現実界」の利害を「超絶」した「純粋観照」であり、このとき「自己は純なる美的観照の内に只全く観照者として即ち美的対象の内に住へるもの、其生活を共同に経験するものとして存ずるのみ」だからである。「純粋観照」においてはじめて「対象は観照者に美的な生きた経験を与へる範囲に於て完全なる美的実在性 (aesthetische Realität) を有」することができるのだ。いわば、「純粋観照」にあって自己は「肉体我(現実我)の制約を脱して、「全現実界を超絶せる絶対界」たる「美的実在性」の世界を経験することができるのであり、こうした対象内の自己は「理想我」として「現実我」から区別される[11]。

美的観照のかかる性質はまた美的評価のそれとも関わる。美的評価とは、いうまでもなく「美的対象そのものに不可分に屬せる価値」、即ち「対象そのもの」が要求する「対象そのもの、有する妥当な価値」を判断することの謂だが、この判断には「移感」が不可避である。自然や絵画音楽彫刻等を対象とする、美的評価の「根拠」(基準) は感覚の対象そのものでなく、そこに移感された「生命」、「自己の生命又は自我の活動様式」にあるが、「此意味の自我」は考察することはできず、「只経験される」ことを通して把握（感得）されるだけだからからである。そしてこの場合、「自己は感覚的に与へられた対象の観照内に在つて而して其内に自己を感ずる」のであってみれば、「それは自己が対象の中にあるのではなくて寧ろ自己自らである」といえる。この自己が「観照されたる対象内に事実として存じ、其内容を経験する自我」として先述の「理想我」であることはいうまでもない。「美的価値感情」とはこの「理想我」の「価値感情」のことにほかならないが、それが「美的対象」の「観照」に際して「自己の価値感情をその観照の中に認め、それを美的対象に結合させたもの」であるという意味では「客観的自己感情」ということができる。とすれば、美の「翫賞」は「客観的自己翫賞」ともいえる（第六節「美的観照と美的評価」）。

自己が自然美と芸術美を観照し、評価する次第は以上のようなものだが、芸術作品においては「理想界は一度現実界に入り更に又理想界となるの要」はない。改めていうまでもなく、「始めから理想として完了」しているからである。芸術作品の観照にあたってそれよりも留意を要するのは、対象が「何時でも美的内容即ち最後に於て現実界から離れた生活及び生活関係を有し、純粋観照の範囲に脱離するのみならず、更にかゝる純粋観照内の生活関係から現実生活に属する総ての要素を拒絶し排除するといふ事」である。いわば、そこでは現実は「拒否」されており、それゆえこうした事態は「美的否定」（aesthetische Negation）と呼ぶことができるが、「美的否定」はまた同時に、「美的観照を否定し得ないもの、即ち事実として発表されたもの、完全な妥当性及びそれに応ずる美的翫賞を惹起する」がゆえに、実は、現実の「美的な積極的な肯定」（aesthetische Position）のことにほかならない。のみならず、「芸術品の全体の生活内容に積極的影響を与へ其内容を変ぜしめるやうな発表手段も亦美的否定の一事実」といえる。芸術作品の創造（「美的創造」）とは、「発表手段」（Darstellungsmittel）即ち表現方法と「結合」して、「現実生活を理想界に移し特殊の生命を以てそれを充実せしめ、現実界とは全く異なる世界（aesthetische Isoliertheit）を構成する」こと、つまりは表現を通して「特殊なる新しき生活関係」を創出し、それを秩序づける行為のことにほかならない。詩の観照において「人間の行為経験を詩的発表即ち其言語、韻律によつて経験」すること、いいかえれば「現実の人間の行為其ものと全く違つた様式に於て事物を経験する事」も美的創造ということができる。

美的否定はかくて美的創造のことにほかならないが、作品の創造にあたって芸術家が苦心すべきは、対象と、それを表現する「手段」（方法）を「和合」するところにある。いうまでもなく、享受する主体にとって観照の対象は「発表せられたるもの」としての芸術作品だが、それは感覚的外面的な形式の内奥に存在する「内容の形式性（Formalität）の官能的徴候」[12]に過ぎない。「和合」とは、内容の形式性と、「発表手段」（表現方法）とを調和させることであり、創造する主体は、その努力を「発表材料（Material）及び技術（Technik）がそれ自身の本来の性質に適合し以て発表手段が技術を導いて完全なる意味を得るに至らん」とするところに賭けなければならない。もしこの「和合」が妥当なものでなかったら、芸術作品は「真に統一されて居ない組立細工」となってしまうといわなければならないのだ。

「リップス氏美學思想」の大要は、ほぼ以上のようなものである。「移感論の大体」の紹介であると抱月自身も「緒言」で断っているように、もとよりこの文は、全二巻から成る浩翰なリップスの『美学』を、感情移入理論を中心に、全七節に纏めた概説に過ぎない。また、読者として専門の美学研究者を想定していたわけではなかったことも、この文を収録した「講義録」という書物の性格が示しているところだ。

しかし、この要約は「今日美学界の形勢を大づかみに云ふならば実に感情移入美学（Einfühlungsästhetik）の全盛時代と名づけてもよい位」[13]と深田康算もいうほどに二〇世紀初頭のヨーロッパで影響力を発揮した感情移入理論の日本での受容の水準だけでなく、「審美的意識の性質を論ず」以来、「同情」の機制に注目しながら美学理論の構築をめざし、自然主義文学に美学の立場からの理論的位置づけを試みていた抱月の観照論の特質及びその限界と問題点を示してもいた。その意味では、『サンタヤーナ／マーシャル／リップス美學綱要』の刊行とほぼ時を同じくして発表された深田康算の「感情移入美學に就て」や、それにひきつづく「感情の心理と美學」（一九一二・九、「心理研究」）、「リップス教授の美學」（「心理研究」一九一三・七、八、九）など、感情移入理論の批判的検討としてのみならず、自然主義観照論の限界と問題点を照射した一連の論考と共に、改めて注目していい一文といえる。

深田の一連の感情移入理論批判は、「移感」理論の紹介とは異なって、一定の理解を前提とした、専門的立場からするものだが、明らかに自然主義観照論を視界におきながら、その問題点にメスを入れようとしたものだった。

ここで「感情移入美學に就て」を、「Einfühlung といふ術語」[14]がもともと「独逸浪曼派の用語例」から出たもので、ロベルト・フィッシャー（Vischer, Robert 1847–1933）が用いて以来美学の術語となったこと、その概念は「同情とか彼我融会とか主客両観の合一とか云ふ思想と同列のものとみれば、哲学思想史の上では古い古い思想」であり、リップス及びフォルケルト以来理論上の問題となったという経過から説き始めた深田は、まず、シェークスピアの『ロメオとジュリエット』（Romeo and Juliet, 1594–95）を援きながら、観照者自身の実際の感情たる「人に附きたる感情」（persönliche）と共に、外物に投射された感情であるに過ぎない「物に附きたる感情」（gegenständliche Gefüle）をも感情移入の対象と見做した『美学組織[15]』に展開されるフォルケルトの感情移入説の孕む問題点を指摘する。「ロメオ劇」をみるときに、われわれが感情移入の対象とするのは、ロメオ劇の全体であり、ロメオやジュリエットの運命に対する同情か悲哀でなければならないにもかかわらず、フォルケルトの説は、結局はロメオの情を感情移入の対象とし、即ち観客が彼と一体となることを「主客融合」「彼我同一」と見做すという誤りに帰結せざるを得ない曖昧さを放置しているとするのがその要旨である。フォルケルトを俎上に、「再現感情」もしくは「観念としての感情」と呼ぶべきロメオの「言語と動作」が喚起する感情を、一列の事件や、一連の関係も含めた舞台全体の喚び起す感情と混同するという広くいきわたっていた誤解を、理論上の欠陥に遡って鋭く衝いた深田は、次いで「感情の心理と美学」では、ラウリラ（Laurila, Kaarle Sanfrid 1876–1947）の「純粋感情説[16]」を俎上に心理学と美学の関係を検討（未完）、更に「リップス教授の美學」では、その批判の刃は、感情移入を「移入せらるべき感情」と「移入すべき対象」との関係を、「彼の感情の水を此の対象の器の中へ注ぎ入れる動作」[17]のごとく捉える、これも広く浸透した誤解に向けられる。

感情移入とは「自我感情が経験せられて然る後に客観化」される事態を指すわけではなく、「対象と自我、若くは客観と主観とが一致して同一を保つて居る状態」のことをいうのであり、美的観照はそうした主客両観の融合の経験のことにほかならない。その意味で「対象と自我、客観と主観との同一融合せる全体の経験」[18]そのものを指すのであって、ベルクソンが『創造的進化』にいう「直観」との類似が指摘される理由もそこにあるとみるわけである。しかし、深田の批判はそれだけにとどまらず、リップスの感情移入理論は、結局は、認識論にいう所謂「自我独在論（ソリプシスムス）」に帰結せざるを得ないとするところにある。

深田によれば、もし、以上のように、美的観照が主客両観の融合の経験だとすれば、感情移入（「観照」）を経験した後の対象と自我は変容していなければならない。コーヘン（Cohen, Herman 1842–1918）もいう通り美的経験においては「新たなる対象が造られ、新たなる自我感情が形づくられる」、すなわち、感情を「新しい内容において生産する」[19]のであって、美的対象は、「普通意識に於ける感情其の儘ではあり得ぬ」からである。

自我感情が根源的であり最初に与へられるものだと云つても、夫れが美的経験に於て対象と融合（若くは対象を併合）するとすれば、而してリップス自ら云ふ様に美的価値は自我の感情として経験せられるのでないならば、此の場合に自我感情は多少変形して居ることは認めなければならない。而して此の変形はリップス自らも云ふ様に実は自我感情から全く別種なる者への変化である。恰も自我の繭の中から美的価値の蝶が飛び出した様なものである。これに対して尚夫れが自我感情であると強弁し得るであらうか。（中略）リップス教授の思想は遂に自我独在論に終らなければならぬ様に思はれる。（深田、『全集』〈第二巻〉九七頁）

改めていうまでもなく、ディルタイやベルグソンから、マックス・シェーラー、フッサールなど、二〇世紀の哲学・社会学・美学の理論形成に示唆と啓示を与えてきたリップスの感情移入理論は、それが他者との遭遇と、それによる自己の変革の可能性を示唆する視点を内包していたにもかかわらず、その最大の難点は「自己享受に到るほかはない他者ないし対象との交互的回路の閉鎖性[20]」にあったとされるが、独我論という深田の裁断も、その閉鎖性に関わっている。

先述した通り、リップスは「美的内容」を、「現実界から離れた生活及び生活関係を有し、純粋観照の範囲に脱離」するのみならず、「純粋観照の生活関係から現実生活に属する総ての要素を拒絶し排除」したものと見做していた。それゆえ、美的な感情移入は「現実生活」の「美的否定」であるが、同時に、「美的観照を否定し得ないもの、即ち事実として発表されたもの、完全な妥当性及びそれに応ずる美的翫賞を惹起するもの」として「美的な積極的な肯定」でもある。リップスにとって「観照」とは、要するに現実の「美的否定」であり、「現実生活を理想界に移し特殊の生命を以てそれを充実せしめ、現実界とは全く異なる世界を構成」するという意味ではその「美的肯定」にほかならず、自己はこのような「美的否定」＝「美的肯定」という営みを介して自己を客観化することができ、またこの過程を通して「現実我」は「理想我」としての自己に到達することができるとされるのである。いわば、リップスにおいて感情移入による主客両観の融合の経験は、自己客観化と「理想我」としての人格的完成の契機として捉えられているのだが、深田は、リップスの「観照」＝感情移入理論は、結局は独我論的な自己確認＝自己肯定に帰結せざるを得ないとして批判する。感情移入され、主客両観の融合を経験した自己は、それまでの自己と同一ではありえないにもかかわらず、リップスによれば、それは「他人の経験の中に自己の経験を再び経験する」ことに過ぎないからである。例えば、詩の「観照」についていえば、「詩的発表（詩的表現——筆者註）、即ち言語、韻律」によって「特殊なる新しき生活関係を造り出し、而してそれに秩序づける」ものとして構成された「人間の行為経験」を「経験」（「主客同一」）した

「自己感情」は、それまでとは確実に異なったものにと変容しているといわなければならない。このとき、「自己感情」は、「恰も自我の繭の中から美的価値の蝶が飛び出した」[21]ように、「変形」しているはずであり、感情移入理論は、このように美の「観照」という他者及び他者の精神的所産との出会いが、自己の「情」（自己感情）を変容させる積極的な契機ともなり得るという視点を内包している。だが、「彼我融合」を「他人の経験」、他人が「価値」を認めた対象に、同じ情を喚起されるのは、「他人の経験中に自己の経験を発見」することと見做すリップスにとって他者とは結局は自己の分身であるにすぎず、観照もまた「対象について私が感じる単なる個人的な感情を綴ること」[22]に帰結せざるを得ないというのが、深田の批判なのである。それが、これらの論が発表された当時の言説状況からいえば、自己の個人的感慨の表白に終始していた自然主義観照論に対する根本的批判でもあったことも、改めていうまでもない。

独我論と断じたとはいえ、リップスの感情移入理論を検討して、美の観照（経験）が自己の「情」（自己感情）を主体的に変容させる積極的な契機ともなり得ること、つまりはそこに自己変革の契機として捉えることのできる可能性を見いだした深田は、この批判に先立って、「美的対象は美的感情と共に美的価値経験に依つて創造」され、「何が美的対象か何が美的感情かの問題は夫れ故に美的価値経験を其の根本問題としなければならない」とするコーヘンの主張から示唆を受けて[23]「美の研究」（『藝文』一九一三、四）を発表、「美学は美の哲学でもなく、芸術学でもなく、又所謂美的観照的態度の学でもなくして、まことは美的価値《エステーチッシエ、》経験《エルレープニス》の批判《クリチーク》」[24]であるべきとする観点を提示していた。以後の彼は、この観点のもとに、独自の、しかし本質的な思索を開始していくことになるのである。

ところで、リップスの感情移入理論の日本での影響といえば、美学、倫理学における阿部次郎の営みに与えたそれも逸することはできない。

リップスが感情移入による主客両観の融合の経験を、自己客観化と「理想我」としての人格的完成の契機として把握していたのは先述したところだが、阿部はそこに内在する「人格主義の美学」[25]としての性格を独自に発展させ、いわゆる「人格主義」の思想の形成を企てることになるのである。リップスにおいて美的価値は人格的価値と等置されるが、それは、もともとは物象である対象が美となるのは、その与える「官能的快感」によるのではなく、感情移入（観照）を介して物象の中に表出される「生命」（＝「心」）と「融合」するからである。美的観照を通して自己は対象の生命との同一化を経験するのであり、それゆえ「美的価値を担ふ対象は物象であるが、美的価値の内容は対象の中に表出さるる心的生命の価値――換言すれば人格価値[26]」ということができるのだ。一方、人格価値の根底をなすのは「善」であり[27]、善の表出によって始めて対象は美となるのであってみれば、美的価値とは即ち倫理的価値にほかならず、そこに「美的感情移入」を中心概念として「美と倫理との融合を通した人格の自己陶冶を説く一種の人間学的哲学[29]」たる日本型「人格主義」が成立することになるのである。[28]

人格主義は、満鉄読書会での講演を纏めた『人格主義の思潮』（一九二一・六、満鉄読書会）を経て、「故テオドール・リップス先生に献ぐ」なる献辞を掲げ『倫理學の根本問題』の補説と銘打って刊行された『人格主義』（一九二二・六、岩波書店、のち、一九六一・五刊『阿部次郎全集』〈第六巻〉所収）を通して、知識層の青年を中心に広範な読者を獲得していくことになった。資本主義と社会主義を共に物質主義として斥け、「人格の成長と発展とをもつて至上の価値[30]」と見做し「理想を指導原理としてあらゆる思想と生活とを律して行かうとする[31]」ことを標榜するこの「理想主義」は、「美的態度」を「物質的利己的態度に対する最も敢然たる抗議」として位置づけ、それが「憎悪すべきものの憎悪すべき点も、美的態度によつて一層鮮かに感受[32]」するとしても「悪に対する憎悪は善に対する愛であ」り、「悪を憎悪することによつて、却つて反面より憎悪の対象との結紐を創造する」ことができるのだとして[33]、「観念上ゲーテの偉大に接近する」べくゲーテを読み、「我らの内面に働いてこれを高める」がゆえにミケランジェロ（Michelangelo 1475–1564）の作品に接してその精神に触れるべきことを説くその「語り[34]」と相俟って、旧制高校を中心として高等教育を受けた知的選良達のナルシシズムと使命感に訴えかけるものをもっていた。その語り口は次のようなものだ。

第一に美の受容は、我らに自然と人生とにおける一切の物象と事象とを尊重することを教へる。美的態度にとつて、一切の存在は心を持つてゐるものである。他人はもとより一草一石の微に至るまで、こと〳〵くそれ〴〵の魂を持つてそれ〴〵の生を営んでゐるものである。ゆゑに我らはこれを単なる死物として、単なる方便として、利己的目的の用に供するに忍びなくなる。しかるに日常の生活においては、木石はもとより他の人格に対するときと雖も、我らはいかにこれを人格として取り扱はずに物として取り扱ふに馴れてゐることだらう。美的態度はかくのごとき物質的利己的態度に対する最も敢然たる抗議である。したがつて我らは又美の受容によつて、人生と自然との一切の事象のいかに愛すべきものであるかを学び知る。美的態度の前には、一切の事象はその固有の価値を奥底から呈露するがゆゑに、我らはいかなる微物と雖もこれを愛せずにはゐられないのである。自然と人生と我ら自身との間には云ふべからざる親愛の結紐が成立する。トルストイが云へるごとく、芸術とはまことに「人と人との間の内面的一致」を誘ふものである。もとより我らは憎悪すべきものの憎悪すべき点も、美的態度によつて一層鮮かに感受するに違ひない。しかし悪に対する憎悪は善に対する愛である。我らは悪を憎悪することによつて、却つて憎悪の対象との結紐を創造する。すべての存在の内面的一致はたゞ善の愛によってのみ行はれるものであるからである。（阿部、『全集』〈第三巻〉四四二―四四三頁。）

こうした「語り」[35]が、一九四〇年代の世界史的枠組みの解体を結果することになる諸言説の抗争の状況のなかでどのように機能したかは、竹内仁（一八九八―一九二二）との一連の論争が語っているところだ。[36]また、それが、のちにフッサールが、「他我認識や他我との共同存在、または相互主観性との関連のなかで」「他我」の構成作用として論じることになる感情移入理論のあまりに日本的な変種であったこともいうまでもないだろう。[37]むしろそれは、現実に対する働きかけによる自己と社会の変革を断念し、あるいは断念せざるを得なかった「内面」に対し、ひたすら美的態度による現実の観念上の超克と自由を説く点において、抱月において一つの完成をみる自然主義観照論の変奏であったといっていいかもしれない。自然主義観照論は、阿部の人格主義を通して一九二〇年代から三〇年代という日本の戦間期を生き延びることになったともいえるのである。

1　*The sense of beauty*, 1896.

2　*Pain, pleasure, and aesthetics*, 1894.

3　Ästhetik, v2, 1903–1906.

4　There is no sharp line between them, but it depends upon the degree of objectivity my feeling has attained at the moment whether I say "It pleases me", or "It is beautiful". If I am self-conscious and critical, I shall probably use one phrase ; if I am inpulsive and susceptible, the other. The more remote, interwoven,and inextricable the pleasure is, the more objective it will appear ; and the union of two pleasures often makes one beauty.（*The sense of beauty*, p.51.）

5　H・G・タウンセンド（Townsend, Harvey Gates 1885–1948）は、サンタヤナは「アメリカの養子であり、また同時に放蕩息子でもある」と評している。（市井三郎訳『アメリカ哲学史』一九五一・二、岩波書店。＊*Philosophical ideas in the United States*, 1934.）三六六頁。

6　To feel beauty is a better thing than to understand how we come to feel it. To have imagination and taste,to love the best,to be carried by the contemplation of nature to a vivid faith in the ideal, all this is more, a great deal more than any science can hope to be.（*ibid.* p.ll.）

7　鶴見俊輔『アメリカ哲学（下）』（一九七六・六、講談社学術文庫）七六頁。

8　本書第二部第三章第四節参照。

9　『美學（上）』（佐藤恒久訳、一九三六・五、春秋社）一三―一四頁。

10　阿部次郎、前掲『倫理學の根本問題』。

11　こうした区別は、「審美的意識の性質を論ず」における「差別我」と「平等我」のそれと対応し、阿部次郎が『美學』

（一九一七・四、岩波書店　＊岩波哲学叢書　第九編、のち前掲『阿部次郎全集』〈第三巻〉所収）にいう、「学術的認識の自我、道徳的評価の自我が超個人的であると同様に、美的観照の自我」は「超個人的の自我」であるという場合の「超個人的自我」（同書、四二二頁）と対応している。

12　阿部、前掲『美學』、前掲書、四三八頁。

13　深田康算「感情移入美學に就て」（『藝文』一九一一・三、深田、『全集』〈第二巻〉一九七二、玉川大学出版部）二一八頁。

14　Über das optische Formgefühl, 1873.

15　System der Ästhetik,v3, 1905–14.

16　Zur Theorie der aesthetischen Gefühle.

17　深田、『全集』（第二巻）九二頁。

18　深田は、「自我感情の客観化と云ふのは、概念として知的理解のため、分析の結果に過ぎない」にもかかわらず「感情移入」というときには、「感情」と「対象」が別個に存在し、後に「総合」されるように誤解されやすいが、この術語の示すのは「経験としての感情移入である事、換言すれば、分つべからざる一の全体なることを忘れてはならない」（『全集』第二巻、九三頁）とし、次のような註を加えている。《ベルグソンの所謂直観の視点と分析の視点との弁を想へ。――リップスの感情移入説とベルグソンの直観論との類似に気が付いた人は少なくない。僕の知つてゐる範囲で独仏各一人を挙げれば、M. Geiger, Über das Wesen u. die Bedeutung der Einfühlung. 及び Tancrèede de Visan, L'Attitude du lyrisme contemporain.である。然し其の差異は寧ろ根本的であらうと思われる。其の差異は即ち Sympathie (L'Evolution créatrice, p.188) と Einfühlung（empathy）との差である》（『全集』〈第二巻〉九八―九九頁）。

19　ヘルマン・コーヘン『純粋感情の美學』（村上寛逸訳、一九三九・六、第一書房。＊Ästhetik des reinen Gefühls, 1912.）二二七頁。

20　中山将「リップス」、今道友信編『西洋美學のエッセンス――西洋美学理論の歴史と展開』（一九九四・七、ぺりかん社）二二七頁。

21　深田、前掲「リップス教授の美學」、前掲『全集』（第二巻）九七頁。

22　石田、前掲書、一〇〇頁。

23　深田、前掲「リップス教授の美学」、前掲『全集』（第二巻）九九頁。

24 深田、前掲『全集』（第一巻）二二二頁。
25 大石昌史「阿部次郎と感情移入美学」（慶応義塾大学「哲学」一一三号）
26 阿部、前掲『美學』、前掲書、二七五頁。
27 『倫理學の根本問題』（Die ethische Grundfragen, 1899.）初版の抄訳（一九一七・七、岩波哲学叢書〈第六編〉）。
28 阿部、前掲『美學』、前掲書、二八一頁。
29 大石、前掲論文、一〇七頁。
30 阿部、前掲『全集』（第六巻）四八頁。
31 阿部、前掲『全集』（第六巻）一六頁。
32 阿部、前掲『美學』、前掲書、四四二—四四三頁。
33 阿部、前掲『美學』、前掲書、四四三頁。
34 阿部、前掲『美學』、前掲書、四四四頁。
35 今村仁司は、前掲書のなかで、美学や倫理学の言説の特質を特殊な語り方（比喩の語り）にあるとし、次のように述べている。《カント的立場に立つなら、「物自体」（清沢の言う無限）についてのある種の「語り」の可能性が残る。「物自体」については理性は沈黙するが、厳密な理性的な語りと沈黙の間に、特殊な語り方が成立するだろう。それが、倫理学の言説であり、美学の言説である。カント的な道徳形而上学と美学は、「善」自体や「美」自体という超越的な物自体を対象とするのであるから、経験的事象を対象とする本来の理性的な語りではない。理性を越える「善自体」と「美自体」を扱うとき、理性が語りうる限界を越えるから、その言説は「あたかも——のように」（「かのように」）の形式をとるほかはない。これがつまりは「比喩」の語りなのである。カント的な「自由の王国」はけっして人間の世界では実在しないが、「善」との関係においては、人間はそれがあたかも実在するかのように、自分があたかも自由の王国のメンバーであるかのように行為「しなくてはならない」。「美」との関わりでは、人間はあたかも「美の理念」（超越的）が現世内に実在するかのように世界を経験するべく意欲する》（今村、前掲書、二一一—二一二頁）。阿部の「語り」が、こうした「語り」の、俗流化されたそれであったことは改めていうまでもないだろう。
36 竹内仁は、「阿部次郎氏の人格主義を難ず」（「新潮」、一九二二・二）「リップスの人格主義に就いて——阿部次郎氏のそれを批評する前に」（一九二二・二、「我等」）で、一九一二年一月、阿部次郎が「中央公論」巻頭論文として発表した「人生批評の原理としての人格主義的見地」及び「人格主義と労働運動」（一九二二・五、「解放」）を俎上に、そこで主張される「人格主義」が「ブルジョアジーに彼等の保守主義の好個の口実」「真正なる労働運動をも鎮圧し排斥し去勢しようと欲する側の人々に極めて体裁の好い論拠を——場合によっては良心の慰安をさへも——与へることになる」論理を内包するものとして批判した。これに対して阿部は「竹内氏に」（「改造」、一九二二・三）を書いて応え、竹内も「再び阿部次郎氏に」（「新潮」、一九二二・四）によって再批判して、世代間の対立も含む本格的な論争に発展する気配をみせた。論議そのものは、阿部の洋行と、竹内の悲劇的な自裁によって短期間で終息したが、抑圧的言説として機能することになる人格主義のイデオロギー的側面に光を宛てた最初の議論であったといえる。『竹内仁遺稿』（一九二八、イデア書院、復刻版、一九八〇・九、湖北社）参照。

37　中山、前掲書、二三七頁。

第三章

美学的文芸批評の展開——その一　「囚はれたる文藝」

第一節　「知」と「情」の対立

「審美的意識の性質を論ず」以来、『新美辭學』を経て、「美學と生の興味」に至るまで、抱月が一貫して追求してきたのは、美という、「知」による論理的認識を拒否し、「情」によって感得することしかできない領域の主体的・能動的機能を解明し、そこに積極的な意味を付与することのできる美学を構築することだった。また、それを文学・芸術の評価に応用、文学・芸術の批評を美学理論において基礎付けること、そこに抱月の批評の課題があったといっていい。一九〇五年、イギリス・ドイツでの四年間に及ぶ留学から帰国した抱月は、翌年一月に「早稲田文学」を復刊、日露戦後の日本の文学の現状と積極的に関わっていく姿勢を明らかにするが、その巻頭に掲げた「囚はれたる文藝」は、「知」と「情」の対立の歴史として西欧の文学・芸術（＝文芸）の変遷過程を跡づけ、西欧文化の展開の文脈のなかに日本の文学を位置づけることを試みたという意味で、この課題に応えようというモティーフのもとに書かれた論考だった。

この論で、抱月は、噴火するヴィシヴィアス火山を望みながら瞑想に耽ける「余」の前に、能のシテ方よろしく出現したダンテの幻影との対話を通して、古典古代から一九世紀末の現在に至る文学・芸術の興亡の過程を浮かびあがらせるというスタイルを試みている。西欧文化の変遷を、「対話」を介して説いていくというスタイルからは、客観的な事実の羅列としてでなく、問題史的に西欧文化史を叙述していこうという志向を窺うことができるのはいうまでもない。

さて、ダンテによれば、「知」と「情」の対立は、その起源をプラトンに遡ることができる。彼（＝プラトン）の説いた「最上絶対のエロス」は、「遂に知識によりて近づくべく理体」たるを免れないが、その『フ井ードラス』『シムポジアム』『レパブリック』からは「最上絶対の郷を忘じ得ず、夢の如くかすかに之れを追慕」して「憧れ仰ぐの情」の揺曳をみることができるからである。しかし、以後、アリストテレスから中世の哲学を経て一九世紀末の現在に至るまで、西欧の文化は、基本的に「知識、理性を以て万象を照らさん」とする「知」の歴史として展開し、ついには「科学万能の旗下に奔趨」して「感情屏息」の状況に陥るに至った。むろん、「知」の支配は、つねに「情」の側からの反抗を惹起し、「情」との不断の争闘を通して、その在り方を更新してきた。「政治はいふに及ばず、学問芸術みな旧教の隷属」と化し、「精神の上に牢獄を築いて我等を囚へん」とした「中世の闇黒」に抗し、「情の翼に羽打つて飛躍せん」として「我れ」＝ダンテの撞いた鐘は「文芸復興の夜明け」を告げることになり、『神曲』（*Divina Commedia*）「浄罪篇」（*Purgatorio*, 1308–13）に示される、その人間的自由を求める「真率誠実」の精神は、ラファエロやシェークスピアに受け継がれることになったし、「文芸復興」が必然的に招来した、古典主義による「知」の制度化には、ロマンチシズムによる反乱が起こった。古典主義が「形式的」「理知的」「尋常的」「嘲笑的」というスローガンのうちに封じた情念は、「外形の統一的均整」から「赤裸々の中味を抉出」し、「非常非凡の想像」を「超自然」「神秘」「往古」に求める衝動として噴出することになったのである。

このように、古典古代から一九世紀前半に至るヨーロッパの精神史は、ダンテの口を借りて、プラトンに起源する「知」と「情」の相克の過程として説明されるが、同じ争闘は、「ラスキン、ゾラ等の自然主義、ニイチェ、イブセン等の道徳問題、ワッツ、トルストイ等の教義的宗教の外、多感派の脈を引ける新ローマンチシズム、神秘派とみるべきベクリン、はた自然主義の別流ともみるべき、英のロセチ等がラファエル前派、仏のマ子ー、モ子ー等が印象派、近くは仏に起こりて独に及べるカーン、マラールメ、ハートレーベン等が標象派」と、「実に目もあやなる雑多の諸潮流の會湊」する一九世紀末の文芸をめぐる状況においても反復される。近世を一貫する写実的潮流と合流して、一九世紀の「全欧州の文芸を風靡」したのは自然主義だが、「心理学」「遺伝論」「社会問題」等の「知的工風」を取り入れることによって「文芸上の科学主義」となって、再び「知識に囚はれ」た自然主義に対して、「感情の反抗、知識の憎悪を表すべき機運」を随所に認めることができるからである。

第二節　標象主義的傾向

こうして、近年のヨーロッパにおけるラファエル前派、ワッツ等の画風の再評価や、「白耳義のマーテルリンク」の作品に顕著な神秘主義的傾向、及び前述の標象派の営みなどは、すべて「科学主義」に対する「情」の側からの異議申立てであり、これらの傾向は「シンボリック」(「標象的」)という言葉で「概称」できるとした抱月は、その概念は、これを「只だ見ゆるがまゝ聞こゆるがまゝの写本を極意」とする「模写」と対比、「見ゆるもの以上、聞こゆるもの以上にある一物、すなはち見えざるもの、聞えざるものを拉し来つて、見ゆるもの聞こゆるものに寓する」ことと規定したボサンケもいうように、やはりプラトンに始まるとする。[1] 美術を「理想」の「模倣」たる「自然」の「模写」と見做すプラトンの理論は、「終に眼に見るべからず、耳に聞くべからず、唯心に思念して憧憬し得るものをも模写すといふに至」って「破綻」したが、しかしこの破綻にこそ、「後に及びて一段高尚なる標象観の出で来たる端緒」をみることができるとする。以後、「標象」には様々の定義が下されてきたが、それが「内在の一物と外在の事象と、二重なるものが、如何なる方式を以てか相結合する所」に生ずるのは諸家の一致するところだとするボサンケの説に同意した抱月は、一九〇五年から刊行中の『美学系統』[2]で、「標象」を「有相的標象（フォールシュテルングス、ジムボリーク）（Vorstellungs Symbolik）」「全化的標象（フェアルゲマイ子ルンデ、ジムボリーク）（Verallgemeinernde Symbolik）」「情趣的標象（スチンムングス、ジムボリーク）（Stimmungs Symbolik）」に分類したフォルケルトを引用、[3] 一九世紀末の文芸が「科学主義」に対して「神秘主義乃至標象主義的」傾向を強めつつあることを指摘する。

フォルケルトによれば、「有相的標象」とは「花に戯る丶少女等、戎衣の袖も赤き騎士、やがては老い行き、死に行く、白頭の人、是等を配して、我等がはかなき夢と空想とを以て飾れる人生、其の終局の惨澹さ」を暗示したベックリンの「人生は短き夢」と題する画がそうであるように「人事の進行の中に、明らかに思念し得べき別の感想を寄する」態のものを、また「全化的標象」は「ゲーテのファウストが或る意味に於いて全人間を代表」するような場合を指し、更に「情趣的標象」は「全く無相、ただ一の名状しがたき情趣の縦横に浮動するを覚ゆる」類のもの、即ち、ドイツではユーゲントシュティール、フランスでは印象主義の画家達がめざしているような傾向をいうが、いずれにせよ、文学も絵画も、合理的実証的な「知」の制約から解放される方向を模索しているのであり、「標象主義」はそのような志向の具体的形態にほかならない。

フォルケルトも説く通り一九世紀の文学や芸術は、「標象」「神秘」的方向に進みつつあった。「花に戯る丶少女等、戎衣の袖も赤き騎士」と「白頭の人」が同居するという、写実主義＝近代合理主義の約束事を無視したようなベックリンの絵の、「多義的」「重層的」構図に顕著なのは、世界と人間を実証主義的＝自然科学的理解の枠組みのなかに封じ込める近代合理主義に基づいた「自然主義」的方法にあきたらず、人間性の闇の部分をみつめようとする視線のはたらきだったし、印象派やホイッスラー（Whistler, James Abbott McNeil 1834–1903）、ユーゲントシュティール派などの絵画が一様にめざしていたのが「名状しがたき情趣」の表現であったことは、後に抱月も「欧州近代の繪画を論ず」で説明するところだ。この論で、主としてホイッスラーに焦点を絞って、プレ・ラファエライトから印象主義に及ぶ近代絵画の動向を論じた抱月は、それが「画面が直接に与へる印象」を重視し、「色彩から直ちに自然の生命に触れたい」ために「装飾的傾向」を強め、「耳に音を聞くだけで、それがそのまゝ何だか深い〳〵意義」を感じさせる、音楽がそうであるような「感覚即霊といふ標象的傾向」を志向しているという見通しを示し、こうした方向のなかに出現したのが「神秘的自然主義又はユイスマンスの霊的自然主義」だとしているが、「囚はれたる文藝」は、この方向を徹底することを通して、ついには全く「無相的」な「標象」のスタイルとしての抽象美術にまで到達することになるモダニズムの動きまで、視界に収めていたといっていい。[4]

しかし、抱月は、自然主義的な実証的合理的な人間理解に対する疑問はまた、イプセンの「問題劇」にも認めることができるとし、そこにみられる傾向を「哲理的」という言葉で括っている。ゾラと同様、イプセンも「社会問題」を取り上げた。だが、彼が主題としたのは、「飲酒問題」「金力問題」「教権問題」等の「社会問題」というよりは、その根底に介在する「我が自然の自由を追うて走る心中の情」と既成の道徳との対立であり、「道徳の根本」＝「第一義道徳」への問いだったからである。彼の提出した問題系は、ドイツではハウプトマン（Hauptmann, Gerhart 1862–1946）、ズーデルマン（Sudermann, Hermann 1857–1928）、イギリスではピネロ（Pinero, Sir Arthur Wing 1855–1934）、ジョーンズ（Jones, Henry Arthur 1851–1929）らによって継承されるが、「標象主義」とも響き合いながら、在来の自然主義の「科学主義」的枠組みを超える方向をめざしているがゆえに、これらは「哲理的」と呼ぶのがふさわしいとするのだ。

みてきたように、「囚はれたる文藝」は、ヨーロッパの文芸の変遷を「知」と「情」の対立の過程として跡づけ、一九世紀末＝世紀転換期という現在におけるヨーロッパ文芸の位置を明らかにする試みだった。その意味では、西欧文明を、それを生み出した社会の空気を呼吸することを通して理解したいというモティーフから敢行された留学の帰朝報告の第一声、いわば「総論」であったといえる。実際の体験を介して説明しようというモティーフは、ダンテの亡霊が西欧文芸の興亡を語るという仕掛けにも明瞭で、ここには渡欧してまもなくライシアム座で観た、「仏のサードゥが英の名優アーギングのために我れダンテを材とする劇「ダンテ」」が影を落している。ヴィクトリエン・サルドゥ（Sardou, Victorien 1831–1908）脚本、アーヴィング（Irving, Sir Henry 1838–1905）主演による「ダンテ」（1901）の象徴主義的な手法は抱月の眼を奪ったが、これだけでなく、抱月がはじめてみたイプセン劇であるエレン・テリー（Terry, Ellen Alicia 1848–1928）主演、ゴードン・クレーグ（Craig, Edward Gordon 1872–1966）の演出及び美術・照明による『ヴイキングス』（Vikings at Helgeland, 1857「ヘルゲランドの勇士達」）、ハウプトマン『沈鐘』（Die versunkene Glulocke, 1896）、マックス・ラインハルト（Reinhardt, Max 1873–1943）演出による、ユーゲントシュティールの作家ハルトレーベン（Hartleben, Otto Erich 1864–1904）作の「アンゲール」（Angel, 1902）などは、いずれも、「問題劇」的な主題をシンボリックな表現のなかに溶かしこんだ舞台として抱月の脳裏に刻みつけられた。[5] 抱月が滞在した二〇世紀初頭には、ロンドンでもベルリンでも、アールヌーヴォー風のポスターから劇場のバック・ミュージックに至るまで、象徴主義及び、今日モダニズムとして一括されるスタイルが、劇場にも街角にも溢れていたのであり、「囚はれたる文藝」には、自然主義にかわって抬頭しはじめたこの新しいスタイルの息吹きを肌で感じた抱月の認識が活かされているのである。

それだけではなく、「知」と「情」の二項対立を設定、西欧の文学・芸術の変遷を精神史・文化史的に分析する視角からは、ブルックハルトやディルタイによって推し進められてきた文化史、精神史の方法の受容の痕跡も看取することができる。それは、例えば、「文芸復興」の意義を、ラファエロのマドンナ像の推移のなかに読み取った次の一節などに鮮明に示されているといっていい。

サン、シストーのマドンナは遂に人間のものとなれり。其顔には、我等と同じく、活きたる血通へり。第二期に於いて見はれたる知識、聡明の相は、尚ほ是あれども、其の以上更に何物をか加へたり。其は人間的意義、即ち是れなり。始めて此の畫に対するものが、一見先づ其の餘りに近世的なるに驚き、唯是れ一幅の無邪気なる田舎乙女が図にはあらずやと訝るたぐひは、此の理を説明して余りあり。第二期の聖母にすら既に快からざりしものは、此の畫を見るに及んで、あゝ、ラファエロ遂に人間に堕したりと叫ぶなるべし。然れども、此の図の中に、尚ほ一道の神聖なる表情なしとはいふべからず。（中略）隔絶不可思議を許さずして、むしろ之れを人間に引き下さんとせるは、やがて近世思潮の意義なり。（中略）近世は実にあらゆるものを人間化せんとしたり、知識化せんとしたり、我が模索の内に置かんとしたり。神も此れが対當たるをば免れず。されば、第三期に於けるマドンナが人間となれるは、実に時勢の影なり。（「囚はれたる文藝」第七）

先述したように、ベルリン大学で抱月はヴェルフリンの美術史を受講していた。この時点でのヴェルフリンはまだ「様式史」の方法を確立してはいない。しかし、「マリアの戴冠」（第一期）から「金翅雀とマドンナ」（第二期）と、ラファエロにおけるマドンナ像の変貌のなかに「人間化」の過程を辿るこうした説明は、「囚はれたる文藝」が、彼を通して学んだ、ディルタイやブルックハルトによる美の文化史的把握のための最新の方法の摂取の産物でもあったことを示している。

第三節　「情趣的」「宗教的」「東洋的」

「囚はれたる文藝」はこのように、留学体験の成果であり、その報告でもあったが、同時に、西欧文化の展開の文脈のなかに世紀転換期の日本の文芸を捉え、そのマッピングを試みるというモティーフと関わってもいた。それは、今後の文芸が「情趣的」、「宗教的」方向を進むだろうという展望を、更に、日本の文芸は、これらに加えて「東洋的」な特色を発揮しなければならないという認識を提示していることからも窺える。

「情趣的」とは、「標象主義乃至神秘」主義がそうであるように、「感情を生命」として「知識」（理性）の制約からの解放をめざす傾向をいう。「快楽的、女性的、神秘的、初心的、多感的、超自然的、往古的」等、「すべて知識の明確以外、感情の自由なる天地に出でんとする傾向」は、この概念に集約できる。

また「宗教的」とは、われわれが「文芸に於て味ふ最後の者」としての「言ひ難き一種の妙機」のことを指す。改めていうまでもないことながら、文学や芸術の与えるのは「一種微妙の快味」であって「哲理的文芸」は、「善悪の批議」「真偽の判断」の類の「理趣そのまゝを情の衣に包」むことを通して、また「神秘的、標象的文芸」は「知識の明りを閉ぢ去つて、感情の暗所空所に美の神を安置」することによって、この「快楽の拡充せられたる状態」への参入を企てる。しかし、「真に大なる文芸」に接したとき、読者が経験するのは「観底に鏗然戛然として音を為すが如き機微」「魂魄愕くの境」とでもいうべき認識の転回にほかならない。それが喚起するのは「事は一小部なれども、其事直ちに全人間、否我が全経験に響きわたりて、人生、運命などいふものに今更の如く頭を回らし来たるの情」であり、「宗教的」とは、このように、「人生最後の命運に回顧するの情を刺戟」し、「廓落として、広大無辺の天地は開け来たる」超越的な世界を啓示することの謂にほかならないとするわけである。

要するに「宗教的」とは、文学芸術が宗教に接近することを含意するものでもなければ、宗教を文芸によって再解釈することを意味しているわけでもない。先述したように、一八九〇年代末から、抱月が留学した一九〇〇年代初頭は、高山樗牛の「美的生活」論に代表される日本ニーチェ主義＝個人主義と共に、綱島梁川が『病閒録』に表白したような、「科学」や「道徳」を超越した、宗教的超越＝人生の「第一義」への希求が若い世代を捉えた時代でもあった。帰国後の第一声というべき「如是文藝」（一九〇五・一二・一─八、東京日々新聞）で抱月は、自己の「有限」「欠陥」「小弱」を自覚しつつも、「我以上のもの」「有限以上のもの」を渇仰し、個体の内部を凝視することを通して、内在的に、既成の「道徳」や「科学」による合理的解釈を超えた「無限」「絶対」の存在を確信するに至る経過を告白した『病閒録』に言及、梁川が死の床で到達した「三昧境」について、それを「文芸の心の至極せるもの」と見做す観点を提示していた。[6]「囚はれたる文藝」における「宗教的」という指標は、宗教的超越を美的超越と相即して把握するこの観点の延長線上で理解されなければならない。「科学」による認識や「道徳」的判断に還元することのできない、文学や芸術の究極の存在理由を示すこと、そこに「宗教的」という言葉を用いた意図があったのである。

「情趣的」「宗教的」とは、以上にみてきたように、現代の「文芸」＝文学・芸術が、実証的合理的な世界認識と人間理解の枠組みを超える方向を志向していることを示す指標でもあった。「標象主義」や「神秘主義」が予表しているのは、自然主義的なリアリズムを超えて、人間性の内部の不可解な部分──「科学主義」が隠蔽した不安や狂気──を「直観」の光に曝すという傾向であり、「哲理的」文芸から読み取ることができるのは、形而上学的な価値概念の解体という形而上学以後の状況のなかでの、[7]「倫理」──人間的自由への真剣な問いかけだった。それが[8]「──何が善であり、悪であるかは、まだだれも知らない。それを知るのは創造する者だけだ」というニーチェの認識を経た西欧の知の転回と対応するものであったのはいうまでもない。生はもはや世界目的によって規定されているのではなく、むしろ世界目的は、個々の人間によって、その生を通して選び取られなければならないのだ。「知」＝「科学主義」による世界認識と人間理解への封印は、「情」＝「文芸」によって披かれなければならない。「今の文芸は一旦、全く知識の羈約より切り放たるべし。而して其の放浪する所は情の大海なるべし」という言葉から聴くことができるのは、そういう認識である。

「囚はれたる文藝」は、最後に、今後の日本文芸の針路として、「日本の現代といふ特殊の事情に応ず」べき、「日本的若しくは東洋的」方向を提示して閉じられる。「情趣的」「宗教的」という概念に付け加えられた「東洋的」という指標が具体的にどのような概念であるかは、明示されてはいない。しかし、以後の抱月の、日本の文芸をめぐる言説は、「プレゼント・テンス」(『蒲団』を評す」)として自然主義を選択する場面もあったにせよ、基本的に、ここで敷かれたパラダイム変更の要求の軌道を逸脱することはない。

今日からみると、西欧文化の歴史を、「知」と「情」の相克・対立において把握するという「囚はれたる文藝」の概括は、大筋では正鵠を得たものだった。とりわけ、イプセン、ハウプトマンなどの「問題的文芸」や、絵画におけるホイッスラーや印象主義にみられる兆候に実証的「知」の専制への反措定の志向を読み取る観点は、彼が世紀転換期におけるパラダイムの転回の意味を正確に捉えていたことを証しているといえるだろう。「私は、森下町の下宿屋で、大晦日の夜、胸を轟かせてこれを通読して、譯も分らずに感激したのだが、今日これを読直すと、その中に書かれてゐることがよく分るのである」という「明治文壇總評」(一九三一・七、「中央公論」)冒頭の正宗白鳥の感想などはそれを裏づける。もっとも、この論における、日本の文学が「日本的若しくは東洋的」方向をめざすべきだという主張について、それが必ずしも日本の文学が直面していた問題と切り契ぶものであったとはいえないのは、「文芸が世界的に統一されるとか、東洋には東洋の文芸が起るべきだとかいふやうな、空漠たる議論は、当時青年であつた私などには、何の刺戟も与へなかつた」という、やはり同じ白鳥の回想(「自然主義盛衰史」一九四八・三―一二「風雪」)からも窺えるところではある。白鳥が「明治文壇總評」を書いたのは、あしかけ二年間にわたる「世界漫遊」の旅から帰国して後の一九三一年のことであり、「自然主義盛衰史」は、それから更に一五年ほど経過してから起筆されている。同じく回想とはいえ、両者の間には戦争が介在していて、それが両者の記憶に微妙に反照してもいる。だが、「囚はれたる文藝」の概括と問題提起の射程が、第二次大戦後にまで及ぶものであったことは、確認しておくべきことといっていいだろう。

1 Bosanquet, *ibid.*, pp.47–49.
2 System der Ästhetik.1905–1914. (Vol. 3)
3 *ibid.*, pp.15–154.
4 H・ホーフシュテッター『象徴主義と世紀末芸術』（種村季弘訳、一九七〇、美術出版社）六二頁。
5 岩佐、前掲『抱月のベル・エポック——明治文学者と新世ヨーロッパ』参照。
6 岩佐、「自然主義前夜の抱月——『思想問題』と『如是文芸』を中心に」四三—四四頁参照。
7 シュネーデルバッハ、前掲書、二三八頁。
8 ニーチェ『ツァラトゥストラはこう言った（下）』（氷上英廣訳、一九七〇・五、岩波文庫）参照。

第四章

美学的文芸批評の展開——その二　自然主義文学運動への加担

第一節　自然主義文学運動と文芸協会

改めていうまでもないことながら、「囚はれたる文藝」が示し、また後に自身も回想する（「解放文藝」一九〇九・一・二〇、讀賣新聞）ように、自然主義を、ヨーロッパではすでに役割を終え、日本での移植の試みもさしたる実りをみせることなく枯渇したという風に理解していた抱月が、改めて自然主義に目を向けるようになるのは、「囚はれたる文藝」発表まもない一九〇六年三月に刊行された『破戒』についての批評（「『破戒』を評す」）においてであり、自然主義文学運動に積極的に与する立場を明確にするのは、翌年一〇月にやはり「早稲田文学」に書いた「蒲団」評（「『蒲団』を評す」）からである。

『破戒』について、「欧羅巴に於ける近世自然派の問題的作品に伝はつた生命は、此の作に依て始めて我が創作界に対等の発現を得た」として、イプセンの「問題劇」と『破戒』を結ぶ「問題的文芸」の線上に、期待をこめて批評的に関わろうという方向に傾きつつあった[1]抱月は、「蒲団」を「肉の人、赤裸々の人間の大膽なる懺悔録」として読み、それが、硯友社によって代表される従来の文学通念からみて「芸術品らしくない」ところを逆に評価、自然主義文学運動に参加していく立場を鮮明にしていくことになるのだ。[2]

しかし、自然主義文学運動への加担は、西欧の文学・芸術の展開の文脈のなかで日本の文芸を捉え、今後の日本の文芸が「知識」（理性）の軛から放たれて、「情趣的」「宗教的」「東洋的」を指標とする方向に向かうべきだという、「囚はれたる文藝」の主張と必ずしも齟齬するものであったというわけではない。

自然主義文学運動が、旧来の倫理規範（明治天皇制国家における臣民的倫理規範）や硯友社的美意識の制度性に対する反抗と解体の運動——イコノクラズムの運動——であったのはいうまでもないが、そもそも当初から自覚的に、いわば目的意識的に仕掛けられ、推進されたというわけではなかった。それが単なる文学上の変革の運動という枠組みを超えた拡がりと影響力を持つようになった一つの理由として、抱月が文芸協会を設立し、それを拠点とした文化運動を展開することを試みていた事実を見落としてはならないだろう。もともと、文芸協会を設立し、「早稲田文学」を復刊した当時の抱月が構想していたのは、日露戦後の時代が「我が精神的文明の廻転期」であり、「精神界に於ける一種の革命運動は必死不可避」であるという認識のもとに「一大文化運動」を展開することだった。文学・思想をはじめ、演劇・音楽・美術の各領域から大衆芸能に及ぶ文化運動を推進する機関として結成されたものの、文芸協会が必ずしもめざましい実りをあげることなく次第に活動範囲を新劇運動に限定し、今日では、新劇運動において果たした役割においてわずかに想起されるに過ぎないのは周知の通りだが、それがめざしたものは、抱月や逍遙ら当事者はもとより、誰も予想しなかった形態——即ち自然主義文学運動として実現されることになったのである。[3]またそこに、抱月と彼の主宰する「早稲田文学」を中心に、正宗白鳥の「讀賣新聞」、水谷不倒の「趣味」など、文芸協会系の新聞・雑誌をはじめ、田山花袋編集の「文章世界」、長谷川天渓（一八七六―一九四〇）が采配を揮った総合雑誌「太陽」などを中心に、新聞・雑誌メディアをあげて促進の論陣を張ったこの運動が、文学上の運動という枠組みを超えて、「日本を過去の因習から救ふの大運動」（石橋湛山〈一八八四―一九七三〉、「四恩人の一人」、一九一八・一二、「早稲田文学」）[4]となった理由の一つもあった。[5]

第二節　『破戒』評と「蒲団」評

『破戒』は、日露戦後の時代状況を「我が精神的文明の廻転期」と概括し、「宗教的」「情趣的」「東洋的」という言葉で括られる概念を指標とする「精神界に於ける一種の革命運動」は「必死不可避」という抱月の認識を裏づけるように出現した作品だった。この作品に、「十九世紀末式ヴェルトシュメルツの香ひ」を嗅ぎ取った抱月は、「近世自然派の問題的作品に伝はつた生命」は、「始めて我が創作界に対等の発現を得た」と断じている。それは、「近来青年間に於ける精神的方面の知識やうやく増進すると共に、社会一般の思想も漸次に内省的、自覚的、意識的」となり、それに応じて「個人と社会」「文芸と道徳」「恋愛と社会形式」「科学と宗教」の「衝突」というような「大いに痛切な思想問題」に日本の社会が直面している現在こそ「真に欧州のいはゆる問題的作品に歩を向け来たるのでは無からうか」という期待（「問題的文藝」一九〇六・一二・一二、東京日日新聞）に応えることのできる「問題的文芸」だったが、のみならず、梁川の営みのなかに聴き取った「旱燥無味なる今の我が社会に飽き足らず、仰いで何物かの、我が心の奥、感情の中心に磨擦し来たらん」ことを切望する時代の声（「近時の宗教的傾向」一九〇六・一・二九、東京日日新聞）、即ち、超越的なものへの希求と響きあってもいた。『破戒』は、「痛切な思想問題」を、一九世紀末的な「ヴェルトシュメルツ」＝「世界苦」[6]の感覚のうちに表象し得る「問題的文芸」を待望していた抱月の「期待の地平」[7]に出現したテクストでもあったのだ。また、抱月は「ローカル・トーン」で貫かれたこの作品に、「印象を出来る限りフレッシュに、キーンに、ウヰウヰットに」表現しようとする「文芸上の官能主義」（センジュアリズム）を認めているが、それが「東洋的」「情趣的」という「囚はれたる文藝」の提出した指標に適合するものであったこともいうまでもない。

『破戒』以来、独歩、白鳥ら自然主義の作家達の営みを注視し、「感情の真摯誠実」（「新宗教家は実感情小説を作るべし」一九〇六・五・一四、東京日日新聞）に基づく、「心の奥で何事かを深く考へ込ます」（「考へさせる文藝と考へさせぬ文藝」一九〇六・一二・五、報知新聞）文学の出現を期待し、「しつくりと内的経験に接近した写実」こそ「真の自然派の精神」（「思ひより」一九〇七・三、「早稲田文学」）だとしていた抱月は、「今の文壇と新自然主義」（一九〇七・一〇、「早稲田文学」）で、自然主義を「写実的自然主義」「哲理的自然主義」「純粋自然主義」（＝新自然主義）の三種に区別、自然主義は「技巧」に対して「写実」を強調するだけの「写実的自然主義」や、作品の漂わす「情緒」よりも「事象中の理趣」を重んじる「哲理的自然主義」を超えて「事象に物我の合体」を看取しようとする「純粋自然主義」をめざすべきであるとする観点を明らかにしていたが[8]、日本の文芸の針路を、「知識」（理性）の軛から放たれて、「情趣的」「宗教的」「東洋的」を指標とする方向に求めた「囚はれたる文藝」における認識は、「僕は自然主義賛成だ」という全面的な自然主義肯定の言葉から始まる「『蒲団』を評す」においても基本的に変更されることはない。

いうまでもなく「蒲団」は、妻子ある中年の作家の若い女弟子への性的欲望という「醜なる事実」を素材とした小説であり、その意味では「現在社会の秩序を維持する根本原理である所の形式的道徳と、之れに反抗する我等自然の欲望感情との最も強い対照、若しくは最も烈しい衝突と云ふ方面」（「問題文藝と其材料」一九〇六、初出、『近代文藝之研究』所収）を主題とした「問題的文芸」の系譜に属する作品だったが、作品が要求するのが「理性の半面に照らし合はせて自意識的な現代性格の見本」を「正視」することであり、「醜とはいふ條、已みがたい人間の野性の声」に率直に耳を傾けるべきであるという解釈を下すとき、抱月がこのテクストからなにを読み取ろうとしたかは明白であろう。作品が提示しているのは、「道徳問題」というより、「第一義道徳の問題」、「道徳の根本」に関する問題系、「道徳の根本」（「囚はれたる文藝」第十二）に関する真剣な問いかけであり、またそこに、「美醜矯める所なき描写」を、というより「一歩を進めて専ら醜を描くに傾いた」必然性もあったのである。「囚はれたる文藝」の文脈でいえば、作品がめざしているのは、「事は一小部なれども、其事直ちに全人間、否我が全経験に響きわたりて、人生、運命などいふものに今更の如く頭を回らし来たるの情」を誘発する「宗教的」境位であり、また「美醜矯める所なき描写」、というより「一歩を進めて専ら醜を描く」ことを試み、既成の通念からいえば「芸術品らしくない」表現を選択することによって、新しい「情趣」の創出に挑んだところを評価したといえるのだ。[9]

『破戒』及び「蒲団」評が提示したのは、これらの作品に人間的自由への渇望と表現、即ち、旧来の道徳観念と美意識に代わる、新しい美と倫理の在り方への真剣な模索を読み取ろうとする観点である。そこに一貫するのは、「宗教的」「情趣的」という指標が示すような、倫理と美、主題と表現をめぐる「囚はれたる文藝」が提示したパラダイム変更の要求だが、この観点は、自然主義を「プレゼント・テンス」として認識し、その理論的整備を図った「文藝上の自然主義」及び「自然主義の価値」にも貫かれる。

---

1 岩佐、「島村抱月の自然主義評論（一）——明治三十九年～明治四十年」（一九八九・二、関東学院女子短期大学「短大論叢」八〇・八一集）一七頁。
2 岩佐、前掲「島村抱月の自然主義評論（一）」二〇頁。
3 岩佐、「文芸協会とシラー演劇協会」（二〇〇二・三、関東学院女子短期大学生活文化研究所紀要「生活文化研究」九号）二五—二六頁。
4 岩佐、「島村抱月——湛山との関わりにふれて」（一九八四・九、「自由思想」三三号）参照。
5 岩佐、前掲「島村抱月の自然主義評論（一）」一五頁。

6　この年（一九〇六年）一月から二月にかけて、二葉亭四迷が翻訳・連載したゴーリキーの「ふさぎの蟲」は、世紀末ロシアの精神状況を描いた小説だったが、ロシア語の原題を Tocka といい、ドイツ語では *Im Weltschmerz*（世界苦）と訳されたこの作品に「ふさぎの蟲」という邦題をつけたことについては「帝国文學」（二月）「芸苑」（三月）等で疑問が提出され、「早稲田文学」彙報欄も前号（四月）で取り上げ、このタイトルが主題にふさわしいことを弁護したばかりだった。彙報子は「Toska」（Tocka）を「懐ひ」と訳しているが、「ヴェルトシュメルツ」とは、この時代の青年に取り憑いた、人生への懐疑と厭世的な感情と響きあう、アップ・ツウ・デートな言葉でもあったのである。

7　H・ヤウス『挑発としての文学史』（轡田収訳、一九八一・六、岩波書店）三九頁。

8　岩佐、前掲「島村抱月の自然主義評論（一）」二〇―二一頁。

9　岩佐、前掲「島村抱月の自然主義評論（一）」二二頁。

第五章

美学的文芸批評の展開——その三　自然主義文学の理論化

第一節　「文藝上の自然主義」

「文藝上の自然主義」で抱月は、「輓近我が文壇に這入つて来た自然主義」を、「後期自然主義」と規定するところから説きはじめ、ロマンチシズム、及び写実主義との差異化を図りながら、自然主義の性格を明らかにしていく。もともと当時の日本で「自然主義」は、ゾライズムを標榜した小杉天外らの試みを指すタームだったが、それを「前期自然主義」として区別したのは、「昨年来現に吾人の眼に新たな現象」たる独歩、藤村らの作品との間には「尚一呼吸の合致」せざるものがあり、両者は区別されなければならないからである。「自然主義は必ずロマンチシズムを通過」したものでなければならず、「明治三十四五年頃のいはゆるニイチェ熱、美的生活熱の勃興」という「我が国相応のスッールム、ウント、ドラング、若しくはロマンチシズムが介在」しているところに、両者を区別する指標があるとするわけだ。

日本における「疾風怒涛時代《スツルームウントドラング》」を、高山樗牛、綱島梁川らの活動した日清戦争から日露戦争勃発の時代に擬えた抱月は、次いでロマンチシズムを定義、それが「知巧的」「形式的」「現実的」なクラシシズムへの反動として生じた「情緒の強烈、繪様なるものに感じ易き事、自然の景を愛する事、隔たりたる時代場所に対する興味、不思議神秘に対する好奇心、主観的なる事、抒情的なる事、自我の挿入、熱心なる新芸術の実験」等の諸概念を包括した、「熱烈なる情緒」「醇樸自然」の復権を志向する芸術の総称であり、自然主義はこうしたロマンチシズムに内在していたものであるとする。この捉え方は、「囚はれたる文藝」と基本的に異なっているわけではないが、ヘーゲル『美学』やビーアスの『十九世紀英国ロマンチシズム史』[1]から、ブリュンティエールの『道徳と芸術』[2]、スタール夫人（Stael, Madame de 1766–1817）の『文学論』[3]、フォン・シュタイン（Stein, Heinrich von 1857–87）の『新美学階梯』[4]などを渉獵して、より詳細に浪漫主義と自然主義の関係を説明している。

一九世紀後半の自然主義の特色を、「情緒的」「理想的」「自我的」というロマンチシズムの属性を排除し、「写生」の方向に進もうとするところに認めた抱月は、次に写実主義と自然主義の関係について、在来の議論を、次の三つの見解に要約して整理する。

第一は「外形の模写、自然の模写」をめざす点において「両者を全然同一」と見做すハルトマン、デソア等の観点である。

第二は、「両者間に程度の差」を認める観点で、「自然主義を以て最も極端なる自然の模写と見なし、写実主義を以てなほ大に技巧の残留した穏和な様式」と見るランゲ（Lange, Konrad von 1855–1921）の『芸術の本体』[5]の立場はこれにあたる。

第三は、「自然を一全図として描出」すること、「主観の情趣」で「一全図体の自然を写す」ところに、単に「自然の模写」を目的とする「写実主義」との差異を求めたシュタインの『新美学階梯』が示すような、両者を「全く質を別に」するものとする立場である。

このように整理した抱月は更に、ド・ミル（De Mille, Alban Bertram de 1873–?）の『十九世紀文学史』[6]を引用してフローベール、ゾラ、ドーデー（Daudet, Alphonse 1840–1897）、ツルゲーネフ（Turgenev, Ivan Sergeevich 1818–1883）、イプセン、ハウプトマン、ユイスマンス（Huysmans, Joris Karl 1848–1907）等による一九世紀後半の自然主義の動向を一瞥し、「自然主義の真の運命は、欧州に於いてすら寧ろ今後に決せらるべきものでは無いか」として、自分の立場を明示してはいないが、第三の立場に今後の自然主義の進むべき方向を求めていたことは明白であろう。その基本的スタンスが、「事象に物我の合体」を看取しようとする「純粋自然主義」＝「新自然主義」に期待する方向にあったことは「今の文壇と新自然主義」にも明瞭だったし、続く「構成論」では、自然主義を「描写の方法態度」の観点から「本来的自然主義」と「印象派的自然主義」に分類、「純客観的」な方法に徹しようとする前者に対し、「主観挿入（説明）的」に対象と関わろうとする後者に、より「積極的」な「方法態度」を見い出してもいるからである。

「印象派的自然主義」は、「明鏡の事象を射映する」ような「純客観（写実）的」態度で自然と向きあうゾラ、フローベルらの「本来的自然主義」とは趣きを異にし、「作家が一旦自然の事象を感受して、自分の印象に纏めてそつくり再現しやうといふ」新しい傾向で、アルノー・ホルツ（Holz, Arno 1863–1929）の唱えた「徹底主義」＝Konsequente Naturalismus（徹底自然主義）[7]などに、その主張は最も鮮明に表明されている。鷗外も、『ゲルハルト・ハウプトマン』（一九〇六・一一、春陽堂）で参照したバルテルス（Bartels, Adolf 1862–1945）もいうように、ハウプトマンの『日の出前』（一八八九）は「感覚界すなわち外物の印銘及びそれから生ずる情趣上の印銘を両つながら併せて蓄音機的に再現せんとする」[8]この試みの産物といえる。

「本来的自然主義」と「印象派的自然主義」は、かくて、結局は、「描写の方法態度」において、対象と「消極的」に向き合うか、「積極的」に対するかによって区別される。前者では、「外来の自然を歪まず曲がらず映写し出さんとする」ために主観の表出は抑制される。「排主観」「排技巧」の態度が強調されるのはそのためである。一方、後者は「知慧細巧に堕ちないで而も純粋無垢な或る者を出せん」とすることをめざす。「純粋無垢な或る者」とは、つまりは、客観的に映し出された「外来の自然」のなかから取り出された、「我れの感動する部分」、即ち、「超越的意義」にほかならない。

ヨーロッパに滞在中、抱月は、フランスでマネ（Manet, Edouard 1832–1883）、モネ（Monet, Claude 1840–1926）、ドガ（Degas, Hilaire-Germain-Edgar 1834–1917）などの印象派の絵画に接しただけでなく、イギリスではその形成に大きく関与したターナーやホイッスラー等の、またドイツでは、ユーゲントシュティールの運動に加わり、ベルリン・ゼツェッション派のリーダーとしてドイツにおける印象派の創始者となるマックス・リーベルマン（Liebermann, Max 1847–1935）の作品に啓発され、「繪畫に於ける印象派」（一九〇九・三、「文章世界」）では、ジョン・サージェント（Sargent, John Singer 1856–1925）の「カーネーション・リリー・リリー・ローズ」（一八八五―一八八六）を取り上げ、「対象が印象された瞬間の『ありのまま』をキャンパスに線と色とで定着しようとする印象派の手法をこの絵を通して説明」[9]してもいた。印象派の絵画についての見解は、「文藝上の自然主義」発表の翌年、「欧州近代の繪画を論ず」に纏められるが、そこでは、画家が「事物から受ける図象を順序も関係も明暗の度も変へないで直さま写す」のみならず、「其の事物の一団が与へる気持」を描こうとするところに「印象派」の主張の「立意」があるとしている。「描写の方法態度」において「消極的」であるか「積極的」であるかの相違は、このように、「超越的意義」を捉えるための主体の関与の仕方に関わっている。「本来的自然主義」と「印象派的自然主義」が共にめざすのは「真」を捉えることだが、後者がより重視しているのは事実の客観的な把握というよりは、主観的な真実性の探求[10]なのだ。

第二節　「自然主義の価値」

第一項　「情緒的」と「情趣的」

「自然主義の価値」では、「文藝上の自然主義」における史的位置づけと構成論、及びそれに対する後藤宙外、樋口龍峡らの批判[11]を踏まえたうえで、「自然主義の最後の価値」についての、「自家の根本観」を明確にする。ここで「自家の根本観」とは、「情」の機制を解明、その主体的・能動的側面に注目しながら構想してきた美学理論を踏まえて「形式」「内容」の両面から自然主義の「価値」を説明することである。

抱月はまず、「自然主義」の名で呼ばれる「現時の小説」と、それ以前の小説の差異を、尾崎紅葉「多情多恨」「金色夜叉」と、正宗白鳥「何處へ」真山青果「家鴨飼」を「内容」「外形」（形式）の両面で対比的に分析しながら明確にしている。

「内容」上からいえば、「多情多恨」には、「作者の考へ方が一歩人生の意義といふ如きものと接近した跡」をみることができるとはいえ、「たゞ情緒を書いた」だけで、その「背景」への探求が欠けているし、「思想があらはに出てゐるだけに」前者より意味ありげにみえる「金色夜叉」にしても、その思想は「単純平明」な概念に過ぎない。また「外形」からみても、「幕背に作者の声容が透けて、言葉の遊戯、感情の遊戯、人事の遊戯をおもしろく演じて見せる」ものの、「性格」は「感情の表出」からするものでなく「頭で作つた」それであり、そのため、「人を真実にする力」は不足している。これに対し、「何處へ」は、「未発展の作であるため周囲が充実してゐない」にもかかわらず、「現人生の一辺が深い印象を読者に刻みつける」し、「家鴨飼」も「人生は味わひの深いものだといふ気持ち」を喚起する。このように分析した抱月は、新しい作風の特徴として、「外形」からいえば、「消極的」には「排技巧」、「積極的」には

「描写の自然」を、「内容」においては、「消極的」には「排遊戯」、「積極的」には「人生の意義の暗示」をめざしていると概括、自己の美学理論に照らして、新しい自然主義と在来的なそれとの差異を「外形」と「内容」の両面から明確にしたうえで、その「価値」を考察することを試みる。

抱月によれば、「審美的同情」の位相で「真」を追求するという目的においては、本来的自然主義も印象派的自然主義（新しい自然主義）も関心を共有している。しかし、両者の差異は、「外形」のうえからいえば、前者が「美的情緒（Aesthetic emotion）」の表出にとどまっているのに対し、後者即ち印象派的自然主義は、それを超えた「美的情趣（Aesthetic mood）」の具現化をめざしている点に求められる。

もともと、抱月の理論において、「情緒」は、美という「知」や「意」によって認識、判断することのできない領域を「感得」する「情」の、能動的、主体的側面に関わる機能として規定されていた。「感覚・想念」と「情緒」から構成される「情」において、「想念」が、「感覚」器官によって感受された外界からの刺激を統合、判断するのに対し、「情緒」は「判断に続ける我の態度」[12]として、「所動的」な反応であるに過ぎない「感覚・想念」とは区別されていたのである。例えば、「甘み」や「苦み」を感じるのは「感覚・想念」の機能によるが、「甘み」によって覚える快感を持続しようとし、「苦み」の与える苦痛を快感に転じようとするのは「情緒」の働きにほかならず、それゆえ、「情緒」は能動的、主体的ということができるのだ。むろん、「情緒」は常に美と等号で結ばれるわけではない。物語のなかで「義士の復讐の喜びに同感」することのできる「情緒」は「美的快楽」[13]だが、「みづから復讐的の行為を成就」したときに覚える「情緒」は美的ではありえないからである。

「情緒」が美と関わるのは、その能動的・主体的な働きによって、自己が現実の自己から離脱し、私的な利害から自由に「我他」が一体となったとき、つまりは「審美的同情」の位相においてであり、「美的情緒（Aesthetic emotion）」と「美的情趣（Aesthetic mood）」は共に、このように能動的・主体的に対象に「同情」＝一体化する「情」の機能を指す。しかし、「情緒」と「情趣」は、前者が、客体との一致によって「情緒的事象」の生成をめざすのに対し、後者が、創出された「情緒的事象」に対する「事後感情」「全体感情」である点において区別される。両者の差異は、「我他」(「主観」と「客観」)の一致をめざす前者に対し、後者が、そこで得られた「美的事象」を反省的に意識化し、「美的情緒」を統合するところに求められる。共に能動的・主体的であるとはいえ、対象に対する、直接的な「我」の反応であるに過ぎない「情緒」に対して、それを自覚的に統合(「観照」)していくところに「情趣」の意義があるのだ。

ところで、自然主義が「排主観」「排技巧」「無念無想」「描写の自然」を主張するのは、こうした「情緒」の能動的・主体的な機能に関わっている。自然に内在する客観的な真実を把握するためには、主観的な「情緒」の直接的な表出や、「技巧上の作為を生ずることによつて」「自然の真を遮ぎる」ことになる「情の誇張」は却けなければならないし、「知的方面に見はれた事象」、つまりは知的に認識された現象については、「利己的道徳的思量若しくは之れを表出せんとして生ずる技巧の念を絶する」ためにも「無念無想」の態度で接しなければならない。いずれにせよ、「一々相当の情緒の反応し来たつて事象と相即する」べく、「成るべく実験に近似して自然と思はれる方式に展開」させて、知的認識と美的情緒が「融会」し、「我他」が一体化した世界を忠実に表出するところに「客観的芸術」としての自然主義の「極処」があり、そこに「排主観」「排技巧」「無念無想」「描写の自然」が主張される所以もある。更に「美的情緒」と「美的情趣」の差異についていえば、「美的情趣」とは、このように「美的情緒」の働きによって表現された世界を、再び主観によって捉え直す働きにほかならず、印象派的自然主義がめざすのは、「情緒」によって客観化された世界を、「情趣化」を通して「活現」するところにあるとするわけである。[14]

第二項 「価値」

本来的自然主義と印象派的自然主義の相違の「外形」上からの説明は以上のようなものである。しかしむろん、「美的情緒」は「美的情趣」を目指さなければならないという風に序列化したとはいえ、それはあくまで方法上の指標であるに過ぎない。「本来的自然主義」に分類されてはいても「美的情趣」を捉えた作品もあれば、「印象派」を標傍しても「美的情緒」の表出さえできていないものもあるからである。しかし、いずれの立場を取るにせよ両者が共有しているのは、「真」＝客観的事実性の追求という「内容」上の課題であるとする抱月は、次に、自然主義の目的とする「真」＝客観的事実性の追求という「内容」上の課題と、文芸がめざす「美」の関係の考察を試みる。

ゾラ、イプセンなどの自然主義系の作家達は、「宗教問題」「社会問題」「道徳問題」等を取上げ、実証的精神に基づく科学的認識に拠りながら「社会問題」「科学」「現実」等の「道徳的又は実際的」意義と関わる客観的真実＝「真」の探求を主題とした。しかし、抱月によれば、それは、彼等の作品が、芸術的に優れていることと同義ではない。[15]芸術の究極の目標は「美」の探求（＝表象）にあり、美とは「道徳」を超越した「絶対的快楽」にほかならならないからである。とはいえ、むろん「美」は「快楽」と等置されるわけではなく、ロッツェもいう通り、「快楽其者 Lust an sich といふこと」は、「単に之を楽むところの精神の良好状態」を指すのみならず、同時に「之に機会を与へるところのもの、客観的の美、秀逸、善の承認」[16]と不可分のものであり、美的「快楽」とは、単なる感覚的快楽ではなく、反省的に自覚された感覚的快楽でなければならない[17]以上、「道徳的又は実際的意義」を無視して文芸の美、つまりは価値を測ることはできない。作品が客観的認識や道徳的判断の類の「道徳又は実際的意義」においてのみ評価されるとしたら、「道徳を説くものであつたら修身書になり、教義を説く者であつたら説教集」となんら異なるところはないし、また、「快楽」の面においてのみ評価されるとすれば、「講談落語遊戯飲食の楽み」とどれほどの「径庭」があるわけでもないからである。「如何なる動機から生ずる文芸でも、結局美の一義に括られるに於いて二つは無い」のであり、事情は、「真」の把握をめざす自然主義の場合も同様である。自然主義の目的は「畢竟実際的意義が真といふ名を被つて快楽と相擁し以て美の要求を全うせんとする」ところにあるが、その標榜する「真」の探求も「美を有価ならしむる範囲」

において価値を有するのである。だが、それでは自然主義がとりわけ「社会問題」「科学」「現実」等をめぐる問題を取り上げ、その背後に潜む「真」を剔抉しようとしたのは何故か。抱月は、その理由を次のように説明する。

何ゆゑ特に自然、物質、現実などいふものを自然主義の要件とするか。曰はく此等のものは従来の主義の偏したものを解決せしめんがために必要なのであつて、其の跡に入り代はらしむべき主義として必要なのではない。理想主義写実主義等が文明、精神、理想等の表面的なものの蔭に自然、物質、現実等の裏面的なものを押し隠した人生を描いたのに反抗して、斯かる偏した人生を破砕せんがため、隠れた反面を大膽に暴露し、以て真実な全人生と触面せしめる。約言すれば是れによつて本当の世相を知らせる。拵へ物の人生でないものを味はせるといふに帰する。(「自然主義の価値」八)

自然主義が「真」を標榜するのは、「套窩に陥つて単なる空想の遊戯」になってしまったかにみえる在来の文芸が隠蔽した「人生の意義」、「隠すこと無き人生」を「大膽に暴露」し、「真実な全人生と触面せしめる」ためである。したがって、現実の一部である限り「肉欲」の赤裸々な描写も必要とされる。それが「全景の背後に髣髴せられる厳粛な深意義」と共に読み取られるとき、「肉も亦厳粛な意義を帯して来る」ことになる筈だからだ。事物の背後に隠された「一番奥深いものを、そのまゝ衣装を着せないで赤裸々に掴み」だしたいというこの精神を、自然主義は「クラシシズムの形式観に反抗して」起こったロマンチシズムから受け継いだが、「既成物の破壊」「因襲道徳」の打破を掲げて同じく制度的桎梏と化した在来的な価値観の解体をめざしながらも、なんらかの「解決」を提示しない点でロマンチシズムと袂を分かつ。自然主義がめざしているのは「破壊還元の事実」の探求であっても、「還元主義といふ解決」ではないのである。

「真」＝客観的事実の探求という「思想」を以上のように説明した抱月は、「内容」の面から自然主義を性格づける特色として「因習破壊新機軸発揮」「現実重視」という目的を指摘した上で、現在の（日本の）自然主義の性格を示す指標として「現実のなかに直ちに絶対を見んとする東洋的傾向」を挙げている。

抱月は「東洋的傾向」について、「偏に上に向つて終に人生を超せん」とする思想に対して「下に向つて之れを求めんとする」ことを志向する文学・思想の傾向を指し、「現実を滅却し変形して目的に至らんとする」のではなく、「現実を充足し展開」して「直ちに、絶対神秘の一物を指し、中間の説明を以て満足せざらんとする宗教的傾向」であるがゆえに現在の精神状況のなかで、「一般思潮が既成宗教から去つて求めんとする所」と「合期する」ところがあるとしている。

いうまでもなく、ここで前者が指しているのは、一八九〇年代末から、抱月が留学した一九〇〇年代初頭にかけて文壇と論壇に吹き荒れた、高山樗牛の「美的生活」論や綱島梁川の『病間録』によって代表される「懐疑」と「煩悶」の嵐――日本的「スツルーム・ウント・ドラング」の季節における思想傾向であろう。「偏に上に向つて終に人生を超せんとする」思想という言葉が想起させるのは樗牛だが、「第一義」を求めてめまぐるしい転変を重ねた思想的遍歴の折々に、「日本」、「ニーチェ」、「日蓮」という「理想」や「解決」を提示したものの、その言説が結局は「中間の説明」に過ぎなかったことは、抱月もイギリス滞在中に「新小説」に寄せた「思想問題」（一九〇三・二）で説いていたところだ。しかし、「バイヴルを読めばバイヴルの口真似し、平家を読めば平家の口真似し、ニイチエを読めばニイチエの口真似し、日蓮を読めば日蓮の口真似する」（同上）機会主義者と批判されながらも、その言説の「機会主義」的な表面の底に一貫するのが、進歩と合理性を旗印とする認識の枠組みを超えた、人生の「根本義」への渇望であったこと、またそれが「一般思想」が「既成宗教から去つて求めんとするもの」[18]と対応していたことは改めていうまでもない。そして「囚はれたる文藝」が、今後の文芸の針路を方向づける指標とした「宗教的」という概念が、先述した通り宗教的超越を美的超越と相即して把握する梁川の営みから示唆を受けたとはいえ、基本的には彼が先駆的に担った「懐疑」と「煩悶」の季節に醸成されたものであることもいうまでもないだろう。

抱月が「自然主義の価値」を書いた前年には、樗牛はいうまでもなく、梁川もまた「蚤世」していた。二人の追悼文ともいっていい「樗牛　梁川　時勢　新自我」(一九〇七・一一「早稲田文学」)と題した一文で抱月は、「殆ど全身を挙て文芸の人」というべく「燃え上る燄の如く常に動いてゐた」樗牛に比して、梁川を「たとえば熱鉄の打つに従つて火花を発すやうな」「何処かに堅実といふ観の伴ふ」「文芸に加ふるに宗教を以てした」人という風に追憶、前者が「他者を破壊せんとする自己」を生きたのに対して、後者は「破壊後に展開せんとするの自己」を体現することをめざした人として評価していた。[19]「スツルーム・ウント・ドラング」を経て、文芸もまた現実を凝視することを通して超越的なものに至る道を模索するようになっていたのはみてきたところだ。抱月はまた自然主義と写実主義の相違について、「真」を隠蔽する機能を果たすことができなくなってしまったかにみえる後者に対し、「中間相対の理想や解決を抛擲」し、「直接之れを揣摩せんとする所」に前者の「新生命」を認めている。この転換において梁川の果たした役割は少なくない。梁川こそは、個体の内部に沈潜し、自己をめぐる現実を凝視することを通して、内在的に、既成の「道徳」や「科学」による合理的解釈を超えた「第一義」に到達する方向を模索した人だったからである。「自然主義の価値」は、「我等が憧憬の本体を今一度現実に返せ、現実の生に返せ。自然主義は此の叫びとも聞かれる」という言葉を最後に付け加えて結ばれる。[20]

抱月が「自然主義」において認めたその「価値」とは、結局、現実認識をめぐる思考の徹底にあった。樗牛や梁川の「憧憬」したものの「本体」、即ち「第一義」は、徹底した「懐疑」に晒され、「現実」を通して検証されなければならないのであり、「現実」という場における、「懐疑」を介した認識の営みの徹底にこそ、抱月はロマンチシズムや写実主義に対する「自然主義の価値」の優位性と現在の時点における必要性をみたといっていい。「憧憬の本体」は

「現実」に照らして検証されなければならない。だが、その検証の場たるべき「現実」とは、具体的には主体をめぐるそれ、つまりは彼の置かれた生の現実をおいてはない。

「文藝上の自然主義」と「自然主義の価値」によって自然主義を史的に位置づけ、自己の美学理論に組入れながら文芸をめぐる現在の状況のなかでの「価値」付けを試みた抱月が、次に取り組まなければならないのは、自己の置かれた生の現実に照らして自然主義をどのように意味づけるかという課題である。

---

1 *The History of English romanticism*, 1899–1901.

2 *Art and Morality*（＊La moralite de la doctrine evolutive,1896.）tr. by Arthur Beatty, 1899.

3 *Influence of literature upon society*（＊De la litterature consideree dans ses rapports avec les institutions sociales, 1800.）tr. from French, 1812.

4 Die Entstehung der neuen Äesthetik, 1886.

5 Das Wesen der kunst：Grundzuge einer realistischen kunstlehre, 1901.

6 *Literature in the century*,1900.　＊邦訳は『近世大陸文学史』（松原至文〈一八八四―一九四五〉訳述、一九〇九・一一、昭倫社）

7 「徹底主義」については、アルノー・ホルツ／ヨハンネス・シュラーフ『ドイツ徹底自然主義作品集』（アルノー・ホルツ研究会訳、一九八四・一二、三修社）参照。

8 Bartels, Adolf, Geschite der deutschen Literatur, 1901–2, pp.55–559.

9 岩佐、前掲『抱月のベル・エポック――明治文学者と新世ヨーロッパ』一四四頁。

10 ゾラ流の自然主義にみられる「事実」の科学的客観的追求よりも、主観における「真実性」の探求をめざす「印象派自然主義」を重視したのは、先述した（本書第三部第一章第一節―第三節）ように、世界を選択されるべきものと見做す「生の哲学」に同意し、それゆえにまた「観照」を主体的に「理想」を捉える営みとみる（本書第三部第八章第三節）ようになる彼の立場からみれば当然であったといえる。

11　中島徳蔵（一八六七―一九一九）「『自然主義』の理論的根拠」（一九〇八・四、「中央公論」）、後藤宙外「自然主義比較論」（一九〇八・四、「新小説」）、樋口龍峡（一八七五―一九二九）「自然主義論」（一九〇八、「明星」）、岩野泡鳴「文界私儀」（一九〇八・四・二六、「讀賣新聞」）など。

12　本書第二部第三章第二節参照。

13　本書第二部第三章第二節参照。

14　もっとも、「情緒的」と「情趣的」の区別が、必ずしも正しく理解されなかったのは、両者が「截然区別されて存すべきか」という樋口龍峡の疑問も示す通りであろう。樋口は「醒めたる自然主義」（一九〇八・七、「新小説」）でこの区別について、両者の差は、結局は、対象に対する「同情」の「程度」の差にすぎないとしている。なお、樋口は抱月の「外形論」について、次のように概括している。

《自然主義は第一段第二段の利己的道徳的思量、若しくは之を表出せんとして生ずる技巧の念を絶ち、及第三段の情的反面に執する念及び之より生ずる技巧的誇張を斥ける。排主観といひ排技巧と言ふは是であると説く。平たくいひかへて見れば自然主義の主張は自然の真を可成その儘に写さうとする。人物を描きその情を写せば、冷やかな傍観的態度を取つては成らぬ。その人物の心になつて写せばおのづから自然の真を得る。故に、十分の同情を以て描け、（主客合体）、作家の主観を示してはならぬ。（排主観）。自然に近づくのがその要諦であり、理想であり、又自然らしく写すのが自然派の技巧であるから、それ以外の自然を蔽ふやうな技巧を用ゐるを避けよ、（排技巧）。随てあまり人物に同情してその情緒を誇張的に写すのも宜くない。（情緒主観の排斥）。利己的道徳的思量を現はすのも避けねばならぬ。（排理想）。と云ふのが抱月君の自然主義の究境の意義である。極めて穏健な代りに、何の奇もなく、奇矯もない。唯学理的に言ひ現はしたに過ぎぬ。否自然主義の本領は是でなくてはならぬ。》

15　本書第二部第六章第三節　第二項参照。

16　朝永三十郎「ロッツェの史的位置」、前掲『ロッツェ』四九頁。

17　本書第三部第一章章第二節参照。

18　岩佐、前掲「自然主義前夜の抱月」参照。

19　岩佐、前掲「自然主義前夜の抱月」四七頁。

20　この論については、川合貞一（一八七〇―一九五五）から疑問が提出（一九〇八・五・二〇、時事新報、「自然主義」）された。

第六章

美学的文芸批評の展開――その四　芸術と実生活

第一節 「藝術と実生活の界に横はる一線」

憧憬の本体を現実の生に求めんとする思想が現はれて文芸上の自然主義となる。吾人は「自然主義の価値」論の結末で此の意を一言して置いた。されば當然次いで来たるべき考察は、其の所謂現実生活と芸術との交渉如何といふ問題である。(「藝術と実生活の界に横はる一線」一)

「プレゼント・テンス」として自然主義を選び、「文藝上の自然主義」と「自然主義の価値」を書いた抱月を支えていたのは、自然主義を単なる「現実」の「科学的」分析による認識の方法と見做すのではなく、「現実」の「科学的」

分析が「絶対最上の一物」に到達するために不可避であるという認識である。だがこの場合「現実」とは、自己という主体の実生活を措いてはありえない。「現実」、つまり実生活において「芸術」とはなにか、というよりそもそも実生活とはなんであり、芸術とはなにか。「藝術と実生活の界に横はる一線」では、この問題が改めて問い返されることになる。

抱月はまず、「実生活」を、人生の「諸活動の中から特に一つ芸術活動を取り除いた」ものとして定義したうえで、「芸術」を「余贅力の放散」であり、「一種長閑な別天地の事」「無用の閑事業」に過ぎないとするスペンサー流の観点については同意することができないという「美學と生の興味」でも強調した立場を確認する。ただ、芸術の創造や享受に「長閑な浮世離れのしたやうな」印象が伴っているのは事実であり、それが「無用な閑事業」と見做す説の根拠となっていることは否定できないとして次のように述べている。

芸術が与へる印象の中には、何と言ひ前《ママ》しても、一点この齟齬の実行世界と相離れた所がある、けれどもそれは決して遊び事であるからでは無い。単に浮世の苦労が無くなつたといふ消極的の意味では無い。言はゞ、更に深い生活に這入つたからである。手足を動かしてゐる間は、其の動いてゐる部面だけは真実だが、覚醒、自照、自鑑、要するに意識といふ貴い部分に於いてまだ真実の度に至つてゐないのである。真実が此の部面に達した時手や足の活動は休むかも知れない。けれども同時に我が心には今迄無かつた別の意識が眼をあいて来る。（中略）一種超越的の感を伴ふことになる、手や足の実行の世界から見ればたしかに閑事業とも言へる。しかも尚此の場合の閑事業は中に千万重の大匆忙を包括してゐる。実生活裡の情緒波瀾は如何なるものでも芸術に這入り得ない例は無い。大匆忙が直ちに大閑寂なのである。（「藝術と実生活の界に横はる一線」四）

芸術の与える「快楽」を、このように「超越的の感」＝「今迄無かつた別の意識」を覚醒させるところにあるとした抱月は、更に、芸術を創作し、享受しようとする衝動は人間にとって根源的な本能であるとし、「アメリカのゲーレー氏スコット氏合著『文學批評の諸流及諸材料』[1]と題する書」[2]が分類した、ボールドウィン（Baldwin, James Mark 1861–1934）、ブラウン（Brown, Baldwin 1849–1932）、「ドグリーフ」（De Greef, 1842–1924）、ギッディングズ（Giddings, Franklin 1855–1931）らの「芸術本能（又芸術衝動　Art-impulse）」[3]に関わる諸説を検討、人間には「自己を表白せんとする本能的衝動」、即ち「自己表現本能」があるとする。芸術作品の創造に人を駆り立てるのは「唯一図に其の品を其の品らしく作らうとする」衝動だが、それは「他面から言へば自己中に所有してゐる感想を其のまゝ減殺する所なく直写しやうとする」それ、つまりは「自己表現の衝動」にほかならないからである。

芸術作品をこのように「自己表現の衝動」の産物であるとした抱月は、更にこうした定義に準拠して、「価値の目安」となる基準もまた、変更されるとする。いかに自己が表現されているかが作品評価の「標準」とされなければならず、ここに「作者の個性の出ると否とを最後の判断とする批評」が出現することになるとするわけだ。

しかし、芸術作品を「自己表現の衝動」の産物であるとし、評価の「標準」を「作者の個性」の表出に求めるというだけでは、必ずしも説得的とはいえない。芸術の営みは自己表現にほかならないが、この場合の自己とは、実生活を営む自己とは異なり、それを遊離した自己一般にほかならないからである。この認識を欠落したままでは「他人の自己表現が何の為め我れに価値を生ずるか」という疑問にも、また「単に自己を表現さへすれば、果たしてそれが芸術として満足せられやうか」という問いにも十分に答えることはできないのだ。

「実生活」を営む自己と、「芸術」における自己はそれではどのような点で区別されるのか。いうまでもなく、前者の目的は、「一切自己の保存及び拡張」にあり、自己の活動も「一局部的」といわなければならない。例えば、嫉妬に駆られて妻を殺してしまう『クロイツェル・ソナタ』（*Kreutzer sonata*, 1870）の主人公の場合などはその一例である。トルストイが「一筋途を狭く執ねく追うて」いるように、「ボツニセフ」（ボズドィニシェフ）を捉えているのは「自己の利害欲」だが、彼が示す如く、実生活において自己は、「利害の念」を離れることはできないのだ。

これに対し、芸術における自己が「利害感と距た」っているのは、カント以来指摘されてきたところであるのはいうまでもない。『クロイツェル・ソナタ』を例に引いていえば、ボズドィニシェフの行為を現実に目撃したとすれば、その事件が自己に及ぼす利害の感情は「我的」だが、「それを忘れてボツニセフ其の人の此の刹那」の「利害感情を我が心に感受してゐるのは他的」といえる。

「実生活」における自己と、「芸術」におけるそれとを区別するこの観点は、これまでみてきたように、「審美的意識の性質を論ず」以来、抱月が基本的に依拠してきたものだが、同時に、そこには、「美學と生の興味」にもみることのできる、「移感」（感情移入）理論も影を落としている。抱月がリップスの感情移入理論に明確に言及するのは先述した[4]通り一九一一年に公にした「リップス氏美學思想」においてだが、ここでは、リップスの名は明示されていないものの、美的な観照を「現実界」の利害を「超絶」したものと見做し、「全現実界を超絶せる絶対界」たる「美的実在性」の世界を経験することができる自己を「理想我」として「現実我」から区別する「移感」理論が踏まえられているとみることができるのである。

そしてこの観点から、「新自然主義」を標榜して「観照即実行」を唱えた岩野泡鳴の一連の主張[5]が、「素材としての情緒と、それが芸術の形を取る瞬間の心的状態とを混じた粗忽」、「乃至は夫の実感と仮感との説を誤解したもの〻亜流」として斥けられ、芸術が自己を「第三者化する所に出発の罅隙を求める」ものであり、「単に自己の慰安のため満足のために泣いたり叫んだりする域から、生の味ひの妙境を保留し表現したいといふ域」に到達したときに成立するものであることが確認される。「情緒」（「情」）は、美の条件ではあるが、「情緒」そのものは美ではない。美は「情緒」を欠いても成立するが、「情緒」が必ずしも美的とはいえないのは、「慟哭」「驚愕」等の「苦しく厭わしきまでに劇甚なる」場合が示しているところでもある。[6] だが、泡鳴は対象に対する「我」の反応の結果であるに過ぎない「情緒」を、そのまま芸術の世界におけるそれと直結してしまっているというのが抱月の批判の眼目である。先述したように、「移感」理論に従えば、「現実の世界を仮に絶対の世界」[7]とする営みである芸術の「観照」は、「現実の美的な否定」にほかならないが、しかし、「美的否定」は同時に「美的観照を否定し得ないもの、即ち事実として発表されたもの、完全な妥当性及びそれに応ずる美的翫賞」を惹起するが故に、実は現実の「美的な積極的な肯定」であり、それゆえ発表手段（表現）もまた「美的否定」を経過しなければならないとされていた。泡鳴の場合でいえば「実行」（現実界）において得た「情緒」も、「観照」においては一旦否定され、この「現実界とは全く異なる世界」の秩序に従わなければならない[8]にもかかわらず、両者を混同したところに、その「粗忽」があるとするのである。

また、抱月の「自然主義の価値」が「投観」（感情移入）理論の上に立論されていることを認めたうえで、「自然美」や模様、等の「低級芸術」に対して「その客体が人間や動物なら彼我の情の融合もあり得やうが、風景や建築に関しては合体しやうにも相手の情はない」とし「この際之を美しと見ても、其間に第三段階の情、即ち客体の情と我の情との融合と云ふ如きものがあり得やうか」という疑問を提出した樋口龍峡の「醒めたる自然主義」（一九〇八・七、「新小説」）に対しては、「同情」（感情移入）の対象が人間に限られるわけではないことを説く。もともと「審美的意識の性質を論ず」や『新美辭學』で抱月は、あらゆる美は快楽であるという基本の定義を前提に、「形式美」と「内容美」を区別、前者が与えるのが「外界から感覚が受けた刺激や、それに対応する『想念』が直接に美と感じられるような快楽」であり、「巣なる模様」や「快適なる色のみを材とせる彩色」はいずれも「形式美」[9]と規定していた。ここではそうした定義を踏まえたうえで、「ドイツのアインフュールングの論者」の説を援用、「均整の形をした模様」があるとすれば、その「均整は我が心作用の均整の方面と感通」し、「先方の均整な模様に我が心の均整から生ずる一種快適な情が乗り移り、さながら均整な線條色彩が生きた本自の情を持つてゐる如く感ぜられる」のだとし、これも「他的同情」と考えるべきだとするのである。「ドイツのアインフュールングの論者」とはリップスのことを指すが、人間のみならず、「動物より下つては無機物」まですべてが「同情」の対象となることは前出「リップス氏美學」でも強調されていたところであり、ここでは龍峡の「移感」理論理解の半端さが、かえって暴露されることになったといえよう。[10]なお龍峡の「移感」理論の理解が、フォルケルトの感情移入理論の表面的なそれにとどまるものであったことは、同じ論文のなかで「作家はその描く人物性格の心持になつて、深い同情を持つて、恰も自分がその人物性格のつもりでなくてはならぬ」としているところなどにも露呈している。感情移入の対象となるのが、作中の「人物性格の心持ち」ではないのは、後に深田康算が『ロメオとジュリエット』を例にしながら、ロメオの「言語と動作」が喚起する感情を、一列の事件や一連の関係も含めた舞台全体の喚び起す感情と混同するという誤解を、フォルケルトの理論の欠陥に遡って批判したのは先述したところでもある。[11]

さて、みたところからすれば「芸術」と「実生活」の境界に「横はる一線」とは、結局は「観照」という超越的世界と実生活を隔てるそれにほかならない。自己の利害に拘束される実生活は、「観照」においてこそ、「局部我より脱して全我の生の意義すなはち価値」に到達することができるのだ。その齎すのは「生の味」ともいうべき「懐しいやうな忘れがたいやうな気持」である。

今まで右でも左でも自己の利害といふ岩石にぶつかつては激してゐた感情の浪が、其の岩石から距てられて、始めて過去経験の一切を含蓄する自己内の人生図の海に平衡を得た意識で、つまり一局部に跼蹐してゐた種々の心生活が其のまゝ全関的に暢達する所に生ずる気持である。（中略）此所に至つて芸術活動は実生活と異なる条件を完成する。芸術と実生活とは実に局部我より脱しむて全我の生の意義すなはち価値に味到するといふ一線によつて区界せられる。（「藝術と実生活の界に横はる一線」八）

こうして、「観照」、即ち芸術の営みにおいてこそ「人生」の「価値」を「自識」することができるとする抱月は、芸術はむろん「功利の為の芸術（Art for Utility's sake）」であってはならず、また「芸術の為の芸術（Art for Art's sake）」でも「自己の為の芸術（Art for Selve's sake）」でもなく「生の為の芸術（Art for Life's sake）」でなければならないという芸術観を提示する。

「生の為の芸術（Art for Life's sake）」とは、それではどのような芸術をいうのか。「藝術と実生活の界に横はる一線」では、それは明確に提示されることはない。だが、そこに、トルストイが『芸術論』（一八九七）で展開した芸術観が投影していたことは確かであろう。

第二節　トルストイ『芸術論』

トルストイの『芸術論』に抱月が言及することになるのは、「囚はれたる文藝」からである。むろん、一九世紀後半の一時期、いわゆる「トルストイ主義」として世界的な広がりをみせたトルストイの作品は、日本でも一八九〇年代から紹介されてはいた。[12] 日露戦争のさなかには明治天皇とロシアの皇帝の双方に戦争を中止することを求める書簡を送ったことでその名は一般にも広く知られるようになっていたし、[13] イギリス滞在中には抱月も、ロンドンでツリー（Tree, Beerbohm 1853—1917）一座の「復活」（*Resurrection*,1898–99）を観劇している。しかし、抱月の美学関係の論考のなかに、その芸術観の影響を認めることができないのは、これまでみたところからも明らかだし、ヨーロッパ滞在中の日記にも、それを摂取した痕跡を見いだすことはむずかしい。[14] トルストイの仕事の全容を英語圏でも広く知ることができるようになるのは、彼の最初の伝記の著者でもあり、一八九八年から全集を英訳したモード（Maude Aylmer 1858—1938）の訳[15]が出現してからであったかと思われる。[16]「囚はれたる文藝」を発表した年には、やはりモードによるトルストイの著作年譜を付けた有馬祐政（一八七三―一九三二）訳の『藝術論』（一九〇六・一〇、博文館〔帝國百科全書一五五編〕）も刊行されていた。[17]

ヨーロッパより一〇年ほど遅れた「トルストイ・ブーム」のさなかに刊行されたトルストイの『藝術論・沙翁論』（一九一六・三、早稲田大学出版部、「トルストイ論文集―⑴―」）の「序文」で、訳者代表の相馬御風はこの論を「人道主義の見地から近代芸術の陥つた堕落状態に対する根本的批判」と概括しているが、ここで御風もいう通り、トルストイの『芸術論』の特徴の一つは、芸術あるいは美の本質について定義するのではなく、その存在理由について、「人道主義の見地」から、きわめて明快な規定を試みたところにあった。とはいえ、トルストイの論理の展開は決して、「非論理的」で「独断的」なものであったというわけではない。[18]

トルストイは、まず第二章から第四章で、鷗外も忍月との論争で参照したシャスラーの『美学批評史』（Kritische Geschichte der Aesthetik, 1872）やナイト（Knight, William Angus 1836–1916）の『美の哲学』（*The philosophy of the beautiful: being outlines of the history of aesthetics*, 1891）など、彼がこの論を纏めた一八〇〇年代後半の時点では最も新しい美学史の成果に依りながら、ホーム、バーク、ヘーゲル、フィヒテ、シェリング、ショーペンハウアー、ディドロー（Diderot, Denis 1713–84）、ヴォルテール（Voltaire 1694–1778）ら西欧の美学に関する言説を跡づけ、自然及び芸術作品において、「主観的」には「特殊な或快感を与へるもの」を、客観的には、そこに内在する「絶対的なサムシング」が美であるとし、「此二つの定義は同じもの」であるという認識を共通の了解事項として確認する。第三章「バウムガルテン以後今日に至るまでの美学説の大要」を中心とするここまでの理路はきわめて整然と展開され、「立論の尋常な手続きを踏んでいる」[20]といっていい。[19]

トルストイはしかし、芸術の目的を「快感」に求める在来的な定説を認めることができないとして、「芸術を正確に解釈しようとするには、先ず第一に芸術を快楽の手段であると考へるのをやめて、人生の一条件であると考へ」るべきことを主張する。

哲学者の云ふやうに、芸術はある神秘的な美の観念乃至は神の表現ではない。又美学的生理学者の云ふやうに、累積的の余贅の放散する遊戯でもない。外的符号による人の情緒の表現でもない。そして特に云つて置かなければならない事は、芸術は快楽ではなく、同一感情で人々を結び付けて、人と人との間の一致を図る手段で人生並びに個人及び人類の幸福への進歩に必要欠くべからざるものであるといふ一点である。（『藝術論・沙翁論』九五頁）

要するに、芸術を「絶対的完全、観念、精神、意志、神」の顕示[21]とみる伝統的な形而上学の捉え方や、人間が蓄積したエネルギー、即ち「累積力の余贅の放散する遊戯[22]」とみなす生理的美学の観点を却け、人生に不可欠のものと見るところにトルストイの主張があった。こうした明快な断言が、バウムガルテン以来の形而上学による美の抽象的原理的説明にも、「芸術」を「余贅力の放散」であり、「一種長閑な別天地の事」「無用の閑事業」に過ぎないとするスペンサー流の芸術観にも飽き足りず、「生の増進」（「美學と生の興味」）という観点から芸術の人生における意義を模索していた抱月に一つの示唆を与えたことは、「囚はれたる文藝」の次の一節からも窺うことができる。

彼れおもへらく、美の客観的説明は次第に蹉跌し去りて、主観の感情のみとなれり。文芸は快感情にして、また他に対して感染力を有するものなり。文芸は文芸の為めにあらずして、人間の為めに存在す。故に又道徳とも無交渉なること能はず。文芸が感染的に人と人とを結合するは善事ならずや。（「囚はれたる文藝」第十四）

しかし、「人間の思想及び経験を伝達する言語」が「人間を融合する」のと同様、芸術は「他人の感情を受納れる事の出来る人間の能力を根底」にし、「感情を他人に伝達する手段」として、「一人の人が同一なる感情で他の一人又は幾人かと自己を結び付ける」という意味で、人生に不可欠な条件とするトルストイの主張に、自身の理論を補強する観点を見いだしたとはいえ、「上流階級の人々が教会基督教の信仰を失つた時から、美（即ち芸術から受ける快感）が芸術の標準となつた」とし「芸術の伝へる感情の価値を決めるもの」をキリスト教に求めた点については、次のように疑問を表明している。[23][24][25]

茲に基督教といふは、其の踏襲的意味をいふにはあらず、其精神を指すなりと。其精神は可なり。されども、尚ほ之れを基督教と限るが故に、之れに合せざるものは不善となり、不美となりて斥けらる。殊に近代の文芸に至りては、此の如き、藩籬の中に入り得ざるもの、数ふに遑なからん。而も我等は此等の凡てを一掃して火中に投ずるの勇気を有せず。トルストイは基督教に囚はれたるにあらざるか。（「囚はれたる文藝」第十四）

抱月は、「人間の情操の評価の根底」には、「全社会に共通した宗教観念が存在」し「芸術の伝へる感情の価値を決めるものは此宗教観念」であるとするトルストイの見解のすべてを否定したというわけではない。抱月が反対したのは、トルストイが、善や悪、美や醜を決定する基準となるのは、「全社会に共通」する「宗教観念」であり「此普遍的な宗教観念」を、「世界を克服する信仰は、キリストの教えの信仰[26]」であるという確信のもとに、キリスト教に限定したところにあった。「トルストイは基督教に囚はれたるにあらざるか」とした理由もそこにある。

知られるように、『芸術論』でトルストイは、「ボードレール」、「ベルレーヌ」、「ベックリン」、「クリンゲル」（Klinger, Max 1857–1920）、「ワグナー」、「リヒヤルト・ストラウス」（Strauss, Rihard 1864–1949）など、文学から美術・音楽に至る現代芸術家の名前を列挙し、彼らの代表する現代芸術を「倦怠感以外何もつたえない」頽廃芸術として批判、その「頽廃」と「堕落」の原因を、「教会基督教の信仰を失つ」た「基督教国民の上流階級」の芸術が芸術の名を専有するようになったところに求めた。[27]「基督教国民の上流階級が教会基督教の信仰を失つ」て以来、「上流階級の人々の芸術は自からその他の人々の生活」と断絶し、「民衆芸術と貴族芸術」に二分され、その結果、「吾々人類が達した最高感情――宗教的知覚から流れ出る感情――を伝へやうとする芸術活動力の代りに、社会のある一定の階級に最も大なる享楽を與へることを目的とする活動力を持つ」ようになり、「あらゆる広い芸術の領土から、この特殊な階級の人々に享楽を與へる部分のみが分離されて、独り芸術と呼ばれるに至つた」[28]のである。

抱月が、芸術を、人と人を同一の感情によって結びつける手段であるとするトルストイの見解に同意したのは「移感」論を基盤にした美学の構築をめざしていたところからすれば当然といえる。また、芸術の基盤、人を同一の感情によって統合する感受性の源泉が宗教にあるとするトルストイの意見に必ずしも反対であったわけでないのは、「其精神は可」という言葉も示している。更に、トルストイと同様、芸術を「社会のある一定の階級に最も大なる享楽を與へることを目的とするものであつてはならない」と見做したことは後年の民衆芸術論への接近や芸術座の実践が証しているところでもある。

だが、人類の進歩につれて人が経験する新しい生き生きとした感情を伝えるものが芸術[29]であり、その土台の一つに宗教的感情を数えあげることができるとして、その感情はキリスト教という宗教的知覚を土台としたものに限定していいのか。更に、ここでトルストイが列挙した現代の芸術家達の作品は、「特殊な階級の人々に享楽を與へる」[30]ことだけを目的とする「擬芸術[31]」として一蹴されるべきものに過ぎないのか。「我等は此等の凡てを一掃して火中に投ずるの勇気を有せず」とし「トルストイは基督教に囚はれたるにあらざるか」という言葉も示すように、抱月の疑問はこの点に関わっていたといえる。いわば抱月は、人生のための芸術という観点をトルストイと共有したが、現代芸術を頽廃の産物と見做し、頽廃の原因をキリスト教からの背反にあると断じた点には同意できなかったといっていい。芸術の目的を人生の観照に限定する立場が、ここにもみられるわけである。しかし、それは同時に、彼の主体的立場をもまた、改めて明確にすることの必要も自覚させた。芸術が人生のために存在することはいまや明白だが、それではその人生とはなにか。というより、トルストイのようにキリスト教という信仰も持たず、ベックリンやヴァーグナーの芸術を頽廃の産物と断じることもできない自分にとって、人生とはなにか。「序に代へて人生観上の自然主義を論ず」が、この必要の自覚のもとに書かれることになる。

---

1 *An introduction to the methods and materials of literary Criticisms the bases in aesthetics and poetics,* Gayley, Charls Mills and Scot, Fred Newton, 1899.

2 正宗忠夫抄訳『文學批評論』（一九〇三・九、早稲田大学出版部）＊講義録

3 ここで検討の対象として列挙されているのは、以下の諸説である。
(1)模倣本能（Imitative Instinct）
(2)自己表現本能（Instinct for Self-Expression）
(3)遊戯衝動（Play-Impulse）
(4)秩序本能（Instinct for order）
(5)吸引本能（Instinct to Attract Others）
(6)威嚇本能（Attempt to Repel or Terrify
(7)交通衝動（Impulse to Communicate）
(8)心霊具体本能（Desire to Obtain an Image of the Intangible or Sprritual Part of Man）

4 本書第三部第二章参照。

5 岩野泡鳴が「讀賣新聞」付録に書いた「文界私儀——中島氏の『自然主義の理論的根拠』」（一九〇八・四・二六）ほかの一連の自然主義論。なお、泡鳴は一九〇七年から不定期で「文界私儀」と題して「新自然主義論」を展開、『新自然主義』（一九〇八・一〇、日高有倫堂）に纏めた。

6 本書第二部第六章第二節参照。
7 本書第三部第二章参照。
8 本書第三部第二章参照。
9 本書第二部第六章第五節参照。
10 本書第三部第二章参照。
11 深田康算「感情移入美學に就て」(一九一一・三、「藝文」、『深田康算全集』〈第二巻〉一九三〇・一〇、岩波書店)九二頁。本書第三部第二章参照。
12 日本におけるトルストイの受容については、柳富子『トルストイと日本』(一九九八・九、早稲田大学出版部)参照。
13 Tolstoy, Lev, Nikolaevich, *Bethink yourselves*, The Times, June 27, 1904.
14 *The life of Tolstoy : first fifty years*, 1910.(邦訳『トルストイの生涯:決定版』一九三六・八、日本書荘)。
15 *The complete works of count Tolstoy*, tr. From Russian and ed. by Winner, Leo, 1904–1912.
16 *What is art*, 1899.
17 『藝術論』には巻末に「アイルマー、モードが新訳にかゝるトルストイ作『闇の力』の巻後」に収められた「著作年表」をもとにした著作年表及び簡単な紹介が収録されている。
18 中村融「トルストイズムと〝芸術とはなにか〟について」(トルストイ『芸術とは何か』一九五二、角川文庫)二五二頁。
19 小堀桂一郎によれば、鷗外は、シャスラー『審美学史』(Schasler, Max, Kritische Geschichte der Äesthetik, 1872)に多くを依拠したふしがみられる。「審美史綱」(未定稿)はその要約。小堀桂一郎『森鷗外――文業解題〈翻訳篇〉』四二一頁参照。
20 中村唯史「顕示する『私』――トルストイとその受容をめぐる一試論」(『山形大学紀要〈人文科学〉』十四巻・三号、二〇〇〇・三 山形大学)、一二九頁。中村は「まず先人の説を吟味・要約し(第二―四章)、次にそれらに対して自分の見解を述べ(第五―七章)、更にその見解に基づいて実例を検討し(第八―一七章)、最後にその検討を踏まえて具体的な結論を提示(第一八―二〇章)」するという論理構成は、きわめて「尋常な手続き」を踏んだものとしている。
21 『藝術論・沙翁論』七〇頁。
22 『藝術論・沙翁論』九五頁。
23 『藝術論・沙翁論』九一頁。

24『藝術論・沙翁論』九〇頁。

25『藝術論・沙翁論』一一七頁。

26「宗教論下」、『トルストイ全集』（一五巻）（中村白葉訳、一九七四、河出書房新社）

27『藝術論・沙翁論』一二九頁。

28『藝術論・沙翁論』一四〇頁。

29『藝術論・沙翁論』一四三頁。

30「芸術の評価（即ち芸術の伝へる感情の評価）は一つには人々の人生の意義の見方如何に依つてゐるし、二つには人々が人生の善と悪とを判別する考へ方に依つてゐる。が、何が善であり、何が悪であるかは、宗教と名づけるものに依つて決定される」（『藝術論・沙翁論』、一〇一頁）。

31『藝術論・沙翁論』二五五頁他。

第七章

美学的文芸批評の展開――その五　人生観上の自然主義

第一節　「序に代へて人生観上の自然主義を論ず」

「序に代へて人生観上の自然主義を論ず」は、一九〇九年六月に早稲田大学出版部から刊行した『近代文藝之研究』の巻頭に付けられた論文である。『近代文藝之研究』は、「囚はれたる文藝」から「藝術と実生活の界に横はる一線」に至る、「両三年に亙つた芸術論」を収めた論集だが、序文の代わりとして付けられたこの論には、当然のことながら自然主義文学運動に加担したこの時期の営みを総括するというモティーフも含まれていた。それは「私は今茲に自分の最近両三年に亙つた芸術論を総括し、思想に一段落をつけやうとするに當たつて、之れに人生観論を裏づけする必要を感じた」という一節からも明瞭であろう。[1]

「藝術と実生活の界に横はる一線」で抱月が行きついたのは、芸術は人生の為にこそ存在するという認識だった。そこで確認したのは、「芸術の為の芸術（Art for Art's sake）」にしても「自己の為の芸術（Art for Selve's sake）」にしても、結局のところ人生の為でない芸術はないという認識である。みてきたように、芸術を、「実行生活」と直結させることはできないが、芸術はまた、それゆえにこそ「実行生活」では到達することのできない生の意義を「我」に自覚させる営みだった。こうした芸術の営みは、「結局我等をして第二義人生の奥に容易にほぐし得ざる第一義の塊あることを自覚」させずにはいないのであり（「第一義と第二義」一九〇九・六、讀賣新聞）、芸術作品を創造し、享受する「我」（＝主体）の人生観とはなにかという問いを誘発せざるを得ない。「人生観論を裏づけする必要」がここに生じてくる。芸術作品を創造、あるいは享受する、つまりは「観照」するその「我」の「実行的人生」は、どのような理念のもとに営まれているのか、改めて問い直されることになるのだ。

この問いは、自然主義文学運動が一つのムーブメントとして開始されてまもない時期に、片上天弦が「人生観上の自然主義」（「早稲田文学」一九〇七・一二）で提出していたものでもあった。「如何なる時代、如何なる様式の文芸と雖も、必ずその根抵が人間生活の全圏内に置かれて」おり「現在の生活と縁なき文芸は絶無」という、「人生の為の芸術」観の立場を鮮明にしたうえで天弦は、「現実生活を重く視て、これに最上の価値乃至意義を附與」しようという写実主義の要求の根本に、「作家と鑑賞者とを通して、現実を人生の全部と観る」人生観[2]を看取できるのと同様に、「写実主義の重視した直接経験の世界と、それを経験する我と、二者の抱合して一となれるもの即ち純一の全人生、全世界と観て、その全人生を更に再び第二の直接経験」、即ち「間接経験」を現実として表現するのが自然主義の文芸であるとすれば、間接経験を現実として捉える「我」を支える人生観[3]が問題にされなければならないことを強調していたのである。天弦の主張は、必ずしも十分に展開されることはなく、一つの問題提起にとどまったが、『破戒』の指し示した方向に日本の文学の進むべき方向を見定め、自然主義文学運動を積極的に推進していった「最近両三年」に亙る芸術論を総括するにあたり、抱月が自分の「実行的人生」にとって自然主義がどのような意義をもっていたかという問題を明確にする必要を認識したのは当然だったといえる。それは、「所謂実行的人生の理想」であるにせよ、あるいはその不可避の「帰結」であるにせよ、自身の人生観そのものを確認・検証することを意味してもいた。

さて、抱月は、まず「実行的人生」の「帰結」としての人生観について、過去に自身が積んできた学問、実生活の経験を回顧しながら、それが、人生観として信奉するべきなんらの像を結ぶことはなかったとし、ゲーテ『ファウスト』(Faust, 第一部1808　第二部1830刊)でファウスト博士が表白する「アルメル・トール」の嘆きに擬えながら、次のように述べる。

勿論斯やうな問題に関した学問も一通りはした、自分の職業上からも、斯やうな学問には断えず携はつて居る。其の結果として、理論の上では、あゝかかうかと纏まりのつく様な事も言ひ得る。又過去の私が経歴と言つても、十一二歳の頃から既に父母の手を離れて、専門教育に入る迄の間、凡て自ら世波と闘はざるを得ない境遇に居て、それから学窓の三四年が思ひ切つた貧書生、学窓を出てからが生活難と世路難といふ順序であるから、切に人生を想ふ機縁の無い生涯でも無い。しかも尚是等のものが真に私の血と肉とに触れるやうな、何等の解決を齎らし来たつたか。四十の坂に近づかんとして、隙間だらけな自分の心を顧みると、人生観どころの騒ぎではない。我が心は依然として空虚な廃屋のやうで、一時凌ぎの手入れに床の抜けたのや屋根の漏るのを防いでゐる。継ぎはぎの一時凌ぎ、是れが正しく私の実行生活の現状である。之れを想ふと、今さらのやうにArmer Thorの嘆が真実であることを感ずる。(「序に代へて人生観上の自然主義を論ず」一)

「Armer Thorの嘆」に託して過去の学問や実生活の経験が何らの人生観論として「帰結」しなかったことを確認した抱月は、次いで、自身の「実行的人生」に言及しながら、それを「総指揮」すべき「理想」について考察する。

自分（＝「私」）の実生活を律しているのは、「陳い普通道徳」だが、「普通道徳が最好最上のものだとは信じ」ることはできない。「或る部分は道理」として認めることができるものの、ある部分は「明に他人の死殻の中へ活きた人の血を盛らうとする不法の所為」とさえ思われるからである。「普通道徳」を超えた「理想」というものも「知識」の上からは考えることもできる。だが、それによって「自己の生といふものが威嚇」される場合もあることを考えると、自分にはそれを踏み破ることはできない。自分の「知識」は「詮ずる所自己の生といふ中心意義を離れては、道徳も最後の一石に徹しない」という事実を否定しないからである。また、「同情」を基盤に道徳を考えることはできる。だが、この場合にも、究極においては「自分が生きる」か、「言はゞ病的に自分が死ぬる」かの選択を迫られることになるのであってもみれば、「同情の底にも自己はある」といわざるを得ない。とすれば、「普通道徳」にしても「理想道徳」にしても、結局は「自己の生を愛する心の変形」にほかならないのではないか。「普通道徳」が「一の方便」にすぎず、あらゆる道徳の根底に「自愛」を認めざるを得ないとすれば、むしろ「人生の理想」の探求は「自己が即ち神である仏である」ということの自覚、即ち「自愛」を積極的に肯定するところから出発するべきであろう——。以上のように論じた抱月は、しかしながらこれらは「私の知識の届く限りで造り上げた仮の人生観」に過ぎず、結局、自分は「何等の徹底した人生観をも持つて居ない」とする。それが「知識」によって獲得した認識である限り、「実行的人生の理想の神聖とか崇高とかいふ感じ」を喚起することはなく、「崇高荘厳といふやうな仰ぎ見られる感情を私の心に催起」することはない。のみならず、「其知識みづからが、まだ此の上幾らでも難解の疑問を提出」するのであってもみれば、「是れが分かつた為に私の実行的生活が変動する」わけでもないのだ。「讃仰、憧憬の対当物」の消え失せたここでは、「一面灰色の天地が果てしもなく眼前に横たは」っているだけである。この事実は、「もつと端的に我等の実行道徳を突き動かす力」を欲望させないわけではない。だが、そのように、「直下に心眼の底に徹」し、「同時に讃仰し羅拝するに十分な情味を有するもの」、即ち「第一義」を渇望することじたいが、あるいは自分が「陳い夢に囚へられ」ていることの証しなのかもしれない――。こうして、「あらゆる既存の人生観は我が知識の前に其の信仰価を失」ったという事実を確認した抱月は、次のように断じることになる。

されば現下の私は一定の人生観論を立てるに堪へない。今はむしろ疑惑不定の有りのまゝを懺悔するに適してゐる。そこまでが真実であつて、其の先は造り物になる恐がある。而して此の私を標準にして世間を見渡すと、世間の人生観を論ずる人々も、皆私と似たり寄つたりの辺に居るのではないかと猜せられる。若しさうなら、世を挙げて懺悔の時代になるかも知れぬ。虚偽を去り矯飾を忘れて、痛切に自家の現状を見よ、見て而して之れを真摯に告白せよ。此の以上適当な題言は今の世に無いのではないか。此の意味で今は懺悔の時代である。或は人間は永久に互つて懺悔の時代以上に超越するを得ないものかも知れぬ。(「序に代へて人生観上の自然主義を論ず」一)

自然主義文学運動を推進、「文藝上の自然主義」「自然主義の価値」で自然主義の理論的な裏づけを図り、芸術が「実行」と断絶した「観照」の営みとして「人生」と関わるべきことを説いた抱月が、「序に代へて人生観上の自然主義を論ず」で到達したのは、結局のところ、「私にはまだ人生観を論ずる資格は無い」という認識だった。だが、抱月が漠然と「自己の心内」の「時下の現状」を「告白」したわけではなかったのはみてきたところだ。ここで彼は、実人生の閲歴に照らしながら、過去の自分の実生活を律してきた「道徳」を、批判的に検討の俎上にあげているのであって、それはそのまま、この文章の書かれた当時の、「道徳」(人生観)をめぐる言説状況とそれに対する彼の立ち位置を浮かびあがらせもするのである。

まず伝統的な儒教的倫理観念と、それと癒合しながら、支配的な「普通道徳」として君臨する功利主義的道徳が批判の対象とされる。抱月はここで、地方の没落した製鉄業者の家に生まれ、一一、二歳の頃に親元を離れて「自ら世波と闘はざるを得ない境遇」のなかで学問を身につけた過去を「切に人生を想ふ機縁の無い生涯でも無い」[4]と回顧しながらも、「是等のものが真に私の血と肉とに触れるやうな、何等の解決を齎らし来たつたか」と自問するが、この反語的問いが、『学問ノス、メ』(一八七二・二―一八七八・一二)や村井弦斎(一八六三―一九二七)の『近江聖人』(一八九二、博文館)などが示す、時代の支配的な価値観に向けられていたのは明白であろう。若い日の彼を支えた筈の、『本朝孝子伝』(一六八六)に淵源する多くの「孝子伝」や、菊亭香水(一八五五―一九四二)『惨風悲雨世路日記』(一八八四・六、東京稗史社)のような人情世態小説を経て、『近江聖人』に至る「立志伝的物語」[5]の枠組みの無力がここでは明らかにされる。のみならず、「普通道徳」の「ある部分」は「他人の死殻の中へ活きた人の血を盛らうとする不法の所為だと思ふ」という言葉は、「立志伝的物語」のイデオロギー的基盤となった儒教(『孝経』)や、スペンサー流の功利主義の価値観が、明治国家の「普通道徳」の文脈のなかで果たしつつある機能に対する抱月の認識を端的に示しているとみることができよう。

もっとも、「普通道徳」の問題点は、この論の書かれた時点では明らかにされていたし、また、それを乗り越える方向も示されてはいた。「普通道徳」を支える「忠孝」については、すでに大西祝が「忠孝と道徳の基本」で「忠孝を道徳の基本などと唱ふるは却て忠孝の価値を保持するの途にあらざる」[6]所以を説いてその虚構性を暴くだけでなく、超越的なものに至る契機を欠落したまま楽天的に進歩と合理性を説く進化論的・功利主義的道徳観を、「快楽を以て吾人の行為の唯一正当と見做す倫理説」(「快楽説の心理上の根拠を破す」)[7]としてその一面性を抉りだしていたし、それらに対して大西が提示した、「同情」(共感)を基軸にした道徳の限界についても、綱島梁川や高山樗牛など、抱月の同世代の思想家達によって、それを乗り越える方向が示されつつあり、抱月もその方向に基本的に同意していたのは、先述した通りである。[8]

大西の言説の延長線上に、グリーンの「自家実現」(「自己実現」=self-realization)説に拠りつつ綱島梁川や高山樗牛などが到達したのは、「人性本然の要求」を大胆に肯定（樗牛「美的生活を論ず」）し、「絶対者」を自己のうちに実現（梁川「道徳的理想論」[9]）するという方向である。あらゆる道徳の基礎をなすものとはいえ、「同情」が究極に求めるのは「自分が生きる」か、「言はゞ病的に自分が死ぬる」かの二者択一であり、結局は「自己愛」の「変形」に過ぎないからだ。抱月が実生活において拠るべき規範として選んだのもこの「自己実現」の倫理思想にほかならなかった。

にもかかわらず、抱月は、梁川や樗牛が方向づけ、自己も選んだ「道徳」を人生観と呼ぶことはなかった。それが、所詮は「知識」によって獲得した認識であるに過ぎず、実生活において実践されてきたわけではないからである。「私は一定の人生観論を立てるに堪へない」という言葉は、「自己実現」という「道徳」を生きぬくことのない、「空虚な廃屋」での、「継ぎはぎの一時凌ぎ」とでも形容するほかはないような「自家の現状」に対する批判として聞くべきであり、それ故また「懺悔」というにふさわしい表白なのである。

「序に代へて人生観上の自然主義を論ず」で抱月が試みたのは、いわば、一種のイデオロギー批判といえる。抱月はここで、自己の「実行生活」の経験に照らして、儒教的道徳観と、それと癒合しながら「普通道徳」を形成することになる、進化論に根ざした功利主義的道徳観のイデオロギーを批判した。しかし、その限界の認識のうえで構想された「自家実現」的道徳観にしても、それが「実人生」において生きられ、「実行生活」の現実に照らして検証されない限り、ひとつのイデオロギーといわざるを得ないのだ。

第二節　安倍能成「『近代文藝之研究』を読む」

「序に代へて人生観上の自然主義を論ず」及びそれを巻頭に掲げた『近代文藝之研究』には、当然のことながら反響があった。安倍能成の「『近代文藝之研究』を読む」は、そのなかでも、最も根本的な批判を含む論考だった。安倍は、ここに収録された評論のうち、「美學と生の興味」「藝術と実生活の界に横はる一線」「文藝上の自然主義」「自然主義の価値」「囚はれたる文藝」を取り上げている。「文藝上の自然主義」を、「あまり包括的たるを心掛けた為に、動もすればあまりに抽象的になり、自然主義の特相の薄れた様な点もある」としつつも「従来世に出でた自然主義論中で、最も包括的で、又最も整つたもの」と評価したのをはじめ、「美學と生の興味」については、「自分も著者と共に、生の増進をば、要望の満足から来る快感によつて判ずる外は無いといふことを首肯」し、「藝術と実生活の界に横はる一線」を「著者が芸術と実生活との間には、自己を第三者化する虧隙、即ち著者の所謂我的同情から他的同情へ移ることを要するといつたのは、至当の論」と認めるなど、作者の態度が「無念無想」であるべきだとしても、「其の題材を選ぶに至るまでは、作者の個人的性格、周囲の境遇から支配を受くるのが事実ではないか」として、「自然主義の価値」にみられる作者の「現実」への関わりかたに疑問を呈しているほかは、概ね、肯定的な評価を下している。

そのうえで安倍は「序に代へて人生観上の自然主義を論ず」に対しては、ここで抱月が「実行的人生の理想又は帰結を標榜する人生観はない」と「告白」している点について、「著者に全然人生観なしとはいはれまい」と批判する。「何等かの人生観がなくして、其人に文芸観」がある筈はなく、「著者をして宗教に赴かしめず、哲学に赴かしめず、ひとり文芸に赴かしめたとすれば、其れは是非とも著者の人生観に基」いており、更に、「何故に著者が自然主義の文芸を要求するかといふことも、著者の人生観から導き来られねばならぬ」ことはいうまでもない。また、であればこそ「序を以て文芸上の自然主義論に裏付け」ようとしたとすれば「本文中の文芸論との要点要点の合せ目だけでも、示しておく用意はあつて然るべき」であり、その点で「此一文は非常に物足らない」という不満を表明するのである。更に「今はむしろ疑惑不定の有りのまゝを懺悔するに適してゐる」という結論については、次のような批判を加えている。

著者は今の自分は懺悔するに適して居るといつて居る　但し著者が今万事を抛擲して懺悔せねばならぬと、差迫つた心持を経験して居るとも思へない。「痛切に自己の現状を見よ、見て而して之れを真摯に告白せよ」といふ著者の言葉も自分に強くは響かない。人は疑惑不定なるが故に懺悔（必ずしも宗教的の懺悔とはいはぬ）するものであらうか。疑惑不定の状態には、寧ろ一言を出すことも一語を洩らすことも出来ぬといふのが、実際の心持ではあるまいか。人が懺悔する時には必ず一種の強い肯定若しくは否定をやつては居ないであらうか。動機の分裂の多い今の人間に懺悔は実に六ケしいことと思はれる。自分の考をいへば、今の人間は懺悔すら為し得ぬ状態に居るのであらうと思ふ。著者の「真摯に懺悔せよ」といふ言葉は、恐らくは著者の理想であつて、現在ではあるまい。

（「『近代文藝之研究』を読む」）

安倍によれば、抱月のいう、「いはゆる全体の人生の意義及び価値、即ち中間の説明を撤しての第一義」には、自己が主体的に「現実」と関わることを通してしか到達できない。この場合「現実」とは「時代の精神に切実なる経験」、「あらゆる時代に於て、其の時代の人心に最も切実な問題、事象」とでもいうべきものだが、それはほかならぬ主体の「人生観」を欠いては明瞭な像を結ぶことはない。「懺悔」は「時代の人心に最も切実な問題、事象」に対する「密接なる交渉」を経験した自己の「一種の強い肯定若しくは否定」の表白であればこそ、即ち人生観を介した「現実」との関わりから得た認識の表明としてこそ、「第一義」への通路を見いだすことができるのだ。だが、抱月は、「現実」との「密接なる交渉」という主体的な契機を欠いたまま、「痛切に自己の現状を見よ、見て而して之れを真摯に告白せよ」と説いているに過ぎない。という意味で、この言葉はたんなる「理想」（願望）の表明であるに過ぎず、またそれゆえに「自分に強くは響かない」というわけである。

安倍の批判は、抱月の言説における、「懺悔」する自己（＝主体）の「現実」への関わりかたの不徹底に向けられていた。抱月は、「道徳」をめぐる諸言説への「疑惑」を語っている。それが、所詮は「知識」によって獲得されたものであり、「讃仰し羅拝するに十分な情味を有するもの」を欠いているからだというのが、これらを「疑惑」の対象でしかないとした抱月のいい分である。そのうえで抱月は、こうした「道徳」への「疑惑不定」の状態にある「自家の現状」を「懺悔」することを説いたわけだが、安倍の批判の意図は主体の「人生観」によって選択された「現実」との「密接なる交渉」を固有の経験として透徹することを抜きにした抱月の「懺悔」の空疎さを衝くところにあったといっていい。

「道徳」に対する「疑惑」を表明し、「懺悔」を説く抱月の、「懺悔」する自己（＝主体）の「現実」への関わりかたの不徹底に向けられた安倍の批判は、抱月の「人生観」の不明瞭さを改めて照らしだすことになった。あまりに自明のことながら、「人生観」とは自己による世界の選択と構成の仕方、即ち現実との関わり方そのものの謂いであり、それを抜いて「疑惑」も「懺悔」もあり得ないからである。

第三節　「懐疑と告白」

「懐疑と告白」を抱月は、この論が「人生観上の自然主義を論ず」の「続き」として構想されたと断ったうえで、「併し何の必要があつて私は其の続きを書くのであらうか」と自問することから始めている。この自問の設定は、安倍の突きつけたのが、「著者をして宗教に赴かしめず、哲学に赴かしめず、ひとり文芸に赴かしめた」とすれば、それはどのような「人生観」に基づくのかという、美学研究者、批評家としての主体の根底に関わる問いであったことからすれば当然であったともいえる。

いったいなぜ、「私」はこの文章を書こうとするのか。抱月によれば、「無論斯うして書く文章が一の芸術」であり、

「従つて之れを書く因縁を考へる」のは、「芸術発生の実情を研究すること」であるからだが、究極には、「考へる」ということに、「私」の根本要求があるからというほかはない。それが「私みづからの根本要求」だからにほかならないのである。だが、「書く」動機に含まれているのはそれだけではない。「研究欲」「真理の探求、顕揚」等の他に、原稿料とか、「編輯者に対する情実」、論壇、文壇、ジャーナリズムでの地位、立場等の「実生活上の必要」も無視することはできない。動機とはこのようにさまざまの要因の「混合」であって、それらを「鉈で薪を割るやうに、荒つぽく一つか二つに片をつけて了ふ」ことはできないのである。とすれば、かく「雑駁」であり、錯綜、「矛盾」したこれらの「諸動機」の「凡てを是認して安心さする統一目的又は統一動機」はなにか。いわば、「私」を「書く」ことに駆り立てる「統一動機」、つまりは「人生観」は奈辺に求められるのか。「懐疑と告白」という主題が、ここに喚び出されることになる。

何う考へても、今日の自分等が真に人生問題を扱ひ得る程度は、懐疑と告白の外に無いと思ふ。今迄の人は余りに信じ過ぎた、他人の思想を信じ過ぎたり、自分の思想を信じ過ぎたりした。或は信じて頼りすがるべき思想のあるのが一生の平和の為には仕合わせかも知れないが、時勢はそれを出来なくして了つた。早い話が近代の新聞紙の発達だけでも、優に天下を凡人化し平等化させる力があるではないか。凡人化といひ平等化といふのが、実は人間をして真の人間たらしめたのである。衆人を挙げて一種の自覚に導いたのである。聖人であらうが、英雄であらうが、人格の一面から見れば、路傍に客待をしてゐる車夫、足に鎖のついた囚人と少しも違つた事はない。(中略) 斯んな世の中に立つて、我々は誰をたよりに自分の全生活を支配する問題を打ち任せやう。何処に一つ我々を全部服従させるに足る思想があるか。我々はたゞ現在の自分の心内に振り返り見て、其の紛乱に驚くのみである。口を開いて真実を語らうとすれば、たゞ此の紛然たる心内の光景を、ありのまゝに告白する外はない。其の以上の凡ての思想は我れといふ真骨髄に徹するには隔たりのあるもの、我れの一部には違ひないが、隙のある我れである。充実した我れはたゞ懐疑、未解決といふ点までだと思ふ。私が他人の説を聞いてあれ迄が真実権威のある部分で、あれから先は造りものだなと感ずる境目は常に此点である。(「懐疑と告白」中　現代の哲學も宗教も懐疑に赴く)

ここでは、まず「新聞紙の発達」が象徴的に示す、「天下を凡人化し平等化」させる「近代」という時代に対する認識が提示される。近代とは、「聖人であらうが、英雄であらうが、人格の一面から見れば、路傍に客待をしてゐる車夫、足に鎖のついた囚人と少しも違つた事はない」という自覚がひろくいきわたり、それまで信じられていた「聖なるもの」、「超越的」なるものが、権威を剥ぎ取られた時代でもある。それはまた世界を、これまでとは異なって、各人の責任によって選び取られなければならない時代が到来したことを意味してもいた。「何処に一つ我々を全部服従させるに足る思想があるか」という反語は、「現実暴露」とか「幻滅時代」という類の標語と響きあいながら、そうした時代の言説状況に生きるものの困惑を伝えているともいえる。

こうした状況にあって、信じることができるのは「懐疑」することのみであり、「真実」を語るとすれば「たゞ此の紛然たる心内の光景を、ありのまゝに告白する」ことをおいてないというのが、抱月の下した結論である。

むろん、先述した高山樗牛や綱島梁川の思想のように「第一義」への渇望に応えるべく、真剣な思考の営みもないわけではない。しかし、樗牛の場合は「其の狭義本能の覚醒と共に生ずる心内の矛盾煩悶の告白といふ点までが充実」したものであり、日蓮やニーチェに依拠したその後の言説は、「彼れ一個の試み」であるに過ぎない。梁川の思想にしても、「彼れが其の見神法悦を最後の解決としたに拘らず、あんな風になりたいと努力する人が心内に経験する個々の閃光を集積したものとして私に力を与へる」とはいえ、「統一した見神法悦の解決其物は一篇の詩」というほかはない。

一方、「近頃世に唱へられるゼームス、シラー等諸家のプラグマチズム」は、「活きた現実と襯貼して立たんとする」点で「最も自分に近い哲学」といえる。とはいえ、その「生命」は、「懐疑に立脚して、それから多く離れまいとする所」にこそあるのであって、それを「究極の解決」だという主張に同意することはできない。なぜか。

第四節　プラグマティズム

われわれが、「唯自分々々の実生活に都合のよいやう、其の時々に適応する経験の整理統一をやつてゐる」という事実はプラグマティズムの説く通りだが、問題は「其の統一が満足に行はれてゐるか否か」というところにある。「進んだ複雑な思想の人ほど不満足の統一に陥り行く趣のあるのが、見逃すべからざる悲しい人生の事実」であり、実生活において「過去生活に対する悔恨反省、それから将来の生活に対する不安、心配」に苛まれているからこそわれわれは「統一の標準」、即ち人生観を要求するのだが、プラグマティズムはこうした生の要求に応え得ないからなのだ。抱月はいう。

然るにプラグマチズムが其まゝ解決哲学にされて、人生観論にまで来ると、此の要求を事もなげに無駄だと打ち消さゞるを得なくなる　但しプラグマチストが此の場合に提出すべき言葉は別にある、即ち生活の為に都合よくといふ。けれ共実は生だの生活だのといふ言葉が本来詩であり謎であつて、中身は充実してゐながら定義の下せないものだ。分かつたやうで分からない、言はゞ哲学も宗教も文芸も此の一懸案の解答を得んが為に存在してゐると言つてもよい程な言葉である。さうであればこそ、其の中に矛盾があつたり、衝突があつたりして、之れを標準とする限り無統一無解決の不安が消えなかつたのだ。実生活の為といふのは、実は一つの逃口上、乃至は詩として据えて置くべく、哲学として知識の手をば触るべからざる言葉である。それを哲学上の標準論に何度持って来ても、トートロジーに過ぎない。要するに生活の雑多な矛盾、それを過去現在未来の時にかけて何う統一するか、之れが根本の問題で、ブラグマチズムはそれが解けて居ない。（「懐疑と告白」中　現代の哲學も宗教も懐疑に赴く）

プラグマティズムについては、すでに一八九〇年代の初頭には、大西祝が最新の「エムピリカル・サイコロヂー」[10]を方法的に基礎づける理論として言及、中島力造らがその移入に努めたのは先述[11]したところだ。しかし、単なる経験的認識論としてでなく、人生観を包摂する思想として注目されるのは、日露戦後の一九〇五年になって紀平正美（一八七四―一九四九）がその哲学史における位置に言及[12]、次いで翌年、プラグマティズムをヒューマニズムなる名称のもとに脱構築する[13]ことを図ったF・C・シラーの『ヒューマニズム』[14]に依りながら、桑木厳翼が、「『プラグマティズム』に就て」（一九〇五年一二月一八日哲学会講演）と題する講演で、名称、定義、論理構造、哲学史的位置づけ等について包括的に紹介[15]してからだろう[16]。以後、桑木の論にプラグマティズムの側から反駁した田中喜一（王堂（一八六七―一九三二））の「桑木博士の『プラグマティズムに就て』を読む」（一九〇六・六、一〇、「哲学雑誌」[17]）をはじめ、講壇では得能文（一八六六―一九四五）[18]、金子筑水[19]らが言及、西田幾多郎は、ジェームズの純粋経験説の摂取のもとに、後に『善の研究』（一九一一・一）として実りをみせる「純粋経験と思惟、意志及び知的直観」（一九〇八・八、「哲学雑誌」二五八号）[20]を書いて独自の探究を進めていくことになる。また、田中王堂はプラグマティズムの立場から抱月、岩野泡鳴らの自然主義論を批判[21]、白松南山は「プラグマティズムと新自然主義」（一九〇七・一二、「早稲田文学」）及び「哲學上の自然主義」（一九〇八・一、「早稲田文学」）で「経験の自覚」を両者が共有していることを指摘[22]してもいる。プラグマティズムをめぐる議論は、自然主義文学運動の展開とパラレルに対応しながら、世紀転換期――二〇世紀初頭――の言説の渦心を形成していくことになるのである。

さて、「『プラグマティズム』に就て」で桑木は、それが「客観的に人間といふものを解釈して仕舞つて極く冷淡に」捉える「インテレクチュアリズム」即ち「主知説」に反対し、「総て説を立てる時にいつでも人生といふことに着眼して、人間の全体の精神を満足させる」ことをめざす思想であり、「此傾向の哲学説全体を指したもの」を「ヒューマニズム」と呼ぶ[23]こと、つまりは「プラグマティズム」の思想を「段々と推拡めて行つて、人生の有ゆる問題、或は、哲学の諸方面」を研究するようになれば、「ヒューマニズム」になると定義した上で、その思惟方法について論述している。その認識論としての特性のいくつかを摘記してみると、以下のような点があげられる。

桑木によれば、プラグマティズムの基本的立場は、真理を「価値」の一形態とみるところにある。「抑も判断の真偽を定めることは即ち其判断に対する評価を行つたので、其点に於ては毫も道徳上善悪の別を定めたり、物の用不用を区別するのと毫も異」つているというわけではない。「真とか偽とかいふ者は価値の名であると云ふ意味は、例へば此に『地球は動く』といふ判断に対して我々は其れを真と云つて居るが、それは地球は動く者であるという判断の価値を付けたに過ぎない。決して地球若くは動くと云ふ事物を真とも偽とも云ふのではないので、真といふのは判断の名であるから価値であると云へる[24]」とするわけである。この場合、「価値」の判断は「系統」の「標準」に従うが、これを個人及び社会にとって、即ち「人間的」観点からみて「有用と云ふ点に置き、同時にこれを社会的に説明した」のが「プラグマティズム」の特色といえる[25]。真理は、「行為に有用」な「実際的知識」として、個人や社会に「有用」な「実行」の「経験」を通して「生き残」ってきたのであり[26]、この観点からすれば、「経験」から分離して「本体」や「絶対」を仮定するアリストテレス以来の「主知説」（インテレクチュアリズム）、理性主義（ラショナリズム）は、「人生に益がない空論」に過ぎない。彼等の理論には、「『ファウスト』劇中の悪魔メフィストフェレス」を思わせる「少しも温かい情の無い冷酷」さがあり、その意味では、彼等は、「愉快な厭世家」といっていい。「畢竟理智にのみ依頼」するゆえに、彼等の説く厭世観は「最早彼の感情を動かすことなく、たゞ考察の材料となるのみ[27]」だからである。というようにみれば、「世界は詰り経験（＊行、実行）に過ぎない」ということになる。「其経験は自分自身の経験」であり、世界は「自分自身の経験」を「窮極」の基礎として「自ら造り出し[28]」ていくべき対象にほかならないのである。

以上のようにプラグマティズムの認識論的根拠を要約した桑木は、それが「偏理的理性主義に反して居り、一方には曖昧な絶対論に反して居るのは新鋭の気で今後大に発展」する可能性があり、「殊に行を知の基とした」倫理的観点を評価しながらも、「一概に知を行の方から説かうといふことは知の方に欠けて居る所」に自身の認識論の立場から疑念を表明[29]している。また、文芸との関わりについても、「もし、何も彼も人間の活動を有用実用と云ふ点から説いたならば文芸の根本精神と矛盾が生じはしないか、即ち余り倫理的になり過ぎて居つて芸術的自由の精神が欠けて居る所がありはせぬか。（中略）行為の方から云へば温かいかも知れぬけれども、美的感情の方面を余程度外して居る所がありはしないか[30]」とその倫理的偏向を指摘、「要するに私は『プラグマティズム』の説には余程一致して居る点がある、即ち『プラグマティズム』の説は万事を一元論的に説いて居るので、そこらは余程同意」することができること、「世界を、我と離れたものと見ないといふ風な説方」などには「色々我々の参考になるべき点が沢山ある」ものの、「唯行為といふことに重きを置いて、殊に総てのことを実行道徳といふやうな方からして説かうといふ風になつて居るのは純粋の哲学説として見る場合には稍や不完全」であるという結論を下している。

桑木の解説は、当時としては「論理的で当を得た[31]」ものだったといえる。また、「自分自身の経験」を「窮極」の基礎として「自ら造り出し[32]」ていくものとして世界を捉えるというプラグマティズムの認識論的枠組みは、抱月も基本的に同意できるものだった。先述した通り[33]、世界を、「吾々が自由に構成すべき混沌」と見做し、「構成されるもの」として「真理」や「実在」を捉える観点は[34]、基本的には「価値」から「当為」が導き出されるのではなく、「価値」を決定するのは主体の「当為」であるとする、ロッツェの敷いた「価値」認識の転換の軌道のうえに設定されたものでもあったからである。

とはいえ抱月は、プラグマティズムを人生観として奉ずることには同意しない。そもそも、生とは「本来詩であり謎であつて、中身は充実してゐながら定義の下せないもの」だからというのが、その理由である。

「実際的効用」において真理を確定し、あらゆる価値を「実用」を基準に測る点においてプラグマティズムには、その紹介の当初から疑問が提出されていた。桑木によれば、反対論の灸所は、最も徹底した反対論者であるF・H・ブラッドリーの言説[35]が示すように「全然『絶対』といふものを許さないと否との所」にあった。真理をプラグマティズムの主張に従って、「唯経験から造られたもの」とすれば、「経験を統一して居る所の一つの原理」、「経験以上に不変なる所の原理」を仮定しなければならない筈であるにも関わらず、プラグマティズムは「其立脚地」を無視、「経験」と「直接に経験する能はざる所」を区別したまま立論しているところにその根本的な「無理[36]」があるとするのである。

抱月の疑問も、桑木のいう「我々の直接に経験」することのできない「所謂根源[37]」、つまりは「語り得ないもの」(「第一義」)に関わっていた。実生活の経験(「行」)に立ち返って「真理」や「実在」の在り方を問うという方法は自分の「実行的人生」の経験からも同意できるところだ。しかし、「実行的人生」の経験は、一方で自分が、自らの営む「実行生活」(「第二義生活」)に「不満足を意識」して、「絶えず一層円満な第二義生活に入りたい」と焦燥せざるを得ず、「必然の行当りとして、第一義の最勝道」を求めざるを得なかったことも教える。それが「主観にあると、客観にあると、具象であると抽象であると」とに関わらず、また「それが掴み得られる」ものであるか否かに関わらず、「第一義」への渇望に駆られて営まれるのがわれわれの実行生活であり、「人生観」が、「所謂実行的人生の理想又は帰結」(「序に代へて人生観上の自然主義を論ず」)として、自分の「実行生活」を統合していくべき「理想」(統整的理念)であるとすれば、この思想もまたその要求を満足させるものではないとするのである。人生論の観点からすれば、樗牛や梁川の思想がそうであるように、プラグマティズムもまた、イデオロギーの域を出ないのだ。

1　『近代文藝之研究』は、「序文」のほか、「研究編」一五編、「時評編」二四編「講話編」一二編から構成されている。
2　「人生観上の自然主義」（一九〇七・一二、「早稲田文学」）七頁。
3　「人生観上の自然主義」（一九〇七・一二、「早稲田文学」）八頁。
4　川副国基は『島村抱月――人及び文学者として』のなかで、ここに表白されている抱月の心情に触れて、抱月は「旧習慣、旧道徳に囚われ縛られじっと己れを抑えて生きている自分にはげしい反撥を感じたにちがいない」と推測している。
5　子安宣邦『江戸思想史講義』（二〇一〇・二、岩波現代文庫）二五頁。
6　一八九三・一、「宗教」第一五号、『大西博士全集』（第五巻）三一九頁。
7　一八九六・二、「六合雑誌」、『大西博士全集』（第五巻）二七一頁。
8　本書第二部第六章第四節参照。
9　本書第二部第六章第四節参照。
10　大西祝、「心理説明（其三）」（一八九二・四、「哲学会雑誌」六三号、一九〇四・一二、『大西博士全集』〈第七巻〉）二三九頁。
11　本書第二部第七章参照。
12　「学問の分業と哲学の任務」（一九〇五・一〇、「哲学雑誌」）
13　清水幾太郎は前掲「フェルディナンド・シラー」で、ヒューマニズムとプラグマティズムの関係について「シラーはその著書に於いて自己の立場を何時もヒューマニズムと呼んでいるのではなく、これをプラグマティズムと称してゐる場合が多いことを考へ、またジェームスがその著書に於いて屢々シラーのヒューマニズムを攻撃者に対して弁護してゐることを考へるならば、ヒューマニズムをプラグマティズムの一種として規定することは許されるに違ひない。だがそれと同時にシラーの立場はジェームスのプラグマティズムとも或はデューヰのインストルメンタリズムとも異つたものを持つてゐる」と述べている。（一五〇―一五一頁）
14　*Humanism, philosophical essays*, 1903.
15　一九〇六・一―二、「哲学雑誌」二一七、二一八号に発表された。
16　吉田精一は「この当時のものとして限定する限りに於ては、桑木の解説及び批判は論理的で、当を得た部分が多いと思ふ」と評している。『自然主義の研究（上）』（一九五五・一一、東京堂）四九七頁。

17　桑木はこれに対し「田中君に答ふ」（一一月「哲学雑誌」）で応じ、王堂は更に「桑木博士の答弁の価値を論ず」（一二月「哲学雑誌」）を書いて反駁した。

18　「プラグマティズムの新純粋経験説に就いて」（一九〇七・二、「哲学雑誌」）

19　「プラグマティズムの要旨及び批評」（一九〇八・一二、「早稲田文学」）

20　『善の研究』第一篇、「純粋経験と思惟、意志、及び知的直観」（一九〇八・八、『善の研究』第一編　第一章）「経験するといふのは事実其侭に知るの意である。全く自己の細工を棄てゝ、事実に従うて知るのである。純粋といふのは、普通に経験といつて居る者も真実は何等かの思想を交へて居るから、毫も思慮分別を加へない、真に経験其侭の状態をいふのである。例へば、色を見、音を聞く刹那、未だ之が外物の作用であるとか、我が之を感じて居るとかいふやうな考のないのみならず、此色、此音は何であるといふ判断すら加はらない前をいふのである。それで純粋経験は直接経験と同一である。自己の意識状態を直下に経験した時、未だ主もなく客もない、知識と其対象とが全く合一して居る。これが経験の最醇なる者である。」

21　「我国に於ける自然主義を論ず」（一九〇八・八、「明星」。＊黒川太郎筆記、「二葉亭四迷氏の自然主義」「生田長江氏の自然主義」「片上天弦氏の自然主義」「長谷川天渓氏の自然主義」「島村抱月氏の自然主義」の各論を収録）、「岩野泡鳴氏の人生観及び芸術観を論ず」（一九〇九・九、「中央公論」）など。

22　南山は「哲学上の自然主義」で、「新自然主義」が、「プラグマティズム」と共に、「現実客観の事相に即し」ながらも、在来の自然主義から一歩を進めて、「ランゲ、コーヘン、ヰンデルバンド、フォルケルト」らの新カント派や、「意識一元論派」「形而上学派並心理学派」「オィッケン派」「ニーッチェ派」など「最近哲学上の大勢」にみられる、「主情意的乃至人格的原理の下に神霊本位とも謂ふべき前期の純理想主義と物力本位とも謂ふべき従来の純経験主義とを綜合して、謂はゞ経験的理想主義とも見るべき新理想主義を建設せん」という、「理想を以て経験の自覚」を求めようとする「理想的主観的要求」（一九〇八・一、「早稲田文学」一八八―一九〇頁）から産み出されたものだとしている。日本自然主義を、ヨーロッパの現代思想の文脈のなかに捉え、同時代的連関性を指摘するという、卓越した観点を提示した論だったといえる。

23　桑木は「ヒューマニズム」と「プラグマティズム」の相違について、「我々の人生に関して非常な同情を持ち、それから離れないやうな方法で論を立て、行く人は客観的に人間といふものを解釈して仕舞つて極く冷淡に看る論者と自ら差別があるとシラーは言つて居ります（中略）所謂『ヒューマニズム』はそれ（後者「主知説」――筆者註）に反対して居るので、総て説を立てる時にいつでも人生といふことに着眼して、人間の全体の精神を満足させるといふやうなことから論を立て、行くのである。『ヒューマニズム』は結局此傾向の哲学説全体を指したものであります。（中略）即ち極く広いので、一つの哲学の『システム』の名であります。之に反して『プラグマティズム』は単に認識論上の一方案と見て差支えはない」（「哲学雑誌」二二七号、二一一―二一三頁）としている。

24 「哲学雑誌」二二七号、三三―三四頁。
25 「哲学雑誌」二二七号、三八頁。
26 「哲学雑誌」二二七号、三七頁。
27 「哲学雑誌」二二八号、一八頁。
28 「哲学雑誌」二二八号、一七頁。
29 「哲学雑誌」二二八号、二七頁。
30 「哲学雑誌」二二八号、二八頁。
31 吉田、前掲書、四九六頁。
32 「哲学雑誌」二二八号、一八頁。
33 本書第三部第一章第二節参照。
34 清水、前掲書、一七〇頁。
35 プラグマティズムに反対して、ブラッドリーは「絶対者」を措定したが、ウォルハイム（Wollheim,Richard 1923–）はこれを「一つの全体としての世界」と要約（*Bradley, F.H.* 1969）している。なお、村田辰夫は『F・H・ブラッドリーの哲学における認識と経験』（T・S・エリオット、村田辰夫訳、一九八六・六、南雲堂。＊Eliot, T.S. *Knowledge and experiencein the philosophy of F.H. Bradley*, 1964.）の訳注（第七章、二一、四三一頁）で、「絶対者」はブラッドリーが究極にめざすものとし、『実在と現象』（Bradley, F.H. *Essays on Truth and Reality*, 1914）から、次のような言葉を引用している。「絶対者は、実在的に現象をもっていなければならない。さもなければそれは現象しないであろう。……有限の心の中心のなかでの絶対的な実在的現象は、こうした意味で、合理的にみれば、確認されていると同時に否定され得るものなのである」二七二頁「あらゆる情熱の炎は——貞節なものであれ、肉欲的なものであれ——絶対者のなかにおいてもなお燃えさかり、癒されることなく、抑制されることもないが、そのあり様は、より高い至福との調和のなかで吸収されてゆくものである」一五二頁。

36 「哲学雑誌」二三八号、二二一頁。

37 「哲学雑誌」二三八号、二二一頁。

第八章

自然主義「観照」理論の成立

第一節 「懐疑」という方法

真理や実在への認識に新しいものを付け加え、とりわけ、すべてを「理智」によって説明する主知主義に「実行」を対置し、認識への新しい回路を示したところに同意できるとしつつも、プラグマティズムもまた実生活を統括すべき思想たり得ないとした抱月は、「序に代へて人生観上の自然主義を論ず」と同じく、自己の人生観の拠点を「懐疑」に求める。信じることができるのは「懐疑」することのみであり、「真実」は「たゞ此の紛然たる心内の光景を、ありのまゝに告白する」ことにおいてのみ示されるという認識を、改めて確認することになるのである。

今の私に取つては、宗教でも哲学でも生きた血の通つてゐるのは其の懐疑的方面ばかりだと思ふ。併し懐疑は何時でも終点を意味するものでないから、之れに住する限り、必ず何等かの形、何等かの程度で終点を知らうとする努力若しくは要望が残る。其の実終点は恐らく知れないものであらうとは今までの経験が教へる所であるが、それにも拘はらずそれを知らうとあせる気持は、古今を通じて少しも減じない。又あせらざるを得ない事情が人世の根本に横はつて居る。知れないものを知らうとする。此のパラドックスがやがて造化の神秘なのであらう。近代の経験派の諸哲学は、成るたけ此のパラドックスに手を附けまいとする。けれ共手を附けないことが其れを無くすことにはならないで、パラドックスは依然としてパラドックスのまゝ人世に生きて残る。第一義欲は消し難い我々の真実であつて、決して夢では無い。哲学も宗教も此の軸の引力に吸ひ寄せられて、周囲を回転してゐるものに外ならない。(「懐疑と告白」下　文藝と第一義生活)

自然主義文学運動の進展につれて、在来的な倫理意識や美意識の在り方のみならず、人生そのものへの「懐疑」が次第に声高に叫ばれるようになったのは改めていうまでもないところだろう。例えば片上天弦は、「無解決の文学」(「早稲田文学」一九〇七・九)[1]で、文学が取り組まなければならないのは、「第二義道徳の判断を以て到底解決すべからざる人生根本の疑惑、恐怖、痛苦、哀傷等、これらの痛切なる感想を促すべき幾多の事象」つまりは、「人生最後の事実に対する深大なる疑惑」を「自家の胸底に潜め、先づかゝる疑惑を誘致したる個々の事象」をさながらに表現し、しかも、「濫りに解決を求めざる」ところにあるという見解を表明していた。[2]「解決」を求めないのは、それが「語る能はざるもの」だからなのである。むろん、「人生の根本に横たはれる疑問の解決」を願望しながらも、それを「無解決」のままに放置しておくことには、「一種不安の感」が伴い、また「痛苦」も覚えさせる。だが、「人心至極の要求」が、「かゝる不安苦痛の念を絶したる至妙の一境に赴き、そこに何等か最後絶対の解決」を得ようとするところにこそあるとすれば、「自然派の問題的文芸に次いで興るべき」は、この要求に「応じ若しくは応ぜんとする特殊最高の文芸」

でなくてはならないとするのがその趣旨である。[3]

天弦に代表される「懐疑的傾向」――むろんそれは、高山樗牛や綱島梁川の言説に胚胎するものだったが――には、講壇哲学の立場から「価値」創出的な積極的意義を見いだそうとするような反応も出現した。例えば朝永三十郎は、「懐疑思潮に付て」（一九〇七・六、「教育学術界」）で、自然主義の主な動機の一つとして[4]「懐疑的傾向」を抽出、そこに「凡ての哲学上の概念の体系を排し、凡ての道徳及宗教上の理想や価値を排斥」するという「随分徹底したる個人主義、現実主義、刹那主義」のみならず、「凡てのことに付て中性的の態度を取つて何事も解決しないといふ所に安住する」傾向もみられることを指摘し、自然主義にみられる懐疑論が「無価値論を標榜しながら、偽善を悪み、内外表裏の矛盾を醜とし、統一ある生活に価値を認むる」ところには「論理上の矛盾」があるとしつつも、その矛盾を明らかにしようとしたところに、自然主義の主張した「懐疑」の意義があるとしている。「哲学の概念も、宗教や道徳の理想や規範」も、「現実の生きた経験」からこそ出発すべきであり、「現実の経験」を拠点に、「凡ての哲学上の概念の体系」や、「凡ての道徳及宗教上の理想や価値」を懐疑の視線に晒した点に、「自然主義の真純の部分」[5]を認めたわけである。

あらゆる認識が「現実の経験」を離れてはあり得ないという立場から自然主義の「懐疑的傾向」を評価する朝永の観点は、この時期、「純粋経験」を措定して、「内外表裏の矛盾」を一貫した論理で説明することのできる哲学の構築を模索、「個人あつて経験あるのではなく、経験あつて個人」があるという認識に到達することになる西田幾多郎とも[6]基本的に問題意識を共有するものだったが、同時に「懐疑は何時でも終点を意味するものでない」という「懐疑と告白」における抱月の認識とも響きあっていた。

「第一義」、即ち「人生の根本に横はつて居る。知れないもの」（「知り得ないもの」＝「語り得ないもの」、「言語道断なもの」）について、それが、「知り得ないもの」であることを自覚しながら「知らうとする」のは「パラドックス」にほかならない。「近代の経験派の諸哲学」が、「知り得ないもの」について、できるだけ「手を附けまい」としてきたのもその故である。しかし、抱月は、「人間の第一義生活若しくは精神生活の中枢」は「それが掴み得られると得られない」に関わらず、「第一義の最勝道」に至りたいという根源の欲求を「何うにか心の中で取扱ふ所」にこそあるとするのだ。いわば抱月は、「現実の経験」を拠点に、不断に「懐疑」し、この「語り得ないもの」を語ろうとする「パラドックス」にこそ、「第一義」への回路を見いだしたといえる。

第二節　「第一義」と文芸

だが抱月は、朝永とは異なって、哲学、宗教、文芸という、われわれの「精神生活の中枢」に関わる営みのうち、この「パラドックス」に向き合うことができるのは、文芸を措いてはないとする。哲学、宗教は、「パラドックス」と関わる点においてのみ「私の第一義生活に触着する」に過ぎない。

そこで本論の終結に近づかうと思ふが、哲学、宗教、文芸の三姉妹を併せ観て、現代に最も生きてゐるものは文芸だと考へることを禁じ得ない。贔屓目と言ふ人は言へ、事実私の第一義生活に全力を挙げて刺戟を送るものは文芸である。固より深浅強弱はさま〴〵であるが、兎も角も全機能を働かせて第一義生活に回るの使命を果たしつゝあるものは文芸だとしか思へない。現実の人生を與へて切に第一義を想はせる。唯想はせるが故に、宗教でもなければ哲学でもなく、轟然として文芸である。（「懐疑と告白」下　文藝と第一義生活）

抱月は、哲学・宗教か文芸かという二項対立を設定、「第一義」（「理想」）に到達できるのは文芸だけだといっているわけではない。哲学も文芸も、「理想」、即ちプラトン的なイデア（「世界の本質の客体化のイデア的理念」Platonic 〈pure〉 ideas）[7]という、「知り得ないもの」を捉えようとする営みであることにおいて相違はない。両者に差異を認めるとすれば、「知」による概念化によって「理想」を把握しようとする哲学に対し、後者（芸術）が、「普遍の完全な再現」（perfect representative the universal）を「一つの形」（singular shape）に集約、「具体」化して表現することをめざす営み[8]であるところに求められることは、シラーやショーペンハウアーの検討を通してすでに確認したところだ。芸術においてこそわれわれは、法則化や分析によって「死せる抽象」（the dead construction）と化すことなく、「情」の作用を介して、直接に「第一義」を「感得」することができるのである。

しかし、ここで提示された、「現実の経験」を通して、「語り得ないもの」に「触着」できるのは「現在」においては文芸しかないという認識からは、「普遍」（「第一義」）を作品という個物において具体的に提示する営みとしての文芸の優位性だけでなく、むしろ哲学宗教の現状に対する、また、自己の信奉してきたそれへの「懐疑」（批判）の表明を読み取るべきだろう。

それは、「自己以外に対象を求める道徳宗教では到底今の我々の根本疑を解く力はない」という観点から、その「根本」を「対己関係」にこそあるとし、哲学・宗教は「其の奥に自由に大膽に自己の火を点ずることを許されて、始めて生気が動いて来る」という認識のもとに、「我れ如何に生きつゝあるか、又は我れ如何に生くべきか」を課題に出発するべきことを力説した「自己と分裂生活」（一九一〇・七、「早稲田文学」）が示しているところでもある。「我れ為さゞるべからず」（I ought to do）という、カントによって完成される、「対他関係」に立脚する認識の枠組みと訣別し、「我れ為さんと欲す」（I wish to do）に力点をおくところに哲学・宗教の出発点を求めるという認識の枠組みの転換が必要であるという問題意識を、抱月も綱島梁川や高山樗牛と共有してはいた。しかし、それは樗牛においてそうであるように「知識」として選択された認識であるにすぎず、また、梁川の『病閒録』にしても、「絶対者」を自己のうちに実現するという内在的超越の思想を真剣に生きたものの経験の記録にしか放つことのできないその「閃光」は読む者に

「力を與へる」とはいえ、「見神法悦の解決其物」は、必ずしも論理的整合性をもって説明されているというわけではなかった。その説得力は、現実感によってのみ保証されていたといわなければならない。哲学・宗教は、「唯その素材となつた現実感」を介してこそ、「現代に於いて真に生きてる」ものとなるのだ。その営みが示すように「現実を理想」に、「現在時を未来時に交渉」させ、「Possible を Determined にし Ideal を Real」に経験することを通してこそ「第一義」への欲望は充足させることができるのであり、この試みを欠落したまま、「組織や結論」を提示するに過ぎない現在の哲学や宗教には、「私等を動かす力は無い」といわざるを得ないのだ。

「懐疑」にこそ「第一義」への回路があり、「現代に最も生きてゐるものは文芸」だという主張は、現実との交渉という自己の経験を抜きにして「第一義」を説く現状の哲学・宗教が、時代の要求に応えるにはあまりに無力だというこの認識のなかから提示されることになる。「第一義」への渇望が「已み難い現代の要求」であることは、『病間録』が共感をもって読まれたことが証してもいるところだ。とはいえ、哲学も宗教も、「賽の河原のそれではないが知恵の塔の積み上げ競」にいそしむだけで、「解決以前の心内の実光景たる疑惑状態」には瞑目したままといわなければならない。哲学・宗教が上述のような現状にあるとすれば、その空隙を充たすものは文芸しかなく、哲学、宗教は「一たび文芸に立ち戻つて出直すべき運命に際してゐる」というのが、抱月の現状認識と、そこから抽出した結論なのである。

ここに表明された、性急に解決のみを提示しようとする「賽の河原」を想起させるような哲学・宗教の現状に対する認識は、人生の「第一義」への渇望を充たすべき営みを文芸に求めざるを得ない若い世代の生の感触と切り契んでもいた。それは、「あの人は書物を積み重ねりや天国へ届くと思つて、迷はないで書物の塔を築いてるんですからね、しかし私には紙の踏台は剣呑《けんのん》でなりません。」という、正宗白鳥の「何處へ」の主人公の表白とも呼応しながら、時代が文芸に要求していたものが何であるかを示していたといえる。[9] それはまた、哲学・宗教が、そこに「立ち戻つて出直すべき」文芸の輪郭をも、改めて浮かび上がらせることにもなった。いうまでもなくこの場合の文芸とは、正確には、現実を自己の経験として選び取る文芸、すなわち、「自然主義の文芸」を指すが、経験という、自己における現実との関わりにおいて、哲学・宗教との差異を測りながら明確にされるその輪郭は、きわめて求道的な性格を刻印したものとして描き出されることになるのである。

第三節　「観照」論の成立

「序に代へて人生観上の自然主義を論ず」及び「懐疑と告白」で抱月が到達したのは、「人生」の「第一義」は、現実と関わりながら、自己の現実における経験を不断に「懐疑」に晒す「文芸」の営みのうちにこそ求められるという結論だった。

文芸（芸術）が、「功利の為」（Art for Utility's sake）や、「芸術の為」（Art for Art's sake）にでも、また「自己の為」（Art for Selve's sake）にでもなく、「人生の為」（Art for Life's sake）に存在するという認識は、「藝術と実生活の界に横はる一線」で確認したところだが、トルストイの『芸術論』にも多くを負ったこの芸術観はまた、当然のことながら、芸術を必要とするその主体（自己）の人生観を明確にすることを要求せざるを得ない。「何等かの人生観がなくして、其人に文芸観」がある筈はなく、「プレゼント・テンス」として自然主義を選び、それを展開する文学上のムーブメントを推進した抱月自身の場合でいえば、「何故に（中略）自然主義の文芸を要求するかといふこと」も、その「人生観から導き来られねばならぬ」（安倍能成「『近代文藝の研究』を読む」）筈だからだ。だが「序に代へて人生観上の自然主義を論ず」で抱月が表白したのは、「現下の私は一定の人生観を立てるに堪へない」という「自家の現状」の分析のもとに、「今はむしろ疑惑不定の有りのまゝを懺悔するに適してゐる」という立場である。そこには、人生の「第一義」を「知り得ないもの」と見做すことを前提に、「我れ為さんと欲す」と「我れ為さゞるべからず」という道徳上の二項対立を問題としながら進展してきた哲学や宗教の現状には同意することのできない「自家の現状」が率直に表明されていた。

抱月が同意したのは「世界」を「吾々が自由に構成すべき混沌」と見做し、「真理も実在も吾々の欲望やこれに依つて生ずる活動に先立つて存在するもの」というよりは、「吾々が新しく造り出して行くもの　真理も実在も構成されるもの」[10]として捉える立場である。プラグマティズムが鮮明に打ち出したこの立場からすれば、人生の「第一義」もまた、「日々の生活のうちに或は不断の行動のうちにある吾々の欲望、目的、感情の如きものに依つて始めて存在し得るもの」[11]といわなければならない。その意味では、抱月も「理想主義的プラグマティストに依て其祖先の一人に擬せらる丶」ロッツェ[12]に淵源し、T・H・グリーンらのイギリス理想主義や新カント学派に受け継がれて二〇世紀初頭に大きなうねりとなる「生の哲学」の潮流に棹差していたといえる。人生の「第一義」は、われわれの外部に存在するのではなく、自己が主体的に選び取り、創出するべきものなのだ。「第一義」(「絶対者」)を「吾人に最も円満に実現せられたる我(セルフ)(Formとして我に潜在する絶対理想)」として自己のうちに内在すると仮定し、日常生活(相対界＊第二義生活)のなかで、「懐疑」を繰り返しながらその実在を確信するに至った綱島梁川の『病間録』は、その意味で示唆的である。だが、梁川のように、「実行生活」における「経験」に裏打ちされることなく、「組織や結論」として提示されるにとどまる以上、プラグマティズムもまた単なる「知識」(イデオロギー)に過ぎない。

抱月が「文芸」においてこそ人生の「第一義」を捉えることができるとしたのは、「第一義」への渇望を「自己の精神に切実な経験」(安倍能成)としての「現実」との交渉に晒すこと、すなわち「懐疑」を介することのない、こうした哲学・宗教の現状に満足することができなかったからである。「第一義」が、もともと「知り得ないもの」＝「語り得ないもの」であるとすれば、「文芸」がそれを語ろうとするのは背理というほかはない。だが、世界が自己の経験を通して構成されるべきものであり、「第一義」もまた、「日々の生活のうちに或は不断の行動のうちにある吾々の欲望、目的、感情の如きものに依つて始めて存在し得るもの」[13]、自己の経験を通して選び取られるべきものであるとすれば、それは不断の「懐疑」を現実との交渉の経験を介した文芸の営みのうちにこそ髣髴してくるのではないか――。いわば、「語り得ないもの」を語ろうとするというパラドックスのうちにこそ、「第一義」は啓示されるのであり、「第一義」への渇望は、それが背理であることを自覚しつつも、現実を「在りの儘」に捉え「経験」として「観照」する「文芸」の営みにおいてこそ充足させることができるのではないかというのが、抱月が到達した結論なのである。

ここに披瀝される、「吾人は絶対に対する enthusiasm あればこそ、比較的最高理想（相対的理想）を造り出し、best を実現せんとの根本衝動あればこそ、better の発展段階を取りて進む」ことができるとし「相対的理想（内容）あるも絶対的理想（形式）なくば盲《ブラインド》、絶対的理想（形式）あるも相対的理想（内容）なくば空《エンプチー》、二者相合して吾人の道徳生活をなす」という綱島梁川の内在的超越の姿勢とも類比的に提示される、求道的色彩を濃厚に漂わせた文芸観はまた、文芸における「観照」の意義を、改めて照らしだすことにもなった。『近代文藝之研究』の刊行に先立つ一九〇九年五月、「観照即人生の為也」で抱月は「観照」について、次のように述べている。

人生を真に観照せしめる芸術が、まことの意味に於いて人生の為の芸術である。芸術を人生の為めと解する意は斯くの如くにして始めて高い権威があると信ずる。たゞ在るがまゝの現実を味へ、而して其の第一義を髣髴せよ。髣髴し得たるものを更に明確なる第二義以下の実行目的として之れに偏執せんとするは、固より人々の自由であると同時に、其の刹那から芸術の境地は破れて、新らたなる道徳の境地に入る。茲には明白に二つのもの、気持が違ふ。必らず混ずべからざる二個別様の心的経験であると信ずる。（「観照即人生の為也」）

もともと抱月にとって、「観照」（Contemplation）は、対象の「内部の意義」（inner significance）「永遠の価値」（permanent value）即ち「美的理想」（aesthetic idea＝Platonic Ideas）を捉える営みだった。[14]「美的理想」は、「知」によって概念的に「認識」されるものではなく、また、むろん単に感覚的刺激によって喚起される類のものでもなく、「情」によって、主観と客観が一致（「審美的同情」）したときに「感得」されるべきものであり、「観照」は、対象に内在する「美的理念」（「深奥ナ想」「情感的理念」）を「感得」することによって捉える主体的な行為[15]として理解されていたのである。この認識は、基本的に抱月の美学理論及び批評的言説を一貫するものだが、引用の一節には、「観照」に、それを単に「美的理想」を「感得」する行為とみる原理的説明から一歩踏み出した、より積極的、主体的意味が付与されているのを看て取ることができる。「人生」の「第一義」を「観照」させるものこそ「まことの意味に於いて人生の為の芸術」であるという言葉が含意しているのは、「美的理想」もまた、自己にとって選び取られるものにほかならないという認識なのである。

抱月が「藝術と実生活の界に横はる一線」で、芸術を実生活と一線を画するものとし、「観照」においてこそ自己が「局部我より脱して全我の生の意義すなはち価値に味到」することができるとしたのも、こうした認識に関わっている。「美的観照」が開示するのは、現実界の利害を「超絶」した世界であり、その意味では、ここでは現実は拒否される。そこに展開されるのは、現実界とは全く異なる秩序に属する世界といえる。[16]

しかし、自己が、「実行生活」においては「知り得ない」人生の「第一義」を「感得」することができるには、こうした「美的観照」が開示する、現実界の利害を「超絶」した世界を「経験」するという主体的行為を介するほかはない。「観照」は、「冷やかな知的活動」ではない。「花が咲いて散る、その自然現象そのもの」には「何の味もない」。また、それが、自己の生に意味を付与することがない限り、単なる「自然現象」以上のものではない。それは、自己の生においてこそ意義を帯びてくるのであり、[17]「主客両体の融合」による「観照」という、主体的行為を通してこそ、自己は実行生活の制約を脱し、「我が心内の諸観念諸情意の活動すなはち天地一切を包含する我が生の営みの味もしくは意義を感得」することができるのである。「観照」は、かくして、単なる美的現象の鑑賞を超えて、「実行生活」（「第二義生活」）のなかでは「知り得ない」人生の「第一義」に到達するそれとなる。「世界」が自己によって構成されるべきものであり、自己によって選び取られるべきものであるとすれば、「美的理想」もまた「自己」の生におけるその意義が見いだされなければならない。「観照」は、そのような超越の機能を担った主体の営みとして、新しく捉え直されることになるのだ。

1　吉田精一は、「自然主義文学の一目標として『無解決』といふ標語を掲げたのはこの評論が最初であった」としている（吉田、『自然主義の研究』〈下〉一九五八・一、東京堂）三九三頁。
2　「早稲田文学」（一九〇七・九）一七頁。
3　「早稲田文学」（一九〇七・九）一九頁。
4　「教育学術界」第十七巻三号、三二―三三頁。
5　「教育学術界」第十七巻三号、三七頁。
6　『善の研究』第一編、第二章「思惟」三一七頁。
7　本書第一部第三章第一節参照。
8　本書第一部第二章第二節参照。
9　正宗白鳥は、『自然主義盛衰史』（一九四八・三―一二、「風雪」）で、「私など、この抱月の所論には同感であつた。トルストイやドストエフスキーの作品には、この知れないものを知らうとする強烈な努力が見られるのだが、この二巨匠の解決には、日本の自然主義者は共鳴し得られなかつたのだ。抱月の所謂『懐疑と告白』此処にあの頃の自然主義の本領が存在してゐたのである」と回顧している。
10　清水、前掲書、一七〇頁。
11　清水、前掲書、一六六頁。
12　朝永三十郎、「ロッツェの史的位置」、前掲『ロッツェ』一四六頁。本書第三部第一章第二節参照。

13　清水、前掲書、一六六頁。
14　本書第一部第二章第二節参照。
15　本書第一部第三章第一節参照。
16　『サンタヤーナ／マーシャル／リップス美學綱要』（一九一一、早稲田大学出版部）によれば、美的な観照とは、「現実界」の利害を「超絶」した「純粋観照」のことにほかならない。このとき「自己は純なる美的観照の内に只全く観照者として即ち美的対象の内に住へるもの、其生活を共同に経験するものとして存ずるのみ」であり、こうした「純粋観照」においてはじめて「対象は観照者に美的な生きた経験を与へる範囲に於て完全なる美的実在性（aesthetische Realitat）を有」することができるとされる。「純粋観照」にあって自己は「肉体我」（「現実我」）の制約を脱して、「全現実界を超絶せる絶対界」たる「美的実在性」の世界を経験するが、このとき自己は「理想我」として「現実我」から区別され、「何時でも美的内容即ち最後に於て現実界から離れた生活及び生活関係を有し、純粋観照の範囲に脱離」する。ここでは「現実生活に属する総ての要素」は「拒絶し排除」されるのであり、それゆえこうした事態は「美的否定」（aesthetische Negation）と呼ぶことができるが、「美的否定」は同時に「美的観照を否定し得ないもの、即ち事実として発表されたもの、完全な妥当性及びそれに応ずる美的翫賞を惹起する」がゆえに、実は現実の「美的な積極的な肯定」（aesthetische Negation）のことにほかならない。のみならず、「芸術品の全体の生活内容に積極的影響を与へ其内容を変ぜしめるやうな発表手段も亦美的否定の一事実」とされる。芸術作品の創造（「美的創造」）とは、「発表手段」（Darstellungsmittel）即ち表現方法と「結合」して「現実生活を理想界に移し特殊の生命を以てそれを充実せしめ、現実界とは全く異なる世界（aesthetische Isoliertheit）」を構成すること、つまりは表現を通して「特殊なる新しき生活関係」を創出し、それを秩序づける行為とされるのであり、「観照」とは、こうした過程のすべてを指すものとして、実生活とは区別されるのである。本書第三部第二章参照。
17　相馬御風『黎明期の文學』、三九一―三九二頁。初出は「自然主義論最後の試練」（「新潮」一九〇九・七）、のち、一九一二・九、新潮社刊『黎明期の文學』収録にあたって「自然主義論発展の経路」と改題された。

「審美的意識の性質を論ず」に始まり、『新美辭學』の体系化の試みや自然主義文学運動への参加を経て抱月が至り着いたのは、「文芸」（芸術）の究極の価値は、それが人生の「第一義」を啓示するところにあるという認識だった。だがそれは、人生の目的を文芸に求めるということを意味していたというわけではない。

「第一義」と「第二義」に区別したとはいえ、両者を序列化していたわけではないことは「審美上の快楽」と「道徳上の快楽」を区別するべきだとした「審美的意識の性質を論ず」から芸術（文芸）と実生活が混同されてはならないことを強調した「藝術と実生活の界に横はる一線」に至るまで、抱月の美学理論が一貫して示してきたところだったし、それが、彼が実生活を律する行動の原理として選んだ「自己実現」の倫理と対応するものであったことも、これまでみてきたところだ。「序に代へて人生観上の自然主義を論ず」では、「空虚な廃屋」で営まれる「継ぎはぎの一時凌ぎ」にも似た「実行生活」における「心」の「現状」が「懺悔」（「告白」）されるが、「現下の私は一定の人生観論を立てるに堪へない」という言葉が表白していたのは、人生の「第一義」を渇望しながらも、「自家実現」という思想を実生活において生きることのできない「自家の現状」への批判——それゆえ「懺悔」にほかならなかったが——であり、そこに聴き取るべきなのは、「実行生活」を芸術よりも価値のないものと見做すというよりは、むしろ自己の「実行生活」における「生の増進」（「美學と生の興味」）「自家実現」のためには「芸術」が不可欠だという認識なのである。

もともと、「審美的意識の性質を論ず」以来、抱月が課題としたのは、「知」によって認識することも、「意」によって判断することもできず、「情」によって「感得」するほかはない「美」という「心界の現象」を論理的に解明することだった。「情」は対象に内在する「絶対の理想」（「美的理想」）を「具体的」「直覚的」に「感得」する意識の機能だが、美は「主と客が一体」となったとき、すなわち「我」と対象が「同情」したときに成立すること、「美的理想」は、「同情」を喚起することのできる一つの具体的な「形」に集約して表現されていること等が、大西祝や小屋（大塚）保治らに導かれ、カント、ショーペンハウアー、シラー、ハルトマン、ラスキン、ボサンケ等西欧美学理論の成果を摂取しながら抱月が確認した「審美的意識」の「性質」である。「現象即実在論」の枠組みに制約されていたとはいえ、「理想」を始め、「実」と「仮」、「現象」と「実在」、「形」と「想」、「自然美」と「芸術美」、「写実」と「理想」等の概念を一つの体系のなかで定義し直したこの論は、一八九〇年代半ばという時点での西欧哲学及び美学理論受容の達成点を示すだけでなく、「没理想論争」や「想実論争」が未解決のままに放置してきた課題に一つの決着をつける役割を担ってもいた。しかし、それは、「審美的意識」という、美的現象の主観の側の原理的・演繹的説明ではあっても、「美的理想」を集約して表象すべき具体的な形に即して分析・説明されていたというわけではなく、具体的な現象の「観察」「実験」に媒介された法則から帰納して樹ち立てられた理論というわけでもなかった。

「審美的意識の性質を論ず」のこうした限界の反省のもとに構想された『新美辭學』では、言語表現における美的現象を解明することをめざして、「美的理想」を集約して表現する具体的な言語現象の「形」＝「辞」に即した考察が試みられる。抱月によれば、「言語」が「思想」を伝達できるのは「辞」によるが、ここでは「辞」を形成するうえで

「言語」と「思想」を統合するのが「情」であり、「辞」は「情の一貫」という「理法」を不可欠の条件として生成すること、「修辞」（＝言語表現）を最終的に決定する規範もまた「情の一貫」であること等が具体的な「辞」の分析を通して検証される。「美辞学」＝修辞学（Rhetoric）を名乗ってはいるものの、『新美辭學』がめざしたのは、もともとは古代ギリシアに起源し、言語表現の技術として発展してきた「レトリック」とは異なり、明白に美学の一部門としてのそれであり、「論理学」「心理学」「言語学」（「語法学」）など隣接諸領域の成果を接合した言語表現の理論としての「レトリック」の再編成、その解体的構築であり、そこに、『新美辭學』と命名した所以もあった。

「審美的意識の性質を論ず」から『新美辭學』に至るまで、抱月の美学理論に一貫するのは、「知」「意」には求めることのできない「情」の機制に光をあて、「美」を「感得」する「理法」を解明することだった。実験心理学の成果を借りながら、言語表現における美の探究という場に焦点を絞り、美の「感得」（認識）における「情」の能動的側面を具体的な事象に即して明るみに出した『新美辭學』は、こうした探求の成果だったといえる。

「情」の能動的側面に着目し、そこに超越的契機を見出そうという問題意識は、「囚はれたる文藝」、「美學と生の興味」、「自然主義の価値」など、ヨーロッパから帰国して、自然主義文学運動を積極的に推進するようになってからの批評にも貫かれる。「囚はれたる文藝」では、古典古代から一九世紀末迄の西欧文化の変遷が、「知」と「情」の相克の過程として捉えられ、その文脈のなかに近代日本の文学・芸術の位置づけが図られるし、「痛切な思想問題」を、一九世紀末的な「世界苦」＝「ヴェルトシュメルツ」の感覚のうちに表象した作品として『破戒』を評価するところから実質的に開始された自然主義文学運動への参加の時期の批評においても、美（＝芸術）が「生の要求」、つまりは「第一義」への渇望と不可分であることが強調（「美学と生の興味」）され、「情」を「美的情緒」（Aesthetic emotion）「美的情趣」（Aesthetic mood）に区別、「情」の能動的機能を改めて確認しながら、自然主義文学の価値付けへの適用が企てられる（「自然主義の価値」）ことになるのだ。

「美的情緒」「美的情趣」は共に能動的・主体的に対象との一体化＝「同情」をめざすが、客体との一致によって「情緒的事象」の生成を図る前者に対し、創出された「情緒的事象」を統合（観照）する点に後者の役割を認めるという「情」の機能の差異化を通して、「本来自然主義」「印象派自然主義」という「文藝上の自然主義」の区分けは、美学理論による裏づけを得たといえる。「排主観」「排技巧」「無念無想」等の自然主義の主張は、いずれもこうした「情」の能動的、主体的な性質に関わっている[1]のであって、自然主義が「無技巧」という、在来的な「修辞」の標準からいえば無効であるような「修辞」上の「無記」（零位）の場所を最終的にめざした理由も「情」の機能から説明される[2]。この場合、「消極たり無記たる」表現が、「斯くの如きものが最もよく目的に適合せりと見るより生ずる情」から、即ち「情」による統合の必要から選ばれたのはいうまでもない。また、「美學と生の興味」で、ミレーの「アンゼラスの図」に触れ、この絵が喚起する「所謂近代的内観、近代的哀愁」という「情」は、根源的にはわれわれの生に対する希求を充足させるものであり、それゆえ 絵に接するものの生を限りなく増進させるのだとしているところからは、「生」における「情」の超越的契機を強調する観点を看て取ることができる。

　文芸においてこそわれわれは人生の「第一義」を「感得」することができ（「懐疑と告白」）、「人生を真に観照せしめる芸術がまことの意味に於いて人生の為めの芸術」（「観照即人生の為也」）であるという、抱月の到達した認識は「情」の機制とその「理法」を軸とした美学的探求が辿り着いた一つの結論でもあったのである。ところで、「情」の機制の観念論的――所謂「現象即実在論」――的説明から出発し、実験心理学の成果を組み入れながら美的現象の解明に経験論的にアプローチし、更に「文芸」（「芸術」）の人生における意義の考察にまで及んで「情」の超越的機能を強調するという、以上にみてきた美学理論の展開過程にはまた、一九世紀後半から二〇世紀初頭にかけての、美的現象をめぐる言説のパラダイムの転換という事情も関わっていた。

「審美的意識の性質を論ず」が踏まえていたのは、バウムガルテン、カントによる美的現象の観念論的（「純理哲学的」）

説明(抽象理想説)を乗り超えるべく、ヘーゲル、ハルトマン、ラスキン等の拠った具象理想説の立場だったが、『新美辭學』では、実験心理学の成果を組み入れて、経験的・実証的方法による、言語表現における美への具体的なアプローチが試みられ、帰国後の批評には更に、Th.リップスの感情移入理論への傾斜も見られる。それは、観念論的構成から経験的・実証的方法へ、抽象理想説から具象説へ、「上からの美学」から「下から」のそれへ、美学から芸術学へという、ヨーロッパにおけるこの領域でのパラダイムの転回と対応してもいた。しかし、より根本的には、H・ロッツェに始まり、ニーチェ、ディルタイを経て、新カント派やプラグマティズム、イギリス理想主義を生み出すことにもなる、「人生」や「世界」をめぐる認識の根本的な転換を反映していたといっていい。ロッツェやギュイヨーに言及しながら、「理想」を「たゞ我等が最ものぞましいもの、総名」と見做し、生という「根本の事実」から導きだされなければならないとした「美學と生の興味」や、「懐疑と告白」におけるプラグマティズムへの共感は、世界の目的(「価値」)が「当為」の根拠となるのではなく、世界の目的は「当為」(経験)によって新しく見出されるという、「生の哲学」に一つの実りをみせる「ザイン」から「ゾルレン」への、あるいはI ought to doからI wish to doへの、世紀転換期の世界(人生)認識の転換に、抱月もまた――綱島梁川と共に――基本的に同意していたことを示す。「文芸」においてこそ人生の「第一義」を見いだすことができるとし、「観照」の超越的意義を強調する、抱月の到達したひとまずの結論も、基本においてはこの認識から導き出される。「価値」から「当為」が導き出されるのではなく、「価値」を決定するのは「当為」(経験)であるとすれば、美の「理想」もまた、予め決定されたものではなく、逆に経験を通して、自己によって選び取られるほかないのであり、「観照」は、そのような超越的契機を内包した主体的行為として、改めて捉え返されることになるのである。

もっとも、美的現象への探究と、自然主義文学運動におけるその批評の現場での適用という実践の経験から導き出されたものであったとはいえ、この結論は、その美学理論のなかで、整然たる体系性のもとに主張されていたというわけではなかった。「観照」論にしても、その美学理論における根拠づけは、結局はリップスの感情移入理論に託さなければならなかったのも、みてきたところだ。

改めていうまでもなく、「序に代へて人生観上の自然主義を論ず」及び「懐疑と告白」以後、抱月は自然主義文学運動から撤退するのみならず、文芸批評にも情熱をもって関わることはない。また、幾つかの概論風のものを書いてはいるものの、美学理論の体系化に本格的に取り組むこともなかった。代わって彼が情熱を傾けたのは、幕を開けたばかりの近代劇運動である。しかし、以上にみてきたような美学理論の展開と、その批評における実践の過程、及びそこから帰結された結論が、そのまま、坪内逍遙『小説神髄』に始まる、芸術の存在理由をめぐる問題提起への回答でもあったこと、またその美学理論の体系化や、文芸批評からの退場と演劇運動への転身は、そこに介在していた、実生活において彼が直面することになる事情も含めて[3]、「自家実現」という思想の「実行生活」の場面における実践であったことは改めて確認しておくべきこととといえよう

1　本書第三部第五章第二節第一項参照。
2　本書第二部第五章第三節第五項参照。
3　改めていうまでもないが、この時期から抱月は文芸協会の演劇活動に熱心に関わるようになり、やがて松井須磨子と共に芸術座を結成、近代劇運動を推進していくことになる。

あとがき

修士論文のテーマに島村抱月の文学活動を選んで以来、これまで抱月についていくつかの論考を発表してきたが、その言説を原理的に支えてきた美学理論や、言語表現理論について、自分で満足のいくように考えてきたというわけではなかった。とりわけ、彼が東京専門学校の卒業論文をもとに発表した「審美的意識の性質を論ず」については、何度かその論理構造の解明を試みたが、いずれも中途半端な解読に終わってしまった。「差別即平等」というようなタームのみならず、ショーペンハウアー、カント、シラー、ハルトマン、サリー、ウォーレスらの言説が、出典も明示しないで頻出する論理展開はなんとも難解で、わたしのようなものには殆ど歯のたつ代物ではないと思われた。参照するべき先行研究にしても、この論が抱月の文芸批評のみならず、日本の自然主義文学理論や近代的文学観念の形成の根幹に関わる観点を内包する論考であるにもかかわらず、いずれもかいなでの考察でしかなく、とうてい納得できるものではないように思われたのも事実である。しかし、抱月の言説を基軸にして展開・形成されることになる日本自然主義の理論や近代的文学観念にしても、また彼が深く関与することになる近代劇運動にしても、その正当な評価には、その美学理論の解明が、避けて通ることのできない課題のひとつであることはいうまでもない。

いつかはこの課題についてきちんと考え、自分なりの答案を提出したいと思いながらも、雑事にかまけてやり過ごしてきたというのが正直なところだが、還暦を迎えて、この課題に決着をつけるべく、この論及び『新美辭學』に本腰をいれて取り組み、それらと自然主義文学運動に関わった時期の抱月の文芸批評の関係について改めて検討を試みることを思い立った。

もとより哲学や美学についての素養もセンスも乏しいわたしにとって、この作業が難儀なものだったのはいうまでもないが、抱月自身による小屋保治の美学講義の筆記や、やはり彼の残したカント、シラーなどの言説の抜書き、『西洋哲学史』をはじめとする大西祝の論考などを手懸りに読み進むうちに、その論理の骨格が自分なりに腑に落ちて理解できたという感触を得た瞬間も幾度かないわけではなかった。また、世紀転換期のヨーロッパが遭遇した人間と世界をめぐる知のパラダイムシフトとそれに敏感に反応しなければならなかった明治期の日本の文学の言説の脈動に触れて、眼から鱗がおちるような思いを覚えた場面もすくなくはなかった。

はなはだしい見当違いもあるかもしれないが、「審美的意識の性質を論ず」や『新美辭學』について、自分なりの理解の道筋をたてることができたことについては、それなりに満足を感じている。というより、途中で投げ出した本を読み了えるのに精も根も使い果たし、自分に理解できるのはこれだけだという思いに至ったというのが、今の偽らざる心境というべきかもしれない。

本書は、本務校である関東学院大学文学部の「紀要」に断続的に発表した論文をもとに、二〇一二年に早稲田大学に提出した博士学位請求論文に修正・加筆したものだが、論考掲載中には、中島国彦氏からしばしば有益なアドバイスと激励の言葉だけでなく、論文審査にあたって主査も引き受けて戴いた。中島氏をはじめ、審査の労を煩わした高橋敏夫・宗像和重・十重田裕一・鳥羽耕史の諸氏に改めて感謝の言葉を捧げておきたい。また、博士論文に取り組むことを熱心に勧めて戴いた東郷克美氏にも、深い感謝の気持ちを表したい。

図らずも、早稲田大学学術叢書の一冊として、早稲田大学出版部から刊行されることになったが、『新美辭學』や

『近代文藝之研究』など、抱月の主要な著書の版元でもあるこの書肆から刊行することができたのもおおきな喜びである。思えば、早稲田大学出版部は、すぐれた学術書を数多く刊行した、明治期においては最大規模の学術出版社でもあった。刊行に際して尽力して下さった内海孝氏や、叢書の選定にあたられた選定委員の各位、早稲田大学文化推進部の山田博史氏、編集の実務にあたられた早稲田大学出版部の伊東晋、佐々木豊、金丸淳、村田浩司らの諸氏にも、心からお礼を申しあげたい。

岩佐　壯四郎

二〇一三年四月

主要参考文献（参考にした文献のうち、注記に入れなかったものを中心に掲げた）

島村抱月『抱月全集』一九一九・六―一九二〇・四、天佑社
土方定一『近代日本文学評論史』一九三六・六、西東書林、一九七三・一一、法政大学出版局
川副国基『島村抱月――人及び文学者として』一九五三・四、早稲田大学出版部
川副国基『日本自然主義の文学――およびその周辺』一九五七・一二、誠信書房
稲垣達郎・岡保生編『座談会島村抱月研究』一九八〇・七、昭和女子大学近代文化研究所
佐渡谷重信『抱月島村瀧太郎論』一九八〇・一〇、明治書院
岩町功『評伝島村抱月――鉄山と芸術座』（上）（下）二〇〇九・六、石見文化研究所
坪内逍遙『逍遥選集』（別冊第三）一九二七・一一、春陽堂
吉田精一『自然主義の研究』（上）一九五五・一一、（下）一九五八・一、東京堂
本間久雄『自然主義及び其以後』一九五七・五、東京堂
北住敏夫『近代日本の文芸理論』一九六五・一二、塙書房
相馬庸郎『日本自然主義論』一九七〇・一、八木書店
関良一『逍遥・鷗外　考証と試論』一九七一・三、有精堂
川副国基他編『近代評論集一』田中保隆他編『近代評論集二』『日本近代文学大系』五七、五八巻一九七二・一、九　角川書店
稲垣達郎・吉田精一他編『近代文学評論大系』明治期（Ⅰ）（Ⅱ）（Ⅲ）一九七二・二―一二、角川書店
森林太郎『鷗外全集』二一・二二・二三巻、一九七三・七―九、岩波書店
磯貝英夫『森鷗外――明治二十年代を中心に』一九七九・一二、明治書院
吉田精一『自然主義研究――抱月・泡鳴』吉田精一著作集第七巻　一九八一・四、桜楓社
相馬庸郎『日本自然主義再考』一九八一・一二、八木書店

稲垣達郎『稲垣達郎學藝文集』二、一九八二・四、筑摩書房
越智治雄『近代文学成立期の研究』一九八四・四、岩波書店
中島国彦『近代文学にみる感受性』一九九四・一〇、筑摩書房
平岡敏夫『日露戦後文学の研究』（上）一九八五・五、（下）一九八五・七、有精堂出版
十川信介『「ドラマ」・「他界」――明治二十年代の文学状況』一九八七・一一、岩波書店
前田愛『前田愛著作集』（第二巻）（第四巻）一九八九・五、一二、筑摩書房
谷沢永一『近代評論の構造』一九九五・七、和泉書院
竹盛天雄『明治文学の脈動――鷗外・漱石を中心に』一九九九・三、国書刊行会
亀井秀雄『「小説」論――「小説神髄」と近代』一九九九・九、岩波書店
山田有策『幻想の近代――逍遥・美妙・柳浪』二〇〇一・一一、おうふう
田中保隆『二葉亭・漱石と自然主義』二〇〇三・一、翰林書房
大西祝『大西祝全集』（第三―七巻）一九〇三・一二―一九〇四・一二、警醒社書店
京都哲學會編『ロッツェ』一九一七・五、東京宝文館
梁川会編『綱島梁川全集』（第四巻）（第五巻）（第七巻）一九二一・一二―二二・一春秋社
高山林次郎『改訂注釈　樗牛全集』（第一巻）（第二巻）（第六巻）一九二五・一一、一九二六・一、一九三〇・一〇、博文館
新關良三編『シラー選集』（第三巻）一九四一・八、冨山房
三枝博音『日本の唯物論者』一九五六・六、英宝社（『三枝博音著作集・第四巻』一九七二・九、中央公論社）
アルベルト・シュヴェーグラー（谷川徹三・松村一人訳）『西洋哲学史』（上）（下）一九五八・三―四、岩波書店
カント（波多野精一他訳）『実践理性批判』一九五九・八、岩波書店
船山信一『明治哲学史研究』一九五九・一〇、ミネルヴァ書房
小宮豊隆他編『阿部次郎全集』第三巻、一九六一・七、角川書店

カント（篠田英雄他訳）『純粋理性批判』（上）（中）（下）一九六一・八―一九六二・七、岩波書店
宮川透『近代日本の哲学　増補版』一九六二・六、勁草書房
カント（篠田英雄訳）『判断力批判』（上）（下）一九六四・一、一一、岩波書店
ヘーゲル（長谷川宏訳）『ヘーゲル美学講義』（上）（中）（下）一九九五・八―九六・一〇、作品社
深田康算『深田康算全集』（第一―二巻）一九七二・一―一九七三・一、玉川大学出版部
宮川透『日本精神史への序論』一九七七・三、紀伊国屋書店
高峰一愚『カント講義』一九八一・四、論創社
行安茂・藤原保信編『T・H・グリーン研究』一九八二・四、御茶の水書房
リュディーカー・ザフランスキー（山本尤訳）『ショーペンハウアー――哲学の荒れ狂った時代の一つの伝記』一九九〇・一、法政大学出版局
内藤克彦『シラーの美的教養思想――その形成と展開の軌跡』一九九九・三、三修社
斉藤智志他編『ショーペンハウアー読本』二〇〇三・三、法政大学出版局
西田幾多郎『西田幾多郎全集』（一巻）（一一巻）（一六巻）二〇〇三・三―二〇〇八・七、岩波書店
今村仁司『清沢満之と哲学』二〇〇四・三、岩波書店
行安茂『近代日本の思想家とイギリス理想主義』二〇〇七・一二、北樹出版
ヘルベルト・シュネーデルバッハ（舟山俊明他訳）『ドイツ哲学史1831―1933』二〇〇九・四、法政大学出版局
竹田青嗣『完全解説カント「純粋理性批判」』二〇一〇・三、講談社
小屋保治述島村滝太郎筆記『美学講義筆記』（＊『美学講義ノート』）（一―三巻）一八九三―一八九四、早稲田大学図書館蔵
ヴィルヘルム・ディルタイ（澤柳大五郎訳）『近代美学史――近代美学の三期と現代美学の課題』一九六〇・八、岩波文庫
山本正男『東西芸術精神の伝統と交流』一九六五・五、理想社
小堀桂一郎『森鷗外――文業解題（翻訳篇）』一九八二・二、岩波書店

金田民夫『日本近代美学序説』一九九〇・三、法律文化社
渡邊二郎『芸術の哲学』一九九八・七、ちくま学芸文庫
ジョン・ラスキン（内藤史郎訳）『芸術の真実と教育（近代画家論・原理篇）』二〇〇三・九、法蔵館
神林恒道『近代日本「美学」の誕生』二〇〇六・三、講談社
濱下昌宏『主体の学としての美学――日本近代美学史研究』二〇〇七・五、晃洋書房

時枝誠記『国語学原論――言語過程説の成立とその展開』一九四一・一二、岩波書店
山本正秀『近代文体発生の史的研究』一九六五・七、岩波書店
ジョルジュ・ムーナン（佐藤信夫訳）『二十世紀の言語学』一九七四・五、白水社
菅谷廣美『「修辭及華文」の研究』一九七八・八、教育出版センター
ツヴェタン・トドロフ（及川馥他訳）『象徴の理論』一九八七・二、法政大学出版局
木坂基『近代文章成立の諸相』一九八八・二、和泉書院
速水博司『近代日本修辞学史――西洋修辞学の導入から挫折まで』一九八八・九、有朋堂
原子朗『近代修辞学の史的研究』一九九四・一一、早稲田大学出版部
Tomasi, Massimiliano, *Rhetoric in Modern Japan: Western influence on the development of narrative and oratiorical style*, 2004.
周勛初（高津孝訳）『中国古典文学批評史』二〇〇七・七、勉誠出版

Ruskin, John, *Modern Painters*, 190
Wallace, William, *Kant*, 1882.
Bosanquet, Bernerd, *A history of aesthetic*, 1882.
Wallace, William, *Life of Arthur Schopenhauer*, 1890.
Sully, James, *Pessimism*, 1891.

初出一覧

序章　書き下ろし

第一部

第一章　関東学院大学文学部「紀要」一一一号　二〇〇七年一二月

第二章　関東学院大学文学部「紀要」一一二号　二〇〇八年三月

第三章　関東学院大学文学部「紀要」一一三号　二〇〇八年七月

第四・五章　関東学院大学文学部「紀要」一一四号　二〇〇八年一二月

第六章　関東学院大学文学部「紀要」一一五号　二〇〇九年三月

第二部

第一・二・三章　関東学院大学文学部「紀要」一一五号　二〇〇九年三月

第四・五章　関東学院大学文学部「紀要」一一六号　二〇〇九年七月

第六章　関東学院大学文学部「紀要」一一七号　二〇〇九年一二月

第七章　関東学院大学文学部「紀要」一一八号　二〇一〇年三月

第三部

第一・二章　関東学院大学文学部「紀要」一一九号　二〇一〇年七月

第三・四・五章　関東学院大学文学部「紀要」一二〇・一二一合併号　二〇一〇年一二月

第六・七・八章　関東学院大学文学部「紀要」一二二号　二〇一一年七月

終章　書き下ろし

刊行のことば

早稲田大学は、二〇〇七年、創立百二十五周年を迎えた。創立者である大隈重信が唱えた「人生百二十五歳」の節目に当たるこの年をもって、早稲田大学は「早稲田第二世紀」、すなわち次の百二十五年に向けて新たなスタートを切ったのである。それは、研究・教育いずれの面においても、日本の「早稲田」から世界の「WASEDA」への強い志向を持つものである。特に「研究の早稲田」を発信するために、出版活動の重要性に改めて注目することとなった。

出版とは人間の叡智と情操の結実を世界に広め、また後世に残す事業である。大学は、研究活動とその教授を通して社会に寄与することを使命としてきた。したがって、大学の行う出版事業とは大学の存在意義の表出であるといっても過言ではない。そこで早稲田大学では、「早稲田大学モノグラフ」、「早稲田大学学術叢書」の2種類の学術研究書シリーズを刊行し、研究の成果を広く世に問うこととした。

このうち、「早稲田大学学術叢書」は、研究成果の公開を目的としながらも、学術研究書としての質の高さを担保するために厳しい審査を行い、採択されたもののみを刊行するものである。

近年の学問の進歩はその速度を速め、専門領域が狭く囲い込まれる傾向にある。専門性の深化に意義があることは言うまでもないが、一方で、時代を画するような研究成果が出現するのは、複数の学問領域の研究成果や手法が横断的にかつ有機的に手を組んだときであろう。こうした意味においても質の高い学術研究書を世に送り出すことは、総合大学である早稲田大学に課せられた大きな使命である。

二〇〇八年一〇月

早稲田大学

著者紹介

岩佐 壯四郎（いわさ　そうしろう）

1969年早稲田大学教育学部国語国文学科卒業。

1977年早稲田大学大学院文学研究科博士課程日本文学専攻単位取得満期退学。

2012年博士（文学・早稲田大学）。

山口女子大学専任講師，関東学院女子短期大学教授を経て，現在，関東学院大学文学部教授。

専攻　日本近代文学・比較文学・演劇学
著書『世紀末の自然主義――明治四十年代文学考』（1986，有精堂出版），『抱月のベル・エポック――明治文学者と新世紀ヨーロッパ』（1998，大修館書店，サントリー学芸賞受賞），『日本近代文学の断面――1890－1920』（2009，彩流社）。

早稲田大学学術叢書　27

島村抱月の文藝批評と美学理論

2013 年 5 月 31 日　　初版第 1 刷発行

著　者……………………岩佐 壯四郎
発行者……………………島田　陽一
発行所……………………株式会社 早稲田大学出版部
169−0051 東京都新宿区西早稲田 1−1−7
電話 03−3203−1551　http://www.waseda-up.co.jp/
装　丁……………………笠井 亞子
印刷・製本………………大日本法令印刷 株式会社

　ISBN 978−4−657−13704−3

Literary Criticism and Aesthetic Theory of Shimamura Hogetsu

IWASA Soshiro

Shimamura Hogetsu (February 28, 1871 to November 5, 1918) was a critic and a leader of *shingeki* (the new theatrical movement), who theoretically contributed to the formation of the idea of "modern literature" in Japan from the end of the 19th century through the early 20th century of the Meiji Era and supported Shingeki practically and theoretically in the 1910s, during the Taisho Era.

This book will focus firstly on Hogetsu's theory of expression in language, based on the aesthetic perspective he presented in the essay "Shinbiteki ishikino seishitsu o ronzu" (On the nature of an aesthetic consciousness, 1894) and developed in the book *Shin-bijigaku* (1902), and, secondly, on his commitment from 1906 to 1909 to criticizing literature through adapting into practice the tenets of the "naturalistic literature" movement.

Hogetsu emerged as a critic with the abovementioned 1894 essay, in which he began to construct his aesthetic theory as a sphere of philosophy. However, by examining his work on the naturalistic literature movement and new theatrical movement and his studies on expression in language, we can see that he remained consistently aware of the central need, in the wake of Tsubouchi Shoyo's *Shosetsu shinzui*, to construct an aesthetic theory rooted in and offering an explanation of Japanese literature and art in general.

As is well known, Hogetsu appeared to give up on systematic aesthetic theory, closing the door on the field of literary criticism and devoting himself to the new theatrical movement. However, no one has ever spoken of why he did or did not do so.

Further on in this book, we are going to make it clear that beauty cannot be recognized by the intellect, termed "*chi*," or tested by the volitional "*i*," but must instead manifest through emotional feeling, termed "*jo*," a reference to the transcendental function of seizing beauty. We will also consider

not only the specific character of naturalism in Japan, which led to the tradition of shishosetsu (autobiographical novels), but the way of thinking and sensitivity that supported Japanese naturalism and modern theater, and shed light on the idea of literature in Japan, which emerged alongside the naturalistic literature movement that originated with Tsubouchi Shoyo.

Following these two themes, this book divides the actions of Hogetsu from the time of the publication of "Shinbiteki ishikino seishitsu o ronzu" (1894) to the publication of "Kaigi to kokuhaku" (Scepticism and confession, 1909) into three parts. The first part is "Logical Structure of the Essay 'Shinbiteki ishikino seishitsu o ronzu,'" which consists of six chapters ; the second is "*Shin-bijigaku*," which consists of seven chapters ; and the third is "The Development of Aesthetic Critics of the Literature," which consists of eight chapters, leading to a total of 23 chapters including the introductory and closing chapters outside of the three parts with 66 sections.

In the first part, we depend on the ontology of phenomenal reality in examining aesthetic theory in general in order to define aesthetic consciousness as an activity of seizing absolute ideals through emotion. This reveals that beauty manifests at the level of sympathy between "I and Thou," a revelation that allows us to analyze the mechanism of beauty itself.

Then, in the second part, we examine *Shin-bijigaku* to determine whether and in what way it was designed from an aesthetic point of view, which involves posing fundamental questions using specific characters of the Japanese language.

Finally, in the third part, based on discussions in the former two parts, we will consider the situation of Japanese literature and thought, which closely relates to the paradigm shift that occurred in nineteenth century Europe.

Seeking the path to reality in literature as aesthetics, Hogetsu arrived at the terminus ad quem that the world has been selected to exist as a creature, and art is the act of telling a story that cannot be told at all.

Basically, the raison d'etre of our life is not logical and can be made understandable only through the expressing of that which cannot be explained. Doing this is in itself illogical, but art is an act that helps us use this illogical logic to understand the ultimate reason behind our lives.

As Hogetsu said, we cannot help selecting part of the world to identify ourselves with based on our capacity to artistically reflect our own experiences.

In 1910, Hogetsu left the field of the literary criticism and opened the door to shingeki, but we should consider his reflections again in order to better understand the specific character of modern literature and art in Japan.

事項索引

◆た行

◆な行

◆は行

◆ま行

◆ら行

人名索引

◆さ行

◆な行

◆は行

◆ま行

◆や行

◆ら行

◆わ行

文献索引

◆欧文文献

◆邦文文献

◆あ行

◆か行

◆さ行

◆は行

◆ま行

◆や行

◆ら行

◆わ行

機械・設備のリスクアセスメント

セーフティ・エンジニアがつなぐ，
メーカとユーザのリスク情報

向殿 政男 監修
日本機械工業連合会 編
川池 襄・宮崎 浩一 著

日本規格協会

リスクアセスメントがメーカとユーザの安全をつなぐ
～“まえがき”に代えて～

監修者　向殿政男

1. リスクアセスメントの現代的意義

私たちの社会は，これまで以上に安全の価値を重視する時代に入りつつある．このとき，安全を確保するための最も本質的なキー概念の一つが，リスアセスメント[1)]である．リスクアセスメントとは，簡単にいえば，危険なところを事前に見つけ出しておいて，危険性の高いところから事前に手を打っておくことである．具体的には，設計しようとしている，又は製造しようとしている，又は設置しようとしている，又は使用しようとしている機械や設備や製品等において，リスク（危険性，有害性等）を発生させる危険の源泉（危険源）を事前に見出しておいて，そのリスクの大きさを見積もって，大きなリスクの危険源から順に安全の方策を施すことにより，これならば使ってよいという適切なレベルまでリスクを下げておくことである．事故が起きる前に，事前に手を打っておく事故の未然防止のための体系的，合理的な考え方と手法である[1]．事故が発生してから手を打つという再発防止ではなく，また，これまで事故が起きていないから安全であるという漠然とした安全ではなく，事前に方策を施してあるという確信のある安全の考え方である．

リスクアセスメントの目的は，もちろん，職場の安全を実現すること，すなわち，事故を起こして作業者や使用者を傷つけるような不幸を防ぐことであり，

---

1)　リスクアセスメントとは，狭義には，危険なところを見つけ出し，その危険性の大きさを評価するところまでをいうが，本書では，適切なリスクになるまで手を打つステップも一緒に含めて，リスクアセスメントを広く解釈することにする．

機械設備を使用する職場を限りなく安全に近づけることで，事業者も作業者も安心して企業活動と日常生活を営めるようにすることである．

しかし，それだけではない．我が国は，安全を脅かす事故や不祥事を許さない社会になりつつある．一つの事故や不祥事が組織に大きなダメージを与え，ブランドを傷つけ，その組織の存続を許さないような時代に入った．安全の確保が企業の持続的な活動には不可欠になったのである．さらに，我が国の“ものづくり”が，品質や機能に加えて，環境とともに安全・安心という我が国の伝統文化に根ざした新しい価値観をもって世界に飛躍するチャンスであり，“ものづくり安全”で世界のなかでの新しい役割を果たすことが期待される時代に入った．もはや，安全の費用はコストでなく，投資である．そのためのキーワードが，前述したように本書で解説するリスクアセスメントなのである．

リスクアセスメントの具体的な内容については，本書本文にて詳しく記述されるので，ここでは，リスクアセスメントにまつわるいくつかの周辺の話題について紹介することで，本書を読むための導入としたい．

2. 労働安全と機械安全

リスクアセスメントは，誰が実施するのであろうか．もちろん，機械・設備のユーザである．自分たちが怪我をしないようにするために，現場の作業者や監督者が自らやらなければならない．また，製造ラインを組み立てたり，設備や装置を設置する生産管理者が，やらねばならない．

しかし，もっと上流で，生産設備に使用・導入される機械そのものを設計・製造するメーカが，実施しなければならない．

このとき，ユーザにあっても，メーカにあっても，最も重要な役割を果たすのは，現場の事情をよく知り，そして機械設備の安全設計などについて熟知しているセーフティアセッサなどの専門職としてのセーフティ・エンジニアの存在である．我が国ではこれまで，これらの安全確保の分野は，それぞれ，主としてユーザ側を労働安全，メーカ側を機械安全と呼び区別してきたが，その境界を明確に分離することは難しく，実際には両者は融合している．

もう少し詳しく役割で分類すれば，上流から，①機械設計安全，②機械運用安全，③機械作業安全の 3 段階に分けることができるだろう．①機械設計安全はメーカ側，②機械運用安全と③機械作業安全はユーザ側が担当するのが一般的であるが，いわゆる機械安全は，①機械設計安全と②機械運用安全に主に関連し，ユーザとメーカの両方に関連している．

これらメーカとユーザにおける①機械設計安全，②機械運用安全，③機械作業安全に携わる 3 者は，それぞれのリスクアセスメントを実施し，やるべきことを事前にしっかりとやった後に残ったリスク（いわゆる残留リスク）に対しては，その情報を明示して下流に引き渡す，これがメーカとユーザの安全をつなぐリスクアセスメントの本来の役割でもある．

ここでの大事な発想は，安全の確保は，人間の注意による前に機械設備側，すなわちハードで実現すべきであるという優先順位にある．

リスクアセスメントのような活動は，我が国では，労働安全の一環として，各職場で，これまでも長い間，やってきたはずである．それなのに，なぜ，今ごろ，改めてリスクアセスメントという外国語がとり沙汰されているのであろうか．この疑問への回答は，実際の労働災害の数を比較してみると明らかになる．労働安全の優等生といわれる英国と我が国の労働災害における死亡者数の差には，約 4 倍の開きがある（2005 年の統計によると，10 万人当たりの労働災害による年間死亡者数は，我が国では 2.3 人であるのに対して，英国では 0.58 人である）．この差は，英国が早くからリスクアセスメントを実施し，人間の注意による安全確保の前に機械設備側をまず安全化し，それをマネジメントシステムで管理するという方法をとってきたことによっている．

我が国はこれまで，地道に現場のレベルから労働安全に取り組んできており，着実に成果を上げてきている．事実，昭和 47 年に労働安全衛生法が施行され，事業者に作業者の安全を守らせる責任を明確にするとともに，自主的な労働安全活動を目指したことは，先駆的であり，かつ画期的であったともいえよう．これに従い，ゼロ災運動をはじめとした現場の安全運動が活発に，継続的に行われてきた．

しかし，前述の英国との差に見るように，現在，我が国の労働災害による死亡者数は決して少なくはない．これには，労働安全衛生法の設立の事情が多少関係しているのかもしれない．すなわち，労働安全に関しては事業者への強制力はあっても，機械設備を設計・製造するメーカ側への強制が弱い点にあると思われる．労働安全と機械安全との連携と統一性という視点において，ハード側を優先するという発想の欠如にあると思われる．労働安全衛生法では，一部の特定機械への構造規格としての強制はあっても，それには最新技術に追従できるほど柔軟性があるわけではない．また，一般的なすべての機械設備の安全化に関しては，努力義務に終わっている．これが，我が国の労働安全が，どちらかというと作業者の注意による安全確保を重視し，機械設備側の安全化が弱くなっている理由の一つであろう．

さらに，製造メーカの機械安全に関しては，労働安全衛生法に相当する強制力のある法律は存在しない．生産現場で労働安全側の立場で，機械設備の安全化を努力する機械運用安全の担当者は，機械メーカの機械安全設計者への要望とともに，現場での作業安全と機械安全との調整に苦悩することになる．ここで重要な役割を果たす機械運用安全の担当者は，もちろん機械設計安全や機械作業安全の担当者もそうであるが，専門職としてセーフティ・エンジニアの資格をもつことが望ましいが，残念ながら，我が国ではセーフティ・エンジニアの重要性の認識と位置付けが不十分である．今後のこの方面の人材の育成が強く望まれる．

必ずしも，強制法規が必要とは思わないが，作業の安全化と機械設備側の安全化とが統一的に，総合的，合理的に連携する，すなわち労働安全と機械安全との連携は必須である．この基本がリスクアセスメントなのである．我が国の労働安全においては，これまで，本書で紹介するリスクアセスメントのような，科学的で，合理的で統一的な視点で両者を統合するという視点が不足していたといわざるを得ない．人間の注意には限界がある以上，機械設備側の安全化が本質的であるはずだが，この視点が弱かったのではないだろうか．これが，我が国において，労働災害数が下げ止まるとともに，重大災害（一度に３人以上が被災する事故）が近年増加している理由であり，今，リスクアセスメントが注目され，また，厚生労働省が，現在，リスクアセスメントの実施と普及に懸命に努力している理由である．これに今，機械工業界が“メーカのための機械工業界リスクアセスメントガイドライン”（2010年，社団法人日本機械工業連合会．本書巻末に全文収録）を作成して，応えようとしている．

このような我が国のリスクアセスメント普及の現状を紹介する前に，世界におけるこれまでの流れを概観してみよう．

3. 国際規格と機械安全

リスクアセスメントを実施して，機械設備側からの本質的な安全化を重視するという英国における機械安全の流れは，同じ発想で長年取り組んでいたドイツやフランス等を巻き込んで欧州全体に広がり，欧州統一に伴って，欧州規格（EN規格）として結集しだした．すなわち，機械の安全確保を設計の段階から実現するために，機械安全の基本規格EN 292（機械類の安全性）が制定された．また，欧州は，安全な機械のみを市場に流通させるための“ニューアプローチ”という巧みな仕組みを構築した．すなわち，“EC機械指令”を出して，達成されるべき必須安全要求事項を規定し，この要求を満たしていることを表すマークを貼らない限り，機械を市場に流通させてはならないという“CEマーキング制度”を法的に制定した．そして，必須安全要求事項を満たす例示規格としてEN規格を指定した．すなわち，EN規格を満たしていればマークを貼ることができることになり，任意規格であるEN規格が実質的に強制規格になった．機械安全の基本規格EN 292（機械類の安全性）やEN 1050（リスクアセスメントの原則）には，リスクアセスメントの実施が規定されており，我が国から欧州へ機械を輸出しようとする企業は，リスクアセスメントをせざるを得なかった．しかし，国内だけを対象としてきた機械メーカやユーザには，残念ながらリスクアセスメントの考え方は普及していなかった．

EN 292（機械類の安全性）をはじめとする多くの機械類の安全規格には，英国やドイツをはじめとした欧州各国がこれまで培ってきた機械の安全設計のエッセンスが詰まっており，このまま欧州の地域規格としておくのはもったいないということから—これは欧州の標準化世界戦略と見ることもできるが—世界標準として国際規格にしようという動きが出てきた[2]．まず，ISOとIEC合同で1990年にISO/IECガイド51（安全の規格作成のためのガイドライン）が発行され，ISOに技術委員会ISO/TC 199（機械類の安全性）が設置された．そして，EN 292やEN 1050等を原案として，ISO 12100（機械類の安全性—設計のための基本概念，一般原則）とISO 14121（機械類の安全性—リスクアセスメントの原則）などが定められた．現在の機械安全関連の国際規格は，A規格（基本安全規格），B規格（グループ安全規格），C規格（製品安全規格）というように大きく階層化され，体系化された構造になっている．これらの機械安全に関する規格類の頂点に立つA規格には，上記のISO 12100とISO 14121の二つしか存在しない（現在，両者を一つの規格に纏《まと》める改定作業が進められている）．

我が国は，WTOのTBT協定の合意により，国家規格を国際規格に原則として合わせることになっており，JIS規格も，ISOやIECの規格に整合化されつつある．ISO 12100，ISO 14121は，それぞれJIS B 9700（機械類の安全性—設計のための基本概念，一般原則），JIS B 9702（機械類の安全性—リスクアセスメントの原則）としてJIS化されている．しかし，JIS規格は任意であり，また，これまでに発行された多くの機械類のJIS規格はこの二つのJIS規格に則って制定されているわけではないので，我が国の機械メーカにはなかなかリスクアセスメントの考え方が普及していないのが現状である．また，各省庁が所管している機械類の規格は，独自の構造規格としてそれぞれの法律の下で制定・運用されている場合が多い．したがって，JIS規格自身は徐々に国際規格に整合化されつつあっても，実質的には我が国の機械類の安全規格は国際規格に整合化されているとは言い難い状態にある．

4. 労働安全衛生法の改正

上記の国際安全規格であるISO 12100やISO 14121は，基本的には機械安全設計のための規格，すなわち機械メーカ向けである．我が国でこれに最初に積極的に取り組んだのは，ユーザ側である厚生労働省であった．

厚生労働省が，労働安全衛生法に基づき作業者の更なる安全を守るためには，機械設備側の安全化を強化すべきであるという観点から，国際安全規格のISO 12100とISO 14121のリスクアセスメントの考え方に基づき，“機械の包括的な安全基準に関する指針”を出したのは，2001年6月であった．残念ながらこの時点では，労働安全衛生法にリスクアセスメントの考え方を直接導入するには多くの抵抗があり，上記指針は通達のみに終わった．

しかし，その後，これらの国際安全基準に従って機械設備が設計・設置・運用されていれば，多くの労働災害による死亡事故が防げただろうことが報告されるとともに，前述したような重大事故の増大は，施設設備側の不具合に起因する事故の増加によるとの認識から，2006年4月に労働安全衛生法等の一部が改正されて，リスクアセスメントの考え方が導入されるに至った．すなわち，労働安全衛生法第二十八条の二に，“事業者は，建設物，設備，作業等の危険性又は有害性等を調査し，その結果に基づいて必要な措置を講ずるように努めなければならない”という条文が導入された．ここで，“危険性又は有害性等を調査し，その結果に基づいて必な措置を講ずる”とは，リスクアセスメントのことである．危険性とともに有害性という言葉が入っているのは，労働安全衛生法は機械設備だけでなく化学物質の安全性も対象にしているからである．

このように，努力義務ではあるが，法律のなかにリスクアセスメントの考え方が導入されたことは，今後の我が国の労働安全，機械安全の分野にとって，大変意義のあることである．リスクアセスメントの実施が，今後，労働の現場に定着すれば，労働災害における死亡事故が着実に減っていくことは間違いない．また，リスクアセスメントの下流に位置するユーザは，上流の機械メーカ側に対して，導入する機械のリスクアセスメントの結果を要求することができることになり，メーカ側は，これに応えるために設計の段階でリスクアセスメントをせざるを得なくなる．こうした構造により，我が国の機械類の安全性は確実に向上するに違いない．

このとき，大事な視点は，ユーザとメーカとのコミュニケーションと情報共有である．特に，メーカとユーザの間において，また，ユーザ間でも生産設備の設置者と作業者との間において，危険源とそこに残された残留リスク等の情報の提供が重要となる．すなわち，リスクアセスメントに基づく残留リスク等の情報の流れが，メーカとユーザの安全をつなぐといってよい．

5. リスクアセスメントの普及と機械工業界の動向

厚生労働省は，2006 年の労働安全衛生法の改正に伴って，リスクアセスメントの実施，普及に努めてきた．中央労働災害防止協会をはじめ，各災害防止協会の協力の下，各種のリスクアセスメントの啓発書やガイドライン等を作成すると同時に，特に中小企業等へのリスクアセスメントの普及・啓発，及びその教育等の活動に取り組んできた．しかし，現状では，その普及率と理解度は決して高いものでなはい．これまでの労働安全衛生活動の発想とは異なるリスクアセスメントの考え方を理解する困難さもあるが，具体的な実施手順等がよくわからないという意見が多いのが現実である．

一方，経済産業省は，我が国の国際標準化活動を強化・促進する活動を行ってきている．その下で，ISO の機械安全の技術部会である ISO/TC 199 に参加し，前述した基本規格である ISO 12100 や ISO 14121 をはじめ，多くの機械安全に関する国際規格の策定に参加し，協力してきたのは，我が国の機械工業界のまとめ役である社団法人日本機械工業連合会（日機連）である．ISO 12100 や ISO 14121 を JIS 化したのも，日機連の活動による．

日機連は，各機械メーカに対して，リスクアセスメントの普及，啓発に努めてきていたが，リスクアセスメントの具体的な内容は，本来，個別的のものであり，機械の分野や機械の種類により，大きく異なり，決して同じではない．この個別性が，機械工業界でも，リスクアセスメントの普及を妨げていたきらいがあった．このため，2010 年 3 月に，我が国の機械工業界を代表して日機連が，どの業種の機械メーカに対してもリスクアセスメントの実施を支援できる統一的ガイドラインである“メーカのための機械工業界リスクアセスメントガイドライン”を作成した（本書巻末に全文収録）．このことは，大変意義のあることであり，時宜を得たものである．このガイドラインに従えば，多くの分野の各種の機械に対して，効果的なリスクアセスメントが実施できるに違いない．すなわち，個別機械分野ごとではなく，機械工業分野全体でリスクアセスメントの考え方に統一性が生まれ，ユーザ側からメーカに対して行われる“リスクアセスメントの結果の要求”や，“危険源”や“残留リスクの情報の提供の要求”にも，ある程度，統一的に応えられるようになり，メーカとユーザとの連携と情報共有が促進されることが期待できる．

厚生労働省は，現在，第11次労働災害防止計画において，従来どおり“機械の設計段階等での「危険性及び有害性等の調査等」の実施促進”を行うとともに，“機械の製造者がこれらの取り組みを行った場合の機械への表示，譲渡時における使用上の情報の提供等を促進する制度の検討”を掲げており，情報の提供に関しては強力に押し進める方向にある．

6. リスクアセスメントとリスクマネジメント

最後に，リスクアセスメントとそれに関連する諸概念との関係，例えば，リスクアセスメントとリスクマネジメント，リスクアセスメントと労働安全衛生マネジメントシステム，及び，ここで紹介するリスクアセスメントと製品安全におけるリスクアセスメント等との関係について，簡単に触れておこう．

ここで述べるリスクアセスメント（RA）は，前述したように，大きなリスクがどこに存在し，そのリスクをいかに，どこまで低減するか，そして注意すべきリスクはどこに残留しているのかを知ることを主な目的としている．この場合のリスクの対象は，人，財産，環境などの“安全”を目的としている．その実施は，主として，現場の技術者，管理者，作業者のレベルで行われるべきものである．

一方，一般的にリスクマネジメント（RM）は，企業経営に関連する多くのリスクに対処のために，人，モノ，金，情報等の経営資源をどのように割り当てるかの経営判断に繋《つな》がるもので，主として経営のトップが実施すべきものである．つまり，リスクマネジメント（RM）が対象とすべきリスクは，安全に関するリスクだけではない．

いずれのケースでも，リスクアセスメント（RA）においてどこまでリスクを下げるかの判断のなかには，価値観が関与してくる．すなわち，リスク低減には，実際にはコストや時間や人的資源が係ることがあるし，便利さに支障をきたす可能性もある．他方，事故が発生した時の損失の大きさや，リスクを下げることによって，企業にどのような“ベネフィット”（利益，利潤，利便性）をもたらすことになるかが関係してくる．リスクアセスメント（RA）のこうした側面は，経営層が行うリスクマネジメント（RM）と強く関連している．

ここで，リスクマネジメント（RM）とリスクアセスメント（RA）におけるリスクの考え方には，違いがあることに注意する必要がある．リスクの概念には，昔から二つの考え方があるといわれてきた．一つは，金融や株式における投機のリスクのように，好ましい結果（プラスのリスク）と好ましくない結果（マイナスのリスク）とが存在するようなリスクであり，もう一つは，事故や災害のように好ましくない結果（マイナスのリスク）のみしか存在しないリスクである．後者のリスクは，前者に対してピュアーリスク（純粋リスク）と呼ばれることもある．前者のリスクの典型は，保険におけるリスクであり，“期待値まわりの変動”と定義される[3]．後者のリスクの典型は，安全におけるリスクであり，“危害の発生頻度とひどさの組合せ”と定義されている（本書でのリスクアセスメントは，この立場に立っている）．最新のリスクマネジメントの国際規格であるISO 31000:2009[4]（認証を目的とした規格ではないことから，タイトルに“システム”はつかない）とその用語集ISOガイド73:2009では，前者の立場に立ち，リスクを“目的に対する不確かさの影響”と定義している．リスクは顕在化した影響として，好ましくない影響と好ましい影響の両方を含み，また，期待値からの乖《かい》離と解釈されている[5]．ISO/IECガイド73の旧版（2002年）では，リスクを“事象の発生確率と事象の結果の組合せ”と定義し，“安全の側面では，結果は常に好ましくないものである”として，安全では，プラスのリスクとマイナスのリスクが存在するという考えは適用しないという注釈を入れていた．しかし，新版のガイド73では，この注釈はなくし，安全を特別視せずに，プラスとマイナスの両方が存在するリスクの定義を一般的に採用している．これは，リスクマネジメントの観点からすると，金融，経営，品質，環境，安全等の各種のリスクを，組織経営の全体的視点で，総合的，統一的に取り扱わなければならない立場からである．

安全におけるリスクは特殊であって，本当にプラスの側面はないのであろうか．確かに事象が発生して（事故が起きて），プラスの効果があるとは考えられないかも知れないが，リスク低減をして事故の発生確率が減少することによりベネフィットが得られ続けられる可能性があるので，ある時点で事故が起きる，起きないということを一つの事象と考えることにより，リスクを統一的に考察することが可能になるのではないだろうか．そして，そのような考え方をすることで，他の各種のリスクも考慮しながら，安全に対して経営資源を投入する意義が明確になるのではないかと思われる．この問題は，今後の研究に委ねられる課題であろう．

マネジメントシステムという概念は，リスクアセスメントと同様に，前述したように英国から興隆してきたもので，PDCA（Plan-Do-Check-Act）サイクルを回すことで，組織等を継続的に改善するアプローチに基づく枠組みである．この改善のプロセスを国際規格化して，それに基づいて外部機関により認証を行うという動きが活発化して，品質マネジメントシステム（ISO 9001），環境マネジメントシステム（ISO 14001），情報セキュリティマネジメントシステム（ISO/IEC 27000）等々から始まり，上記のリスクマネジメント（ISO 31000）まで，これまで多くが提案され，実施されている（ただし，ISO 31000は，前述のとおり，認証を目的とした規格ではない．）．労働安全衛生マネジメントシステム（OHSAS 18000）[6]の国際規格化も英国から提案されたが，労働安全衛生に関してはILO（国際労働機関）で定めるべきであるという意見が強く，国際規格化は見送られた．2001年には，ILOから労働安全衛生マネジメントシステムガイドライン（ILO-OSHガイドライン）が出された．我が国では，それよりも早く，1999年に厚生労働省により労働安全衛生マネジメントシステム（OSHMS）が策定されている．これらの労働安全衛生マネジメントシステムのなかでリスクアセスメントの手順は最も大事なものの一つになっている．しかし，規格とそれに基づく認証は，プロセス認証であるために，リスクアセスメントの具体的な内容については深掘りすることができないきらいがある．

製品安全におけるリスクアセスメントは，機械安全，労働安全におけるリスクアセスメントとは同じ考え方であっても，適用に当たっては多少の違いがある．製品安全におけるユーザは一般消費者であり，機械安全，労働安全におけるユーザは基本的には企業の作業者である．前者はB to C（Business to Consumer）であって，主として消費者用品安全法等に基づき，経済産業省が所管している．後者はB to B（Business to Business）であって，主として労働安全衛生法に基づき厚生労働省が所管している．企業の作業者は，教育，訓練，資格制限等をすることができるが，一般消費者に対しては，一般にはこのようなことができない．したがって，許容されるリスクの大きさが大きく異なり，具体的内容も異なる．

機械安全に関しては，ISO，IEC において国際安全規格が早くから階層的に整備され，リスクアセスメントが中心におかれていたが，製品安全では，欧州でも安全規格の階層化等の整備が遅れ，この面では機械安全の分野が先行してきたといってよい．このことにも関連して，我が国において製品安全分野に統一的なリスクアセスメントが導入されるのは，これからのようである．製品の安全設計におけるリスクアセスメント実施，製品事故におけるリコールや回収の判断等の利用のために，現在，経済産業省から製品安全のリスクアセスメントのハンドブックが発行されている[7]．

以上，本書を読むための予備段階として，リスクアセスメントの考え方とそれに関連する事項と状況とを説明してきたが，最後に，本書の目的と構成について簡単に紹介しておこう．

7. 本書の目的と構成

すべての分野に適用可能な一般的なリスクアセスメントの具体的手法は，存在しないといってよいだろう．リスクアセスメントの具体的な内容は，個別企業や個別機械により，その個性，生産形態，製品，設置条件，等々が異なるため，一律に同じものは適用できない．特に，メーカ側，ユーザ側での具体的な内容，具体化のレベルは大きく異なっている．しかし，その考え方，プロセスは同じであり，共通している．この基本の共通部分を理解していれば，ユーザでも，メーカでも，各個別の企業の理念と特色を生かしたリスクアセスメントの実施が可能なはずである．

本書は，労働安全と機械安全に共通する基礎知識とともに，リスクアセスメントの基本を紹介することで，両者のそれぞれに従事する人に，また，両者の橋渡しをする人，特に，セーフティ・エンジニアをはじめとして，リスクアセスメントを指導する人，安全従事者等の方々へ，情報の提供をすることを目的としている．そして，お互いに情報の共有ができるようにし，また，ユーザとメーカの双方がお互いの役割を認識できるように，配慮して記述されている．

このように，本書は，全体として

・第１章　労働安全・機械安全に関する基礎知識

・第２章　リスクアセスメントのための基礎知識

・第３章　セーフティ・エンジニアのための専門知識

の３部構成となっている．

また，巻末には，“メーカのための機械工業界リスクアセスメントガイドライン”（日機連）を全文掲載するとともに，第２章末に，厚労省の各種指針の一部なども収録した．日機連のガイドラインは機械安全設計者にとって，また，厚労省の各種指針は機械安全運用者と機械安全作業者にとって，重要な情報となるはずである．なお，参考のために，インターネットで閲覧できる情報の発行時点でのURLも記述してある．

参考文献

[1] 向殿政男（2003）：よくわかるリスクアセスメント—事故未然防止の技術，中災防新書014，中央労働災害防止協会

[2] 向殿政男(2004):機械安全規格と欧州規格の動向，標準化と品質管理，2004-11，Vol.57，No.11，pp.30-34，日本規格協会，

[3] 米山高生（2008）：物語（エピソード）で読み解くリスクと保険入門，日本経済新聞出版社

[4] リスクマネジメント規格活用検討会編著（2010）：ISO 31000:2009 リスクマネジメント—解説と適用ガイド，日本規格協会

[5] 野口和彦（2009）：リスクマネジメント—目標達成を支援するマネジメント技術（JSQC選書），日本規格協会

[6] 吉澤正監修（2008）：OHSAS 18001:2007 労働安全衛生マネジメントシステム—日本語版と解説，日本規格協会

[7] 経済産業省（2009）：消費生活用製品向けリスクアセスメントのハンドブック　第1版，経済産業省
http://www.meti.go.jp/committee/materials2/downloadfiles/g100525a04j02.pdf

執筆者名簿

監　修　向殿　政男（明治大学 理工学部 情報科学科　教授）
執　筆　川池　襄　（社団法人日本機械工業連合会）
　　　　宮崎　浩一（社団法人日本機械工業連合会）

（50音順，敬称略，所属等は執筆時）

目　次

図一覧

表一覧

第 1 章

労働安全・機械安全に関する基礎知識

我が国の労働安全と機械安全の関係等について把握するには，**本書“まえがきに代えて”**で解説したように，国際規格の体系を理解しておく必要がある．本章では，労働安全・機械安全に関する国際規格の体系，各国／地域における労働安全の現状，我が国の法令現状，各種資格等について解説する．

参考のため，**本書 1.3.4** に，本書で使用する主な用語を解説してある．

1.1　労働安全・機械安全に関する規格の体系

1.1.1　OHSMS（労働安全衛生マネジメントシステム）

OHSMSは，Occupational Health & Safety Management System（労働安全衛生マネジメントシステム）の略で，事業場の“労働安全衛生方針”を明らかにし，計画（Plan），実行（Do），見直し／評価（Check），維持・改善（Act）するための組織体制，手順などを含むPDCAサイクルを回すことにより，組織の労働安全衛生に関するマネジメントシステムを継続的に改善するというアプローチに基づく枠組みである［なお，HSをSH（Safety & Health：安全衛生）の順にしてOSHMSということもある］．

我が国では，ILO-OSH:2001（国際労働機関による労働安全衛生マネジメントシステムに関するガイドライン．以下，ILO-OSHガイドラインという．2001年6月のILO第281回理事会で，本ガイドラインの出版が承認された．）と，OHSAS 18001（任意の団体等により結成された国際コンソーシアムにより策定された認証可能な労働安全衛生マネジメントシステムの規格）の，二つのOHSMSが紹介されている．以下に，それぞれについて紹介する．

(1) ILO-OSHガイドラインとJISHA方式について

ILO（国際労働機関）は，ILO-OSHガイドラインについて認証取得は不要としているが，中央労働災害防止協会（以下，中災防という）は，ILO-OSHガイドラインに基づき中災防独自規格（JISHA方式[1)]）を制定し，同方式についての認定を六つの機関で実施している．平成15年3月に認定事業が開始され，350以上の事業場が認定を取得している（**表1.1-1**）．認定取得事業場名は，中災防のウェブサイトに公開されている[2)]．

なお，我が国では，平成11年に“労働安全衛生マネジメントシステムに関する指針”（労働省告示第53号）が告示され，平成18年3月10日には，その

---

1) 中央労働災害防止協会，“JISHA方式適格OSHMS基準”
http://www.jisha.or.jp/jisha-ms/pdf/kijun-180801.pdf

2) 中央労働災害防止協会，“JISHA方式適格OSHMS認定事業場名簿”
http://www.jisha.or.jp/oshms/pdf/oshms_meibo.pdf

表1.1-1　JISHA方式による認定事業場の数

（平成22年12月16日現在）

評価認定機関名	認定事業場数
中央労働災害防止協会　マネジメントシステム審査センター	269
豊田安全衛生マネジメント株式会社	84
高圧ガス保安協会　ISO審査センター	5
デット ノルスケ ベリタス エーエス DNVビジネスアシュアランスジャパン	2
株式会社日通総合研究所	1
社団法人富山県労働基準協会	1
計	362

出典）中央労働災害防止協会　マネジメントシステム審査センター，JISHA方式適格OSHMS認定事業場情報，"認定事業場名簿"より
http://www.jisha.or.jp/jisha-ms/certified.html

"改正"（厚生労働省告示第113号）が告示された（我が国の法体系等については，**本書1.2**及び**1.3**で解説する）．同省は，平成13年7月3日付け事務連絡のなかで，"厚生労働省指針は，ILOガイドラインに合致したものとなっている"ことを表明している．

(2) OHSAS 18001について

OHSAS 18001は，BSI（英国規格協会）が中心となり，英国規格BS 8800をベースに有志の各国標準団体，審査登録機関，研修機関等が参画して制定された任意の規格である．現在はOHSAS Project Group（SecretariatはBSIにある）により取りまとめられている．日本からは，財団法人高圧ガス保安協会，株式会社テクノファ，財団法人日本規格協会などが参加している．

海外工場と共通の仕組みを採用する場合にはOHSAS 18001の認証を取得するほうが効率的といえる．

OHSAS 18001の基本的な構造は，環境マネジメントシステムのISO 14001や品質マネジメントシステムのISO 9001と整合がとれている．

なお，品質・環境・安全の統合マネジメントシステムの構築を目指す場合，審査機関によってはOHSMSしか認定できないことがあるので，確認が必要

である.

OHSAS 18001による認証は1998年に開始され，2007年末時点では，121か国で認証が行われている．日本国内での認証取得状況（2010年11月9日現在）は，1,003件（正味）である（**表1.1-2**）.

表1.1-2　OHSAS 18001の国内における認証機関と認証した事業所数

（2010年11月9日現在）

認証機関名	認証件数
(財)日本品質保証機構	139
(株)日本環境認証機構	111
(株)マネジメントシステム評価センター	104
Nemko Japan Ltd.	71
ビューローベリタスジャパン(株)	59
日本化学キューエイ(株)	54
ロイド・レジスター・クオリティー・アシュアランス・リミテッド	51
ペリージョンソンレジストラー(株)	50
日本検査キューエイ(株)	47
(財)建材試験センター	38
デット・ノルスケ・ベリタス・エーエス	38
ムーディー・インターナショナル・サーティフィケーション(株)	35
(株)SGSジャパン	28
高圧ガス保安協会　ISO審査センター	26
国際システム審査(株)	26
(財)日本科学技術連盟	25
BSIマネジメントシステムジャパン(株)	22
(財)日本規格協会	16
(社)日本能率協会	12
(財)日本ガス機器検査協会	11
AJA-Registrars Ltd.	9
(財)電気安全環境研究所	8
(株)日本エイ・ビー・エス・キューイー	6

表 1.1-2（続き）

テュフ・ラインランド・ジャパン(株)	5
(株)ジェイーヴァック	4
SAI グローバルジャパン(株)	4
UL DQS Japan(株)	2
ISOQAR ジャパン(株)	2
(財)日本電子部品信頼性センター　システム認証部	1
計	1,004

注）1社を2機関が認証している例が一つあるので，正味1,003社.

出典）株式会社テクノファ，"OHSMS（OHSAS 18001による）認証取得状況" より
http://www.technofer.co.jp/convini/hotnews/hotoh_051.html

1.1.2　機械安全に関する規格の体系

安全規格を作成する際に準拠すべき規格として，ISO/IEC Guide 51 "Safety aspects — Guidelines for their inclusion in standards" が1999年に発行されている．我が国においても，これに整合したJISとして，2004年にJIS Z 8051 "安全側面—規格への導入指針" が発行されていて，原則として，各種安全規格は，このガイドに基づいて体系的に作成・整備され，また規格の要求事項も定められる．

このガイドの特徴としては，次の三つをあげることができるが，ここでは，(1) 及び (2) に焦点を絞って説明する．

ISO/IEC Guide 51 の特徴

(1) 規格の階層構造化

(2) リスクアセスメントに基づくリスク低減方法（リスク低減のための方法論）

(3) 安全はリスクを経由して定義される

(1) 機械安全規格の階層構造化

機械安全の分野については，ISO/IEC Guide 51に基づいてISO 12100-1:2003（JIS B 9700-1:2004）及びISO 12100-2:2003（JIS B 9700-2:2004）などの基本安全規格が発行された．（ISOはISO 12100:2010が最新.）

ISO/IEC Guide 51では，安全やリスクなどの概念や安全性を達成するための方法論が示されている．このISO/IEC Guide 51の規定に基づいて，JIS B 9700-1の“まえがき”には，次のような3段の階層構造で機械安全規格が策定されることが示されている（**表1.1-3**も参照）．

① タイプA規格（基本安全規格）

基本概念，設計のための原則及びすべての機械類に適用できる一般事項を示す規格．

② タイプB規格（グループ安全規格）

広範囲の機械にわたって使用される安全要求及び安全関連装置を扱う規格．

③ タイプC規格（個別機械安全規格）

個々の機械及び機械群のための詳細な安全要求事項を示す規格．

表1.1-3　機械安全規格の階層構造

規格の種類	機械系 JIS	電気系 JIS
基本安全規格（タイプA規格）	JIS B 9700-1, -2（設計原則，基本概念） JIS B 9702（リスクアセスメント）	—
グループ安全規格（タイプB規格）	JIS B 9703（非常停止） JIS B 9705-1（制御システム） JIS B 9707, 9708（安全距離） JIS B 9710（インタロック装置） JIS B 9712（両手操作制御装置） JIS B 9715（保護装置の位置決め）　など	JIS B 9960-1, -11, -31, -32（機械類の電気装置） JIS B 9704-1, -2, -3（センサ関連） JIS B 9706-1, -2, -3（表示，マーキング及び操作） JIS B 9961（機能安全）　など
製品安全規格（タイプC規格）	産業用ロボット，工作機械，無人搬送車　など	

上述のとおり，タイプA規格とは，設計のための基本原則などを定め，すべての機械類に適用できる一般面を示す規格であり，タイプB規格とは，ガード，両手操作制御装置，安全距離などを定める規格で，広範囲の機械類にわたって使用される安全面又は安全関連装置の一種を取り扱う規格である．A，B規格とも非常に汎用性がある規格となっている．

次に，タイプC規格とは，フライス盤，マシニングセンタなど特定の機械やこれらを包含する上位の概念にある工作機械など，個別の機械を対象にした規格で，個々の機械又は機械のグループのための詳細な安全要求事項を示す規格であり，いわば特定機械のための専用規格である．

これらの規格の適用範囲は，A規格＞B規格＞C規格の関係になっており，下位規格は上位規格に準拠することとなる．

この階層構造は，一貫した安全の考え方に基づいて，膨大な数の規格に整合性をもたせるとともに，安全技術や機械技術の進歩に柔軟に対応できる規格体系を築くために規定されている．

この規格構成により，原則，あらゆる分野にもれなく規格の要求事項を適用することができる．

(2)　リスクアセスメントに基づくリスク低減方法

ISO/IEC Guide 51では，リスクを低減し，安全を達成するための方法として，リスクアセスメントに基づくリスク低減方法が規定されている．

①　リスクアセスメント

リスクアセスメントとは，機械や製品のリスクを見積もり，評価するための手法であり，次の定義と**図 1.1-1** で示すことができる（**本書 1.3.4（2）**も参照．本書では，RAと略すこともある.）．

ISO/IEC Guide 51:2004

3.12　リスクアセスメント（risk assessment）：

リスク分析及びリスクの評価からなるすべてのプロセス．

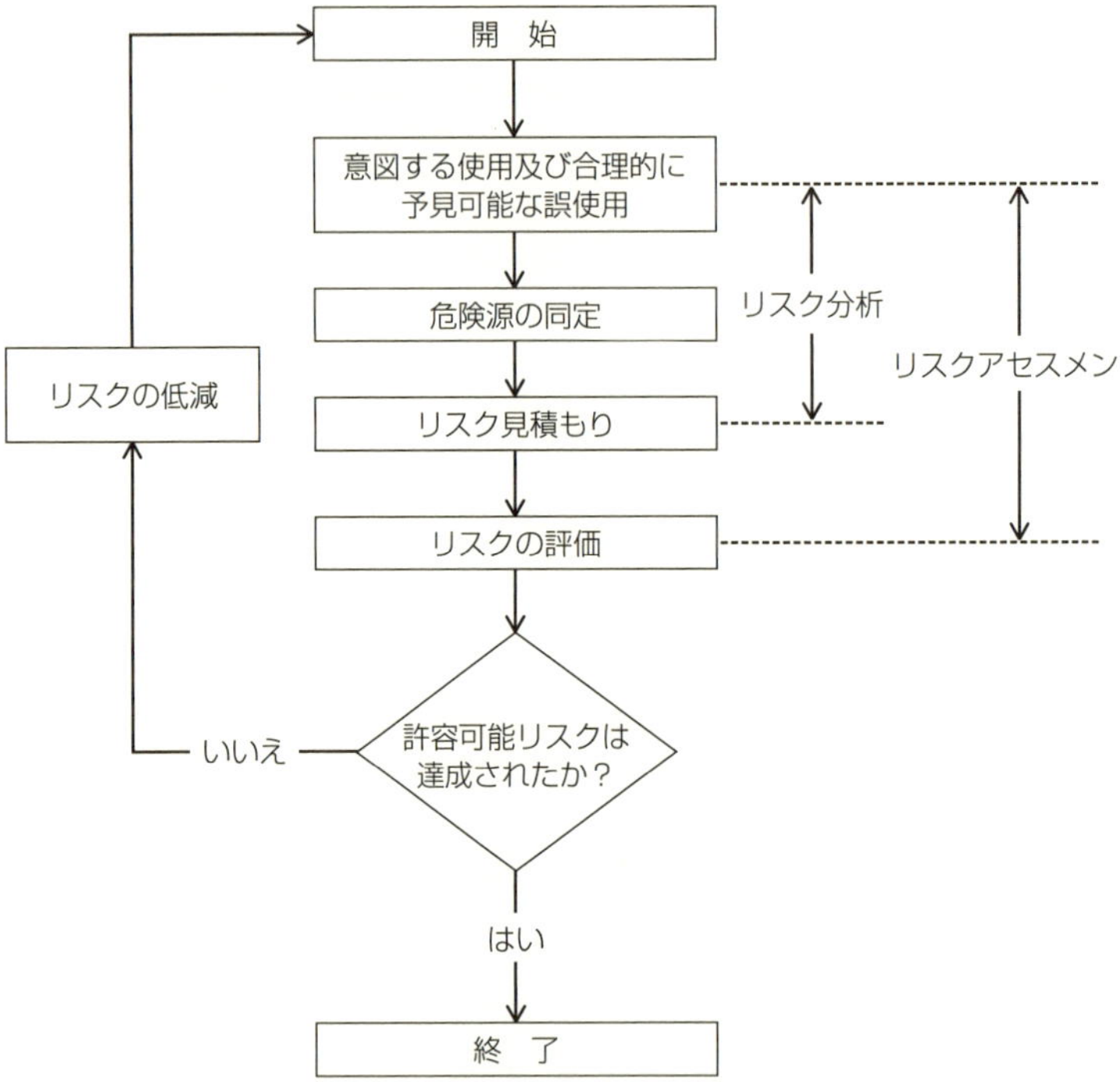

図 1.1-1　リスクアセスメント及びリスク低減の反復プロセス
出典）JIS Z 8051:2004，p.4，図1を一部改編

リスクアセスメントの手順を，**図 1.1-1** に従って簡単に説明すると，まず，対象としている製品やプロセスなどの“意図する使用及び合理的に予見可能な誤使用”を限定・明確にし，その限定範囲下で生じる可能性のある危険源（ハザード）を特定する．特定した危険源（ハザード）からどのくらいのリスクがあるかを見積もり，見積もったリスクは，リスクの低減が必要であるかどうかを最終的に決定（評価）する（許容可能なリスク以下であるかどうか決める）．許容可能なレベルまでリスクが下がっていない場合には，リスク低減方策により，許容可能なリスクレベルまでリスクを下げる必要があり，このプロセスは，許容可能なリスクが達成されるまで繰り返す必要がある．

なお，許容可能なリスク以下になったからといって，リスクがゼロになったわけではなく，リスクは残っていることを意味する．この残ったリスクは“残留リスク”とよばれる[1)]．

② **リスク低減方法**

“リスク低減方法”は，“保護方策”と言い換えることができる．ISO 12100:2003では，“保護方策”は次の囲み枠内に示すように定義されている．

この保護方策には，優先順位付けがなされており，設計者の観点からは，1. 本質的安全設計方策，2. 安全防護策及び付加保護方策，3. 使用上の情報，の三つの方策のことを指す．これら三つの方策は，“3ステップメソッド”とよばれる（**図1.1-1**では，左側にある“リスクの低減”の部分）．

使用者側の方法としては，組織（管理など），追加保護装置，保護具，訓練などをあげることができる．これらの全体像は，次の“保護方策”の定義と**図1.1-2**で示すことができる．

ISO 12100-1:2003

3.18　保護方策（Protective measure）：

リスク低減を達成することを意図した方策．

次によって実行される．

—設計者による方策（本質的安全設計方策，安全防護及び付加保護方策，使用上の情報）及び

—使用者による方策［組織（安全作業手順，監督，作業許可システム），追加安全防護物の準備及び使用，保護具の使用，訓練］

機械安全規格においては，原則，リスクアセスメントに基づいて，リスクの大きさを評価し，保護方策を講じることにより，そのリスクを許容可能なレベル，適切なレベルまで低減することが規定として求められており，これらをISO 12100-1:2003では，“5.リスク低減のための方法論”として規定している．

1)　ISO 12100-1，ISO 14121やISO 13849-1では，**図1.1-1**の設問“許容可能リスクは達成されたか？”は“リスクは適切に低減されたか？”となっている．

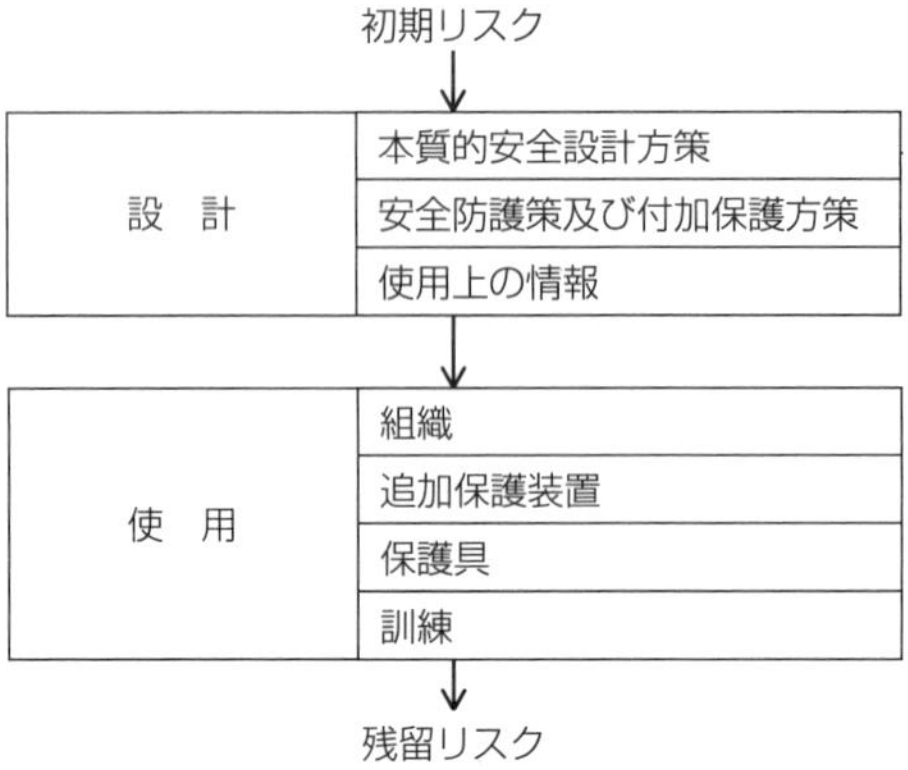

図 1.1-2　リスク低減

出典）JIS Z 8051:2004，p.5，図 2 を一部改編

1.2 各国／地域における機械安全・労働安全の現状

1.2.1 欧米と我が国の比較

社団法人日本機械工業連合会（以下，日機連という）は，2009年度にEU（特にドイツとフランス）と米国の機械安全の推進状況を調査した．この調査結果の一部を比較表として**表1.2-1**に示す．

欧州はCEマーキング制度による公平・公正な流通を意識した機械安全が主な活動である．労働安全については，欧州・米国ともにローカルの関連機関がモニタリングの実施を通じて優秀事業場を評価することで労働安全の推進をはかっている．

表1.2-1　各国／地域における機械安全の推進状況

	EU	米国	日本
法律と規格	労働安全はEC指令ガイド89/1989による． 機械安全はEC指令ガイド51により本質的安全設計方策を要求． ISO/IECの整合規格であるEN規格で技術基準を要求．	国の法律であるOSHAct（労働安全衛生法）で安全要求を規定． 技術基準として一部ではANSI規格を参照．ISO/IECとの整合を推進．	技術基準も含めて労働安全衛生法（労安法）で規定． 技術基準は構造規格であり国際標準とは不整合あり．JISはISO/IECとの整合化を推進．
リスクアセスメント	CEマーキング取得には，リスクアセスメントが必須． 現場のリスクアセスメントは国内法で義務化している（ドイツは2006年に義務化）．	OSHActにより参照される規格・基準がリスクベースドアプローチであるため，リスクアセスメントは必要． ミディアムリスク以上の設備には，OSHA/PSM (Process Safety Management) が適用される．	改正労安法（2006年4月）によりリスクアセスメントとリスク低減を努力義務化． 機械包括安全指針を2007年7月に全面改正．
認証制度	CEマークは自己宣言． 一部の機械は認証機関による認証が必要．	OSHAによる検査が抜き打ちで実施． 調達条件としてUL等の認証を要求されることが多い．	労安法に基づく検査・検定制度．基準の見直しが遅れ，国際標準としては不十分な面もある．

表 1.2-1（続き）

	EU	米国	日本
生産現場の監査	生産現場の監査は，各国の監査機関により抜き打ちで実施される． ドイツでは各州の営業監督署，フランスでは地方年金基金が実施．	OSHA には労働安全衛生法（OSHAct）に基づき監査権が付与され，定期的な監査を実施し，罰金を科すことができる強い権限を有している．	労働安全衛生について，効果的な監査が十分に行われているとはいえない．
マネジメントシステムとインセンティブ	ドイツのバイエルン州では，州内企業と協力し労働安全マネジメントシステムを構築，州内の企業への普及を促進．（ドイツ） セーフティ・エンジニアの有資格者を企業内の担当部署に配置する義務あり．小企業の場合は外部のコンサルに依頼することも可能．（ドイツ）	VPP 等のインセンティブプログラムを設け，安全に対して努力している企業を認めるとともに，入札等で有利になる仕組みを設定． 中小企業に対しては，SHARP 等のプログラムで無償コンサルティング等のサポートを実施． OSHA の人的・金銭的リソースが不十分な面を，企業の自助努力促進でカバー．	“特例メリット制”により，労働安全衛生マネジメントシステム，又は快適職場推進計画による措置を実施している中小事業主は，最大 40％であるメリット増減率が45％になる． OHSMS には JISHA 方式と OHSAS 18001 があり，1,000 以上の事業所が認証取得している．
労災保険料率	職場の危険度に応じて企業ごとに労災保険の割引率が決定．最大で 10％引き．（ドイツ） 危険が高い職場には勧告を行い，改善されない場合には，最大 200％の保険料割り増し．割引制度はなし．（フランス）	州の労災保険の運用は民間保険会社に委託され，保険料率は過去の事故発生率等が考慮され決定される． 事故発生が少ない大企業は，民間の保険会社と契約することが許され，保険料は州制度よりも安価となることが多い．	基本の保険料率は業界単位で事故の実績に基づき決定される．ここの企業に対する労災保険はメリット制により，労働災害が少ない事業所では労災保険率が低くなる制度あり．
安全に関する専門家	安全に関する資格制度が確立されている． 安全担当者には，資格を有し，社内で優秀と認められる人材を配置している．人事上でも高く評価するとともに，責任と権限を与えている．	安全に関する資格制度として，CSP 等が確立されている． 安全担当者には，資格を有し，社内で優秀と認められる人材を配置している．人事上でも高く評価するとともに，責任と権限を与えている．	安全に関する資格が存在するが，安全専門家の活躍するフィールドは確保されている状態ではない． 安全責任者の責任と役割が明確にされていない．人事上でも，高く評価されることは多くない．
備考	CE マークによる規制が主．	各州で異なった規制がある．	厚労省のガイドラインによる努力義務が主．

表 1.2-1（続き）

参考文献 1）社団法人日本機械工業連合会ほか（2010）：平成 21 年度　米国における機械安全推進方策の動向に関する調査研究報告書
http://www.jmf.or.jp/japanese/houkokusho/kensaku/2010/21anzen_07.html
参考文献 2）社団法人日本機械工業連合会（2010）：平成 21 年度　海外機械工業に関する情報資料及び提供事業（EU 機械産業の環境保全対応策に関する調査）報告書
http://www.jmf.or.jp/japanese/houkokusho/kensaku/2010/21jigyo_14.html

1.2.2　その他の地域

機械安全の認証に関しては，中国での CCC マーク，韓国の S マークなどがある．東南アジアにおいても，欧州の CE マークのような仕組みの導入に積極的であり，継続した監視が必要である．日本の個別機械工業会がイニシアティブをとって協調することも考えられるが，強制法をもたない日本の業界の説得力は強くない．

国別の労働安全衛生マネジメントシステム（OSHMS）の普及状況は，2007 年末時点で**図 1.2-1** のようなものである．ただし，リスクアセスメント自体は普及してきており，マネジメントシステムを導入しても認証を取得していないケースが多いと考えられる．

国別の OHSMS 審査登録数は，中国が圧倒的に多い．日本企業の中国にある工場での認証は 2001 年度にスタートしている．

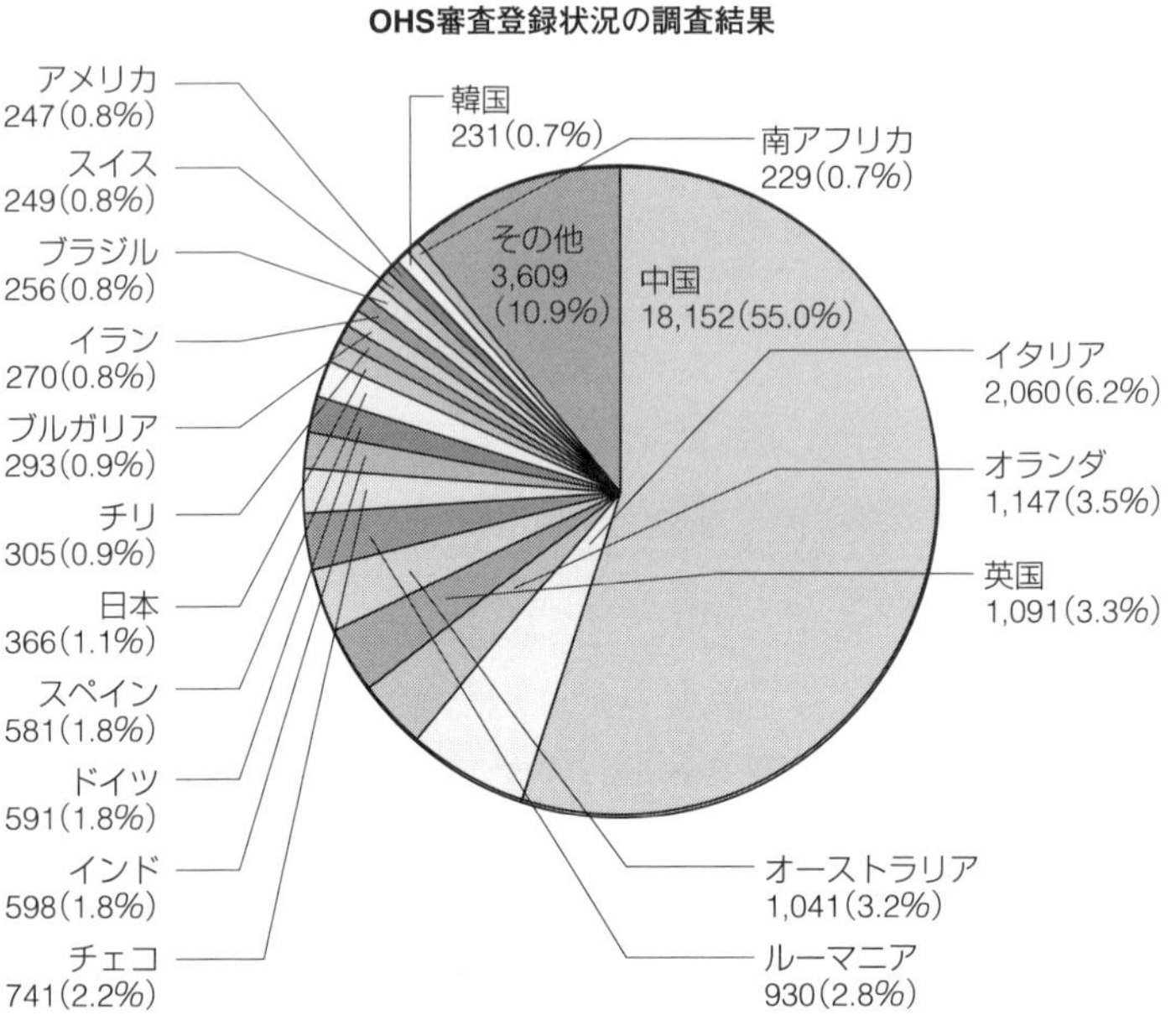

図 1.2-1　国別 OHS 審査登録数

出典）OHSAS プロジェクトグループによる調査結果
株式会社テクノファ，世界の OHS 審査登録状況（2007 年末現在）
http://www.technofer.co.jp/convini/hotnews/hotoh_10.html

1.3 日本の現状について

1.3.1 労働安全及び機械安全に関する法体系

1.3.1.1 日本の労働安全衛生法における製造者等への規制

我が国における機械の安全に関連する法律としては，一般に産業用途に使用される機械を規制する厚生労働省所管の“労働安全衛生法”（本書では，“労安法”と略すこともある）があるが，この法律は，主に事業者を対象としたものであり，直接的に機械の製造者を対象としているものではない．事業者とは，“事業を行う者で，労働者を使用するもの”をいい，事業場で設計・製造され，製品として出荷されるものを対象としているものではない．

ただし，この法律に，製造者等を規制する条項がまったくないわけではない．製造者等に関する条項として，同法第三条の2に，次のようにある．

> **労働安全衛生法**
>
> **第三条**（省略）
>
> **2**　機械，器具その他の設備を設計し，製造し，若しくは輸入する者，原材料を製造し，若しくは輸入する者又は建設物を建設し，若しくは設計する者は，これらの物の設計，製造，輸入又は建設に際して，これらの物が使用されることによる労働災害の発生の防止に資するように努めなければならない．

この条項では，製造者等の安全配慮事項が規定されている．最後に“資するように努めなければならない”とあるが，これはあくまで“努力義務”としての規定であることを示している．

また，同法で製造者等を規制する条項としては，次の（1）から（3）がある．この規定は，強制力を伴うものであり，検査・検定を実施することが求められる．

(1) 第三十七条から第四十一条

“特に危険な作業を必要とする機械等”(特定機械等という)

(2) 第四十二条及び第四十四条から第四十四条の四

“特定機械等以外の機械等で,(中略)危険若しくは有害な作業を必要とするもの,危険な場所において使用するもの又は危険若しくは健康障害を防止するために使用するもの”(第四十四条は,検定に関する条項)

(3) 第四十三条

“動力により駆動される機械等で,作動部分上の突起物又は動力伝導部分若しくは調速部分に厚生労働省令で定める防護のための措置が施されていないもの”

(1)の“特定機械等”としては,同法の施行令のなかで,次の機械が指定されている[1].

労働安全衛生法施行令

第十二条(一部省略)

一 ボイラー(小型ボイラー並びに船舶安全法の適用を受ける船舶に用いられるもの及び電気事業法(昭和三十九年法律第百七十号)の適用を受けるものを除く.)

二 第一種圧力容器(小型圧力容器並びに船舶安全法の適用を受ける船舶に用いられるもの及び電気事業法,高圧ガス保安法(昭和二十六年法律第二百四号),ガス事業法(昭和二十九年法律第五十一号)又は液化石油ガスの保安の確保及び取引の適正化に関する法律(昭和四十二年法律第百四十九号)の適用を受けるものを除く.)

三 つり上げ荷重が三トン以上(スタツカー式クレーンにあつては,一トン以上)のクレーン

[1] なお,労働安全衛生法及び同施行令に基づき,また,同法を実施するため,労働安全衛生規則がある.

四　つり上げ荷重が三トン以上の移動式クレーン

五　つり上げ荷重が二トン以上のデリック

六　積載荷重（エレベーター（簡易リフト及び建設用リフトを除く．以下同じ.），簡易リフト又は建設用リフトの構造及び材料に応じて，これらの搬器に人又は荷をのせて上昇させることができる最大の荷重をいう．以下同じ.）が一トン以上のエレベーター

七　ガイドレール（昇降路を有するものにあつては，昇降路．次条第三項第十八号において同じ.）の高さが十八メートル以上の建設用リフト（積載荷重が〇・二五トン未満のものを除く．次条第三項第十八号において同じ.）

八　ゴンドラ

2　（省略）

(2) は，“特定機械等以外の機械”であり，労働者に危害を及ぼすおそれの大きいものについては，構造上の安全対策，保護方策をとる必要があり，同法の施行令第十三条で34項目の機械が定められている．その一部を次に紹介する．

労働安全衛生法施行令

第十三条（一部抜粋）

一　アセチレン溶接装置のアセチレン発生器

二　研削盤，研削といし及び研削といしの覆い

三　手押しかんな盤及びその刃の接触予防装置

四　アセチレン溶接装置又はガス集合溶接装置の安全器

五　活線作業用装置（その電圧が，直流にあつては七百五十ボルトを，交流にあつては六百ボルトを超える充電電路について用いられるものに限る.）

六　活線作業用器具（その電圧が，直流にあつては七百五十ボルトを，交流にあつては三百ボルトを超える充電電路について用いられるものに限る.）

七　絶縁用防護具（対地電圧が五十ボルトを超える充電電路に用いられるものに限る.）

八　フオークリフト

(3) については，前述の労働安全衛生法第四十三条で“動力により駆動される機械等で，作動部分上の突起物又は動力伝導部分若しくは調速部分に厚生労働省令で定める防護のための措置が施されていないものは，譲渡し，貸与し，又は譲渡若しくは貸与の目的で展示してはならない”とされており，さらに労働安全衛生規則第二十五条でも次のように定められている.

労働安全衛生規則

第二十五条　法第四十三条の厚生労働省令で定める防護のための措置は，次のとおりとする.

一　作動部分上の突起物については，埋頭型とし，又は覆いを設けること.

二　動力伝導部分又は調速部分については，覆い又は囲いを設けること.

上記 (1) から (3) までに適合するための基準としては，労働省の告示として，さまざまな構造規格が出されている.

日本における機械類の安全性に関する規制の現状についてまとめると，前述の労働安全衛生法第三条の2は，規制範囲が包括的な内容であるが，強制力の伴わないものであり，同第三十七条から第四十四条の規制は，規制範囲が限定的であり，包括的な規制ではないが強制力を伴っている．また，これらの規制を満足するために準備された構造規格は，その名が示すとおり，機械を安全に設計するために，その構造を規格で定めて画一的な安全性を要求するものであり，かつ昭和40年代にから50年代に発行されたものが多く，現在の技術水準を満たさない可能性がある.

その他，各省で定められたさまざまな規制があるが，法律・政令・省令のような大枠においては，統一的であるが，それぞれの規制の内容・規定など複雑な体系をもっており，一つの統一的な原則に基づいて構築されているとはいいがたい．

なお，日本でも，国際的な動向に沿い，次項に述べるような動きがある．

1.3.1.2　機械の包括的な安全基準に関する指針と労働安全衛生法の改正

平成13年6月1日（基発第501号），厚生労働省労働基準局長から都道府県労働局長宛に，画期的な通達が出された．この通達が“機械の包括的な安全基準に関する指針”（本書では“機械包括安全指針”と略す．**本書1.3.2**も参照.）とよばれるもので，その内容は，ISO 12100（当時は案）に基づいた機械の安全化を示すものである．

日本における従来の規制と異なり，幅広く機械類一般を対象にし，またリスクアセスメントと3 ステップメソッド（**本書1.1.2（2）**②及び**2.2.5**参照）とよばれる保護方策の内容を取り入れたものであり，国際的な流れに沿うものである．内容は，ISO 12100（案）をもとにしていることもあり，これまで説明してきたISO 12100とほぼ同一の内容であるが，事業者における対策もその範囲としている．

次に，この“機械包括安全指針”の主な内容と特徴を示す．

（1）目　的

すべての機械に適用できる包括的な安全方策等に関する基準

（2）適用範囲

製造者及び事業者

（3）製造者等による機械のリスク低減のための手順

製造者等によるリスクアセスメントと安全方策（3ステップメソッド）の実施．次の優先順位付けで対策を講じる．

・本質的安全設計方策

・安全防護

・追加の安全方策

・使用上の情報（提供方法，提供内容）

・留意事項

(4) リスク低減のための措置の記録

リスクアセスメントの結果，リスク低減措置の記録

(5) 事業者によるリスク低減の手順

使用上の情報の確認，必要に応じてリスクアセスメントの実施

(6) 注文時の条件

注文するときは，本指針の趣旨に反しないように配慮すること

つまり，労働安全衛生法における製造者等への規制については，同法第三条の2，同法第三十七条から第四十四条，及び，機械包括安全指針の三つが存在することとなる．この三つの特徴を**表1.3-1**に示す．

表1.3-1　労働安全衛生法で製造業者等に係わる条項

	労安法 （第三条の2）	機械包括安全指針	労安法 （第三十七条から第四十四条）
遵守者	製造業者等	製造業者等	製造業者等
規制対象機械	産業機械全般	産業機械全般	特定機械等 （詳細は**本書1.3.1.1**参照）
法的拘束力	努力義務	努力義務	強制
特徴要点	・包括的な規制範囲． ・詳細な安全要求事項を含まない． ・強制力なし．	・包括的な規制範囲． ・詳細な安全要求事項を含まないが，安全対策上，必要最低限の技術原則を規定する． ・強制力なし．	・特定の機械が規制対象． ・詳細な安全要求事項を規定するが，画一的に構造を定めるため，柔軟性がない．また，多くが古い基準であり，現在の技術水準を満たさない可能性がある．
製造業者の規制遵守への対応	各製造業者等により，さまざま．	各製造業者等により，さまざま．	製造者等による遵守は，必須．

次に，参考までに，EU及び米国を含めた日本の現行法体系と規格の関係を**表1.3-2**に示す．日本においてJISは原則として任意規格であり，強制法規等に引用されない限り，その適合については，実質的な強制力を伴わないものとなっている．

ただし，今後については，次のような法律と規格の関係を構築することが望ましいと筆者は考える．

(1) 法規制に引用される規格は，単なる法規制適合の一手段であり，強制力をもたせないものとする．現行の労働安全衛生法における構造規格のように法規制の中に組み込む形式は避ける．なぜならば，現在は，技術進歩が早く，次々と開発される製品に対して法律に引用された規格が時代遅れになる可能性が高いためである．法規制の改定は長時間を要するのが一般的であるので，比較的迅速に行える任意規格の改正により製品開発スピードに対応するべきである．

(2) JISは，技術進歩を可能にするように，性能規定で規定するよう努める．個別の製品に特化して構造を規定している“構造規格”は，今後，極力，性能を規定した規格へと改正を行う．また，リスクアセスメントと3ステップメソッドについては，必須の規定とする．

(3) やむを得ず構造規格として策定する場合には，その他の方法でも同等の安全性を具備していると証明でき，かつ製品開発を可能とする規定を組み込む．

(4) 現在，労働安全衛生法に引用された構造規格（強制力を伴っているもの）については，

① 構造規格の規定を見直し，現在の技術水準に合わせた改正を実施する．

② また，騒音，振動などの規定については，性能規定として最低基準値を示すのみで，実現方法については規定しない“性能規格”とする．

なお，これらの規格の改正は，ISO，IECを基礎としたものであることを前提とする．

表1.3-2　日本とEUの法律及び規格体系のまとめ

	EU	日本	比較からの課題
法的枠組み ・製造者（設計者） ・事業者（使用者）	・労働安全基本指令という使用者（事業者）側の指令とニューアプローチ指令という供給者（製造業者等）の法律の二つを準備する． ・統一的な法体系を構築している．	・製造者に対しては，労働安全衛生法と製造物責任法が適用され，事業者には労働安全衛生法のみが適用されている． ・製造者への規制は，包括的には努力義務であり，特定の機械については強制力を伴う． ・各省所管の規制については，内容・規定など各々独自の体系をもっており，一つの統一的な原則に基づいて構築されているわけではない．	・産業機械の製造者への包括的な規制がない． ・各法規制を策定する際に必要な統一的な原則がない．
規格の位置付け	・性能規格である．リスクアセスメントと3ステップメソッドを導入している． ・強制力はないが，指令や国内法で参照されることにより拘束力を有する． ・規格は，階層構造化され，統一的な体系をなす． ・事故情報等に基づいて改訂がなされる． ・state of the art や，good engineering practice が規格より優先され，裁判の際には，技術的エキスパートや専門家によって判断がなされる．	・構造規格であり，国際標準と整合が取れていない問題がある． ・安全に関するJISは性能規定で規定されるが，法律で参照されない．JISの使用について，法的根拠をもたない． ・安全に関連するJISは階層構造化されているが，構造規格は体系化されていない．	・法律を根拠とした性能規定のJIS使用． ・現行の技術水準を満たさない構造規格の改正の問題．

1.3.2　リスクアセスメントの普及状況

平成21年度の機械設備による死傷者数は，28,073人で，労働災害全体（114,152人）の24.6％を占めている．[1]

労働安全衛生法の目的は，同法第一条に“労働災害の防止のための危害防止基準の確立，責任体制の明確化及び自主的活動の促進の措置を講ずる等その防止に関する総合的計画的な対策を推進することにより職場における労働者の安全と健康を確保するとともに，快適な職場環境の形成を促進することを目的とする．”と記されており，事業者等の責務については，同法第三条に“事業者は，単にこの法律で定める労働災害の防止のための最低基準を守るだけでなく，快適な職場環境の実現と労働条件の改善を通じて職場における労働者の安全と健康を確保するようにしなければならない．また，事業者は，国が実施する労働災害の防止に関する施策に協力するようにしなければならない．”とある．

職場の安全確保のために，平成11年4月30日に“**労働安全衛生マネジメントシステムに関する指針**”（労働省告示第53号）が公表された．

平成17年11月2日には，事業場における自主的な取り組みを促すために，“労働安全衛生法等の一部を改正する法律”（平成17年法律第108号）が公布され，設備等を含めたリスクアセスメントが努力義務化[2]されて，さらに，この法律にもとづいて作成された“**危険性又は有害性等の調査等に関する指針**”（平成18年3月10日付，厚労省公示第1号，本書では“リスクアセスメント指針”と略す.）と“**化学物質等による危険性又は有害性等の調査等に関する指針**”（同年3月30日付，同第2号，本書では“化学物質リスクアセスメント指針”と略す.）により，リスクアセスメント（危険性・有害性を事前に調査・評価し対策を実施する予防的な活動．**本書1.3.4（2）**及び**第2章**を参照.）

---

1)　安全衛生情報センター　http://www.jaish.gr.jp/

2)　“努力義務化”は，法律・契約などでの独特の言い回しで，“努力すること”が“義務付けられる”ことを意味する．努力した形跡がない場合には，問題になることがある．
参考文献）荒木尚志（2004）：努力義務規定にはいかなる意義があるのか，日本労働研究雑誌　2004年4月号（No.525）
http://www.jil.go.jp/institute/zassi/backnumber/2004/04/pdf/070-073.pdf

の実施が求められている．

なお，“**労働安全衛生マネジメントシステムに関する指針**”も同時に改正された（平成18年3月10日付，厚生労働省告示第113号.）．

さらに，平成13年6月に公表された“機械の包括的な安全基準に関する指針”については，平成19年7月31日に“**機械の包括的な安全基準に関する指針の改正について**”（厚労省基発0731001号．本書では，こちらも“機械包括安全指針”と略す.）が発表されて，機械メーカと機械ユーザは，それぞれにリスクアセスメントを実施し，リスク情報や事故情報について両者の間で共有すること（**リスク・コミュニケーション**）が努力義務化された．

ISO 14000の実施における環境アセスメントと同様に，労働安全では，リスク（危険）アセスメント（評価）が最も重要となる．

機械安全の先進国ドイツでは，1996年にリスクアセスメントが義務化された．ドイツにおける職場のリスクアセスメント浸透度は36%，そのうち製造業は51%と高い（**表1.3-3**）．

表1.3-3　ドイツにおける職場のリスクアセスメント

（2008年）

	製造業 (n=3,520)	公共機関 (n=4,161)	その他の業界 (n=773)	その他のサービス業 (n=2,589)	小売業 (n=1,625)	手工業 (n=1,716)	事務所の規模平均 (n=14,384)
零細・小企業 (n=6,332)	33	32	24	21	22	18	24
中企業 (n=3,732)	46	42	39	34	33	32	39
大企業 (n=4,329)	58	45	39	44	44	38	51
業界平均 (n=14,384)	51	39	30	29	28	22	36

出典）Springer Medizin Verlag (2008)：Verbreitung der Gefährdungsbeurteilung in Deutschland, Table1（筆者仮訳）
http://www.gefaehrdungsbeurteilung.de/de/einstieg/vorlagen/verbreitung_gfb.pdf

日本の製造業におけるリスクアセスメントの浸透度合いは，2006年の調査によると，回答のあった事業所のうち，労働者数300人以上の事業場で51%，50人未満で約19%である（**図1.3-1**）．中小企業におけるリスクアセスメントの実施が課題であることがわかる．

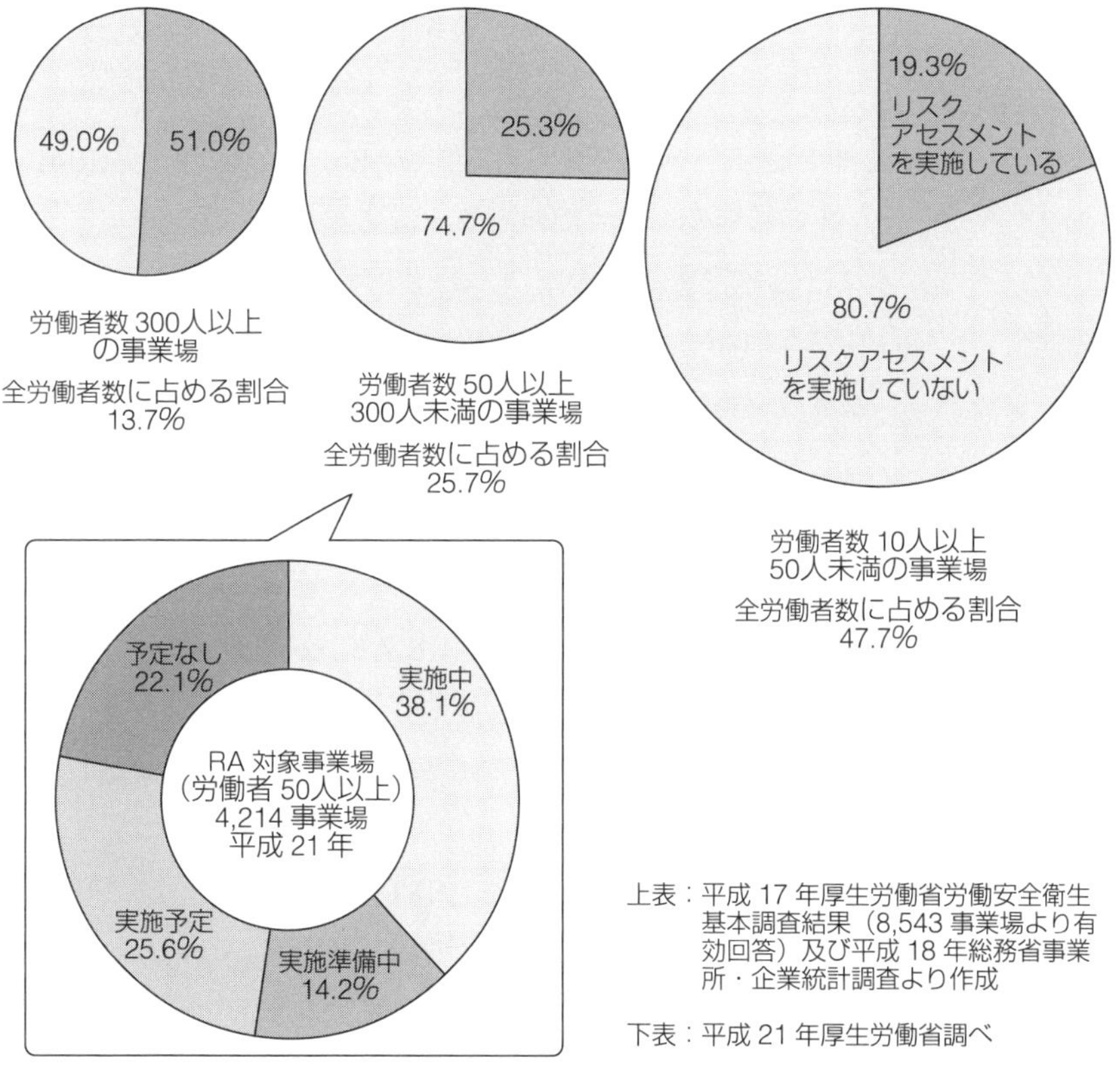

図1.3-1　リスクアセスメントの普及状況

出典）厚生労働省（2010）：機械譲渡時における機械の危険情報の提供のあり方等に関する検討会報告書，別添4

1.3.3　労働安全・機械安全に関する資格について

適合性評価の要員の認証を行う機関については，ISO/IEC 17024:2003 “Conformity assessment — General requirements for bodies operating certification of persons” という規格がある．なお，“certification of persons” を，我が国では “要員認証” と訳している．要員認証よりは，資格認証が適当であると筆者は考える．

我が国には，公益財団法人日本適合性認定協会（JAB：Japan Accreditation Board）という適合性評価制度全般に関わる認定機関としての役割を担う非営利法人がある．本来は，第三者認定機関は，JABの監査を受けることにより，その運営が，ISO/IEC 17000:2004（JIS Q 17000:2005）に基づき製品，プロセス，システム，要員（資格）又は機関に関する規定要求事項が満たされていることが確認されるべきである．

JABのウェブサイトには，次のようにある．

“（前略）…

本協会はISO/IEC Guide 61，日本ではJIS Z 9361に適合する認定機関として，要員を認証する要員認証機関を認定し，本協会の認定を受けた要員認証機関が技能や技術に基づく力量の認証を希望する個人を評価し，認証を行います．

評価の方法については，従来，CEN/CENELECのEN 45013が国際的に用いられてきており，本協会は要員認証機関がEN 45013に基づいて行う認証業務を審査し，認定してきました．その後，2003年3月にISO/IEC 17024:2003　（中略）　が発行され，その対応JISであるJIS Q 17024：2004 “適合性評価—要員の認証を実施する機関に対する一般要求事項” が2004年3月20日に制定されましたことをうけ，JAB基準を全面改定し，2005年1月1日から新基準を適用しています．” [1)]

1)　公益財団法人日本適合性認定協会（JAB），要員認証—はじめに
http://www.jab.or.jp/emc/index.html

しかしながら，要員認証に関してJABがカバーしている分野は，次に示すように，まだまだ限定的である．

JABに認定されている要員認証機関名

・社団法人日本溶接協会（要員認証）(JWES-PC)
・社団法人産業環境管理協会 環境マネジメントシステム審査員評価登録センター（CEAR／JEMAI)
・財団法人日本規格協会 マネジメントシステム審査員評価登録センター（JRCA)
・財団法人食品産業センター 日本食品安全マネジメントシステム評価登録機関（JFARB)

我が国における労働安全に関する資格としては，次のようなものがある．

(1) 特定の危険有害業務に従事する資格（国家資格）

労働安全衛生法において，特定の危険有害業務に従事する場合，一定の資格を要することになっており，ボイラー技士，クレーン・デリック運転士等については，都道府県労働局長の免許を指定試験機関（財団法人安全衛生技術試験協会）が実施する試験に合格する必要がある［資格一覧は，**本書2.6.6**を参照］．

(2) 労働安全衛生コンサルタント（国家資格）

労働安全衛生法にもとづく国家資格である．専門知識と実務経験のある技術者で，安全関連で機械・電気・土木・建築・化学の5分野，衛生関連で健康管理・労働衛生工学の2分野がある． 社団法人日本労働安全衛生コンサルタント会[1)]には，2010年4月現在，1,189名の労働安全衛生コンサルタントが登録されている．

同コンサルタント会では，通常のコンサルタント活動とは別に，労働安全衛

1)　社団法人日本労働安全衛生コンサルタント会
http://www.jashcon.or.jp/

生マネジメントシステム構築及びリスクアセスメント実施のための講習会を実施して技術の向上をはかっている．

(3) 民間団体による資格など[1)]

① セーフティ・アセッサ

社団法人日本電気制御機器工業会（NECA）が，安全技術応用研究会（SOSTAP)・日本認証株式会社（JC）と提携して実施している“機械装置などの生産システムにおける安全の妥当性確認を行える人材”の認証で，SSA・SA・SLAの3段階の資格がある．合格者によるSA協議会も設立されている．2004年度にスタートして，2009年度までに約2,000名の合格者がいる．機械の設計者が主たる対象者である．[2)]

また，AGCグループは，セーフティアセッサ制度を活用して，機械安全推進者育成をすすめている．[3)]

② 労働安全・機械安全に関する社内資格・専従体制

はんだ付け，溶接などの作業・技能に関する社内資格は各社で設置されていることが多いが，労働安全・機械安全に関する資格制度は見受けられない．

なお，労働安全・機械安全を実現するために，機械の設計者に対して研修を義務付けたり，専従（専任）制度（専従員・専従部門）を設置している企業がある．

代表的なのは，ブリヂストンの独立したSE（Safety Engineer）部門で，社内における第三者によるチェック機能を果たすことを意図している．

---

1) 参考文献）栗原史郎 監，日本機械工業連合会 編（2009）：安全は競争力—現場発 ものづくり革新，日刊工業新聞社

2) 社団法人日本制御機器工業界（NECA），セーフティアセッサ資格認証制度
http://www.neca.or.jp/control/anzen/assessor/assessor_shushi.cfm
安全技術応用研究会（SOSTAP），安全技術講習会，セーフティアセッサ認証制度について
http://www.sostap.org/
日本認証株式会社（JC），SBA資格認証制度について
http://www.japan-certification.com/sba/sba_attestation.cfm

3) AGCグループ
http://www.agc.co.jp/csr/env/env_safety.html

生産技術の管理職研修にリスクアセスメントなどの基礎知識を取り入れているところもある.

③ 教育機関（学士・修士・博士）

明治大学大学院理工学研究科新領域創造専攻安全学系，長岡技術科学大学技術経営研究科専門職学位課程（専門職大学院）システム安全専攻，横浜国立大学などで，産業安全・機械安全・制御安全に関する研究・講座があり，博士号取得者がいる.

大学の社会人講座としては，明治大学リバティアカデミー“安全学入門”公開講座がある.

④ 産業安全に関する資格

労働安全・機械安全を含む産業安全に関する資格としては，次のようなものがある.

・サービスロボット安全技術者認定[1)]

（NPO 国際レスキューシステム研究機構[2)]／NPO 安全工学研究所[3)]）

・機械保全技能士

機械保全技能士は，国家資格であり，都道府県知事（問題作成等は中央職業能力開発協会，試験の実施等は都道府県職業能力開発協会）が実施する，工場の設備機械の故障や劣化を予防し，機械の正常な運転を維持し保全する能力をもつものを認定する技能検定制度の一種である.

機械保全には 1．機械系保全作業，2．電気系保全作業，3．設備診断作業の三つの資格があり，それぞれさらに 1 級・2 級・3 級の設定がある.

---

1)　サービスロボット安全技術者認定講座
http://www.rescuesystem.org/safety/index.html
2)　NPO 特定非営利活動法人国際レスキューシステム研究機構
http://www.rescuesystem.org/
3)　NPO 安全工学研究所
http://www.safetylabo.com/

・“セーフティ・エンジニア”

“セーフティ・エンジニア”の名称を使用した資格には，セキュリティ分野・電気工事など，さまざまな業界・企業によるものがある．目的・内容を調査・検討することが必要である．詳しくは，**本書3.1**に記した．

⑤ 労働安全衛生マネジメントシステムに関する資格

OHSMSでは，内部監査も含めて審査員の認証が必要である．

1.3.4　本書に使用する用語について

本書は，ものづくり現場におけるリスクアセスメント，特に機械・設備のリスクアセスメントを対象にしている．読者の立場により用語の定義が異なることのないように，本書で使用する主な用語について，以下に説明する．

(1) 一般的な用語

機械・設備：

機械とは，製造業においてものづくりに使用される産業機械を指す．産業機械のなかには，工作機械・コンベア・搬送機械などがある．

これらの機械が使用される場所に設置され運用される状態を“設備”と称す．ほとんどの場合，複数の機械が直接的又は間接的に相互関連した集合体，つまり“統合生産システム”の形をとる．

エレベータやシュレッダーのように工場以外でも使用される機械があるが，本書では，工場内でものづくりのために使用されている機械に限定する．マンションのエレベータ・建設現場の臨時のエレベータ・学校内のエレベータなどは対象外とする．工場以外では，使用環境・管理体制・要求される安全のレベルが異なるため，リスクの評価基準が異なる場合が多い．

なお，一般消費者が取り扱う装置は，機械安全ではなく“製品安全”の対象であるので，本書の対象からは除く．

また，本書の解説対象には，原子力発電所・化学プラントの設備など特化した規制があるもの，及び，化学反応・醸造など機能が継続する（＝停止できない）プロセス向けの設備は含まない.

メーカ：

メーカとは，特に断りなき場合は，機械を製造・販売する企業のことを指す．機械メーカには，機械を製造するだけでなく設置・保守・運用も業務範囲としているところがある.

ユーザ：

第2次産業のうちでも，製造業の分野で，機械を活用してものづくりをする企業において，直接，機械を操作・活用する組織・作業者などのことを指す.

インテグレータ：

生産ラインの設計・ものづくりをする企業には，生産技術部やエンジニアリング部で生産ラインや機械・設備の設計をする部門がある．機械メーカ・エンジニアリング会社には，ターン・キーシステム（生産ライン全体を稼動できる状態にして提供する，場合によっては生産のための組織の構築・設備の運用／保守も実施する）事業を展開する場合がある．これらの部門は，前述のメーカとユーザの双方の橋渡しをするとともに，生産システム全体を俯《ふ》瞰《かん》する機能を有する.

なかでも，生産システム全体の安全に関する機能を担う人・部門を“**セーフティ・インテグレータ**”と称する.

(2) リスクに関する用語

我が国の“危険性又は有害性等の調査等に関する指針”（リスクアセスメント指針）及び“化学物質等による危険性又は有害性等の調査等に関する指針”（化学物質リスクアセスメント指針）においては“**危険性又は有害性等**”を**危険源**又は**ハザード**という．“危険性又は有害性等”とは，労働者に負傷又は疾病を生じさせる潜在的な根源のことであり，ISO（国際標準化機構），ILO等においては，“危険源”，“危険有害要因”，“ハザード（hazard）”等の用語で表現されているものである.

リスクは，“危害のひどさ（重篤度）”と“危害の発生確率”の組み合わせで表される．本書では，リスクのことを“**危険性**”又は“**有害性**”と表現している場合がある．なお，機械安全分野においては，“有害性”（化学分野において主なアセスメント対象となる）より“危険性”が主なアセスメント対象となるので，本書でも，リスク＝危険性と表現した箇所が多い．

危害を引き起こす潜在的根源を“**危険源**”と定義する．危険源は，危険な状態と安全な状態のいずれかの状態にある．機械安全では，安全でない状態＝危険な状態とする．例えば，工作機械のモータの停止が確認できている状態＝安全な状態で，それ以外は危険な状態（**危険状態**）である．

危険状態が存在する領域を，“**危険区域**”と称する．

作業者が，危険状態にある危険区域に侵入すると，“**危害**”に至る．この出来事を“**危険事象**”と定義する．

表1.3-4に，これらの用語についての規格等の定義をまとめて示す（規格等に定義の無いものは除く）．なお，これら及びこれら以外の機械安全等に関する用語については，ISO 12100-1:2003（JIS B 9700-1:2004），ISO 12100-2:2003（JIS B 9700-2:2004）及びISO/IEC Guide 51:1999（JIS Z 8051:2004）に記されている．

表 1.3-4　リスクに関する用語の規格等における定義

用　語	定　義
危険源 (Hazard) ISO 12100-1:2003　3.6	危害を引き起こす潜在的根源. 備考 1. “危険源”という用語は，その発生源（例えば，機械的危険源，電気的危険源）を明確にし，又は潜在的な危害（例えば，感電の危険源，切断の危険源，毒性による危険源，火災による危険源）の性質を明確にするために適切である. 2. この定義において，危険源は，次を想定している. —機械の“意図する使用”の期間中，恒久的に存在するもの（例えば，危険な動きをする要素の運動，溶接工程中の電弧，不健康な姿勢，騒音放射，高温）又は —予期せずに現れ得るもの（例えば，爆発，意図しない及び予期しない起動の結果としての押しつぶしの危険源，破損の結果としての放出，加速度又は減速度の結果としての落下）
危険状態 (Hazardous situation) ISO 12100-1:2003　3.9	人が少なくとも一つの危険源に暴露される状況．暴露されることが，直ちに又は長期間にわたり危害を引き起こす可能性がある.
危険事象 (Harmful event) ISO/IEC Guide 51:1999　3.4	危険状態から結果として危害に至る出来事.
リスク (Risk) ISO 12100-1:2003　3.11	危害の発生確率と危害のひどさの組合せ. （厚生労働省“危険性又は有害性等の調査等に関する指針”3（2）では，“危険性又は有害性によって生ずるおそれのある負傷又は疾病の重篤度及び発生する可能性の度合”.）
リスクアセスメント (Risk assessment) リスクアセスメント指針，化学物質リスクアセスメント指針	危険性・有害性を事前に調査・評価し対策を実施する予防的な活動. （本書では，RA と略すこともある.）
危険区域 (Hazard zone, Danger zone) ISO 12100-1:2003　3.10	人が危険源に暴露されるような機械類の内部及び／又は機械類周辺の空間.

第2章

リスクアセスメントのための基礎知識

機械メーカが行うべきリスクアセスメントと機械ユーザが実施すべきリスクアセスメントは，それぞれがもっている技術のバックグラウンドが異なるように，異なった視点で実施されるべきものである．

本章では，機械ユーザが行うべきリスクアセスメントに必要な基礎知識を解説する．機械メーカ及び機械ユーザ，双方のセーフティ・エンジニアは，ものづくり現場で実施される作業者主体のリスクアセスメントを理解したうえで，それぞれの役割を果たすべきである．

なお，ユーザとメーカの関係については，**本書 2.4** に記した．メーカにおけるリスクアセスメントについては，日機連が関連する工業会と協議して 2010 年に定めた“メーカのための機械工業界リスクアセスメントガイドライン”（**本書巻末**に全文収録，本書では“機械工業界ガイドライン”という）を参照．

2.1　労働安全衛生のためのリスクアセスメント

2.1.1　労働安全衛生マネジメントシステムとは

職場全体の労働安全を構築するには，労働安全衛生マネジメントシステム（OSHMS）を導入することが有効である．**図 2.1-1** に労働安全衛生マネジメントシステムのフロー図を示す．

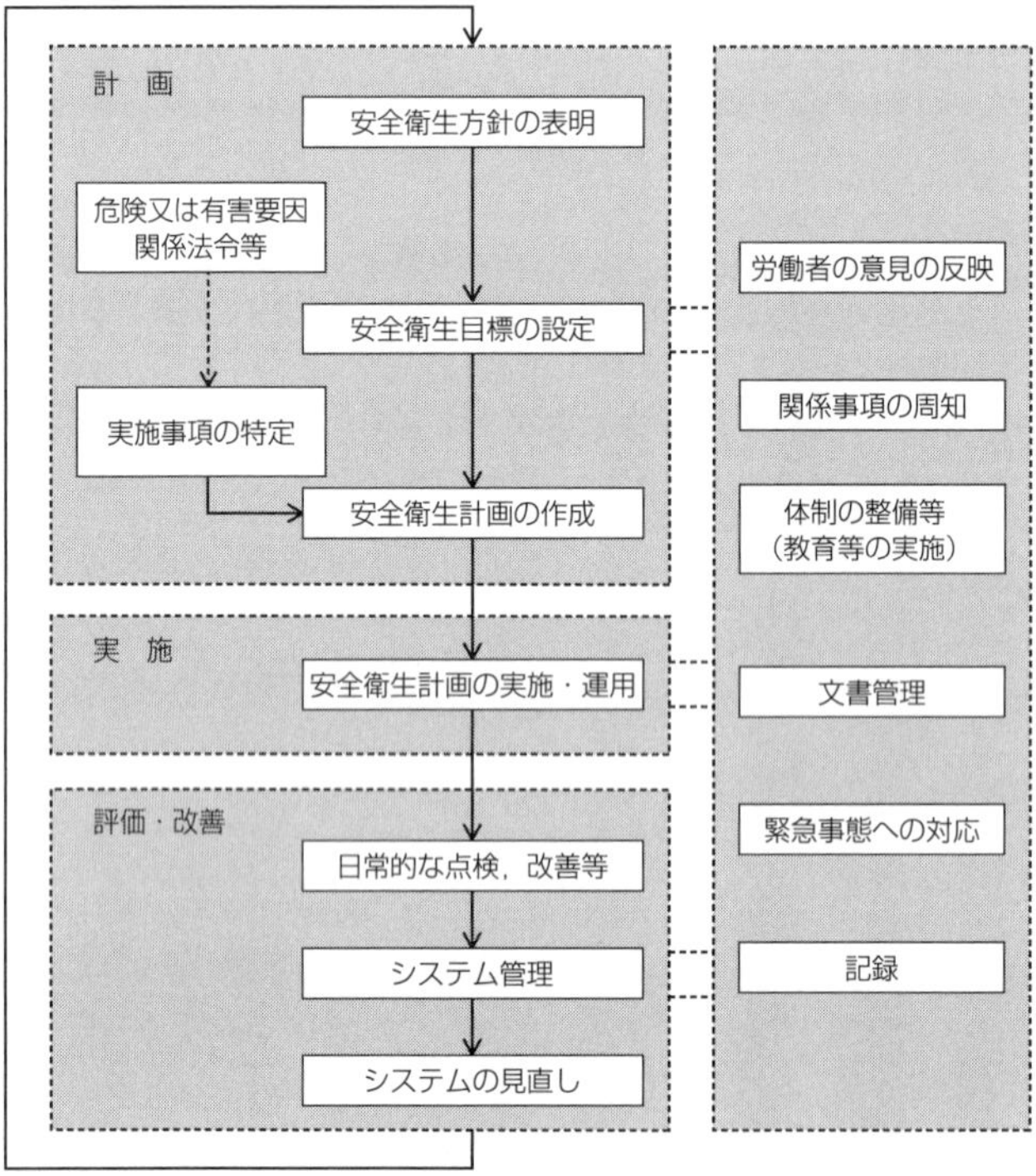

図 2.1-1　労働安全衛生マネジメントシステムの流れ

出典）“労働安全衛生マネジメントシステムに関する指針について”（平成 11 年 4 月 30 日，旧労働省発表資料）より，別紙 2
http://www.jil.go.jp/kisya/kijun/990430_05_k/990430_05_k.html#3

同図に示されているように，OHSMSの基本的な構造は，環境のISO 14001や品質のISO 9001と同様に，目標を定めPDCA（計画：Plan，実施：Do，評価：Check，改善：Act）のサイクルを回して継続的改善を達成していく仕組みである．

機械安全構築の前提は，“**人はミスをする**”と“**機械は壊れる**”である．安全な職場を実現するためには**図2.1-2**に示すような要素がある．安全構築の**優先順位**は，“**安全な状態（設備）≫安全な行動**”である．

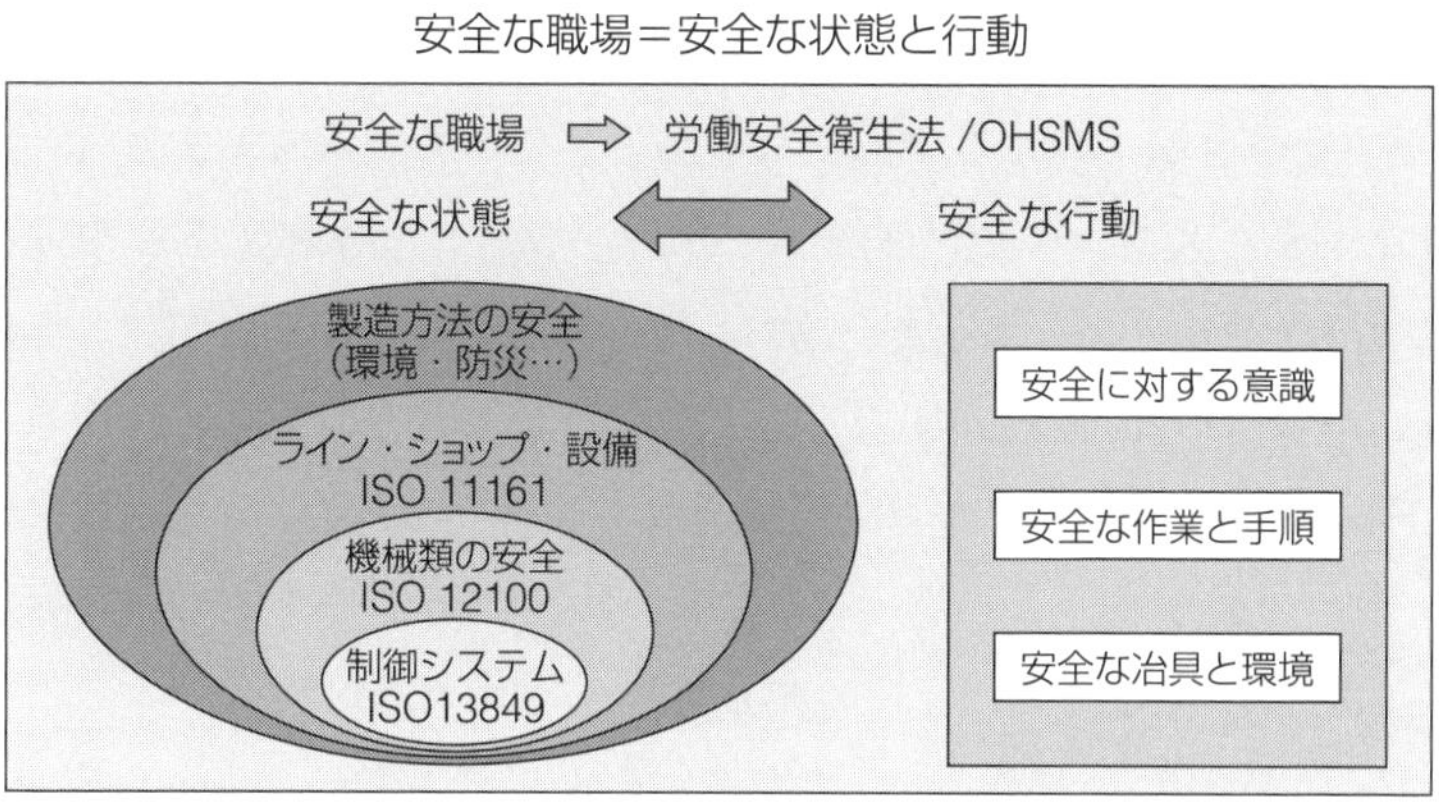

図2.1-2　機械安全と職場の安全

OHSMSにおいて，危険を認知し必要な対策を実施するためには，危険の調査・評価，つまりリスクアセスメントがキーになる．職場でのOHSMSにおけるリスクアセスメントの対象は，人も含む職場の全体であり，“**安全**”と“**衛生**”**二つの側面からのリスクアセスメント**が要求されている．機械安全は，OHSMS管理対象の一部（我が国では，平成21年に起きた休業4日以上の労働災害のうち，26％が機械による災害[1)]である．

[1)] 厚生労働省（2010）：機械譲渡時における機械の危険情報の提供のあり方等に関する検討会　報告書，別添2

安全な状態は，安全な製造方法・作業方法（有毒な物質を使用しない，作業の自動化など）を選択し，ライン・ショップなど統合生産システムとしての安全を計画し，作成された計画にもとづいて安全な機械を導入することにより確保される．ものづくり現場では，機械類を使用するための安全な行動と作業者の能力・資格を明確にし，実施体制を構築・維持することで，事故を防ぐことになる．

2.1.2　リスクアセスメント支援のツール

厚生労働省は，機械ユーザのために“**リスクアセスメントのすすめ方**”や“**リスクアセスメントマニュアル**”等を公表している（**図 2.1-3** 参照．同省ウェブサイトからダウンロード可能）．これは，関連する機械工業会や日本労働安全衛生コンサルタント会などが協力して作成したもので，金属加工作業，溶接作業，めっき作業，熱処理作業，塗装作業，成形作業，製品組立作業，木材加工作業，印刷・製本作業，自動車整備業，ビルメンテナンス業，産業廃棄物処理業，鋳物製造事業場，木材製造業，伐木造材作業，林業，運輸業等における荷役災害，流通・小売業における行動災害等，20 以上の各種作業について，リスクを特定するための着眼点，リスク低減の例などが具体的に示されている．

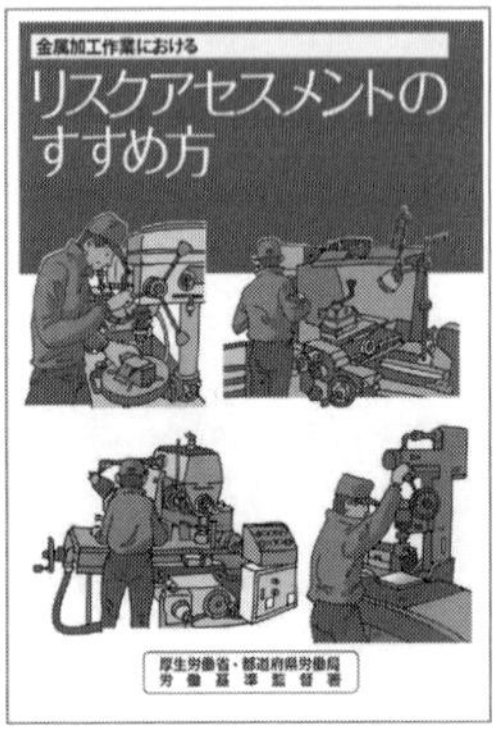

図 2.1-3　厚生労働省公表の作業別リスクアセスメント資料の例

出典）厚生労働省，リスクアセスメント等関連資料・教材一覧，（金属加工作業の例より）
http://www.mhlw.go.jp/bunya/roudoukijun/anzeneisei14/index.html

このうち 11 種類の作業については，安全衛生情報センターのウェブサイトに，支援システムを掲載したページがあり，リスクアセスメント実施一覧表（マトリクス）を電子的に作成した後，Excel フォーマットにてダウンロードできるようになっている（**図 2.1-4** 参照）．

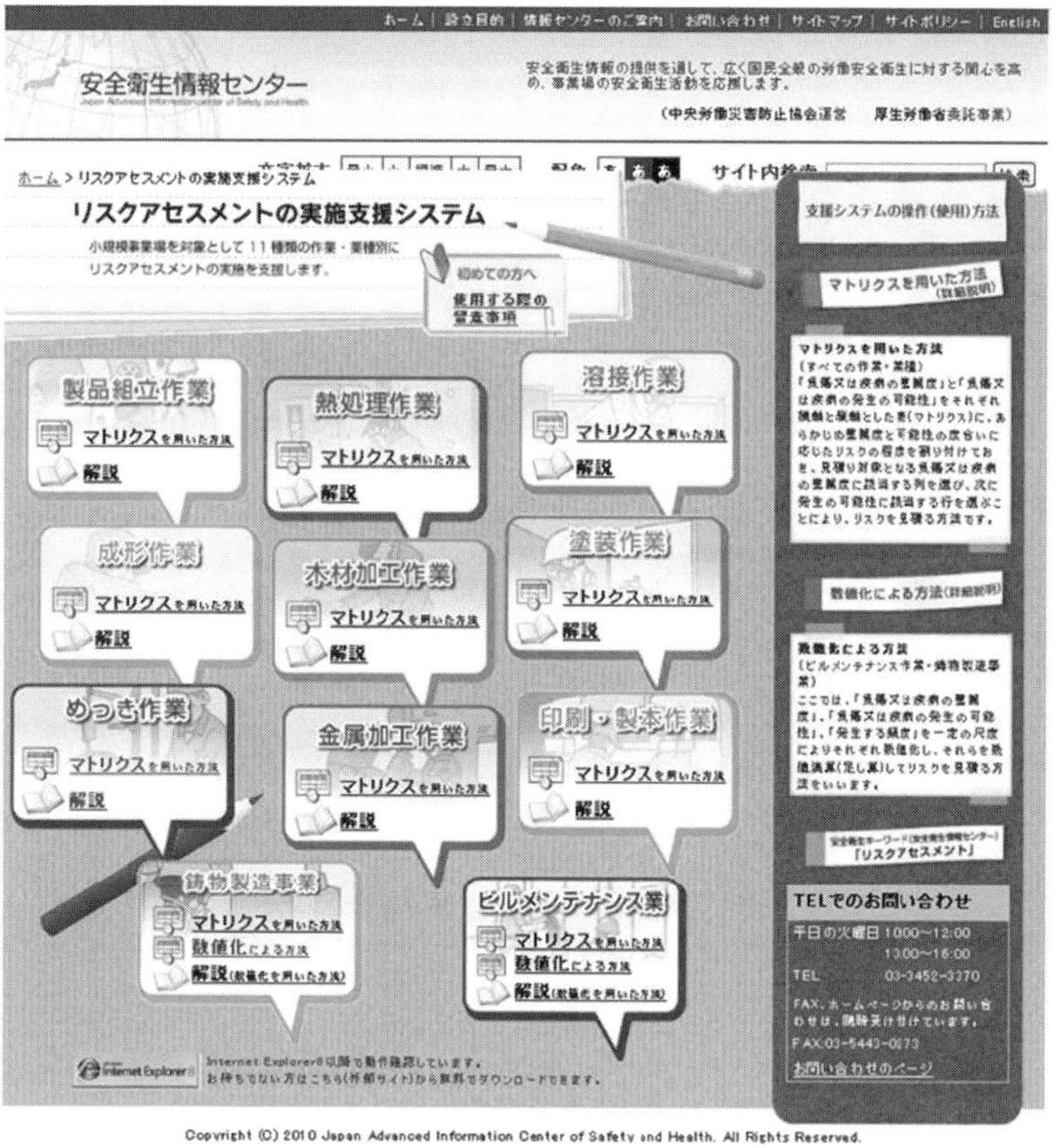

図 2.1-4　リスクアセスメント実施支援システムのウェブサイト画面

出典）安全衛生情報センター，リスクアセスメントの実施支援システム
http://wwwanzen.jaish.gr.jp/risk/risk_index.html

2.1.3　リスクアセスメントの手順

事故が発生してから，同種の危険源に対策をとるという“もぐらたたき”の手法ではなく，危険（リスク）を事前に調査して対策をするというアプローチ（リスク・ベースド・アプローチ）が，リスクアセスメントによる手法である．最近では，リスク・ベースド・アプローチは，労働災害のみでなく，保全・地震対策など，あらゆる分野で進められている．

ユーザによるリスクアセスメントとは，次に示す手順を実施することである．

ユーザによるリスクアセスメントの手順

ユーザ手順1　**危険性（又は有害性等）の特定**

過去の事故・メーカからの情報により，危険な状態を特定する．

ユーザ手順2　**リスクの見積もり**

リスク＝危険の度合い（怪我の度合い・発生する可能性）を基準を決めて見積もる．

ユーザ手順3　**リスクを低減するための優先度の決定**

リスクの大きさに対して優先順位を決める．

ユーザ手順4　**リスク低減措置の検討**

既存の低減措置とその効果，低減手段などを選択する．

ユーザ手順5　**優先度に対応したリスク低減措置の実施**

選択された低減措置を計画に従って確実に実施する．

ユーザ手順6　**記録**

リスクの大きさと低減措置などを記録して，ノウハウとするとともに定期的に効果の確認をするベースとなる．

以降の解説のなかで，これらの手順にあたる部分には，その項見出しの右に，手順番号を囲み枠付きで示した．

2.1.4　リスクアセスメントの目的と効果

経営者には，社員の健康と安全に配慮する義務がある（労働安全衛生法第三条“**事業者等の責務**”）．リスクアセスメントを実施することにより，職場の危険除去／低減，労働者への危険情報提供，労働者へのトレーニング提供，必要な対策実施のための仕組みと方法の紹介などを効率的に実施できるようになる．

労働安全衛生法に基づく事業主の責務と講じるべき措置については，次のように規定されている．

安全・衛生に関する主な制度

■労働者の安全・衛生に関する事業主の責務

事業主は，労働安全衛生法で定める**労働災害防止のための措置を徹底**するとともに，**快適な職場環境の実現と労働条件の改善**を通じて，職場における労働者の安全と健康を確保しなければなりません．

■労働安全衛生法に基づく措置

事業主は，労働安全衛生法に基づき，以下の措置を講じることが必要です．

(1) 安全衛生管理体制を確立するため，事業場の規模等に応じ，**安全管理者，衛生管理者及び産業医等の選任や安全衛生委員会等の設置**が必要です．

(2) 事業主や発注者等は，**労働者の危険または健康障害を防止するための措置**を講じる必要があります．

(3) **機械，危険物や有害物等の製造や取扱い**に当たっては，**危険防止のための基準を守る**必要があります．

(4) 労働者の就業に当たっては，**安全衛生教育の実施や必要な資格の取得**が必要です．

(5) 事業主は，**作業環境測定，健康診断等**を行い，労働者の健康の保持増進を行う必要があります．

(6) 事業主は，**快適な職場環境の形成**に努めなければなりません．

出典）厚生労働省，安全基準情報，安全・衛生，“安全・衛生に関する主な制度”
http://www.mhlw.go.jp/bunya/roudoukijun/anzen.html

ユーザにおけるリスクアセスメント実施内容は，特殊な場合を除いて外部(消費者・労働監督署・認証機関など）に評価されることはない．しかしながら，労災保険料率は，過去の労災事故の実績により決定される．また，労災が発生しても，リスクアセスメントによるリスク低減方策の内容によっては，過失についての評価が大きく異なることもある．

2.2 ユーザにおける機械のリスクアセスメントと実施手順

機械・設備の安全については“機械包括安全指針”により，メーカ及びユーザにおけるリスクアセスメントが努力義務化されている．

なお，本書で対象とする機械類には，原子力発電所・化学プラントの設備など特化した規制があるもの，及び，化学反応・醸造など機能が継続する（＝停止できない）プロセス向けの設備は含まない．

2.2.1 “機械包括安全指針”に基づく機械の安全化手順

機械を安全に運転するには，ユーザ・機械メーカ・機械のモジュール／部品メーカのそれぞれがリスクアセスメントを実施し，その情報を共有する必要がある．

図 2.2-1 に示すように，メーカとユーザの接点は，メーカからの残留リスク情報の提供（使用上の情報の提供）と，ユーザから注文前情報として使用条件等を提示すること，及び，運転開始後の不具合・事故情報の伝達である．

2.2.2 実施体制と時期

(1) 実施体制：現場の作業者を参画させること

労働安全のためのリスクアセスメントのプロセスに，現場の危険認識を向上させるとともに，現実的な対策を実施するため，現場の作業者を参画させることが必須である．ヒヤリハットの情報は現場にある．現場の作業者を含めた実施チームは，作業場単位で組織される．したがってリスクアセスメントも，作業場単位で，各作業について実施することになる．

我が国では，労働安全・衛生に関する業務は，労働安全衛生法に定める安全衛生委員会を設置して，安全管理者・衛生管理者・労働者代表・産業医・作業環境測定士などがメンバーとなり進められる．したがって，安全衛生委員会は，リスクアセスメントにも深くかかわることになる．

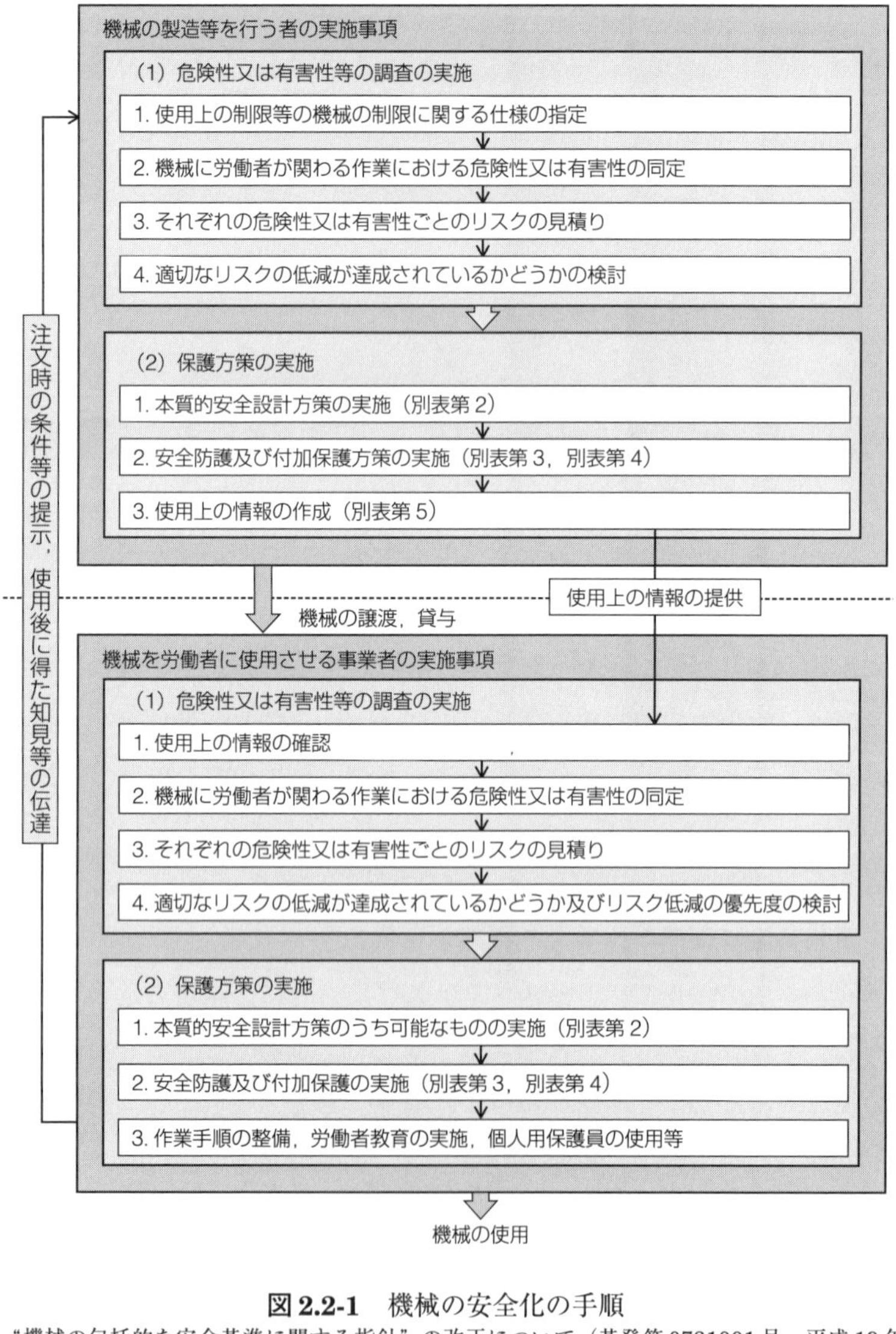
機械の製造等を行う者の実施事項
(1) 危険性又は有害性等の調査の実施
1. 使用上の制限等の機械の制限に関する仕様の指定
2. 機械に労働者が関わる作業における危険性又は有害性の同定
3. それぞれの危険性又は有害性ごとのリスクの見積り
4. 適切なリスクの低減が達成されているかどうかの検討
(2) 保護方策の実施
1. 本質的安全設計方策の実施（別表第 2）
2. 安全防護及び付加保護方策の実施（別表第 3，別表第 4）
3. 使用上の情報の作成（別表第 5）
注文時の条件等の提示，使用後に得た知見等の伝達
機械の譲渡，貸与
使用上の情報の提供
機械を労働者に使用させる事業者の実施事項
(1) 危険性又は有害性等の調査の実施
1. 使用上の情報の確認
2. 機械に労働者が関わる作業における危険性又は有害性の同定
3. それぞれの危険性又は有害性ごとのリスクの見積り
4. 適切なリスクの低減が達成されているかどうか及びリスク低減の優先度の検討
(2) 保護方策の実施
1. 本質的安全設計方策のうち可能なものの実施（別表第 2）
2. 安全防護及び付加保護の実施（別表第 3，別表第 4）
3. 作業手順の整備，労働者教育の実施，個人用保護具の使用等
機械の使用

図 2.2-1　機械の安全化の手順

出典）“機械の包括的な安全基準に関する指針”の改正について（基発第 0731001 号，平成 19 年 7 月 31 日），別図“機械の安全化手順”
http://www.jaish.gr.jp/HOREI/HOR1-48/hor1-48-36-1-6.html

機械安全以外のリスクアセスメントを行うには，化学物質などの特別な知識が必要な作業・環境がある場合のため専門家の参画が必須である．また産業医もメンバーに加える必要がある．

リスクアセスメントの結果は，安全衛生委員会に報告し，改善計画実施状況の監視や新規機械導入時の監視も確実に行う．

また，事業所内の“設備等の安全衛生管理基準[1]”に，設備に関するリスクアセスメントの実施要項を追加することが望ましい．

(2) 実施時期：4M[2] 変動があった場合に実施のこと

新規設備導入時・設備改造時・作業方法の変更時など4M変動は，リスクアセスメントと密接な関係にあるので，前回のリスクアセスメントの資料をベースに，変更部分について改めてリスクアセスメントを実施する必要がある．

第2章

2.2.3 情報の入手とリスクの特定 ユーザ手順1

(1) 残留リスク情報の入手

リスクアセスメントを開始するにあたり，ユーザは，メーカから“**残留リスク情報**”を入手する必要がある．通常は，“取扱説明書・設置説明書”などに，それぞれの項目に関連付けて記述されている．

可能ならば，メーカに残留リスクの一覧表を請求することを推奨する［機械工業界ガイドライン（**本書巻末**に全文収録）のフォーマット参照］．この“機械工業界ガイドライン”には，①危険源のリスト，及び，②使用上の情報の事例も示されている．

(2) 従業員構成の把握

従業員の構成を把握する必要がある場合の情報把握の事例を**表 2.2-1** に示す．

---

1) 次の書籍に，管理基準の例などが紹介されている．安全衛生規程研究会 編（2007）：安全衛生管理モデル規程・文例集（加除式），新日本法規出版株式会社

2) 生産の四つの要素をあらわす．
4M：人（Man），機械（Machine），材料（Material），方法（Method）

表 2.2-1　従業員についての情報把握の例

<table>
<tr><th colspan="10">ユーザの従業員情報</th></tr>
<tr><td colspan="2">作業場：</td><td colspan="5">工場長：
安全管理者：
産業医：</td><td colspan="3">作成日時：
作成者：</td></tr>
<tr><td colspan="2" rowspan="2">従業員数</td><td colspan="4">内訳（長期）</td><td colspan="3">内訳（期間限定）</td><td>備考</td></tr>
<tr><td>障害者</td><td>妊婦</td><td>パート</td><td>委託</td><td>研修者（インターンなど）</td><td>派遣</td><td>アルバイト</td><td>外国人など</td></tr>
<tr><td>男</td><td></td><td></td><td></td><td></td><td></td><td></td><td></td><td></td><td></td></tr>
<tr><td>女</td><td></td><td></td><td></td><td></td><td></td><td></td><td></td><td></td><td></td></tr>
</table>

<table>
<tr><th colspan="8">資格保有者登録情報</th></tr>
<tr><td rowspan="2">資格作業名</td><td colspan="2">取得資格</td><td rowspan="2">従業員名</td><td rowspan="2">活用作業場</td><td rowspan="2">経験年数</td><td rowspan="2">備考
（登録日）</td></tr>
<tr><td>（国・民間）</td><td>（社内）</td></tr>
<tr><td></td><td></td><td></td><td></td><td></td><td></td><td></td></tr>
<tr><td></td><td></td><td></td><td></td><td></td><td></td><td></td></tr>
<tr><td></td><td></td><td></td><td></td><td></td><td></td><td></td></tr>
</table>

(3) 危険性・有害性の特定

ユーザにおいて，危険性・有害性の特定を行う．作業ごとに実施するのが基本である．“リスクアセスメントのすすめ方”（厚労省）の別表1：着眼点（**表 2.2-2**）及び別表2：災害の例（**表 2.2-3**）には，作業ごとに具体的にリストが示されているので，十分に活用できる．“リスクアセスメントのすすめ方”にとりあげられていない作業についても，類似作業を参考に作成することを推奨する．

表 2.2-2　着眼点

別表1　危険性又は有害性の特定の着眼点

1．クレーン玉掛作業
①クレーンで製品を運搬中にワイヤロープの劣化切断により製品が落下する危険性はないか
②玉掛作業中、品物が落下したり転倒したりする危険性はないか

2．罫書作業
①罫書作業中に品物が転倒する危険性はないか
②罫書針により切傷する危険性はないか

3．加工物の段取り作業
①品物を締め付け中に、ボルトやナットからレンチやスパナが外れ、手を品物の角等に当て切傷する危険はないか
②重量チャックの上げ降ろしで災害性腰痛（ぎっくり腰）発生の危険性はないか

4．切削作業
①切削加工用刃物の装着用の挿入、交換時に手指等を切傷する危険性はないか
②切削加工中に切粉の飛散により目、手を負傷する危険性はないか
③加工作業中に品物がチャックから外れ、作業者に激突する危険性はないか
④チャックハンドルを取り外し忘れ、ハンドルに激突する危険性はないか

5．計測作業
①品物の寸法測定のときに、刃物台を充分に横にスライドさせず、充分に間隔をとらなかったため、切削用のバイトに手を当て切傷する危険性はないか
②計測作業中に品物が転倒、又は品物から作業員が転落する危険性はないか
③計測作業中に品物のバリ等によって切傷する危険性はないか

6．機械の清掃、点検・修理
①切粉を清掃中に、切粉に手指が触れて切傷する危険性はないか

7．手工具作業
①ドリル等が材に食い込み、突然切削反力が強くなる等により、手首がねじれる危険性はないか
②刃物に手指が触れて切傷する危険性はないか
③ハンドグラインダーで加工後、加工箇所に触れて火傷をする危険性はないか

8．その他
①機械の運転を継続しようとする動機から生ずる不適切な行動がないか
②作業中における「近道反応」「省略行動」などの行動をとることはないか
③機械の設計者が意図している使用法と合致している使用法か（この検証のため取扱説明書が必要）
④災害時（地震、火災等）の対策はできているか
⑤作業環境（換気・照明・安全通路等）は整っているか
⑥誤操作、又は不意に作動するような機械・設備はないか

出典）厚生労働省，リスクアセスメントのすすめ方，別表1，（金属加工作業の例より）
http://www.mhlw.go.jp/bunya/roudoukijun/anzeneisei14/dl/080301a.pdf

表 2.2-3　災害の例

別表2　主な危険性又は有害性と発生のおそれのある災害の例

❶ 旋盤、ボール盤、フライス盤、研削盤、他

作業等	危険性又は有害性と発生のおそれのある災害事例
クレーン作業	吊具・ワイヤロープの劣化により吊具・ワイヤロープが破断して製品が落下し、下敷きになる
	重量目測違いによりワイヤロープが破断して製品が落下し負傷する
	反転作業時の品物の振れにより、品物に激突して作業員が負傷する
	大型製品の部品加工終了後の玉掛け作業を実施中、ワイヤロープがずれて傾きフロア側に落下し、作業員が下敷きになる
	3本吊りによる玉掛作業中、ワイヤロープの1本を動かした際、品物の重心が移動し、支えていた手を品物と床面との間で挟み負傷する
	高さ約0.8mの品物にのぼりワイヤロープを外して降りる際に、足を滑らせ床面に転落し、足を骨折する
罫書作業	大型部品の作業段取り時に、重心が不安定となり部品が転倒して作業員に激突する
	罫書作業中、誤って罫書針によって手指を裂傷する
加工物の段取り作業	加工物の固定作業中、締め付け金具に指・手を挟まれる
	加工物を面盤に締め付けていた際、品物が外れ品物と軸受箱の間に手を挟まれる
	加工段取り作業中に加工物を支える4個のジャッキの内1個を外して調整していたところ、加工物が突然傾き加工物とテーブルの間に手を挟まれる
	加工物をクレーンで吊り上げ作業中に、ペンダント電線部の内部配線がショートしてクレーン（加工物）が突然動き出して周囲の人に激突する
	機械に重量物をチャッキングする時にぎっくり腰となる
切削加工刃物の装着・交換	フライス盤で、ドライブキーのかみ合わせが不十分な状態で引上げ軸を回転させたため、工具が回転し、切刃により工具をささえる手を切傷する
	刃物台の角度を元に戻す為に締付けボルトをスパナを用いて緩めようとしたとき、スパナがボルトから外れ、はずみで右手親指が被加工物の角に当り負傷する
	外径面取り用バイトの取り付けボルトを緩めたときに、ボルトが緩んだ勢いで鋭利な刃先に手が接触して切傷する
	NCボーリングのドリルを外すとき、脇のカッターがショックで脱落し右手首に激突して負傷する

出典）厚生労働省，リスクアセスメントのすすめ方，別表2より，（金属加工作業の例より）
http://www.mhlw.go.jp/bunya/roudoukijun/anzeneisei14/dl/080301a.pdf

2.2.4　リスクの見積もり　ユーザ手順2　ユーザ手順3

(1)　ユーザにおけるリスクの見積もり方法

ユーザにおけるリスク見積もりの方法は，マトリックス方式が主流である．**表 2.2-4** に，“リスクアセスメントのすすめ方”（厚労省）に収録されている見積もり方法を紹介する．

表 2.2-4　リスク見積りの方法（マトリックス法の例）

❶ 負傷又は疾病の重篤度の区分

重篤度（被災の程度）	被災の程度・内容の目安
致命的・重大 ×	・死亡災害や身体の一部に永久的損傷を伴うもの ・休業災害（1ヵ月以上のもの）、一度に多数の被災者を伴うもの
中程度 △	・休業災害（1ヵ月未満のもの）、一度に複数の被災者を伴うもの
軽度 ○	・不休災害やかすり傷程度のもの

❷ 負傷又は疾病の発生の可能性の度合の区分

危険性又は有害性への接近の頻度や時間、回避の可能性等を考慮して区分します。

発生の可能性の度合	内容の目安
高いか比較的高い ×	・毎日頻繁に危険性又は有害性に接近するもの ・かなりの注意力でも災害につながり回避困難なもの
可能性がある △	・故障、修理、調整等の非定常的な作業で危険性又は有害性に時々接近するもの ・うっかりしていると災害になるもの
ほとんどない ○	・危険性又は有害性の付近に立ち入ったり、接近することは滅多にないもの ・通常の状態では災害にならないもの

❸ リスクの見積り

重篤度と可能性の度合の組合せからリスクを見積もる。（マトリックス法）

リスクの見積表　重篤度 発生の可能性の度合		負傷又は疾病の重篤度		
		致命的・重大 ×	中程度 △	軽度 ○
負傷又は疾病の発生の可能性の度合	高いか比較的高い ×	Ⅲ	Ⅲ	Ⅱ
	可能性がある △	Ⅲ	Ⅱ	Ⅰ
	ほとんどない ○	Ⅱ	Ⅰ	Ⅰ

❹ 優先度の決定

リスクの程度	優先度	
Ⅲ	直ちに解決すべき、又は重大なリスクがある。	措置を講ずるまで作業停止する必要がある。 十分な経営資源（費用と労力）を投入する必要がある。
Ⅱ	速やかにリスク低減措置を講ずる必要のあるリスクがある。	措置を講ずるまで作業を行わないことが望ましい。 優先的に経営資源（費用と労力）を投入する必要がある。
Ⅰ	必要に応じてリスク低減措置を実施すべきリスクがある。	必要に応じてリスク低減措置を実施する。

出典）厚生労働省，リスクアセスメントのすすめ方，p.10，（金属加工作業の例より）
http://www.mhlw.go.jp/bunya/roudoukijun/anzeneisei14/dl/080301a.pdf

(2) リスクを見積もるための評価基準

最も簡単な評価基準は，**危険な状態の有／無**の2段階評価である．すべての危険な状態に適用できる（例えば，機械・設備の危険な状態以外に腰痛になる危険，火災・爆発の危険，細菌に感染する危険など）．

リスク低減策を選択するには，怪我の重篤度に配慮することになる．対策には，工学的対策（柵・制御による対策など）・仕組み・作業者自身の保護の3種類がある．

機械・設備のリスクアセスメント評価基準は，“危険な状態の有／無”（一つのパラメータ）のみ，又は“被害の重篤度と事故発生の可能性”の二つのパラメータを採用してもよい．

① 被害の重篤度について

重篤度は，“事故が起きたらどの程度の被害になるか”を評価する指標である．評価基準の設定があいまいだと，評価結果もばらつく．

“機械工業界ガイドライン”では，**後遺症**が残るかどうかの2分割を採用している．

機械工業界ガイドライン

［“5　リスクアセスメント手法とリスクパラメータ”図5-1（左上の図）より］

危害の程度

　S1　軽度

　S2　重度

2分割よりさらに細かく分割するかどうかは，作業の特性により判断する．後遺症のあるほうを細かく分類する，後遺症のないほうを分割する，あるいは，両方を細かく分類するなどが考えられる．職場での小さな改善でも評価したい場合には，細かく分類したほうがよいかもしれない．また，大きな事故がない作業場では，後遺症がない事故でも“休業あり”，“あかちん程度の怪我”などの分類が有効かもしれない．

なお，細かく分類するほど，評価に個人差がでることに注意が必要である．例えば，軽傷，回避可能という評価では，危険がなくなったことにはならない．よって，2分割でも対策の必要性に大きな差はでないと考える．

② 事故発生の可能性の扱いについて

発生の可能性を除去するのが“本質的安全”である．可能性が無にならなければ危険は存在する．したがって，可能性の高低は，被災者にとっては無意味であり，あくまで対策方法を選択するための指標として考えるべきである．

“機械工業界ガイドライン”では，事故発生の可能性を次の三つのパラメータで評価している．

事故発生の可能性の評価パラメータ

1. 暴露頻度：危険な状態になる頻度又は危険な状態の継続時間のいずれか大きい値… F1，F2
2. 危険な状態を回避できる可能性… A1，A2
3. 危険事象の発生確率… O1，O2，O3

（機械工業界ガイドラインの“5　リスクアセスメント手法とリスクパラメータ”より）

重篤度が低く，可能性が低い場合には，“作業指示書”による対策で十分であろう．しかし重篤度が高い場合には，作業指示書では不充分で，制御対策や特別訓練などを実施する必要がある．このように，労働安全においては，“**重篤度の軽減**”を目標にリスク低減を計画するのが望ましい．

(3) 優先度の決定

リスクを低減する優先度を決定する場合，**表 2.2-5**，及び，**表 2.2-6** に示す2段階の方法は，機械設備以外の作業でも適用できる最もシンプルなマトリックスの例である．

表 2.2-5　リスク低減・優先度・簡易評価のマトリックスの例

重篤度 / 可能性	後遺症が残る	後遺症が残らない
通常作業で危険な状態になる	リスクの程度　Ⅳ	リスクの程度　Ⅱ
通常作業では危険な状態にならない（非定常で危険な場合がある）	リスクの程度　Ⅲ	リスクの程度　Ⅰ

表 2.2-6　リスク低減の優先度の例

リスクの程度	実施	設備・道具による工学的対策	仕組み・情報による対策	作業者による対策	事例
Ⅰ	作業継続．計画して実施．	治具などによる対策が望ましい．	作業指示書，危険な状態の表示，KYTなど．	適正の確認．保護具（安全靴・軍手・防護服など）．	点検作業
Ⅱ	作業継続．早急に実施．	付加保護装置の設置以上．	上記に追加してトレーニングの実施．	上記に追加して作業資格の取得．	加工・切削作業
Ⅲ	作業停止して実施．	保護装置の設置以上（危険な状態と隔離する）．	上記に追加して危険警報を出す．	上記に追加して権限の付与．	故障修理
Ⅳ	作業停止して実施．	危険な状態を除去する（作業方法の見直し，自動化など）．	上記に加えて監視員の設置．	上記に追加して経験年数．作業都度の安全確認など．	玉がけ作業

注：ここで示した3種の対策を同時に実施することを想定している．

2.2.5　リスクの低減　　ユーザ手順4

(1)　ユーザによるリスク低減について

ユーザにおいてリスクを低減する際には，計画段階における製造方法・材料の検討，設置段階における保護方策（柵の設置）・付加保護方策（非常停止の設置）など，設置・操作などにおける“工学的な手段”に加えて，次に示す対策を考慮する必要がある．

仕組み：作業のための資格，作業指示書，適正のチェック，監視員の配置等

作業者自身の保護：適正，能力，経験及び保護具（軍手，作業着など）．法令で定められた保護具が必要な作業については，**本書 2.6.7** に示した．

なお，メーカから，安全な機械（残留リスクを除く）が提供されることを前提としている．

(2) 工学的な手段

リスク低減の方策における 3 ステップメソッドとは，1. 本質的安全設計方策，2. 保護方策／付加保護方策，3. 使用上の情報の提供のことである（**表 2.2-7 参照**）．以下に，それぞれをステップにわけて解説する．

① 本質的安全設計方策 **ステップ 1**

ステップ 1 では，本質的に危険な作業をなくすことを検討する．その際，製造方法，材料の変更などまで検討するほうがよい．製造プロセスにおいて有害物質を使用することを前提にしていないかの確認も重要である．自動化により作業者接近の必要性を排除することも，選択肢の一つである．

リスクをなくすことができない場合には，リスクを低減する．低減する方法としては，例えばモータの kW を少なくする（衝突しても後遺症が残らない），速度を遅くする（衝突する前に気づいて回避できる）などがある．

② 保護方策 **ステップ 2（その 1）**

本質的安全設計による対策ができなかった場合に，まず，保護方策（ステップ 2）をとる．保護方策は，①物理的隔離により危険源と隔離し危険な状態にならないようにする，②時間的隔離により危険な状態の間（タイミング）は接近できないようにする（ドアロック，ライトカーテンなど）．

後者の場合には，危険なタイミングの監視と隔離した状態の確認など，制御安全についての考慮が必要となる．

③ 付加保護方策 **ステップ 2（その 2）**

ステップ 2 では，保護方策でも不十分な場合に，非常停止スイッチを設置す

第2章

表2.2-7 メーカとユーザのリスク低減方策と手段の比較

リスク低減方策	**機械ユーザ** (工学的手段・仕組み・作業者の保護)	**機械メーカ** (工学的手段・残留リスクの提示)
本質的安全設計方策 ステップ1	危険な作業をなくす(製造方法の変更，自動化して柵をするなど).	危険源・危険な状態をなくす(ユーザでは取り外しができないカバーをつける，手動にするなど).
	危険を低減する(作業指示書，冶具の使用，機械の速度制限をするなど).	危険を低減する(制御によりパワーを制限するなど).
保護方策 ステップ2 (その1)	物理的・時間的に隔離する(危険空間に機械的シャッターを設置，安全マット，ドアスイッチ，ライトカーテン＝侵入検知にてインタロック，両手操作スイッチなど).	
付加保護方策 ステップ2 (その2)	非常停止スイッチの設置などを行う.	
情報による対策 ステップ3	警告板，パトライトなどの警告灯，作業指示書などによる対策.仕組み(組織など)による対策.	機械表面に警告板，警告灯，トレーニングの実施，保守サービスの提供，残留リスクの提示などによる対策.

保護具：機械での対策ではないが，作業者自身が使用・着用する保護具(例：軍手，ヘルメットなど)も重要な安全対策である.

るなどの工学的手段にて付加保護方策を追加する．この場合，リスクがなくなったのではないので，作業指示書に潜在する危険を明記して，作業者の注意を喚起することが必要である．回避可能なリスクは，回避する必要があるので，特に警告表示と作業指示書で注意を喚起する必要がある．

リスクアセスメントの結果，これらの付加保護方策を講じてもリスクが“許容できるレベル”にならなかった場合には，機械を使用することはできない．必要に応じて，作業者自身の保護具(軍手やヘルメットの着用など)について作業指示書に明記する．

④ 使用上の情報の提供 ステップ3

使用上の情報の提供方法には，書類(メーカからユーザに提供する仕様書，取扱説明書など)によるもの以外に，作業者に認知させる手段として，機械に設置する警告表示灯・サイレンなど制御の一部として提供する方法と，機械の表面に掲示する警告表示板などによる方法がある．警告表示灯は，必要に応じて点灯を確認する機能を付加すること．

(3) ユーザとメーカそれぞれのリスク低減策の比較

表 2.2-7 に，ユーザにおけるリスク低減方策とメーカにおけるリスク低減方策を比較する．

機械の構造に起因する危険源は，メーカの“残留リスクの提示”によりユーザに認知される．ユーザは，機械の導入にあたって残留リスク情報をメーカから入手するように契約しておくことが重要である．あわせて，ユーザは，リスク低減方策のなかには，ユーザ側でしか管理できないこと（作業者の能力，設置環境など）があることを，十分認識する必要がある．

2.2.6 リスク低減措置の実施管理 ユーザ手順 5

優先度に従って選択した低減措置それぞれに，実施計画（時期・担当者など）を作成し，実施状況を管理する．管理帳票の例を**表 2.2-8** に示す．

リスクアセスメント実施表には，リスク低減方策の“実施予定”，“実施責任者”，“確認者”を明記しておく必要がある．

設備の改造対策が実施される場合は，設備供給者（改造者）にて設備自体のリスクアセスメントを別途実施する必要がある．

2.2.7 記録と見直し ユーザ手順 6

リスクアセスメントの記録は，保管し，見直しの際に活用する．リスクアセスメントの見直しのタイミングは，4M の変動があった場合（派遣労働者の導入など），事故が発生した場合，法律／規制が変わった場合などがある．

2.2.8 リスクアセスメントの（外部機関の）監査

我が国では，厚労省の委託事業として日本労働安全衛生コンサルタント会が，

表 2.2-8　ユーザのリスクアセスメント実施表（記入例）

リスクアセスメント実施表

作業場所： 組立工場		**作業：** 加工物の段取り作業			**作業者：** Aさん・Bさん			**RA 実施日時：**	
No.	**危険事象**	**対策の要否（優先度）**	**対策**		**実施状況**				**監査の日時・担当**
			設備	**仕組み**	**作業者**	**担当**	**予定時期**	**実施日時**	
1	加工物を面盤に締めつけ時，ワークが外れ軸受箱との間に手を挟まれる	要 通常・後遺症なし＝II	なし	滑り防止ワイヤ徹底，チャックの定期点検	作業前ミーティング	Cさん			
2	切削加工								
3	計測作業								
4	切削油・切削粉・静電気による火災・爆発								

毎年，約400事業所[1]に対して，労働安全診断を行い，改善結果も含めて報告している．各地域の労働局・労働基準監督署が特に必要と認めた事業所を，診断対象事業所として選択している．個別情報は非公開であるが，診断事業の全体像は，労働安全衛生コンサルタント会の機関紙で公表されている．労働局は，都道府県単位で安全対策の成果（タイプ別労災件数）の比較も実施している．

監査結果は公表されていないが，工場内での改善事例の掲示のように公表すれば，現場のモチベーションは向上するかもしれない．

---

1)　社団法人日本労働安全衛生コンサルタント会（2010）：平成21年度中小規模事業場を対象とした危険性又は有害性等の調査普及促進事業安全衛生診断実施結果報告書［リスクアセスメント診断（一般）関係］（厚生労働省委託事業）平成22年3月，p.第1表

2.3　リスクアセスメントの対象

本書 2.1.2 で紹介した厚労省の“リスクアセスメントのすすめ方”に示された手順は，ユーザにおけるリスクアセスメント手順である．メーカにおけるリスクアセスメント手順は，**本書巻末**に収録した機械工業界ガイドラインに詳しいが，本章冒頭から，必要に応じて両者を比較しながら説明してきたところである．

次に，機械類のリスクアセスメント（メーカ）と労働安全のリスクアセスメント（ユーザ）の実施手順における違いを，**表 2.3-1** に示す．

表 2.3-1　メーカとユーザにおけるリスクアセスメント実施手順

	労働安全（ユーザ）	機械類の安全（メーカ）
関連規格・法など	・労働安全衛生法 ・厚労省の各種指針 ・作業者の資格についての法律 ・非常口，避難経路などについての建築法や消防法	・機械包括安全指針 ・ISO 12100-1，ISO 12100-2 ・ISO 14121 （必要に応じて，個別機械の規格・厚労省の構造規格／技術指針なども参照する.）
マネジメントシステム	労働安全衛生マネジメントシステム（OHSMS）	機械安全マネジメントシステム（日機連提唱）*1
支援体制	・経営の安全についての宣言 ・設備の安全についての基準 ・工場の設備管理基準（リスクアセスメントについての基準の追加） ・安全技術者	・経営の安全についての宣言 ・設計のリスクアセスメント基準 ・安全技術者 （設計者のための設計基準の作成と設計された機械を機械安全の視点から検証する体制の構築が必要となる.）
実施体制と参画するメンバー	・安全衛生委員会・生産技術と現場の作業者を含めたチーム（機械安全の専門技術者の参画が望ましい） ・エンジニアリング部門（統合生産システムの場合）又は生産技術部門・エンジニアリング調達部門	・機械安全の専門技術者（又は同等の技術者）と設計のチーム

表 2.3-1（続き）

	労働安全（ユーザ）	機械類の安全（メーカ）
実施時期	・新規設備導入 ・設備・作業・材料など 4M の変更 ・事故・災害発生時	・新規機械の設計（概念設計・詳細設計） ・機械の使用条件・構造・部品・資材などの変更
情報の入手	・職場の組織（指示系統），仕組み（担当業務）など ・作業手順書，取扱説明書 ・KYT・事故事例など ・ヒヤリハット ・作業者の能力・資格・経験 **・メーカの残留リスク情報等“使用上の情報”**	・ユーザの使用条件 ・部品・モジュールメーカよりリスクアセスメントのためのデータ ・類似の機械の事故事例 ・関連規格
リスクアセスメントの対象とする範囲の特定	**職場の安全**： （関連する作業からスタートする.） ・残留リスク情報がベース （作業者の特殊性を考慮） **・労働安全に関する危険な状態のリスト** **・チームのリスクアセスメント対象範囲の確認**	**安全な機械の製造**： （危険源，想定される作業，予期できる誤った取扱いなど.） ・**標準の作業者**を想定 （想定外はユーザでの対処が前提） **・機械安全に関する危険源のリスト**
危険性・有害性の特定	**機械・設備について**： ・残留リスク ・意図した作業・予測できる誤った動作 などによる危険を特定する. **仕組み・人間的側面**： ・適性 ・セクハラ・パワハラ ・作業と適性	**・機械の危険源** ・意図した操作 ・予測できる誤使用による危険を特定する. なお，危険源を特定して本質的安全の確保を設計上で考慮することと，操作（作業）ごとの危険な状態を特定することの，2 種類のアプローチが必要になる.
リスクの見積もり	“重篤度と発生の可能性”により優先度を見積もる.	重篤度・頻度／暴露時間・回避の可能性により優先度（リスクインデックス：RI）を見積もる. 制御システムについては別途性能レベル **PLr**[*2] 又は **SIL**[*3]（電子制御システムの場合）を見積もる.

表 2.3-1（続き）

	労働安全（ユーザ）	機械類の安全（メーカ）
リスク低減措置の選択	危険な作業の廃止，変更など，又は，隔離による安全，仕組み（作業指示書など）による安全・作業者の保護など	極力，本質的安全設計での対策をほどこす本質的安全でない対策の場合，メーカ実施の必然性を検討すること（コスト・機能の両面で確認）
低減措置の実施	実施を計画（実施の優先順位，時期，担当者）・実施・管理．	実施しなければ出荷できない．
リスクアセスメントの監査	実施計画の**進捗**，実施内容の**効果**（特にリスク低減措置の低減の手法とレベル），効果の**維持**について監査．	設計チームとは別の機械のリスクアセスメント専門家により，リスク低減措置の**安全原則**との整合及び**残留リスク**の提示内容などについて監査．
結果の記録（文書化）	リスクアセスメントの実施記録を保管することが義務付けられている．これらの文書は，リスクアセスメントの組織的な実施，必要な対策のコントロール，監督官庁への提示，条件変更があった場合のリスクアセスメントの再実施の基礎資料として活用される．	テクニカルファイルとして保存しておく． 機械メーカのリスクアセスメントの結果は，ユーザに残留リスク情報として提供され，ユーザにおけるリスクアセスメントに活用される．したがって，リスクアセスメントの実施内容は，認証の有無にかかわらず，ユーザにより評価されることになる．
事例	・安全衛生情報センターのウェブサイト	・厚労省のウェブサイト "機械安全の安全化に係るリスクアセスメントデータ集"（メーカの取り組み事例），"機械安全化の改善事例集"

*1　松本俊次 監修，日本機械工業連合会 編集（2008）：リスクベースアプローチによるエンジニアのための機械安全，日刊工業新聞社

*2　**PLr**：required performance level，要求パフォーマンスレベル

*3　**SIL**：safety integrity level，安全インテグリティレベル

2.3.1　リスクアセスメントの範囲

ユーザにおけるリスクアセスメントの範囲は，すべての場所と予測可能な作業である．通常以外の作業（例えば，機械のライフサイクルにわたって修理，保守，運転停止，清掃，廃棄などの補助作業など）も含むことに注意する必要がある．また，作業時間，作業工程，不十分な訓練，不十分な作業指示なども考慮にいれる．範囲の特定を体系的に進めて，もれがないようにする．

リスクが発見されたら，速やかに除去又は低減するように計画を立て実施する．

リスクアセスメントは，すべての職場・作業について実施する．同じ形態の作業・職場については，代表的な作業・場所でリスクアセスメントを実施してもよい．なお，作業の場所が移動する場合（顧客の作業場など）には，移動した場所での個別の状況を考慮にいれてリスクアセスメントを実施すること等が要請される．

2.3.2　危険源・危険な状態

リスクアセスメントにおいては，危険源・危険な状態を特定することが重要である．機械包括安全指針に示されている機械のリスクアセスメントに関する危険源の分類と，労働安全における職場全体を対象とした危険な状態の分類について，**表 2.3-2** に示す．

表 2.3-2 リスクの分類

<table>
<tr><th colspan="1">事象
分類</th><th colspan="2">原因・要因</th><th>危険事象</th><th>機械包括安全指針</th><th>RA 指針</th><th>業務上疾病</th></tr>
<tr><td rowspan="3">機械的なリスク</td><td colspan="2">動く部分が露出している</td><td>衝突，切断･突き刺す，挟まる，せん断，引き込まれ・巻き込まれ</td><td rowspan="3">1</td><td rowspan="3">1-(1)</td><td rowspan="3">1(腰痛)</td></tr>
<tr><td colspan="2">機械・設備などの形状</td><td>押す，突き刺す，切断，擦る，押し破る，引っかける，釘づけ</td></tr>
<tr><td colspan="2">機械の部分・ワークなどが固定されていない</td><td>対象物が①転倒／揺れる／振れる，②回転／滑落，③落下／崩れる／飛来する</td></tr>
<tr><td rowspan="2">電気的なリスク</td><td colspan="2">感電</td><td>電気ショックによる感電，アーク感電</td><td rowspan="2">2</td><td rowspan="2">1-(3)</td><td rowspan="2">※3</td></tr>
<tr><td colspan="2">静電気</td><td>電気ショック，可燃物と組み合わせて火災・爆発</td></tr>
<tr><td rowspan="6">物理的因子によるリスク※4</td><td colspan="2">熱（高温／低温）</td><td>火傷（熱傷），凍傷</td><td>3</td><td rowspan="6">2-(2)</td><td rowspan="6">2・7（がん）</td></tr>
<tr><td colspan="2">騒音</td><td>難聴</td><td>4</td></tr>
<tr><td colspan="2">振動</td><td>振動による内臓疾患，神経系の疾患など</td><td>5</td></tr>
<tr><td rowspan="3">放射</td><td>光</td><td>皮膚や眼へのダメージ</td><td>6</td></tr>
<tr><td>電離放射線</td><td>健康障害</td><td></td></tr>
<tr><td>電磁界</td><td>健康障害</td><td></td></tr>
<tr><td>材料・物質によるリスク</td><td colspan="2">化学物質など（アスベストを含む）※4</td><td>接触による事故，環境汚染による健康障害など</td><td>7</td><td>2-(1)</td><td>4・5・7(がん)</td></tr>
<tr><td>人間工学的原則無視によるリスク</td><td colspan="2">作業方法･行動（姿勢）</td><td>健康障害（腰痛・ストレス）
ストレスによる誤操作など</td><td>8</td><td>1-(4)･(6)
2-(3)</td><td>1(腰痛)</td></tr>
<tr><td rowspan="2">機械が使用される作業環境・条件によるリスク</td><td colspan="2">はしご，脚立が壊れる又は倒れる</td><td>墜落，転落，転倒など</td><td rowspan="2">9</td><td rowspan="2">1-(5)</td><td rowspan="2">3</td></tr>
<tr><td colspan="2">作業場の床・階段の状態</td><td>転倒（滑る，つまずく，ひねる，踏み外すなど）</td></tr>
</table>

表 2.3-2（続き）

分類＼事象	原因・要因	危険事象	機械包括安全指針	RA 指針	業務上疾病
	作業の環境(温度,湿度,照明，換気，溺死)※4	凍傷，熱中症，認識度低下，窒息	11		
	高気圧／低気圧	健康障害			
その他のリスク	危険性又は有害性の組合せ	軽傷から死亡まである.	10	2-(4)	※3
	火災・爆発の危険性	火傷・死亡など	10	1-(2)	※3
	生物学的な危険源	感染，食中毒など	※1	1-(2)	※3
	心理的要因による危険性	健康障害（腰痛・うつ病など）	※1	1-(7)	8（うつ病）
	MMI（マン・マシン・インタフェース）	健康障害，認知度低下による誤操作など	※2	2-(4)	
	産業車両	ぶつかる，ひく，挟む，転倒など	※1	1-(7)	※3
	第三者の行為	—	※1	1-(7)	※3

業務上疾病：労働基準法第七十五条の 2 の規定による業務上の疾病
※1　機械安全としては対象外
※2　操作パネルの表示，操作画面などで機械メーカが対応するべき範囲を含む
※3　業務上の疾病の対象外
※4　有害な業務を行う作業場＝作業環境測定を行うべき作業場

ここに示すように，機械メーカによるリスクアセスメントは機械のみを対象にするので，職場全体（作業員を含む）を対象にするユーザのほうがリスクアセスメントの対象は広い.

2.3.3　作業者・関係者についての配慮

(1) 作業者の適性・作業の形態に対する適性

ユーザは，それぞれの作業者の適性に配慮する必要がある．作業者の適性とは，**能力**（スキル）≒取得した訓練の内容＝資格，**経験**，付与された**権限**などのことで，従事する作業の種類により異なる．これらの条件は，機械メーカに

よる情報をベースとして，ユーザにおいて，必要な社外の認定や社内資格及び職務権限の付与により規定するものである．

リスクアセスメントを実施する際には，事前に標準的な作業者を定義してから，リスクアセスメントを実施する．作業単位で作業者，要件（必要な能力:トレーニングの受講，資格など）を明記しておくことが望ましい．

作業の形態が多様化してきているので，**作業の形態に対する適性**についても，考慮にいれる必要がある．味覚・触感を必要とする作業，高所作業，一人作業などの適性を考慮にいれて，対策（作業時間，作業方法など）を関連付けることになる．

(2) 作業現場における適性のコントロール

作業の形態による適性についての情報は，業者及び監督者によって共有されることが重要である．情報共有の手段として，次のようなものがある．

・作業場又は該当する機械に，必要な要件を掲示する．
・社員IDカードを活用する．
（IDカードのチェックにより機械の起動を可能にする）[1)]

(3) 習熟曲線についての配慮

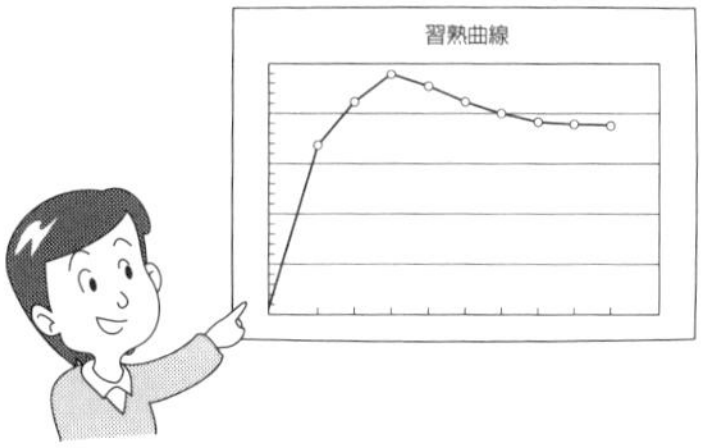

習熟曲線も，作業者の適性を考慮する際に重要なファクタである．習熟曲線（learning curves）は，学習曲線ともいう．同じ仕事を繰り返すと効率があがってくる．

ここまでは種々の資料でとりあげられているが，“安全”に関してはそのあとが重要である．“習熟”から“慣れ”の領域に入ると，注意力が低下して品質の低下や事故が発生しやすくなる．作業の内容，繰り返しの範囲などで低下の時期は異なるが，適度の刺激が必要である．

---

1) IDチェック機能付き機械：IDカードのチェックにより，危険エリアへの侵入を制限する方法が考えられる．存在してはいけない人がいないことを確認することは重要な機能であり，今後のシステム開発が期待される．

(4) 特別な作業者・部外者への配慮

ユーザにおいては，**標準的な作業者**を対象にしたリスクアセスメントとは別に，**特別な作業者・関係者／部外者**に関するリスクアセスメントも実施する必要がある．

① **標準的な作業者**

・身体的特徴：

体重，身長….

・能力（skill）：

作業に必要なトレーニングを受け，経験がある（作業ごとに定義するのが望ましい）．

・責任・権限（authorization）：

職掌として決められている（能力のみでなく，権限の必要性を定義）．

② **特別な作業者**

・特殊な能力・資格を有する作業者（法律・条例・社内資格など）

例：たまがけ（玉掛），フォークリフトの運転，溶接

（国家資格については**本書 2.6.6** を参照）

・機械の作業者として標準以外の作業者

例：児童，妊婦，育児中，外国人，派遣労働者，実習者，初心者，内職作業者，身体に障がいがある作業者，高齢者（身体的能力が低下しつつある）

・外部委託会社の従業員

例：清掃，保守，工事業者

③ **見学者などの部外者**

社長は，作業現場では部外者つまり見学者と定義されることが多い．リスクアセスメントの段階で，あらかじめ定義しておくこと．

2.3.4　設備故障・環境破壊のリスク見積もりについて

ユーザにおいてリスクアセスメントを行う際に，労働安全だけでなく設備事故・環境破壊を含めてリスクアセスメントを実施できれば，リスクアセスメントの活動の価値をさらに向上できるかもしれない．ここでは，こうした統合的なリスクアセスメントの実施を検討する企業のために，たたき台を示す．

EUにおける機械指令は，“機械類の使用が直接的な原因となって発生する多数の災害の社会的費用は，機械類を本来的に安全な形で設計・製造し，適切に設置・保守することで，削減可能である.” ことを考慮して，安全を確保しながら機械の流通を自由にするための指令である．機械指令が対象とするのは，“機械類の使用によって生じるリスクに関し，人々，とりわけ労働者と消費者，及び該当する場合には家畜と財産” に対するリスクである.[1)]

これを前提として，機械類の使用により生じるリスクを，労働安全のリスクアセスメントに簡単な追加をすることにより実現可能と考えられる範囲で，考察する．危険源・危険な状態は，労働安全のリスクアセスメントに用いる視点（**表2.3-2**参照）をそのまま採用する．また，危害を作業者以外に拡大する．ここでは，“機械の故障・損害” と “環境破壊” とを対象にする．

（1）機械・設備の故障・損害

労働安全のためのリスクアセスメントにおいて特定した作業を通じて “予測できる誤操作” を含む機械の使用において発生するリスクをあげる．

損害の事例：ケーブルが断線する・工具が壊れる・絶縁レベルが低下する

損害の大きさの評価は，復旧手段又は時間を基準にする．

評価の事例：自社内で復旧の可否（手段）又は24時間以内（時間）の復旧

1)　国際安全衛生センター（JICOSH：Japan International Center for Occupational Safety and Health），資料—機械指令—95/16/ECの修正（書き直し）となる—機械類に関する2006年5月17日付欧州議会・理事会指令2006/42/EC［欧州経済地域（EEA）関連文書］，資料作成：国際安全衛生センター，掲載日：2008年2月15日
http://www.jniosh.go.jp/icpro/jicosh-old/japanese/country/eu/topics/reference/rf_080215.html

対策としては，当該作業の誤操作を防ぐ又は監視する工学的（本質的）な対策，定期点検・部品交換の実施又は復旧時間を短縮する（交換部品の在庫・自社で修理するためのトレーニングの受講）などが考えられる．

表 2.3-3 に，機械設備の故障・損害リスクについての評価基準の例を示す．

表 2.3-3　機械設備の故障・損害リスクについての評価基準の例

可能性＼重篤度	自社で復旧不可又は復旧に 24H 以上必要	自社で復旧できる
通常作業で危険な状態になる	リスクの程度　Ⅳ	リスクの程度　Ⅱ
通常作業では危険な状態にならない(保全の領域である)	リスクの程度　Ⅲ	リスクの程度　Ⅰ

地震・台風などによる大規模な生産停止は，顧客への影響が大きいため，サプライ・チェーンを含む仕組みを考慮したBCPにて対策する．この“事業継続計画”(BCP：Business Continuity Plan)[1] の作成には，災害時の設備の保全は重要項目であり，財産の破壊についてのリスクアセスメントの実施は必須である．

(2)　環境破壊

環境破壊の原因はCO_2の増加のみではない．ものづくり現場では，設備の故障による廃液・振動・騒音などがある．機械安全でとりあげられていないものに“設備の故障による環境破壊”がある．

労働安全のためのリスクアセスメントにより特定した作業を通じて“予測できる誤操作”を含む機械の使用において発生する人的損害・機械の損害により環境が破壊される場合を対象にする．

環境破壊の事例：バルブが破壊されて廃液がもれ出す，タンクが壊れてガスがもれる（人体に有害ではない）

損害の大きさの評価は，復旧手段の有無を基準にする．復旧時間や費用を基

---

[1] 内閣府，防災情報のページ，国内の業務継続計画に関する情報
http://www.bousai.go.jp/jishin/gyomukeizoku/kokunai-link.html

準にするよりは，復旧手段の有無が最もわかりやすいと判断する．

対策としては，当該作業の誤操作を防ぐ又は監視する工学的（本質的）な対策，定期点検・部品交換の実施（付加的な方策）などが考えられる．

表 2.3-4 に，環境破壊リスクについての評価基準の例を示す．

表 2.3-4　環境破壊のリスクについての評価基準の例

可能性＼重篤度	復旧手段なし	復旧手段あり
通常作業で危険な状態になる	リスクの程度　Ⅳ	リスクの程度　Ⅱ
通常作業で危険な状態にならない（保全の領域である）	リスクの程度　Ⅲ	リスクの程度　Ⅰ

ユーザが機械安全を労働安全・設備故障・環境破壊の三つの視点からリスクアセスメントする場合のリスクアセスメント実施表の記入例を，**表 2.3-5** に示す．

表2.3-5　労働安全・設備故障・環境破壊のリスクアセスメント実施表（記入例）

リスクアセスメント実施表

作業場所： 組立工場		**作業：** 加工物の段取り作業						**作業者：** Aさん Bさん		**RA実施日時：**	
No.	**危険事象**	**対策の要否**			**対策**			**実施状況**			**監査の日時・担当**
		労働安全	**設備故障**	**環境破壊**	**設備**	**仕組み**	**作業者**	**担当**	**予定時期**	**実施日時**	
1	加工物を面盤に締めつけ時，ワークが外れ軸受箱との間に手を挟まれる	要Ⅱ	なし	なし	なし	滑り防止ワイヤ徹底,チャックの定期点検	作業前ミーティング	Cさん			
2	切削加工										
3	計測作業										
4	切削油・切削粉と静電気による火災・爆発（過去にボヤあり）	要Ⅰ	要Ⅳ	要Ⅳ	設備を接地	切削粉を1回／時間に除去.切削油のレベルを作業ごとに確認.	腕バンドにより接地	Dさん			

2.4 メーカとユーザの関係

2.4.1 リスクアセスメント実施の際の両者の視点

(1) メーカの視点から

ユーザのリスクアセスメントとメーカのリスクアセスメントは，目的は同じだが役割が異なる．**メーカは機械の専門家**であり，**設計段階の対策**に重点をおいて，リスクの評価と対策がすすめられる．機械の専門家として，機械の構造・制御システムなどについて，緻密なリスク分析と機械やシステムの健全性を分析・構築しなければならない．しかし，使用方法・設置環境・日常の維持管理などは，ユーザに依存せざるを得ない．

図 2.4-1 は，メーカとユーザのリスクアセスメントについての役割分担を示したものである．同図に示されているように，ユーザとメーカとが管理すべきリスクは，相互にせめぎあい，深く関係しているので，互いの所掌範囲を確認し合って，対策にもれのないよう努めることが重要である．

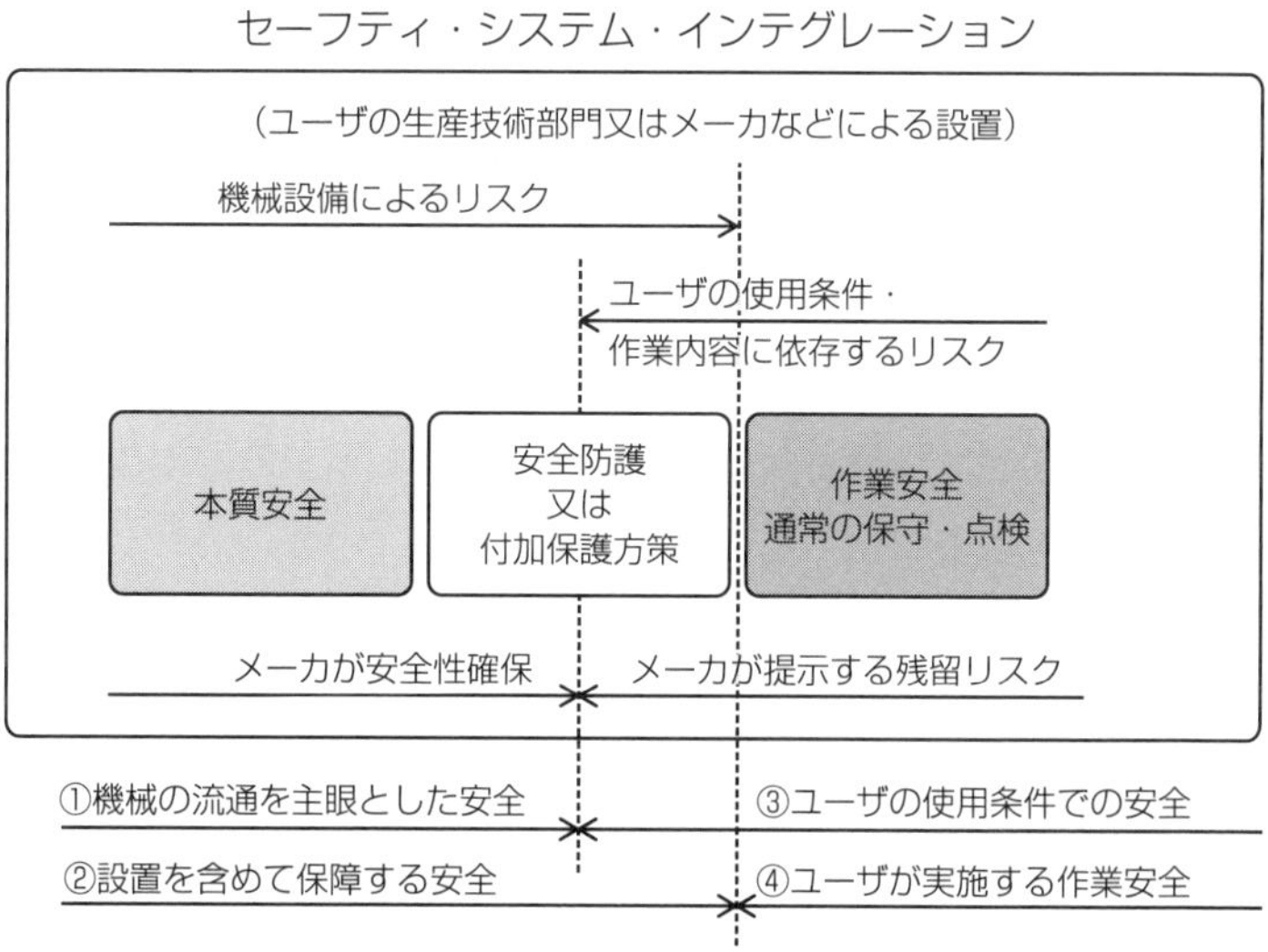

図 2.4-1 メーカとユーザのリスクアセスメントについての役割分担

リスクアセスメントのパラメータは，被害の重篤度，危険な状態が発生する頻度・継続時間，回避の可能性，危険事象発生の可能性の四つである．それぞれのパラメータの評価基準は，国際規格にもとづいたものが望ましい．

メーカは，設計段階で低減しきれなかったリスクを“残留リスク”としてユーザに情報提供する．日機連では，2010年に，メーカのためのリスクアセスメント方法を示した“機械工業界ガイドライン”（**本書巻末**に全文収録）を，関連する機械工業会と協議して定めた．機械工業界ガイドラインの活用方法としては，次のような場面を想定している．

- 各機械工業会において，それぞれが制定したガイドラインを見直す際の参考
- 機械メーカがリスクアセスメントを実施する際の参考
- 機械のユーザが発注する際にメーカに提示
- 機械を海外工場に輸出する場合の参考

メーカによるリスクアセスメントのポイント

メーカは，安全な機械を提供するためにリスクアセスメントを実施する．そのためには，次の五つを構築することが重要となる．

① 機械を安全にする知識

② 安全な設計をするための基準と仕組み

③ 残留リスクの情報提供と顧客でリスク低減するための支援体制

④ 事故・不具合が発見された場合の情報管理と情報公開の仕組み

⑤ ③及び④を顧客に伝える手段

(2) ユーザの視点から

ユーザは，**製造方法・工程の専門家**である．メーカから入手した残留リスクの情報を参考に，自社の基準にもとづいてリスクアセスメントを実施する．

ユーザのリスクアセスメントのパラメータは，重篤度と危害の発生要素（通常は危険な状態が発生する頻度・時間）の二つとする場合から，メーカと同様

に四つとする場合まで，種々ある．厚労省の“リスクアセスメントのすすめ方”等のパンフレットでは二つの場合が多い．各パラメータの評価基準については，各社独自に基準を作成するのが一般的である．

2.4.2 機械の発注から設置・運転開始までの流れ

機械メーカは，ユーザが提供した情報に基づいて，安全な機械を製造する．**図 2.4-2** に示すように，機械メーカは，機械の設計時にリスクアセスメントを実施し，モジュール・部品の供給者に対して残留リスク情報の提供・リスクアセスメントの実施を要請する．

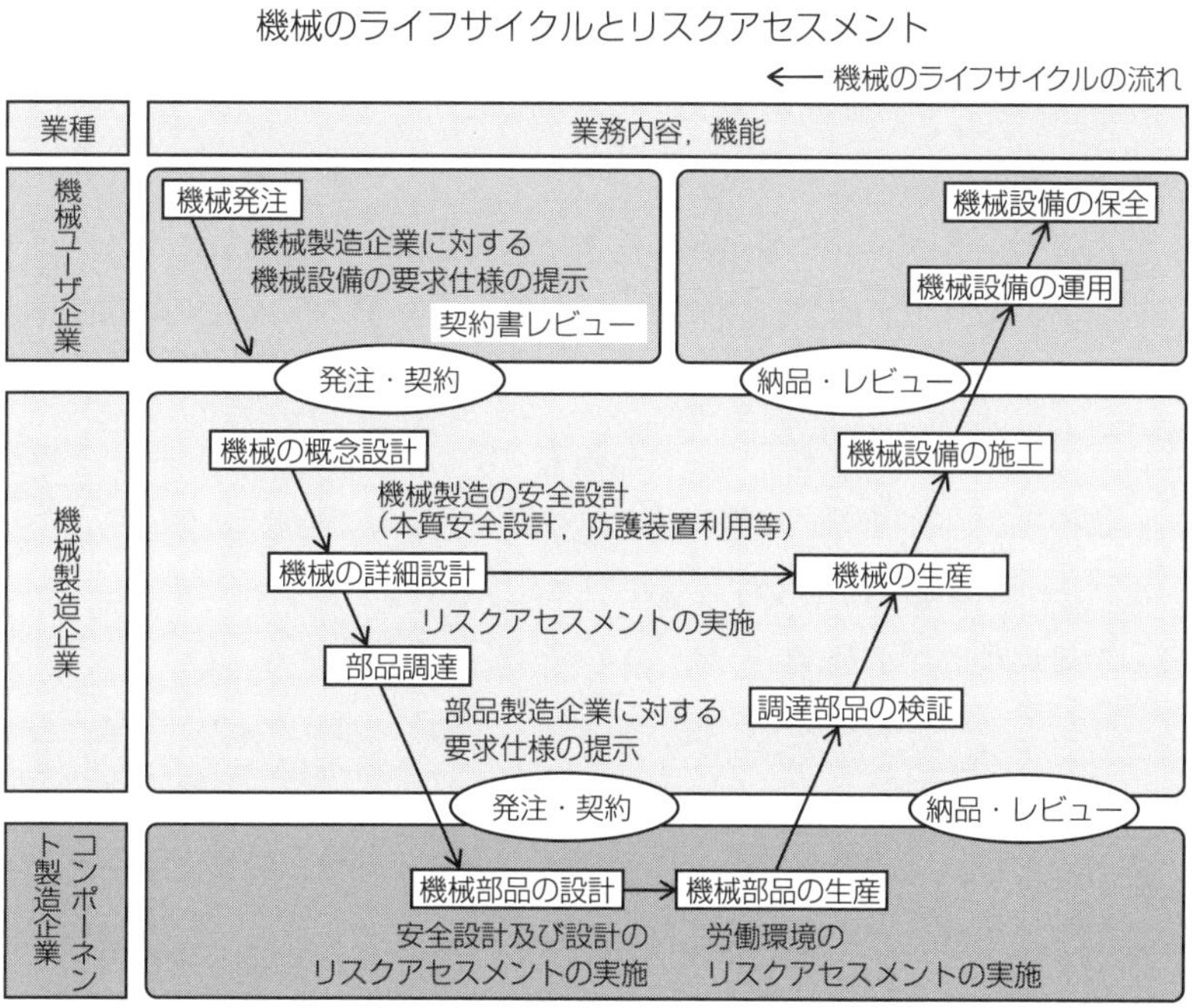

図 2.4-2 機械のライフサイクルと関連業種

出典）社団法人日本機械工業連合会（2008）：平成 19 年度 機械安全の実現のための促進方策に関する調査研究報告書 1―機械安全専門人材の活用及び育成方策に係る調査研究，付録 A，p.4，図 2，社団法人日本機械工業連合会
http://www.jmf.or.jp/japanese/houkokusho/kensaku/2008/19jigyo_01.html

(1) 発注段階での配慮

発注段階における情報共有の深さ・広さにより，後にコスト・期間に大きな影響が出ることがある．そこで，ユーザには，まずメーカへの発注仕様書に“機械包括安全指針に基づいて設計すること”を明記することを推奨する．既に次のような文章を仕様書に挿入し，実施している企業がある．

メーカへの発注仕様書の文例（一部）

労働安全衛生法の規定を踏まえ，『機械の包括的な安全基準に関する指針』に基づき，本質的安全設計方策を実施すること．また以下の安全対策を設備仕様に反映すること．

・(発注者の社内基準などを明記する)

機械メーカは，標準機械の設計をベースに個別対応をすることになる．したがって，まず，基本設計で想定した機能と作業者レベルを対象にリスクアセスメントを実施し，本質的安全設計方策や保護方策をとる．次に，危険源への対策と，想定した機能・作業のすべてに対してリスクアセスメントを実施する．なお，メーカが自社の技術者により実施する保全・修理などは，ユーザが用意できる技術者より作業者の技術レベル（技術情報，訓練，経験などによる）が高いことを想定するのが一般的である．

(2) 設置についての配慮

ユーザは，メーカの想定した機能をすべて使用する必要はないので，必要な作業についてのリスクアセスメントを実施すればよい．現実の設置環境・作業者の能力などは，発注段階より具体的に特定できるので，設置する部門（メーカの技術部門やユーザの生産技術など）は，メーカより提供された機械単体についての残留リスク情報を活用して，生産システム全体（設置場所の周辺；部品棚・柵などを含む）についてリスクアセスメントすることになる．また，機械安全に加えて，労働安全の視点からの検討も必要になる．

(3) 設置後の配慮

設置後で最も重要なのは，運用・保全（定期点検／交換の時期を含む）と関連する組織やルールである．特に個々の作業のリスク回避に必要な作業指示書及び作業者の資格・能力・訓練・監督者などの条件の設定と管理方法を，明確にしておく必要がある．

2.4.3　セーフティ・システム・インテグレーション

生産システムを構築する場合，種々の機械類を組み合わせることになる．システムのリスクアセスメントは，ライフサイクルにわたるタスク（作業）のリストアップからはじめる．その前提条件は，次の二つである．

① 安全な機械が導入される．

② ユーザとメーカ間に，双方向のリスク・コミュニケーションができる体制がある．

注）エンジニアリング部門が構築する場合：技術調達，仕組みづくり，維持管理サービスが付加価値となる．

機械の安全な起動及び停止についての考え方を，国際規格を参考にして，次に示す．

機械の安全状態について

（起動・再起動と停止）

“機械の起動・再起動”は，安全を確認できた場合のみ可能であること．また，“機械の停止”は，停止することにより安全状態になること．

① 機械の停止

ISO 12100で対象としている機械類は，“フェールセーフ”（異常があれば停止することにより安全状態になる）を前提としている．

“機械の停止”には，制御の結果として停止する場合と，非常停止スイッチで電源を遮断することにより機械を停止する場合の二通りがあり，ともに安全状態となること．

ロボットの場合には，停止してもつかんでいるワークが落ちないような設計をする．大きなワークを搬送する機械の場合，急停止すると危険であれば，“安全に停止する”ための制御を組み込む必要がある．さらに，フェールセーフの構築には，電子制御システムに異常が発生しても安全に停止する物理的手段が要求される．

② システム・ラインの停止

“システム・ラインの停止”に関しては，停止する範囲・停止する順序及び再起動時の起動前チェック・起動順序などが，機械安全の視点から検討されなければならない．ISO 11161（統合生産システムの基本的要求事項を示した規格）では，安全の対策を施した複数の機械を統合しシステムを構築する場合に必要な安全の確保の仕方，つまりリスクアセスメントの手法について，定義している．

③ プロセスの停止等

IEC 61508（電気・電子・プログラマブル電子安全関連系の機能安全を扱う規格群）は，“プロセス”（特に，機械を停止しても安全が確保できるとは限らないプロセス）を対象とした制御・機能安全を意識した規格である．例えば，ビールの醸造工程（機械を停めても発酵は継続する），溶鉱炉（火を落とす≒機械の廃棄）などが対象である．

なお，飛行機の場合は，停止すること自体が危険なので“フォールト・トレラント（異常が発生しても安全確保のために継続運転できる可能性）システム”の信頼性の向上を最重要項目としている．異常があれば起動（離陸）しないというのは，他の機械類と同じである．

2.4.3.1　統合生産システムの安全について

本項以降では，前項でとりあげたISO 11161を参考に，統合生産システムのリスクアセスメントについて解説する．ISO 11161では，安全の対策を施した複数の機械を統合して一つのシステムを構築する場合に必要な安全の確保の仕方，つまりリスクアセスメント，の手法を定義している．

このようにシステム全体についてリスクアセスメントを行うことを“**セーフティ・システム・インテグレーション**”と名付ける．通常，セーフティ・システム・インテグレーションは，メーカのエンジニアリング部門／設置部隊，又は，ユーザのエンジニアリング調達を実施している部門（生産技術や関連のエンジニアリング会社）が担う．インテグレータは，機械メーカに対してユーザの視点で調達交渉をするが，ユーザに対しては生産システムの供給者＝メーカの視点で責任を担う．システムとしてのリスクアセスメントは，全体を俯瞰《ふかん》しているインテグレータしか実施できない．また，多くの場合，インテグレータは，システムの維持・保守管理も担う．

ユーザとメーカの間をつなぐ機能として，セーフティ・インテグレーション（システム全体の安全に関しての検討）と，システム・インテレーション（システム全体の連携に関しての検討）がある．機械に対する知識はメーカにあり，プロセス・作業についての経験はユーザにある．この両者の強みをつないでバランスをとるためにリスクに対する**情報の共有化**をはかるのが，重要な機能の一つである．これがいわゆる“**リスク・コミュニケーション**”である．統合生産システムの基本的要求事項を示したISO 11161では，統合生産システムにおけるリスク・コミュニケーションについて，**表2.4-1**のように定義している．

表 2.4-1　インテグレータ・ユーザ・メーカの間の情報の流れ

安全の組み込みに関わるタスク	情報の流れ	情報の大分類	情報の分類
システムの機能	U→I→S	システムの性能	稼働率（稼働性能）
			保守性
システムの限界と制約条件	U→I→S	システムの制約	バッチの変更，シフトの数
			生産品の仕様
			作業者の KH（ノウハウ）と資格
			環境
			設置予定の場所と床面の状態
			生産のための組織
	S→I	サブシステム（システムを構成する機械類など）の技術情報	性能
			インタフェース
			ノイズのレベル／振動
			廃棄物（ごみ，切り屑など）
			エミッション（放射）
危険源の特定	S→I I→S U→I	システムの構成にかかわる危険源	—
リスクアセスメント	S→I→U	システム構成に関連付けたリスク	残留リスク

I＝インテグレータ，S＝サプライヤ／メーカ（機械・システムの供給者），U＝ユーザ

出典）ISO 11161:2007 附属書 B　表 B（筆者仮訳）

システムにおけるリスクアセスメントは，機械と機械の間の連携（ワークの受け渡し），手動運転（ティーチング，段取りがえなど），立ち上げ・保守・故障診断作業などのタスクをリストアップし，それぞれの①タスクにおける停止・起動・再起動と運転モード（手動運転・自動運転など）を定義し，②制御範囲を決定し，③危険な状態を特定して，リスクを見積もることになる．

2.4.3.2　タスクゾーン（task zone）と制御範囲（span of control）

ISO 11161で事例となっているロボットが関連したシステムについて考えてみる．**図2.4-3**にロボットが関連したシステムの例を示す．

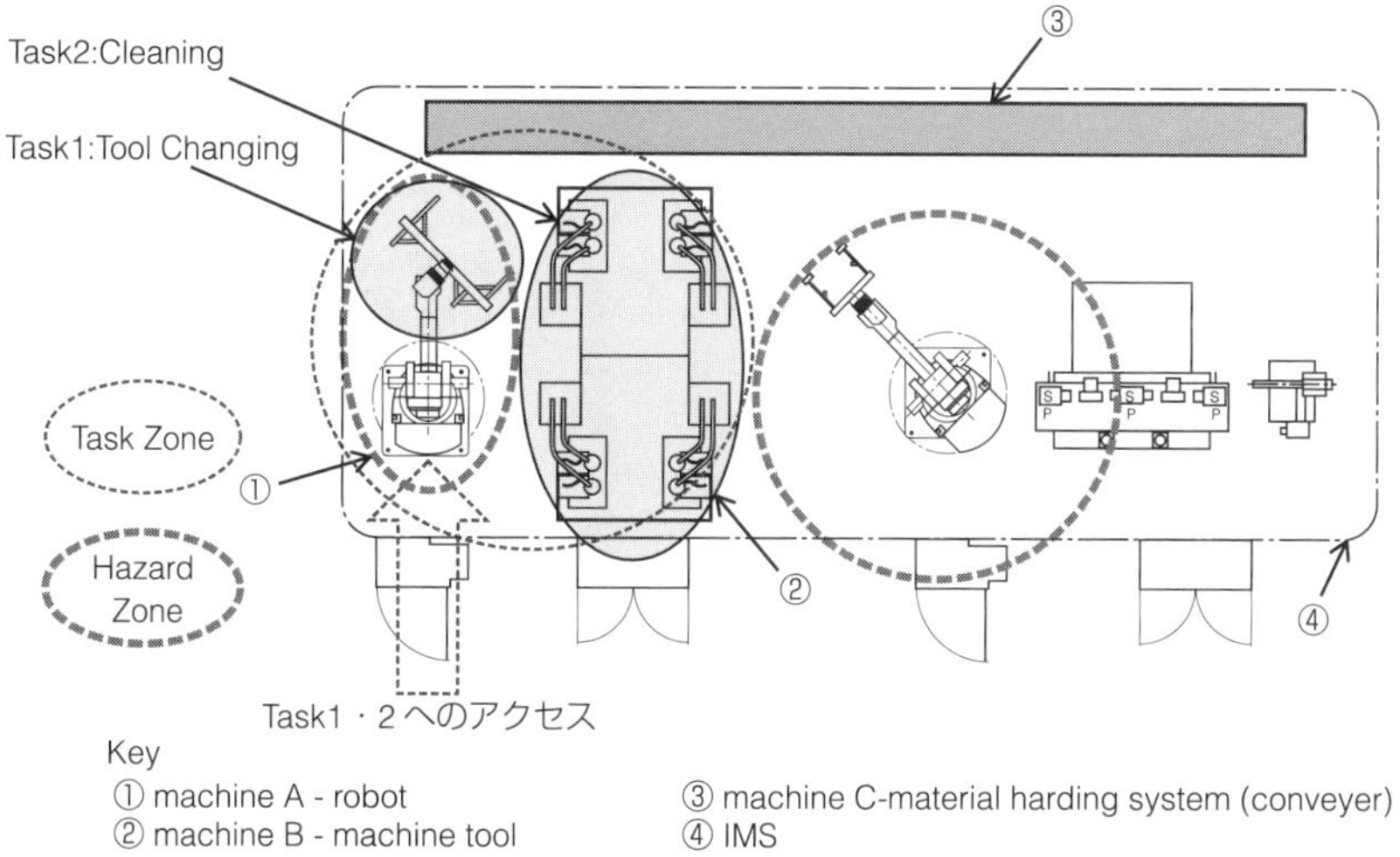

図2.4-3　ロボットが関連したシステムの例

出典）ISO 11161:2007 附属書C　図C.2を一部改編

作業1（Task1：Tool Changing）を実施する場合に関係する機械の組み合わせをタスクゾーン1とする．ハザードはロボット（machine A）である．関係する機械は，①（machine A-robot）と②（machine B-machine tool）の二つである．全体は，柵で囲われて隔離されているので，通常作業では柵の内部にはだれも存在しない．

この事例で作業者が介在するのは，ロボットがつかむワークをセットするときである．そこで，**図2.4-4**に示すように作業者の場所を特定する．この作業者と作業領域（Task Zone）を特定し，リスクアセスメントを実施する．

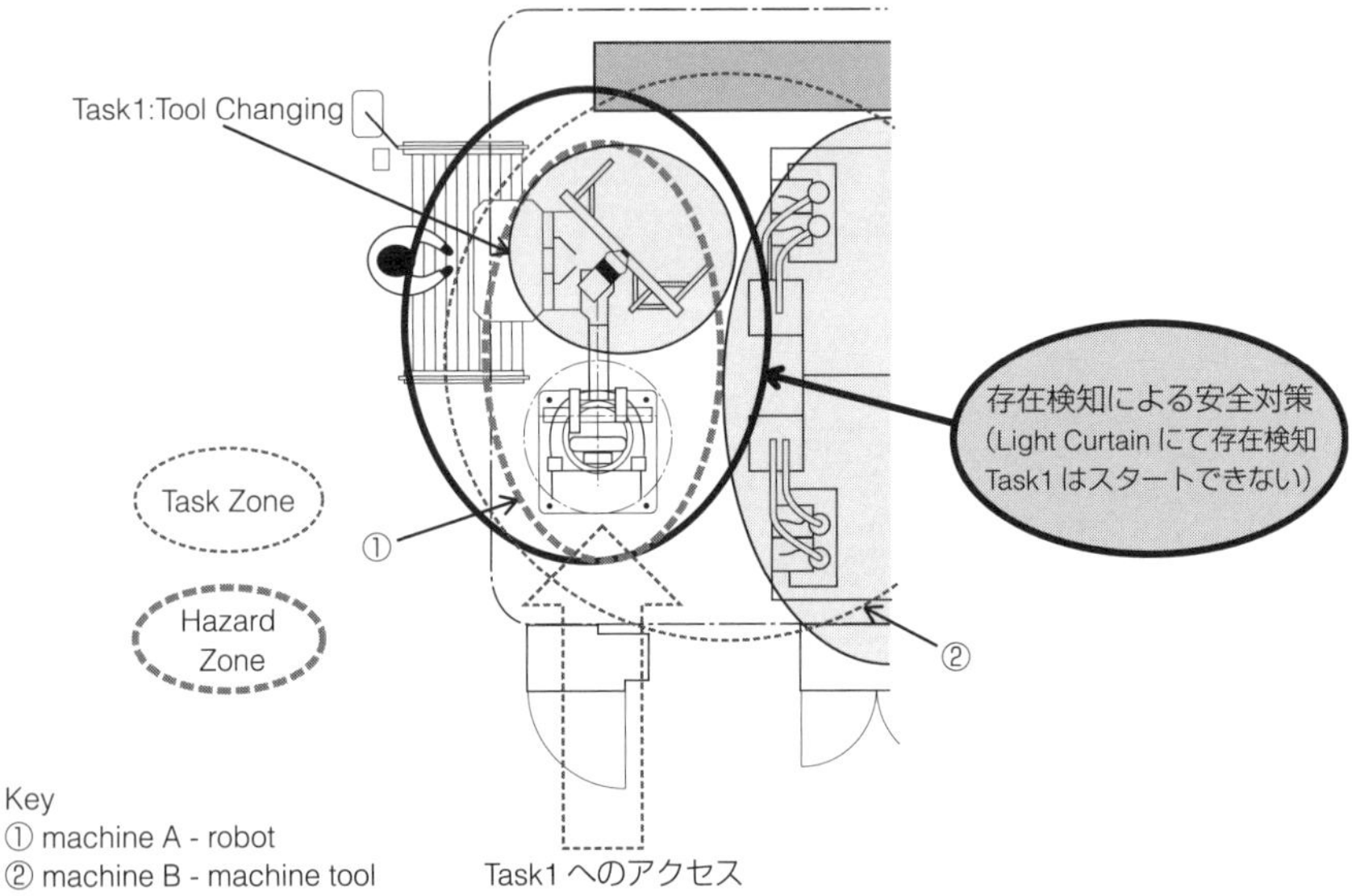

図 2.4-4　ワークをセットする作業者と危険状態

出典）ISO 11161:2007 附属書 C　図 C.3 を一部改編

各作業ごとに運転してもよい機械（又は作業者が危険になった場合に停止すべき機械）は，付帯設備も含めてどれだけあるかを定義するのが，“**制御範囲**(**span of control**)”である．この制御範囲は，作業＝タスクによって変化する．

柵の内側に入って実施する非定常作業（ティーチング・診断／修理・段取りがえ作業など）について考えてみる．例えば，ティーチングの場合とワークをセットする場合のいずれも同じ機械を使用するが，ティーチング作業では，自動運転は全面禁止，手動運転はロボットのインチングのみで，熟練者（トレーニングを受けて**スキル**があり，ティーチングをしてよいという**資格／権限**を有している作業者）のみが関与でき，監督者又は監視者が存在するなどの条件を設定する．これらの条件のうち機械・設備の運転及び停止の順序／形態と範囲をタスクごとに決めるのが“制御範囲”ということになる．

システムのリスクアセスメント実施表の例を**表 2.4-2** に示す．

表2.4-2　システムのリスクアセスメント実施表（記入例）

ライフサイクル	タスク	危険区域	制御範囲 システム内の機械					危険な状態	危険事象
			A	B	C	D	E		
通常作業	ワークをセット	搬入口	○	○				ロボットが作業者・ワークにあたる	打撲又は飛来による死亡事故

出典）ISO 11161 統合生産システムの WG/TC199（内部資料）より

機械と機械の連携（相互監視）をとるために，セーフティネットワーク[1]の活用は有効である．作業の種類により制御範囲が異なる場合は，パラメータの管理のみで実現できる可能性が高い．制御安全に関係するネットワークには，セーフティネットワークの採用が必須である．情報の取り違えは事故につながるからである．制御範囲に限定した使用を推奨する．

メーカ・ユーザ・インテグレータのリスクアセスメント

① **メーカ**によるリスクアセスメントは，

- 標準の作業者を想定して
- 機械自体の危険源を把握することからスタートし，
- リスクを除去・低減する本質的安全設計方策を実施し，
- 作業ごとの危険事象における危険源とのかかわりを回避する保護方策を実施することでリスクの低減をはかる．
- 構造上又は経済性などの理由で低減できなかったリスクを残留リスクとしてユーザに情報提供する．
- 一部の機械は，検定が義務付けられている（“機械等検定規則[2]”）

[1] 例えば，ASIsafe，PROFIsafe，DeviceNet Safety System など．

[2] 厚生労働省令，“機械等検定規則”
http://www.jaish.gr.jp/anzen/hor/hombun/hor1-2/hor1-2-52-m-0.htm

② **ユーザ**によるリスクアセスメントは，
- メーカから提供された残留リスクの情報を参考に，
- 機械を使用する作業場の平均的作業者を想定して，
- 作業ごとに危険な状態を把握し，
- 作業者を危険領域から柵で隔離する，
  又は保護装置により危険な状態から時間的に隔離する．
- 同時に作業指示書により“安全な行動”を明示，
- 警告表示により作業者が安全状態を確認できるようにし，
- 作業者の能力・資格・責任・権限を定義する．
- 必要な場合はメーカによるトレーニングを実施する．

③ **システムインテグレータ**（エンジニアリング会社／部門又はユーザの生産技術・メーカの設置技術部門）によるリスクアセスメントは，
- 機械のユーザからの使用条件を入手し，
- メーカによるリスクアセスメント実施を確認し，残留リスク情報を入手，
- 統合生産システムとしてタスクを想定し，
- システムとしての危険な状態を把握し，作業ごとの制御範囲を特定する，
- システムとしての対策（必要ならばメーカに改造を要請）を実施し，
- ユーザにシステムとしての残留リスクと維持管理のための保守条件・作業者の要件を情報として提供する．
- 主業務はユーザとメーカのリスク・コミュニケーションである．
- エンジニアリングの場合には，技術調達，仕組みづくり，維持管理サービスが付加価値である．

2.4.4 支援体制

前項まで説明してきたように，ユーザにおけるリスクアセスメントとメーカにおけるリスクアセスメントは異なる．したがって，支援体制も，それぞれに関連した機関を活用するのがよい．

(1) 機械ユーザへの支援

① 中央労働災害防止協会

http://www.jisha.or.jp/

リスクアセスメント研修会は，中災防によるもの（機械包括指針に基づくリスクアセスメント研修会及び作業場向けのリスクアセスメント研修会）が各地域で実施されている．同協会は，出張研修会やコンサルタントによる指導も実施している．

② 社団法人日本労働安全衛生コンサルタント会

http://www.jashcon.or.jp/

各都道府県に支部があり，安全衛生の経験者でかつ国家資格保有者が，コンサルティング（リスクアセスメントの教育・診断・仕組みづくり・マネジメントシステムの構築支援・実務指導など）を実施している．

③ 社団法人日本保安用品協会

http://www.jsaa.or.jp/index.html

保護具についての研究などを実施し，情報を公開している．

(2) 機械メーカへの支援

① 検査機関

TÜV Rheinland，TÜV sud，UL などの海外機関の日本支部により，コンサルティングが行われている．

② 日本電気制御機器工業会

http://www.neca.or.jp/

制御機器メーカによるサポートが活用できる．

これらのほか，各機械工業会による特定機械固有のリスクについての研究会等に参加するのも有意義である．

欧米では保険会社が労働安全構築を支援しているようだが，我が国の保険会社は国内での支援を実施していない．ただし，海外工場（特に欧州と米国）におけるサポートは期待できる．

(3) 機械ユーザに対する監視体制

我が国では，労働基準監督署が，労災が発生した事業所に立ち入りし，原因・調査・指導を実施する．その結果は，労災保険のメリット性に反映している（通常の60％～140％の範囲で増減させる）．

このフォローアップについては，厚生労働省の事業として，毎年，社団法人日本労働安全衛生コンサルタント会が診断・指導を実施しているが，十分ではない．

欧米では，保険会社（保険料率の決定，支払いの縮小のため），行政による監査（労災減少のため）がある．

リスクアセスメントの実施内容についての表彰制度を設けている国もある．

2.5 ウェブサイトの紹介

リスクアセスメントに関する情報（各種マニュアル，事故情報，事例）は，メーカ・ユーザにより広く共有されることが必要である．

これまでにも言及してきた厚労省等による各種マニュアル・マトリックス，関連資料等が掲載されたウェブサイトなど，主要なサイトについて，以下に参考のため紹介する．なお，いずれも本書編集時点の情報であることをご了承いただきたい．

① 厚生労働省　労働基準情報　リスクアセスメント等関連資料・教材一覧

http://www.mhlw.go.jp/bunya/roudoukijun/anzeneisei14/index.html

このページには，各種指針のPDFのほか，さまざまな分野，作業ごとの，リスクアセスメントマニュアル，“リスクアセスメントの進め方”，リスクアセスメント事例（データ集）等が紹介されている．

② 安全衛生情報センター

http://www.jaish.gr.jp/

中災防が厚労省より委託運用している安全衛生情報センターのウェブサイトである（**図2.5-1**）．安全衛生に関する各種法律・労災のデータベースなどが公開されている．

③ 中央労働災害防止協会

http://www.jisha.or.jp/

中災防のウェブサイト（**図2.5-2**）における情報提供は，労働安全衛生マネジメントシステムの普及に重点をおいている．専門知識は，研修会というかたちで提供されている．

海外事情・国際協力のページでは，主要国の関係機関のURLを紹介している．

リスクアセスメントについては，中災防のサイトの一部が，労働安全衛生マネジメントシステムを中心においたリスクアセスメントのサイトになっている．

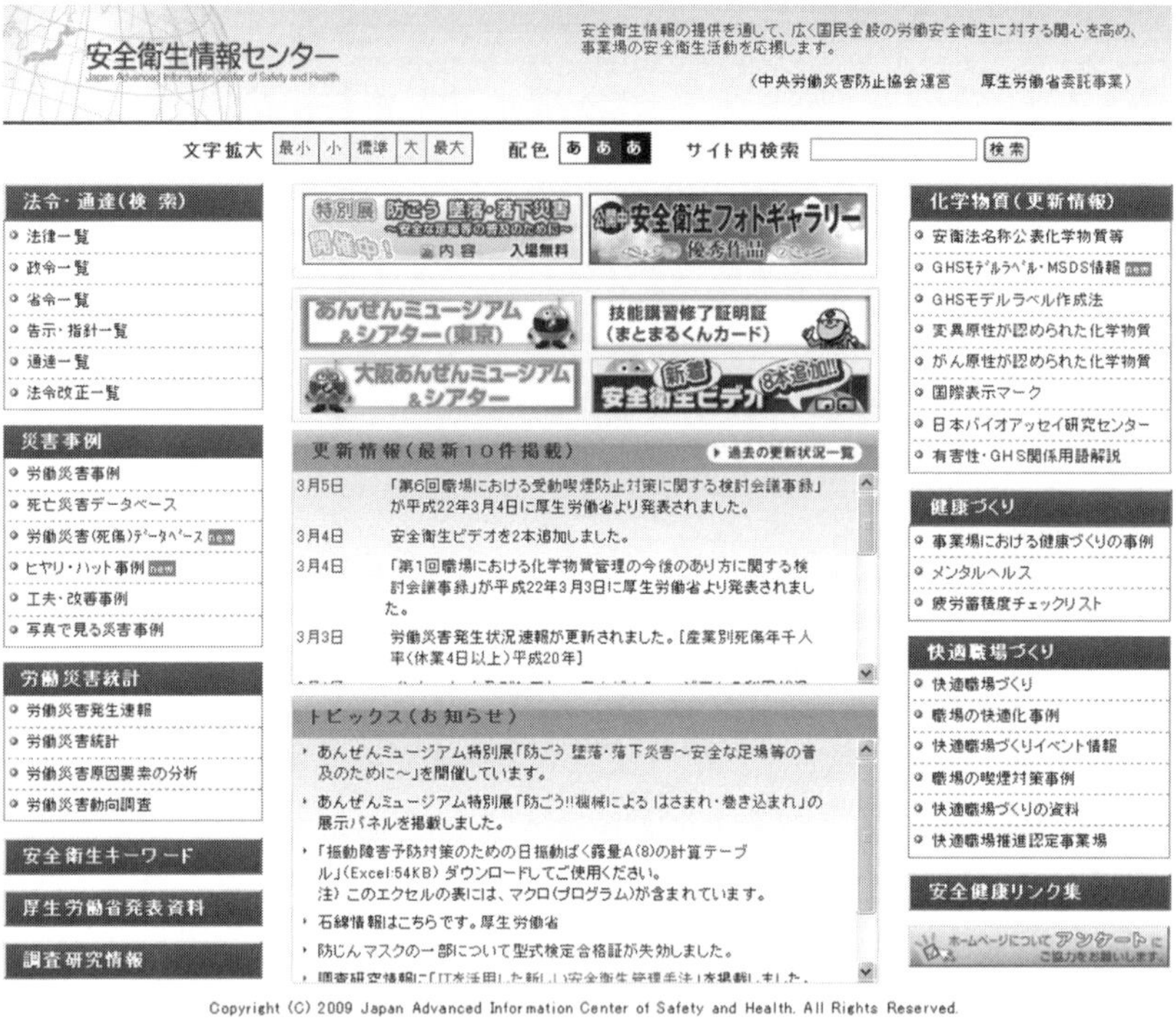

図 2.5-1　安全衛生情報センターのウェブサイトのイメージ

④ 各都道府県の労働局ウェブサイト

・東京労働局

http://www.roudoukyoku.go.jp/roudou/eisei/index.html

・東京以外の各地域

（アドレス省略）

東京以外の各地域でも，厚生労働省の災害防止計画にあわせて地域版の災害防止計画を作成し，推進している．

⑤ 独立行政法人労働安全衛生総合研究所

http://www.jniosh.go.jp/publication/index.html

図 2.5-2　中災防のウェブサイトのイメージ

各種の資料や技術指針等を公表している．また，それらは，社団法人産業安全技術協会（http://www.ankyo.or.jp/books/）にて購入できる．

⑥ 業界団体のウェブサイト

・建設業労働災害防止協会

http://www.kensaibou.or.jp/index.html

・陸上貨物運送事業労働災害防止協会

http://www.rikusai.or.jp/

・林業・木材製造業労働災害防止協会

http://www.rinsaibou.or.jp/

・鉱業労働災害防止協会

http://www.kosaibo.or.jp/

・港湾貨物運送事業労働災害防止協会

http://www.kouwansaibou.or.jp/

・社団法人日本機械工業連合会

http://www.jmf.or.jp/japanese/index.html

日機連のウェブサイトには，機械安全に関する調査・研究報告書，講演会などの情報が掲載されている．

“機械工業界用ガイドライン”も電子的に閲覧可能で，同ガイドラインの各種フォーマット（Excel）もダウンロード可能．

⑦ 環境基準に関するウェブサイト

環境については，環境庁と自治体が種々の規制を行っている．国・都道府県・市町村の3重規制（地域特有の環境破壊があるので当然の結果ではあるが複雑）となっているので注意が必要である．

・環境省　環境統計・調査結果等　環境基準

http://www.env.go.jp/kijun/

騒音・大気汚染・水質汚染・土壌汚染・ダイオキシンなどの環境基準についての情報が掲載されている．

⑧ 各都道府県の環境規制

環境局又は環境保全課という名称の部門であることが多い．

・東京都環境局

http://www2.kankyo.metro.tokyo.jp/soumu/jyourei_2000/index.htm

環境確保条例の一覧表が掲載されている．

・大阪府　環境管理室環境保全課

http://www.pref.osaka.jp/kankyohozen/

・大阪市環境局

http://www.city.osaka.lg.jp/kankyo/index.html

⑨ リスクアセスメント関連データベース

・安全衛生情報センター

http://www.jaish.gr.jp/

我が国では，前述の安全衛生情報センターが，届け出のあった労災事故のほとんどの概要を，労働災害データベースとして同センターのウェブサイト上で公開している．

死亡災害のすべてと，代表的な傷害事故について，簡単な紹介が公開されている．

⑩ EUのリスクアセスメント情報

http://osha.europa.eu/de/topics/riskassessment/index_html&rurl=translate.google.co.jp&anno=2&usg=ALkJrhgJ_qD8sbL3blBnKMIHnd4s5VyS2A

OHSHA欧州のウェブサイトやオランダ・ベルギーへのアクセスがまとめて紹介されている．

⑪ ドイツのリスクアセスメントポータルサイト

http://www.gefaehrdungsbeurteilung.de/de/einstieg

2.6　法令等の紹介

本項では，各種指針等におけるリスクの分類や，法令等による業務上の疾病や障害等級を紹介する．

2.6.1 “機械包括安全指針”における危険性又は有害性の分類

機械を設計するうえでの安全に関する基準を示す“機械包括安全指針”における危険性又は有害性の分類を，次に示す．

機械の包括的な安全基準に関する指針

別表第1　機械の危険性又は有害性

1　機械的な危険性又は有害性
2　電気的な危険性又は有害性
3　熱的な危険性又は有害性
4　騒音による危険性又は有害性
5　振動による危険性又は有害性
6　放射による危険性又は有害性
7　材料及び物質による危険性又は有害性
8　機械の設計時における人間工学原則の無視による危険性又は有害性
9　滑り，つまずき及び墜落の危険性又は有害性
10　危険性又は有害性の組合せ
11　機械が使用される環境に関連する危険性又は有害性

2.6.2 “リスクアセスメント指針”における危険性又は有害性の分類

ユーザにリスクアセスメントを努力義務化する“リスクアセスメント指針”における危険性又は有害性の分類を，次に示す．

同指針は機械に限定したものではないので“危険性”と“有害性”の二つの

視点に言及している.

危険性又は有害性等の調査等に関する指針

別添 3　危険性又は有害性の分類例

1. 危険性

(1) 機械等による危険性

(2) 爆発性の物，発火性の物，引火性の物，腐食性の物等による危険性

“引火性の物”には，可燃性のガス，粉じん等が含まれ，“等”には，酸化性の物，硫酸等が含まれること.

(3) 電気，熱その他のエネルギーによる危険性

“その他のエネルギー”には，アーク等の光のエネルギー等が含まれること.

(4) 作業方法から生ずる危険性

“作業”には，掘削の業務における作業，採石の業務における作業，荷役の業務における作業，伐木の業務における作業，鉄骨の組立ての作業等が含まれること.

(5) 作業場所に係る危険性

“場所”には，墜落するおそれのある場所，土砂等が崩壊するおそれのある場所，足を滑らすおそれのある場所，つまずくおそれのある場所，採光や照明の影響による危険性のある場所，物体の落下するおそれのある場所等が含まれること.

(6) 作業行動等から生ずる危険性

(7) その他の危険性

“その他の危険性”には，他人の暴力，もらい事故による交通事故等の労働者以外の者の影響による危険性が含まれること.

2. 有害性

(1) 原材料，ガス，蒸気，粉じん等による有害性

“等”には，酸素欠乏空気，病原体，排気，排液，残さい物が含

まれること.

(2) 放射線，高温，低温，超音波，騒音，振動，異常気圧等による有害性

"等"には，赤外線，紫外線，レーザー光等の有害光線が含まれること.

(3) 作業行動等から生ずる有害性

"作業行動等"には，計器監視，精密工作，重量物取扱い等の重筋作業，作業姿勢，作業態様によって発生する腰痛，頸肩腕症候群等が含まれること.

(4) その他の有害性

2.6.3 業務上の疾病

業務上の疾病の種類については，労働基準法第七十五条及び同施行規則第三十五条，別表第一の二に示されている.

労働基準法

第七十五条 労働者が業務上負傷し，又は疾病にかかつた場合においては，使用者は，その費用で必要な療養を行い，又は必要な療養の費用を負担しなければならない.

2 前項に規定する業務上の疾病及び療養の範囲は，厚生労働省令で定める.

労働基準法施行規則

第三十五条 法第七十五条第二項の規定による業務上の疾病は，別表第一の二に掲げる疾病とする.

別表第一の二（第三十五条関係）

一 業務上の負傷に起因する疾病

二 物理的因子による次に掲げる疾病

1　紫外線にさらされる業務による前眼部疾患又は皮膚疾患

2　赤外線にさらされる業務による網膜火傷，白内障等の眼疾患又は皮膚疾患

3　レーザー光線にさらされる業務による網膜火傷等の眼疾患又は皮膚疾患

4　マイクロ波にさらされる業務による白内障等の眼疾患

5　電離放射線にさらされる業務による急性放射線症，皮膚潰瘍等の放射線皮膚障害，白内障等の放射線眼疾患，放射線肺炎，再生不良性貧血等の造血器障害，骨壊死その他の放射線障害

6　高圧室内作業又は潜水作業に係る業務による潜函病又は潜水病

7　気圧の低い場所における業務による高山病又は航空減圧症

8　暑熱な場所における業務による熱中症

9　高熱物体を取り扱う業務による熱傷

10　寒冷な場所における業務又は低温物体を取り扱う業務による凍傷

11　著しい騒音を発する場所における業務による難聴等の耳の疾患

12　超音波にさらされる業務による手指等の組織壊死

13　1から12までに掲げるもののほか，これらの疾病に付随する疾病その他物理的因子にさらされる業務に起因することの明らかな疾病

三　身体に過度の負担のかかる作業態様に起因する次に掲げる疾病

1　重激な業務による筋肉，腱，骨若しくは関節の疾患又は内臓脱

2　重量物を取り扱う業務，腰部に過度の負担を与える不自然な作業姿勢により行う業務その他腰部に過度の負担のかかる業務による腰痛

3　さく岩機，鋲打ち機，チェーンソー等の機械器具の使用により身体に振動を与える業務による手指，前腕等の末梢循環障害，末梢神経障害又は運動器障害

4　電子計算機への入力を反復して行う業務その他上肢に過度の負担のかかる業務による後頭部，頸部，肩甲帯，上腕，前腕又は手指の運動器障害

第2章

5　1から4までに掲げるもののほか，これらの疾病に付随する疾病その他身体に過度の負担のかかる作業態様の業務に起因することの明らかな疾病

四　化学物質等による次に掲げる疾病

1　厚生労働大臣の指定する単体たる化学物質及び化合物（合金を含む.）にさらされる業務による疾病であつて，厚生労働大臣が定めるもの

2　弗素樹脂，塩化ビニル樹脂，アクリル樹脂等の合成樹脂の熱分解生成物にさらされる業務による眼粘膜の炎症又は気道粘膜の炎症等の呼吸器疾患

3　すす，鉱物油，うるし，タール，セメント，アミン系の樹脂硬化剤等にさらされる業務による皮膚疾患

4　蛋白分解酵素にさらされる業務による皮膚炎，結膜炎又は鼻炎，気管支喘息等の呼吸器疾患

5　木材の粉じん，獣毛のじんあい等を飛散する場所における業務又は抗生物質等にさらされる業務によるアレルギー性の鼻炎，気管支喘息等の呼吸器疾患

6　落綿等の粉じんを飛散する場所における業務による呼吸器疾患

7　石綿にさらされる業務による良性石綿胸水又はびまん性胸膜肥厚

8　空気中の酸素濃度の低い場所における業務による酸素欠乏症

9　1から8までに掲げるもののほか，これらの疾病に付随する疾病その他化学物質等にさらされる業務に起因することの明らかな疾病

五　粉じんを飛散する場所における業務によるじん肺症又はじん肺法（昭和三十五年法律第三十号）に規定するじん肺と合併したじん肺法施行規則（昭和三十五年労働省令第六号）第一条各号に掲げる疾病

六　細菌，ウイルス等の病原体による次に掲げる疾病

1　患者の診療若しくは看護の業務，介護の業務又は研究その他の目的で病原体を取り扱う業務による伝染性疾患

2　動物若しくはその死体，獣毛，革その他動物性の物又はぼろ等の古物を取り扱う業務によるブルセラ症，炭疽病等の伝染性疾患

3　湿潤地における業務によるワイル病等のレプトスピラ症

4　屋外における業務による恙虫病

5　1から4までに掲げるもののほか，これらの疾病に付随する疾病その他細菌，ウイルス等の病原体にさらされる業務に起因することの明らかな疾病

七　がん原性物質若しくはがん原性因子又はがん原性工程における業務による次に掲げる疾病

1　ベンジジンにさらされる業務による尿路系腫瘍

2　ベーターナフチルアミンにさらされる業務による尿路系腫瘍

3　四—アミノジフェニルにさらされる業務による尿路系腫瘍

4　四—ニトロジフェニルにさらされる業務による尿路系腫瘍

5　ビス（クロロメチル）エーテルにさらされる業務による肺がん

6　ベンゾトリクロライドにさらされる業務による肺がん

7　石綿にさらされる業務による肺がん又は中皮腫

8　ベンゼンにさらされる業務による白血病

9　塩化ビニルにさらされる業務による肝血管肉腫又は肝細胞がん

10　電離放射線にさらされる業務による白血病，肺がん，皮膚がん，骨肉腫，甲状腺がん，多発性骨髄腫又は非ホジキンリンパ腫

11　オーラミンを製造する工程における業務による尿路系腫瘍

12　マゼンタを製造する工程における業務による尿路系腫瘍

13　コークス又は発生炉ガスを製造する工程における業務による肺がん

14　クロム酸塩又は重クロム酸塩を製造する工程における業務による肺がん又は上気道のがん

15　ニッケルの製錬又は精錬を行う工程における業務による肺がん又は上気道のがん

16　砒素を含有する鉱石を原料として金属の製錬若しくは精錬を行う工

程又は無機砒素化合物を製造する工程における業務による肺がん又は皮膚がん

17　すす，鉱物油，タール，ピッチ，アスファルト又はパラフィンにさらされる業務による皮膚がん

18　1から17までに掲げるもののほか，これらの疾病に付随する疾病その他がん原性物質若しくはがん原性因子にさらされる業務又はがん原性工程における業務に起因することの明らかな疾病

八　長期間にわたる長時間の業務その他血管病変等を著しく増悪させる業務による脳出血，くも膜下出血，脳梗塞，高血圧性脳症，心筋梗塞，狭心症，心停止（心臓性突然死を含む.）若しくは解離性大動脈瘤又はこれらの疾病に付随する疾病

九　人の生命にかかわる事故への遭遇その他心理的に過度の負担を与える事象を伴う業務による精神及び行動の障害又はこれに付随する疾病

十　前各号に掲げるもののほか，厚生労働大臣の指定する疾病

十一　その他業務に起因することの明らかな疾病

2.6.4 障害等級表

厚生労働省の定める“労働者災害補償保険法施行規則”の別表第一“障害等級表”を**表2.6-1**に示す.

表2.6-1　労働者災害補償保険法施行規則　別表第一　障害等級表

（平成18年4月1日施行）

障害等級	給付の内容	身体障害
第一級	当該障害の存する期間一年につき給付基礎日額の三一三日分	一　両眼が失明したもの 二　そしやく及び言語の機能を廃したもの 三　神経系統の機能又は精神に著しい障害を残し，常に介護を要するもの 四　胸腹部臓器の機能に著しい障害を残し，常に介護を要するもの

表 2.6-1（続き）

障害等級	給付の内容	身体障害
		五　削除 六　両上肢をひじ関節以上で失つたもの 七　両上肢の用を全廃したもの 八　両下肢をひざ関節以上で失つたもの 九　両下肢の用を全廃したもの
第二級	同二七七日分	一　一眼が失明し，他眼の視力が〇・〇二以下になつたもの 二　両眼の視力が〇・〇二以下になつたもの 二の二　神経系統の機能又は精神に著しい障害を残し，随時介護を要するもの 二の三　胸腹部臓器の機能に著しい障害を残し，随時介護を要するもの 三　両上肢を手関節以上で失つたもの 四　両下肢を足関節以上で失つたもの
第三級	同二四五日分	一　一眼が失明し，他眼の視力が〇・〇六以下になつたもの 二　そしやく又は言語の機能を廃したもの 三　神経系統の機能又は精神に著しい障害を残し，終身労務に服することができないもの 四　胸腹部臓器の機能に著しい障害を残し，終身労務に服することができないもの 五　両手の手指の全部を失つたもの
第四級	同二一三日分	一　両眼の視力が〇・〇六以下になつたもの 二　そしやく及び言語の機能に著しい障害を残すもの 三　両耳の聴力を全く失つたもの 四　一上肢をひじ関節以上で失つたもの 五　一下肢をひざ関節以上で失つたもの 六　両手の手指の全部の用を廃したもの 七　両足をリスフラン関節以上で失つたもの
第五級	同一八四日分	一　一眼が失明し，他眼の視力が〇・一以下になつたもの 一の二　神経系統の機能又は精神に著しい障害を残し，特に軽易な労務以外の労務に服することができないもの 一の三　胸腹部臓器の機能に著しい障害を残し，特に軽易な労務以外の労務に服することができないもの 二　一上肢を手関節以上で失つたもの 三　一下肢を足関節以上で失つたもの 四　一上肢の用を全廃したもの 五　一下肢の用を全廃したもの 六　両足の足指の全部を失つたもの

表 2.6-1（続き）

障害等級	給付の内容	身体障害
第六級	同一五六日分	一　両眼の視力が〇・一以下になつたもの 二　そしゃく又は言語の機能に著しい障害を残すもの 三　両耳の聴力が耳に接しなければ大声を解することができない程度になつたもの 三の二　一耳の聴力を全く失い，他耳の聴力が四十センチメートル以上の距離では普通の話声を解することができない程度になつたもの 四　せき柱に著しい変形又は運動障害を残すもの 五　一上肢の三大関節中の二関節の用を廃したもの 六　一下肢の三大関節中の二関節の用を廃したもの 七　一手の五の手指又は母指を含み四の手指を失つたもの
第七級	同一三一日分	一　一眼が失明し，他眼の視力が〇・六以下になつたもの 二　両耳の聴力が四十センチメートル以上の距離では普通の話声を解することができない程度になつたもの 二の二　一耳の聴力を全く失い，他耳の聴力が一メートル以上の距離では普通の話声を解することができない程度になつたもの 三　神経系統の機能又は精神に障害を残し，軽易な労務以外の労務に服することができないもの 四　削除 五　胸腹部臓器の機能に障害を残し，軽易な労務以外の労務に服することができないもの 六　一手の母指を含み三の手指又は母指以外の四の手指を失つたもの 七　一手の五の手指又は母指を含み四の手指の用を廃したもの 八　一足をリスフラン関節以上で失つたもの 九　一上肢に偽関節を残し，著しい運動障害を残すもの 一〇　一下肢に偽関節を残し，著しい運動障害を残すもの 一一　両足の足指の全部の用を廃したもの 一二　女性の外貌に著しい醜状を残すもの 一三　両側のこう丸を失つたもの
第八級	給付基礎日額の五〇三日分	一　一眼が失明し，又は一眼の視力が〇・〇二以下になつたもの 二　せき柱に運動障害を残すもの 三　一手の母指を含み二の手指又は母指以外の三の手指を失つたもの 四　一手の母指を含み三の手指又は母指以外の四の手指の用を廃したもの

表 2.6-1（続き）

障害等級	給付の内容	身体障害
		五　一下肢を五センチメートル以上短縮したもの 六　一上肢の三大関節中の一関節の用を廃したもの 七　一下肢の三大関節中の一関節の用を廃したもの 八　一上肢に偽関節を残すもの 九　一下肢に偽関節を残すもの 一〇　一足の足指の全部を失つたもの
第九級	同三九一日分	一　両眼の視力が〇・六以下になつたもの 二　一眼の視力が〇・〇六以下になつたもの 三　両眼に半盲症，視野狭さく又は視野変状を残すもの 四　両眼のまぶたに著しい欠損を残すもの 五　鼻を欠損し，その機能に著しい障害を残すもの 六　そしやく及び言語の機能に障害を残すもの 六の二　両耳の聴力が一メートル以上の距離では普通の話声を解することができない程度になつたもの 六の三　一耳の聴力が耳に接しなければ大声を解することができない程度になり，他耳の聴力が一メートル以上の距離では普通の話声を解することが困難である程度になつたもの 七　一耳の聴力を全く失つたもの 七の二　神経系統の機能又は精神に障害を残し，服することができる労務が相当な程度に制限されるもの 七の三　胸腹部臓器の機能に障害を残し，服することができる労務が相当な程度に制限されるもの 八　一手の母指又は母指以外の二の手指を失つたもの 九　一手の母指を含み二の手指又は母指以外の三の手指の用を廃したもの 一〇　一足の第一の足指を含み二以上の足指を失つたもの 一一　一足の足指の全部の用を廃したもの 一二　生殖器に著しい障害を残すもの
第一〇級	同三〇二日分	一　一眼の視力が〇・一以下になつたもの 一の二　正面視で複視を残すもの 二　そしやく又は言語の機能に障害を残すもの 三　十四歯以上に対し歯科補てつを加えたもの 三の二　両耳の聴力が一メートル以上の距離では普通の話声を解することが困難である程度になつたもの 四　一耳の聴力が耳に接しなければ大声を解することができない程度になつたもの 五　削除

表 2.6-1（続き）

障害等級	給付の内容	身体障害
		六　一手の母指又は母指以外の二の手指の用を廃したもの 七　一下肢を三センチメートル以上短縮したもの 八　一足の第一の足指又は他の四の足指を失つたもの 九　一上肢の三大関節中の一関節の機能に著しい障害を残すもの 一〇　一下肢の三大関節中の一関節の機能に著しい障害を残すもの
第一一級	同二二三日分	一　両眼の眼球に著しい調節機能障害又は運動障害を残すもの 二　両眼のまぶたに著しい運動障害を残すもの 三　一眼のまぶたに著しい欠損を残すもの 三の二　十歯以上に対し歯科補てつを加えたもの 三の三　両耳の聴力が一メートル以上の距離では小声を解することができない程度になつたもの 四　一耳の聴力が四十センチメートル以上の距離では普通の話声を解することができない程度になつたもの 五　せき柱に変形を残すもの 六　一手の示指，中指又は環指を失つたもの 七　削除 八　一足の第一の足指を含み二以上の足指の用を廃したもの 九　胸腹部臓器の機能に障害を残し，労務の遂行に相当な程度の支障があるもの
第一二級	同一五六日分	一　一眼の眼球に著しい調節機能障害又は運動障害を残すもの 二　一眼のまぶたに著しい運動障害を残すもの 三　七歯以上に対し歯科補てつを加えたもの 四　一耳の耳かくの大部分を欠損したもの 五　鎖骨，胸骨，ろく骨，肩こう骨又は骨盤骨に著しい変形を残すもの 六　一上肢の三大関節中の一関節の機能に障害を残すもの 七　一下肢の三大関節中の一関節の機能に障害を残すもの 八　長管骨に変形を残すもの 八の二　一手の小指を失つたもの 九　一手の示指，中指又は環指の用を廃したもの 一〇　一足の第二の足指を失つたもの，第二の足指を含み二の足指を失つたもの又は第三の足指以下の三の足指を失つたもの 一一　一足の第一の足指又は他の四の足指の用を廃したもの 一二　局部にがん固な神経症状を残すもの 一三　男性の外貌に著しい醜状を残すもの 一四　女性の外貌に醜状を残すもの

表 2.6-1（続き）

障害等級	給付の内容	身体障害
第一三級	同一〇一日分	一　一眼の視力が〇・六以下になつたもの 二　一眼に半盲症，視野狭さく又は視野変状を残すもの 二の二　正面視以外で複視を残すもの 三　両眼のまぶたの一部に欠損を残し又はまつげはげを残すもの 三の二　五歯以上に対し歯科補てつを加えたもの 三の三　胸腹部臓器の機能に障害を残すもの 四　一手の小指の用を廃したもの 五　一手の母指の指骨の一部を失つたもの 六　削除 七　削除 八　一下肢を一センチメートル以上短縮したもの 九　一足の第三の足指以下の一又は二の足指を失つたもの 一〇　一足の第二の足指の用を廃したもの，第二の足指を含み二の足指の用を廃したもの又は第三の足指以下の三の足指の用を廃したもの
第一四級	同五六日分	一　一眼のまぶたの一部に欠損を残し，又はまつげはげを残すもの 二　三歯以上に対し歯科補てつを加えたもの 二の二　一耳の聴力が一メートル以上の距離では小声を解することができない程度になつたもの 三　上肢の露出面にてのひらの大きさの醜いあとを残すもの 四　下肢の露出面にてのひらの大きさの醜いあとを残すもの 五　削除 六　一手の母指以外の手指の指骨の一部を失つたもの 七　一手の母指以外の手指の遠位指節間関節を屈伸することができなくなつたもの 八　一足の第三の足指以下の一又は二の足指の用を廃したもの 九　局部に神経症状を残すもの 一〇　男性の外貌に醜状を残すもの

視力の測定は，万国式視力表による．屈折異常のあるものについてはきよう正視力について測定する．

手指を失つたものとは，母指は指節間関節，その他の手指は近位指節間関節以上を失つたものをいう．

手指の用を廃したものとは，手指の末節骨の半分以上を失い，又は中手指節関節若しくは近位指節間関節（母指にあつては指節間関節）に著しい運動障害を残すものをいう．

足指を失つたものとは，その全部を失つたものをいう．

足指の用を廃したものとは，第一の足指は末節骨の半分以上，その他の足指は遠位指節間関節以上を失つたもの又は中足指節関節若しくは近位指節間関節（第一の足指にあつては指節間関節）に著しい運動障害を残すものをいう．

2.6.5　危険性又は有害性の特定の GHS による分類

2003年7月（2005年7月改訂）に，GHS（Globaly Harmonized System of classification and labeling og chemicals，化学品の分類及び表示に関する世界調和システム）が国連勧告として出された．GHS とは，化学品の危険有害性を一定の基準に従って分類し，絵表示等を用いて分かりやすく表示し，その結果をラベルや MSDS（Material Safety Data Sheet，化学物質等安全データシート）に反映させ，災害防止及び人の健康や環境の保護に役立てようとするものである．

危険性又は有害性の特定の GHS による分類を，**表 2.6-2** に示す．

表 2.6-2　危険性又は有害性の特定の GHS による分類

① 危険性（16 分類）	② 有害性（10 分類）
・火薬類	・急性毒性
・可燃性・引火性ガス	・皮膚腐食性・刺激性
・可燃性・引火性エアゾール	・眼に対する重篤な損傷・眼刺激性
・支燃性・酸化性ガス	・呼吸器感作性と皮膚感作性
・高圧ガス	・生殖細胞変異原性
・引火性液体	・発がん性
・可燃性固体	・生殖毒性
・自己反応性化学品	・特定標的臓器・全身毒性（単回暴露）
・自然発火性液体	・特定標的臓器・全身毒性（反復暴露）
・自然発火性固体	・吸引性呼吸器有害性
・自己発熱性化学品	
・水反応可燃性化学品	
・酸化性液体	
・酸化性固体	
・有機過酸化物	
・金属腐食性物質	

2.6.6 特定の危険有害業務に従事する資格（国家資格）

特定の危険有害業務に従事するための国家資格を**表 2.6-3** に示す.

表 2.6-3 特定の危険有害業務に従事するための資格（国家資格）

資格分野	資格名称
自動車・特殊車両に関する資格	運行管理者資格者証
	玉掛技能講習
	フォークリフト運転技能講習
	床上操作式クレーン運転技能講習
	小型移動式クレーン運転技能講習
	高所作業車運転技能講習
	クレーン運転士
	自動車整備士
ボイラーに関する資格	ボイラー取扱作業主任者
	ボイラー技士
製造に関する資格	製造保安責任者
	ガス溶接技能
消防に関する資格	消防設備士
情報通信に関する資格	無線従事者
	電気通信主任技術者
雇用・福利厚生に関する資格	社会保険労務士
	社会福祉士
調理に関する資格	調理師
貿易に関する資格	通関士
工事に関する資格	第二種酸素欠乏危険作業主任者
	ガス溶接技能
	足場の組立て等作業主任者
	車両系建設機械（整地，運搬，積込み用及び掘削用）運転技能
	車両系建設機械（解体用）運転技能講習
	電気通信工事担任者

表 2.6-3（続き）

資格分野	資格名称
	給水装置工事主任技術者
	監理技術者資格者
	電気工事士
	地山の掘削作業主任者
	技能講習
	型わく支保工の組立て等作業主任者技能講習
	技術検定
	測量士又は測量士補
計量に関する資格	計量士
職場における技能に関する資格	技能検定
危険物取扱に関する資格	有機溶剤作業主任者
	特定化学物質等作業主任者
	火薬類製造保安責任者及び火薬類取扱保安責任者
	危険物取扱者
環境・衛生に関する資格	衛生管理者

出典）電子政府の総合窓口　イーガブ，国家資格より抜粋
http://shinsei.e-gov.go.jp/search/servlet/Procedure?CLASSNAME=MENU23&menSeqNo=0000000718

2.6.7 法令で定められた保護具が必要な作業（安全関係）

保護具については，厚生労働省令として，労働安全衛生規則（安衛則）のほか，クレーン等安全規則（クレーン則），ボイラー及び圧力容器安全規則（ボイラー則），ゴンドラ安全規則（ゴンドラ則）等に定められている．**表 2.6-4** に各省令に規定されている作業を示す．

表 2.6-4　保護具の必要な作業（安全関係）

	保護具を使用すべき作業	関連規定	備　考	関連規格
(1) 保護帽	・不整地運搬車の荷の積卸し作業	安衛則 151 の 52	墜落用	構造規格：昭和 50.9.8 労働省告示第 66 号「保護帽の規格」
	・貨物自動車の荷の積卸し作業	安衛則 151 の 74	墜落用	
	・建設工事でジャッキ式つり上げ機械を用いて行う荷のつり上げ，つり下げ等の作業	安衛則 194 の 7	飛来落下用	
	・腐食性液体を圧送する作業で，腐食性液体の飛散，漏洩または溢流による身体の危険があるとき	安衛則 327		JIS T 8131：2000（産業用安全帽）
	・型枠支保工の組立て作業	安衛則 247		
	・地山の掘削作業	安衛則 360		
	・明り掘削の作業	安衛則 366	飛来落下用	
	・土止め支保工作業	安衛則 375		
	・ずい道等の掘削作業	安衛則 383 の 3		
	・ずい道等の覆工作業	安衛則 383 の 5		
	・ずい道等の建設の作業	安衛則 388	飛来落下用	
	・採石作業	安衛則 412（404）	飛来落下用	
	・はいの上における作業	安衛則 435（429）	墜落用	
	・船内荷役作業	安衛則 451		
	・港湾荷役作業	安衛則 464	飛来落下用	
	・造林等の作業	安衛則 484	飛来落下用	
	・木馬または雪そりによる運材の作業	安衛則 497	飛来落下用	
	・林業架線作業	安衛則 516（514）	飛来落下用	
	・鉄骨の組立て等作業	安衛則 517 の 5		
	・鋼橋架設等作業	安衛則 517 の 10	飛来落下用	
	・木造建築物の組立て等作業	安衛則 517 の 13		
	・コンクリート造の工作物の解体または破壊の作業	安衛則 517 の 19	飛来落下用	
	・コンクリート橋架設等の作業	安衛則 517 の 24	飛来落下用	
	・高所作業	安衛則 518	墜落用	
	・作業のため物体が飛来して危険な場合	安衛則 538	飛来落下用	
	・船台の付近，高層建築物等で，その上方から物体が飛来または落下するおそれのある場合	安衛則 539	飛来落下用	
	・足場の組立て等作業	安衛則 566		
	・クレーンの組立てまたは解体の作業	クレーン則 33		

表2.6-4（続き）

	保護具を使用すべき作業	関連規定	備　考	関連規格
	・移動式クレーンのジブの組立てまたは解体作業 ・デリックの組立てまたは解体作業 ・屋外に設置するエレベーターの昇降路等またはガイドレール支持塔の組立てまたは解体の作業 ・建設用リフトの組立てまたは解体作業	クレーン則75の2 クレーン則118 クレーン則153 クレーン則191		
(2) 帽子	・動力により駆動される機械に，作業中の労働者の頭髪または被服が　巻き込まれるおそれのあるとき	安衛則110	作業帽	
(3) 眼と顔面の保護具	・加工物等の飛来による危険防止のための覆いまたは囲いがない場合 ・切削屑の飛来等による危険の防止のための覆いまたは囲いがない場合 ・溶鉱炉，溶銑炉またはガラス溶解炉その他多量の高熱物を取り扱う作業を行う場所での作業 ・アセチレン溶接装置による金属溶接等作業 ・ガス集合溶接装置による金属溶接作業 ・アーク溶接のアークその他強烈な光線を発散して危険のおそれのある場所での作業 ・腐食性液体を圧送する作業	安衛則105 安衛則106 安衛則255 安衛則312(315) 安衛則313(316) 安衛則325 安衛則327	保護具 保護具 保護具 保護眼鏡（遮光用） 保護眼鏡（遮光用） 保護具（遮光眼鏡） 保護眼鏡	JIS T 8141：2003（遮光保護具），JIS T 8147：2003（保護めがね），JIS T 8143：1994（レーザ保護フィルタ及びレーザ保護めがね），JIS T 8142：2003（溶接用保護面）
(4) 保護手袋等	・アセチレン溶接装置による金属溶接等作業 ・ガス集合溶接装置による金属溶接作業 ・腐食性液体を圧送する作業 ・港湾荷役作業で有害物，危険物等による危険がある場合の作業	安衛則312(315) 安衛則313(316) 安衛則327 安衛則455	溶接用保護手袋 溶接用保護手袋 耐食性の保護手袋 ゴム手袋等	JIS T 8113：1976（溶接用かわ製保護手袋）

表 2.6-4（続き）

	保護具を使用すべき作業	関連規定	備　考	関連規格
(5) 保護衣等	・溶鉱炉，溶銑炉またはガラス溶解炉その他多量の高熱物を取り扱う作業を行う場所での作業	安衛則 255	耐熱服	JIS T 8006：2005（熱及び火炎に対する防護服—防護服の選択，管理及び使用上の一般的事項）
	・腐食性液体を圧送する作業	安衛則 327	耐食性前掛け	
	・港湾荷役作業で有害物，危険物等による危険がある場合の作業	安衛則 455	ゴム前掛け	
(6) 安全帯	・粉砕機および混合機の開口部からの転落の危険があり，ふた，囲い，さく等を設けることが困難な場合	安衛則 142	安全帯等	構造規格：平成 14.2.25 厚生労働省告示第 38 号「安全帯の規格」 JIS M 7624：1994（安全帯）， JIS T 8165：1987（柱上安全帯）
	・高所作業車を用いた作業	安衛則 194 の 22	安全帯等	
	・型枠支保工の組立て等作業等	安衛則 247	安全帯等	
	・地山の掘削作業	安衛則 360	安全帯等	
	・土止め支保工作業	安衛則 375	安全帯等	
	・ずい道等の掘削等作業	安衛則 383 の 3	安全帯等	
	・ずい道等の覆工作業	安衛則 383 の 5	安全帯等	
	・採石のための掘削作業	安衛則 404	安全帯等	
	・林業架線作業	安衛則 514	安全帯等	
	・鉄骨の組立て等作業	安衛則 517 の 5	安全帯等	
	・鋼橋架設等作業	安衛則 517 の 9	安全帯等	
	・木造建築物の組立て等作業	安衛則 517 の 13	安全帯等	
	・コンクリート造の工作物の解体または破壊の作業	安衛則 517 の 18	安全帯等	
	・コンクリート橋架設等作業	安衛則 517 の 23	安全帯等	
	・高所作業	安衛則 518，519（520，521）	安全帯等	
	・ホッパー等の内部における作業	安衛則 532 の 2	安全帯等	
	・煮沸槽等への転落防止	安衛則 533	安全帯等	
	・高さ 2 m 以上の足場における作業	安衛則 563	安全帯等	
	・足場の組立て等作業	安衛則 564（566）	安全帯等	
	・手すり等を設けることが困難な高さ 2 m 以上の作業構台の端における作業	安衛則 575 の 6	安全帯等	
	・ボイラー据付工事作業	ボイラー則 16	安全帯等	
	・やむを得ない場合等に，クレーンのつり具に専用の搭乗設備を設け，労働者を乗せて行う作業	クレーン則 27	安全帯等	

第2章

表 2.6-4（続き）

	保護具を使用すべき作業	関連規定	備　考	関連規格
	・クレーンの組立てまたは解体の作業	クレーン則 33	安全帯等	
	・やむを得ない場合等に，移動式クレーンのつり具に専用の搭乗設備を設け，労働者を乗せて行う作業	クレーン則 73	安全帯等	
	・移動式クレーンのジブ組立てまたは解体の作業	クレーン則 75 の 2	安全帯等	
	・デリックの組立てまたは解体の作業	クレーン則 118	安全帯等	
	・屋外に設置するエレベーターの組立てまたは解体の作業	クレーン則 153	安全帯等	
	・建設用リフトの組立てまたは解体の作業	クレーン則 191	安全帯等	
	・ゴンドラの作業床における作業	ゴンドラ則 17	安全帯等	
(7) 安全靴等	・腐食性液体を圧送する作業 ・作業場所の通路等の構造や作業の状態に応じて	安衛則 327 安衛則 558	長靴 安全靴	JIS T 8101：2006（安全靴）
(8) 絶縁用保護具	・高圧活線作業 ・高圧活線近接作業 ・絶縁用防具の装着作業 ・低圧活線作業 ・低圧活線近接作業	安衛則 341（348，351，352） 安衛則 342 安衛則 343 安衛則 346 安衛則 347	電気用ゴム手袋，電気用帽子，電気用ゴム袖，電気用ゴム長靴，等	構造規格：昭和 47.12.4 労働省告示第 144 号「絶縁用保護具等の規格」 JIS T 8112：1997（電気用ゴム手袋），JIS T 8131：2000（産業用安全帽），JIS T 8010：2001（絶縁用保護具・防具類の耐電圧試験方法）

表 2.6-4（続き）

	保護具を使用すべき作業	関連規定	備　考	関連規格
(9) その他	・船舶により労働者を輸送する場合 ・水上の丸太材，網羽，いかだ，櫓または櫂を用いて運転する舟等の上で行う作業 ・引火性の物の蒸気等が爆発の危険のある濃度に達するおそれのある場所で行う作業	安衛則 531 安衛則 532 安衛則 286 の 2	救命具等 救命具等 帯電帽子服 静電靴	JIS T 8118：2001（静電気帯電防止作業服）， JIS T 8103：2010（静電気帯電防止靴） （資料）社団法人日本保安用品協会編著「保護具ハンドブック」中央労働災害防止協会，2007 年

出典）社団法人日本保安用品協会編（2007）：保護具ハンドブック―安全衛生保護具・機器のすべて―（第 2 版），p.292～302，“事業者が労働者に使用させるべき保護具”，中央労働災害防止協会

第 3 章

セーフティ・エンジニアのための専門知識

本章では，セーフティ・エンジニアの役割と，セーフティ・エンジニアが必要とする専門的な知識について解説する．

3.2 から **3.8** までは，危険源ごとに危険事象を示し，機械におけるリスク低減策，作業者用保護具，参照する関連法規・規格などについて述べる（なお，本書で採用した危険源の分類については，**3.1.3** に示してある）．

参考のために，**3.9** では，安全関連部の健全性の評価について解説する．

＜**“関連する法規・規格”** の項について＞

本章では，本文中，上付き★印をつけた規格・法規等のほか，主要な規格・法規等について，当該項の最後に“関連する法規・規格等”として，名称・発行年などをまとめて紹介している．なお，ISO 及び IEC の邦訳タイトルは，対応 JIS のあるものについては JIS 標題（旧版対応を含む）を，対応 JIS のないものについては（　）内に仮訳を示してある．いずれの情報も，本書初版編集時点のものである．

対応 JIS，又は，対応国際規格（ISO，IEC）を示していない規格は，本書編集時点では対応規格がないことを表している．JIS の発行年の後などに示した IDT，MOD の表示は，対応国際規格との同等性を表す略語である．

・IDT：identical（一致）
・MOD：modified（修正）
・NEQ：not equivalent（同等でない）

ほとんどの国際規格については，日本規格協会にて邦訳版（対訳）を入手できる．

（JSA ウェブストア参照：http://www.webstore.jsa.or.jp/）

3.1　セーフティ・エンジニアとは

機械・設備のリスクアセスメントは，機械メーカの立場で設計・設置の技術者，機械ユーザの立場で生産技術・現場のオペレータ・保全技術者など，多くの専門家・作業者が参画して実施する．本書では，リスクアセスメントの作業・活動において安全の原則への適合性・安全技術の適用についての専門家を“セーフティ・エンジニア”と位置付ける．参考までに，日機連の機械安全分野における安全専門家育成と有効活用に関する提言に示された“機械安全専門家の職務と機械安全概論のカリキュラム（案）”を**表 3.1-1**，**表 3.1-2** に示す．

カリキュラムで重要なのは“技術者倫理”である．技術者としての知識があっても，採用するべきリスク低減策の目標を“作業者の安全”ではなく“最低レベルの法的義務の遵守＝逃れる手段の模索”としてしまう可能性があるからである．

表 3.1-1　機械安全専門家の職種と職務

職　種	職　務
セーフティアセッサ※1	ハザードの洗い出しと，リスクアセスメントの結果をもとに設計者に対し適切なアドバイスを行うために必要な，実践的な知識が求められる．また，セーフティアセッサは設計側と運用側で求められる役割が若干異なる．設計側ではヒューマンファクターズを考慮したアセスメント知識，運用側ではメンテナンスに関する知識が求められる．
セーフティエンジニア※1	安全性に関する設計方針を定め，設備設計や調達にあたりコンポーネントメーカやサプライヤを取りまとめ，プロジェクトを推進するアーキテクト能力が求められる．また，新たに設計された設備の安全性のチェックを行うために，本質的安全設計方策とリスクアセスメントの知識と経験が求められる．
調達エンジニア	機械設備，コンポーネントの調達の際に，安全性の側面からの契約締結と契約遂行に必要な法制度の理解や認証制度に関しての知識が求められる．

表 3.1-1（続き）

検証員（ベリフィケータ）	設計された機械設備が要求事項を満たしているかを客観的に調査し，確認するために必要な，仕様書をチェックする能力に加え，リスクアセスメント，認証制度の知識も求められる．
妥当性確認者（バリデータ）	機械設備が要求事項を満たしているかどうかを法制度や使用環境を含め全体的な確認を行うため，幅広い知識が要求される．

※1　“セーフティアセッサ”及び“セーフティエンジニア”は，特に重要性が高いと考えられる機能．

出典）社団法人日本機械工業連合会（2008）：平成 19 年度 機械安全の実現のための促進方策に関する調査研究報告書 1 ―機械安全専門人材の活用及び育成方策に係る調査研究―，p.31，表 3.2-1（注は筆者が追記），社団法人日本機械工業連合会
http://www.jmf.or.jp/japanese/houkokusho/kensaku/2008/19jigyo_01.html

表 3.1-2　機械安全概論のカリキュラム（案）

機械工学系学科の学生を対象に，機械を設計する上で欠かせない安全に関する知識の全体像を教授するとともに，機械安全の国際的な動向と国内の現状を把握し，機械安全の重要性を認識し関心を深めるものとする．

シラバス

1. イントロダクション（機械安全に関する現状）
2. 技術者倫理
3. 機械安全に関する国際規格
4. 国内外法制度
5. 安全認証
6. 機械安全設計
7. システム安全
8. リスクアセスメントとリスク低減方策
9. リスクアセスメント実習
10. 総括
11. 試験

出典）社団法人日本機械工業連合会（2008）：平成 19 年度 機械安全の実現のための促進方策に関する調査研究報告書 1 ―機械安全専門人材の活用及び育成方策に係る調査研究―，付録 A，p.22，表 4 より抜粋，社団法人日本機械工業連合会
http://www.jmf.or.jp/japanese/houkokusho/kensaku/2008/19jigyo_01.html

3.1.1　セーフティ・エンジニアの役割

労働安全は，機械安全に限定された知識ではカバーしきれない．企業に義務づけられている安全衛生委員会の設置や産業医の選任などは，安全衛生に関する専門家の参画を要請している．作業の専門家については，社内資格や厚労省の資格の取得を義務付けている場合がある．しかしながら，機械安全の専門家は，一部の企業で育成・活用されているのみである．

機械安全におけるセーフティ・エンジニアの役割は，設計・設置・保守管理を含む設備のライフサイクルの各段階において，機械・設備の安全確保に関する次に示す項目などを確認・提供することである．

① 危険源及び危険な状態を正しく認知する手法の提供・確認

② リスクアセスメントの手法・評価の健全性の確認

③ 安全原則に基づいた対策であることとその根拠の確認

④ リスク低減情報の提供

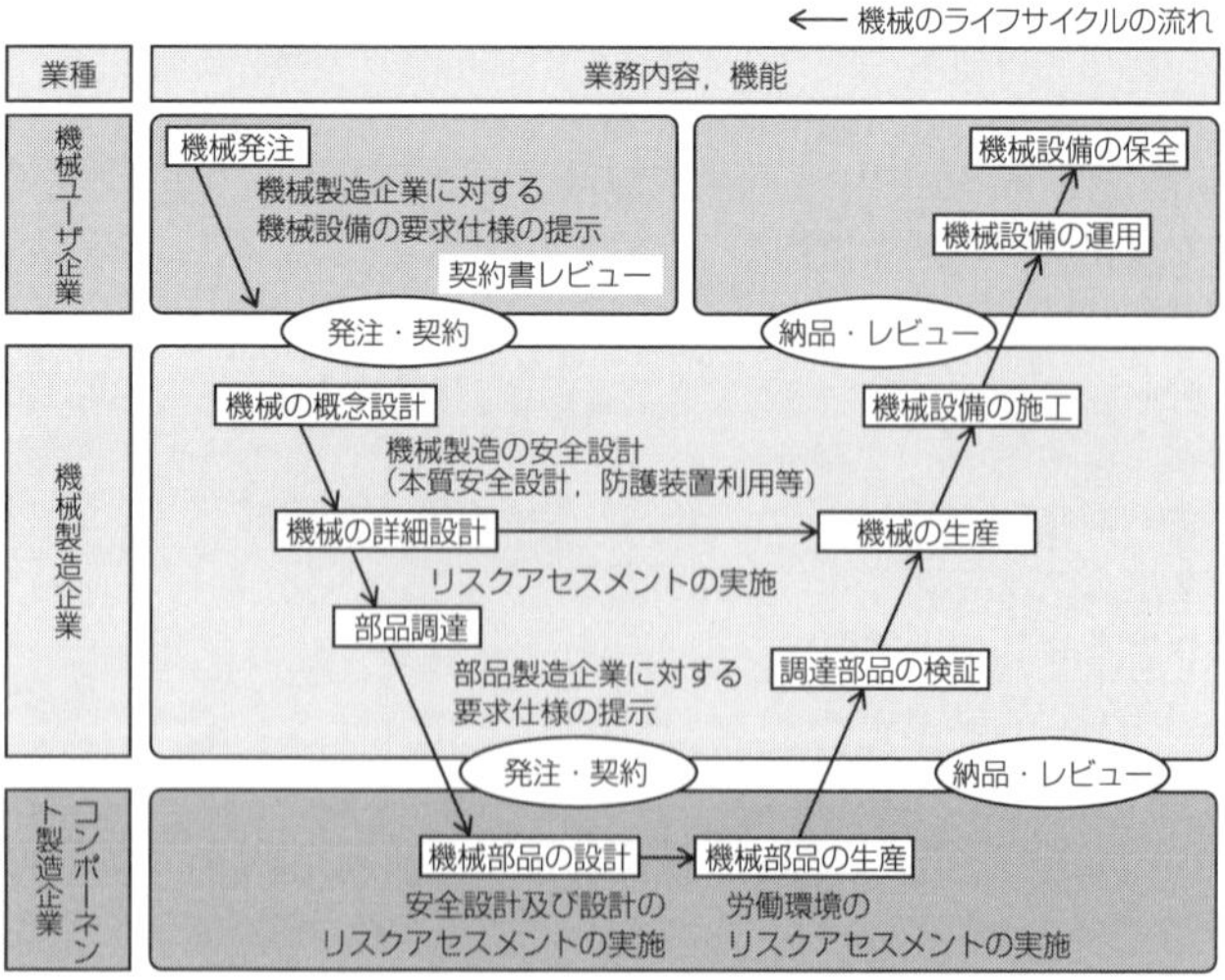

図 3.1-1　機械のライフサイクルと関連業種
（**本書図 2.4-2** 再掲）

セーフティ・エンジニアは，ユーザ・メーカの両方の視点を考慮してシステムを構築することが望ましい（**図 3.1-1** 参照）．生産ラインやセルを構成した場合は，統合生産システムの安全についての知識とコーディネーション力（リスク・コミュニケーション能力）が必要になる．エンジニアリング調達能力は，生産性を含むものづくりにおける競争力強化につながる．

3.1.2　機械安全の考え方について

機械安全を構築するための基本的な考え方について整理してみる．

① **“人間はミスをするもの・機械は壊れるもの”**ということを前提とする．
したがって，ミスをしても怪我をしないよう（フールプルーフ）に，機械の設計時に危険源・危険な状態を把握して，リスクの度合いを低減する．

また，壊れる場合は，安全側に壊れるように設計する．

② **“停止の原則”**をとる．
- 停止することで安全になる構造である．
- 人が存在する場合は起動しない．
- 人が危険源に接近する場合は，機械が停止していることを原則とする．
- 動いている機械に接近した場合，停止する．

③ 停止ができない場合は，危険源・危険な状態と**“隔離の原則”**をとる．
- 人を危険源から物理的に隔離する．（危険領域を柵で囲うなど）
- 人を危険な状態から時間的に隔離する．（機械が作動中—危険な状態の間は，カバーで隔離するなど）

④ 危険な状態の特定は**“安全確認型”**とする．
- 人が危険なエリアにいる＝“危険”を検知するのではなく，人が存在していない＝“安全”を確認する．
- 安全が確認できないと起動しない．
- センサの故障で，人が存在していないことが確認できない場合は危険な状態とみなす．

⑤ 制御システムは**“フェールセーフ”**（＝故障しても安全）を原則とする．

・安全確保に関連する制御部分が故障する場合，安全側に故障するように設計する．—“安全側故障”という

・“危険側故障”とは，危険な状態や危険事象を導く故障のみでなく“安全側故障”ではない故障すべてを意味する．

ここで述べた“フールプルーフ”，“停止の原則”，“隔離の原則”，“安全確認型”，“フェールセーフ”は，機械安全を実現するための原則といえる．

3.1.3 危険源・危険な状態の分類

本書 3.2 から **3.8** では，危険源・危険な状態（リスク）を分類し，それぞれの分類について，危険事象を示し，（機械における）リスク低減策，作業者用保護具，参照する関連法規・規格等を紹介する．

表 3.1-3 に，本章で採用した危険要因（リスク）の分類を紹介する．

リスクの分類は，①**機械包括安全指針**，②**リスクアセスメント指針**，③**労働基準法等における業務上の疾病の種類**（**本書 3.1.5** 参照）の三つを参考に，本書独自の分類を採用する．

なお，化学物質については，“**化学物質リスクアセスメント指針**”（**本書 3.5** に概要を示す）を参照している．

化学物質等によるリスク（危険性又は有害性）は，作業標準等に基づき，特定するために必要な単位で作業を洗い出したうえで，“化学品の分類および表示に関する世界調和システム（GHS）”（**本書 3.5** を参照）で示されている危険性又は有害性の分類等に則して，作業ごとに特定する．

表 3.1-3 リスクの分類

分類＼事象	原因・要因	危険事象	本書	機械包括安全指針	RA指針	業務上疾病
機械的なリスク	動く部分が露出している	衝突，切断・突き刺す，挟まる，せん断，引き込まれ・巻き込まれ	**3.2.1**	1	1-(1)	1（腰痛）
	機械・設備などの形状	押す，突き刺す，切断，擦る，押し破る，引っかける，釘づけ	**3.2.2**			
	機械の部分・ワークなどが固定されていない	対象物が①転倒／揺れる／振れる，②回転／滑落，③落下／崩れる／飛来する	**3.2.3**			
電気的なリスク	感電	電気ショックによる感電，アーク感電	**3.3.1**	2	1-(3)	※3
	静電気	電気ショック，可燃物と組み合わせて火災・爆発	**3.3.2**			
物理的因子によるリスク※4	熱（高温／低温）	火傷（熱傷），凍傷	**3.4.1**	3	2-(2)	2・7（がん）
	騒音	難聴	**3.4.2**	4		
	振動	振動による内臓疾患，神経系の疾患など	**3.4.3**	5		
	放射：光	皮膚や眼へのダメージ	**3.4.4**	6		
	放射：電離放射線	健康障害	**3.4.5**			
	放射：電磁界	健康障害	**3.4.6**			
材料・物質によるリスク	化学物質など（アスベストを含む）※4	接触による事故，環境汚染による健康障害など	**3.5**	7	2-(1)	4・5・7（がん）
人間工学的原則無視によるリスク	作業方法・行動（姿勢）	健康障害（腰痛・ストレス），ストレスによる誤操作など	**3.6**	8	1-(4)・(6) 2-(3)	1（腰痛）

第3章

表 3.1-3（続き）

分類＼事象	原因・要因	危険事象	本書	機械包括安全指針	RA指針	業務上疾病
機械が使用される作業環境・条件によるリスク	はしご，脚立などが壊れる又は倒れる	墜落，転落，転倒など	**3.7.1**	9	1-(5)	3
	作業場の床・階段の状態	転倒（滑る，つまずく，ひねる，踏み外すなど）	**3.7.2**			
	作業の環境（温度，湿度，照明，換気，溺死）※4	凍傷，熱中症，認識度低下，窒息	**3.7.3**	11		
	高気圧／低気圧	健康障害	**3.7.4**			
その他のリスク	危険性又は有害性の組合せ	軽傷から死亡まである．	**3.8.1**	10	2-(4)	※3
	火災・爆発の危険	火傷・死亡など	**3.8.2**	10	1-(2)	※3
	生物学的な危険源	感染，食中毒など	**3.8.3**	※1	1-(2)	※3
	心理的要因による危険	健康障害（腰痛・うつ病など）	**3.8.4**	※1	1-(7)	8(うつ病)
	MMI（マン・マシン・インタフェース）	健康障害，認知度低下による誤操作など	**3.8.5**	※2	2-(4)	
	産業車両	ぶつかる，ひく，挟む，転倒など	**3.8 (1)**	※1	1-(7)	※3
	第三者の行為	—	**3.8 (2)**	※1	1-(7)	※3

業務上疾病：労働基準法第七十五条の2の規定による業務上の疾病
※1　機械安全としては対象外
※2　操作パネルの表示，操作画面などで機械メーカが対応するべき範囲を含む
※3　業務上の疾病の対象外
※4　有害な業務を行う作業場＝作業環境測定を行うべき作業場

［**本書表 2.3-2** を一部改編（“本書”の欄を追加）して再掲］

次項以降では，**表 3.1-3** に分類したリスク個々について解説する．それぞれのリスクについて，必要に応じ“概略，設計上の配慮，危険事象，想定される事故，評価基準，リスク低減策（作業者自身の保護を含む），関連する資格／規格”などの項目について解説する．

本書で示す評価基準は，“許容できる限界”（“機械工業界ガイドライン”の 3.9 に“許容可能なリスク”として定義あり）と“我慢できる限界”のうちの後者である．“許容できる限界”は，作業者によって異なるため条件を固定しないと誤解をまねく（例えば，機械的に移動する部分の速度を限界値以下に制限しても，接触する状況・部分で痛さが異なる）ので，許容できる限界として固定できない．精神的後遺症が残る場合は，“我慢できる限界”を超えているとみなす．

現場におけるリスクアセスメントでは，作業者も参加し，種々の対策を実施して，許容できるレベルまでリスクを低減することを目指すべきである．

なお，“リスク低減策”の項は，考え方を述べているだけで，具体的な安全装置とその使用法は，各機器のメーカ情報を参考にしていただきたい．

関連規格は，JIS，ISO/IEC 及び厚生労働省の指針などを調査し参考にした．規格情報が入手困難な場合には，他の研究・調査情報を採用した．なお，騒音など地方自治体が定める条例による規制値もあるが，本書では調査していない．

3.1.4　製造業における労働災害の形態と要因

厚生労働省は，第 11 次労働災害防止計画[1]（平成 20 年度から平成 24 年度までの 5 年間）に沿って，機械による事故を減少させるため，労働安全衛生法第二十八条の 2 の危険性・有害性の調査に関する規定及び“機械包括安全指針”に基づき，機械の設計，製造及び使用段階における機械の“危険性又は有害性等の調査等”の実施を促進することにしている．あわせて，機械の譲渡時における“危険性又は有害性等の調査等”の結果を含む使用上の情報の提供を要請

---

1)　厚生労働省，“第 11 次労働災害防止計画”
http://www.jaish.gr.jp/user/anzen/hor/boushi11.pdf

している．

製造業での事故による労働災害は，全体の27%（平成20年度：34,464人）である．一般動力機械・金属加工用機械・動力クレーンによる事故が製造業全体の29%であり，安全対策の推進は，事故の減少に大きく貢献することになる．

製造業全体でも，**図3.1-2**に示されるように，機械による“はさまれ・巻き込まれ”（29%），“切れ・こすれ”（11%）の災害が，製造業全体の事故の40%を占めている．機械メーカによる設計上の安全対策が不十分といえる．

業種では，食料品製造業・金属製品製造業・輸送機械製造業の3業種で51%を占めている．食料品製造業は，コンベア上の手作業中の“はさまれ・巻き込まれ”と“切れ・こすれ”が多い．金属製品製造業では，金属加工機械が主たる設備であり，“はさまれ・巻き込まれ”が多く，次いでワークなどの“飛来・落下”が多い．輸送機械製造業では，“はさまれ・巻き込まれ”が突出して多い．

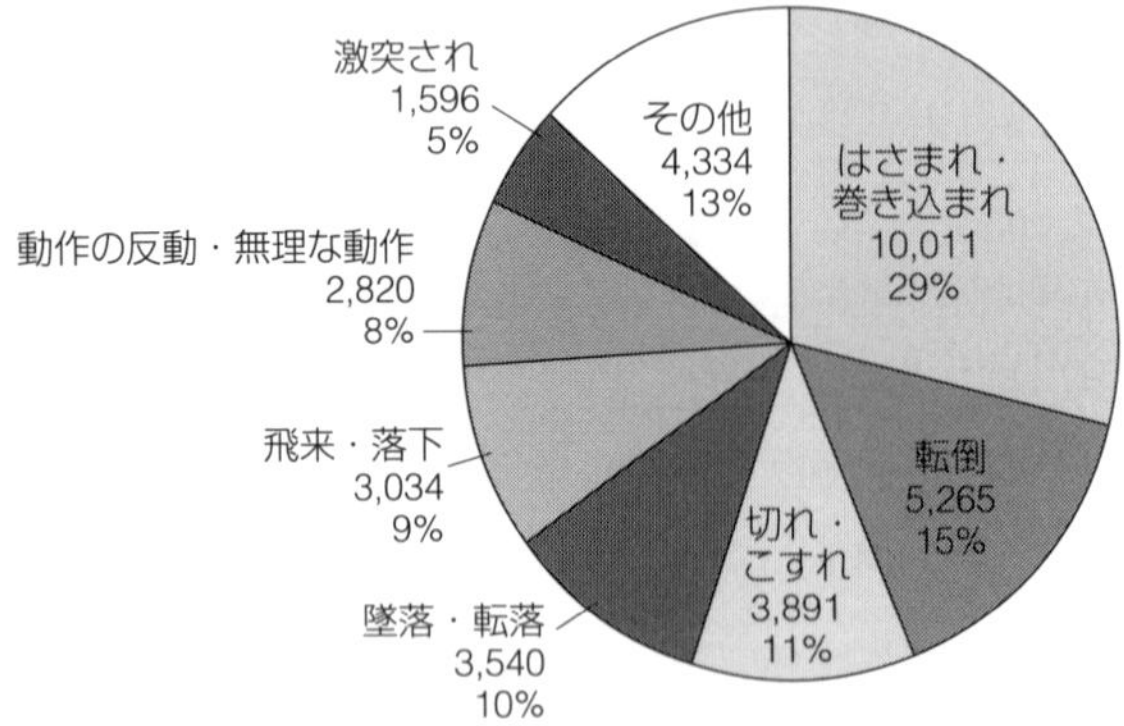

図3.1-2　製造業における業務上事故の形態

数値資料出所）労働災害統計（平成20年），平成20年業種別・事故の型別死傷災害発生状況［確定値］，“平成20年における業種別・事故の型別死傷災害発生状況（死亡災害及び休業4日以上）［確定値］”より，“製造業（計34,464）”
http://www.jaish.gr.jp/information/h20_kaku/h20_in02.html

3.1.5　製造業における業務上の疾病

業務上の疾病の種類については，労働基準法第七十五条及び同施行規則第三十五条，別表第一の二に示されている．

労働基準法

第七十五条　労働者が業務上負傷し，又は疾病にかかつた場合においては，使用者は，その費用で必要な療養を行い，又は必要な療養の費用を負担しなければならない．

2　前項に規定する業務上の疾病及び療養の範囲は，厚生労働省令で定める．

労働基準法施行規則

第三十五条　法第七十五条第二項の規定による業務上の疾病は，別表第一の二に掲げる疾病とする．

別表第一の二（第三十五条関係）（一部抜粋．詳しくは**本書 2.6.3** 参照．）

一　業務上の負傷に起因する疾病

二　物理的因子による次に掲げる疾病

（略）

三　身体に過度の負担のかかる作業態様に起因する次に掲げる疾病

（略）

四　化学物質等による次に掲げる疾病

（略）

五　粉じんを飛散する場所における業務によるじん肺症又はじん肺法に規定するじん肺と合併したじん肺法施行規則第一条各号に掲げる疾病

六　細菌，ウイルス等の病原体による次に掲げる疾病

（略）

七　がん原性物質若しくはがん原性因子又はがん原性工程における業務に

よる次に掲げる疾病

（略）

八　長期間にわたる長時間の業務その他血管病変等を著しく増悪させる業務による脳出血，くも膜下出血，脳梗塞，高血圧性脳症，心筋梗塞，狭心症，心停止（心臓性突然死を含む.）若しくは解離性大動脈瘤又はこれらの疾病に付随する疾病

九　人の生命にかかわる事故への遭遇その他心理的に過度の負担を与える事象を伴う業務による精神及び行動の障害又はこれに付随する疾病

十　前各号に掲げるもののほか，厚生労働大臣の指定する疾病

十一　その他業務に起因することの明らかな疾病

“一　業務上の負傷に起因する疾病”は，事故による疾病で，腰痛がほとんどを占める.

製造業での業務による疾病は，業務上の疾病全体の22％（平成20年度：1,965人）である（**図3.1-3**）．事故による負傷が原因での疾病が製造業全体の疾病の66％で，そのほとんどが腰痛である.

“じん肺症及びじん肺合併症”が2番目に多いのは，アスベストによる認定が増加したためである.

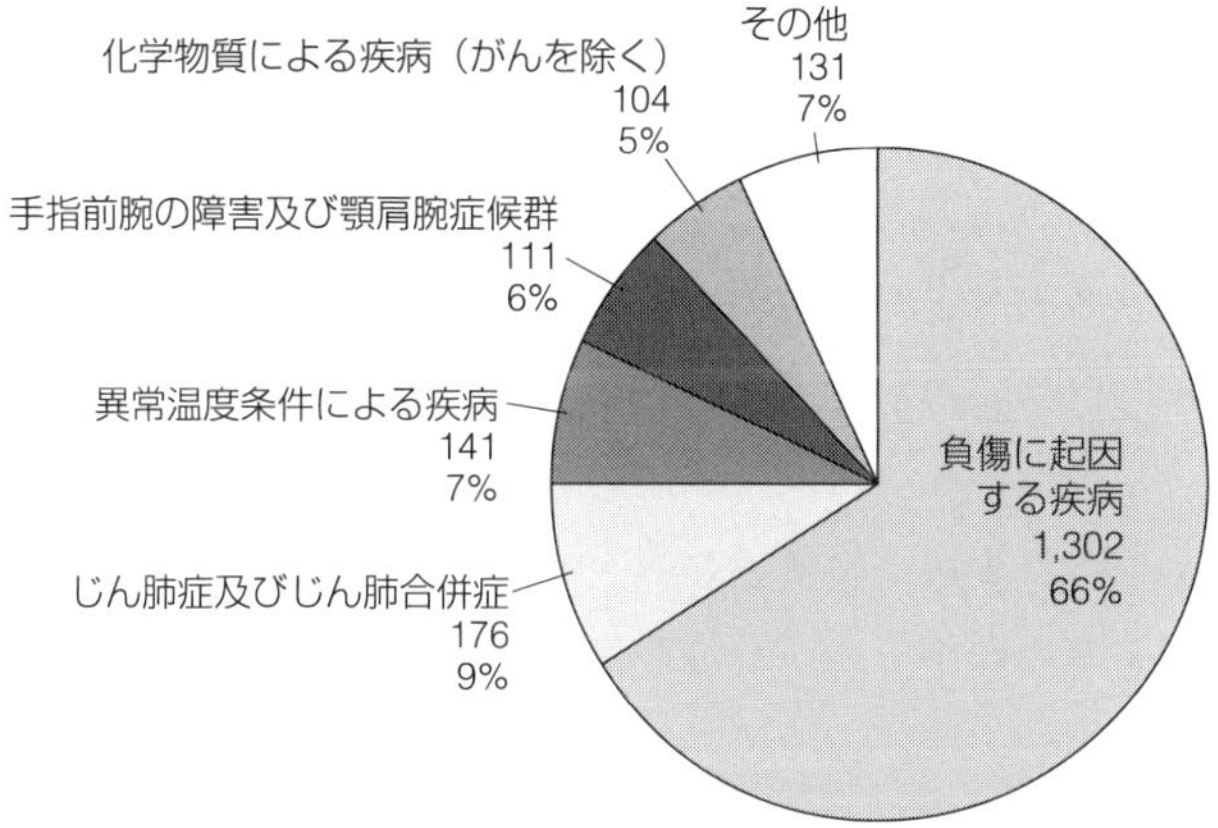

図 3.1-3　製造業における業務上疾病

数値資料出所）労働災害統計（平成 20 年），平成 20 年業種別・傷病分類別業務上疾病発生状況［確定値］，“平成 20 年における業種別・傷病分類別業務上疾病発生状況（死亡災害及び休業 4 日以上）［確定値］” より，“製造業（計 1,965）”
http://www.jaish.gr.jp/information/h20_kaku/h20_in08.html

3.2　機械的なリスク

製造現場における機械的なリスクには，次のものがある．

・機械の動く部分が露出していることによるリスク
・機械・設備などの形状（機械の部分，工具など）によるリスク
・機械の部分・ワークが固定されていないリスク
・はしご・脚立などから墜落・転落・転倒するリスク

機械の構造に依存するものが多く，設計時の対策が重要である．

3.2.1　機械の動く部分が露出していることによるリスク

露出されたコンベア，自動開閉扉，印刷機のローラなどのように，機械の一部が露出していることによるリスクである．

動く部分の露出によるリスクには，**図 3.2-1** のようなものがある．移動範囲（＝危険な領域）は，機械の構造（ガイドなど）により制限されている．制限されていない場合については，**本書 3.2.3** に示す．

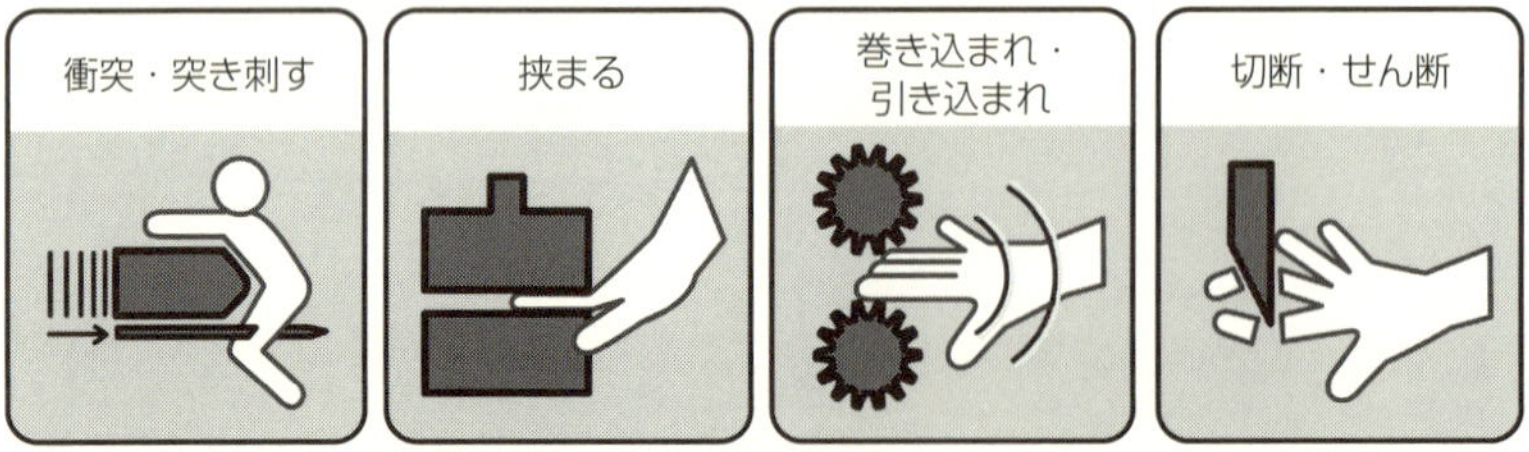

図 3.2-1　動く部分の露出によるリスク

(1)　設計上の配慮

機械の動く部分（危険源）は，設計時にカバーにより隔離されていること．

構造上隔離できない場合（金属加工機の切削部など）は，危険な領域の安全が確認できない間（時間隔離），侵入できないようにする．

機械の構造・作業現場の設置条件により隔離が困難な場合には，移動体のエ

ネルギを低減する（怪我の重篤度の軽減）又は移動速度を低減する（回避の可能性の向上）.

エネルギと速度は機械の性能に直接関係するものであるため，制限できない可能性は高い．しかし，用途によっては，制限できることもあるので，現場で作業者により制限できる機能を装備することを推奨する．制限できるのは，危険な状態の頻度・暴露時間である.

機械での隔離ができない場合（コンベアなど）には，“残留リスク”として作業場での隔離を要請する.

(2) リスクの形態と事故の可能性

通常作業と非定常作業で，状況が大きく異なる.

“機械包括安全指針”に準拠した機械は，通常の運転状態では，保護装置が機能しているので，危険源への接近は防げる．非定常の運転状態では，保護装置を無効化せざるを得ない状態がある．**表 3.2-1** に，可動部が露出している機械について，リスクの形態と事故の可能性を示す.

表 3.2-1　機械の動く部分が露出していることによるリスクの形態と事故の可能性

	通常の運転（作業状態）	非定常作業の場合
危険な状態	**危険源**： 動いている部分（イナーシャ). **危険事象**： 動いている部分に作業者が接触. **原因**： ① **機械等の故障** 例えば，移動範囲の制限が機能しない. ② **保護装置の無効化・迂回・取外し** 保護装置が無効化されるのは，保護装置により作業性が悪くなる，又は作業時間が長くなるなどの理由.	**危険源**： 次の作業中に潜在する危険な機械部分. —機械の起動，停止，試運転，初期設定／設定変更，ティーチング，段取りがえ，故障診断，修理，保守，点検作業，チョコ停復旧作業など. **危険事象**：上の作業中に危険な機械部分に接触. **原因**： 例えば，チョコ停復旧作業（製品が詰まった際)，あわてて危険な行動(危険な機械部分に手が接近)をとり，復旧と同時に起動する．事故につながる.

表 3.2-1（続き）

<table>
<tr><th></th><th>通常の運転（作業状態）</th><th>非定常作業の場合</th></tr>
<tr><td>想定される事故</td><td colspan="2">機械的原因による事故は，すり傷から死亡事故まで想定できる．事故のひどさは，主として機械エネルギの大きさに依存する．エネルギ以外では次のことなどが影響する．
・動いている部分の形状（鋭角なエッジなど）
・狭い作業空間，安全距離の不足
・機械の作業範囲と人の作業範囲の関係
・引き込まれなどで作業者が回避する能力（耐力・抵抗力）
怪我は，手，ふくらはぎ，足，頭，胸，腕などに発生する．</td></tr>
<tr><td>評価基準</td><td colspan="2">エネルギの制限：（機械工業界ガイドラインより）

機械工業界ガイドライン
（表 4-2-2 より抜粋，一部改編）
●規格の要求事項（参考基準）
75 N，150 N（適切な保護装置がある場合）
●痛覚静的耐性値／被験者：10 代～50 代男女 16 名（参考基準）
平均値：65 N～146 N，最小値：13 N～46 N，最大値：133 N～245 N
●労働安全衛生法
80 kW，1 m/s（ロボット）
●ISO 10218-1★（ロボット）

怪我の重篤度を軽減するには，エネルギ（ここでは移動のエネルギ，ニュートン N）を低減する．速度の制限は，回避の可能性を高くする対策である．
動く部分の形状：
エッジの形状についての制限はないが，押しつけられても怪我をしない形状が望ましい．</td></tr>
</table>

(3) リスク低減策

リスク低減のためには，危険な領域を保護装置により隔離するか，重篤度のレベルを低減することが必要である．

ア）通常作業における安全

保護装置（例えば，両手スイッチなど）は，可能な限り危険領域近くに設置し，機械の機能に優先して動作すること．

保護装置は，次の点を満たしていること．

- 取り扱いが容易であること．
- 表示，スイッチの状態（オン／オフ）は，わかりやすく誤解のないように配慮し，操作しやすい場所で確実に機能すること．
- 意図しない（誤って）操作がないような構造であること．
- 必要であれば鍵などで装置の機能を簡単に無効化できないようにすること．

なお，柵による隔離の場合は，乗り越え・回り込み・下からの潜り込みなどにより危険領域に到達できないようにすること（ISO 13857★）．

イ）非定常作業における安全

非定常作業には，段取りがえ，保守作業，ティーチングなどがある．

危険領域・状態から退避又は開放できるようになっていること．

非常停止ボタンは，危険な状態でも操作できるようになっていること（ISO 13850★）．

第三者による予期しない機械の起動がないように，すべてのエネルギ源（電気，油圧，空圧など）は遮断されていること．

停電などのエネルギ源の遮断により，チャックの保持機構が開放されたり，ワークが落下するなどの危険な状態が発生しないようにすること（例えば，追加の支持手段を設置するなど）．

機械の起動を監視する場合，柵・カバーなどは，透明板や網の柵などの透視できるものがよい．

作業者が危険領域内に存在する場合の機械の運転は，手動又はインチングが

第3章

（動くパワーと移動距離が制限されているため）適している.

次に,“保護装置の種類と選択方法”及び“安全防護柵の選択方法”を示す.

保護装置の種類と選択方法

① 保護装置の種類

・空間的に隔離する保護装置

カバー，柵，網などにより危険領域を隔離する．接近・侵入できない.

・部分的に侵入を妨げる（隔離）保護装置

危険領域への指の侵入，足の侵入などを防ぐことにより，作業領域への侵入を妨げることなく危険な状態を発生させない方法．例えば，シュレッダーの隙間に指が入らないように狭くする，シャッターが閉まらないと起動しないなど.

・直接隔離しない保護装置（インタロック）

ドアスイッチ，センサなどと制御システムが連携し，隔離するための設備（ドアなど）と組み合わせて安全な状態を確保する（IEC/TS 62046★).

② 保護装置の選択

リスクアセスメントの結果により選択すること．制御システムを活用した保護装置は，ISO 13849-1★，-2★又はIEC 62061★（又は機械工業界ガイドライン）に基づくリスクアセスメントを実施のこと.

安全距離[※1]を考慮すること.

[※1] 安全距離の計算方法は，保護装置の応答速度も含めて保護装置カタログに記載されている情報を活用のこと.

安全防護柵の選択方法

① 安全防護柵／カバーの選択について

作業エリア（例えば，ロボットの作業など）の空間的隔離には，安全柵（スチール製メッシュパネル，フルスチールパネル，ポリカーボンパネル，アルミ柵など）がある．

カバーにより機械の危険な部分を囲う場合も，透視の必要性・強度・保全性などを考慮にいれて，カバーの材料を選択する．

カバーの取り外しが不可の場合は，特殊工具でないと取り外せないような構造になっていること．

カバーの取り外しが可能な場合は，取り外し監視機能の必要性を検討すること．頻繁かつ特殊工具なしで取り外せるカバーは，ドアと同じ扱いとなり，開閉についての監視と制御を考慮すること．

固定・移動式ガード：

ドア・取り外し可能なカバーのようなものについては．ISO 14120 に規定されている．

網（メッシュ）：

なかが見えるので，安全な状態の確認が容易．飛来物は防げない．

透明板：

安全な状態が確認できる．飛来物が防げる．強度・保全に課題あり．

不透明版：

内部の秘密を見えなくする．飛来物防御・強度・保全が容易．

② 安全柵の用途

機械の防護，ロボット周りの労災予防，特定地域への立ち入り制限など，安全柵の用途は多い．

(4) 作業者の行動に関わる安全

ア) 表示・警告等について

残留リスクは，標識，記号，色などで表示する．表示には安全に影響のあるデータ（安全に動作する圧力，回転数，回転速度など）を明記することで，作業者は，安全な行動をとることが可能になる．機械の動く部分と表示の位置関係にも配慮する［MMI（マン・マシン・インタフェース）については，**本書 3.8.5** 参照］．

危険源・危険な状態を認識していなければ，安全な行動をとらない場合がある．例えば，不十分な照明や騒音により，必要な警告情報（警告表示・警告音など）が認識できないことがある．そのような場合には，危険な作業の直前に，必要な情報の提供・理解度の確認などを実施する．

イ) 保護具について

髪の毛が広がって危険な状態にならないように，キャップを着用する．また，作業着は，巻き込まれなどがなく作業性のよいものを選択する（EN 510★）．

軍手は，回転体に関連する作業には使用しない．安全靴については，産業安全研究所 技術指針“安全靴技術指針★”や ISO 13287★，ISO 20345★，ISO 20346★，ISO 20347★を参考にするとよい．

作業者を選択する際には，適正・能力（知識・経験・資格など）を考慮にいれる．特に非定常作業（立ち上げ・保守・点検など）を担当する作業者には，その適正・能力に配慮すること．

次に，社団法人産業安全技術協会が認定している作業者の保護具と安全標章を示す．

（社）産業安全技術協会が認定している作業者の保護具と安全標章

① 労働安全衛生法第四十四条の2に規定されている型式検定に合格

・防じんマスク★
・防毒マスク★
・絶縁用保護具
・絶縁用防具
・保護帽　ほか

② 同協会の機械等安全認定規程に定められている基準に合格

・爆発性雰囲気が存在するおそれのある場所で使用する接続箱
・光電式保護装置
・安全帯　ほか

出典）社団法人産業安全技術協会　安全標章
http://www.ankyo.or.jp/recognition/n_hyosyo.pdf

ウ）複数の作業者が作業する場合

複数の作業者（監視者を含む）が同時に危険領域内にて作業する場合には，次の点に注意しなければならない．

・機械の起動の際に警告（視覚／音声）するようにしなければならない（ISO 11429★）．
・協力関係を明確にするとともに，必要がある場合には監視員を置くなど，追加の安全策を実施すること．

エ）作業空間について（狭い作業空間）

ISO 13854★には，**表 3.2-2** のように最小すきまが示されている．

表 3.2-2　最小すきま

単位 mm

人体部位	最小すきま a	図示
人体	500	
頭（最悪の位置）	300	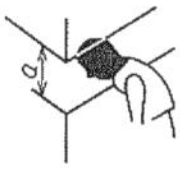
脚	180	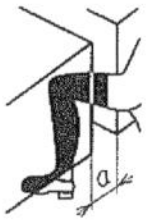
足	120	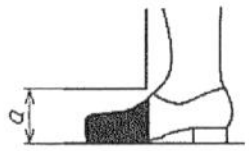
つま先	50	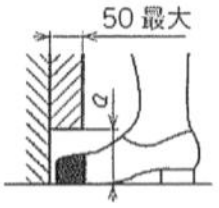
腕	120	
手 手首 こぶし	100	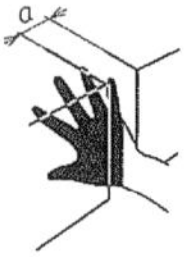
指	25	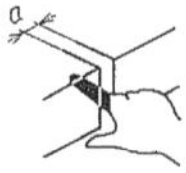

出典）JIS B 9711:2002（ISO 13854:1996 対応），表 1

(5) 関連する法規・規格等

- ISO 11161:2007
  (機械類の安全性—統合生産システム—基本的要求事項)
- ISO 11429:1996
  (人間工学—音及び光を用いた危険及び安全信号のシステム)
- ISO 13849 シリーズ (機械類の安全性)

・ISO 13849-1:2006
(機械類の安全性—制御システムの安全関連部—第1部：設計のための一般原則)

・ISO 13849-2:2003
(機械類の安全性—制御システムの安全関連部—第2部：妥当性確認)

- ISO 13850:2006
  (機械類の安全性—非常停止—設計原則)
- ISO 13854:1996
  機械類の安全性—人体部位が押しつぶされることを回避するための最小すきま
  対応JIS　JIS B 9711:2002 (IDT)
- ISO 13857:2008
  (機械類の安全性—危険源区域に上肢及び下肢が触れない安全距離)
  対応JIS　[JIS B 9707:2002 機械類の安全性—危険区域に上肢が到達するのを防止するための安全距離 (旧 ISO 13852:1996 対応), JIS B 9708:2002　機械類の安全性—危険区域に下肢が到達するのを防止するための安全距離 (旧 ISO 13853:1998 対応). いずれも IDT. なお, ISO 13852 と ISO 13853 が統合されて, ISO 13857:2008 となっている.]
- ISO 14120:2002
  機械類の安全性—ガード—固定式及び可動式ガードの設計及び製作のための一般要求事項

第3章

対応JIS　JIS B 9716:2006（IDT）

- IEC 62061 Ed.1.0:2005

  機械類の安全性—安全関連の電気・電子・プログラマブル電子制御システムの機能安全

  対応JIS　JIS B 9961:2008（IDT）

- IEC/TS 62046 Ed.2.0:2008

  （機械類の安全性—人の存在を検出するための保護機器の応用）

  対応JIS/TS　TS B 62046:2010（IDT）

  機械類の安全性—人を検出する保護設備の使用基準

  ［TS：Technical Specifications（標準仕様書）］

- EN 510:1993（巻き込まれる恐れのある場所で使用する防護服等）

▶ 産業用ロボット

- ISO 10218-1:2006

  産業用ロボット—安全要求事項—第1部：ロボット

  対応JIS　JIS B 8433-1:2007（IDT）

- 厚生労働省，“産業用ロボットの使用等の安全基準に関する技術上の指針”

  （昭和58年9月1日，技術上の指針公示第13号）

  http://www.jaish.gr.jp/anzen/hor/hombun/hor1-7/hor1-7-13-1-0.htm

▶ 防じんマスク

- JIS T 8151:2005　防じんマスク
- 防じんマスクの規格

  （昭和63年3月30日，労働省告示第19号）

  （最終改正：平成15年12月19日，厚生労働省告示第394号）

  http://www.jaish.gr.jp/anzen/hor/hombun/hor1-12/hor1-12-1-1-0.htm

- 厚生労働省，“防じんマスクの選択，使用等について”

  （平成17年2月7日，基発第0207006号）

  http://www.jaish.gr.jp/anzen/hor/hombun/hor1-46/hor1-46-4-1-0.htm

▶ 防毒マスク

- JIS T 8152:2002　防毒マスク
- 防毒マスクの規格
  （平成 2 年 9 月 26 日，労働省告示第 68 号）
  （最終改正：平成 13 年 9 月 18 日，厚生労働省告示第 299 号）
  http://www.jaish.gr.jp/anzen/hor/hombun/hor1-12/hor1-12-2-1-0.htm
- 厚生労働省，“防毒マスクの選択，使用等について”
  （平成 17 年 2 月 7 日，基発第 0207007 号）
  http://www.jaish.gr.jp/anzen/hor/hombun/hor1-46/hor1-46-3-1-0.htm

▶ 安全靴

以下及び次項［産業安全技術協会の評価基準（安全靴等）］のほか，靴等の帯電防止については，**本書 3.3.2（4）**を参照.

- ISO 13287:2006
  （個人用保護具―はき物―スリップ抵抗の試験方法）
- ISO 20345:2004
  （個人用保護具―安全靴）
  対応 JIS　（JIS T 8101:2006“安全靴”は，旧 ISO 8782 シリーズ対応（MOD）.）
- ISO 20346:2004
  （個人用保護具―保護靴）
- ISO 20347:2004
  （個人用保護具―職業靴）
- 産業安全研究所 技術指針“安全靴・作業靴”
  （JNIOSH-TR-NO.41，2006 年）
- 産業安全研究所 技術指針“安全靴技術指針”
  （RIIS-TR-90 ／ JIS T 8101）
  → JIS については，上記“安全靴”の ISO 20345 を参照.

▶ **産業安全技術協会の評価基準（安全靴等）**

安全靴等の分野において社団法人産業安全技術協会が使用する評価基準を**表3.2-3**に示す.

表3.2-3　安全靴・プロテクティブスニーカーの安全性能試験
（社団法人産業安全技術協会による評価基準）

安全靴の安全性能試験	
性能試験の種類	使用する規格・基準・方法
つま先の強度試験（耐衝撃試験及び耐圧迫試験）金属製先しんを有するもの	産業安全研究所 技術指針“安全靴技術指針”(RIIS-TR-90)／JIS T 8101“安全靴”
つま先の強度試験（耐衝撃試験及び耐圧迫試験）非金属製先しんを有するもの	産業安全研究所 技術指針“安全靴技術指針”(RIIS-TR-90)／JIS T 8101“安全靴”
耐滑性	産業安全研究所 技術指針“安全靴技術指針”(RIIS-TR-90)
かかとの衝撃吸収性	産業安全研究所 技術指針“安全靴技術指針”(RIIS-TR-90)／JIS T 8101“安全靴”
靴の質量	産業安全研究所 技術指針“安全靴技術指針”(RIIS-TR-90)
屈曲性	産業安全研究所 技術指針“安全靴技術指針”(RIIS-TR-90)
耐踏抜き性	産業安全研究所 技術指針“安全靴技術指針”(RIIS-TR-90)／JIS T 8101“安全靴”
表底のはく離抵抗	JIS T 8101“安全靴”
プロテクティブスニーカーの安全性能試験	
性能試験の種類	使用する規格・基準・方法
衝撃試験・圧迫試験・はく離試験・エネルギ吸収試験	日本プロテクティブスニーカー協会規格“プロテクティブスニーカー”

出典）社団法人産業安全技術協会，安全性能試験の種類と使用する規格等より，“安全靴・プロテクティブスニーカーの安全性能試験”（2007年時点）
http://www.ankyo.or.jp/inspection/s_kikaku.pdf#search

3.2.2　機械・設備などの形状によるリスク

形状によるリスクには，機械自体の表面そのものと，機械の周辺に存在するものがある．

機械自体の表面のリスクには，機械内部作業空間の壁，柵，機械表面の凸凹・形状などがある．

機械の周辺に存在するリスクには，機械の付帯設備，工具，部品置き場としての棚などがある．

(1) 設計上の配慮

危険源の除去が基本である．特に動く部分については，**本書 3.2.1** を参考に，接近できないように設計する．

機械の付帯設備（切削工具，その他の工具，部品，針・刃物など）については，ATC（Automatic Tool Changer）などによる自動化により，危険な状態が発生しないよう考慮する．

(2) 危険の形態と事故の可能性

図 3.2-2 に，機械・設備などの形状による危険のイメージを示す．また，**表 3.2-4** に，機械・設備などの形状による危険の形態と事故の可能性を示す．

形状によるリスクは，静止状態での危険である［固定部分と可動部分間，可動部分と可動部分間の最小すきまの設計ミスにより生じる危険については，**本書 3.2.1** を参照］．

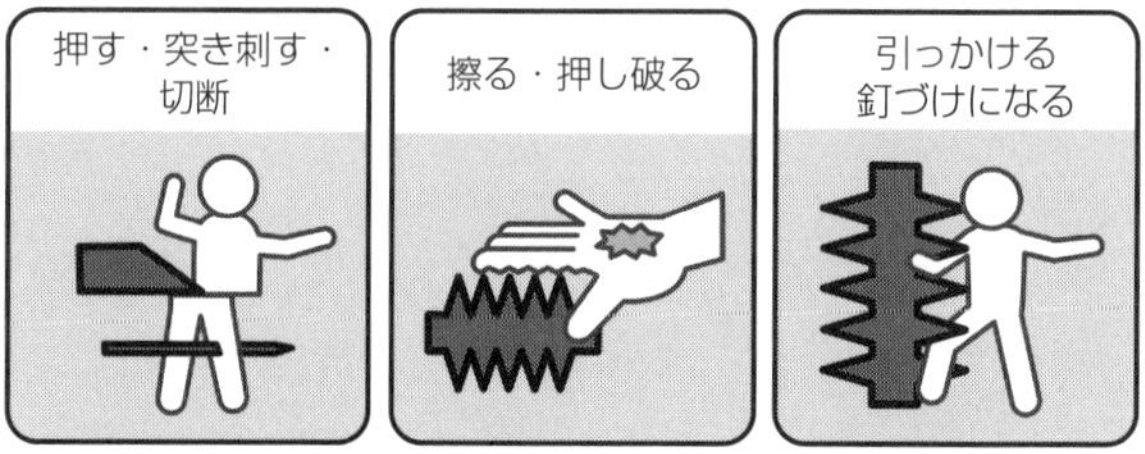

図 3.2-2　機械・設備などの形状による危険

表 3.2-4 機械・設備などの形状による危険の形態と事故の可能性

危険な状態	**危険源**： 移動する機械の部分，狭い・低い場所の表面，工具・ワーク・ごみ・階段・いすなどの表面にある危険な形状. **危険事象**： 動いている部分に作業者が接触，鋭利な角部などに作業者が接触. **原因**： 適切な最小すきまの設定ミス，バリ取りなしなど.
想定される事故	危険な表面により次のような事象が発生する. ・押す，突き刺す，切断する. ・擦る，押し破る. ・引っかける，釘づけになる. 危険な表面のサイズと形状で怪我の程度は大きく異なる. 次に述べる事項も怪我の重篤度に影響を与える. ・作業者の移動速度，加えた力，移動距離. ・危険な表面と接触する身体の部分とその抵抗力. ・作業者が使用している保護具. 事故が発生しやすくなるファクターには次のようなものがある. ・認知度（視界・視認性が悪い). ・突然の・予期しない接近. ・不十分な作業空間，狭い通路. ・不十分なスペース，支えなければいけない姿勢.
評価基準	評価基準の規定はない．過去の事故などの状況を参考にする．重要なのは，危険な表面と接触する可能性をなくすことである. **危険度合いの低減**： 危険な表面と接触する可能性をなくすことが不可能な場合は，リスクを低減することである．例えば，エッジを丸くする，柔らかい材料で覆う，柔らかい材料に変更するなどがある.

(3) リスク低減策

形状によるリスクを低減するには，危険な部位との安全な空間を確保する（ISO 13854★．例えば，安全でない＝狭い作業空間については，前出の**表 3.2-2** を参照）．

作業の速度が速い場合には，追加の安全スペースを確保する．

ドアを設置する場合には，開閉により通路が狭くならないようにする．

危険な状態をなくすことができない場合には，認知度を向上する．例えば，警告板・照明の追加などである．

危険な工具の場合には，安全・確実で実用的な取扱い方法（例えば，置き場所の固定，持ち方の指示など）を作業指示書に明記し徹底する．例えば，尖がっている工具は，専用のホルダーにいれて携帯する．

(4) 作業者の行動に関わる安全

安全靴・軍手・作業着の種類などを作業にあわせて選択することにより，保護できる可能性を改善する［**本書 3.2.1（4）**参照］．

(5) 関連する法規・規格等

● ISO 13854　→**本書 3.2.1（5）**参照．

このほか，安全靴等の保護具や，すきまに関する規格等については，**本書 3.2.1（5）**を参照．

3.2.3　機械・設備の一部・ワークなどが固定されていないことによるリスク

ロボットのアーム，固定されていない部品棚，部品棚の上の部品箱などで固定されていないものなどがある．

固定されていない物が動くことによる危険において，**本書 3.2.1** との違いは，移動方向などにガイドがなく移動範囲・方向が制限されていないことである．これらの動きは本来予定していないものであり，事前にその動きを規定することはできない．

我が国では，地震を考慮に入れて，機械・設備を確実に固定することが要求される．この項では，地震対策とは別に，通常の運転状態・作業状態での安全確保について述べる．

地震対策の基本は，次のとおりである．

地震対策について

・地震が発生したら，とりあえず機械を停めて安全状態にするのが基本である．

・機械が変形・破壊されないように，機械や棚などは床に固定されている必要がある．固定にはアンカーボルトを使用するのが一般的である（縦揺れと横揺れを考慮すること）．

(1) 設計上の配慮

固定する，又は，移動の方向と範囲を制限するガイドを設ける．ガイドされた移動体は，**本書3.2.1**を参考に設計する．

(2) 危険の形態と事故の可能性

固定されていないことによる危険は，本来静止状態にあるもの（例えば，棚・ワーク）が倒れることなどにより生じる（**図3.2-3**）．

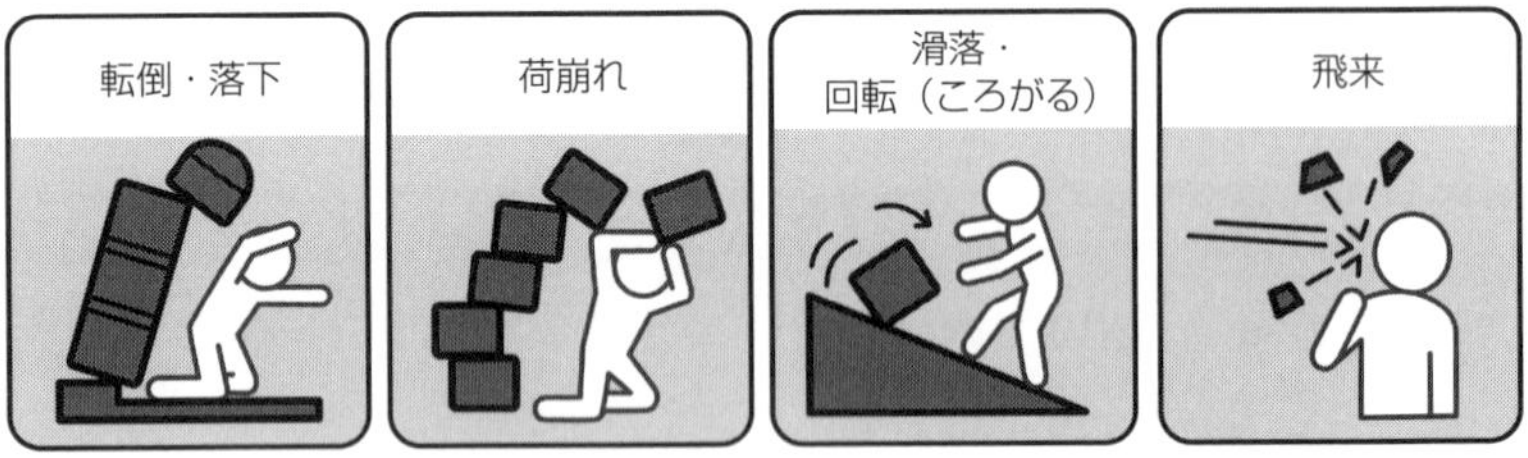

図3.2-3 固定されていないことによる危険

危険の形態は，次の三つに分類できる．

- ・転倒する，揺（振）れ
- ・回転する，滑落する
- ・落下，崩れる，飛来する

表 3.2-5 に，危険の形態と事故の可能性，リスク低減策までを示す．

表 3.2-5　機械・設備の一部・ワークなどが固定されていない危険の形態と事故の可能性

	転倒，揺（振）れ	回転，滑落	落下，崩れ，飛来
危険な状態	**危険源**： 機械の一部又は工具など． **危険事象**： 不安定な状態で転倒又は揺れることにより機械の一部又は工具が作業者などに接触． **原因**： ① 機械の一部又は工具などの背が高く，細く重心が上部にある． ② 段積みされている． ③ 部分的に満たされている液体の入れ物が動いている(重心移動)． ④ 運搬・組立時に，動いている部分の重心が移動し，その結果,転倒する,人・機械的な力・風などにより発生する．	**危険源**： 高い所にあるもの(工具など)． **危険事象**： ものなどが高所から滑る又は回転しながら落下し，作業者などに接触． **原因**： ① 固定具が緩む・外れる，固定している材料（糊，マグネットなど）が緩む． ② 揺すったり，押したり,引きずったりする． ③ 材料の破壊． ④ ワークなどの回転を制限しているストッパーが外れる．	**危険源**： 圧力容器中の材料，工具，ワーク． **危険事象**： ・圧力容器内の材料が爆発して飛び散り，作業者などに接触． ・工具，ワークなどが飛来，落下，又は崩れたりすることにより作業者などに接触． **原因**： ① 不適切な管理． ② 固定具が緩む・外れる． ③ 工具などの動きを妨げる． ④ ロボットのアームがワークを採り損ねてヒットする． ⑤ 機械がワークをヒットする．
想定される事故	作業者にぶつかることにより軽傷から死亡までありうる．		
評価基準	**転倒しない安定性**： (立っていることの確実性.）底の面積と高さの比．	・ストッパーを設けることが基本である． ・ストッパーの選	・特定の分野には個別の規格にて限界値が設定されている．例えば，研磨機には，

表 3.2-5（続き）

	転倒，揺（振）れ	回転，滑落	落下，崩れ，飛来
	転倒しない安全性：重心の位置を低くする．	択・被害の大きさは，対象物の質量と落下高さ表面の形状及び表面の硬さ（柔らかさ）により評価する．場合によっては，作業者自身の保護具の装着が必要になる． ・ストッパーの形状・及び材質は滑らないように考慮する．	許容できる回転数が決められている（種々の刺激で研磨材料が飛び散る可能性があるため）． ・保護扉の透明な窓の衝撃強度． ・圧力容器・配管などの許容できる耐圧（バーストの可能性がある）． ・圧力機器については，危険物の取扱規制について考慮すること．
リスク低減策	揺れ・転倒対策に固定する（アンカーなどで固定する）．	滑り止め，ストッパーなど．	・飛来物に対しては，柵・カバーによる遮蔽が必要である（網は不可，強度も考慮すること）． ・落下・崩れに対しては，網で覆うなどの対策がある．

（3）作業者の行動に関わる安全

ヘルメット・安全靴の種類などを選択することにより，保護できる可能性を改善する［**本書 3.2.1（4）**参照］．

（4）関連する法規・規格等

安全靴等の規格については，**本書 3.2.1（5）**を参照．

3.3　電気的なリスク

電気的な危険には，感電による危険と静電気による危険がある．

電気に起因する危険源であり，次のような原因により危害を生じる可能性がある．

・直接接触（充電部との接触，正常な運転時に加電圧される導体又は導電性部分）

・間接接触（不具合状態のとき，特に絶縁不良の結果として，充電状態になる部分）

・充電部への，特に高電圧領域への人の接近

・合理的に予見可能な使用条件下の不適切な絶縁

・帯電部への人の接触等による静電気現象

・熱放射

・短絡もしくは過負荷に起因する化学的影響のような又は溶融物の放出のような現象

・感電によって驚いた結果，人の墜落（又は感電した人からの落下物）を引き起こす可能性がある

3.3.1　感電によるリスク

感電には，電気機器を使用した作業における感電と（電気に関係しない作業においても）電気機器の近くの作業における機器からのアーク感電がある．

図 3.3-1 に，業種別の感電事故発生状況を示す．

（1）設計上の配慮

電気の配線，接地，絶縁保護クラスなどの規則にもとづいた施工をするとともに，定期点検の仕組みを構築しておくこと．特に接地抵抗と絶縁は，劣化することがあるので，定期点検が重要である．

機械内部の配線方法，線材の選択，短絡保護の方法，ブレーカーの定格，接地方法などを，規格に準じたものにする．地絡継電器の使用も考慮すること．

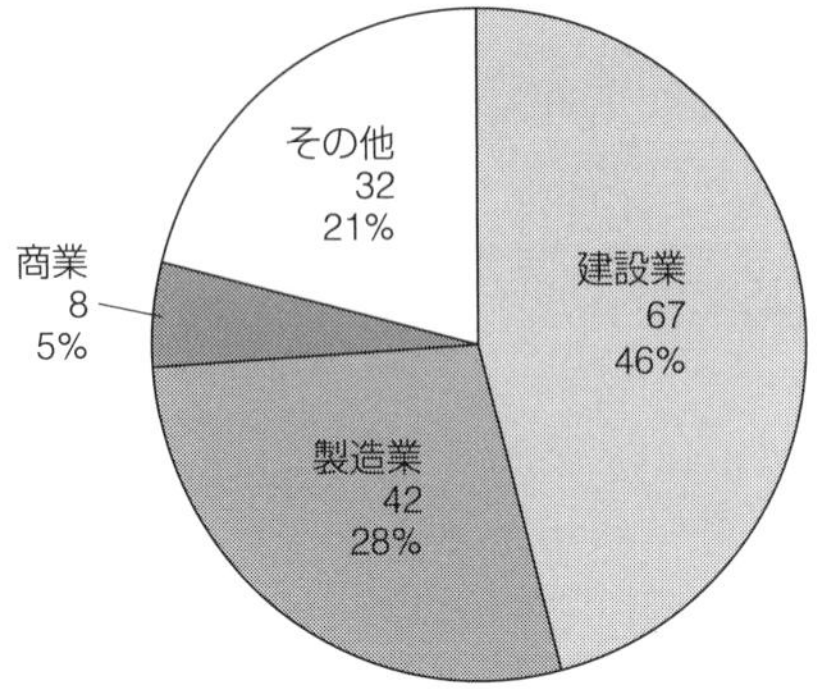

図 3.3-1　平成 20 年の感電事故発生状況

数値資料出所）労働災害統計（平成 20 年），平成 20 年業種別・事故の型別死傷災害発生状況［確定値］，“平成 20 年における業種別・事故の型別死傷災害発生状況（死亡災害及び休業 4 日以上）［確定値］”より，“感電（計 149）”
http://www.jaish.gr.jp/information/h20_kaku/h20_in02.html

(2)　危険の形態と事故の可能性

感電による危険事象は，1,000 VAC 以下の電圧では電気ショックによる感電，1,000 VAC 以上ではアーク感電が大半である．

周辺の物質に引火して火災・爆発事故が発生する可能性がある．

電気機器については，製品安全にもとづいて設計されたものを使用する．

また，接地が確保されていることを確認すること．

表 3.3-1 に，感電による危険の形態と事故の可能性を示す．

IEC 60335 には，**安全特定低電圧**［SELV（safety extra-low voltage）］が規定してあり，単相のものにあっては線間並びに対地の公称電圧が 42 V 以下で，無負荷電圧が 50 V 以下のものをいい，3 相のものにあっては各相と中性線との間の公称電圧が 24 V 以下で，無負荷電圧が 29 V 以下のものをいう．

表 3.3-1　感電による危険の形態と事故の可能性

	電気ショック（電撃）	アーク電流
危険な状態	**危険源**： 充電部，障害条件下で充電状態になる部分，短絡など． （主に 1,000 V/AC 以下の電圧で発生） **危険事象**： ・作業者が充電部に接触．	**危険源**： 電線間短絡などにより生じる火花など（高温を生じる）． **危険事象**： ・アークにより高温になった金属に接触． ・カプセル内でアークによる圧力上昇下に置かれる． ・アークによる毒性ガスが発生し吸引する． ・アーク光を目視する． ・アーク溶接中に溶接機や火花などに接触．
想定される事故	・身体内のやけど・血液の沸騰・心室細動など． ・感電により驚いた結果から生じる人の墜落，又は感電した人からの落下物．	・アークにより高温になった金属などによるやけど． ・カプセル内でアークによる圧力上昇の結果発生する怪我． ・アークにより毒性のガスが発生し，呼吸困難などになる． ・アーク光による眼の各種傷害． ・電気溶接中のやけどなど．
評価基準	接触しても感電しない条件： ・“安全特定低電圧★”を採用していること． ・短絡電流・充電キャパシティを制限し，感電の可能性がないこと．	アークが出ない条件： ・エネルギの制限（環境条件により許容できるエネルギのレベルは増減する．）

感電は，体内に流れる電流によって発生する身体の異常である．SELV は，通常の条件で感電が発生しない電圧として定めてある．濡れた手での作業・水中での作業の場合は，皮膚の抵抗値が低下するので，SELV でも感電することがある．

次に，感電の危険性について記された文章を，参考までに紹介する．

感電の危険性について

30 mA の電流でも重大な感電事故につながることがあります（1 mA = 1/1,000 A）．ここでは68キロの男性を例にとって電流の影響を考えてみます．

・10 mA では，腕の筋肉が麻痺し，握ったこぶしを開くことができなくなります．

・30 mA では，呼吸器官の麻痺が起こります．呼吸が停止し，多くの場合生命に危険を及ぼします．

・75～250 mA では，5秒以上この状態が続くと，心室細動が起こるため，心筋が正常に動かなくなり，心臓の機能が停止します．これより高い電流では，5秒以内で心室細動が起こります．多くの場合，生命に危険を及ぼす結果となります．

出典）スズデン株式会社　TECHNICAL REPORT より抜粋
http://www.suzuden.co.jp/gijyutu/pdf/pdf42_06.pdf

(3) リスク低減策

感電のリスクを低減するには，電気機器・設備を使用した作業では，安全対策を施した機器を採用し，リスクアセスメントにより必要な対策・訓練を実施する．

溶接など技能資格の取得又は講習が義務づけられている作業については，作業者の（技能・経験などの）レベルを確認する．必要に応じて，作業責任者を選定し掲示しておく．

設備の定期点検（部品の寿命監視・交換を含む）を実施し，記録（機器に掲示する）を残す．

(4) 作業者の行動に関わる安全

感電を防ぐため，導電部には絶縁布をかけるなどの対策をしてから作業する．安全靴の種類など，絶縁のための保護具を選択することにより，保護できる可能性を改善する（**本書 3.2.1（4）**参照）．

(5) 関連する資格

国家資格として，電気主任技術者・電気工事士・機械保全技能士などがある．民間資格としては，社団法人日本プラントメンテナンス協会の自主保全士[1)]などがある．

(6) 関連する法規・規格等

● IEC 60204-1 Ed.5.1:2009

機械類の安全性—機械の電気装置—第1部：一般要求事項

対応JIS　[JIS B 9960-1:2008は，旧IEC 60204-1:2005対応（MOD）.]

● IEC 60335-1 Ed.5.0:2010

家庭用及びこれに類する電気機器の安全性—第1部：一般要求事項

対応JIS　[JIS C 9335-1:2003は，旧IEC 60335-1:2001対応（MOD）.]

“安全特定低電圧”を規定している．　→下記のJ 60335-1も参照．

● IEC 60364シリーズ（低圧電気設備）

特に安全防護については，IEC 60364-4“第4部　安全防護”（4-41〜4-44まで，四つの規格あり）を参照．

対応JIS　[JIS C 60364-4シリーズは，旧IEC対応（IDT）.]

● IEC/TS又はTR 60479シリーズ（人間及び家畜に対する電流の影響）

IEC/TS 60479-1からIEC/TR 60479-5まで，一般的側面，特殊側面，電流，電撃，生理学的作用に関する接触電圧のしきい値の規格がある．第1部を次に紹介する．

・ IEC/TS 60479-1 Ed.4.0:2005

（人間及び家畜に対する電流の影響—第1部：一般的側面）

● IEC 60598-1 Ed.7.0:2008（MOD）

照明器具—第1部：安全性要求事項通則

対応JIS　JIS C 8105-1:2010（MOD）

● IEC 61140 Ed.3.1:2009

---

1)　社団法人日本プラントメンテナンス協会　自主保全士
http://www.jishuhozenshi.jp/

感電保護—設備及び機器の共通事項

対応JIS　［JIS C 0365:2007は，旧IEC 61140:2001，旧IEC 61140:2001／AMENDMENT 1:2004対応（いずれもIDT).］

●J 60335-1[1)]

家庭用及びこれに類する電気機器の安全性—第1部：一般要求事項

対応規格　(JIS C 9335-1:2003，IEC 60335-1:2001に対応)

→上記IEC 60335-1参照.

3.3.2　静電気によるリスク

感電による事故と異なり，静電気による危険は，電気機器がなくても存在する．静電気は，機械，設備や作業者に帯電する．帯電された静電気が放電する際に，作業者に対する危険以外に，次のような障害がある．

・部品・デバイス破壊

・レントゲンフィルムなどの感光

・可燃性物質の点火（爆発や火災のリスク）

(1)　設計上の配慮

設備に帯電する場合は，機械の接地を確実に実行することで防げる．また，ワークのように接地できない場合は，静電気除去器（イオナイザ）などを使用して，特定の領域に静電気が帯電しないようにすることができる．

作業台を接地する．作業者への帯電は，腕バンドにて作業台とともに接地するなどの対策がある（作業台と腕バンドが同電位であること）．

(2)　危険の形態と事故の可能性

静電気を発生しない環境（温度・湿度など）の構築は困難．放電させる構造の構築が一般的である．例えば，人体の帯電対策として，導電性のある床材を接地，作業場の入口で放電する場所を設置など．

表3.3-2に，静電気による危険の形態と事故の可能性を示す．

1)　我が国では，電気安全分野については，“電気用品安全法”の“電気用品の技術上の基準を定める省令”の第2項の規定に基づき，J番号を付した基準が定められている．

表 3.3-2　静電気による危険の形態と事故の可能性

危険な状態	**危険源**： 静電気により充電された導電体. **危険事象**： 充電された導電体と接触，静電気の放電により火花が発生する．爆発性物質に引火することがある.
想定される事故	・電気ショック（電撃). ・爆発性物質に引火することによるやけど.
評価基準	基準値はない．湿度･温度･接地状態などの複合条件により帯電する．帯電しないようにする又は帯電してもすぐ放電するように対策することが肝要である.

(3) リスク低減策

2007 年に改定された独立行政法人労働安全衛生総合研究所 技術指針“静電気安全指針★”を参照.

(4) 関連する法規・規格等

● IEC 60079-0 Ed.5.0:2007

爆発性雰囲気―第 0 部：電気機器――般要件

対応 JIS　JIS C 60079-0:2010（IDT）

● IEC 60364 シリーズ（低圧電気設備）　→**本書 3.3.1（6）**参照.

● IEC 61241-0 Ed.1.0:2004

（可燃性ダストの存在下で使用する電気器具―第 0 部：一般要求事項）

● IEC 61340 シリーズ（静電気）

IEC 61340-2-1 から IEC 61340-5-3 まで，多数の規格がある．そのうち，**表 3.3-3** に取り上げられている規格を次に紹介する.

・ IEC 61340-5-1 Ed.1.0:2007

（静電気―第 5-1 部：電子装置の静電現象からの保護――般要求事項）

● JIS A 1455:2002　床材及び床の帯電防止性能―測定・評価方法

● JIS T 8103:2010　静電気帯電防止靴

● JIS T 8118:2001　静電気帯電防止作業服

● 独立行政法人労働安全衛生総合研究所 技術指針“静電気安全指針”

（JNIOSH -TR-No. 42）の抄録

http://www.jniosh.go.jp/publication/TR/abst/TR-No42.htm#TR-No42

▶ **産業安全技術協会の評価基準（帯電防止）**

帯電防止の分野において社団法人産業安全技術協会が使用する評価基準を**表3.3-3** に示す．

表 3.3-3　静電気用品等の帯電防止性能試験
（社団法人産業安全技術協会による評価基準）

静電気帯電防止性能・導電性能試験	
性能試験の種類	使用する規格・基準・方法
液体・固体・粉体の導電性能（導電率）	産業安全研究所 静電気安全指針（1988）
加工品・製品等の導電性能	産業安全研究所 静電気用品構造基準
導電性繊維混入材料・加工品の帯電防止性能	産業安全研究所 静電気用品構造基準及び産業安全技術協会 静電気安全性能試験基準
裏地なし作業服・衣服等の帯電防止性能	産業安全研究所 静電気用品構造基準及び JIS T 8118
裏地付き作業服・衣服等の帯電防止性能	産業安全研究所 静電気用品構造基準及び JIS T 8118
履き物の帯電防止性能	産業安全研究所 静電気用品構造基準及び JIS T 8103
帯電防止床材・マットの帯電防止性能	産業安全研究所 静電気用品構造基準及び産業安全技術協会 静電気安全性能試験基準及び JIS A 1455
電圧印加式除電器の除電性能	産業安全研究所 静電気安全指針（1978）
自己放電式除電器の除電性能	産業安全研究所 静電気安全指針（1978）
電子部品用除電器の除電性能	産業安全技術協会 静電気安全性能試験基準及び IEC 61340-5-1
電子部品用用具の帯電防止性能	産業安全技術協会 静電気安全性能試験基準
電子部品用工具の帯電防止性能	産業安全技術協会 静電気安全性能試験基準及び IEC 61340-5-1
集塵濾布の帯電防止性能	産業安全技術協会 静電気安全性能試験基準
高電圧放電の着火危険特性	産業安全技術協会で定めた方法

出典）社団法人産業安全技術協会，安全性能試験の種類と使用する規格等より，“静電気用品等の帯電防止性能試験”（2007 年時点）
http://www.ankyo.or.jp/inspection/s_kikaku.pdf#search

3.4　物理的因子によるリスク

物理的な因子による危険としては，熱（高温・低温），騒音，全身の振動，手／腕の振動，光の照射，イオンの放射，電磁界，低圧／高圧などによるものがある．

3.4.1　熱によるリスク（高温・低温に接触）

人間が接触する表面の異常な温度（高低）により生じる危険源で，次のようなものがある．

・極端な温度の物体又は材料との接触による，火炎又は爆発及び熱源からの放射熱によるやけど及び熱傷

・高温作業環境又は低温作業環境で生じる健康障害

(1) 設計上の配慮

熱源をなくすことは，性能上困難であるが，高温（又は低温）の時間を短縮することは，暴露時間の短縮になる．暴露時間と危害の度合いは，ISO 13732 を参考にする．

高温部（低温部）は，認知しやすいように警告表示をする．ユーザに残留リスクを提示することにより，ユーザが作業指示書に危険でない作業方法を明記することを要請する．

(2) 危険の形態と事故の可能性

表 3.4-1 に，熱による危険の形態と事故の可能性を，**表 3.4-2** に，1 分以上，接触することによる“熱傷”の限界値を示す．

作業環境による危険については，**本書 3.7.3** に記す．

表 3.4-1　熱による危険の形態と事故の可能性

	高温	低温
危険な状態	**危険源**： 高温部，輻射熱発源体 **危険事象**： 高温部に接触，輻射熱を浴びる．	**危険源**： 低温部 **危険事象**： 低温部に接触．
想定される事故	やけど	痛み，無感覚，凍傷
評価基準	ISO 13732-1★参照	ISO 13732-3★参照．

表 3.4-2　1分以上の接触時間の熱傷閾《しきい》値

材　料	以下の接触時間の熱傷閾値		
	1分	10分	8時間以上
	℃		
非被覆金属	51	48	43
被覆金属	51	48	43
セラミック，ガラス及び石材料	56	48	43
プラスチック	60	48	43
木材	60	48	43

出典）ISO 13732-1:2006　表1（邦訳版，日本規格協会）

(3) リスク低減策

熱は，製造方法・材料を変えないと除去できない危険である．リスク低減策には，次のような方策がある．

設備：隔離する．警告表示（灯）を設置

作業場：空調により適温に調節

ワーク：直接触れないようにツールを使用（物理的な遮断）

作業者：保護具（防寒具）の着用

追加の対策：警告表示，作業指示書，トレーニング

(4) 関連する法規・規格等

- ISO 13732 シリーズ（温熱環境の人間工学—表面接触時の人体反応の評価

法）

第1部（高温表面），第2部（中庸温域表面への人体接触），第3部（低温表面）の3規格が発行されている．

3.4.2　騒音によるリスク

聴覚障害者として身体障害者手帳を交付されている人は，約36万人である．**表3.4-3**に補聴器ユーザと潜在ユーザの数を示す．

表3.4-3　補聴器ユーザ及び潜在ユーザ

（調査期間：2003-2-20～2003-3-10）

	補聴器ユーザ・潜在ユーザ（千人）	人口（千人）	人口比
自覚のない補聴器潜在ユーザ数	9,070	125,950	7.2%
自覚のある補聴器潜在ユーザ数	5,690	125,950	4.5%
ほとんど使用しない補聴器所有者数	1,290	125,950	1.0%
常時，又は随時使用補聴器所有者数	3,390	125,950	2.7%
合　　計	19,440	—	15.4%

出典）一般社団法人日本補聴器工業会“補聴器供給システムの在り方に関する研究”2年次報告書より

健常者と比べ，聴力が30 dB以上低下している状態を難聴といい，100 dB以上の音が聞こえないことを聾（ろう）という．

騒音障害防止の具体的な対策については，“騒音障害防止のためのガイドライン★”に詳しい．

(1) 設計上の配慮

騒音による災害は，作業者と環境に分けて考える必要がある．

環境に対する影響（規制）は，地方自治体により住宅地・工業団地などについて細かく規定されている．

作業者に対する影響は，作業環境での騒音のレベルを測定し対策を考慮する必要がある．設計上は機械自体の騒音と機械の振動により周辺で発生する騒音も考慮すること．

音源を隔離することが望ましい．防音は，音の周波数帯域も含めて検討する．通常は聞こえない領域の音でも，健康被害を起こすことがある．音源がある場合には，測定して確認のこと．有害な周波数帯域については，音量制限のための対策を実施すること．

(2) 危険の形態と事故の可能性

表 3.4-4 に，騒音による危険の形態と事故の可能性を示した．同表では，騒音の発生する機械の直近で作業する場合の危険を対象にする．周辺の作業者・工場の外部への影響は，別途，配慮すること（地方自治体の規制など．機械工業界ガイドラインの表 4-2-2 の“騒音による危険源”欄も参照）．

(3) リスク低減策

騒音の少ない生産方式・生産設備を採用することを検討する．設備・作業場の騒音と作業者の保護については，次のような低減策がある．

設備・作業場の騒音：防音，音の抑制装置（相殺する周波数の発生装置など．ISO 11690-1）の使用，設備を防音材で囲う．

作業者用保護具：耳栓などを使用する．定常的に騒音の多い環境で作業に従事する作業者に対しては，医者による定期的な診断をする．

(4) 関連する法規・規格等

- ISO 1999:1990
  （音響—職業上の騒音暴露の測定及び騒音誘発聴覚障害の推定）
- ISO 4869 シリーズ（音響—聴覚保護具）
- ISO 4871:1996

表 3.4-4　騒音による危険の形態と事故の可能性

危険な状態	**危険源**： ・排気システム ・高速でのガスもれ ・製造工程（打ち抜かれる，切断など） ・可動部分 ・こすり ・バランスの悪い回転部 ・音の出る空圧装置 ・劣化部品 **危険事象**： 長期間にわたり騒音環境下にさらされる． 爆発などの瞬圧にさらされる．
想定される事故	難聴（長期間にわたって騒音のある環境での作業に従事することにより徐々に難聴になる）と急性難聴（爆発などの騒音の事故の結果として難聴になる）がある． 機械から発生する騒音により，次のような結果を引き起こす． ・永久的な聴力の喪失 ・耳鳴り ・疲労，ストレス ・平衡感覚の喪失又は意識喪失のようなその他の影響 ・口頭伝達又は音響信号知覚への妨害 難聴により危険を察知する能力が著しく低下し，事故につながる可能性が高い．騒音でなく，ストレスにより難聴になることもある．
評価基準	接音の大きさと暴露時間により危険の大きさが定義できる． 騒音の計測には，国際的な測定基準（**本項（4）**に一部を紹介）を参考にした独自の算定方法を採用． 評価基準は，“騒音障害防止のためのガイドライン*”を参照．

（音響—機械及び機器の騒音発生量の宣言及び検証）

- ISO 7731:2003

（人間工学—公共の場所及び職場の危険信号—聴覚危険信号）

- ISO 9612:2009

（音響—職業的騒音ばく露の測定—工学的方法）

- ISO 11690 シリーズ（音響学—防音機械室の設計のための推奨作業）
- ISO 14163:1998

（音響学—消音器による防音の指針）

第3章

- ISO 15667:2000

　(音響学—エンクロージャ及びキャビンによる防音の指針)

- IEC 60942 Ed.3.0:2003

　電気音響—音響校正器

　対応 JIS　JIS C 1515:2004 (IDT)

- IEC 61260 Ed.1.0:1995

　(電子音響—オクターブバンド及び部分オクターブバンドフィルター)

　オクターブ及び1／Nオクターブバンドフィルタ

　対応 JIS　JIS C 1514:2002 (IDT)

- IEC 61672 シリーズ［電気音響—サウンドレベルメータ (騒音計)］

・IEC 61672-1 Ed.1.0:2002

　電気音響—サウンドレベルメータ (騒音計) —第1部：仕様

　対応 JIS　JIS C 1509-1:2005 (IDT)

・IEC 61672-2 Ed.1.0:2003

　電気音響—サウンドレベルメータ (騒音計) —第2部：型式評価試験

　対応 JIS　JIS C 1509-2:2005 (IDT)

・IEC 61672-3 Ed.1.0:2006

　(電子音響学—サウンドレベルメータ—第3部：定期試験)

- 旧労働省，“騒音障害防止のためのガイドライン”の策定について

　(平成4年10月1日，基発第546号)

　http://www.jaish.gr.jp/anzen/hor/hombun/hor1-33/hor1-33-17-1-0.htm

3.4.3　振動によるリスク

機械の振動が人体に伝わって危険な状態となる．作業に関連した振動には，全身の振動と手・腕の振動がある．機械の振動が周辺の環境に与える影響は自治体が条例により規制している．

厚労省作成の“振動障害の予防のために★”には，振動工具の取扱に関する国際規格の動向などを含めて解説してある．

(1) 設計上の配慮

機械の振動による全身振動や手・腕の振動がある．手持ちの工具の振動には，個別の規格（タイプC規格）がある．個別規格がない場合には，類似の工具の規格を参照．

設置型の機械の場合には，機械の振動を床に伝えないための緩衝材・装置の採用を検討する．騒音と振動は密接に関連している場合があるので，同時に配慮する．設置方法と騒音の関係は，設置マニュアルのなかに具体的に記述すること．

(2) 危険の形態と事故の可能性

表3.4-5に，振動による危険の形態と事故の可能性を示す．なお，同表では，機械の振動が身体に伝わるものを対象とする．

表3.4-5　振動による危険の形態と事故の可能性

	全身の振動による危険	手・腕の振動による危険
危険な状態	自動車・飛行機などの乗り物が作業場となる作業者は全身が振動する．機械の振動による全身振動もある．	手持ちの工具の振動（回転又はたたく）による危険な状態．
想定される事故	長時間にわたる振動は，脊椎に大きな負担をかけさまざまな病気の原因になる．消化器官や妊婦にも悪影響を与える．	骨・関節，血流の障害や神経系の病気になる可能性がある．
評価基準	ISO 2631-1★（機械振動及び衝撃—全身振動に暴露される人体の評価—第1部：一般要求事項）を参照．	振動の評価基準の例としてISO 5349-1★がある．
リスク低減策	自動車の運転は，運転席の改善，休憩のインターバルの確保．	継続する作業時間の短縮．
	機械の振動の制限： アンカーによる固定，緩衝材の採用． 継続する作業時間の短縮．	

(3) 関連する法規・規格等

ISOでは，2010年6月現在，ISO/TC108が，202件の機械振動等に関する規格を発行している[1]．以下に，その一部を紹介する．

なお，国際規格とJISの対応状況については，厚生労働省の資料が参考になる[2]．

●ISO 2631シリーズ（全身振動）

ISO 2631-1からISO 2631-5（第5部：多重衝撃を含む振動の評価方法）まで，発行されている．第1部を次に紹介する．

・ISO 2631-1:1997

（機械振動及び衝撃—全身振動に暴露される人体の評価—第1部：一般要求事項）

対応JIS　JIS B 7760-2:2004（IDT）

全身振動—第2部：測定方法及び評価に関する基本的要求

（対応JISは第2部である．）

●ISO 5349シリーズ（手腕系振動）

ISO 5349-1からISO/TR 15349-3までが発行されている．第1部と第2部を次に紹介する．

・ISO 5349-1:2001

（機械振動—手腕系振動への人体暴露の測定及び評価—第1部：一般要求事項）

対応JIS　JIS B 7761-3:2007（IDT）

手腕系振動—第3部：測定及び評価に関する一般要求事項

（対応JISは第3部である．）

---

1) 202件を収録したCD-ROM版：Mechanical vibration, shock and condition monitoring（CD-ROM），日本規格協会より入手可能．

2) 参考資料）厚生労働省，平成18年6月19日，第3回振動障害等の防止に係る作業管理のあり方検討会，資料3-7，国際的規格に対応した振動・騒音測定器の現状，“表1 人体振動の評価に関わる国際規格と対応するJISの最新状況” http://www.mhlw.go.jp/shingi/2006/06/s0619-9g.html

・ISO 5349-2:2001

手腕系振動—第2部：作業場における実務的測定方法

対応JIS　JIS B 7761-2:2004 (IDT)

● ISO 8041:2005

（振動に対する人の応答—測定計装）

測定器の国際規格ISO 8041は，全身振動（whole-body vibration）及び手腕振動（hand-transmitted vibration）を測定する性能を網羅した結果，周波数範囲は，0.1 Hzの超低周波数から1,000 Hz以上まであり，振動評価特性である周波数補正特性は，9種類にもなる．

対応JIS　JISとしては，ISO 8041（ただし2003年のDIS）を，全身振動用と手腕系振動用二つの規格に分け，JIS B 7760-1（全身振動），JIS B 7761-1（手腕系振動用）として発行された．

● JIS B 7760シリーズ（全身振動）

・JIS B 7760-1:2004

全身振動—第1部：測定装置

対応国際規格　ISO/DIS 8041:2003 (MOD)

（→ISO 8041は2005年に発行済み．上記参照．）

・JIS B 7760-2:2004

全身振動—第2部：測定方法及び評価に関する基本的要求

対応国際規格　ISO 2631-1:1997 (IDT)

● JIS B 7761シリーズ（手腕系振動）

・JIS B 7761-1:2004

手腕系振動—第1部：測定装置

対応国際規格　ISO/DIS 8041:2003 (MOD)

（→ISO 8041は2005年に発行済み．上記参照．）

・JIS B 7761-2:2004

手腕系振動—第2部：作業場における実務的測定方法

対応国際規格　ISO 5349-2:2001 (IDT)　→上記参照．

・JIS B 7761-3:2007
　手腕系振動—第3部：測定及び評価に関する一般要求事項
　対応国際規格　ISO 5349-1:2001（IDT）　→上記参照.

● JIS C 1510:1995　振動レベル計

● 厚生労働省，“チェーンソー以外の振動工具の取扱い業務に係る振動障害予防対策指針について”
（平成21年7月10日，基発0710第2号）
http://www.jaish.gr.jp/anzen/hor/hombun/hor1-50/hor1-50-27-1-0.htm
　国際標準化機構（ISO）等が取り入れている“周波数補正振動加速度実効値の3軸合成値”及び“振動ばく露時間”で規定される1日8時間の等価振動加速度実効値［日振動ばく露量A（8）］の考え方等に基づく対策を推進するために，同方針が改正された.

● 厚生労働省，“振動障害の予防のために”
http://www.mhlw.go.jp/new-info/kobetu/roudou/gyousei/anzen/dl/090820-2a.pdf

3.4.4　光放射によるリスク

光放射は，波長が100 nm～1 mmの光のことで，紫外線・可視光線・赤外線に分類される（**表3.4-6**）.

我が国では，平成20年度に，有害光線により7人，電離放射線により1人，そのうち製造業では4人の有害光線による労災（疾病）があった.

（1）危険の形態と事故の可能性

①　紫外線

UV-A，UV-B（強力な生物学的効果）とUV-C（殺菌作用）がある.

最大の職業性紫外線ばく露は，太陽光からのばく露をうける職業であり，ほとんどの屋外作業が該当する．特に，農業，漁業，土木建設業，雪・氷上作業は，ばく露が多くなる.

表 3.4-6　放射線の分類（周波数別）

性質	タイプ	周波数／波長／エネルギ	特徴
電場及び磁場	極超長波及び長波	0＜ f ＜30 kHz	非電離放射線
電磁波	無線周波	30 kHz＜ f ＜300 GHz	
光放射	赤外線	1 mm＞ λ ＞780 nm	
	可視光	780 nm＞ λ ＞380 nm	
	紫外線	380 nm＞ λ ＞100 nm	
粒子	X 線，γ 線	λ ＜100 nm，W＞12 eV	電離放射線
	α 線，β 線，電子，中性子　ほか	W＞12 eV	

f ＝周波数，λ ＝波長，W ＝量子／粒子エネルギ

出典）機械工業界ガイドライン，p.15，放射による危険源，“放射線の分類（周波数別）”

太陽以外の人工光源から紫外線をうける作業としては，アーク溶接・溶断作業，紫外線殺菌灯下での作業，遺伝子検査作業，医学的利用，日焼けサロン，などがある．

照射時間によっては，肌の老化，皮膚がん（基底細胞がん，結膜や角膜の炎症）を，レンズ混濁（白内障）などの障害を起こす．

② 可視光と近赤外放射

可視光（380 ≦ λ ≦ 780 nm）及び近赤外線（λ ≦ 1,400 nm から）は，網膜に到達する．太陽を直接見ることなどで，視力の低下が起きる．

③ 輻射熱

遠赤外線（1,400 nm の≦ λ ≦ 1 ミリメートル）は，輻射熱ともよばれる．火傷や白内障の危険がある．

熱中症が生じやすい環境とは，高温・多湿で，発熱体から放射される赤外線による熱（輻射熱）があり，無風な状態である．このような環境では，汗が蒸発しにくくなり，体温の調節には無効な発汗が増えて，脱水状態に陥りやすくなる．

④ レーザ照射

レーザは，直接照射すると失明の危険がある.

レーザ照射による障害防止対策については，厚労省の“レーザ光線による障害防止対策要綱★”を参照.

レーザ照射については，保護クラスに応じた取扱が必要となる．IEC 60825-2★のレーザの保護等級を参照.

(2) 評価基準

評価基準は，レーザ光線以外には定められていない．光放射は，排除することができない場合が多い．有害性と眼の安全性についての対策を考慮すること.

① 有害性

光（周波数にかかわらず）の照射には，リスクがあり，皮膚と眼へのダメージがある．がんの可能性もある.

② 眼の安全性

眼の安全性については，可視領域（$380 \leqq \lambda \leqq 780$ nm）と近赤外領域（$\lambda \leqq 1{,}400$ nm）において，特に重要である．この領域では，目のレンズが焦点を合わせようとするので，網膜上に増幅されて照射されることになる.

(3) リスク低減策

保護眼鏡，防護服等により，リスクを低減できる.

厚労省の“レーザ光線による障害防止対策要綱★”を参照.

(4) 関連する法規・規格等

- IEC 60825シリーズ（レーザ製品の安全性）

  IEC 60825-1からIEC/TR 60825-17までの規格が発行されている.

  対応JIS　［JIS C 6802シリーズは，3規格のみ発行されている．一部は旧IEC対応（IDT).］

- 労働省，“レーザ光線による障害防止対策要綱”

  （昭和61年1月27日，基発第39号）

  http://www.mhlw.go.jp/bunya/roudoukijun/anzeneisei/050325-1a.html

- 厚生労働省，“レーザー光線による障害の防止対策について”

（“レーザ光線による障害防止対策要綱”の改正）
（平成17年3月25日，基発第0325002号）
http://www.jaish.gr.jp/anzen/hor/hombun/hor1-46/hor1-46-9-1-0.htm

3.4.5　電離放射線によるリスク

電離放射線（**表3.4-6**の“特徴”欄に示してあるように，粒子の性質をもつ放射線で，X線，γ線などがある）に関して，我が国では，製造業において，電離放射線による事故は発生していない（平成20年度）．

（1）危険の形態と事故の可能性

電離放射線により，皮膚にやけどを，臓器に障害などを起こし，病気あるいは死に至る急性放射線障害を引き起こす．放射線も，長期にわたる照射は，がん，白血病，遺伝子の損傷を起こすことがある．

電離放射線については，“電離放射線障害防止規則★”（電離則ともいう）が定められている．

電離放射線障害防止規則について

放射線を扱う事業所で働く人の安全確保のための労働省令．放射線障害防止法では規制されない1 MeV以下のX線発生装置も，この省令で規制される．放射線を測定し30年間保管する義務がある．

（2）評価基準

事業者は，5年で100ミリシーベルトを超え，又は1年で50ミリシーベルトを超えて実効線量を受けた労働者等があるときは，速やかに，その旨を所轄労働基準監督署長に報告しなければならない（“電離則”，平成13年4月1日改正）．

（3）リスク低減策

“電離則★”により細かく規定されている．

（4）関連する法規・規格等

● 厚生労働省，“電離放射線障害防止規則”（電離則）

（昭和47年9月30日，労働省令第41号）

（最終改正：平成21年3月30日，厚生労働省令第55号）

https://www.jaish.gr.jp/anzen/hor/hombun/hor1-2/hor1-2-32-m-0.htm

3.4.6　電磁界によるリスク

表3.4-7に電磁界の周波数範囲を示す．0 Hzから紫外線領域までは，放射エネルギが小さいので，放射線による危険は無視できる．

表3.4-7　電磁界の周波数範囲

スタティック	0 Hz
低周波	＞0 Hz 〜≦ 30 kHz
高周波	＞30 kHz 〜≦ 300 GHz

（1）危険の形態と事故の可能性

電磁界の影響は，周波数・磁界の強さ・磁界の強さの変化の速度の三つのパラメータに依存する．

短期的な健康障害，長期的な基礎体力などに影響を与える．

人体以外では，電子機器・電子部品の機能障害を起こすので，電磁シールドを施すのが一般的である．ペースメーカーが誤作動する可能性が高い．

（2）評価基準

測定方法・限界値については，対象によって異なるEMC（Electro-Magnetic Compatibility，電磁両立性）の測定条件がある．

財団法人電気安全環境研究所（JET）[1)]は，“電磁界情報センター[2)]”を設置して，電磁界にかかわるリスクや規制についての情報提供をしている．

---

1)　財団法人電気安全環境研究所（JET）
http://www.jet.or.jp/
（JETは，EMCの試験を実施し，証明書を発行している．）

2)　財団法人電気安全環境研究所　電磁界情報センター
http://www.jeic-emf.jp/aboutus/index.html

(3) リスク低減策

磁界を完全になくすことはできない．磁気シールドにより影響が少ないレベルに低減することが対策である．レベルを低減できない場合には，危険領域への侵入を制限する．

また，危険領域には警告表示をする．

(4) 関連する法規・規格等

● IEC 61000 シリーズ（EMC）

100 を超す規格が発行されている［修正票（Amd.），正誤票（Cor.），一部のレッドライン版等を含む］．

対応 JIS　一部については，JIS C 61000 シリーズ（又は JIS C 1000 シリーズ）として発行されている（IDT，MOD）．

3.5　材料・物質によるリスク（有害物質）

材料・物質によるリスクとは，具体的には，機械の運転に関連した材料や汚染物，又は，機械から放出される材料，製品，汚染物と接触することにより生じる，次のような危険源のことである．

・有害性，毒性，腐食性，はい（胚）子奇形発生性，発がん性，変異誘発性及び刺激性をもつ流体，ガス，ミスト，煙，繊維，粉じん，並びにエアゾルを吸飲すること，皮膚，目及び粘膜に接触すること又は吸入することに起因する危険源

・生物（例えば，かび）及び微生物（ウィルス又は細菌）による危険源

化学物質等による危険性又は有害性等のあるものは，特別な取扱いが必要である．

厚生労働省は，平成18年3月30日に“化学物質等による危険性又は有害性等の調査等に関する指針”（本書では，**1.3.2**等で既述のとおり，“化学物質リスクアセスメント指針”と略称している）を発表した．同時に，“労働安全衛生法等の一部を改正する法律等の施行について（化学物質等に係る表示及び文書交付制度の改善関係★）”を発表し，いわゆる“MSDS制度”が導入された．MSDS制度の仕組みを次に示す．

化学物質等に係る表示及び文書交付制度（MSDS制度）

MSDS制度とは，“第一種指定化学物質，第二種指定化学物質及びそれらを含有する製品（指定化学物質等）を他の事業者に譲渡・提供する際，その性状及び取扱いに関する情報（MSDS：Material Safety Data Sheet）の提供を義務付ける制度”のことである．

これにより，労働者に健康障害の生じるおそれのある物等を譲渡・提供する際に，化学物質等の情報を，表示・文書交付により相手方に知らせ，職場における化学物質管理を促進し，化学物質等による労働災害を防止する．

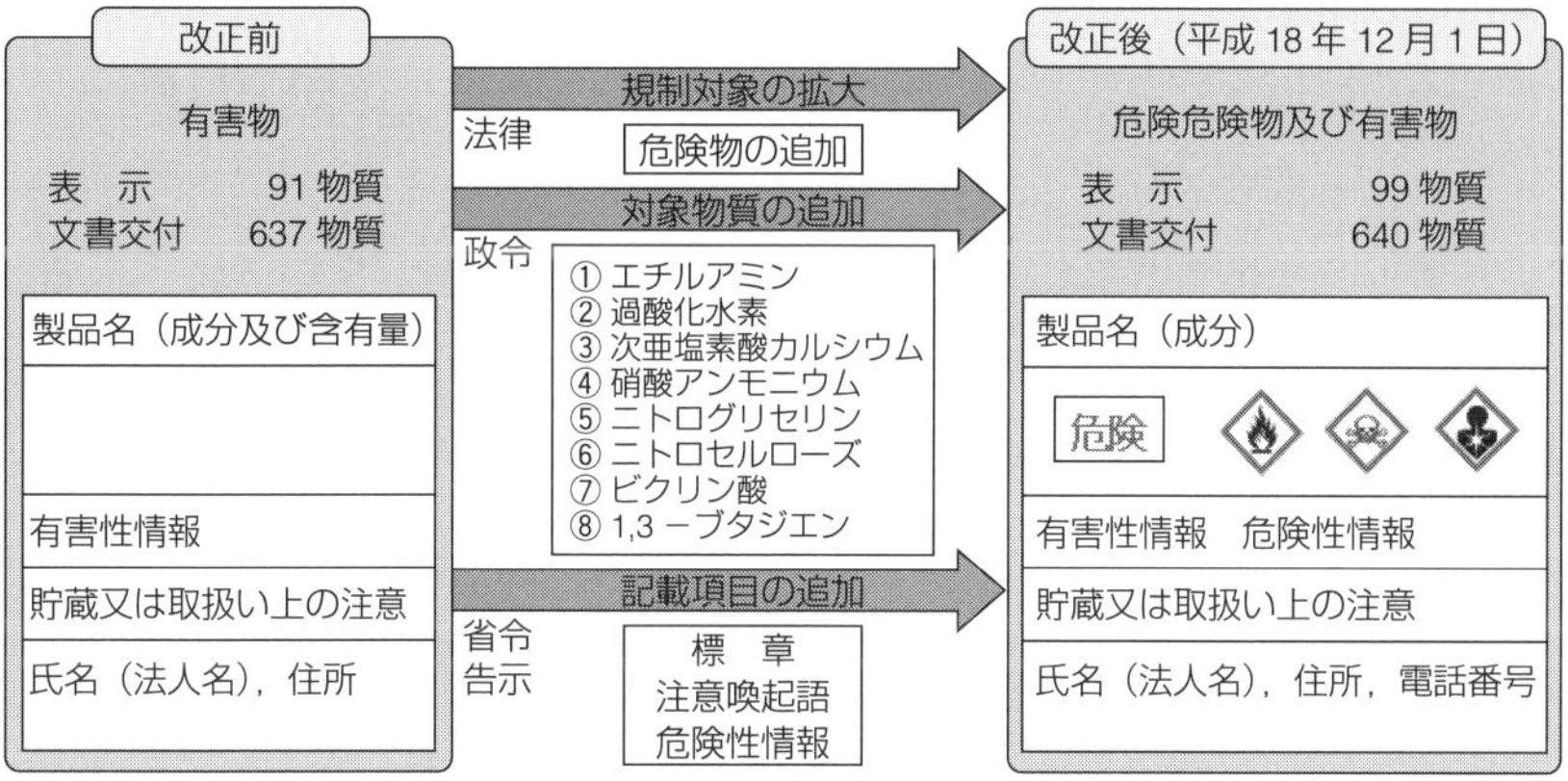
改正前
有害物
表　示　91 物質
文書交付　637 物質
製品名（成分及び含有量）
有害性情報
貯蔵又は取扱い上の注意
氏名（法人名），住所
規制対象の拡大
法律
危険物の追加
対象物質の追加
政令
① エチルアミン
② 過酸化水素
③ 次亜塩素酸カルシウム
④ 硝酸アンモニウム
⑤ ニトログリセリン
⑥ ニトロセルローズ
⑦ ピクリン酸
⑧ 1,3 −ブタジエン
記載項目の追加
省令
告示
標　章
注意喚起語
危険性情報
改正後（平成 18 年 12 月 1 日）
危険危険物及び有害物
表　示　99 物質
文書交付　640 物質
製品名（成分）
危険
有害性情報　危険性情報
貯蔵又は取扱い上の注意
氏名（法人名），住所，電話番号

図 1

●法令に定められた事項がある場合には必ず実施するとともに，次に掲げる優先順位でリスク低減措置内容を検討し，実施します。

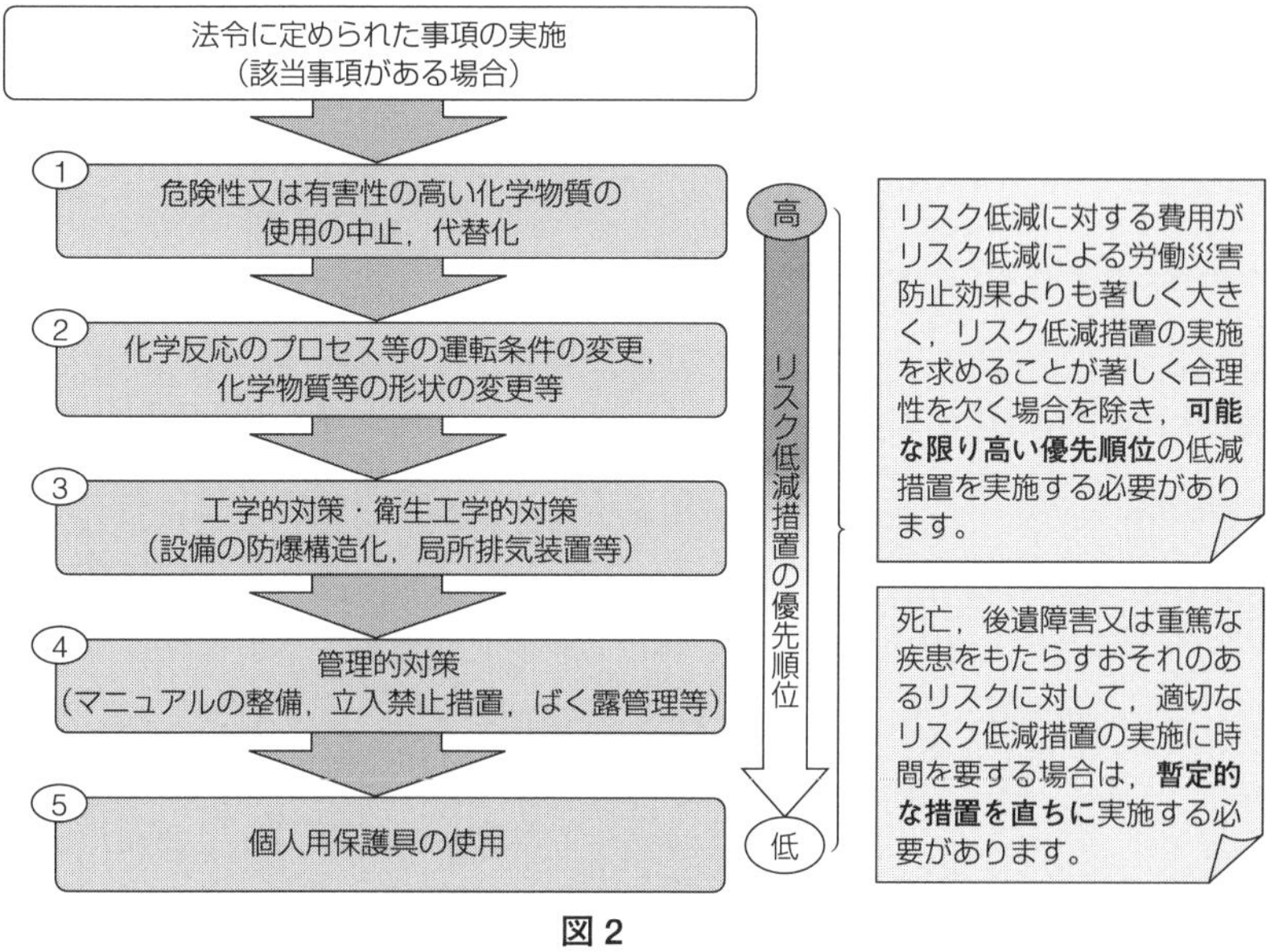
法令に定められた事項の実施
（該当事項がある場合）
1 危険性又は有害性の高い化学物質の使用の中止，代替化
2 化学反応のプロセス等の運転条件の変更，化学物質等の形状の変更等
3 工学的対策・衛生工学的対策（設備の防爆構造化，局所排気装置等）
4 管理的対策（マニュアルの整備，立入禁止措置，ばく露管理等）
5 個人用保護具の使用
高
リスク低減措置の優先順位
低
リスク低減に対する費用がリスク低減による労働災害防止効果よりも著しく大きく，リスク低減措置の実施を求めることが著しく合理性を欠く場合を除き，可能な限り高い優先順位の低減措置を実施する必要があります。
死亡，後遺障害又は重篤な疾患をもたらすおそれのあるリスクに対して，適切なリスク低減措置の実施に時間を要する場合は，暫定的な措置を直ちに実施する必要があります。

図 2

我が国では，“化学品の分類および表示に関する世界調和システム(GHS[※1])”に関する国連勧告を踏まえ，下記の改正が行われた．

実施体制に通常の総括安全衛生管理者等（事業の実施を統括管理する者＝事業場トップ），安全管理者，衛生管理者等に加えて化学物質管理者（リスクアセスメント等の技術的事項を実施）と化学物質等，化学物質等に係る機械設備等に係る専門知識を有する者（当該化学物質等，機械設備等に係るリスクアセスメント等への参画）を参画させること．

この指針で“化学物質等”とは，製造，取扱い，貯蔵，運搬等に係る化学物質，化学物質を含有する製剤その他のもので，労働者に危険又は健康障害を生ずるおそれのあるものをいう．

※1　GHSは，Globally Harmonized System of Classification and Labeling of Chemicalsの略称．

出典）図1：厚生労働省，“化学物質等に係る表示及び文書交付制度の改善”
http://www.mhlw.go.jp/houdou/2006/10/h1020-2.html
図2：厚生労働省，“化学物質等による危険性又は有害性等の調査等に関する指針”
http://www.mhlw.go.jp/bunya/roudoukijun/anzeneisei14/dl/kagaku1.pdf

平成21年5月20日に，厚生労働省・経済産業省・環境省が発表した“化学物質の審査及び製造等の規制に関する法律の一部を改正する法律の公布について★”にあるように，“既存化学物質の製造・輸入を行う事業者に毎年度その数量の届出を義務づけるとともに，必要に応じて有害性情報の提出を求めること等により，安全性評価を着実に実施し，我が国における厳格な化学物質管理をより一層推進する”ことを目指し，有害と判明した段階で使用を制限する方法から，健康や環境への悪影響が疑われれば管理する“リスク管理”への変更を計画している．平成23年4月1日に全面施行後は，すべての化学物質について，厳格な管理が求められることになる．

(1) 関連する法規・規格等

- ISO 11014:2009

化学物質等安全データシート（MSDS）―内容及び項目の順序

対応 JIS　JIS Z 7250:2010（MOD）

- 厚生労働省，“化学物質等に係る表示及び文書交付制度の改善関係”
（平成 18 年 10 月 20 日，基発第 1020003 号）
http://www.mhlw.go.jp/houdou/2006/10/h1020-2.html
- 厚生労働省“作業環境測定法”
（昭和 50 年 5 月 1 日，法律第 28 号）
（最終改正：平成 18 年 6 月 2 日，法律第 50 号）
http://www.jaish.gr.jp/anzen/hor/hombun/hor1-3/hor1-3-1-m-0.htm
- 厚生労働省・経済産業省・環境省，“化学物質の審査及び製造等の規制に関する法律の一部を改正する法律の公布について”
（平成 21 年 5 月 20 日）
http://www.env.go.jp/chemi/kagaku/kaisei21.html
- 厚生労働省，“労働者の有害物によるばく露評価ガイドライン”
（平成 21 年 12 月）
http://www.mhlw.go.jp/shingi/2010/01/dl/s0115-4a.pdf

3.6　人間工学的原則無視によるリスク

人間工学の原則を無視する要素には，物理的なストレスや難度の高い作業などが考えられる．ここでは，機械の性質と人間の能力のミスマッチから生じる危険源についてとりあげる．

機械工業界ガイドライン

（表4-2-1より抜粋）

- 不自然な姿勢，過剰又は繰り返しの負担による生理的影響（例えば，筋・骨格障害）
- 機械の“意図する使用”の制限内で運転，監視又は保全する場合に生じる精神的過大若しくは過小負担，又はストレスによる心理・生理的な影響
- ヒューマンエラー

物理的なストレスのある作業には，次のようなものがある．

・持ち上げる・保持する・運ぶ
・引っ張る・押す
・手作業（特別の身体能力は不要）
・特別な姿勢での作業
・上がる，よじ登る

これらの作業は，腰痛・肩こりなどの影響を与える．作業の自動化又は作業者の適度な休息・運動などを取り入れることが重要である．

① 持ち上げる・保持する・運ぶ

荷物の重さが作業者の体力を超えると腰痛の原因になる可能性が高くなる．姿勢・実効条件，運搬距離などを考慮すること．

② 引っ張る・押す

機械の段取りがえ，事務所の席替えなどの際の“引っ張る・押す”作業は，無理な姿勢で行うことがある．

③ 手作業（特別の身体能力は不要）

紙すき，縫製などの手工業における作業.

④ **特別な姿勢での作業**

無理な姿勢での溶接，命綱を使用しての作業など.

⑤ **上がる，よじ登る**

高いところ（屋根の上，ビルの窓ふきなど）での作業，足場・はしごを使用した作業.

⑥ **手作業（特定の身体能力を活用）**

こけしなどの伝統工芸制作の作業などがある.

(1) リスク低減策

作業者の適正・耐性と作業の種類・継続時間・休憩のインターバルのバランスをとること．またリスクアセスメントにより必要な予防策を実施すること（例えば，残業が多くなるまえに健康診断を実施するなど）.

(2) 関連する法規・規格等

以下に，人間工学に関する法規・規格等を紹介する．**次項3.7**も参照.

- ISO 6385:2004

  人間工学—作業システム設計の原則

  対応JIS　JIS Z 8501:2007（IDT）

- ISO 9241シリーズ［視覚表示装置（VDTs）を用いるオフィス作業の人間工学的要求事項］

  ISO 9241-1からISO 9241-920まで，多数の規格が発行されている.

  対応JIS　一部は，JIS Z 8511～，JIS X 8341-1として発行されている（IDT）.

- ISO 14738:2002

  （機械類の安全性—機械のワークステーションの設計に対する人体測定要求事項）

- 厚生労働省，“VDT作業における労働衛生管理のためのガイドライン”

  （平成14年4月5日，基発第0405001号）

  http://www.mhlw.go.jp/houdou/2002/04/h0405-4.html

第3章

3.7　機械が使用される作業環境・条件によるリスク

作業場の環境（温度・湿度・気圧など），照明，酸素濃度，不適切な避難経路，操作パネル（案内）が不適切（又は人間工学上許容範囲外）などの原因で事故が起きる可能性がある．

労働安全衛生法第六十五条には，有害な業務を行う10種類の作業場について，作業環境測定を行い，その結果を記録しなければならないことが記載されている．

また，粉じん・有機溶剤・特定化学物質等・鉛など5種類の作業場については，作業環境測定士が測定しなければならない．

労働安全衛生法第六十五条に定められた
作業環境測定を行うべき作業場

- ☆粉じんを著しく発散する屋内作業場（6月以内ごとに1回）
- 暑熱寒冷又は多湿の屋内作業所
- 著しい騒音を発する屋内作業場
- 坑内作業場
- 中央管理の空調設備下の事務所
- ☆放射線業務“放射性物質取扱室”（1月以内ごとに1回）
- ☆特定化学物質を製造又は取り扱う作業場（6月以内ごとに1回）
- ☆一定の鉛業務を行う作業場（1月以内ごとに1回）
- 酸素欠乏危険場所の該当作業場
- ☆有機溶剤を製造又は取り扱う作業場（6月以内ごとに1回）

[☆印は作業環境測定士による測定が義務．（　）は測定回数.]

作業環境・条件による危険としては，次のようなものをとりあげる．

- はしご・脚立などからの墜落・転落の危険
- 作業場の床・階段などでの転倒の危険

・狭い作業空間による危険

・作業環境（温度・湿度・照明・換気・溺死）の危険

3.7.1　はしご・脚立などが壊れる又は倒れることによるリスク（墜落・転落）

このタイプの事故の50%が，建設業と運輸交通業で起きている（**図3.7-1**）．製造業における事故のうち9%を占め，3番目（3,540人）に多い．

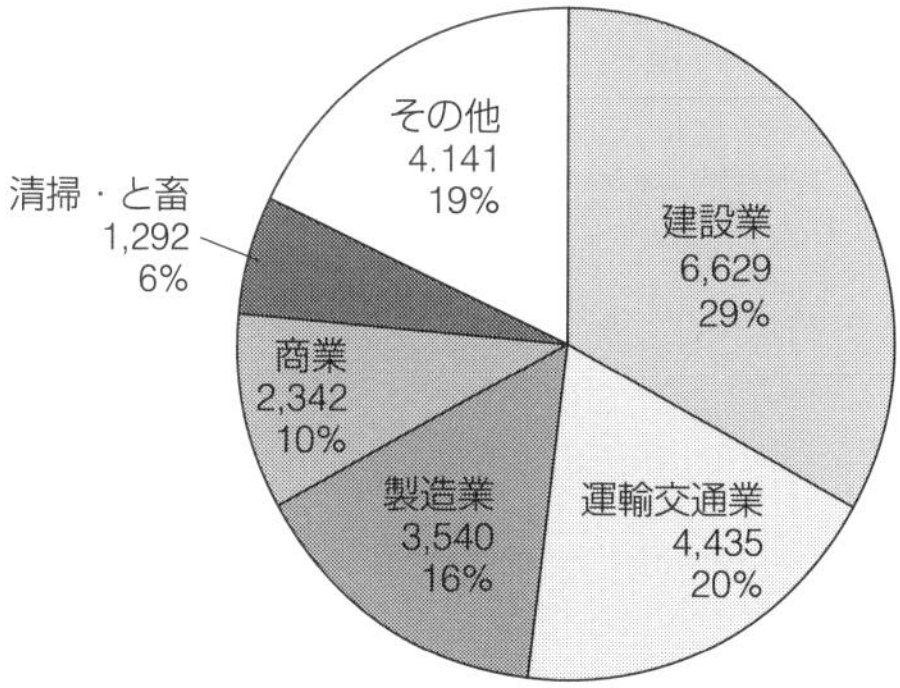

図3.7-1　平成20年の墜落・転落事故発生状況

数値資料出所）労働災害統計（平成20年），平成20年業種別・事故の型別死傷災害発生状況［確定値］，"平成20年における業種別・事故の型別死傷災害発生状況（死亡災害及び休業4日以上）［確定値］" より，"転落・墜落（計22,379）"
http://www.jaish.gr.jp/information/h20_kaku/h20_in02.html

第11次労働災害防止計画では，墜落・転落災害防止対策を作成することになっている．そこでは，次に述べる対策を実施することになっている．

・足場の組立・解体作業における手すり先行工法，木造家屋等低層住宅建築工事を対象にした足場先行工法の普及を図る．

・足場からの墜落防止措置に関する新たな安全対策に基づく墜落・転落災害防止対策について，周知徹底を図る．

・また，建設業以外でも発生している建築物や荷役作業中の車両等からの墜落・転落災害の防止対策の徹底を図る．

(1) 設計上の配慮

はしご・脚立は，作業者の重量にワーク・工具などの重量を加えて耐荷重を考慮する．特に機械・設備にとりつけたはしごは，取り付け強度・高さに配慮する．

脚立については，財団法人製品安全協会が“SG マーク”(Safty Goods，安全な製品) 検査を実施している．その認定基準が参考になる[1)]．

(2) 危険の形態と事故の可能性

高いところでの作業直前に，作業者の適正及び健康のチェックを実施することがのぞましい．

図 3.7-2 に，墜落・転落の危険のイメージを示す．また，**表 3.7-1** にはしご・脚立などが倒れることによる危険（墜落・転落）の形態と事故の可能性を示す．

図 3.7-2　墜落・転落の危険

1)　財団法人製品安全協会，SG マーク認定基準
http://www.sg-mark.org/KIJUN/kijun_top01.htm

表 3.7-1　はしご・脚立などが倒れることによる危険（墜落・転落）の形態と事故の可能性

危険な状態	・はしご・脚立などが壊れる（重量に耐えられない）． ・大きな力が加わる（クレーンや建設機械がぶつかるなど）． ・はしご・脚立が壊れる． ・はしご・脚立などが転倒する． ・安定性がわるい（滑る，ずれる）．
想定される事故	・作業者が落ちる． ・無理な姿勢による転落など（手を大きく伸ばしてバランスを崩す）． ・健康上不安定．
評価基準	・財団法人製品安全協会による“SG 認定基準”を参照． ・はしごに関する試験などは，ISO 14122-1～-4★，EN 131 シリーズ★を参照．

（3）リスク低減策

はしご・脚立などが倒れることによる危険（墜落・転落）のリスクを低減するには，作業条件に適した方法を選択することが肝要である．角度，ステップの大きさは，作業者の能力にあわせて選定する．

高いところでの作業の場合は，作業する場所の支え（はしご・脚立・足場など）を定期的に点検・記録すると同時に，誰でもいつでも確認できるようにする．また，作業者には，定期的に，安全についての指示・啓蒙を実施する．

“機械包括安全指針”別表4の5には，次のような記述がある．

機械の包括的な安全基準に関する指針

別表4　付加保護方策の方法（一部抜粋）

5　墜落，滑り，つまずき等の防止については，次によること．

（1）高所での作業等墜落等のおそれのあるときは，作業床を設け，かつ，当該作業床の端に手すりを設けること．

（2）移動時に転落等のおそれのあるときは，安全な通路及び階段を設けること．

（3）作業床における滑り，つまずき等のおそれのあるときは，床面を滑りにくいもの等とすること．

上記以外にも，次のような対策がある．

・高い所にある作業場を柵・覆いなどで囲うことにより保護する．

・墜落した場合の安全ネットなどを必要に応じて設置する．

・作業者の保護具（命綱・ヘルメットなど）を装備する．

(4) 関連する法規・規格等

以下のほか，安全靴については**本書 3.2.1 (5)** を参照．

▶ 墜落防止

● ISO 14122 シリーズ（機械類の安全性―機械類への常設接近手段）

はしご・階段・てすりなどについて規定している．

対応 JIS　JIS B 9713 シリーズとして発行されている［IDT．ただし，JIS B 9713-4:2004 は，旧 ISO/FDIS 14122-4:2002 対応（IDT)］．

● EN 131 シリーズ（はしご）

・ EN 131-1:2007　Ladders. Terms, types, functional sizes

・ EN 131-2:2010　Ladders. Requirements, testing, marking

・ EN 131-3:2007　Ladders. User Instractions

・ EN 131-4:2007　Ladders. Single or multiple hinger-joint ladders

3.7.2　作業場の床・階段の状態によるリスク（転ぶ）

転ぶ危険は，次の四つに分類できる（**図 3.7-3** も参照）．

・滑る（スリップ）

・つまずく

・踏み外す

・ひねる（捻挫する）

(1) 設計上の配慮

床仕上げ，床材を作業条件にあわせて選択する．

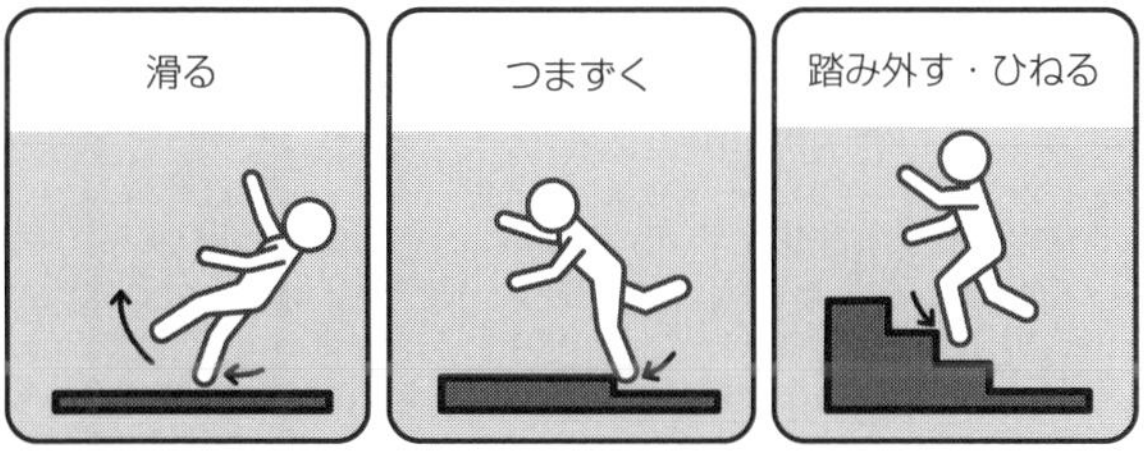

図 3.7-3　作業場の床・階段（転ぶ危険）による危険

(2) 危険の形態と事故の可能性

表 3.7-2 に，転ぶ（滑る，つまずく，踏み外す，ひねる）危険の形態と事故の可能性を示した．

表 3.7-2　転ぶ（滑る，つまずく，踏み外す，ひねる）危険の形態と事故の可能性

	滑る	つまずく，踏み外す，ひねる
危険な状態	**危険源**： ・床上の油など滑りやすい物質による汚れ． ・水でぬれている，磨かれている床． ・氷や雪，絨毯などの敷物． **危険事象**： ・作業者等が滑って転倒． ・作業者等がつまずき転倒．	**危険源**： ・平坦ではない床． ・端がめくれた絨毯． **危険事象**： 作業者等が踏みはずす，又は踏み誤る．
想定される事故	・作業者が転ぶことにより怪我をする．死亡事故が発生することがある．	・つまずく，捻挫する，転倒する． ・作業者が転ぶことにより怪我をする．死亡事故が発生することがある．
評価基準	・作業場の床の滑り対策は，事前に検査し維持管理をすること． ・滑りの基準を決めること（絨毯・フローリングメーカより情報を入手）．	・安全マットについての規格 ISO 13855★の“つまずかない段差”を参照． ・転ぶ危険のある場所の照明（認知性）と警告表示を確認． ・階段等の踏み板の高さは，ISO 14122 シリーズ★及び EN 131 シリーズ★参照．

(3) リスク低減策

転ばないためのリスク低減策としては，次のようなものがある.

① **滑り対策**

・バリア・フリーにする（床とマットを同一平面にするなど）

・滑らない床材の使用，床材の表面の維持管理など

・建築時の床仕上げの確認（傾き，凸凹など）

・手すりの設置

② **作業者・作業環境**

・安全靴（ISO 13287★，ISO 20345★，ISO 20346★，ISO 20347★）の準備

・3S（整理・整頓・清潔）の徹底

機械工業界ガイドラインには，次のように示されている.

機械工業界ガイドライン

（表4-2-2より抜粋，一部改編）

●つまずき防止：スロープの設置及び角度20°

●滑り防止（作業用プラットフォーム及び通路）

(1) 構造及び材質

—十分な剛性及び安定性を確保するための寸法及び構成品（取付金具，連結具，支え及び基礎を含む.）の選択.

—環境上の影響（例えば，天候，化学薬品，腐食性気体など）に対する全部品の抵抗性．例えば，耐腐食材料又は適切なコーティングを用いる.

—水がたまらないような構造部材の配置．例えば，結合部など.

—電食作用又は温度膨張差を小さくするような材料の使用.

—通路及び作業用プラットフォームの寸法は，利用可能な人体測定データに従う．参考 EN 547-1★ 及び EN 547-3★.

—作業用プラットフォーム及び通路は，落下物に起因する危険源を防止

するように設計・製造されなければならない.

(2) 位置

—通路及び作業用プラットフォームは，有害な材料又は化学物質の放出及び滑りを引き起こしやすい材料がたい積されるような場所から，できる限り遠くに離して配置する.

—作業用プラットフォームは，人が人間工学的な位置で作業できるように設置されなければならず，できれば作業位置高さは作業用プラットフォームの床上 500～1,700 mm の間が望ましい.

(4) 関連する法規・規格等

安全靴等については，以下のほか，**本書 3.2.1 (5)** も参照.

- ISO 13287:2006　→**本書 3.2.1 (5)** 参照.
- ISO 13855:2010

(機械類の安全性—人体各部の接近速度に対応した保護装置の位置決め)

- ISO 14122 シリーズ　→**本書 3.7.1 (4)** 参照.
- ISO 20345:2004　→**本書 3.2.1 (5)** 参照.
- ISO 20346:2004　→**本書 3.2.1 (5)** 参照.
- ISO 20347:2004　→**本書 3.2.1 (5)** 参照.
- EN 131 シリーズ　→**本書 3.7.1 (4)** 参照.

▶ 滑り防止

- EN 547 シリーズ (機械類の安全性—人体計測)

3.7.3　作業環境 (温度・湿度・照明・換気・溺死) のリスク

作業場の気候環境 (温度・湿度・気圧など)，照明，酸素濃度，不適切な避難経路，操作パネル (案内) が不適切 (又は人間工学上許容範囲外) などの原因で事故が起きる可能性がある.

労働安全衛生法の第二条では，“作業環境測定” を次のように定義している.

労働安全衛生法

第二条　作業環境の実態をは握するため空気環境その他の作業環境について行うデザイン，サンプリング及び分析（解析を含む.）をいう.

作業環境中に存在することがある有害な因子としては，有機溶剤・鉛及びその化合物・特定化学物質等の有害な化学物質，じん肺の原因となる粉じん等の有害な物質のほか，電離放射線，電磁波，有害光線，騒音，振動，高温・低温，高湿度等の物理的因子等がある.

作業環境の測定結果は，“作業環境測定結果記録表及び作業環境測定結果報告書（証明書）”のフォーマットを使用して記録・保管することが義務付けられている. このフォーマットは“作業環境評価基準の一部を改正する件等の施行等について★”にて改善された. この改正内容は，化学物質の測定法についての改正が主である.

作業環境計測については，社団法人日本作業環境測定協会のウェブサイト[1)]に，計測士の試験のほか，資格保持者の名簿なども掲載されている.

(1)　危険の形態と事故の可能性

①　暑い，寒い

・オフィス環境—オフィスについては，定期的に法律で定められた項目を計測することが義務付けられている.

・冷凍室内での作業による凍傷（皮膚の温度の低下）

・熱中症—熱中症予防対策マニュアル★

②　照明

・照度不足による疲れ，危険に対する認知度の低下など

・回転体と点滅照明（蛍光灯など）の同期による事実の誤認識

・色の視認度の低下

---

1)　社団法人日本作業環境測定協会
http://www.jawe.or.jp/kyoukai/enkaku/jpa04.htm

③ **窒息（酸素不足）**

・酸素不足，炭酸ガスや酸素以外の成分の増加による酸素濃度の低下

・換気不足

④ **溺死**

・プールなどでの作業

⑤ **避難経路**

・建築基準法，消防法による規制

避難経路に障害物がないように維持管理することや，経路についての表示の徹底，確認のための避難訓練などがある.

(2) 評価基準とリスク低減策

作業環境の評価基準は，厚労省により定められていて，次のような項目がある.

・室内温度基準(又は冷凍室・高温室作業での作業時間と休息の管理基準)

・環境パラメータの自動監視・定期監視による警報・警備体制

・作業内容に適した照度基準，輝度分布，光と影の位置関係

・警告灯・非常灯などの安全照明の照度基準（視認性）

・作業空間の不足・乱雑さ（3Sができてない)，不十分・不適当な休息室・トイレなど

(3) 関連する法規・規格等

- 厚生労働省，“作業環境評価基準の一部を改正する件等の施行等について”（平成21年3月31日，基発第0331024号）
  http://www.jaish.gr.jp/anzen/hor/hombun/hor1-50/hor1-50-10-1-0.htm
- 厚生労働省，“作業環境評価基準”
  http://www.jaish.gr.jp/anzen/hor/hombun/hor1-18/hor1-18-2-1-0.htm
- 厚生労働省，“職場における熱中症予防対策マニュアル”（平成21年7月2日）
  http://www.mhlw.go.jp/new-info/kobetu/roudou/gyousei/anzen/0906-1.html

3.7.4　高気圧・低気圧によるリスク

標準的な気圧の条件は，1気圧で，次の式で表される．

$$1\ \mathrm{Pa} = 1\ \mathrm{N/m^2} = 0.01\ \mathrm{mbar}$$

$$1\ \mathrm{bar} = 1{,}000\ \mathrm{mbar} = 100{,}000\ \mathrm{Pa} = 1{,}000\ \mathrm{HPa} = 100\ \mathrm{kPa}$$

これより大きくずれた状態が，低気圧・高気圧となる．

(1) 危険の形態と事故の可能性

高気圧及び低気圧による危険は，作業環境の一部として存在し，避けられないことが多い．

表 3.7-3 に，高気圧・低気圧による危険の形態と事故の可能性を示す．

表 3.7-3　高気圧・低気圧による危険の形態と事故の可能性

危険な状態	飛行機の客室乗務員，真空チャンバーで作業，高地での作業（低い空気圧），海底での作業（高い空気圧）
想定される事故	急激な圧力変動（例えば，エレベータ，航空機，ケーブルカー内の圧力の急激な低下）は，中耳や副鼻腔に影響する． **高山病**： 高い圧力降下（例えば，3,000 メートル以上の高地で急速な上昇と）のとき，急性高山病の症状が 4～24 時間以内にあらわれる．心臓の動悸，息切れ，食欲不振，不眠，めまい，吐き気，冷や汗息切れ，嘔吐や，神経過敏，無関心，不遜などの精神状態の変化がでてくる．酸素の欠乏によるものである． **潜水病**
評価基準	気圧が 0.73 bar 以下又は高い山（2,500 m 以上）で，健康上の問題が生じる（個人差はある）． **低気圧での作業**： 圧力の調整，特に酸素の量の調整が必要．“酸素欠乏症等防止規則★”参照． **高気圧での作業**： “高気圧作業安全衛生規則★”参照．

(2) リスク低減策

製造方法の変更により，高圧・低圧での作業を避ける．気圧の調整以外に回避の方法はない．

作業者の適正を検査する（トレーニング，社内資格など）．

(3) 関連する法規・規格等

- 厚生労働省，“高気圧作業安全衛生規則”
  （昭和47年9月30日，労働省令第40号）
  （最終改正：平成18年1月5日，厚生労働省令第1号）
  http://www.jaish.gr.jp/anzen/hor/hombun/hor1-2/hor1-2-31-m-0.htm
- 厚生労働省，“酸素欠乏症等防止規則”
  （昭和47年9月30日，労働省令第42号）
  （最終改正：平成15年12月19日，厚生労働省令第175号）
  http://www.jaish.gr.jp/anzen/hor/hombun/hor1-2/hor1-2-35-m-0.htm

3.8　その他のリスク

(1) 産業車両によるリスク

リスクアセスメントの対象になる車両は，主として次のようなものである．

- ・車両（例えば，トラック，ダンプカー，トレーラー）
- ・産業車両（例えば，フォークリフト，パレタイザー，バケットコンベヤ）
- ・クレーン車両（例えば，天井クレーン，トラックの荷積み用クレーン，スタッカークレーン）

作業場所に固定された搬送機構（コンベア等）は含まない［コンベアについては，**本書3.2.1 (1)** を参照］．

危険の形態には，次のようなものがある．

- ・作業者にぶつかる
- ・作業者をひく
- ・作業者を挟む（例えばトレーラーの連結作業）
- ・車両の転倒（例えばカーブを曲がりきれない）
- ・工事中の作業場での転倒（荷降ろし・荷積みなどの作業中に穴に落ちる）
- ・人が車両にぶつかる
- ・安全でない乗降口での荷降ろし　など

リスクアセスメントの事例などは，厚生労働省発行のリーフレット“運輸業等における荷役災害のリスクアセスメントのすすめ方”[1] を参照．

(2) 第三者の行為による災害

厚生労働省発行の“第三者行為災害のしおり”[2] を参照．

---

1)　“運輸業等における荷役災害のリスクアセスメントのすすめ方”
http://www.mhlw.go.jp/bunya/roudoukijun/anzeneisei14/dl/unyu1.pdf

2)　“第三者行為災害のしおり”
http://www.mhlw.go.jp/new-info/kobetu/roudou/gyousei/rousai/040324-10.html

3.8.1　危険性又は有害性の組合せによるリスク

種々の危険な状態は，単独での災害発生の可能性が低くても，組み合わされることによりリスクが増大することがある．例えば，可燃性の物質のある環境で静電気による火花が発生したら，作業者に対する直接の影響は軽微だが，火災・爆発により大きな災害になる．また，不燃物のアルミニウムでも，微細な粉末になることにより火花で引火することがある．

3.8.2　火災と爆発のリスク

厚生労働省は，第11次労働災害防止計画において，“爆発・火災災害防止対策”を重点項目にあげている．

火災と爆発による事故が起きても，労働災害に至らない場合もあるが，これらの危険を予防する活動は，重要な労災予防活動である．

(1) 関連する法規・規格等

●IEC 61241シリーズ（可燃性ダストの存在下で使用する電気器具）

→本書3.3.2（4）のIEC 61241-0も参照.

IEC 61241-2-1 Ed.1.0:1994

（可燃性ダストの存在下で使用する電気器具—第2部：試験方法—第1章：ダストの最低発火温度の測定方法）

・IEC 61241-2-3 Ed.1.0:1994

（可燃性ダストの存在下で使用する電気器具—第2部：試験方法—第3章：ダスト／空気混合の最小発火エネルギーの測定方法）

●JIS Z 8817:2002

可燃性粉じんの爆発圧力及び圧力上昇速度の測定方法

対応国際規格　ISO 6184-1:1985（MOD）

●JIS Z 8818:2002

可燃性粉じんの爆発下限濃度測定方法

●消防法

（最終改正：平成21年5月1日，法律第34号）

http://law.e-gov.go.jp/htmldata/S23/S23HO186.html

● 内閣，“危険物の規制に関する政令”

（最終改正：平成22年2月26日，政令第16号）

http://law.e-gov.go.jp/htmldata/S34/S34SE306.html

▶ 産業安全技術協会の評価基準（化学物質の爆発・火災）

この分野において社団法人産業安全技術協会が使用する評価基準を**表3.8-1**に示す．

表3.8-1　化学物質の爆発・火災危険性評価
（社団法人産業安全技術協会による評価基準）

粉じん爆発特性試験	
性能試験の種類	使用する規格・基準・方法
爆発性の有無及び爆発下限界（吹上げ法）	JIS Z 8818:2002 可燃性粉じんの爆発下限濃度測定方法
最大爆発圧力，爆発圧力上昇速度及びKst値（30リットル容器法）	JIS Z 8817:2002 可燃性粉じんの爆発圧力及び圧力上昇速度の測定方法
爆発限界酸素濃度（30リットル容器法又は吹上げ法）	（独）産業安全研究所 研究報告，等による方法
浮遊状態の発火温度	IEC 61241-2-1:1994 粉じんの発火温度測定法（Method B）Dust cloud in a furnace at a constant temperature
堆積状態の発火温度	IEC 61241-2-1:1994 粉じんの発火温度測定法（Method A）Dust layer on a heated surface at a constant temperature
粉体層の安全乾燥温度	通気式Grewer電気炉法による発火温度
最小着火エネルギ	IEC 61241-2-3:1994 粉じん／空気の混合物の最小着火エネルギ測定法
ガス・蒸気爆発特性試験	
性能試験の種類	使用する規格・基準・方法
爆発性の有無（爆発性がある場合は爆発下限界）	産業安全技術協会で定めた方法
上・下爆発限界	産業安全技術協会で定めた方法

表 3.8-1（続き）

爆発圧力特性（最大爆発圧力及び最大爆発圧力上昇速度）	産業安全技術協会で定めた方法
爆発限界酸素濃度	産業安全技術協会で定めた方法
三成分系の爆発範囲	産業安全技術協会で定めた方法
蒸気（液体）の発火温度	IEC 60079-4 可燃性ガスの発火温度測定方法
最小着火エネルギ	産業安全技術協会で定めた方法
危険物第 2 類（可燃性固体）	
性能試験の種類	使用する規格・基準・方法
小ガス炎着火試験	消防法及び危険物の規制に関する政令 法別表による方法
引火点測定試験	消防法及び危険物の規制に関する政令 法別表による方法
危険物第 4 類（引火性液体）	
性能試験の種類	使用する規格・基準・方法
引火点測定試験（タグ式，セタ式，クリーブランド式）	消防法及び危険物の規制に関する政令 法別表による方法
燃焼点測定試験（クリーブランド式）	消防法及び危険物の規制に関する政令 法別表による方法
自己反応性物質の発熱特性試験	
性能試験の種類	使用する規格・基準・方法
DSC による熱分析試験	消防法及び危険物の規制に関する政令 法別表による方法

出典）社団法人産業安全技術協会，安全性能試験の種類と使用する規格等より，“化学物質の爆発・火災危険性評価”（2007 年時点）
http://www.ankyo.or.jp/inspection/s_kikaku.pdf#search

第3章

3.8.3　生物学的なリスク（細菌・微生物による危険）

生物学的リスクには，細菌・微生物（例えば，真正細菌，きのこ，ウィルス，寄生虫や花粉など）によるものがある．

生物学的リスクの形態には，媒介物によるもの（例えば，食品）と環境（農業用水，水道水，鳥，風など）条件によるものとがある．

平成20年度の病原体による労災は，257人であった．そのうち，食品業界は1人（製造業は49人）であった．食品業界では，HACCP★やISO 22000★等による衛生管理が重要な管理手法である．細菌研究所・病院における感染は152人で，全体の59％であった．

(1) リスク低減策

隔離の原則が最も有効な手段である．発生時の行動の種類と基準についてのマニュアル作成が必要である．

- 感染源の隔離―感染した鳥の排斥，学級閉鎖など
- 感染経路の遮断―海外からの感染なら水際で防御など

担当省庁は，厚生労働省，農林水産省など複数にまたがっており，整理されていない．リスクについては，政府機関の発表に頼っている．リスクアセスメントによる評価にもとづく対策を考慮することにより，科学的かつ効果的な成果を期待できる．

ハザードの種類，感染経路などが変化するので，都度，パラメータの検証が必要である．

厚生労働省のウェブサイトに，“感染症法に基づく特定病原体等の管理規制について★”として，対象となる病原体と危険レベル及び緊急時対応マニュアルなどが示されている．

また，微生物を取り扱う際の指針については，次のような状況にある．

バイオハザード・レベルについて

微生物を取り扱う指針としては，人および動物に対する危険度を基準にしたバイオセーフティレベルが定められています．国内では，国立感染症研究所の“病原体等安全管理規定”※1やそれに基づいた日本細菌学会の基準※2があります．また文部省の“大学等における研究用微生物安全管理マニュアル”もこの基準に則っています．ただし法的に定められたものではありません．

（中略）

バイオハザードレベルの基準は海外も基本的には同じですが，国や団体により必ずしも一致しているものではありません．

出典）京都大学 前田重隆（2004）：臨床微生物迅速診断研究会ウェブサイト，質問箱，検査・検査手技，その他，“バイオ・ハザードについて”
http://www.jarmam.gr.jp/situmon/biohazard.html

※1　国立感染症研究所　“病原体等安全管理規定”
http://www.nih.go.jp/niid/Biosafety/kanrikitei3/kanrikitei3_1006.pdf

※2　日本細菌学会指針
http://www.nacos.com/jsbac/04-5bio.html

第3章

(2) 関連する法規・規格等

- ISO 22000:2005
（食品安全マネジメントシステム―フードチェーンのあらゆる組織に対する要求事項）
- EU ガイドライン，“病原体による危険に対する指針”
（Richtlinie 2000/54/EG des europäischen Parlaments und des Rates über den Schutz der Arbeitnehmer gegen Gefährdung durch biologische Arbeitsstoffe bei der Arbeit）
http://eur-lex.europa.eu/LexUriServ/site/de/oj/2000/l_262/l_26220001017de00210045.pdf
- 厚生労働省，“HACCP（ハサップ）”
http://www.mhlw.go.jp/topics/haccp/index.html

- 厚生労働省,“感染症法に基づく特定病原体等の管理規制について”（規制施行：平成19年6月1日）
  http://www.mhlw.go.jp/bunya/kenkou/kekkaku-kansenshou17/03.html
- 伊藤武ほか 編（2006）：食品検査とリスク回避のための防御技術，株式会社シーエムシー出版
- 食品安全ハンドブック編集委員会 編（2010）：食品安全ハンドブック，丸善株式会社
- ISO/TC34/WG8 専門分科会 監（2006）：ISO 22000:2005 食品安全マネジメントシステム　要求事項の解説，日本規格協会

3.8.4　心理的要因によるリスク（メンタルヘルス）

メンタルヘルスは，労働環境の変化などによるうつ病による自殺も含めて重要な課題になってきている．厚生労働省は，従来の指針を見直し，平成18年，新たに“労働者の心の健康の保持増進のための指針★”を定めた．

労働者の心の健康の保持増進のための指針

1 **趣旨**（一部抜粋）

本指針は，労働安全衛生法（昭和47年法律第57号）第70条の2第1項の規定に基づき，同法第69条第1項の措置の適切かつ有効な実施を図るための指針として，事業場において事業者が講ずるように努めるべき労働者の心の健康の保持増進のための措置（以下“メンタルヘルスケア”という.）が適切かつ有効に実施されるよう，メンタルヘルスケアの原則的な実施方法について定めるものである.

この指針における“メンタルヘルス不調”の定義 は，“精神および行動の障害に分類される精神障害や自殺のみならず，ストレスや強い悩み，不安など，労働者の心身の健康，社会生活および生活の質に影響を与える可能性のある精神的および行動上の問題を幅広く含むもの”をいう.

(1) 関連する法規・規格等

- 厚生労働省，“労働者の心の健康の保持増進のための指針”
  (平成18年3月31日，健康保持増進のための指針公示第3号)
  http://www.mhlw.go.jp/topics/bukyoku/roudou/an-eihou/dl/060331-2.pdf
- 厚生労働省，“職場における心理的負荷評価表の見直し等に関する検討会報告書”
  (平成21年3月)
  http://www.mhlw.go.jp/shingi/2009/03/s0327-14.html

3.8.5　MMI（マン・マシン・インタフェース）によるリスク

MMI（マン・マシン・インタフェース），つまり作業者と技術（機械・コンピュータ）との接点となるユーザ・インタフェースは，ハードウェアとソフトウェアに分類できる．ハードウェアには入出力機器としてのコンピュータのモニター，キーボードなどがあり，ソフトウェアはユーザとコンピュータとの双方向コミュニケーションのマナーを規定するものである．

(1) 危険の形態と事故の可能性

① 心理的なストレス

MMIによる作業によっては，心理的要因（ストレス）による健康障害を引き起こすことがある（心理的要因についてはISO 10075★を参照）．特に，非定常作業（保守，故障，修理など）における影響は大きい．

② ミスが起こりやすい操作

警告表示・警告音・確認の作業の意味を取り違えたり，見過ごしたりすることにより，危険な状態になることがある．

③ 環境条件による負荷

雑音・不適切な照明などにより，警告の見間違いや聞き逃しなどが発生することがある．

(2) 評価基準

① ハードウェア

オフィス作業で用いる，文字主体のユーザインタフェース及びグラフィカルユーザインタフェースにおける情報の提示方法及び提示情報の具体的特性について人間工学的な観点からの推奨事項を規定した規格として，ISO 9241-12★がある.

② ソフトウェア

ソフトウェアによる情報提供のマナーは，次に述べるような点について考慮する必要がある.

- ・構造化された，明確かつ効率的な画面
- ・さまざまなアプリケーションでも統一されたインタフェース
- ・それぞれのステップにおいてすべての必要な情報にアクセスできること
- ・正確で信頼性が高くわかりやすいエラーメッセージ
- ・明確なシステム状態又はシステムメッセージ

一般的な表現（利用の場面，アプリケーション，環境又は技術に言及しない。）を用いて人間工学的な設計原則を規定し，それらの原則をインタラクティブシステムの分析，設計及び評価に応用する枠組みについて規定として，ISO 9241-110★がある.

(3) リスク低減策

① ハードウェア

ハードウェアについて考えられるリスク低減策は，次のようなものである.

- ・入出力機器の表示における基準［小→大］，［オン—オフ］の方向の統一
- ・非常停止・起動・停止のボタンの色の統一
- ・音・光による情報，シンボル／色分けの使用，うっかり操作の排除

② ソフトウェア

ソフトウェアについては，メニューの構造など，一般的に活用されている手法を参考にする.

(4) 関連する法規規格等

▶ **ハードウェア関連規格**

- ISO 9241-12:1998

  人間工学—視覚表示装置を用いるオフィス作業—情報の提示

  対応JIS　JIS Z 8522:2006（IDT）

- ISO 9241-110:2006

  人間工学—人とシステムとのインタラクション—対話の原則

  対応JIS　JIS Z 8520:2008

- ISO 10075:1991

  人間工学—精神的作業負荷に関する原則—用語及び定義

  対応JIS　JIS Z 8502:1994（IDT）

- IEC 61310 シリーズ（械類の安全性—表示，マーキング及び操作）

  第1部（視覚，聴覚及び触覚シグナルの要求事項），第2部（マーキングの要求事項），第3部（アクチュエータの配置及び操作に対する要求事項）の3規格がある．

  対応JIS　JIS B 9706 シリーズ（IDT）

- 厚生労働省，“VDT作業における労働衛生管理のためのガイドライン”

  →**本書3.6（2）**参照．

▶ **ソフトウェア**

- ISO 9241-110:2006　→上記参照．
- 厚生労働省，“VDT作業における労働衛生管理のためのガイドライン”

  →**本書3.6（2）**参照．

3.9　制御システム・安全関連部の健全性を評価する

リスク低減策として工学的手段を選択し，制御システムを活用する場合には，安全関連部の健全性を評価しなければならない．次の2点が要請される．

安全関連部の健全性の評価のポイント

① **安全関連の制御部分は，通常の制御部分から独立していること**

安全を確保するための制御部分が，不必要な影響をうけることを避けることにより動作の健全性を高める．

② **安全関連制御部は，構成するモジュール・回路も含めてフェールセーフであること**

フェールセーフとは，故障しても安全状態を保つことであり，継続運転を目指してはいない．通常は“安全に停止する”ことになる．

油圧・空圧の制御システムを使用する場合には，ISO 13849-1★により要求されるパーフォーマンスレベル（PLr）を満たす構成にする．

構成するモジュールに電子システムを採用する場合（特にソフトウェアが活用されている場合）には，IEC 62061★を活用してもよい．IEC 62061では，セーフティ・インテグリティ・レベル（SIL）を要求されるレベルにする必要がある．

いずれも場合も，安全のための制御機器を使用することにより構築できるものである．安全のための制御機器には，スイッチ・センサ・コンタクタなどがある．メカニカル・スイッチの場合は，接点が溶着しても開路する構造になっている．センサは，故障すると出力を開路する構成になっている．

機械を確実に停止させるには，フェールセーフのみでよいが，制御システムを継続して運転することを意図する場合（停止することにより，安全を確保できない構造の設備など）は，冗長性を高くすることになる．

プロセス制御の場合には，継続運転しないと安全を確保できないことが多いので，フェールセーフよりも冗長性を重視する（IEC 61508 シリーズ★を適用する）．

機械を停止させた状態（安全な状態）で，電子制御システムを継続して動作させることにより，停止原因の調査・機械の現状把握・周辺状況の監視などが容易になるので，フェールセーフを維持したうえで“フォールト・トレラント”を実現することは，望ましいことである．なお，フォールト・トレラントは，フェールセーフの代替手段ではないことを明記しておく．

（1）関連する法規・規格等

- ISO 13849-1:2006　→**本書 3.2.1（5）**参照．
- IEC 61508 シリーズ（電気／電子／プログラマブル電子安全関連システムの機能的安全性）
  第 0 部（機能的安全性及び IEC 61508），第 1 部（一般要求事項）から第 7 部（手法及び措置の概要）まで，発行されている．
- IEC 62061:2005　→**本書 3.2.1（5）**参照．

あ と が き

平成17年11月2日に公布された労働安全衛生法の改正（法律第108号）により，事業場の機械設備に対するリスクアセスメントとそれに基づくリスク低減措置が努力義務化されたが，これは安全管理に一種のパラダイムシフトを促すものである．すなわち，従来は多くの事業場において“設備安全”と“作業安全”とが必ずしも明確に区分されずに推進されていたが，今後はまず“設備安全”を行ったうえで，その結果も踏まえて“作業安全”に取り組むことが求められている．

この法改正により，設備安全の活動が飛躍的に向上するものと期待されるが，実際はまだ十分な状況にあるとは言い難い．その要因の一つに，事業場における機械設備のリスクアセスメントに関し，ガイドとなるような具体的手法の不在が挙げられる．このため多くの事業場においては実施に当たって少なからず戸惑いがあり，また意欲的なところであってもそれぞれ取組み方法を模索しつつ試行錯誤の状況にあるというのが実状ではなかろうか．

機械の設計段階におけるリスクアセスメントとリスク低減手法については，既にISO 12100を頂点とする機械安全の国際規格体系がかなり整備されているが，事業場における機械設備のリスクアセスメントについては，事業場ごとに機器の構成や組織体制もまちまちであり，リスクアセスメントの取組みを方法論として体系化することが大変難しいという問題もあり，残念ながら一般に使えるようなガイドはまだ存在していない．今後，多くの関係者による経験知の集積を待たねばならないかもしれない．

本書は，こうした状況の下にあって，事業場の設備安全の取組みを一歩でも前に踏み出し，また加速して頂くためにお役に立てるとすれば何があるか，との問題意識に基づき企画されたものである．上述のガイドに値するものまでは提示できないものの，現在ある関連情報を集大成し，本書を読めば，取組みにあたっての予備知識はひととおり得られるようになっている．新たに設備安全に取り組もうとされる方々のみならず，既に取組み中の方々にとっても，欠けている知識を補い，取組みを再構築するうえで，多少なりともお役に立てるのではないかと思っている．

本書の本文の執筆は，編者である弊会の標準化推進部の川池襄部長と宮崎浩一部長代理が担当し，“まえがき”を当連合会機械安全標準化特別委員会の委員長である明治大学の向殿政男教授にお願いした．向殿先生にはご多忙のなか，快くお引き受け頂き感謝申し上げる次第である．

また，中央労働災害防止協会技術支援部課長の青木秦氏をはじめ支援部の皆様には，関連情報の提供などご協力を頂いた．本紙面を借り，改めて謝意を表したい．

最後に，本書出版をお引き受け頂いた財団法人日本規格協会の出版事業部関係者の方々，とりわけ編集にご尽力いただいた森下美奈子氏には厚く御礼申し上げたい．

平成 22 年 12 月吉日

社団法人日本機械工業連合会
常務理事　石坂　清

付　録

メーカのための機械工業界
リスクアセスメントガイドライン

社団法人　日本機械工業連合会
平成 22 年 3 月 31 日

リスクアセスメント協議会参加機関

社団法人　日本印刷産業機械工業会
社団法人　日本工作機械工業会
社団法人　日本ロボット工業会
社団法人　日本食品機械工業会
社団法人　日本包装機械工業会
社団法人　日本産業機械工業会
社団法人　日本産業車両協会
一般社団法人　日本鍛圧機械工業会
社団法人　全国木工機械工業会
社団法人　日本フルードパワー工業会
社団法人　日本電機工業会
社団法人　日本電気計測器工業会
社団法人　日本電気制御機器工業会
TÜV ラインランドジャパン株式会社
株式会社　三菱総合研究所
中央労働災害防止協会
社団法人　日本機械工業連合会

＊本ガイドラインは，弊会及び上の工業会の協力を得て作成したものである．

目　次

メーカのための
機械工業界リスクアセスメントガイドライン

1　本ガイドライン作成の背景と目的

わが国において，機械の安全確保に関する包括的な枠組は，厚生労働省による“機械の包括的な安全基準に関する指針”で示される．この指針は，メーカ及びユーザに対してリスクアセスメントの実施を要求し，リスクアセスメントに関する各種ガイドラインは，メーカ側に対しては各機種別工業会，ユーザ側に対しては厚生労働省，中央労働災害防止協会などで作成されている．

メーカ側のガイドラインは，原則的にはISO 12100，ISO 14121あるいはこれらを基礎とした機種別のC規格を元に作成されているものの，各業界において作成されたガイドライン間を結ぶ共通ベースとなる考え方を示すガイドラインが存在しない．そのためリスクパラメータや手法等について一つの考え方に基づいて作成されていることが示されておらず，不統一が生じる（これらのガイドライン等に基づいて実施されるメーカのリスクアセスメントにも影響を及ぼす）．

また，今後各機械工業界で新たにリスクアセスメントガイドラインを作成する際に横断的に使用できる基礎文書が存在しないことから，さらに不統一等が生じる恐れがある．

一方，ユーザの視点からみても，機械メーカごとに異なった基準でリスクアセスメントが実施された場合，ユーザでの活用では基準合わせに手間がかかるなどの不都合がある（ユーザとメーカの協力関係を構築する一助とする）．

これらの理由から機械工業界で横断的に使用できる「メーカのための機械工業界リスクアセスメントガイドライン」を作成した．

2　ガイドラインの概要と特徴

2.1　ガイドラインの概要

単体の機械のリスクアセスメントを基本とし，ライフサイクル全体（梱包・発送・設置・運用・保全・診断と修理・解体・廃棄など）を対象としたものである．以下の順で記載される．

●1　本ガイドライン作成の背景と目的 ●2　ガイドラインの概要と特徴	本ガイドライン作成の背景，目的等導入部分（第1章から第2章）
●3　用語及び定義 ●4　リスクアセスメントと保護方策の説明	一般的なリスクアセスメント説明等（第3章及び第4章）
●5　リスクアセスメント手法とリスクパラメータ ●6　標準フォーマット	本ガイドラインの中心（第5章及び第6章）

6.1　制限仕様（関係する作業者を含む）フォーマット（開示情報兼用）

フォーム1　機械の制限事項の決定

6.2　危険源等の同定フォーマット
　フォーム2　危険源等の同定
6.3　リスクアセスメント及びリスク低減フォーマット
　フォーム3　リスク見積もり及びリスク評価（リスクアセスメント），並びにリスク低減
6.4　開示情報フォーマット
　フォーム4　機械の危険源（開示情報）
　フォーム5　使用上の情報の内容及び提供方法

本ガイドラインは，上で示したとおり第1章から第6章で構成される．第1章から第2章では，本ガイドラインの作成の背景と目的などが示される．第3章では，本ガイドラインを読むのに必要な用語の定義が示されている．第4章では，リスクアセスメントと保護方策に関する基本的な事項が示されており，一般的な解説の部分となっている．この章は，これからリスクアセスメントと保護方策を学びたい読者に対して用意したものであり，既に知見をお持ちの読者に関しては，読み飛ばしてもかまわない．

第5章と第6章が本ガイドラインの中核部分であり，第5章では本ガイドラインで提唱するリスクアセスメント手法とリスクパラメータが示されている．リスクアセスメントの手法としては，基本的には，ISO 14121やISO 13849-1で示されるリスクグラフを用いて作成されており，リスク低減が制御システムに依存する場合にもとめられるPLr／PL（要求パフォーマンスレベル／パフォーマンスレベル）の見積もりも統合したものになっている．

パラメータについては，S（ひどさ），F（頻度），A（回避の可能性），O（危険事象の発生確率）の4パラメータを採用しており，S，F，Aは2分岐，Oは3分岐となっている．

第6章では，リスクアセスメントを実施する上で必要な情報を網羅するものとして，標準フォームを上で示したとおり五つ準備している．このフォームについては，あくまで標準であるため，利用者において改良して使用してもよい．

2.2　ガイドラインの特徴

本ガイドラインの特徴としては，次が挙げられる．

(1) 機械の包括的な安全基準に関する指針は，メーカとユーザのリスクアセスメントを規定するが，そのうち本ガイドラインはメーカ側のリスクアセスメントガイドラインである．
(2) 本ガイドラインは，「機械の包括的な安全基準に関する指針」[1)]，及び国際規格

付録

1)　改正：平成19年7月

を基礎として用い，ISO 14121[1]及びISO 13849-1[2]で示されるパラメータや手法等を採用している（PLを含む．PLについては，本ガイドラインの第3章及び4.4参照）．

(3) 本ガイドラインは，各機械工業界のリスクアセスメントガイドラインの基礎文書として位置づけられる．このガイドラインで示されるパラメータや手法は，各機械工業界のガイドラインで示されるものを包含するものであり，各業界のガイドラインで採用されるパラメータや手法は本文書のそれをベースとして個別事情を勘案して作成される．

(4) 本ガイドラインは，厚生労働省の「機械の包括的安全基準に関する指針」のうち「機械の製造等を行う者」（メーカ）の規定を逸脱するものではない（図2-1及び図2-2参照）．

(5) 各危険源（機械的危険源，熱的危険源etc.）に対して，基準値[3]を参考情報として掲載．

---

1) ISO 14121:1999は，JIS B 9702:2000として発行されているが，ISO 14121は，改訂されISO 14121-1及びISO/TR 14121-2として2007年に発行されているが，対応JISはない．

2) ISO 13849-1:1999は，JIS B 9705-1:2000として発行されているが，ISO 13849-1は，改訂され，2006年に発行されている．対応JIS原案は作成中である．

3) 基準値については，適宜追加される．

4) 機械の包括的な安全基準に関する指針の参考1から引用．

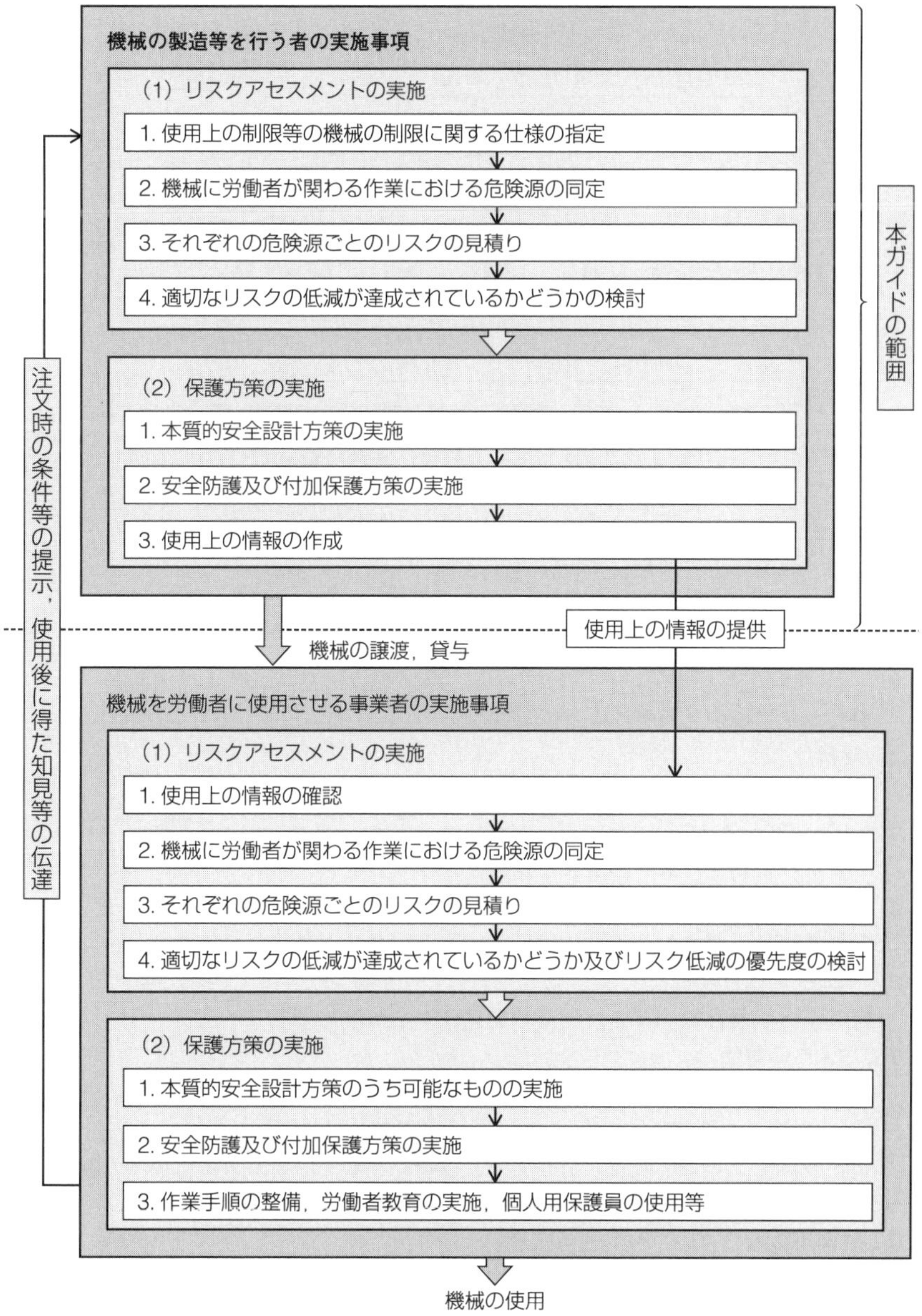
機械の製造等を行う者の実施事項
(1) リスクアセスメントの実施
1. 使用上の制限等の機械の制限に関する仕様の指定
2. 機械に労働者が関わる作業における危険源の同定
3. それぞれの危険源ごとのリスクの見積り
4. 適切なリスクの低減が達成されているかどうかの検討
(2) 保護方策の実施
1. 本質的安全設計方策の実施
2. 安全防護及び付加保護方策の実施
3. 使用上の情報の作成
本ガイドの範囲
注文時の条件等の提示，使用後に得た知見等の伝達
使用上の情報の提供
機械の譲渡，貸与
機械を労働者に使用させる事業者の実施事項
(1) リスクアセスメントの実施
1. 使用上の情報の確認
2. 機械に労働者が関わる作業における危険源の同定
3. それぞれの危険源ごとのリスクの見積り
4. 適切なリスクの低減が達成されているかどうか及びリスク低減の優先度の検討
(2) 保護方策の実施
1. 本質的安全設計方策のうち可能なものの実施
2. 安全防護及び付加保護方策の実施
3. 作業手順の整備，労働者教育の実施，個人用保護具の使用等
機械の使用

図 2.1　「機械の包括的な安全基準に関する指針」による機械の安全化の手順[4]

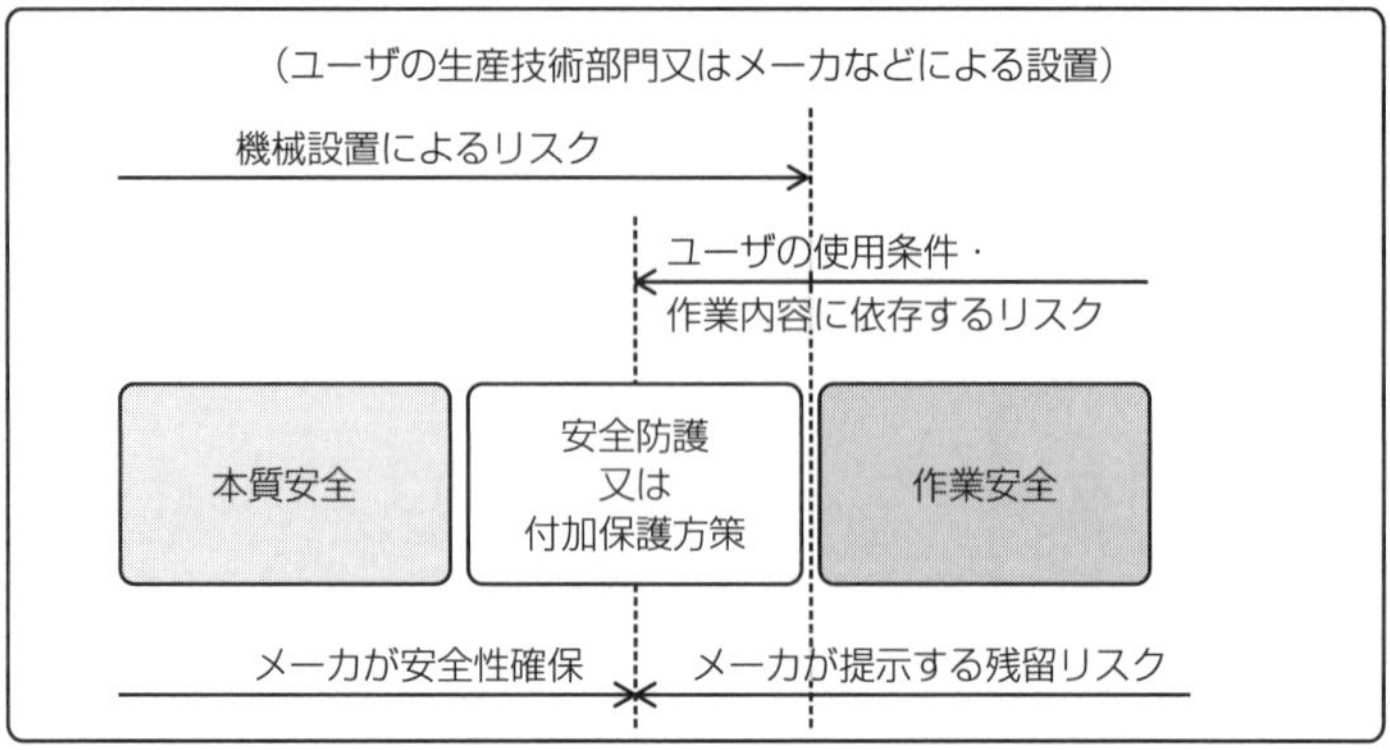

図 2-2　メーカとユーザの役割

3　用語及び定義

本文書で使用する用語は，次による．

3.1　危険源

危害を引きおこす潜在的根源．

3.2　リスク

危害の発生確率と危害のひどさの組合せ．

3.3　残留リスク

保護方策を講じた後に残るリスク．

3.4　リスクアセスメント

リスク分析及びリスクの評価を含む全てのプロセス．

3.5　リスク分析

機械の制限に関する仕様，危険源の同定及びリスク見積りの組合せ．

3.6　リスク見積り

起こり得る危害のひどさ及びその発生確率を明確にすること．

3.7　リスクの評価

リスク分析に基づき，リスク低減目標を達成したかどうかを判断すること．

3.8　適切なリスク低減

現在の技術レベルを考慮したうえで，少なくとも法的要求事項に従ったリスクの低減．

3.9　許容可能なリスク（tolerable risk）

社会における現時点での評価に基づいた状況下で受け入れられるリスク．

備考　“許容可能なリスク”及び“安全”の概念については，4.2（5）の①及び②参照．

3.10　安全

“受け入れ不可能なリスク”（unacceptable risk）がないこと．

備考“許容可能なリスク”及び“安全”の概念については，4.2（5）の①及び②参照．

3.11　保護方策

リスク低減を達成することを意図した方策．

次によって実行される．

—設計者による方策（本質的安全設計方策，安全防護及び付加保護方策，使用上の情報）及び

—使用者による方策（組織［安全作業手順，監督，作業許可システム］，追加安全防護物の準備及び使用，保護具の使用，訓練）

備考　設計者は，本ガイドラインでいう“メーカ”，使用者は，“ユーザ”と置き換えることができる．

3.12　本質的安全設計方策

ガード又は保護装置を使用しないで，機械の設計又は運転特性を変更することによって，危険源を除去する又は危険源に関連するリスクを低減する保護方策．

3.13　安全防護

本質的安全設計方策によって合理的に除去できない危険源，又は十分に低減できないリスクから人を保護するための安全防護物の使用による保護方策．

3.14　使用上の情報

使用者に情報を伝えるための伝達手段（例えば，文章，語句，標識，信号，記号，図形）を個別に，又は組み合わせて使用する保護方策．

備考　“使用者”については，3.11の備考参照．

3.15　機械の“意図する使用”

使用上の指示事項の中に提供された情報に基づく機械の使用．

3.16　合理的に予見可能な誤使用

設計者が意図していない使用法で，容易に予測できる人間の挙動から生じる機械の使用．

3.17　制御システムの安全関連部／SRP/CS

安全関連入力信号に応答し，安全関連出力信号を生成する制御システムの部分．

備考1　制御システムに組み合わされた安全関連部は，安全関連信号の発生するところ（例えば，作用カム又は位置スイッチのローラの位置信号を含む）で始まって，動力制御要素（例えば，接触器の主接点を含む）の出力で終わる．

備考2　監視システムが診断に使用される場合，これはSRP/CSとみなされる．

3.18　パフォーマンスレベル，PL

予見可能な条件下で，制御システムの安全関連部による安全機能の実行能力を特

定するために用いられるレベル．

3.19　要求パフォーマンスレベル，PLr

各々の安全機能に対し，要求されるリスク低減を達成するために適用されるパフォーマンスレベル．

3.20　平均危険側故障時間（MTTFd）

危険側故障を生じるまでの平均時間の推定値．

3.21　診断範囲（DC）

診断効果の尺度であり，検出される危険側故障率（分子）に対する全危険側故障率（分母）の故障率比で決定することができる．

備考　診断範囲は，安全関連システムの全体又は一部のために存在し得る．例えば，診断範囲は，センサ，論理システム，最終要素のいずれかを単独で対象として存在することもあり，またこれらの任意の組合せを対象として存在する場合もある．

3.22　安全機能

故障がリスクの増加に直ちにつながるような機械の機能．

3.23　カテゴリ

障害に対する抵抗性（フォールト・レジスタンス），及び障害条件下におけるその後の挙動に対する制御システムの安全関連部の分類であり，当該部の構造的配置，障害検出及び／又はこれらの信頼性により達成される．

3.24　障害

予防保全又は計画的行動若しくは外部資源の不足によって機能を実行できない状態を除き，要求される機能を実行できないアイテムの状態．

備考 1　障害は，しばしばアイテム自体の故障の結果であるが，事前の故障がなくても存在することがある．

備考 2　ISO 13849-1 では，障害はランダム障害を意味する．

3.25　故障

要求される機能を遂行する能力がアイテムになくなること．

備考 1　故障後に，そのアイテムは障害をもつ．

備考 2　“故障”は事象であって，状態を示す“障害”とは異なる．

備考 3　ここに定義する概念は，ソフトウェアだけで構成されるアイテムには適用しない．

3.26　危険側故障

SRP/CS を危険状態又は機能不能状態に導く潜在性をもつ故障．

備考　故障が現実に危険側故障を導くかどうかは，システムのチャネルアーキテクチャに依存することがある．冗長システムにおいては，危険側ハードウェア故障が SRP/CS 全体を危険状態又は機能不能状態に導く可能性は少ない．

3.27　共通原因故障（CCF）

単一の事象から生じる異なったアイテムの故障であって，これらの故障が互いの結果ではないもの．

備考　共通原因故障は共通モード故障と混同すべきでない．

3.28　システマティック故障

何らかの原因に確定的に関係する故障であって，設計，製造プロセス，運転手順，文書又は他の関連要因を変更しなければ除去できない故障．

備考 1　変更を伴わない修理では，通常，システマティック故障の原因を除去できない．

備考 2　故障原因をシミュレートすることによって，システマティック故障を誘発することができる．

備考 3　システマティック故障の原因の事例には，次の段階で起こす人間の過誤を含む．

—安全要求仕様

—ハードウェアの設計，製造，据付及び運転

—ソフトウェアの設計，実行など

3.29　ランダムハードウェア故障

時間に関して無秩序に発生し，ハードウェアの多様な劣化メカニズムから生じる故障

3.30　機械制御システム

機械要素の部分，オペレータ，外部制御装置又はこれらの組み合わせからの入力信号に応答し，機械が意図するように挙動するための出力信号を生成するシステム．

備考　機械制御システムには，いかなる技術又は異なる技術の組合せ（例えば，電気・電子式，液圧式，空圧式，機械式）であっても使用することができる．

付録

4　リスクアセスメントと保護方策の説明

4.1　リスクアセスメントの意義

リスクアセスメントは安全性確保のための最も基本的な作業の一つである．機械，化学，医療，電気，金融などさまざまな分野で利用されており，特に，機械においては，産業機械，建設機械，工作機械等さまざまな分野において利用されている，安全性を評価するための一つの手法である．ここではリスクアセスメントについて考えるまえに，まず「安全」について考えてみる必要がある．

日本語の「安全」とは，英語でいうと「safety，safe」であり，「safety，safe」はラテン語の「secrus」を語源にもつといわれる．この語がもつ意味は「sine cura」であり，英語では「without worry」となる．語源まで戻ると「安全」は，「心配ない」こととなる．「心配ない」ということは，何を意味するか，どう捉えるかは人に

より，使われる文脈により異なるが，日常の意識としては「危害に遭う心配がない」と捉える．機械の安全に関していえば，「危害に遭う心配がなく，機械を使用することができる」と解釈するべきであり，「心配ない」は，絶対安全を意味しない．なぜなら，心配がなくても事故は起こるからである．

「安全」の概念は，通常，辞書によると，「危険がないこと」や「危害又は損傷・損害を受けるおそれのないこと」となる．これらの定義を，危害や傷害，危機，損害がまったくないことを意味しているとしたらどうか？　このような状態を確実に確保することは，可能であろうか？　おそらくは，困難であろう．このような意味で「安全」を捉えると，機械，電子機器，食品，医薬品など，市場に流通するほとんどすべての製品は，この要求を満たすことができなくなる．

しかしながら，われわれは，日常の生活において，意識しているか，していないかに係わらず，これらの製品が絶対にわれわれに損害を与えることはない，とは考えていない．暗黙のうちに，もしかしたら何か害があるかもしれないと考えているのではないであろうか．

例えば，自動車の運転を考えてみる．「自動車を運転して，絶対に事故を起こさない」といえるだろうか．仮に自問自答して，自分は事故を起こさない，といえるならば，再度，こう問いかけてみる必要がある．「任意の自動車保険に加入していただろうか」．加入していれば，暗に「不測の事態に備えている」ことになり，事故を起こす可能性があるということを暗に認めていることになる．

つまり，絶対に危害や損害を受けないことが確保されている状態は，日常の行動や判断においては，自らのうちに否定していることが多いのである．

われわれは，日常生活において，多かれ少なかれ，不確実な状態で生活しており，「安全」は，危害や損害という不利益を生じる可能性が極めて少ないと考えた結果としての状態，状況である．

この不利益を受ける可能性が，「リスク」であり，「リスク」は一般的には，危害の発生確率と危害の程度（大きさ）の二つの要素の組合せからなる．リスクアセスメントの手順については4.2に記述するが，リスクアセスメントの中で最も重要なステップは危険源の同定である．なぜなら，この段階で機械に付随する危険源を見落とすと，それに対する対策を打つことができなくなるからである．

危険源の同定とは，機械の通常運転中だけでなく，機械の製作，運搬，組立及び設置，コミッショニング，使用停止，分解及び安全上問題がある場合には廃棄処分のような機械の寿命上のすべての局面を考慮し，危険源から危害に至るシナリオを想定して，当該機械に付随するすべての危険源，危険状態及び危険事象等を同定することである．

リスクアセスメントとは，何が危険でありその危険を避けるためには何が必要かを考えようという，日常生活でも実践している合理的な科学的アプローチである．

4.2 リスクアセスメント

リスクアセスメントは，まず，機械類の制限から始まり，その制限範囲内で，機械によって引き起こされる可能性のある種々の危険源（恒久的な危険源及び予期せずに現れ得る危険源）を同定し，可能な限り要因の定量的なデータ等をもとにそれぞれの危険源についてどのくらいのリスクがあるかを算定し，結果としてリスクの低減が必要であるかどうかを最終的に決定する作業である．危険源の除去又はリスクの低減が必要な場合は，保護方策が必要とされるわけであるが，保護方策は，本質的安全設計方策，安全防護及び付加保護方策，使用上の情報に分類される．

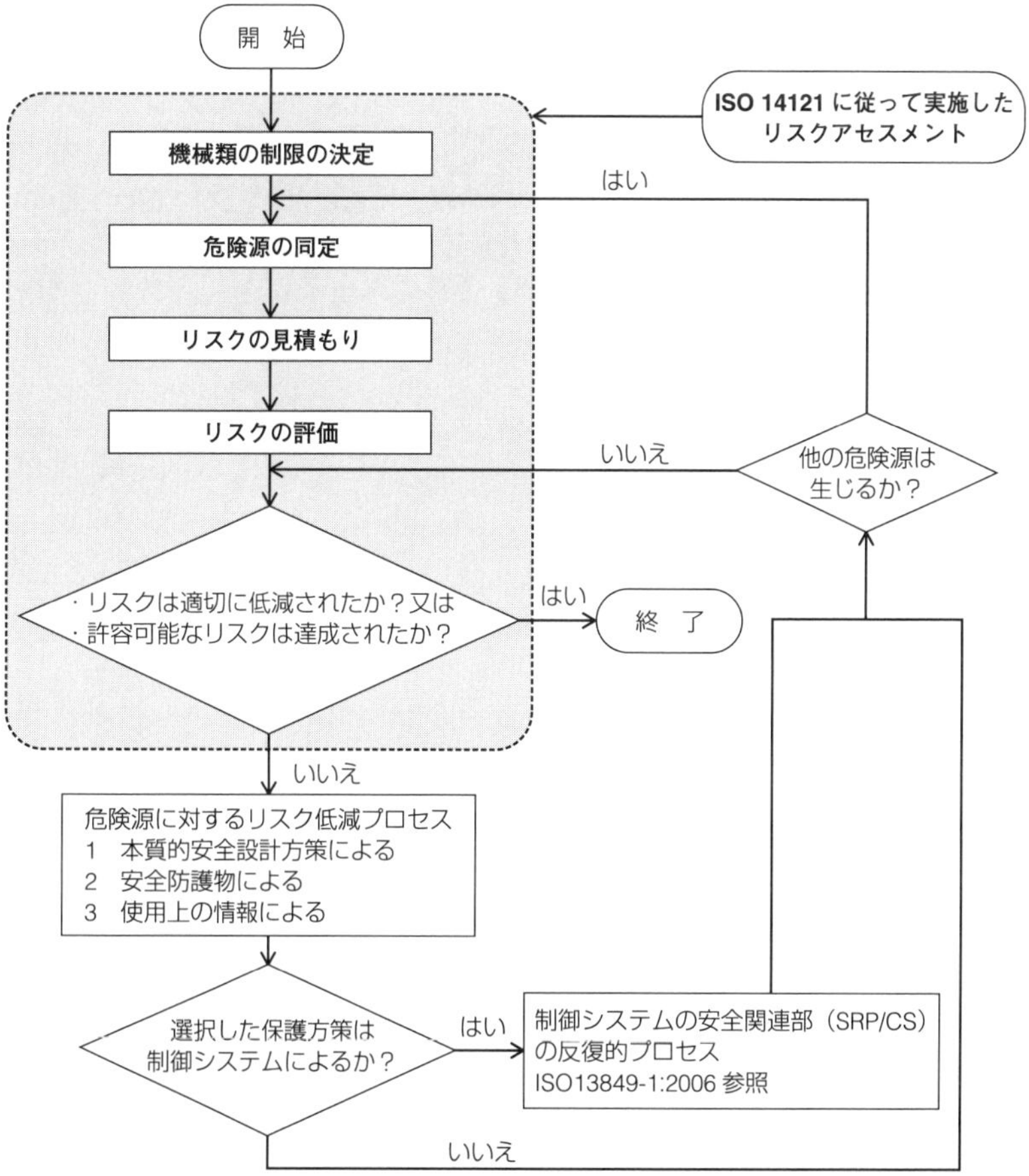

図 4-1 リスクアセスメント及びリスク低減の概念図

図4-1は，リスク低減方策までを含んだリスクアセスメントのフローであり，厳密にいえば，図の点線部分で囲まれたステップがリスクアセスメントである．この図では，保護方策のうち，制御システムによるリスク低減方策と他の方策を分離して示してある．

(1) 機械類の制限の決定

機械類の制限は，次の三つの制限からなり，当該機械の使用範囲を決定することを意味する．

—使用上の制限：意図する使用，合理的に予見可能な誤使用を考慮

—空間上の制限：機械の可動範囲，オペレーター機械間インタフェース

—時間上の制限：機械，各コンポーネントのライフリミット

詳細は，表4-1参照．

(2) 危険源の同定

危険源の同定とは，機械によって引き起こされる可能性のある種々の危険源（恒久的な危険源及び予期せずに現れ得る危険源）を特定することである．ISO 12100-1の第4章では，表4-2-1及び表4-2-2のような危険源が規定されている．また，危険源の例の詳細はISO 14121の附属書でも示されている．

表 4-1　機械類の制限例

制限	制限要素例	
使用上の制限	意図する使用（人との相互作用／対象設計範囲）	(a) ライフサイクル上での相互作用： 1)システム，構成，2)運搬，3)組立て及び据付，4)コミッショニング，5)使用状態，6)使用停止・分解
		(b) 機能不良に伴う相互作用： 1)加工品の特性，寸法・形状の変化，2)構成部品又は機能故障，3)衝撃，振動，電磁妨害，温度，湿度など環境変化，4)ソフトウェア上の誤りを含めて設計誤り又は設計不良，5)動力供給異常，電源変動，6)機械の据付やジャミングなど機械近傍の状況変化
		(c) 対象とする人： 1)オペレータ，技術者，見習い／初心者，2)性別，年齢，利き手，障害者，3)機械の周辺作業者，監督者，監視役，4)第 3 者
	合理的に予見可能な誤使用（機械の合理性の欠如）	1)オペレータによる操作不能の発生，2)機能不良，事故発生時の人の反射的な挙動，3)集中力の欠如又は不注意による機械の操作誤り，4)作業中での近道反応による被災，5)第 3 者の行動
	予期しない起動	1)制御システムの故障や，ノイズなど外部からの影響で生じる起動指令で生じる起動，2)センサや動力制御要素など，機械の他の部分での不適切な扱いにより生じる起動，3)動力中断後の再復帰に伴う起動，4)重力や風力，内燃機関での自己点火など，機械への外部又は内部からの影響による起動，5)機械の停止カテゴリー（IEC 60204-1）
空間上の制限	機械の動作範囲	アクチュエータの可動範囲，及びその可動速度又は運動エネルギ
	オペレーター—機械間インタフェース	機械の大きさに適した使用場所，操作パネルの位置，オペレータの作業範囲，保守時の点検／修理スペース，点検部位へのアクセス，工具や加工物の放出，機械の応答時間
	機械—動力間インタフェース	機械可動部の過負荷対応，異常時のエネルギ遮断，蓄積エネルギの消散，捕捉時の救出
	作業環境	階段，はしご，手摺の設置，プラットホーム
時間上の制限	機械的制限	加工用の砥石やドリルなど工具の交換時期，可動部のベアリングや油空圧部品のシール寿命
	電気的制限	絶縁劣化，接点寿命，配線被覆の磨耗，接地線の外れ，有資格者の任命

表 4-2-1 危険源

危険源	性質等
機械的危険源	可動する機械と直接人が接触すること，機械や装置に巻き込まれる，又は挟まれるなどの結果として生じる危険源.
電気的危険源	電気に起因する危険源であり，次のような原因により危害を生じる可能性がある. ● 直接接触（充電部との接触，正常な運転時に加電圧される導体又は導電性部分） ● 間接接触（不具合状態のとき，特に絶縁不良の結果として，充電状態になる部分） ● 充電部への，特に高電圧領域への人の接近 ● 合理的に予見可能な使用条件下の不適切な絶縁 ● 帯電部への人の接触等による静電気現象 ● 熱放射 ● 短絡若しくは過負荷に起因する化学的影響のような又は溶融物の放出のような現象 ● 感電によって驚いた結果，人の墜落（又は感電した人からの落下物）を引き起こす可能性がある
熱的危険源	人間が接触する表面の異常な温度(高低)により生じる危険源. ● 極端な温度の物体又は材料との接触による，火炎又は爆発及び熱源からの放射熱によるやけど及び熱傷 ● 高温作業環境又は低温作業環境で生じる健康障害
騒音による危険源	機械から発生する騒音により，次のような結果を引き起こす危険源. ● 永久的な聴力の喪失 ● 耳鳴り ● 疲労，ストレス ● 平衡感覚の喪失又は意識喪失のようなその他の影響 ● 口頭伝達又は音響信号知覚への妨害
振動による危険源	長い時間の低振幅又は短い時間の強烈な振幅により，次のような危害を生じる危険源. ● 重大な不調（背骨の外傷及び腰痛） ● 全身の振動による強い不快感 ● 手及び／又は腕の振動による振動障害のような血管障害，神経学的障害，骨・関節障害
放射による危険源	次のような種類の放射により生じる危険源であり，短時間で影響が現れる場合，又は長期間を経て影響がでる場合もある. ● 電磁フィールド（例えば，低周波，ラジオ周波数，マイクロ波域における） ● 赤外線，可視光線，紫外線 ● レーザ放射 ● X 線及び γ 線 ● α 線，β 線，電子ビーム又はイオンビーム，中性子
材料及び物質による危険源	機械の運転に関連した材料や汚染物，又は機械から放出される材料，製品，汚染物と接触することにより生じる次のような危険源.

表 4-2-1（続き）

危険源	性質等
	●例えば，有害性，毒性，腐食性，はい（胚）子奇形発生性，発がん（癌）性，変異誘発性及び刺激性をもつ流体，ガス，ミスト，煙，繊維，粉じん，並びにエアゾルを吸飲すること，皮膚，目及び粘膜に接触すること又は吸入することに起因する危険源 ●生物（例えば，かび）及び微生物（ウイルス又は細菌）による危険源，など
機械設計時における人間工学原則の無視による危険源	機械の性質と人間の能力のミスマッチから生じる次のような危険源． ●不自然な姿勢，過剰又は繰り返しの負担による生理的影響（例えば，筋・骨格障害） ●機械の“意図する使用”の制限内で運転，監視又は保全する場合に生じる精神的過大若しくは過小負担，又はストレスによる心理・生理的な影響 ●ヒューマンエラー
滑り，つまずき及び墜落の危険源	床面や通路，手すりなど不適切な状態，設定，設置により生じる危険源．
危険源の組合せ	上に掲げた危険源がさまざま組み合わされることにより生じる危険源．個々には取るに足らないと思われても重大な結果を生じる恐れがある．

表 4-2-2 危険源―基準値―大きさ・形状等（参考）

<table>
<tr><th>危険源</th><th>基準値―大きさ・形状等（参考）</th></tr>
<tr><td>機械的危険源</td><td>●規格の要求事項（参考基準）
75 N，150 N（適切な保護装置がある場合）
＊出典：参考文献の［13］参照
●痛覚静的耐性値／被験者：10 代～ 50 代男女 16 名（参考基準）
平均値：65 N～146 N，最小値：13 N～46 N，最大値：133 N～245 N
＊出典：詳細は，参考文献の［14］参照
●安衛法
80 kW，1 m/s（ロボット）
● ISO 10218（ロボット）
250 mm/s（安全速度）</td></tr>
<tr><td>電気的危険源</td><td>IEC 60204-1 参照</td></tr>
<tr><td>熱的危険源</td><td>●接触時間限界値
<table>
<tr><th>材　料</th><th>1 秒</th><th>10 秒</th><th>1 分間</th><th>10 分</th><th>8 時間以上</th></tr>
<tr><td>無被覆金属</td><td>65℃</td><td>55℃</td><td>51℃</td><td>48℃</td><td>43℃</td></tr>
<tr><td>被覆金属</td><td colspan="2">被覆の厚さにより異なる</td><td>51℃</td><td>48℃</td><td>43℃</td></tr>
<tr><td>セラミック，ガラス及び石材</td><td>80℃</td><td>66℃</td><td>56℃</td><td>48℃</td><td>43℃</td></tr>
<tr><td>プラスチック</td><td>85℃</td><td>71℃</td><td>60℃</td><td>48℃</td><td>43℃</td></tr>
<tr><td>木　材</td><td>110℃</td><td>89℃</td><td>60℃</td><td>48℃</td><td>43℃</td></tr>
</table>
＊参考文献の［15］参照</td></tr>
<tr><td>騒音による危険源</td><td>●工場等環境確保条例／第 4 種区域（東京都）
60 dB（6 時～ 8 時），70 dB（8 時～19 時），60 dB（19 時～23 時），55 dB（23 時～ 6 時）
＊第 4 種区域：主として工業等の用に供されている区域であって，その区域内の住民の生活環境を悪化させないため，著しい騒音の発生を防止する必要がある区域
●騒音障害防止のためのガイドライン
(1) 作業環境測定を実施している場合
<table>
<tr><th>管理区分</th><th>リスク</th></tr>
<tr><td>第Ⅲ管理区分</td><td>高</td></tr>
<tr><td>第Ⅱ管理区分</td><td>中</td></tr>
<tr><td>第Ⅰ管理区分</td><td>低</td></tr>
</table>
<table>
<tr><th>測定値</th><th>管理区分</th></tr>
<tr><td>90 dB 以上</td><td>第Ⅲ管理区分</td></tr>
<tr><td>85 dB～90 dB</td><td>第Ⅱ管理区分</td></tr>
<tr><td>85 dB</td><td>第Ⅰ管理区分</td></tr>
</table></td></tr>
</table>

表 4-2-2（続き）

危険源	基準値―大きさ・形状等（参考）
	(2) 作業環境測定を実施していない場合

(2) 作業環境測定を実施していない場合

有害性のレベル

有害性のレベル	騒音レベル（平均特性）
A	90 dB 以上
B	90 dB 未満　85 dB 以上
C	85 dB 未満　80 dB 以上
D	80 dB 未満

<table>
<tr><th></th><th>8 時間以上</th><th>8 時間未満
4 時間以上</th><th>4 時間未満
2時間半以上</th><th>2時間半未満
1 時間以上</th><th>1 時間未満</th></tr>
<tr><td>A</td><td colspan="5">高</td></tr>
<tr><td>B</td><td colspan="3">高</td><td>中</td><td>低</td></tr>
<tr><td>C</td><td>高</td><td>中</td><td colspan="3">低</td></tr>
<tr><td>D</td><td colspan="5">低</td></tr>
</table>

リスク	優先度
高	直ちに対応すべきリスクがある
中	速やかに対応すべきリスクがある
低	必要に応じてリスク低減措置を実施すべきリスクがある

管理区分	対　策
第Ⅰ管理区分	第Ⅰ管理区分に区分された場所については，当該場所における作業環境の継続的維持に努めること．
第Ⅱ管理区分	(1) 第Ⅱ管理区分に区分された場所については，当該場所を標識によって明示する等の措置を講ずること． (2) 施設，設備，作業工程又は作業方法の点検を行い，その結果に基づき，施設又は設備の設置又は整備，作業工程又は作業方法の改善その他作業環境を改善するため必要な措置を講じ，当該場所の管理区分が第Ⅰ管理区分となるよう努めること． (3) 騒音作業に従事する労働者に対し，必要に応じ，防音保護具を使用させること．
第Ⅲ管理区分	(1) 第Ⅲ管理区分に区分された場所については，当該場所を標識によって明示する等の措置を講ずること． (2) 施設，設備，作業工程又は作業方法の点検を行い，その結果に基づき，施設又は設備の設置又は整備，作業工程又は作業方法の改善その他作業環境を改善するため必要な措置を講じ，当該場所の管理区分が第Ⅰ管理区分又は第Ⅱ管理区分となるようにすること．

表 4-2-2（続き）

危険源	基準値—大きさ・形状等（参考）
	なお，作業環境を改善するための措置を講じたときは，その効果を確認するため，当該場所について作業環境測定を行い，その結果の評価を行うこと． (3) 騒音作業に従事する労働者に防音保護具を使用させるとともに，防音保護具の使用について，作業中の労働者の見やすい場所に掲示すること． ● 単体機械 80 dB（EU 規制／機械から放出される騒音） ● ISO 1999 騒音性聴力障害 LAeg, 24 h＝70 dB(A)以下（長期的な暴露であっても聴力障害には至らない） 衝撃音のピーク音圧：140 dB 以下（成人），120 dB 以下（小児） ＊ LAeg，T：A 特性補正した音の T 時間の平均エネルギに等価な定常音のレベル
振動による危険源	● 環境確保条例／第 2 種区域（東京都） 65dB（8 時～20 時），60dB（20 時以降）
放射による危険源	● 放射線の分類（周波数別）

性　質	タイプ	周波数／波長／エネルギ	特　徴
電場及び磁場	極超長波及び長波	$0<f<30$ kHz	非電離放射線
電磁波	無線周波	30 kHz$<f<$300 GHz	
光放射	赤外線	1 mm$>\lambda>$780 nm	
	可視光	780 nm$>\lambda>$380 nm	
	紫外線	380 nm$>\lambda>$100 nm	
粒子	X 線，γ 線	$\lambda<$100 nm，W$>$12 eV	電離放射線
	α 線，β 線，電子，中性子　ほか	W$>$12 eV	

f＝周波数，λ＝波長，W＝量子／粒子エネルギ

● 放射線放出レベルによる分類

種別	内　容	被爆者	一日あたりの被爆時間	制限と保護策	情報と訓練
0	公共の場所で 1 日あたり 24 時間まで使用できる機械	一般人（成人，子供，知らされていない人など）	24 時間	制限なし	情報は必要としない
1	放射線放出種別 0 のレベルを超える	作業者，全作業者（知	8 時間	接近の制限あるい	危害，危険及び二

表 4-2-2（続き）

危険源	基準値—大きさ・形状等（参考）					
		が通常の作業日に任意の作業者により使用される機械	らされている成人）		は保護策が必要	次的影響に関する情報
	2	放射線放出が種別1のレベルを超える機械	知識をもつ責任ある訓練を受けた人のみ	放出レベルによる	特別な制限と保護策が必須	危害，危険と二次的影響に関する情報，訓練が必要
材料及び物質による危険源	● MSDS					
機械設計時における人間工学原則の無視による危険源	● 重量物の人手による取扱 （1）重量 3 kg 以上の場合 —補助具の準備の検討 —補助具の寸法等：フック直径：20 mm～40 mm，深さ：125 mm 以上，形状：円形又は楕円形 —移動距離：2 m 未満 —専用の補助具を準備する —寸法：幅 600 mm×奥行 500 mm（最大値），高さ視界が確保できる高さ —作業姿勢：無理な姿勢は避ける —高頻度の作業の繰り返しは避ける （2）最大重量 25kg の場合の補足事項 —最大水平移動距離：250 mm ● 視認性 —機械及び／又はそのガードの設計上の特性によって明るさが十分でない場合，作業区域及び調整・設定区域，頻度の多い保全区域の照明用として機械上に又は機械の中に照明を備えること． —点滅，げん光，影及びストロボ効果の影響は，それによってリスクを生じるおそれがある場合，回避しなければならない． —照明源の位置又は照明源自体を調整しなければならない場合，その位置が調整者にとってリスクとなってはならない ● 手動制御機器の選択及び配置 （1）色彩 非常：赤　異常：黄　正常：緑　強制：青 （2）要求事項 —手動制御器は明りょう（瞭）に視認可能で，かつ識別可能であり，必要に応じて適切に表示されている． —手動制御器は，ちゅうちょすることなく，素早く，かつあいまいさがなく安全に操作できる（例えば，標準化した手動制御器の配置により，オペレータがある機械から，同じ運転パターンを有した類似の機械に移動したとき，誤操作する可能性を低減					

表 4-2-2（続き）

<table>
<tr><th>危険源</th><th>基準値―大きさ・形状等（参考）</th></tr>
<tr><td></td><td>
できる）
―手動制御器の位置（押しボタンに対して）及び動き（レバー及び丸ハンドルに対して）は，その操作の結果と符合する．
―手動制御器の操作により追加的なリスクを生じない．
●精神的疲労
<table>
<tr><th></th><th colspan="4">精神的作業負荷による減退効果別の解決策</th></tr>
<tr><th></th><th>疲　労</th><th>単調感</th><th>注意力の低下</th><th>心的飽和</th></tr>
<tr><td>業務における対策</td><td>業務配分，時間分割への注意</td><td>業務配分，多様性</td><td>注意の連続を避ける</td><td>小目標を与える
職務充実</td></tr>
<tr><td>作業装置における対策</td><td>あいまいさのない情報提示</td><td>機械ペースの作業を避ける
信号提示のモードを変更する</td><td>信号の見やすさ</td><td>業務達成に関して個人のやり方で行う機会を与える</td></tr>
<tr><td>作業環境における対策</td><td>証明</td><td>温度，色</td><td>変化のない聴覚刺激を避ける</td><td>変化のない環境状態を避ける</td></tr>
</table>
</td></tr>
<tr><td>滑り，つまずき及び墜落の危険源</td><td>
●つまずき防止：スロープの設置及び角度 20°
●滑り防止（作業用プラットフォーム及び通路）
(1) 構造及び材質
―十分な剛性及び安定性を確保するための寸法及び構成品（取付金具，連結具，支え及び基礎を含む．）の選択．
―環境上の影響（例えば，天候，化学薬品，腐食性気体など）に対する全部品の抵抗性．例えば，耐腐食材料又は適切なコーティングを用いる．
―水がたまらないような構造部材の配置．例えば，結合部など．
―電食作用又は温度膨張差を小さくするような材料の使用．
―通路及び作業用プラットフォームの寸法は，利用可能な人体測定データに従う．参考　EN 547-1 及び EN 547-3.
―作業用プラットフォーム及び通路は，落下物に起因する危険源を防止するように設計・製造されなければならない．
(2) 位置
―通路及び作業用プラットフォームは，有害な材料又は化学物質の放出及び滑りを引き起こしやすい材料がたい積されるような場所から，できる限り遠くに離して配置する．
―作業用プラットフォームは，人が人間工学的な位置で作業できるように設置されなければならず，できれば作業位置高さは作業用プラットフォームの床上 500～1, 700 mm の間が望ましい．
●墜落防止
JIS B 9713-1　第 1 部：高低差のある 2 か所間の固定された昇降設備の選択
</td></tr>
</table>

表 4-2-2（続き）

危険源	基準値—大きさ・形状等（参考）
	JIS B 9713-2　第 2 部：作業用プラットフォーム及び通路 JIS B 9713-3　第 3 部：階段，段ばしご及び防護さく（柵） JIS B 9713-4　第 4 部：固定はしご
危険源の組合せ	—

なお，危険源分析の手法については，図 4-2 のような手法がある．

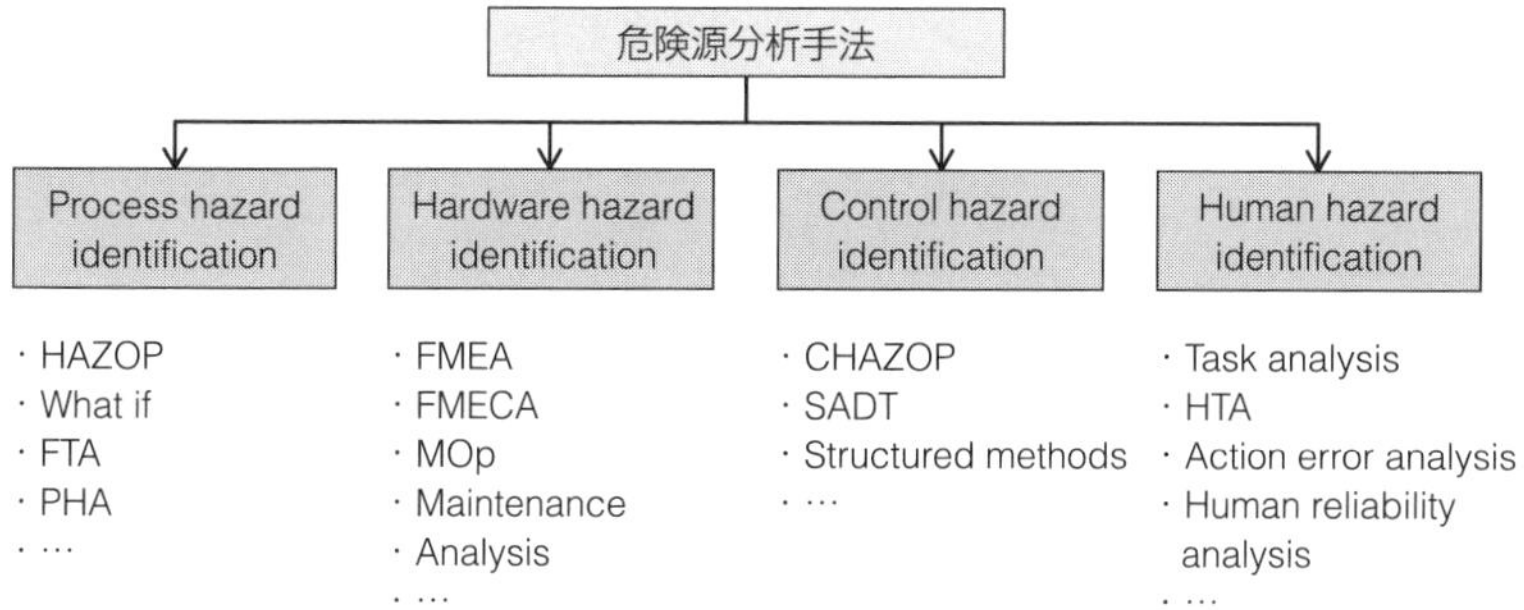

略号
HAZOP：Hazard and operability study
FTA：Fault tree analysis
PHA：Preliminary hazard analysis
FMEA：Failure mode and effect analysis
FMECA：Failure modes, effects, and criticality analysis
MOp：Maintenance and operability study
CHAZOP：Computer hazard and operability study
SADT：Structured analysis and design techniques
HTA：Hierarchical task analysis

図 4-2　危険源分析手法の分類と例

(3) リスク見積もり

リスク見積もりとは，可能な限り要因の定量的なデータ等をもとにそれぞれの危険源についてどのくらいのリスクがあるかを算定することである．

考慮下の危険源に関するリスク	は	考慮下の危険源に潜在する危害のひどさ①	と	その危害の発生確率②	の関数
				危険源への暴露頻度及び時間 1)	
				危険事象の発生確率 2)	
				危害回避又は制限の可能性 3)	

表 4-3　危害のひどさ及び発生確率，並びにその要件

①考慮下の危険源に潜在する危害のひどさ	考慮すべき要件
	①保護対象の性質（人，財産，環境），②傷害又は健康障害の強度（軽い，重い，死亡），③危害の範囲（個別　機械の場合，一人，複数）
②危害の発生確率	考慮すべき要件
1) 危険源への暴露頻度及び時間	①危険区域への接近の必要性，②接近の性質，③危険区域内での経過時間，④接近者の数，⑤接近の頻度
2) 危険事象の発生確率	①信頼性及び他の統計データ，②事故履歴，③健康障害履歴，④リスク比較
3) 危害回避又は制限の可能性	①誰が機械を運転するか，②危険事象の発生速度，③リスクの認知，④危害回避又は制限の人的可能性，⑤実際の体験及び知識による

(4) リスク見積もりのツールについて

リスク見積もりを行う際，いくつかのツールが利用可能であり，どのツールを利用するかはそれぞれ人により機械により異なるが，代表的なものを次に示す．

① リスクマトリクス

危害の発生頻度と危害のひどさを定性的に見積もる手法である．それぞれの要素は，4分類する場合，6分類する場合などさまざまである．この例は，ANSI B 11（表4-4参照）やIEC 61508（表4-5参照）で示される．

表4-4 ANSI B 11の例

危害の発生確率	危害のひどさ			
	致命的（catastrophic）	深刻（serious）	中程度（moderate）	軽微（minor）
確定的（very likely）	高	高	高	中
起こり得る（likely）	高	高	中	低
起こりそうにない（unlikely）	中	中	低	無視可能
起こり得ない（remote）	低	低	無視可能	無視可能

致命的（catastrophic）：死亡又は永久的な傷害若しくは疾病（仕事に戻れない）
深刻（serious）：重大な傷害又は疾病（ある時点では，仕事に戻れる）
中程度（moderate）：応急処置以上が必要とされる重大な傷害又は疾病
（同じ仕事に戻れる）
軽微（minor）：応急処置以上を必要としない傷害がない，又は軽微な傷害
（ほんのわずか，又はまったく仕事の時間に支障がない）
確定的（very likely）：起こることがほぼ確実
起こり得る（likely）：起こる可能性が高い
起こりそうにない（unlikely）：ほとんど起こりそうにない
起こり得ない（remote）：ゼロに近いくらい起こりそうにない

付録

表 4-5 IEC 61508 の例

危害の発生確率	危害のひどさ（consequences）			
	致命的（catastrophic）	危機的（critical）	限界的（marginal）	無視可能（negligible）
頻発（frequent）	Ⅰ	Ⅰ	Ⅰ	Ⅱ
起こり得る（probable）	Ⅰ	Ⅰ	Ⅱ	Ⅲ
随時（occasional）	Ⅰ	Ⅱ	Ⅱ	Ⅲ
起こりそうにない（remote）	Ⅱ	Ⅲ	Ⅲ	Ⅳ
起こり得ない（improbable）	Ⅲ	Ⅲ	Ⅲ	Ⅳ
信じられない（incredible）	Ⅳ	Ⅳ	Ⅳ	Ⅳ

クラスⅠ：許容できないリスク（intolerable risk）
クラスⅡ：好ましくないリスク（undesirable risk），及びリスク低減が現実的でない又は得られる改善がコストの観点で適切でない場合のみ許容可能
クラスⅢ：リスク低減のコストが得られる改善を超える場合，許容可能リスク
クラスⅣ：無視可能（negligible）なリスク

② リスクグラフ

ツリー形式で示される方法で，想定される危害のひどさ，危険源／危険事象／危険状態にさらされる頻度，危険事象の発生確率，回避の可能性などがリスクパラメータとなる．この方法は，厚生労働省の指針，JIS B 9705-1 や DIN V 19250 等で示されている（図 4-3 参照）．

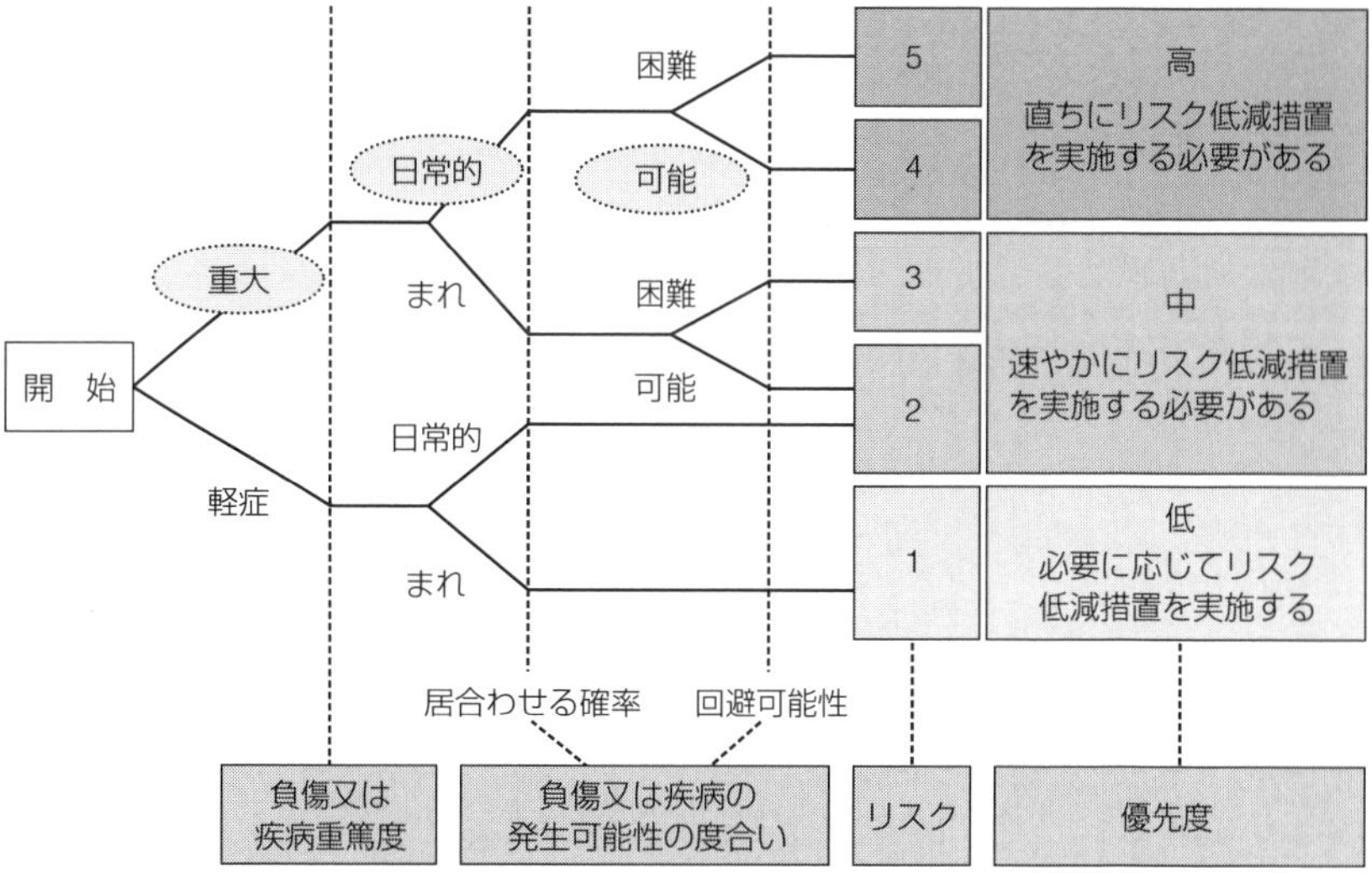

図 4-3　厚生労働省“危険性又は有害性等の調査等に関する指針”で示される例

③ スコアリング

リスクマトリックスやリスクグラフと同様の方法であるが，リスクレベルを数字で表す方法である．危害の発生確率のスコアと危害のひどさのスコアを足し算し，リスクレベルを示す．危害のひどさのパラメータと危害の発生確率のパラメータは，最終的には，定性的に判断に基づく（表 4-6 及び表 4-7 参照）．

表 4-6　危害のひどさのスコアリング

危害のひどさ	危害のひどさのスコア
致命的（catastrophic）	SS ≧ 100
深刻（serious）	99 ≧ SS ≧ 90
中程度（moderate）	89 ≧ SS ≧ 30
軽微（minor）	29 ≧ SS ≧ 0

付録

表 4-7　危害の発生確率のスコアリング

危害の発生確率	危害の発生確率のスコア
確定的（very likely）（likely or certain to occur）	PS ≧ 100
起こり得る（likely can occur）（but not probable）	99 ≧ PS ≧ 70
起こりそうにない（unlikely）（not likely to occur）	69 ≧ PS ≧ 30
起こり得ない（remote）	29 ≧ PS ≧ 0

確定的（very likely）：起こることがほぼ確実
起こり得る（likely）：起こる可能性が高いが，確実ではない
起こりそうにない（unlikely）：起こる可能性は高くない
起こり得ない（remote）：ゼロに近いくらい起こりそうにない

危害のひどさと発生確率のスコアを足し，表 4-8 によりリスクスコアを出す.

表 4-8　リスクスコア

—	高（high）	≧ 160
159 ≧	中（medium）	≧ 120
119 ≧	低（low）	≧ 90
89 ≧	無視可能（negligible）	≧ 0

(5) リスクの評価

リスクの評価とは，結果としてリスクの低減が必要であるかどうか，リスク低減目標を達成したかどうかを最終的に決定することである.

リスク低減目標については，ISO 12100 では表 4-9 の問いに肯定の回答を与えることができたとき達成したと考えてよいとある.

表4-9　ISO 12100で示されるリスク低減目標達成のための基準—適切なリスク低減

リスク低減目標達成のための問い	YES	NO	備考
すべての運転条件及びすべての介入方法を考慮したか？			
3ステップメソッドを実施したか？			
危険源は除去されたか，又は危険源によるリスクは実現可能な最も低いレベルまで低減されたか？			
採用する方策によって，新しく危険源が生じないのは確かであるか？			
使用者に残留リスクについて十分に通知し，かつ警告しているか？			
保護方策の採用によってオペレータの作業条件が危うくならないのは確かであるか？			
採用した保護方策は互いに支障なく成り立つか？			
専門及び工業分野の使用のために設計された機械が非専門及び非工業分野で使用されるとき，それから生じる結果について十分配慮したか？			
採用した方策が機械の機能を遂行するうえで，機械の能力を過度に低減しないのは確かであるか？			

付録

●規格が求める安全性のレベル

上で示した“適切なリスク低減”（表4-9参照）は，ISO 12100で示される基準であるが，このほかに参考として，ISO/IECガイド51に示される“安全”，“許容可能なリスク”に基づいた判断基準とIEC 61508で示される“許容可能なリスク”について参考のため記述する．

① **ISO/IECガイド51**

ISO/IECガイド51における安全の定義は次である．

> **安全（safety）：**
> 受け入れ不可能なリスクがないこと．（freedom from unacceptable risk）

“安全”とは，“受け入れ不可能なリスクがないこと”であり，いくらかリスクは残ることを前提としている．図4-4は，リスクの大きさを表したものである．図4-4では，“受け入れ不可能なリスク（Unacceptable risk）”より低いリスクが，リスクの大きさ順に，“許容可能なリスク（Tolerable risk）”，“受け入れ可能なリスク（Acceptable risk）”の2段階で示されている．

しかし，ISO/IECガイド51には，“受け入れ可能なリスク”の定義は示されておらず，“許容可能なリスク”のみが定義されている．

許容可能なリスク（tolerable risk）： 社会における現時点での評価に基づいた状況下で受け入れられるリスク．

“受け入れ可能なリスク”とは，リスクが非常に小さく，感覚的にいえば，かすり傷やあざができる程度のリスクと考えることができる．また，重大な影響を及ぼす事象の場合，発生確率が100万分の1以下の範囲を指す場合が多い．

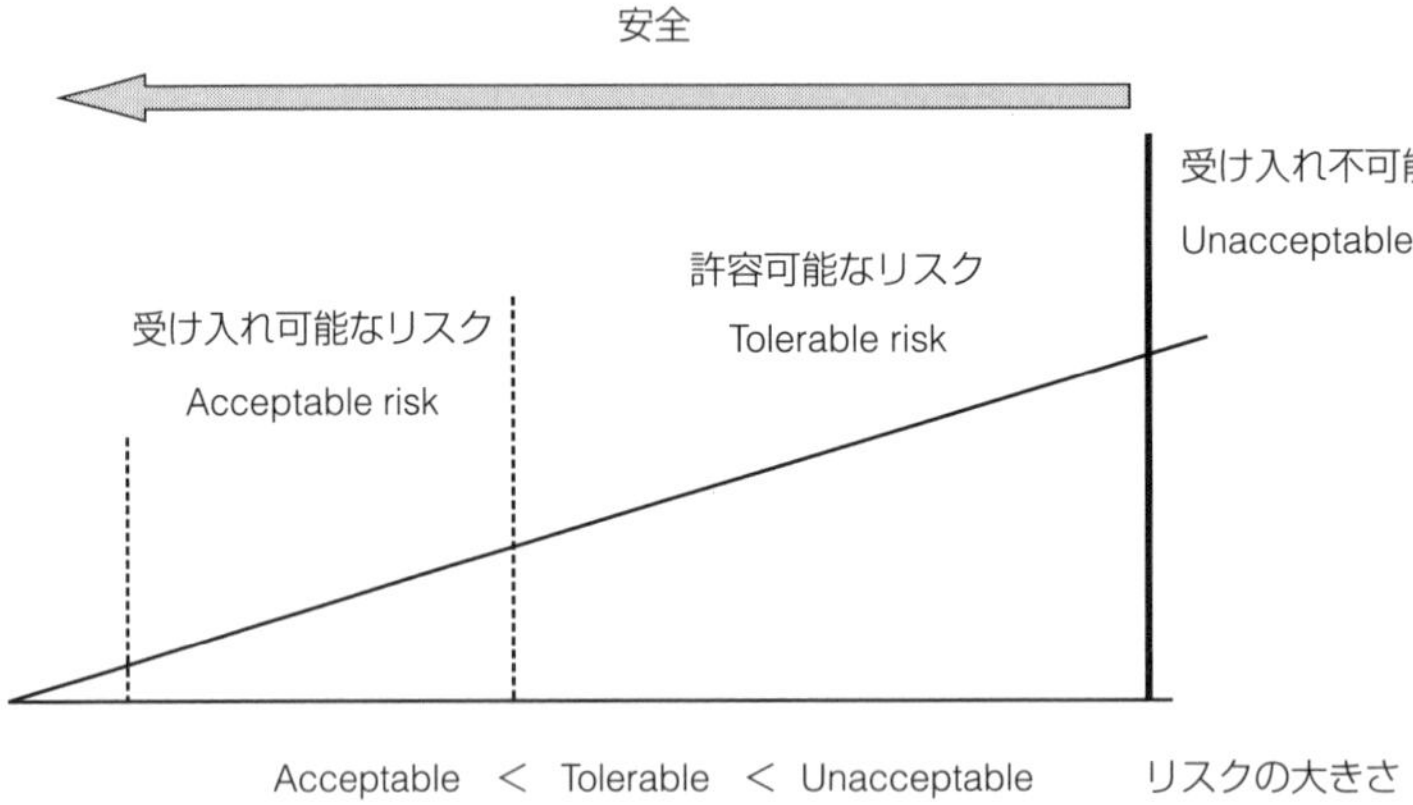

図 4-4　リスクの大きさ

さらに，ISO/IEC ガイド51の5.2では，上で示す“許容可能なリスク”の定義に加え，次の説明が加えられている．

“絶対的安全という理念，製品，プロセス又はサービス及び使用者の利便性，目的適合性，費用対効果，並びに関連社会の慣習のような諸要因によって満たされるべき要件とのバランスで決定される”

つまり，“許容可能なリスク”は，統一的に，普遍的な一定の基準として決められるものではなく，限りなくリスクがゼロになること（絶対的安全という理念）を目指し，製品などを使用する人の利便性，製品がその本来の使用目的と適合していること，費用対効果，ある社会の文化・慣習などのさまざまな要因によって決定されるものとしている．

安全の定義からすると，この“受け入れ可能なリスク（Acceptable risk）”か“許容可能なリスク（Tolerable risk）”が達成されていれば，安全性が達成されたと解釈することができるが，図 4-1 では，“許容可能なリスクは達成されたか？”が最終判定の一つとなっている．これは，許容可能なリスクが達成されていることが，安全であるとみなす最低限のレベルであるということを意味しており，可能であれば，“受け入れ可能なリスク”まで低減することを要求している．なぜなら，現実的には，費用をかけてもそれに見合うリスク低減がなされない，リスクと製品の便益を比較すると得られる便益のほうが大きいなどの理由により，“受け入れ可能なリスク”まで低減できない場合があるので，“許容可能なリスク”を達成することにより，やむを得ず安全と定義している．

② **IEC 61508**

IEC 61508 で示される“許容可能なリスクと ALARP（As low as practicable）”を，図 4-5 により説明する．

なお，“安全”，“許容可能なリスク”の定義については，ISO/IEC ガイド 51 と同様である．

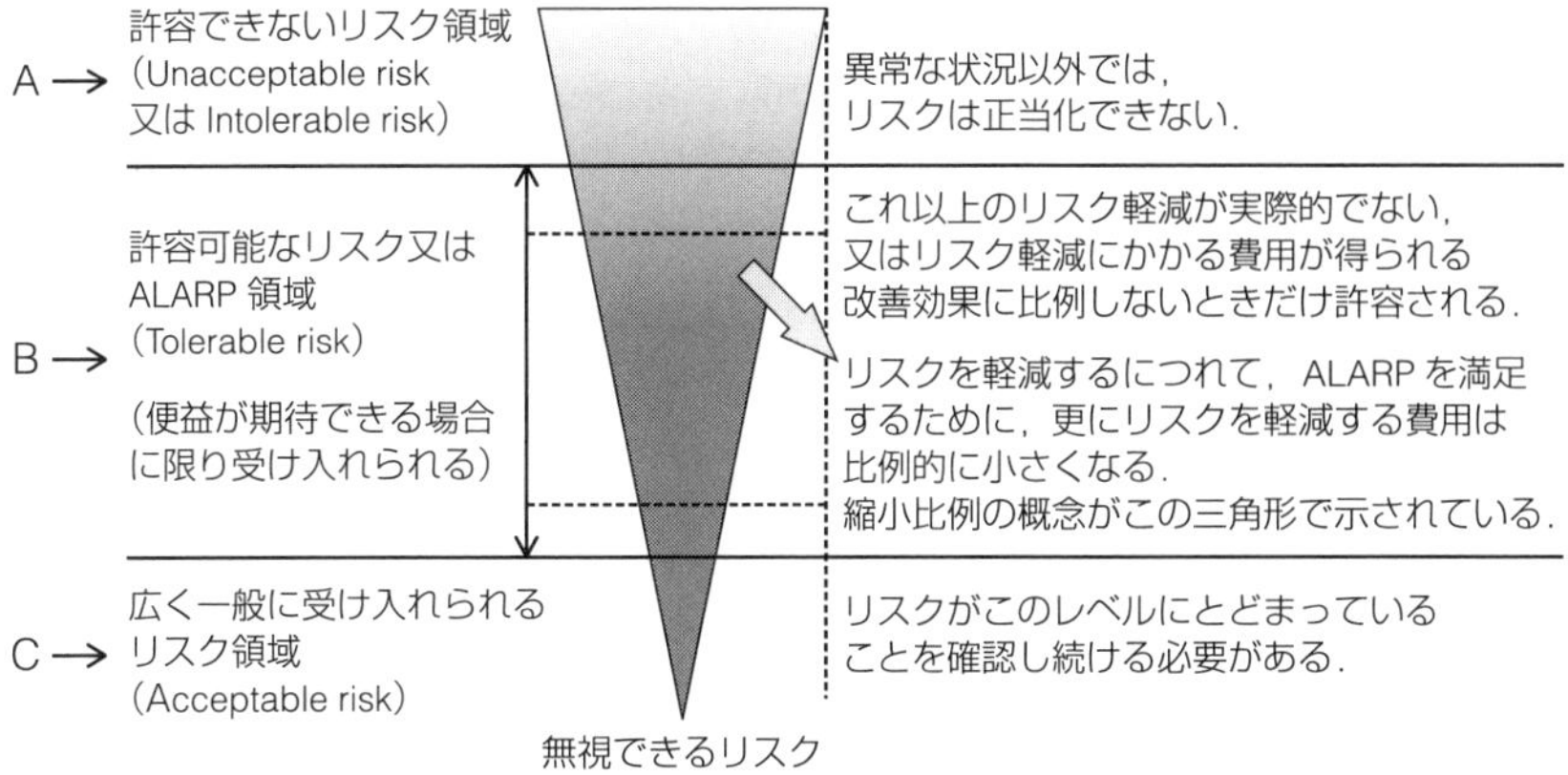

許容できないリスク領域
A →（Unacceptable risk
又は Intolerable risk）
異常な状況以外では，
リスクは正当化できない．
許容可能なリスク又は
ALARP 領域
B →（Tolerable risk）
（便益が期待できる場合
に限り受け入れられる）
これ以上のリスク軽減が実際的でない，
又はリスク軽減にかかる費用が得られる
改善効果に比例しないときだけ許容される．
リスクを軽減するにつれて，ALARP を満足
するために，更にリスクを軽減する費用は
比例的に小さくなる．
縮小比例の概念がこの三角形で示されている．
広く一般に受け入れられる
C → リスク領域
（Acceptable risk）
リスクがこのレベルにとどまっている
ことを確認し続ける必要がある．
無視できるリスク

図 4-5　許容可能リスクと ALARP

図 4-5 では，リスク領域の概念が大きく三つに分類されていることがわかる．

A.　許容できないリスク（Unacceptable risk 又は Intolerable risk）領域：
リスクが非常に大きく全面的に拒絶されるリスク領域．

B.　許容可能なリスク又は ALARP（Tolerable risk）領域：
リスクが実行可能なレベルまで低減されているリスク領域．このリスクを

受け入れることによる利益が使用者にあり，リスクをさらに低減するには費用が必要であることを示す．

C．広く一般に受け入れられるリスク（Acceptable risk）領域：

リスクが非常に小さいか，小さくされたので問題とされないリスク領域

Bで示されるリスク領域は，一般的にALARP領域とよばれる．この領域では，費用便益分析（費用に対する便益を金額に換算して分析すること）により，合理的に実行可能なレベルまでリスクを低減する必要がある．

なお，図4-5のBにおけるALARP又は許容可能なリスク領域の上方のレベルは，リスクの低減が不可能か，リスク改善の費用が改善効果に対してまったくつりあっていないときのみ許されるレベルで，下方のレベルは，リスク低減の費用が得られる改善効果に比例しない場合のみ許されるレベルである．

4.3 保護方策

保護方策は，設計者／メーカにより講じられる方策と使用者／ユーザにより講じられる方策とに大きくは分類できる．ここでは，設計者／メーカにより講じられる方策について記述する（図4-6及び表4-10参照）．

本質的安全設計方策：(1) 設計上の各種処置方法を適切に選択し，できる限り多くの危険源の生成を防止し，低減する方法，(2) 危険区域への進入の必要性を低減することにより危険源へさらされる機会を制限する方法

安全防護策及び付加保護方策：(1) ガード，(2) 保護装置，(3) 非常停止など（付加保護方策）

使用上の情報：(1) 信号及び警報装置，(2) 表示，標識（絵文字），警告文，(3) 付属文書（特に，取扱説明書）

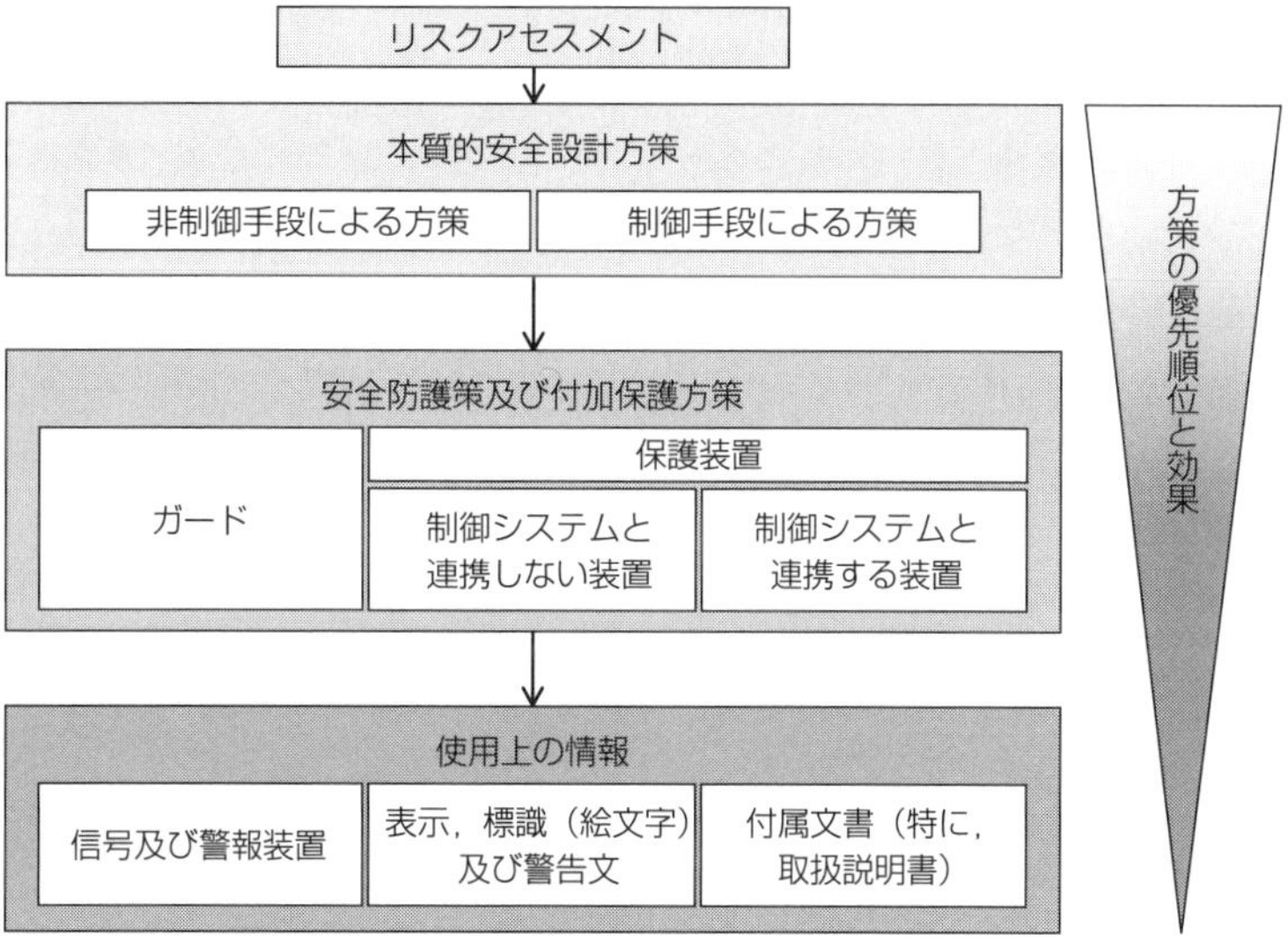

図 4-6 リスクアセスメントと保護方策

●本質的安全設計方策：

制御手段と非制御手段による方策に分類できる．制御手段による方策とは，制御システムで故障，不具合を生じないように意図する機能を実行し，人に危害を生じる機械の危険な動きを防止する対策や故障しても，故障に対する抵抗性を高めることにより，安全性を確保する方策などがあげられる．また，非制御手段による方策としては，危険な箇所をなくす方法やオペレータの精神的，肉体的疲労などを低減する人間工学原則を適用する方法などである．

●安全防護策及び付加保護方策：

ガードと保護装置（安全装置）による方策である．ガードについては，危険な箇所への接近防止策として，保護装置については，機械の危険な動きを停止させる方策である．保護装置については，ライト（光）カーテンや圧力検知マットなどの人の進入・存在検知装置や，両手操作制御装置，イネーブル装置，ホールド・トゥ・ラン制御装置などの人が意図的に起動し操作者の保護のための装置，またインタロック装置などである．これらの装置は，制御システムと連携する装置である．このほか，各種保護装置が規定されるが，くさびや車輪止めなどの機械的拘束装置は制御システムと連携しない装置である．

付加保護方策は，非常停止，機械類へ安全に接近するためのはしごやプラットフォーム，人の救出手段などである.

●使用上の情報：

三つに分類され，機械の状態変化や異常状態を知らせるための信号及び警報装置，機械を正しく使用するために必要な表示，標識（絵文字）及び警告文，機械の運転や保全等のために必要とされる取扱説明書となる.

表 4-10　方策分類と例

方策の分類		方策の例
本質的安全設計方策	非制御手段	●幾何学的要因及び物理的側面の考慮 ●構成品間のポジティブな機械的作用の原理 ●安定性，保全性　●人間工学原則の遵守　など
	制御手段	●内部動力源の起動又は外部動力供給の接続 ●機構の起動又は停止　●動力中断後の再起動 ●動力供給の中断　●自動監視の使用
安全防護策	ガード／制御システムと連携しない	●固定式ガード　●可動式ガード（インタロックなし） ●取り外し可能ガード
	ガード／制御システムと連携する	●インタロックガード ●制御式ガード
	保護装置／制御システムと連携する装置	① 制御装置 ●両手操作　●イネーブル　●ホールド・トゥ・ラン ●インタロック装置　など
		② 進入・存在検知装置 ●ライトカーテン　●レーザスキャナ　●圧力検知マット　など
	保護装置／制御システムと連携しない装置	●くさび　●車輪止め　●アンカーボルト　など
付加保護方策		●非常停止　●遮断及びエネルギの消散に関する方策 ●捕捉された人の脱出及び救助のための方策 ●機械類への安全な接近に関する方策 ●機械及び重量構成部品の容易，かつ安全な取り扱いに関する準備
使用上の情報	信号及び警報装置	●危険事象の警告のために使用される視覚信号（例えば，点滅灯）及び聴覚信号（例えば，サイレン）
	表示，標識（絵文字），警告文	●製造業者の名前及び住所　●シリーズ名又は型式名 ●マーキング　●文字での表示　●回転部の最大速度 ●工具の最大直径 ●機械自体及び／又は着脱可能部品の質量（kg 表示） ●最大荷重　●保護具着用の必要性 ●ガードの調整データ　●点検頻度
	付属文書（特に，取扱説明書）	●機械の運搬，取扱い，保管に関する情報 ●機械の設置及び立上げに関する情報 ●機械自体に関する情報 ●機械の使用に関する情報 ●保全に関する情報 ●使用停止，分解，及び，廃棄処分に関する情報 ●常事態に関する情報 ●熟練要員／非熟練要員用の保全指示事項の明確化

4.4 ISO 13849-1:2006

要求されるリスク低減方策には，機械自体に存在する角部などの危険部位を除去したり，作業者の筋負担を軽減したりするような方法と，意図しない機械の起動，無制御状態の速度変化，運動部分の停止不能や保護装置の機能停止などを生じないように機械の制御システムにより安全性を確保する方法とがある．別の言い方をすれば，保護方策が制御システムに依存する場合と依存しない場合が考えられるが，この選択については，リスクアセスメントに基づいて，決定されることとなる．

ISO 13849-1:2006は，リスク低減が制御システムに依存する場合の制御システムの安全関連部の設計方策が規定され，制御システムにおいては，安全に係わる部分＝制御システムの安全関連部と，安全に係わらない部分＝非制御システム安全関連部とがある．

保護方策が制御システムに依存する場合，現在利用可能な規格としては，ISO 13849-1:2006とIEC 62061:2005の二つがあるが，ここではISO 13849-1:2006について説明する．

ISO 13849-1:2006では，図4-7のステップで制御システムの安全関連部を設計することが規定される．

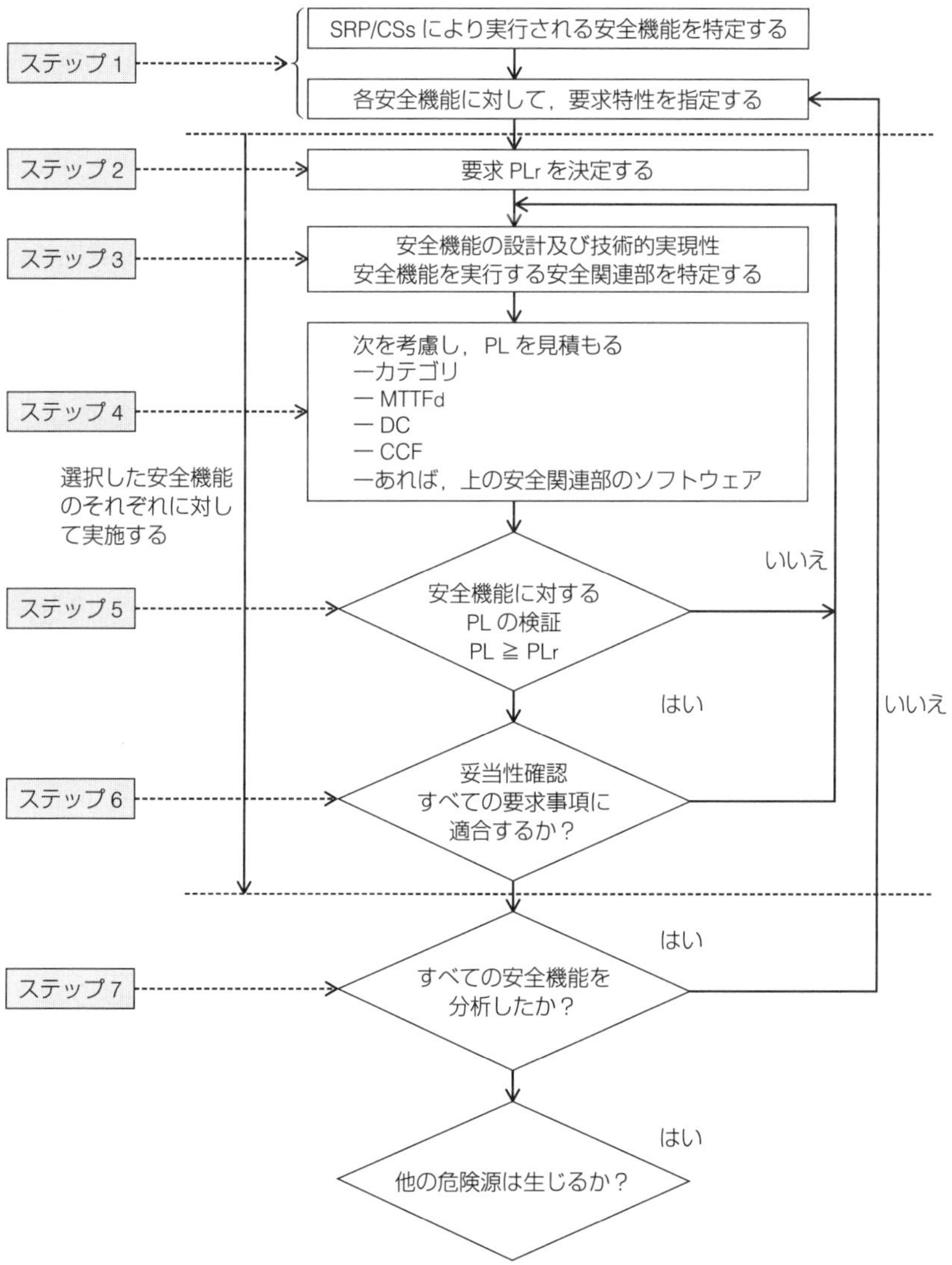

SRP/CSs により実行される安全機能を特定する
ステップ 1
各安全機能に対して，要求特性を指定する
ステップ 2
要求 PLr を決定する
ステップ 3
安全機能の設計及び技術的実現性
安全機能を実行する安全関連部を特定する
ステップ 4
次を考慮し，PL を見積もる
ーカテゴリ
ー MTTFd
ー DC
ー CCF
ーあれば，上の安全関連部のソフトウェア
選択した安全機能のそれぞれに対して実施する
ステップ 5
安全機能に対する
PL の検証
PL ≧ PLr
いいえ
はい
ステップ 6
妥当性確認
すべての要求事項に
適合するか？
いいえ
はい
ステップ 7
すべての安全機能を
分析したか？
はい
他の危険源は生じるか？

図 4-7　制御システムの安全関連部（SRP/CS）の設計のための反復的プロセス

付録

● ステップ1（図4-7）：

制御システムの安全関連部により実行される安全機能を特定し，選択した安全機能に対する要求特性を指定する．

安全機能としては，停止機能，非常停止機能，手動リセット，起動及び再起動，局部制御機能，ミューティングなどが例として挙げられる．

● ステップ2（図4-7）：

PLr（要求パフォーマンスレベル）を決定する．これは，リスクグラフにより決定される．“PLr／PLは，予見可能な条件下で，安全機能を実行するための制御システムの安全関連部の能力を規定するために用いられる区分レベル”と定義され，表4-11に示されるように“時間あたりの危険側故障発生の平均確率”で規定される．

図4-8は，ISO 13849-1:2006の附属書Aに参考として記載されているもので，リスクの大きさに対応して，安全機能が必要とするPL（パフォーマンスレベル）が示されている．PLr／PLはaからeの順に，必要とされるPLが高くなることをあらわしている．

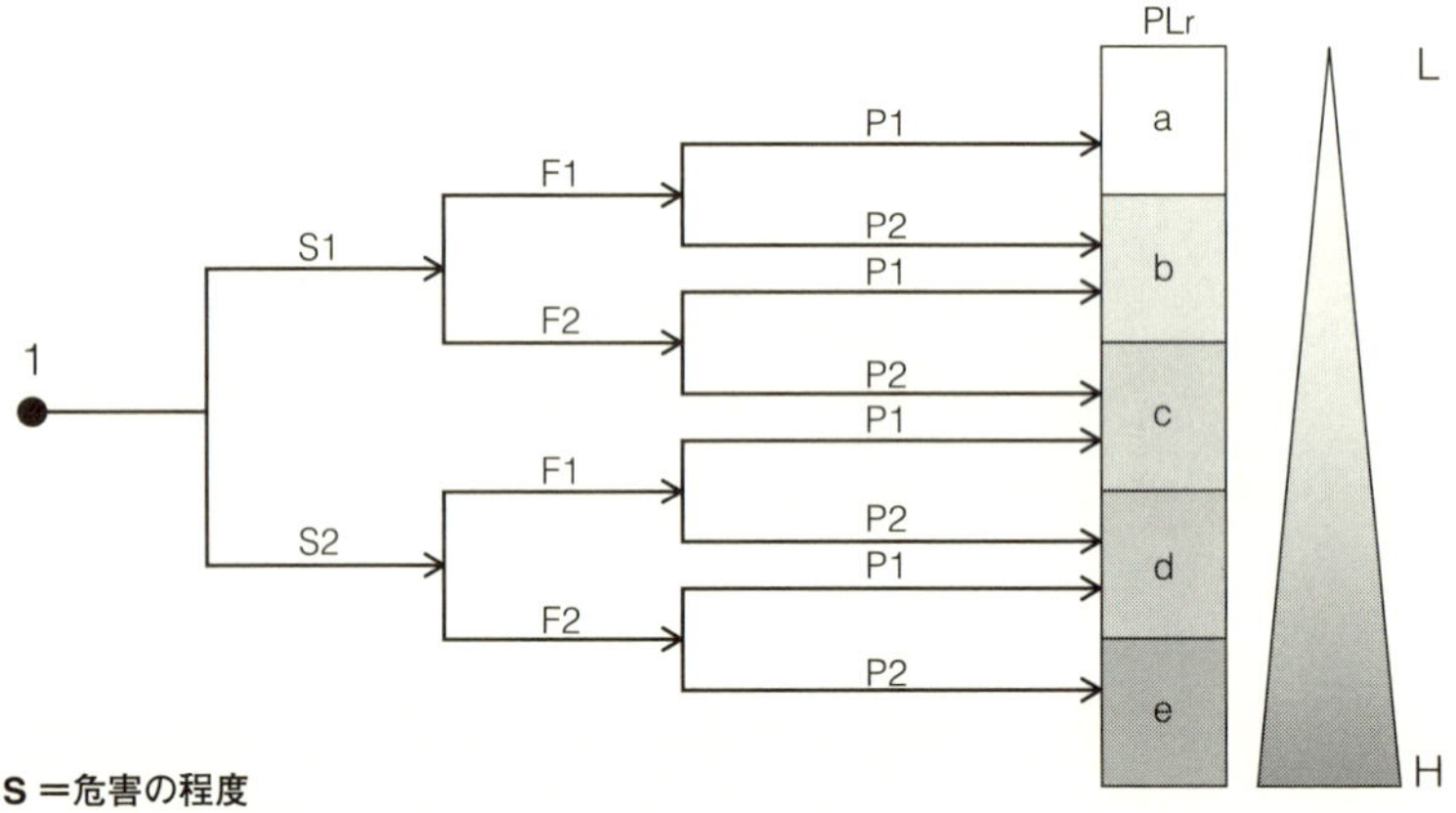

S＝危害の程度

S1＝軽微　S2＝過酷

F＝危険源にさらされる頻度又は時間

F1＝まれから低頻度，又はさらされる時間が短い

F2＝高頻度から連続，又はさらされる時間が長い

P＝危険源の回避可能性，又は危害を抑える可能性

P1＝ある条件では可能　P2＝ほとんど不可能

図4-8　安全機能に対するPLr（要求パフォーマンスレベル）決定のためのリスクグラフ

表 4-11 PLr／PL（要求パフォーマンスレベル／パフォーマンスレベル）

PLr/PL	時間あたりの危険側故障発生の平均確率［1/h］	PLr/PL の説明
a	$10^{-5} \leqq \mathrm{PDF} < 10^{-4}$	S1 は，危害の程度が回復する怪我とされる．回復する危害しか予想されない場合，F（頻度）と P（回避可能性）に関わらず，PLa/PLra でよいとされる．安全機能が機能遂行を失敗する確率は，時間あたり危険側故障発生の平均確率で，10^{-4} から 10^{-5} である．
b	$3\times10^{-6} \leqq \mathrm{PDF} < 10^{-5}$	S1 は，危害の程度が回復する危害とされる．回復する危害しか予想されない場合，危険源の発生頻度は，F1＝まれから低頻度，又はさらされる時間が短い，と F2＝高頻度から連続，又はさらされる時間が長い，場合が想定される．安全機能が機能遂行を失敗する確率は，時間あたり危険側故障発生の平均確率で，10^{-5} から 3×10^{-6} である．
c	$10^{-6} \leqq \mathrm{PDF} < 3\times10^{-6}$	S1 と S2 の場合が考えられる．S1 の場合，危険源にさらされる時間は，F2＝高頻度から連続，又はさらされる時間が長い，であり，その回避は不可能な場合である． また，S2 の場合，危険源にさらされる時間は，F1＝まれから低頻度，又はさらされる時間が短い，であり，その回避がある条件では可能な場合である．安全機能が機能遂行を失敗する確率は，時間あたり危険側故障発生の平均確率で，3×10^{-6} から 10^{-6} である．
d	$10^{-7} \leqq \mathrm{PDF} < 10^{-6}$	S2 であり，危険源にさらされる時間は，F1＝まれから低頻度，又はさらされる時間が短い，F2＝高頻度から連続，又はさらされる時間が長い，であり，その回避が不可能な場合と，ある条件では，可能な場合である． 安全機能が機能遂行を失敗する確率は，10^{-6} から 10^{-7} である．
e	$10^{-8} \leqq \mathrm{PDF} < 10^{-7}$	最悪の場合を想定しており，危害の回復は不可能であり，危険源の発生頻度も F2＝高頻度から連続，又はさらされる時間が長い，回避は不可能な場合である．安全機能が機能遂行を失敗する確率は，10^{-7} から 10^{-8} である．

＊PDF＝Probability of dangerous failure

付録

● **ステップ 3**（図 4-7）：

安全機能を実行する安全関連部を特定し，設計する．ステップ 2 で決定された PLr（要求パフォーマンスレベル）に適合するように，システマティック故障，コンポーネントの選択などを考慮して制御システムの安全関連部を設計する．

● **ステップ 4**（図 4-7）：

安全機能の PL（パフォーマンスレベル）を見積もる．パフォーマンスレベルは，“時間あたりの危険側故障の発生平均確率”で規定される（PLa から PLe．表 4-11 も参照）．PL の見積もりは，次の①から⑤を考慮する必要がある．

①カテゴリ（表 4-12，表 4-13 及び表 4-14）

② MTTFd（平均危険側故障時間）（表 4-15）

③ DC（診断範囲）（表 4-16）

④ CCF（共通原因故障）

⑤ソフトウェアがある場合，安全関連部のソフトウェアを考慮し，PL を見積もる．

表 4-12 安全関連部の必要条件

要 素	内 容	範 囲
カテゴリ	故障時の挙動を指定する	B，1，2，3，4 の範囲
MTTFd	各チャネルの平均危険側故障時間	低：3 年から 10 年 中：10 年から 30 年 高：30 年から 100 年
DC	各チャネルの自己診断の範囲率	なし：0%から 60%未満 低：60%から 90% 中：90%から 99% 高：99%以上
ベータファクタ	危険側故障の故障率のうち，共通原因故障の故障率の割合	2%以下
構 成	ハードの冗長構成	1oo1 1oo1D 1oo2D

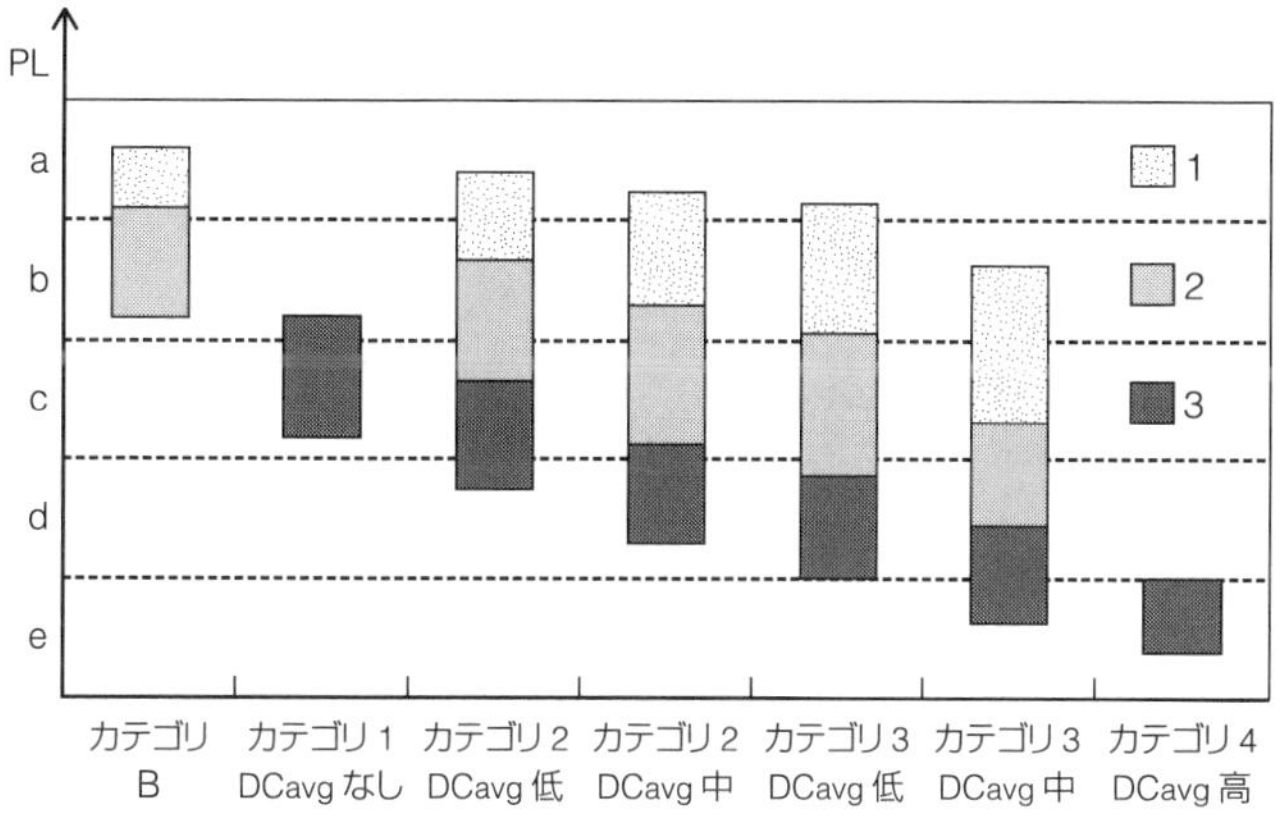

記号の説明

PL　パフォーマンスレベル
1　各チャネルの MTTFd ＝ “低”
2　各チャネルの MTTFd ＝ “中”
3　各チャネルの MTTFd ＝ “高”

図 4-9　カテゴリ，DCavg，各チャネルの MTTFd と PL の関係

①　カテゴリ

要求事項は表 4-13 参照．また，システム構成の要約は表 4-14 参照．

表 4-13 カテゴリ要求事項の要約

カテゴリ	要求事項要約	システム挙動	安全性達成のために使用される原則	各チャネルのMTTFd	DCavg	CCF
B	コンポーネントのみならずSRP/CS及び／又は保護設備は，予想される影響に耐えるように，関連規格に従って設計，製造，選択，組立，組み合わされること．基本安全原則を用いること．	障害発生時，安全機能の喪失を招くことがある．	主としてコンポーネントの選択により特徴づけられる．	“低”—“中”	“なし”	—
1	Bの要求事項が適用されること．“十分吟味されたコンポーネント”及び“十分吟味された安全原則”を用いること．	障害発生時，安全機能の喪失を招くことがあるが，発生する確率はカテゴリBより低い．	主としてコンポーネントの選択により特徴づけられる．	“高”	“なし”	—
2	Bの要求事項及び“十分吟味された安全原則”の使用が適用されること．安全機能は機械の制御システムにより適切な間隔でチェックされること．	チェックの間の障害の発生が安全機能の喪失を招くことがある． 安全機能の喪失はチェックによって検出される．	主として構造により特徴づけられる．	“低”—“高”	“低”—“中”	関連あり
3	Bの要求事項及び“十分吟味された安全原則”の使用が適用されること．安全関連部は次のように設計されていること． —いずれの部分の単一障害も安全機能の喪失を招かない．かつ —合理的に実施可能な場合は常に単一障害が検出される．	単一障害発生時，安全機能が常に機能する． すべてではないが障害のいくつかは検出される． 検出されない障害の蓄積で安全機能の喪失を招くことがある．	主として構造により特徴づけられる．	“低”—“高”	“低”—“中”	関連あり
4	Bの要求事項及び“十分吟味された安全原則”の使用が適用されること． 安全関連部は次のように設計されること． —いずれの部分の単一の障害も安全機能の喪失を招かない．かつ —単一障害は，安全機能に対する次の動作要求のとき，又はそれ以前に検出される．それが不可能な場合，障害の蓄積が安全機能の喪失を招かないこと．	障害発生時，安全機能が常に機能する． 蓄積された障害の検出は，安全機能の喪失の可能性を減少する（高DC）． 障害は安全機能の喪失を防止するために適時検出される．	主として構造により特徴づけられる．	“高”	“高”（障害の蓄積を含む）	関連あり

表 4-14 システム構成の要約

システム構成記号	特徴	ISO 13849-1
1oo1 (1 out of 1)	1 チャネルしかない．その 1 チャネルが正常ならシステムは正常．	カテゴリ B カテゴリ 1
1oo1D (1 out of 1 diagnostic)	1 チャネルであるが，故障監視部があり，故障すると監視部が機械を止めるための出力を生成する．	カテゴリ 2
1oo2D (1 out of 2 diagnostic)	予備チャネルをもち，両チャネルとも故障監視部をもつ．故障すると監視部が機械を止めるための出力を生成する．	カテゴリ 3 カテゴリ 4

② 平均危険側故障時間（MTTFd）

危険側故障の平均時間を算出する．この算出は，表 4-15 に従って定義されており，各チャネルに対して考慮する．

表 4-15 平均危険側故障時間（MTTFd）

危険側故障に対する平均時間の表示	MTTFd の範囲
低	3 年 ≦ MTTFd ＜ 10 年
中	10 年 ≦ MTTFd ＜ 30 年
高	30 年 ≦ MTTFd ＜ 100 年

③ 診断範囲（DC）

検出される危険側故障と全危険側故障の確率の分数である．診断範囲は表 4-16 に従って決定される．

表 4-16 診断範囲（DC）

診断範囲の表示	DC の範囲
なし	DC ＜ 60%
低	60% ≦ DC ＜ 90%
中	90% ≦ DC ＜ 99%
高	99% ≦ DC

付録

④ **共通原因故障（CCF）**

共通原因故障は，カテゴリ2，3，4で考慮される．Bと1では，考慮しない．

● **ステップ5**（図4-7）：

達成したPLを検証する．PLがPLr以上（PL ≧ PLr）であるか検証する．リスクアセスメントにおいて必要とされたPLr（要求パフォーマンスレベル）よりも，実現したPLが大きい場合も許容される．

● **ステップ6**（図4-7）：

妥当性確認を行う．この規格のすべての関連要求事項に適合しているかどうか確認する．

● **ステップ7**（図4-7）：

安全機能の分析．すべての安全機能を分析したかどうか確認する．

5　リスクアセスメント手法とリスクパラメータ

ISO 14121及びISO 13849-1で示されるリスクグラフをベースに，図5-1のパラメータを標準パラメータとして設定した．左欄は，機械メーカ及び機械工業界において共通に使用可能なリスクパラメータであり，右欄は，メーカ側において使用する制御システムのリスクアセスメントが求められる場合のリスクパラメータであり，かつ制御システムによる安全機能を実行するために用いられる性能レベルである（PLr／PL）．機械メーカにおいてリスクアセスメントを実施する場合，機械系のリスクアセスメントと制御系のリスクアセスメントを個別に，又は組み合わせて実施する場合があるが，どちらを選択してもよい．なお，下記に示すパラメータは，基礎としての意味づけであり，各業界においては，この標準パラメータを用いてより詳細な分類をすることが可能である．なお，例として，図5-2に危害の程度についてパラメータの4分割を示す．

なお，PLr又はPLの構築については，本ガイドラインの4.4及びより詳細についてはISO 13849-1:2006を参照のこと．

ISO 14121／ISO 13849-1 リスクパラメータ			危険事象の発生確率*注1 *RIは1から6				ISO 13849-1
危害の程度	暴露頻度	回避の可能性	O1	O2	O3		PLr又はPL
S1　軽度	F1　まれ	A1　可	1	1	2	優先順位3	a
		A2　不可	1	1	2		b
	F2　頻繁	A1　可	1	1	2		b
		A2　不可	1	1	2		c
S2　重度	F1　まれ	A1　可	2	2	3	優先順位2	c
		A2　不可	2	3	4		d
	F2　頻繁	A1　可	3	4	5	優先順位1	d
		A2　不可	4	5	6		e

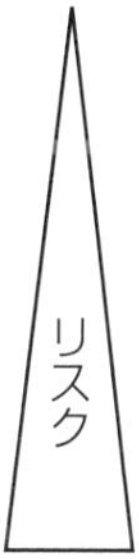

＊注1)　RI＝リスクインデクス

リスク	リスクインデクス	対策を講じる優先順位
高	5又は6	優先順位1
中	3又は4	優先順位2
低	1又は2	優先順位3

図 5-1　リスクアセスメントガイドライン基礎パラメータ

ISO 13849-1 S傷害のひどさ
S2
S1

⇒

ISO/TR 14121-2, A.19 S傷害のひどさ	傷害の程度
4	回復不可能：死亡，目や腕の喪失
3	回復不可能：手足骨折，指の喪失
2	回復可能：医師の手当てが必要
1	回復可能：応急処置が必要

図 5-2　リスクパラメータSの改良

表 5-1　リスクパラメータの意味

S	S1	軽微な傷害（通常は回復可能），例えば，こすり傷，裂傷，挫傷，応急処置を要する軽い傷
	S2	深刻な障害（通常は回復不可能．致命傷を含む），例えば，肢の粉砕又は引き裂かれる若しくは押しつぶされる，骨折，縫合を必要とする深刻な傷害，筋骨格障害（MST），致命傷
F	F1	作業シフト（サイクル）あたり 2 回以下又は 15 分以下の暴露
	F2	作業シフト（サイクル）あたり 2 回超又は 15 分超の暴露
	*暴露頻度については，主に「機械的危険源」を対象としている	
A	A1	いくつかの条件下で可能 —可動部分が 0.25 m/s 以下の速度で動く場合，及び被暴露者がリスクに気づいており，また危険状態又は危険事象が迫っていることを認識している場合． —特定の条件による（温度，騒音，人間工学等）
	A2	不可能
O	O1	安全分野で証明され，承認されている成熟した技術（ISO 13849-2:2003 参照）
	O2	過去 2 年間で技術的故障が発見されている —リスクに気づき，また作業場で 6 か月以上の経験をもつ十分に訓練を受けた人による不適切な人の挙動（人に依存する場合） —過去 10 年以上発生していない類似の事故（類似事故の有無の場合）
	O3	定期的にみられる技術的な故障（6 か月以下ごと） —作業場で 6 か月未満の経験をもつ十分に訓練を受けていない人による不適切な人の挙動（人に依存する場合） —過去 10 年間に工場でみられた類似の事故（類似事故の有無の場合）

●図 5-1 の使い方

当該機械の危険源からリスクが発生し，人に危害をもたらすと仮定した場合，危害の程度として軽度ですむものなのか，重度なものかを見積もる．ここでは仮に，深刻な傷害を仮定すると図 5-1 の“危害の程度”は，“S2”が選択される．次いで，重度のリスクを生じる危険源又は事象への接近頻度を見積もる．その頻度が頻繁なものであれば，“暴露頻度”においては，“F2”が選択される．F2 の選択後，人に危害をもたらす事象が発生した場合，その事象の出現から生じる危害を回避することができるかどうか決定する．身体能力の高さや，熟練技術者であれば回避することができる事象もあれば，事象の発現速度が非常に速く身体能力や熟練度を考慮しても回避不可能なものもあるが，ここでは規準として，事象の発現速度（表 5-1 の A1）が，0.25m/s 以下であり，所定の条件を満たしていれば，回避可能としている．この条件を満たしていると判断されれば，“回避の可能性”は，“A1”を選択する．次に，人に危害を及ぼす事象の発生確率を見積もる．図 5-1 では，O1，O2，O3 の三つの規準を設定してある（規準の意味は，表 5-1 参照）．“危険事象の発生確率”は，機械やコンポーネントに“十分吟味されたコンポーネント”や“十分吟味された安全原則”などを用いて故障を安全側に導くことなどによって，その発生確率を低減することができる．例えば，コンポーネントの故障モードが事前にわかっており，常に同じ故障の仕方をするならば，それに対する対策を講じることができるので故障による危険事象の発生確率を低減することができるため，O1 を選択することができる．O1 を選択した場合，リスクインデクス（RI）は，O1 の欄の“3”となり，対策を講じる優先順位は“2”となる．なお，当該機械から生じるリスクを低減する手段が制御システムによる場合，対応する PLr 又は PL は“d”以上であればよいことになる（図 5-3）．

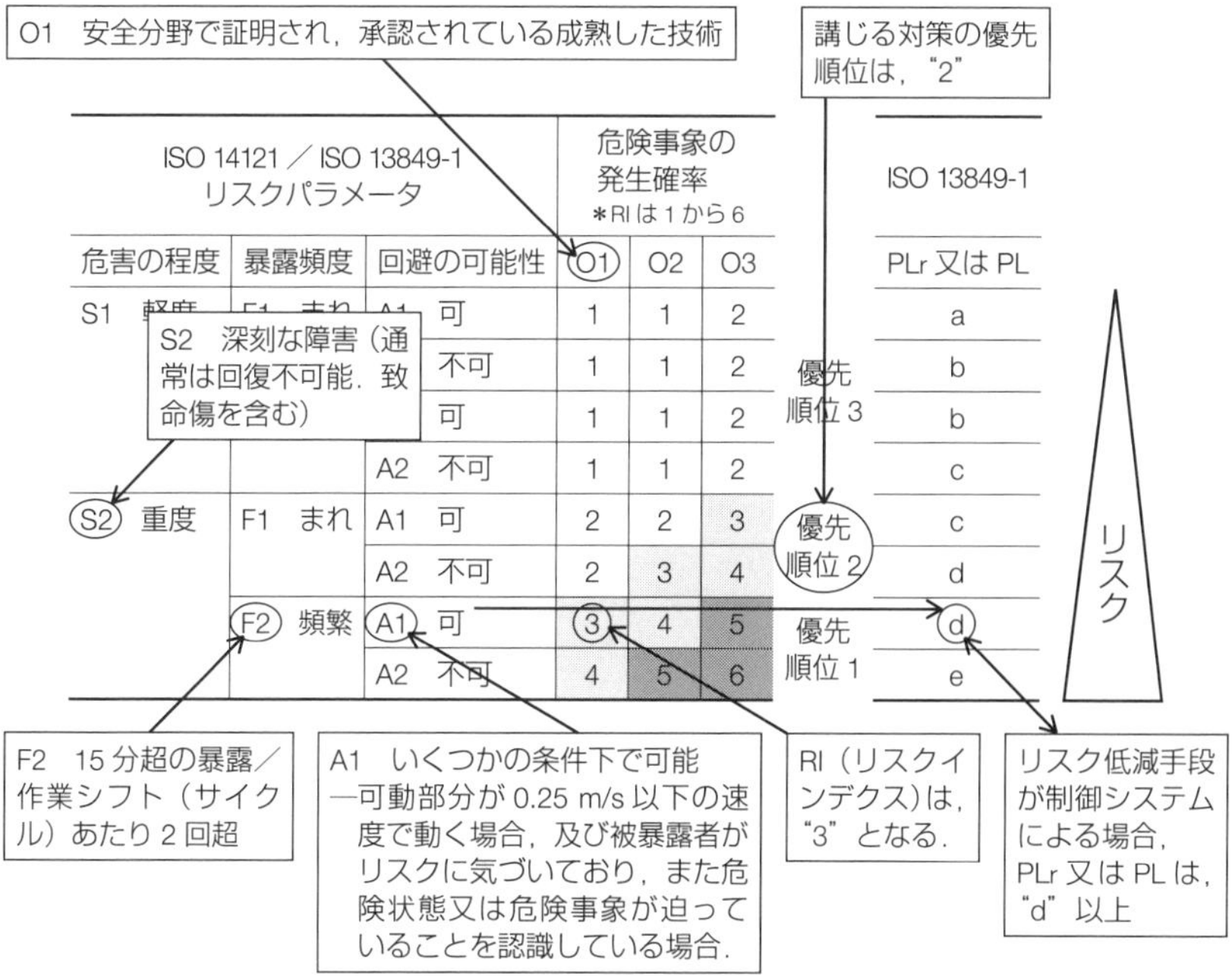

図 5-3　リスクアセスメントガイドライン基礎パラメータの使い方例

6　標準フォーマット

6.1　制限仕様（関係する作業者を含む）フォーマット（開示情報兼用）

このフォームでは，仕様制限を決定するための情報を記述する．含むべき情報の例を，フォーム内に示す．

フォーム１　機械の制限事項の決定

<table>
<tr><th colspan="3">項　目</th><th>機械の制限仕様等</th></tr>
<tr><td colspan="3">機械の名称</td><td></td></tr>
<tr><td rowspan="9">機械の主な仕様</td><td colspan="2">製品型式</td><td></td></tr>
<tr><td colspan="2">設計寿命</td><td></td></tr>
<tr><td colspan="2">構成部品の交換間隔</td><td></td></tr>
<tr><td colspan="2">原動機出力（kW）</td><td></td></tr>
<tr><td colspan="2">運転方式（モード）</td><td></td></tr>
<tr><td colspan="2">加工能力</td><td></td></tr>
<tr><td colspan="2">送りスピード又は回転数</td><td></td></tr>
<tr><td colspan="2">製品寸法</td><td></td></tr>
<tr><td colspan="2">製品質量</td><td></td></tr>
<tr><td colspan="3">機械を使用する目的と用途
（使用上の制限）
・意図する使用，予見可能な誤使用
・予期しない起動</td><td></td></tr>
<tr><td colspan="3">機械コンポーネントの交換
（時間上の制限）
・機械的制限
・電気的制限</td><td></td></tr>
<tr><td colspan="3">機械の可動範囲等
（空間上の制限）
・動作範囲
・インタフェース
・作業環境</td><td></td></tr>
<tr><td colspan="3">機械の設置条件
・屋内／外
・温度，湿度
・保安管理物件</td><td></td></tr>
<tr><td colspan="3">機械のライフサイクル</td><td></td></tr>
<tr><td rowspan="4">危害の対象者</td><td>オペレータ</td><td>資格の要否</td><td></td></tr>
<tr><td>周辺の作業員</td><td></td><td></td></tr>
<tr><td>サービスマン（補給，保全）</td><td>資格の要否</td><td></td></tr>
<tr><td>第三者</td><td></td><td></td></tr>
<tr><td colspan="3">その他</td><td></td></tr>
</table>

フォーム１　記入例

<table>
<tr><th colspan="3">項　目</th><th>機械の制限仕様等</th></tr>
<tr><td colspan="3">機械の名称</td><td>無人搬送車（AGV）システム</td></tr>
<tr><td rowspan="11">機械の主な仕様</td><td colspan="2">製品型式</td><td>AGV 10</td></tr>
<tr><td colspan="2">設計寿命</td><td>10 年</td></tr>
<tr><td colspan="2">構成部品の交換間隔</td><td>定期点検周期　1 年</td></tr>
<tr><td colspan="2">原動機出力（kW）</td><td>走行 0.56 kW×2　操舵 0.1 kW×2　コンベヤ 0.16 kW</td></tr>
<tr><td colspan="2">運転方式（モード）</td><td>オンライン自動／オフライン自動／手動</td></tr>
<tr><td colspan="2">最大積載荷重</td><td>1,000 kg</td></tr>
<tr><td colspan="2">最高走行速度</td><td>走行 60 m/min</td></tr>
<tr><td colspan="2">製品寸法</td><td>W1,130 mm×L1,630 mm×H550 mm</td></tr>
<tr><td colspan="2">車体重量</td><td>650 kg</td></tr>
<tr><td colspan="2">設置条件（温度，湿度など）</td><td>常温（0～40℃）・常湿（10～90%）結露なきこと
屋内（腐食性ガス，引火性ガス，オイルミスト，過度の塵埃，有害なノイズ発生源がないこと）</td></tr>
<tr><td colspan="2"></td><td></td></tr>
<tr><td colspan="3">機械を使用する目的と用途
（使用上の情報）
・意図する使用，予見可能な誤使用

・予期しない起動</td><td>

・仕様重量超過積載

・ノイズによる制御系誤作動
・制御回路・センサ故障による制御系誤作動</td></tr>
<tr><td colspan="3">機械コンポーネントの交換
（時間上の制限）
・機械的制限
・電気的制限</td><td>

・年次点検の実施
・定期交換部品の指定周期での交換実施</td></tr>
<tr><td colspan="3">機械の可動範囲等
（空間上の制限）
・動作範囲
・インタフェース
・作業環境</td><td>
・専用通路として区画されたエリア
・第三者の立ち入りがないこと
・建物設備とのインタロックが可能
・通路環境の維持管理（うねり，損傷，汚れ，埃なきこと）</td></tr>
<tr><td colspan="3">機械のライフサイクル</td><td>メーカによる 1 年ごとの定期点検の実施を行う</td></tr>
<tr><td rowspan="4">危害の対象者</td><td>オペレータ</td><td>資格の要否</td><td>要（教育受講者のみ操作可能）</td></tr>
<tr><td>周辺の作業員</td><td></td><td>安全教育の受講</td></tr>
<tr><td>サービスマン（補給，保全）</td><td>資格の要否</td><td>要（メーカのメンテナンス有資格者）</td></tr>
<tr><td>第三者</td><td></td><td>作動エリア（AGV 通路）への立ち入り禁止</td></tr>
<tr><td colspan="3">その他</td><td></td></tr>
</table>

6.2　危険源等の同定フォーマット

フォーム2は，事故シナリオを想定した危険源等の同定フォームである．当該機械の各ライフサイクルの段階で生じる“タスク”（運搬，組立・設置・コミッショニング，設定・ティーチング，運転，保全等）と，それに伴う“危険区域”，“危険源”，“危険状態”，“危険事象”を記述する．

まず当該機械の各ライフサイクルにおける各タスクを記述する．次いでタスクが行

フォーム2

危険源				
機械		機械の名称		
情報源		設計仕様書		
範囲		ライフサイクル		
手段		チェックリスト		
No.	ライフサイクル	タスク／作業者	危険区域	危険源
1	運搬			
2	組立・設置・コミッショニング			
3	設定・ティーチング			
4	運転：定常運転 運転：非定常運転			
5	故障診断			
6	保全：ユーザ 保全：メーカ			
7	廃棄：再使用 廃棄：再利用 廃棄			

われる区域／危険区域を明確にする．その危険区域に潜在する危険源がどのような危険源か記述し，その危険源と人との係わりなどを危険状態として示し，人が危害を被るとした場合，その危険状態からどのような事象が発生するかを危険事象として記述する．

なお，機械によっては危険状態と危険事象等を区別して記述しづらい場合があるが，その場合は，まとめて記述しても差し支えない．

危険源等の同定

の同定		
分析者		
バージョン		
分析・評価日時		
ページ		
危険状態	危険事象	備考

フォーム2

危険源				
機械　AGV システム		機械の名称　無人搬送車（AGV）システム		
情報源		設計仕様書		
範囲		ライフサイクル		
手段		チェックリスト		

No.	ライフサイクル	タスク／人	危険区域	危険源
1	**運搬**	積込み／作業者	AGV 本体周辺	作業者を押しつぶす／押しつぶしの危険源
2		移動／作業者	AGV 本体周辺	作業者が衝突，接触する／ヒューマンエラー
3	**組立・設置・検収**	組立／作業者	AGV 本体バッテリボックス部分	作業者の指が挟まれる／せん断の危険源
4		組立／作業者	バッテリ周辺	作業者が火傷する／電気的危険源
5		組立／作業者	バッテリ周辺	作業者が火傷をする／材料物質から起こる危険源
6		設置／作業者	AGV 本体周辺	作業者が切り傷，突き刺し等の怪我をする／突き刺し，突き通しの危険源
7		設置／使用者	充電装置周辺	使用場所で火災が起こる／機械類によって使用される物質から起こる危険源
8		検収／オペレータ	AGV 本体周辺	通行人が衝突，接触する／オペレータに対する指示が不十分
9	**設定・ティーチング**	調整／作業者	AGV 本体周辺	作業者が衝突する／衝撃の危険源
10		調整／作業者	AGV 本体周辺	作業者が衝突，接触する／ソフトウェアのエラー，機械的危険源
11		調整／作業者	地上制御盤	作業者が感電する／電気的危険源

記入例

の同定		
分析者		
バージョン		
分析・評価日時		
ページ		
危険状態	危険事象	備考
クレーン等による AGV のトラックへの積込み作業 ／近傍作業	吊り具の不良や玉賭けのミスによりバランスが崩れ AGV が落下し作業者を押しつぶす	作業者は製造者の作業員
ユーザでの AGV 設置，移動作業 ／近傍作業	ユーザへ搬入時，AGV を手動運転で移動の際，作業者の不注意により他の作業者に接触	
バッテリの AGV への搭載作業 ／近傍作業	車体のバッテリボックスにバッテリを収納する際，不注意により指を挟む	
バッテリの AGV への搭載作業 ／近傍作業	不注意によりバッテリ端子部に金属が触れてショート，火傷する	
バッテリの AGV への搭載作業 ／近傍作業	バッテリキャリアが正確にセットされておらず，バッテリが転倒しバッテリ液がかかる	
AGV 設置作業 ／近傍作業	AGV を所定位置に設置する際，車体の角，突起部に気付かず接触して怪我をする	
バッテリの充電作業 ／充電室内	充電中にバッテリから発生する可燃性ガスが充満，引火し火災が起こる	
AGV の起動作業 ／近傍作業	適切な運転操作方法の教育を受けずに操作し，誤操作により AGV が突然起動し，近傍にいた通行人にぶつかる	オペレータは使用者の操作・メンテナンス担当者
AGV 試運転自動運転調整作業 ／近傍作業	障害物センサの動作距離設定ミスにより，動作確認中に AGV と作業者が衝突する	
AGV 試運転自動運転調整作業 ／近傍作業	マップデータの入力ミスにより，AGV が想定外のところで旋回し，物や作業者にぶつかる／予期しない起動	
制御盤の結線確認作業 ／近傍作業	作業者が一次電源確認中，盤内充電部に触れて感電する	

フォーム2

危険源				
機械　AGV システム		**機械の名称**　無人搬送車（AGV）システム		
情報源		**設計仕様書**		
範囲		**ライフサイクル**		
手段		**チェックリスト**		

No.	**ライフサイクル**	**タスク／人**	**危険区域**	**危険源**
12		調整／作業者	AGV 本体移載装置	作業者の指が巻き込まれる／引込みの危険源
13		調整／作業者	AGV 本体	作業者が接触する／ヒューマンエラー，機械的危険源
14		調整／作業者	AGV 本体	作業者が筋骨格障害／不自然な姿勢又は過剰努力
15	**運転：定常運転**	自動運転／通行人	AGV 本体周辺	通行人が衝突する／衝撃の危険源
16		自動運転／通行人	AGV 本体周辺	通行人が衝突する／衝撃の危険源
17		自動運転／通行人	AGV 本体周辺	通行人が衝突する／視覚表示装置の不適切な設計・設置，衝撃の危険源
18		自動運転／通行人	AGV 本体周辺	通行人が衝突する／聴覚警告手段が欠如・不適切，衝撃の危険源
19		自動運転／通行人	AGV 本体周辺	通行人が堅牢なバンパーに接触／機械の設計時に人間工学無視から起こる危険源
20		自動運転／通行人	AGV 本体周辺	通行人が衝突，接触する／制御システムの故障，衝撃の危険源
21		自動運転／通行人	AGV 本体周辺	通行人を荷の落下で押しつぶす／押しつぶしの危険源
22		自動運転／通行人	AGV 本体周辺	通行人を荷の落下で押しつぶす／制御回路の故障，押しつぶしの危険源

記入例（続き）

の同定		
分析者		
バージョン		
分析・評価日時		
ページ		
危険状態	危険事象	備考
AGV コンベヤチェーンテンショナ調整作業 ／近傍作業	作業者がコンベヤチェーンのテンショナ調整時に誤動作して駆動し，指が挟まれる／予期しない起動	
AGV 試運転手動運転調整作業 ／近傍作業	試運転員が声掛け作業を怠り手動運転し，補助員が衝突，挟まれ衝撃を与える	
AGV 各種設定作業 ／近傍作業	作業者が長時間無理な姿勢で設定作業を行い，腰痛等が生じる	
AGV 自動運転中の通路に通行人が侵入 ／ AGV 通路周辺での日常作業	通行人が接近してくる AGV を避けきれずに衝突，接触する	通行人は使用者の従業員及び第三者
AGV 自動運転中の通路に通行人が飛出し ／ AGV 通路周辺での日常作業	通行人がAGV 通路に横から飛び出し，AGV に衝突，接触する	
AGV 自動運転中の通路に通行人が侵入 ／ AGV 通路周辺での日常作業	通行人が接近してくる AGV を見て，走行している状態かわからず衝突，接触する	
AGV 自動運転中の通路に通行人が侵入 ／ AGV 通路周辺での日常作業	通行人が接近してくる AGV の音に気が付かず衝突，接触する	
AGV 自動運転中の通路に通行人が侵入 ／ AGV 通路周辺での日常作業	AGV が通行人を検知し，減速しバンパーに接触したが，バンパーの構造が堅牢で，打撲する	
AGV が想定外に通路外の通行人に接近 ／ AGV 通路周辺での日常作業	AGV がセンサ等の制御システムの故障により，通行路を逸脱し通行人に衝突，接触する／予期しない起動	
AGV に走行路近傍を通行人が歩行 ／ AGV 通路周辺での日常作業	AGV に積載している荷物が非常停止やカーブ走行等で車体より落下し，通行人を押しつぶす	
AGV に走行路近傍を通行人が歩行 ／ AGV 通路周辺での日常作業	移載場所以外の場所で誤動作をして荷物が車体より落下して作業者を押しつぶす／予期しない起動	

フォーム2

				危険源
機械　AGV システム		**機械の名称**　無人搬送車（AGV）システム		
情報源		**設計仕様書**		
範囲		**ライフサイクル**		
手段		**チェックリスト**		
No.	**ライフサイクル**	**タスク／人**	**危険区域**	**危険源**
23		自動運転／通行人	AGV 本体周辺	通行人に荷が崩れ落下し打撲する／安定性の欠如，衝撃の危険源
24		自動運転／通行人	AGV と連動する建物設備	通行人が AGV と建物設備に挟まれる／押しつぶしの危険源
25		自動運転／通行人	AGV と連動する建物設備	通行人が AGV と接触する／制御システムの故障，押しつぶしの危険源
26		自動運転／通行人	AGV 本体周辺	通行人が 2 台の AGV に挟まれる／押しつぶしの危険源
27		自動運転／通行人	AGV 本体周辺	通行人がひかれる，衝突，接触する／電気設備に対する外部影響
28		自動運転／オペレータ	AGV 本体周辺	オペレータが落下，打撲する／使用環境に関連する危険源，衝撃の危険源
29		自動運転／通行人	AGV 本体周辺	通行人が衝突，接触する／衝撃の危険源
30		自動運転／通行人	AGV 本体周辺	通行人がひかれる，衝突する／制御回路の故障，機械的危険源
31		自動運転／通行人	AGV 本体周辺	通行人が衝突，接触する／使用環境に関連する危険源
32		自動運転／通行人	AGV 本体周辺	通行人がひかれる，衝突する／制御回路の故障，機械的危険源

記入例（続き）

の同定		
分析者		
バージョン		
分析・評価日時		
ページ		
危険状態	危険事象	備考
AGVに走行路近傍を通行人が歩行 ／AGV通路周辺での日常作業	AGVが走行中，不安定な積み方で荷崩れを起こし，通行人に落下し打撲する	
通行人がAGV連動の建物設備を使用 ／建物設備周辺での日常作業	AGVと連動する自動ドアやエレベータとの間に退避スペースがなく，通行人が挟まれる	
通行人がAGV連動の建物設備を使用 ／建物設備周辺での日常作業	AGVが連動する自動ドアやエレベータ前で停止せず，通行人に接触する	
AGV自動運転中の通路内に通行人が侵入 ／AGV通路周辺での日常作業	対向するAGVのすれ違いの間にいる通行人が退避できず，挟まれ押しつぶされる	
AGVに走行路近傍を通行人が歩行 ／AGV通路周辺での日常作業	AGVの周辺で使用する設備より発せられる，電磁波，光，超音波などのノイズや静電気により制御回路が誤動作し暴走，通行人がひかれる，衝突する	
AGVとフォークリフトなどの運転作業 ／AGV通路と一般通路の交差点	フォークリフト等の有人搬送設備との交差する通路で交通量が多いため，AGVと衝突しオペレータが投げ出され打撲する	
AGV通路内への通行人の想定外の侵入 ／AGV通路周辺での日常作業	通行人がAGV通行路内の空中に手や頭を出し，AGVと衝突，接触する	
AGVに走行路近傍を通行人が歩行 ／AGV通路周辺での日常作業	通行人がAGVの非常停止ボタンを押したがAGVが停止せずひかれる，衝突する	
AGVに走行路近傍を通行人が歩行 ／AGV通路周辺での日常作業	路面に油などがこぼれており，AGVがスリップ，通行路逸脱し通行人に衝突，接触する	
AGVに走行路近傍を通行人が歩行 ／AGV通路周辺での日常作業	所定位置で停止せず暴走し，作業者がAGVにひかれる，衝突する	

フォーム 2

危険源				
機械　AGV システム		機械の名称　無人搬送車（AGV）システム		
情報源		設計仕様書		
範囲		ライフサイクル		
手段		チェックリスト		
No.	**ライフサイクル**	**タスク／人**	**危険区域**	**危険源**
33		自動運転／通行人	AGV 本体周辺	通行人の指や衣服が巻き込まれる／引込み又は捕捉の危険源
34		自動運転／通行人	AGV 本体周辺	通行人がひかれる，接触する／機械の取扱いから起こる安定性の欠如，機械的危険源
35		手動運転／通行人	AGV 本体周辺	通行人が接触する／ヒューマンエラー，機械的危険源
36		自動充電／オペレータ，通行人	AGV 本体周辺	通行人が火傷をする／電気的危険源
37	**運転：非定常運転**	自動運転／オペレータ，通行人	AGV 本体	オペレータ，通行人が打撲する／ヒューマンエラー
38		自動運転／通行人	AGV 本体	通行人が衝突，接触する／運転中の破壊，衝撃の危険源
39		自動運転・手動運転／通行人	AGV 本体周辺	通行人がひかれる，衝突する／意図しない荷の移動，機械的危険源
40		異常復帰／オペレータ	AGV 本体周辺	オペレータがひかれる，接触する／予期しない移動，機械的危険源
41	**保全：メーカ**	保全／作業員	AGV 本体	作業者が落下打撲する／衝撃の危険源
42		保全／作業員	AGV 本体周辺	作業員が衝突，接触する／ヒューマンエラー，電気的・機械的危険源

記入例（続き）

の同定		
分析者		
バージョン		
分析・評価日時		
ページ		
危険状態	**危険事象**	**備考**
AGV 自動運転中の通路内に通行人が侵入 ／AGV 通路周辺での日常作業	AGV が荷を移載中に通行人が接近し，AGV のコンベヤ駆動チェーンに衣服や指が巻き込まれ，切断や打撲する	
AGV に走行路近傍を通行人が歩行 ／AGV 通路周辺での日常作業	AGV が定期的な点検が行われなかったため，故障が生じ，通行路を逸脱し通行人がひかれる，接触する	
AGV 手動運転作業 ／近傍作業	オペレータが AGV の操作を誤り逆方向に動作させ，通行人と接触	
AGV 自動運転中の通路内に通行人が侵入 ／AGV 通路周辺での日常作業	AGV がバッテリ自動充電中に通行人が誤って充電端子部に金属を接触させ，ショートにより火傷する	
AGV の禁止作業 ／近傍作業	オペレータや通行人が AGV に乗り，走行した時バランスを崩し落下，打撲する	
AGV が想定外に通行人に接近 ／AGV 通路周辺での日常作業	運転中の破損を修復せずに使用し，センサ等が正常に動作せず停止できず，通行人に衝突，接触する	
AGV の仕様外の使用 ／AGV 通路周辺での日常作業	AGV に許容荷重を超えた荷物を積載使用し，装置の破損により走行が不安定になり，通行人がひかれる，衝突する	
AGV 異常復帰作業 ／AGV 異常時の近傍作業	遠隔にて異常復帰後，AGV が即座に起動し，オペレータが離れられずひかれる／予期しない起動	
AGV カバー取付け，取り外し作業 ／近傍作業	作業者が AGV のカバーを取付け時，不注意により足に落として打撲を負う	
AGV 点検作業 ／近傍作業	メンテナンス点検中，制御装置に誤って接触し誤動作を誘発，AGV が突然起動し作業者に衝突，接触する	

フォーム2

危険源				
機械　AGV システム		機械の名称　無人搬送車（AGV）システム		
情報源		設計仕様書		
範囲		ライフサイクル		
手段		チェックリスト		
No.	ライフサイクル	タスク ／人	危険区域	危険源
43	保全：ユーザ	保全 ／オペレータ	AGV 本体周辺	オペレータが AGV に足をひかれる ／切傷，切断の危険源
44		保全 ／オペレータ	バッテリ周辺	オペレータが眼に損傷を受ける ／材料物質から起こる危険源
45		保全 ／オペレータ	AGV 本体周辺	作業者，オペレータが接触する ／オペレータエラー
46	故障診断	自動運転 ／通行人	AGV 本体周辺	通行人がひかれる，衝突する ／制御回路の故障，機械的危険源
47		自動運転 ／通行人	AGV 本体周辺	通行人がひかれる，衝突する ／制御システムの故障，機械的危険源
48	廃棄：再使用	リユース ／オペレータ	制御部品	オペレータが健康障害 ／材料物質から起こる危険源
49	廃棄：再利用	リサイクル ／リサイクル業者	機械部品	リサイクル作業員が健康障害 ／材料物質から起こる危険源
50	廃棄	廃棄 ／産廃業者	バッテリ	産廃場所での爆発，火災 ／火災及び爆発

記入例（続き）

の同定		
分析者		
バージョン		
分析・評価日時		
ページ		
危険状態	危険事象	備考
AGV 点検運転作業 ／近傍作業	点検時手動運転を AGV の直近で操作し，AGV と床面の隙間に足が挟まれ，ひかれる	
AGV 保守作業 ／近傍作業	オペレータがメンテナンスでバッテリ液補充中，液が眼に入り，眼に損傷を与える	
AGV 保守作業 ／近傍作業	保守点検・調整修理がシステムを理解しない管理者，担当者により行われ，AGV を損傷させ使用し，想定外の動作により作業者が AGV に接触する	
AGV に走行路外を通行人が歩行 ／ AGV 通路周辺での日常作業	AGV の誘導用センサが故障し，通行路を逸脱暴走し，通行人が AGV にひかれる，衝突する	
AGV に走行路近傍を通行人が歩行 ／ AGV 通路周辺での日常作業	AGV が所定の速度を超過して走行したため，障害物検出センサの作動距離で人や物を検出しても停止しきれず，通行人がひかれる，衝突する	
AGV の分解作業 ／近傍作業	オペレータが有毒物質の含有を知らずに再利用のため，制御回路部品を分解し，有毒物質が流出接触し健康障害を引き起こす	
AGV の分解・廃棄作業 ／近傍作業	リサイクル作業員が有毒物質の使用を知らずに，適切な廃棄をしなかったため，有毒物質を吸引し健康障害を引き起こす	
バッテリの廃棄作業 ／近傍作業	産廃業者が AGV のバッテリを破棄方法を誤り，火気に近づけ引火爆発する	

付録

6.3 リスクアセスメント及びリスク低減フォーマット

洗い出したタスク／作業者ごとの“各危険源”等に対して，危害のひどさ，暴露頻度，危険事象の発生確率，回避の可能性を，フォーム3を使用し，図5-1のパラメータに従って決定する．なお，制御システムの安全関連部に対するリスクアセスメントが要求される場合，ISO 13849-1で規定されるPLr（要求パフォーマンスレベル）を決定する．制御システムの安全関連部に対するリスクアセスメントについては，別のフォームで個別に見積り，評価することができる．

フォーム3 リスク見積もり及びリスク評価

		リスクアセスメント（リスク							
		機械							
		情報源							
		範囲							
		手段							
		イニシャルリスク評価							リスク
		S	F	A	O	RI	PLr	備考	方策
No.	フォーム2の *No.*	S1 S2	F1 F2	A1 A2	O1 O2 O3				
1									
2									
3									
4									
5									
6									

次に見積もったリスクを低減するために用いた保護方策を記述する．用いた方策により，どのパラメータに影響を及ぼすかをチェックし，講じた方策により，初期リスクが低減されたかどうかを確認・記述する．

さらなる低減が必要な場合は，本ガイドラインの6.1から6.3までを順番に反復してリスクの低減を行う（図4-1も参照）．なお，ゼロリスクは達成不可能であるので，残ったリスクは，残留リスクとしてまとめて記述し，ユーザに開示する．

（リスクアセスメント），並びにリスク低減

<table>
<tr><td colspan="16">見積もり及びリスク評価）及びリスク低減</td></tr>
<tr><td colspan="7">分析者</td><td colspan="9"></td></tr>
<tr><td colspan="7">バージョン</td><td colspan="9"></td></tr>
<tr><td colspan="7">分析・評価日時</td><td colspan="9"></td></tr>
<tr><td colspan="7">ページ</td><td colspan="9"></td></tr>
<tr><td colspan="7">の低減</td><td colspan="7">低減後・リスク評価</td><td rowspan="3">さらなる低減の要不要</td><td rowspan="3">No.</td></tr>
<tr><td colspan="3">保護方策の分類</td><td colspan="4">低減対象のパラメータ</td><td>S</td><td>F</td><td>A</td><td>O</td><td rowspan="2">RI</td><td rowspan="2">PL</td><td rowspan="2">備　考</td></tr>
<tr><td>本質</td><td>安全防護</td><td>情報</td><td>S</td><td>F</td><td>A</td><td>O</td><td>S1
S2</td><td>F1
F2</td><td>A1
A2</td><td>O1
O2
O3</td></tr>
<tr><td></td><td></td><td></td><td></td><td></td><td></td><td></td><td></td><td></td><td></td><td></td><td></td><td></td><td></td><td></td><td></td></tr>
<tr><td></td><td></td><td></td><td></td><td></td><td></td><td></td><td></td><td></td><td></td><td></td><td></td><td></td><td></td><td></td><td></td></tr>
<tr><td></td><td></td><td></td><td></td><td></td><td></td><td></td><td></td><td></td><td></td><td></td><td></td><td></td><td></td><td></td><td></td></tr>
<tr><td></td><td></td><td></td><td></td><td></td><td></td><td></td><td></td><td></td><td></td><td></td><td></td><td></td><td></td><td></td><td></td></tr>
<tr><td></td><td></td><td></td><td></td><td></td><td></td><td></td><td></td><td></td><td></td><td></td><td></td><td></td><td></td><td></td><td></td></tr>
<tr><td></td><td></td><td></td><td></td><td></td><td></td><td></td><td></td><td></td><td></td><td></td><td></td><td></td><td></td><td></td><td></td></tr>
</table>

フォーム3

リスクアセスメント（リスク	
機械	無人搬送車（AGV）システム
情報源	
範囲	
手段	

No.	フォーム2のNo.	イニシャルリスク評価							リスク
		S	F	A	O	RI	PLr	備考	方策
		S1 S2	F1 F2	A1 A2	O1 O2 O3				
1	No.1	S2	F1	A2	O1	2			・従来の安全管理 ・作業手順の順守 ・公的有資格者による作業
2	No.2	S1	F1	A2	O1	1			・従来の安全管理 ・作業手順の厳守 ・管理監督者を置き指示を行う ・手動走行速度を制限する
3	No.3	S1	F1	A2	O1	1			・従来の安全管理 ・警告表示
4	No.4	S2	F1	A2	O1	2			・バッテリ端子をゴムカバーで保護 ・警告表示
5	No.5	S1	F1	A2	O1	1			・取扱説明書に従った操作 ・転倒防止ガイドの設置
6	No.6	S1	F1	A2	O3	2			・設計段階で角をRにするよう考慮する (JIS D 6802　4.1.1) ・突起部分にはカバー等保護を取付け
7	No.7	S2	F1	A2	O1	2			・メーカによるシステム設計段階でバッテリ充電装置は換気が十分にできる場所にレイアウトする (JIS D 6802　4.3.1)
8	No.8	S2	F1	A2	O2	3			・メーカにより作業者や関係者にAGV及び周辺装置の適切な管理と運転・異常時の措置が行えるように教育を行う (JIS D 6802　5.1.5)
9	No.9	S2	F1	A2	O1	2			・調整作業手順の順守 ・設定値検証・チェック方法の順守

記入例

見積もり及びリスク評価）及びリスク低減	
分析者	
バージョン	
分析・評価日時	
ページ	

の低減							低減後・リスク評価							さらなる低減の要不要	No.
保護方策の分類			低減対象のパラメータ				S	F	A	O	RI	PL	備考		
本質	安全防護	情報	S	F	A	O	S1 S2	F1 F2	A1 A2	O1 O2 O3					
		○			○		S2	F1	A1	O1	2			不要	
	○	○			○		S1	F1	A1	O1	1			不要	
		○			○		S1	F1	A1	O1	1			不要	
	○	○			○		S2	F1	A1	O1	2			不要	
	○	○			○		S1	F1	A1	O1	1			不要	
○					○	○	S1	F1	A1	O1	1		JIS D 6802：無人搬送車システム—安全通則	不要	
○			○		○		S1	F1	A1	O1	1		JIS D 6802：無人搬送車システム—安全通則	不要	
		○			○	○	S2	F1	A1	O1	2		JIS D 6802：無人搬送車システム—安全通則	不要	
		○			○		S2	F1	A1	O1	2			不要	

付録

フォーム 3

リスクアセスメント（リスク	
機械	無人搬送車（AGV）システム
情報源	
範囲	
手段	

		イニシャルリスク評価							リスク
		S	F	A	O				
No.	フォーム 2 の No.	S1 S2	F1 F2	A1 A2	O1 O2 O3	RI	PLr	備考	方　策
10	No.10	S2	F1	A2	O1	2			・調整作業手順の順守 ・ソフトウェア検証・チェック方法の順守
11	No.11	S2	F1	A2	O1	2			・制御盤内の充電部，端子台にカバーを取り付け，手で触れられないようにする
12	No.12	S1	F1	A2	O1	1			・製造者と使用者で運用における適切な作業規定を作成設定する（JIS D 6802　5.1.4） ・調整時，電源の遮断確認
13	No.13	S1	F1	A2	O1	1			・製造者と使用者で運用における適切な作業規定を作成設定する（JIS D 6802　5.1.4） ・手動走行速度を制限する
14	No.14	S1	F1	A2	O2	1			・設計段階で作業位置に配慮する ・設定器など調整器具をリモート化する
15	No.15	S2	F1	A2	O2	3			・接近検出装置を AGV に取り付け，障害物を検知し減速，停止させる（JIS D 6802　4.4.2）
16	No.16	S2	F1	A2	O2	3			・AGV の通行路と人の通路の路面を色で区分したり，安全標識，安全ポール，安全柵などを設置する（JIS D 6802　4.1.3，4.3.2，7）
17	No.17	S2	F1	A2	O2	3			・AGV に自動運転表示灯を設置し，右折・左折方向も識別表示する（JIS D 6802　4.1.4）

記入例（続き）

見積もり及びリスク評価）及びリスク低減	
分析者	
バージョン	
分析・評価日時	
ページ	

の低減							低減後・リスク評価							さらなる低減の要不要	No.
保護方策の分類			低減対象のパラメータ				S	F	A	O	RI	PL	備　考		
本質	安全防護	情報	S	F	A	O	S1 S2	F1 F2	A1 A2	O1 O2 O3					
		○			○		S2	F1	A1	O1	2			不要	
○					○		S2	F1	A1	O1	2			不要	
		○			○		S1	F1	A1	O1	1		JIS D 6802：無人搬送車システム—安全通則	不要	
	○	○			○		S1	F1	A1	O1	1		JIS D 6802：無人搬送車システム—安全通則	不要	
○	○				○	○	S1	F1	A1	O1	1			不要	
	○				○	○	S2	F1	A1	O1	2		JIS D 6802：無人搬送車システム—安全通則	不要	
	○				○	○	S2	F1	A1	O1	2		JIS D 6802：無人搬送車システム—安全通則	不要	
	○				○	○	S2	F1	A1	O1	2		JIS D 6802：無人搬送車システム—安全通則	不要	

付録

フォーム3

リスクアセスメント（リスク

機械	無人搬送車（AGV）システム
情報源	
範囲	
手段	

No.	フォーム2 の No.	イニシャルリスク評価							リスク
		S S1 S2	F F1 F2	A A1 A2	O O1 O2 O3	RI	PLr	備考	方　策
18	No.18	S2	F1	A2	O2	3			・AGV に発進警報器，自動走行・移載中に使用環境に適した音量の警報装置を作動させ，注意を喚起する（JIS D 6802　4.1.4）
19	No.19	S2	F1	A2	O2	3			・設計段階で接触した際，人や周囲に危害を与えない安全な形状・構造とする（JIS D 6802　4.4.1）
20	No.20	S2	F1	A2	O1	2			・走行ガイドを逸脱検出機構を AGV にもたせ，非常停止させる（JIS D 6802　4.6.2）
21	No.21	S2	F1	A2	O1	2			・移載装置部には，緊急停止やカーブ走行時に荷物の落下を防止するストッパを装備する（JIS D 6802　4.2.4）
22	No.22	S2	F1	A2	O1	2			・AGV と移載を行う地上側のコンベヤなどとは相互に通信装置などを設置しインタロックをとる（JIS D 6802　4.2.5）
23	No.23	S1	F1	A2	O2	1			・使用者は,搬送物が決められた質量,寸法内で変形，荷崩れせず安定するよう管理する：シュリンク固定等（JIS D 6802　5.2.3）
24	No.24	S2	F1	A2	O2	3			・人と AGV の共有使用を避ける ・安全エリア（退避エリア）を十分に確保する（JIS D 6802　5.1.1）
25	No.25	S2	F1	A2	O1	2			・AGV の走行と連動する自動ドアの開閉やエレベータの昇降などのインタロックをとる（JIS D 6802　4.3.2）

記入例（続き）

見積もり及びリスク評価）及びリスク低減	
分析者	
バージョン	
分析・評価日時	
ページ	

の低減							低減後・リスク評価							さらなる低減の要不要	No.
保護方策の分類			低減対象のパラメータ				S	F	A	O	RI	PL	備　考		
本質	安全防護	情報	S	F	A	O	S1 S2	F1 F2	A1 A2	O1 O2 O3					
	○				○	○	S2	F1	A1	O1	2		JIS D 6802：無人搬送車システム—安全通則	不要	
○					○	○	S2	F1	A1	O1	2		JIS D 6802：無人搬送車システム—安全通則	不要	
	○				○		S2	F1	A1	O1	2		JIS D 6802：無人搬送車システム—安全通則	不要	
	○				○		S2	F1	A1	O1	2		JIS D 6802：無人搬送車システム—安全通則	不要	
	○				○		S2	F1	A1	O1	2		JIS D 6802：無人搬送車システム—安全通則	不要	
		○			○	○	S1	F1	A1	O1	1		JIS D 6802：無人搬送車システム—安全通則	不要	
		○			○	○	S2	F1	A1	O1	2		JIS D 6802：無人搬送車システム—安全通則	不要	
	○				○		S2	F1	A1	O1	2		JIS D 6802：無人搬送車システム—安全通則	不要	

フォーム 3

リスクアセスメント（リスク	
機械	無人搬送車（AGV）システム
情報源	
範囲	
手段	

		イニシャルリスク評価							リスク
		S	F	A	O				
No.	フォーム 2 の No.	S1 S2	F1 F2	A1 A2	O1 O2 O3	RI	PLr	備考	方　策
26	No.26	S2	F1	A2	O2	3			・対向する AGV のすれ違い幅を，人が挟まれない間隔を空ける寸法にレイアウトする (JIS D 6802　4.4.3)
27	No.27	S2	F1	A2	O1	2			・使用者は，AGV 周辺の設備からの電磁波，光，超音波などのノイズ低減処置を講じる ・AGV でノイズ遮蔽，静電気の除去を行う (JIS D 6802　5.1.1，7)
28	No.28	S2	F2	A2	O3	6			・交差点に信号機，遮断機などを設置し，衝突を防止する (JIS D 6802　5.1.1)
29	No.29	S2	F1	A2	O2	3			・AGV の通行路と人の通路との距離をとったり，安全標識，安全ポール，安全柵などを設置する (JIS D 6802　4.1.3，4.3.2，7)
30	No.30	S2	F1	A2	O1	2	d		・動力を遮断して確実に停止させる回路を，ソフトを介さずハード回路で構成する (JIS D 6802　4.5.1)
31	No.31	S2	F1	A2	O2	3			・日常点検の実施 ・管理者により通路のうねり・損傷・汚れ・ほこり等通路環境の維持管理する (JIS D 6802　5.2.1)
32	No.32	S2	F1	A2	O1	2	d		・異常検出回路等の二重化・異常検出時の電源遮断回路を設置する
33	No.33	S2	F1	A2	O1	2			・コンベヤチェーン可動部にカバーを取り付ける ・注意銘板を貼付する

記入例（続き）

見積もり及びリスク評価）及びリスク低減	
分析者	
バージョン	
分析・評価日時	
ページ	

の低減							低減後・リスク評価							さらなる低減の要不要	No.
保護方策の分類			低減対象のパラメータ				S	F	A	O	RI	PL	備　考		
本質	安全防護	情報	S	F	A	O	S1 S2	F1 F2	A1 A2	O1 O2 O3					
○					○	○	S2	F1	A1	O1	2		JIS D 6802：無人搬送車システム—安全通則	不要	
○					○		S2	F1	A1	O1	2	c	JIS D 6802：無人搬送車システム—安全通則	不要	
	○			○	○	○	S2	F1	A1	O1	2		JIS D 6802：無人搬送車システム—安全通則	不要	
	○				○	○	S2	F1	A1	O1	2		JIS D 6802：無人搬送車システム—安全通則	不要	
○					○		S2	F1	A1	O1	2	c	JIS D 6802：無人搬送車システム—安全通則	不要	
		○			○	○	S2	F1	A1	O1	2		JIS D 6802：無人搬送車システム—安全通則	不要	
○					○		S2	F1	A1	O1	2	c		不要	
	○	○			○		S2	F1	A1	O1	2			不要	

付録

フォーム3

リスクアセスメント（リスク	
機械	無人搬送車（AGV）システム
情報源	
範囲	
手段	

No.	フォーム2 の *No.*	イニシャルリスク評価 S S1 S2	F F1 F2	A A1 A2	O O1 O2 O3	RI	PLr	備考	リスク 方　策
34	No.34	S2	F1	A2	O2	3			・AGV 及び周辺装置は定期的に点検を行い内容を記録するとともに，メーカの年次点検を受ける（JIS D 6802　5.2.1）
35	No.35	S2	F1	A2	O2	3			・取扱説明書に従った操作 ・定期的にオペレータ教育を実施する
36	No.36	S2	F1	A2	O1	2			・バッテリ端子をゴムカバーで保護 ・警告表示
37	No.37	S2	F1	A2	O1	2			・製造者と使用者で運用における適切な作業規定を作成設定する（JIS D 6802　5.1.4） ・警告銘板を貼付する
38	No.38	S2	F1	A2	O2	3			・取扱説明書に従い，使用者は保守点検（始業点検・定期点検）を確実に実施し，不良部品の発見を行う（JIS D 6802　6）
39	No.39	S2	F1	A2	O2	3			・車体に銘板を取り付け，荷重，自重，最高速度など制限事項を明確にし使用者はこれらを守る（JIS D 6802　4.1.3）
40	No.40	S2	F1	A2	O2	3			・AGV の周囲に人がいないことを確認し，復帰起動させる（JIS D 6802　5.2.5） ・再起動時，一定時間警報した後，起動する
41	No.41	S1	F1	A2	O3	2			・設計段階でのカバーの小型軽量化，軽量材質の採用を考慮する ・従来の安全管理

記入例（続き）

見積もり及びリスク評価）及びリスク低減	
分析者	
バージョン	
分析・評価日時	
ページ	

の低減							低減後・リスク評価							さらなる低減の要不要	*No.*
保護方策の分類			低減対象のパラメータ				S	F	A	O	RI	PL	備考		
本質	安全防護	情報	S	F	A	O	S1 S2	F1 F2	A1 A2	O1 O2 O3					
		○			○	○	S2	F1	A1	O1	2		JIS D 6802：無人搬送車システム—安全通則	不要	
		○			○	○	S2	F1	A1	O1	2			不要	
	○	○			○		S2	F1	A1	O1	2			不要	
		○			○		S2	F1	A1	O1	2		JIS D 6802：無人搬送車システム—安全通則	不要	
		○			○	○	S2	F1	A1	O1	2		JIS D 6802：無人搬送車システム—安全通則	不要	
		○			○	○	S2	F1	A1	O1	2		JIS D 6802：無人搬送車システム—安全通則	不要	
	○	○			○	○	S2	F1	A1	O1	2		JIS D 6802：無人搬送車システム—安全通則	不要	
○		○			○	○	S1	F1	A1	O1	1			不要	

付録

フォーム3

リスクアセスメント（リスク

機械	無人搬送車（AGV）システム
情報源	
範囲	
手段	

		イニシャルリスク評価							**リスク**
No.	**フォーム2の *No.***	**S** **S1** **S2**	**F** **F1** **F2**	**A** **A1** **A2**	**O** **O1** **O2** **O3**	**RI**	**PLr**	**備考**	**方　策**
42	No.42	S2	F1	A2	O1	2			・従来の安全管理 ・作業手順の順守 （メンテナンス時はバッテリプラグを取り外し電源遮断する）
43	No.43	S2	F1	A2	O2	3			・設計段階で車体下部の隙間を可能な限りなくなくすよう考慮する ・車体下部のゴムカバー取付 ・警告表示
44	No.44	S2	F1	A2	O1	2			・作業規定の順守 ・指定工具・保護具の使用
45	No.45	S2	F1	A2	O2	3			・使用者はシステムの十分な理解と知識を有した責任者を選定し，作業規定に従い運用にあたらせる （JIS D 6802　5.1.4）
46	No.46	S2	F1	A2	O1	2	d		・異常検出回路等の二重化，異常検出時の電源遮断回路の設置
47	No.47	S2	F1	A2	O1	2	d		・設定された速度の検出機能を設置し，異常として非常停止させる ・異常検出時は動力遮断する （JIS D 6802　4.6.1，4.6.2）
48	No.48	S2	F1	A2	O1	2			・RoHS 対応品の使用 ・設計段階で危険物質の使用をしない （製品アセスメントの実施）
49	No.49	S2	F1	A2	O1	2			・RoHS 対応品の使用 ・設計段階で危険物質の使用をしない （製品アセスメントの実施）
50	No.50	S2	F1	A2	O1	2			・取扱説明書に処理方法を記載 ・法規に則った処理の実施 （マニフェストの取得）

記入例（続き）

見積もり及びリスク評価）及びリスク低減	
分析者	
バージョン	
分析・評価日時	
ページ	

の低減							低減後・リスク評価							さらなる低減の要不要	No.
保護方策の分類			低減対象のパラメータ				S	F	A	O	RI	PL	備　考		
本質	安全防護	情報	S	F	A	O	S1 S2	F1 F2	A1 A2	O1 O2 O3					
		○			○		S2	F1	A1	O1	2			不要	
○	○	○			○	○	S2	F1	A1	O1	2			不要	
		○			○		S2	F1	A1	O1	2			不要	
		○			○	○	S2	F1	A1	O1	2		JIS D 6802：無人搬送車システム—安全通則	不要	
○					○		S2	F1	A1	O1	2	c		不要	
○					○		S2	F1	A1	O1	2	c	JIS D 6802：無人搬送車システム—安全通則	不要	
○			○		○		S1	F1	A1	O1	1			不要	
○			○		○		S1	F1	A1	O1	1			不要	
		○			○		S2	F1	A1	O1	2			不要	

6.4　開示情報フォーマット

ここでは，次の二つのフォームが準備されている．

フォーム4　機械の危険源（開示情報）

フォーム5　使用上の情報の内容及び提供方法

4のフォームは，6.1から6.3までに実施した内容のうちユーザに提供すべき残留リスクの情報を記述する．各項目は1から11に大分類されており，当該機械で関係する危険源について記述する．横軸の“リスク有無”と“許容範囲内”のコラムまでがメーカとして対策を講じた内容を示すコラムである．“残留のリスク”のコラムについてはメーカ側からユーザ側に提供すべき残留リスクの情報を示すためのものであり，ユーザ側の対策が必要なものが含まれる．このコラムでは作業に関連する場合と関連しない場合も記述する．

5のフォームでは，使用上の情報として，ユーザに提供すべき内容と形式として，“1使用上の情報の内容”と“2情報の提供方法”が示されている．1では，①から⑫，2では，①から④の項目が示されている．1及び2の内容としては，ユーザに提供するのに必要な情報と形式が網羅されている．1の内容については，すべてを満足することが望ましいが，当該の機械においては必ずしも必要がない場合もある．2については，それぞれ各項目の情報提供に適した内容を選択すればよい．

フォーム4　機械の危険源（開示情報）

		日時：
プロジェクト名：	作成者：	認可者：
使用したツール及びパラメータの説明：		

	機械の危険源	リスク有／無	許容範囲内	残留のリスク情報		
				作業関連なし	作業関連あり	RA項目番号
1	機械的危険源					
2	電気的危険源 —安全電圧（DC24V）以上の部位はないか					
3	熱的危険源 —高温（○○℃以上）の部位はないか —低温（○○℃以下）の部位はないか					
4	騒音による危険源 —騒音発生源（○○ dB 以上）はないか					
5	振動による危険源					
6	放射による危険源 —放射はあるか					
7	材料及び物質による危険源 —使用禁止物質はあるか —毒性のあるものはあるか 限界量以下か（法律をチェック）					
8	機械の設計時における人間工学の無視による危険源 —腰痛の危険性 高いところ（○○ cm 以上）へのアクセス 重いもの（○○ kg 以上） 長時間　同じ姿勢 —VDT 作業はあるか					
9	滑り，つまずき及び墜落の危険源					
10	危険源の組合せ					
11	機械が使用される環境に関連する危険源					

付録

フォーム4 記入例

		日時：
プロジェクト名：無人搬送車(AGV)システム	作成者：	認可者：
使用したツール及びパラメータの説明：		

機械の危険源		リスク有／無	許容範囲内	残留の危険源／リスク情報		
				作業関連なし	作業関連あり	RA項目番号
1	機械的危険源	有	○		○	2, 3, 12, 15,16,17, 18,24,26, 29,33,41
2	電気的危険源 —安全電圧（**DC24V**）以上の部位はないか	有	○		○	20,22,25, 30,32,36, 46,47
3	熱的危険源 —高温（○○℃以上）の部位はないか —低温（○○℃以下）の部位はないか	無				
4	騒音による危険源 —騒音発生源（○○ **dB** 以上）の部位はないか	無				
5	振動による危険源	無				
6	放射による危険源 —放射はあるか	有	○			27
7	材料及び物質による危険源 —使用禁止物質はあるか —毒性のあるものはあるか 限界量以下か（法律をチェック）	有	○	○		7, 44, 50
8	機械の設計時における人間工学の無視による危険源 —腰痛の危険性 高いところ（○○ **cm** 以上）へのアクセス 重いもの（○○ **kg** 以上） 長時間　同じ姿勢 —**VDT** 作業はあるか	無				
9	滑り，つまずき及び墜落の危険源	有	○		○	37
10	危険源の組合せ	有			○	8, 13, 23, 34,35,38, 39,40,42, 43,45
11	機械が使用される環境に関連する危険源	有	○	○		28, 31

フォーム5　使用上の情報の内容及び提供方法

		日時：
プロジェクト名：	作成者：	認可者：
使用したツール及びパラメータの説明：		

1　使用上の情報の内容		2　情報の提供方法				
		①機械本体（シール・警報等）	②帳票	③マニュアル	④トレーニング	備　考
①	製造等を行う者の名称及び住所					
②	型式又は製造番号等の機械を特定するための情報					
③	機械の仕様及び構造に関する情報					
④	機械の使用等に関する情報 —意図する使用の目的及び方法（機械の保守点検等に関する情報を含む） —運搬，設置，コミッショニング等の使用の開始に関する情報 —解体，廃棄等の使用の停止に関する情報 —機械の故障，異常等に関する情報（修理等の後の再起動に関する情報を含む） —合理的に予見可能な誤使用及び禁止する使用法 —使用者の制限（作業者の力量等） —使用環境 —機械の修理方法 —想定する使用法，使用時間　等					
⑤	安全防護及び付加保護方策に関する情報 —目的（対象となる危険性又は有害性） —設置位置 —安全機能及びその構成					
⑥	機械の残留リスクに関する情報 —メーカによる保護方策で除去又は低減できなかった危険源又はリスク —特定の用途又は特定の付属品の使用によって生じる恐れのあるリスク —機械を使用するユーザが実施すべき保護方策の内容 —危険・有害性物質の取扱いに関する情報(MSDS)　等					
⑦	契約条件：保証事項，免責事項					
⑧	安全に関する重要事項 —作業者が必ず守らなければならない事項					
⑨	準拠する法規，規格					
⑩	販売関連条件 —販売形態（直又は代理店） —転売に関する制限事項					
⑪	保守・メンテナンスに関する情報 —点検レベル／頻度／時期 —消耗品の耐用年数 —消耗品の品番・メーカ —作業者の制限 —使用工具　等					
⑫	機械の耐用年数（適切な場合）					

付録

フォーム5 記入例

		日時：
プロジェクト名：無人搬送車(AGV)システム	作成者：	認可者：
使用したツール及びパラメータの説明：		

1 使用上の情報の内容		2 情報の提供方法				
		①機械本体(シール・警報等)	②帳票	③マニュアル	④トレーニング	備 考
①	製造等を行う者の名称及び住所		○	○	○	帳票は契約書,仕様書,打合せ議事録，デビエーションリストなど
②	型式又は製造番号等の機械を特定するための情報	○	○	○		車体銘板 (JIS D 6802 4.1.3)
③	機械の仕様及び構造に関する情報		○	○	○	帳票は仕様書
④	機械の使用等に関する情報 —意図する使用の目的及び方法（機械の保守点検等に関する情報を含む） —運搬，設置，検収等の使用の開始に関する情報 —解体，廃棄等の使用の停止に関する情報 —機械の故障，異常等に関する情報（修理等の後の再起動に関する情報を含む） —合理的に予見可能な誤使用及び禁止する使用法 —使用者の制限（作業者の力量等） —使用環境 —機械の修理方法 —想定する使用法，使用時間 等	○	○	○	○	車体安全標識 (JIS D 6802 4.1.3) 帳票は仕様書 マニュアル (取扱説明書，保守点検，始業点検，定期点検，記録と保存) (JIS D 6802 6)
⑤	安全防護及び付加保護方策に関する情報 —目的（対象となる危険性又は有害性） —設置位置 —安全機能及びその構成		○	○	○	帳票は仕様書
⑥	機械の残留リスクに関する情報 —メーカによる保護方策で除去又は低減できなかった危険源又はリスク —特定の用途又は特定の付属品の使用によって生じる恐れのあるリスク —機械を使用するユーザが実施すべき保護方策の内容 —危険・有害性物質の取扱いに関する情報(MSDS) 等	○	○	○	○	車体安全標識 (JIS D 6802 4.1.3) 帳票はリスクアセスメント
⑦	契約条件：保証事項，免責事項		○	○		帳票は契約書，仕様書
⑧	安全に関する重要事項 —作業者が必ず守らなければならない事項		○	○	○	帳票はリスクアセスメント
⑨	準拠する法規，規格		○	○		帳票は仕様書
⑩	販売関連条件 —販売形態（直又は代理店） —転売に関する制限事項		○			帳票は契約書，仕様書
⑪	保守・メンテナンスに関する情報 —点検レベル／頻度／時期 —消耗品の耐用年数 —消耗品の品番・メーカ —作業者の制限 —使用工具 等			○	○	マニュアル (取扱説明書，保守点検，始業点検，定期点検，記録と保存) (JIS D 6802 6)
⑫	機械の耐用年数（適切な場合）		○			帳票は契約書，仕様書

参考文献

[1] 機械の包括的な安全基準に関する指針，厚生労働省

[2] ISO 12100-1:2003, Safety of machinery — Basic concepts, general principles for design — Part 1: Basic terminology, methodology

[3] ISO 12100-2:2003, Safety of machinery — Basic concepts, general principles for design — Part 2: Technical principles

[4] ISO 14121-1:2007, Safety of machinery — Risk assessment — Part 1: principles

[5] ISO/TR 14121-2:2007, Safety of machinery — Risk assessment — Part 2: Practical guidance and examples of methods

[6] ISO 13849-1:2006, Safety of machinery — Safety-related parts of control systems — Part 1: General principles for design

[7] 機械設備のリスクアセスメント及びリスク低減のための保護方策，中央労働災害防止協会

[8] 宮崎浩一，向殿政男「安全設計の基本概念」(安全の国際規格)，日本規格協会

[9] 宮崎浩一，向殿政男「機械安全」(安全の国際規格)，日本規格協会

[10] 川池　襄，井上洋一，蓬原弘一，平尾祐司，向殿政男，「制御システムの安全」(安全の国際規格)，日本規格協会

[11] ISO/IEC Guide 51:1999, Safety aspects — Guidelines for their inclusion in standards

[12] IEC 61508 series, Functional safety of electrical/electronic/programmable electronic safety-related systems

[13] ISO 14120:2002, Safety of machinery — Guards — General requirements for the design and construction of fixed and movable guards

[14] 山田陽滋，吹田和嗣，池田博康，杉本旭，三浦洋憲，中村尚範「ヒト・ロボット共存のための人間工学実験に基づく痛覚レベルの人体耐性値の解明」　日本機械学会論文集(C編) 63巻612号 (1997-8)

[15] BS EN 563, Safety of machinery-temperature of touchable surfaces — Ergonomics data to establish temperature limit values for hot surfaces

付録

KEIRIN この事業は，競輪の補助金を受けて実施したものです。

索　引

数字

A - Z

あ行

か行

さ行

た行

な行

は行

ま行

や行

ら行

執筆者紹介

■監修・執筆

向殿　政男（むかいどの　まさお）

博士（工学）

［略歴］

1965年　明治大学工学部電気工学科卒業

1967年　明治大学大学院工学研究科電気工学専攻修士課程修了

1970年　明治大学大学院工学研究科電気工学専攻博士課程修了

1970年　明治大学工学部電気工学科専任講師

1973年　明治大学工学部電気工学科助教授

1978年　明治大学工学部電子通信工学科教授

2005年　経済産業大臣表彰受賞（工業標準化功労者）

2006年　厚生労働大臣表彰受賞（功労賞）

［現在］

明治大学理工学部情報科学科教授

安全技術応用研究会会長

社団法人日本機械工業連合会機械安全標準化特別委員会委員長

経済産業省消費経済審議会委員（製品安全部会部会長）

国土交通省社会資本整備審議会委員（昇降機等事故調査部会部会長）

［主な著書］

『よくわかるリスクアセスメント―事故未然防止の技術』（中央労働災害防止協会，2003）

『安全とリスクのおはなし―安全の理念と技術の流れ』監修（日本規格協会，2006）

『安全の国際規格　第1巻　安全設計の基本概念― ISO/IEC Guide 51(JIS Z 8051，ISO 12100（JIS B 9700）』（日本規格協会，2007）

『安全の国際規格　第2巻　機械安全― ISO 12100-2（JIS B 9700-2）』（日本規格協会，2007）

■執筆

川池　襄（かわいけ　のぼる）

［略歴］

1969年　大阪工業大学工学部電子工学科卒業

1971年　渡欧

1974年　OMRON EuropeGmbH入社

1999年　帰国　オムロン株式会社の安全事業立ち上げに参画

2003年　オムロン株式会社センシング機器統括事業部新事業推進部部長

2007年　オムロン株式会社　定年にて退社

2002年以降　社団法人日本機械工業連合会各種委員・主査を歴任
2008年　社団法人日本機械工業連合会標準化推進部部長

［現在］
労働安全コンサルタント（厚生労働省登録電気 第333号）
社団法人日本機械工業連合会標準化推進部部長

宮崎　浩一（みやざき　ひろかず）

［略歴］
CEN/TC114/SG委員
ISO/TMB Guide 78委員
ISO/IEC Guide 51 JIS原案作成委員会　ほか

［現在］
明治大学大学院理工学研究科博士後期修了［博士（学術）］
ISO/TC 199国内審議委員会幹事，人間特性基盤整備推進委員会委員
日本食品機械工業会JIS改正委員会委員　ほか

［主な講演］
機械安全国際標準化―その組織，特徴，動向―（財団法人エンジニアリング振興協会，2004）
国際安全規格ISO 12100発行をめぐって（労働安全衛生コンサルタント会，2004）

［主な著書］
『対訳ISO 12100-1/12100-2:2003機械安全の国際規格』（日本規格協会，2004）
『JIS B 9700-1及び-2（機械類の安全性―設計のための基本概念，一般原則―第1部：基本用語，方法論及び第2部：技術原則）について』標準化ジャーナル（日本規格協会，2005年1月）ほか
『安全の国際規格　第1巻　安全設計の基本概念―ISO/IEC Guide 51(JIS Z 8051，ISO 12100（JIS B 9700)』（日本規格協会，2007）
『安全の国際規格　第2巻　機械安全―ISO 12100-2（JIS B 9700-2)』（日本規格協会，2007）

機械・設備のリスクアセスメント

―セーフティ・エンジニアがつなぐ，メーカとユーザのリスク情報―

定価：本体 3,400 円（税別）

2011 年 2 月 18 日　第 1 版第 1 刷発行
2019 年 5 月 17 日　　　　第 3 刷発行

監　修　向殿 政男
発 行 者　揖斐 敏夫
発 行 所　一般財団法人 日本規格協会
〒 108-0073 東京都港区三田 3 丁目 13-12 三田 MT ビル
https://www.jsa.or.jp/
振替 00160-2-195146

製　作　日本規格協会ソリューションズ株式会社
印 刷 所　株式会社 平文社
製作協力　株式会社 大知

ISBN978-4-542-30185-6